Si je te retrouvais

Nora Roberts

Si je te retrouvais

Traduit de l'américain
par Isabelle Saint-Martin

ÉDITIONS FRANCE LOISIRS

Titre original : *The Search*

À Omer et Pancho.
Et à tous ceux qui m'ont adouci la vie avant eux.

Édition du Club France Loisirs,
avec l'autorisation des Éditions Michel Lafon

Éditions France Loisirs,
123, boulevard de Grenelle, Paris
www.franceloisirs.com

ISBN : 978-2-298-05263-3

PREMIÈRE PARTIE

« Bien dressé, l'homme peut devenir
le meilleur ami du chien. »

Corey Ford

1

En ce matin frisquet de février, derrière les fenêtres embuées par la bruine, Devin et Rosie Cauldwell firent paisiblement l'amour. Ils entamaient le troisième jour de leur semaine de vacances et, depuis plus d'un mois, tentaient de concevoir un second enfant. Leur fils de trois ans, Hugh, était le fruit d'un long week-end à Orcas et, Rosie en était convaincue, d'un après-midi de pluie arrosé au pinot noir.

Ils espéraient obtenir le même succès en retournant dans la plus grande île des San Juan, dans l'État de Washington, et s'appliquaient avec bonheur à accomplir cette tâche tandis que leur bambin dormait avec son cher Wubby dans la chambre voisine.

L'heure était trop matinale pour penser déjà au vin, mais Rosie accueillit la pluie comme un bon présage.

Après l'amour, blottie contre son époux, elle l'interrogea avec un sourire languide.

— Alors, qui a eu la meilleure idée du monde ?

Il la serra tendrement contre lui.

— Toi.

— Accroche-toi, parce que je viens d'en avoir une autre.

— Laisse-moi souffler une minute.

Éclatant de rire, elle prit appui sur son torse pour mieux le défier.

— Pense un peu à autre chose, espèce d'obsédé !

— Pour ça aussi, il me faudra une minute.

— J'ai envie de crêpes. Il pleut, on est bien au chaud dans notre petite maison. C'est le moment idéal pour manger des crêpes.

Il lui décocha un regard en coin.

— Et qui va les faire ?

— On tire au sort.

Elle se redressa et, suivant la longue tradition de la famille Cauldwell, ils jouèrent à pierre-papier-ciseaux, au premier qui battrait deux fois l'autre.

— Zut ! maugréa-t-elle lorsqu'il écrasa ses ciseaux avec la pierre.

— Je suis trop doué.

— N'importe quoi ! Mais bon, c'est le jeu.

Elle se pencha, l'embrassa bruyamment et sauta du lit en criant :

— J'adore les vacances !

Surtout celles-là, en compagnie de ses deux hommes magnifiques. Si la pluie continuait de tomber, ce serait un excellent prétexte pour rester jouer en famille. Sinon, on pourrait toujours installer Hugh sur le porte-bagages et faire une balade à vélo, ou simplement l'emmener pour une bonne promenade à pied.

L'enfant aimait bien cet endroit, les oiseaux, le lac, les biches qu'ils apercevaient parfois, les lapins qui gambadaient à travers champs... les frères de son fidèle Wubby.

Peut-être aurait-il lui aussi un petit frère dès l'automne. Rosie était en pleine ovulation... Non que ce projet de grossesse l'obsédât, mais elle pouvait bien calculer un peu. *On a bien le droit de prévoir*, se dit-elle en nouant ses cheveux emmêlés avec un chouchou.

Elle attrapa un sweat-shirt et un pantalon de flanelle, jeta un regard vers Devin, qui s'était remis à sommeiller.

Ils avaient vraiment gagné le gros lot.

Ravie à cette idée, elle enfila de grosses chaussettes et consulta la montre qu'elle avait posée sur la commode.

— Ouille, il est 8 heures passées ! On a dû coucher Hugh trop tard, hier soir, pour qu'il dorme encore.

— Ce doit être la pluie, marmonna Devin.

— Oui, sans doute.

Comme chaque matin, à la maison ou en vacances, elle se dirigea discrètement vers la chambre de son fils, contente de le laisser dormir un peu plus, quitte à s'offrir un café avant d'entendre le premier « maman ! » de la journée.

Elle passa la tête dans l'embrasure de la porte, s'attendant à le voir pelotonné contre son lapin en peluche mais ne s'affola pas en trouvant le lit vide. Il était peut-être allé faire pipi. Il s'en tirait très bien tout seul depuis quelque temps.

Lorsqu'elle ne le vit pas dans la petite salle de bains, elle ne s'affola pas davantage. Étant donné qu'il se levait tôt, ses parents l'encourageaient à jouer un peu avant de les réveiller. Souvent, dès l'aube, elle l'entendait parler à ses jouets ou faire rouler ses voitures mais n'y avait guère prêté attention ces derniers temps, trop absorbée par l'objet de ces vacances.

Mon Dieu ! pensa-t-elle en descendant l'escalier, *et s'il nous avait surpris en pleins ébats ?* Non, il serait entré sans problème pour leur demander à quoi ils jouaient.

Riant presque, elle regarda dans le joli living, persuadée de trouver le petit garçon assis par terre entouré de ses peluches préférées.

Cette fois, ne l'y voyant pas, elle sentit sa gorge se serrer. Elle l'appela, se déplaçant en hâte, faisant glisser ses chaussettes sur le parquet.

La panique la frappa d'un coup de poignard dans le ventre.

La porte de la cuisine était grande ouverte sur la forêt.

Peu après 9 heures, Fiona Bristow se garait devant la jolie maison de vacances au cœur du parc d'État Moran. La pluie crépitait sur le sol avec une telle constance qu'elle promettait de le rendre bien glissant. Fiona fit signe à son équipier de rester dans le 4 x 4 tandis qu'elle allait à la rencontre d'un des adjoints du shérif.

— Salut, Davey !

— Salut, Fee. Vous ne vous êtes pas fait attendre.

— J'étais dans le coin. Les autres arrivent. On se sert de la maison comme camp de base ou il vaut mieux s'installer ailleurs ?

— Prenez-la. Vous allez pouvoir parler aux parents, mais je vous donne déjà les premiers éléments : Hugh Cauldwell, trois ans, blond aux yeux bleus. A été vu pour la dernière fois en pyjama Spiderman.

Il s'était quelque peu raidi à cette évocation, et Fiona se rappela qu'il avait un fils à peu près du même âge… qui portait peut-être ce genre de pyjama lui aussi.

— La mère a remarqué sa disparition vers 8 h 15, continua-t-il. Elle a trouvé la porte de derrière ouverte, mais aucune trace d'effraction. Elle a alerté le père, et ils se sont immédiatement lancés à sa recherche, ils ont fouillé tous les environs.

Et contaminé la scène, se dit Fiona. Mais comment leur en vouloir ?

— Nous avons inspecté la propriété de fond en comble pour nous assurer qu'il ne jouait pas à cache-cache, ajouta Davey en tapotant sa casquette dégoulinante de pluie. Il n'est pas dans la maison et sa mère dit qu'il avait son lapin en peluche avec lui. Il dort avec et le trimbale partout. Nous avons mis des rangers sur sa piste. Tenez, McMahon et Matt sont aussi là.

Il désigna le shérif et l'un de ses adjoints.

— C'est lui qui m'a dit d'appeler votre équipe et d'établir notre base ici.

— Bon, allez-y. J'aimerais interroger les parents maintenant, si ça ne vous dérange pas.

— Ils ont peur, comme vous devez vous en douter, ils ne pensent qu'à repartir à la recherche du petit. Vous pourriez m'aider à les convaincre de ne pas bouger ?

— Je vais voir ce que je peux faire.

Elle retourna vers le 4 x 4 pour faire sortir son équipier. Peck sauta à terre et l'accompagna dans la maison.

Sur un signe de Davey, elle se dirigea vers le couple, qui se leva. La femme étreignait un petit camion de pompiers rouge.

— Monsieur et madame Cauldwell, bonjour. Je suis Fiona Bristow, du groupe de recherche et de sauvetage canin. Voici Peck.

Elle posa une main sur son labrador chocolat.

— Le reste de mon équipe va arriver. Nous allons participer à la recherche de Hugh.

— Allez-y, tout de suite. Il n'a que trois ans.

— Certainement, madame. Le reste de mon équipe sera là dans une minute. Pour commencer, nous aurions besoin de quelques informations.

— On a déjà tout dit à la police et aux rangers, intervint Devin, un œil sur la fenêtre. Il faut que j'y aille, moi aussi. On perd du temps, là.

— Croyez-moi, monsieur, la police et les rangers font tout ce qu'ils peuvent pour retrouver Hugh. Ils nous ont appelés afin de mettre le maximum de chances de notre côté. Nous avons l'habitude et sommes concentrés sur votre petit garçon. Nous allons nous coordonner avec la police et les rangers du parc. Je tiens à m'assurer que nous avons bien toutes les informations possibles. Vous vous êtes aperçus de la disparition de l'enfant vers 8 h 15, c'est ça ?

Les yeux de Rosie s'emplirent de larmes.

— J'aurais dû vérifier avant. Il ne dort pour ainsi dire plus passé 7 heures. J'aurais dû…

— Madame Cauldwell… Rosie… Vous n'avez rien à vous reprocher. Les petits garçons sont curieux, vous le savez bien. Hugh n'était encore jamais sorti seul de la maison ?

— Jamais, jamais ! Je croyais qu'il était descendu pour jouer au rez-de-chaussée mais, comme je ne l'y ai pas trouvé, je suis allée voir à la cuisine, et là… la porte donnant sur le jardin était ouverte. Grande ouverte. Et lui, je ne le voyais pas…

— Pourriez-vous me montrer ?

Fiona fit signe à Peck de les suivre.

— Il est en pyjama ? demanda-t-elle encore.

— Spiderman. Il doit avoir froid, avec toute cette pluie, et peur… Je ne vois pas ce que vous pourrez faire de plus que la police.

— Nous formons une des équipes de recherche, et Peck a reçu un entraînement précis pour ce type de situation. Il a déjà participé à une bonne dizaine d'enquêtes.

Rosie s'essuya les joues.

— Hugh aime bien les chiens, et tous les animaux. Si celui-ci aboie, peut-être qu'il l'entendra et reviendra.

Sans répondre, Fiona ouvrit la porte, jeta un coup d'œil au-dehors. *Il aime les animaux.*

— Vous devez voir beaucoup de faune sauvage par ici, des biches, des renards, des lapins.

— Oui. Oui. C'est bien différent de Seattle. Il aime s'installer sur la véranda pour les regarder. Et puis nous l'emmenons faire des balades à pied ou à vélo.

— Il est timide ?

— Oh non ! Il aime bien voir des gens et s'intéresse à beaucoup de choses. Il n'a peur de rien. Mon Dieu !

Instinctivement, Fiona lui passa un bras autour des épaules.

— Rosie, je vais m'installer ici, dans la cuisine, si vous voulez bien. Il faudrait que vous me fournissiez cinq des vêtements qu'il a portés récemment, par exemple ses chaussettes d'hier, des sous-vêtements, une chemise, vous voyez… Tâchez de ne pas trop y toucher et mettez-les là-dedans.

Fiona sortit un sac en plastique de sa besace.

— Notre équipe comprend cinq maîtres-chiens et leurs animaux. Il faut à chacun un élément de ce qu'il a porté hier pour les faire renifler aux chiens.

— Ils… ils pourront retrouver sa trace ?

Plus facile à dire qu'à faire alors que le bambin avait disparu depuis plus d'une heure.

— Bien sûr ! A-t-il un dessert préféré, quelque chose que vous lui donnez parfois, en guise de récompense ?

— Euh…

Rosie réfléchit avant de s'exclamer :

— Les nounours gélatine aux fruits.

— Très bien. Vous en avez ?

— Je… oui.

— Si vous pouviez m'en donner, en même temps que les vêtements, dit Fiona avec un sourire. J'entends mon équipe qui arrive. Je vais les préparer.

— D'accord, d'accord. Je vous en prie… Il a à peine trois ans.

Rosie se précipita tandis que Fiona échangeait un regard avec Peck avant de rejoindre ses hommes et leurs compagnons canins. Elle leur exposa la situation puis leur distribua les cartes avec les zones à explorer. Elle-même connaissait la région sur le bout des doigts.

Un paradis pour les personnes à la recherche d'un peu de tranquillité, l'évasion idéale pour qui rêvait d'oublier le bruit et la circulation des villes, les immeubles, la foule. Mais, pour un petit garçon, un monde plein de dangers imprévus, rivières, lacs, rochers…

Près de cinquante kilomètres de sentiers et de pistes, plus de deux mille hectares de forêt pour avaler un bambin et son lapin en peluche.

— Avec ce crachin, souligna Fiona, on va resserrer les recherches, quitte à chevaucher les zones des autres équipes.

En tant que chef de section, elle désignait les lieux que Davey reproduisait sur un grand tableau blanc.

— En revanche, nous restons constamment en communication pour ne pas empiéter sur nos propres secteurs.

— Il doit être trempé et mourir de froid, à l'heure qu'il est, observa Meg Greene.

Mère de deux enfants et grand-mère depuis peu, elle se tourna vers son mari, Chuck.

— Le pauvre petit, ajouta-t-elle.

— Un bambin de cet âge n'a aucun sens de l'orientation, observa James Hutton en testant sa radio. Il peut errer dans n'importe quelle direction.

— Il pourrait aussi se fatiguer, se coucher et s'endormir, renchérit Lori Dyson en regardant son berger allemand, Pip. Il pourrait ne pas entendre les appels, mais nos amis sauront le renifler.

— Exactement ! Tout le monde a ses coordonnées ? Les radios sont allumées, les sacs vérifiés ? Assurez-vous d'avoir bien pris vos boussoles de relevé. Avec Mai qui doit opérer d'urgence, Davey sera seul à tenir la base. Alors nous allons faire le point avec lui en couvrant nos secteurs.

Elle s'interrompit en voyant revenir les Cauldwell.

— J'ai..., commença Rosie d'une voix vibrant d'effroi. J'ai apporté ce que vous avez demandé.

— Très bien, la rassura Fiona. Gardez le moral. Nous avons tous une seule idée en tête : retrouver Hugh et vous le ramener à la maison.

Elle prit les paquets, les distribua à ses équipiers.

— Allez, on y va, maintenant !

Ils sortirent l'un après l'autre. À côté de Fiona, Peck frémissait légèrement, seule manifestation de son impatience à se mettre au travail. Tous se déployèrent dans les secteurs qui leur avaient été attribués, avant d'établir leurs relevés à la boussole.

Fiona ouvrit le sachet contenant une chaussette qu'elle plaça devant la truffe de Peck.

— Tiens, c'est Hugh, un petit garçon, Peck. C'est Hugh.

Il renifla avec enthousiasme... Il connaissait son boulot. Après un regard vers Fiona, il renifla de nouveau, puis la fixa, l'air de dire : « D'accord, compris, on y va ! »

— Cherche Hugh, dit-elle en s'aidant d'un signe de la main. Cherche avec moi !

Elle attendit, le regardant flairer le sol en faisant des cercles, jusqu'à ce qu'il se décide pour une direction. La bruine ne leur facilitait pas les choses, mais Peck savait surmonter ce genre d'obstacle.

Fiona restait sur place en l'encourageant de la voix, tandis que la pluie crépitait sur son coupe-vent jaune.

Soudain, le chien se dirigea d'un pas décidé vers l'est, et elle le suivit à travers les buissons.

Âgé de cinq ans, Peck était un chercheur chevronné d'une trentaine de kilos, robuste, intelligent et infatigable. Fiona pouvait compter sur lui pour fouiner des heures durant quels que soient les conditions et le terrain, prêt à débusquer les vivants comme les morts. Elle n'avait qu'à le lui demander.

Ensemble, ils s'enfoncèrent dans la forêt, marchant sur des sols spongieux, tapissés d'épaisses couches d'aiguilles tombées des immenses douglas et de cèdres gigantesques, parmi les champignons et les troncs abattus couverts de mousse, à travers les ronces et les branches basses. En même temps, Fiona observait attentivement son compagnon, décryptant son langage corporel, notait ses points de repère, vérifiait sa boussole. Chaque minute, Peck levait la tête vers elle pour lui confirmer qu'il s'occupait bien de l'affaire.

— Cherche Hugh, Peck, allez, cherche !

Il s'arrêta devant un tronc affalé.

— Tu as trouvé quelque chose ? C'est bien. Bon chien.

Elle signala d'abord l'endroit à l'aide d'un ruban bleu vif puis inspecta les lieux sans bouger en appelant Hugh. Après quoi, elle ferma les yeux pour mieux écouter.

Elle n'entendit que le crépitement de la pluie et le murmure du vent à travers les arbres.

Comme Peck lui donnait un petit coup de museau, elle lui fit à nouveau sentir la chaussette.

— Cherche Hugh, répéta-t-elle. Allez, cherche !

Il repartit, et, à l'aise dans ses bottes confortables, Fiona sauta par-dessus le tronc pour le suivre tout en signalant à la base qu'elle prenait une nouvelle direction, plein sud.

L'enfant était déjà parti depuis plus de deux heures, songea-t-elle. Une éternité pour les malheureux parents.

Encore que ces bambins n'aient pas une réelle notion du temps. À leur âge, on est très mobile, on ne se rend pas compte qu'on peut se perdre. On avance, influencé par ce qu'on voit et ce qu'on entend, avec une énorme endurance. Il pouvait s'écouler des heures avant que Hugh se fatigue et s'aperçoive qu'il voulait sa maman.

Elle entrevit un lapin détalant à travers les buissons. Peck était trop digne pour lui accorder davantage qu'un coup d'œil distrait.

Mais un petit garçon ? se demanda Fiona. Un bambin qui aimait son Wubby et tous les animaux ? Qui adorait la forêt ? N'essaierait-il pas d'attraper l'animal, sans doute dans l'espoir de jouer avec lui ? Il voudrait sûrement le suivre, ce petit citadin fasciné par les bois, la vie sauvage, tout ce monde éloigné de sa vie quotidienne.

Comment résisterait-il ?

Elle comprenait ce qu'il pouvait y voir de magique, elle qui avait aussi grandi dans une ville et s'était laissé charmer par les ombres vertes, les jeux de lumière, l'immensité des arbres, des collines et de la mer.

Un enfant pouvait facilement se perdre dans ces hectares et ces hectares de parc.

Il a froid, pensa-t-elle. *Et faim, et peur. Il veut sa maman.*

Sous la pluie qui redoublait, tous deux poursuivirent leur route, le chien infatigable et cette grande femme en pantalon informe et bottes grossières, à la queue-de-cheval roux clair qui lui pendait dans le dos ; de ses yeux bleu lagon, elle fouillait inlassablement l'épaisseur des taillis.

Lorsque Peck bifurqua de nouveau pour dévaler une pente, elle vit une image se dessiner dans son esprit. À moins d'un kilomètre de là, s'ils poursuivaient dans cette direction, ils tomberaient sur la rivière qui marquait la frontière de son secteur. Chuck et son Quirk fouillaient l'autre berge. À cette époque de l'année, les eaux y coulaient comme un torrent, glaciales sous ces rebords tapissés de mousse glissante.

Pourvu que le bambin ne s'en soit pas trop approché ou, pire, n'ait pas tenté de traverser.

Et voilà que le vent aussi changeait de direction. *Bon sang !* Il allait falloir s'adapter. Fiona promena de nouveau la chaussette sous la truffe de Peck, le fit boire un peu. Cela faisait près de deux heures qu'ils sillonnaient une nature sauvage, et, bien que le chien ait marqué plusieurs arrêts, elle n'avait toujours pas trouvé le moindre signe de l'enfant, ni un fragment de vêtement sur une ronce, ni une trace sur le sol meuble. Elle avait signalé chaque arrêt en bleu, utilisé du ruban orange pour marquer leur trajet, et remarqué ainsi qu'ils étaient repassés à plusieurs reprises aux mêmes endroits.

Mieux valait avertir Chuck, car si Peck tenait la bonne piste, si l'enfant avait traversé…

Elle préférait ne pas imaginer qu'il ait pu tomber dans la rivière. Pas encore.

Alors qu'elle saisissait sa radio, Peck pila de nouveau puis partit au galop après lui avoir jeté un bref coup d'œil par-derrière.

Son regard brillait.

— Hugh !

Elle éleva encore la voix pour dominer les tambourinements de la pluie et le chant du vent qui s'emballait.

Si elle ne reçut pas de réponse de l'enfant, elle perçut les trois brefs jappements de Peck.

Elle fila dans sa direction.

Elle dérapa quelque peu en virant sur la pente.

Alors elle aperçut, non loin de la berge du torrent - beaucoup trop près à son goût -, un petit enfant assis par terre, le chien dans les bras.

— Hé, Hugh ! lança-t-elle en courant.

Arrivée à proximité, elle détacha sa besace.

— Salut, bonhomme ! Je suis Fiona, et lui c'est Peck.

— Toutou, pleura le petit dans la fourrure de l'animal. Toutou.

— C'est un bon toutou. Le meilleur de tous.

Et Peck d'approuver en remuant la queue. Fiona sortit une couverture de survie.

— Je vais t'envelopper… et Wubby aussi. C'est lui, Wubby ?

— Wubby tombé.

— Je vois. Ce n'est pas grave. On va vous réchauffer tous les deux, tu veux ? Tu t'es fait mal ? Là !

Elle parlait calmement tout en enveloppant l'enfant. C'est alors qu'elle vit la boue et le sang sur ses pieds.

— Ouille, non ? On va te soigner ça tout de suite.

Sans lâcher Peck, Hugh tourna vers elle un visage empli de détresse.

— Je veux maman.

— Peck et moi, on va te ramener chez ta maman. Là, regarde ce qu'elle t'a envoyé.

Elle sortit le sachet de nounours multicolores.

— Vilain garçon, marmonna-t-il en lorgnant les bonbons.

— Maman n'est pas fâchée, papa non plus. Tiens, prends ça.

Tout en lui tendant le sachet, elle sortit sa radio. Pendant ce temps, Hugh offrait un nounours à Peck, qui interrogea sa maîtresse d'un regard oblique.

Je peux ? Hein ? Je peux ?

— Vas-y. Et dis merci.

Peck prit délicatement la friandise, l'avala puis remercia d'un gros bisou mouillé qui fit glousser l'enfant.

Attendrie, Fiona joignit sa base.

— On l'a retrouvé. Sain et sauf. Dites à sa maman qu'il mange les nounours et qu'on va bientôt arriver.

Elle décocha un clin d'œil à Hugh, occupé à régaler son lapin mouillé. Il porta ensuite le même nounours à sa bouche.

— Il a quelques égratignures sans gravité, il est tout mouillé mais en forme. À vous.

— Bien reçu. Bon boulot, Fee. Vous avez besoin d'aide ? À vous.

— C'est bon, on arrive, je vous tiens au courant. Terminé.

Elle présenta sa gourde à Hugh.

— Tiens, bois un peu.

— C'est quoi ?

— Juste de l'eau.

— Jus de pomme.

— Tu en auras quand on arrivera. En attendant, avale quelques gorgées, d'accord ?

Il obéit en reniflant.

— Je fais pipi dehors. Papa a dit. Pas dans ma culotte.

Elle sourit en repensant aux arrêts de Peck.

— Tu as bien raison. Si je te prenais sur mon dos, maintenant ?

Comme pour les bonbons, il écarquilla les yeux.

— Ouais !

Elle finit de bien l'envelopper dans sa couverture, puis se retourna et s'accroupit de façon qu'il puisse grimper sur ses épaules.

— Appelle-moi Fee. Si tu as besoin de quelque chose, tu n'as qu'à dire : « Fee, j'ai besoin, ou je voudrais… »

— Le toutou.

— Il vient avec nous. Il va nous conduire.

Avant de se redresser, elle frotta la tête et le dos de Peck.

— Bon chien, Peck. Bon chien. On rentre !

Sa besace en bandoulière, le bambin sur les épaules, Fiona prit le chemin du retour.

— C'est toi qui as ouvert la porte de la cuisine, Hugh ?

— Vilain, murmura-t-il.

Oui, bon, se dit-elle, *mais qui n'est pas vilain, de temps en temps ?*

— Qu'est-ce que tu avais vu dehors ?

— Plein de Wubby. Wubby voulait voir.

Malin, le gosse, il accuse déjà le lapin.

Hugh commença à bavarder dans son charabia de bambin, avec un tel débit qu'elle finit par ne saisir qu'un mot sur trois. Mais elle comprit l'essentiel.

Papa et maman dormaient, des lapins derrière la fenêtre. Que faire ? Ensuite, si elle avait bien décrypté, la maison avait disparu et il ne la retrouvait pas. Maman ne venait pas quand il l'appelait, et maintenant il allait devoir faire la sieste. Il détestait la sieste.

Et il l'exprimait fort bien en se mettant à pleurer, la tête sur son épaule.

— En tout cas, je crois que Wubby en aura bien besoin, lui aussi. Oh, Hugh, regarde ! C'est Bambi et sa maman.

Il releva la tête, poussa un soupir de sanglot qui s'interrompit à la vue du faon et de la biche. Lorsque Fiona reprit sa marche, il soupira de nouveau.

— J'ai faim.

— C'est normal. Tu viens de vivre une grande aventure.

Fouillant dans son sac, elle en sortit une barre énergétique.

Si le trajet du retour fut moins long que celui de l'aller, avec toutes ses recherches et ses hésitations, en arrivant à l'orée de la forêt, Fiona avait l'impression que l'enfant pesait une tonne.

Rassuré, reposé, fasciné par tout ce qu'il voyait, celui-ci n'avait cessé de bavarder, jusqu'à rêver tout haut d'un bol de chocolat, d'un énorme hamburger et d'une ventrée de frites.

Quand elle aperçut la maison derrière les arbres, Fiona pressa le pas. Rosie et Devin se précipitèrent à leur rencontre.

Fiona s'accroupit.

— Allez, descends, Hugh. Va vite retrouver ta maman.

Elle resta un instant penchée à caresser Peck, dont tout le corps frémissait de joie.

— Oui, lui souffla-t-elle.

Devant eux, le père doublait sa femme pour arriver le premier, et bientôt tous trois s'étreignaient dans un flot de larmes.

— Oui, c'est une belle journée, continuait Fiona, pensive. Tu es le meilleur, Peck.

Déjà, Rosie filait vers la maison, son fils dans les bras, tandis que Devin rejoignait Fiona d'une démarche penaude.

— Merci. Je ne sais pas comment…

— De rien. Vous avez un fils génial.

— Oui, il… il est extraordinaire. Merci mille fois.

Là-dessus, les yeux encore embués, il la serra dans ses bras et, tout comme Hugh, posa la tête sur son épaule.

— Je ne peux pas vous dire…

— Ce n'est pas nécessaire.

Tout en lui tapotant le dos, elle-même sentait les larmes lui monter aux yeux.

— C'est Peck qui l'a trouvé, ajouta-t-elle. Lui seul. Il sera content si vous lui serrez la patte.

— Ah !

Devin s'essuya le visage, poussa encore quelques soupirs.

— Merci, Peck, merci.

Il s'accroupit, la paume ouverte.

Peck lui décocha son sourire de chien et lui posa la patte dans la main.

— Je peux… le prendre dans mes bras ?

— Il en sera ravi.

Dans un nouveau soupir tremblé, Devin étreignit le cou de l'animal, appuya le front sur sa fourrure. Tournant la tête, Peck envoya un regard étincelant à Fiona.

« On s'est bien marrés, semblait-il dire. On recommence ? »

2

Après le débriefing, Fiona retourna chez elle, Peck affalé à l'arrière de la voiture où il s'offrit un petit somme. Elle estimait qu'il l'avait bien gagné, tout comme elle avait mérité le hamburger qu'elle allait se préparer et dévorer en transcrivant le compte rendu sur son ordinateur.

Il faudrait aussi qu'elle appelle Sylvia, sa belle-mère, pour lui dire qu'ils avaient retrouvé l'enfant et qu'il ne serait finalement pas nécessaire qu'elle la remplace pour les cours de l'après-midi.

Évidemment, maintenant que le plus dur était passé, la pluie se décidait à cesser. On apercevait déjà quelques trouées bleues dans le ciel gris.

Café chaud, douche chaude, déjeuner et paperasserie. Ensuite, avec un peu de chance, elle pourrait profiter d'un temps plus sec pour son programme de l'après-midi.

Alors qu'elle sortait du parc, Fiona entrevit l'éclat furtif d'un arc-en-ciel sur le détroit encore noyé de pluie. *Bon signe*, se dit-elle… peut-être même un présage de ce qui l'attendait. Quelques années auparavant, sa vie ressemblait à cette pluie grise, triste et maussade. L'île avait alors représenté son trou dans les nuages, et sa décision de s'y installer, la possibilité d'un arc-en-ciel.

— Maintenant, j'ai tout ce qu'il me faut, murmura-t-elle.

Quittant la route sinueuse, elle s'engagea sur le chemin bosselé menant à sa maison. Peck sentit le changement d'allure et s'assit aussitôt. Sa queue heurtait vivement le siège alors qu'ils traversaient le petit pont cliquetant au-dessus de l'étroite rivière bruissante. Lorsque la maison apparut, les mouvements de sa queue s'accélérèrent, et il poussa deux jappements joyeux.

Ce que Fiona appelait elle-même sa maison de poupée, tout en fenêtres et en bardeaux de cèdre, se dressait entre prairie et forêt. Le jardin suivait les pentes de la colline, et Fiona en avait fait son principal terrain d'entraînement, ajoutant toboggans, bascules, échelles et portiques, tunnels et passages entourés de bancs, balançoires et passerelles qui donnaient l'impression de se trouver dans un parc d'attractions pour enfants.

Après tout, ce n'était pas si faux. Pour enfants à quatre pattes.

Il y en avait justement deux sur la véranda qui trépignaient, remuaient la queue et dansaient. Selon Fiona, ce qu'il y avait de bien, avec les chiens, c'était la joie qu'ils manifestaient sans retenue pour vous accueillir, que vous soyez parti cinq minutes ou cinq jours. L'expression d'un amour total et inconditionnel.

Elle se gara, et sa voiture fut aussitôt l'objet d'une allégresse canine à laquelle, de l'intérieur, Peck répondait avec non moins d'enthousiasme.

— Salut, les gars !

Fiona descendit et ouvrit la portière arrière parmi des truffes insistantes et des sauts de joie. Et Peck de se joindre à ses congénères pour parachever la fête.

Les reniflements, grognements satisfaits et heurts joyeux s'achevèrent en une course de zigzags, avant que les chiens ne reviennent à la charge vers elle.

Ils ne pensent qu'à s'amuser, se dit-elle devant les trois paires d'yeux qui la contemplaient, pleins d'espoir.

— Bientôt, promit-elle. J'ai d'abord besoin d'une douche, de vêtements secs et d'un bon repas. Allez, on rentre. Ça vous dit, de rentrer ?

Pour toute réponse, ils se bousculèrent devant la porte.

Du haut de ses six ans, l'aîné, Newman, un labrador jaune, menait dignement la troupe, obligeant Bogart, trois ans, le petit dernier au poil noir, à ronger son frein. Ils durent se rassembler derrière Fiona en piétinant les larges planches.

Elle consulta sa montre. Elle avait encore le temps, mais ce serait juste.

Elle déposa sa besace dehors, car il allait falloir remplacer la couverture avant de la ranger. Pendant que les chiens se roulaient par terre dans le living, elle alla ranimer le feu dans la cheminée et y ajouta une bûche. Tout en regardant les flammes s'élever, elle ôta sa veste trempée.

Des chiens devant l'âtre, pensa-t-elle, *quelle meilleure ambiance pour se reposer ?* Elle eut envie de se blottir sur son canapé et de s'offrir à son tour une petite sieste.

Mais non, pas le temps ! Il lui restait à choisir ce dont elle avait le plus envie : des vêtements secs ou un déjeuner ? Finalement, elle décida de se conduire en adulte et de commencer par se sécher. Alors qu'elle s'approchait de l'escalier, les chiens dressèrent l'oreille et, quelques secondes plus tard, elle perçut le cliquetis du pont.

— Qui ça peut bien être ?

Suivie de sa petite troupe, elle alla à la fenêtre.

Elle ne connaissait pas ce pick-up bleu, et sur une île de la taille d'Orcas, il n'y avait guère d'étrangers. Elle pensa tout d'abord à un touriste égaré venant demander son chemin.

Résignée, elle sortit et fit signe aux chiens d'attendre sur la véranda.

Un homme de haute taille sortit du véhicule, vêtu d'un jean qui moulait ses longues jambes, chaussé de Pataugas usés. Avec ses traits taillés à la serpe, encore durcis par une barbe de trois jours, elle le trouva sympathique malgré son expression exaspérée. Il passa une main dans la masse de ses cheveux bruns.

Grandes mains au bout de longs bras, remarqua Fiona.

Tout comme ses Pataugas, la veste de cuir qu'il portait devait accuser plusieurs années ; en revanche, le pick-up semblait neuf.

— On peut vous aider ? lança-t-elle.

Il s'arrêta net, les sourcils froncés, regardant le terrain d'entraînement, avant de se retourner vers elle.

— Fiona Bristow ? martela-t-il d'une voix agacée.

Derrière elle, Bogart émit un court gémissement.

— C'est moi.

— Maître-chien ?

— Oui.

Elle descendit les marches et vint à sa rencontre. Il posa les yeux sur les trois sentinelles restées derrière elle.

— Je peux vous aider ? répéta-t-elle.

— C'est vous qui avez dressé ces trois-là ?

— Oui.

Les yeux bronze doré revinrent vers elle.

— Vous êtes embauchée.

— Chouette ! Pour quoi faire ?

— Dresser un chien. Combien demandez-vous ?

— Disons un million de dollars pour commencer.

— On peut payer en plusieurs fois ?

La question la fit sourire.

— Ça se négocie. Mais commençons par le commencement. Fiona Bristow.

Elle lui tendit la main.

— Pardon. Simon Doyle.

Des mains de travailleur dures, calleuses, se dit-elle. En même temps, elle identifiait le nom.

— Ah oui, le sculpteur !

— Disons plutôt que je fabrique des objets.

— Ils sont magnifiques. J'ai acheté un de vos saladiers il y a quelques semaines. Je n'ai pas pu résister. Ma belle-mère commercialise vos œuvres. La boutique Island Arts.

— Sylvia… en effet. Une personne remarquable. C'est elle qui m'a conseillé de m'adresser à vous.

Alors, combien dois-je vous verser dès maintenant sur le million prévu ?

— Où est le chien ?

— Dans le pick-up.

Elle jeta un coup d'œil derrière lui, se pencha de côté pour mieux distinguer la tête du chiot derrière la vitre, un mélange de labrador et de golden retriever... apparemment fort occupé pour le moment.

— Il est en train de manger votre voiture.

— Quoi ?

L'homme fit volte-face.

— Oh non !

Comme il se précipitait, Fiona fit signe à ses chiens de ne pas bouger, puis le rejoignit d'un pas nonchalant. Rien de mieux, pour évaluer le bonhomme, le chien et leur relation que de voir comment il traitait la situation.

— C'est pas vrai ! grommela-t-il en ouvrant la portière. Qu'est-ce que tu as, bon sang ?

Le chiot, visiblement peu impressionné, au lieu de manifester un quelconque repentir, se précipita sur son maître, qu'il lécha avec ardeur.

— Halte ! Ça suffit !

D'un geste dégoûté, l'homme éloigna la boule d'enthousiasme qui gigotait et jappait avec ferveur.

— Je viens d'acheter ce pick-up. Il a mangé l'appuie-tête. En moins de cinq minutes !

— Il ne faut pas plus de dix secondes à un chiot pour commencer à s'ennuyer. Et les chiots qui s'ennuient mâchonnent, les chiots qui s'amusent mâchonnent, les chiots tristes mâchonnent.

— Vous m'en direz tant ! Je lui ai acheté des montagnes d'os et de trucs à grignoter, mais il a préféré les chaussures, les meubles, même les cailloux... et jusqu'à mon pick-up. Tenez.

Il mit le chiot dans les bras de Fiona.

— Faites quelque chose.

Elle commença par le caresser, à quoi le chiot répondit par d'énergiques coups de langue. Effectivement, son haleine sentait le cuir.

— Mais tu es trop mignon, toi !

— C'est un monstre, marmonna Simon. Un roi de l'évasion qui ne dort jamais. Dès que je détourne les yeux deux minutes, il mange ou casse quelque chose, ou se fourre dans les coins les plus invraisemblables. Ça fait trois semaines que je n'ai plus une minute de tranquillité.

— Je vois, dit-elle avec un sourire en étreignant le chiot. Et ça porte un nom, ça ?

Simon lui décocha un regard mauvais.

— Jaws.

— Ah oui ! Comme dans *Les Dents de la mer*. Tout à fait lui. Voyons ce qu'il a dans le ventre.

Elle s'allongea sans le lâcher puis fit signe à ses chiens de venir. Comme ils s'approchaient au petit trot, elle posa le chiot par terre.

À son âge, un petit pouvait se recroqueviller, ou se cacher, ou s'enfuir. Mais Jaws était d'une autre trempe. Il sauta sur ses aînés en glapissant et en remuant la queue, les renifla autant qu'ils le reniflèrent, frémissant de joie, mordilla pattes et queues.

— Brave petit soldat ! murmura Fiona.

— Il n'a peur de rien. Apprenez-lui la peur.

Secouant la tête, elle poussa un soupir.

— Pourquoi avez-vous pris un chien ?

— C'est ma mère qui me l'a donné et je suis coincé. J'aime bien les chiens, je suis prêt à vous échanger celui-ci contre un de ces trois-là. Dites-moi lequel.

Elle dévisagea un instant ce visage émacié à la barbe naissante.

— Vous ne dormez pas beaucoup, on dirait ?

— Je n'arrive à m'assoupir une heure d'affilée que si j'accepte de le prendre dans mon lit. Il a déjà déchiqueté tous mes oreillers et s'est même attaqué au matelas.

— Vous devriez lui apprendre la niche d'intérieur.

— J'en ai acheté une, mais il la déteste. Même quand je le coince dedans, il trouve le moyen d'en sortir, je ne sais pas comment, à moins de ramper comme un serpent. Je n'arrive plus à travailler. Je me demande s'il n'a pas une tumeur au cerveau, s'il n'est pas schizo ou je ne sais quoi.

Elle se pencha pour empêcher Jaws de dévorer la patte de Newman.

— C'est juste un bébé qui a besoin de jeux, d'amour, de patience et de discipline.

— Mais il n'arrête pas de mordre tout ce qui lui tombe sous les dents ! Un bébé, ça ne passe pas son temps à donner des coups de dents.

— C'est instinctif… un peu pour faire preuve de domination. Il veut devenir un grand chien. Bogart ! Va chercher la corde !

— Attendez, je ne veux pas non plus le pendre.

Déjà, le labrador noir fonçait vers la porte de la maison restée ouverte. Il en ressortit, une corde entre les crocs, qu'il vint déposer aux pieds de Fiona. Quand elle se pencha pour la ramasser, il abaissa les pattes de devant en agitant la croupe et en remuant la queue.

Fiona secoua la corde et il l'attrapa, la tirailla, la mordilla en grognant, engagé dans une lutte sans merci.

Jaws abandonna Newman et bondit pour intercepter la corde au vol, mais la manqua et retomba sur le dos, roula, bondit à nouveau en faisant claquer sa petite mâchoire.

— Tu aimerais bien l'attraper, pas vrai, Jaws ? Allez, vas-y, saute !

Fiona se baissa pour mettre la corde à sa portée et, quand les dents du chiot s'en emparèrent, elle lâcha tout.

Mais pas Bogart, qui, d'un mouvement de tête, envoya le chiot dans les airs ; cependant, celui-ci tint bon et voltigea en tous sens, tel un poisson au bout d'une ligne.

Il savait ce qu'il voulait, en conclut Fiona, néanmoins contente de voir Bogart adoucir un peu le mouvement, compte tenu des faibles forces de son adversaire.

— Peck, Newman, allez chercher les balles !

Tout comme leur camarade pour la corde, Peck et Newman foncèrent et revinrent, chacun tenant entre ses dents une balle de tennis jaune qu'ils déposèrent devant Fiona.

— Newman, Peck ! On court !

Elle lança les deux balles l'une après l'autre et ils filèrent à leur poursuite.

— Joli lancer ! observa Simon.

Les deux chiens lui rapportaient déjà leurs proies. Cette fois, elle accompagna son mouvement d'un bruit de baiser qui interpella Jaws occupé à mordiller sa corde, et les expédia au loin tout en l'observant du coin de l'œil.

— On court ! cria-t-elle encore.

Dès que les grands chiens démarrèrent, le petit fila à leurs trousses.

— Il possède un fort instinct du jeu, observa-t-elle, et c'est bon signe. Il faudrait juste le canaliser. Il est passé chez le vétérinaire, il a eu ses vaccins ?

— Il est à jour. Dites-moi que vous allez le prendre. Je paierai tous les frais.

— Ça ne fonctionne pas comme ça, expliqua-t-elle en lançant une troisième fois les balles. Si je le prends, lui, je vous prends vous aussi. Vous formez une équipe, maintenant. Si vous ne voulez pas participer à son dressage, à sa santé et à son bien-être, je vous aiderai à trouver un foyer pour lui.

— Je n'abandonne pas mes animaux. Et puis, ma mère… enfin, elle estime que maintenant que je vis seul ici, j'ai besoin de compagnie. Une femme ou un chien. Comme elle ne pouvait me choisir une femme…

Il se renfrogna quand le grand labrador jaune laissa le chiot attraper la balle. Et Jaws de caracoler triomphalement.

— Il la rapporte !

— Hé oui. Demandez-la-lui.

— Pardon ?

— Demandez-la-lui. Accroupissez-vous, tendez la main et dites-lui de vous donner la balle.

Simon s'accroupit, tendit la main.

— Donne…

Jaws lui sauta sur les genoux avec force coups de museau, sans lâcher la balle.

— Dites-lui « non ! », conseilla Fiona.

Elle se mordit la langue pour ne pas éclater de rire devant l'expression de Simon Doyle, qui risquait de ne pas trouver la situation aussi drôle.

— Mettez-le sur la croupe et tenez-le fermement, puis prenez la balle sans le brusquer. Dès que vous l'aurez récupérée, dites « bon chien », et répétez, avec enthousiasme. Souriez.

Il suivit ses instructions bien que ce soit plus facile à dire qu'à faire avec un chiot gigotant comme un asticot.

— Là. Puisqu'il est allé chercher la balle et qu'il l'a bien rapportée, il faut le récompenser avec un peu de nourriture et des compliments, tout en utilisant toujours les mêmes mots. Il comprendra vite.

— C'est sympathique de le faire jouer, mais j'aimerais surtout lui apprendre à ne pas détruire ma maison. Ni mon pick-up.

— La discipline consiste à lui faire suivre n'importe lequel de vos ordres. Il apprendra à faire ce que vous lui dites si vous commencez par des jeux. Il ne demande que ça… il veut jouer avec vous. Récompensez-le en jouant encore, en lui donnant des friandises, en le caressant, en lui montrant votre affection. Il apprendra vite à respecter les règles de la maison. Il ne cherche qu'à vous faire plaisir.

Comme pour abonder dans son sens, le chiot montra son ventre en roulant sur le dos.

— Il vous aime.

— Il n'est pas difficile, vu nos relations courtes mais houleuses jusqu'ici.

— Qui est votre véto ?

— Mai Funaki.

— C'est la meilleure. Il me faudra la copie de ses ordonnances pour mes dossiers.

— Je vous les apporterai.

— Il va falloir acheter quelques petites friandises pour chien, qu'il puisse les dévorer, au contraire des gros os qu'il va passer son temps à mordiller. Des gratifications immédiates. Il vous faudra aussi une laisse et un collier d'éducation en plus de celui qu'il porte en ce moment.

— J'avais une laisse. Il…

— L'a mangée. C'est fréquent.

— Super ! Un collier d'éducation, comme une muselière ?

Elle fut satisfaite de constater qu'il n'aimait pas du tout cette idée.

— Non. Ça ressemble plutôt à un licol, c'est léger mais efficace. Vous l'utiliserez pendant les séances d'éducation ici et chez vous. Au lieu d'exercer une pression sur la gorge, il appuie, doucement, sur les points calmants. Il contribue à persuader un chien de marcher plutôt que de tirer et de faire des bonds, ou de se pencher dans un sens ou dans l'autre, en établissant un contact plus serré entre lui et vous.

— Très bien. Du moment que ça marche.

— Je vous conseille de remplacer ou de réparer la niche et d'y disposer une bonne quantité de jouets à mâchonner et de morceaux de cuir brut. La corde est indispensable, mais je vous conseille aussi les balles de tennis, les os de cuir, enfin, vous voyez... Je vais vous donner une liste de recommandations de base pour son éducation. Là, je donne un cours à... (Elle consulta sa montre.) Flûte ! Dans trente minutes. Et je n'ai pas rappelé Sylvia.

Alors que Jaws s'efforçait d'escalader ses jambes, elle se pencha et lui repoussa doucement la croupe vers le sol.

— Assis !

Comme elle n'avait pas de récompense à lui donner, elle s'accroupit, le caressa et le félicita sans le lâcher.

— Vous devriez rester si vous en avez le temps, reprit-elle. Je vous inscris.

— Je n'ai pas un million de dollars sur moi.

Elle libéra le chiot, le prit dans ses bras.

— Vous en avez trente ?

— Sans doute.

— Trente dollars pour une session de groupe d'une demi-heure. Il a quoi, ce petit, trois mois ?

— À peu près.

— On va vous arranger ça. Le stage dure huit semaines. Vous le suivrez à deux. Je tâcherai de le diviser en deux sessions individuelles afin d'accélérer les choses. Ça vous convient ?

Simon haussa les épaules.

— C'est moins cher qu'un nouveau pick-up.

— Certes. Je vais vous prêter une laisse et un collier pour cette fois.

Le chien toujours dans les bras, Fiona se dirigea vers la maison.

— Et si je vous en payais cinquante et que vous le preniez tout seul ?

— Je ne travaille pas comme ça. Il y en a beaucoup d'autres qui ont besoin d'être éduqués.

Elle s'effaça pour le laisser entrer et, à l'intérieur, lui rendit le chiot.

— Vous pouvez commencer dès maintenant. Il vous faudra quelques friandises en plus de la laisse et du collier... J'ai un coup de téléphone à passer.

Elle ouvrit la porte d'un cagibi où étaient pendus laisses, colliers et brosses en fonction des tailles, ainsi que quelques jouets et diverses friandises disposés sur des étagères.

On aurait dit une boutique pour animaux de compagnie.

Fiona jeta un regard sur Jaws, qui s'agitait dans les bras de Simon et tentait de lui attraper la main.

— Essayez ça.

À l'aide de l'index et du pouce, elle ferma doucement le museau du chiot.

— Non !

Les yeux dans les yeux, elle lui présenta alors un os en cuir.

— Ça, c'est à toi.

Il le saisit sans se faire prier.

— Bon chien ! Vous pouvez le poser, maintenant. S'il tente de vous attraper avec ses dents ou de faire une chose défendue, réagissez comme moi. Reprenez-le, donnez-lui un ordre vocal et remettez-le dans la bonne voie. Restez positif mais ferme. Trouvez-lui une laisse et un collier.

Là-dessus, elle se rendit dans la cuisine, décrocha le téléphone et composa le numéro abrégé de sa belle-mère.

— Flûte ! maugréa-t-elle en tombant sur le répondeur. Sylvia, j'espère que tu n'es pas déjà partie. J'ai été retenue et j'ai oublié de t'appeler. On a retrouvé le petit garçon. Il va bien. Il était parti à la poursuite d'un lapin et s'est perdu, mais plus de peur que de mal. Alors, si tu es déjà partie, on se retrouve chez moi. Sinon, merci d'avoir attendu. Je te rappellerai plus tard. Au revoir.

Elle raccrocha et se retourna pour voir Simon à la porte, une laisse et un collier dans les mains.

— C'est ça ?

— Ça devrait le faire.

— Quel petit garçon ?

— Ah… Hugh Cauldwell. Il est en vacances ici pour quelques jours avec ses parents, dans une maison du parc. Il s'est aventuré seul dehors pendant que tout le monde dormait. Vous n'en avez pas entendu parler ?

— Non. Pourquoi ?

— Parce que ça s'est passé à Orcas. De toute façon, il est rentré chez lui. Il va bien.

— Vous travaillez pour le parc ?

— Non. Je fais partie des volontaires du groupe de recherche et de sauvetage canin.

Simon désigna les trois chiens étalés sur le sol comme des cadavres.

— Avec ceux-là ?

— C'est ça. Entraînés et agréés. Vous savez que Jaws ferait un excellent candidat ?

— C'est ça ! rétorqua-t-il avec un rire moqueur.

— Fort sens du jeu, curieux, courageux, affectueux, en bonne forme.

Elle haussa un sourcil en voyant le chiot abandonner son jouet pour attaquer les lacets de Simon.

— Énergique, continua-t-elle. Vous avez déjà oublié l'entraînement ?

— Hein ?

— Rectifier, replacer, féliciter.

— Ah oui !

Il s'accroupit, reproduisit le schéma indiqué par Fiona. Jaws reprit son jouet, mais l'abandonna vite pour s'attaquer de nouveau aux lacets.

— Continuez ; j'ai deux, trois choses à faire.

Elle partit, s'arrêta.

— Vous sauriez utiliser cette cafetière ?

Il jeta un coup d'œil vers la machine.

— Ça ne devrait pas poser de problème.

— Alors pour moi, ce sera un noir avec un sucre. Je n'ai pas le temps. Merci.

Il se renfrogna.

S'il n'habitait cette île que depuis quelques mois, il était sûr qu'il aurait du mal à s'habituer à l'attitude décontractée de la population.

Entrez donc, étranger, et préparez-nous du café tant que vous y êtes. Je vous plante là.

Après tout, elle ne savait de lui que ce qu'il avait bien voulu lui dire. Et si c'était un fou, un violeur ? Bon, elle avait trois chiens, mais, jusque-là, ils s'étaient montrés amicaux, aussi décontractés que leur maîtresse.

En ce moment, ils ronflaient.

Il se demanda comment elle s'en tirait avec ces trois bestioles, alors que lui-même n'arrivait pas à supporter un bébé. Soudain, il s'avisa que celui-ci avait cessé de s'intéresser à ses chaussures parce qu'il venait de s'assoupir sur place, à même son pied, les dents encore serrées sur le lacet.

Avec des précautions dignes d'un chasseur surpris par un sanglier, il recula en retenant son souffle jusqu'à ce que le chiot se retrouve affalé à même le sol. Il dormait comme une masse.

Un jour, se dit Simon en s'approchant de la cafetière, il rendrait la monnaie de sa pièce à sa mère. Bientôt.

Il examina la machine, vérifia la charge d'eau et de café puis mit le moulin en marche, quitte à réveiller le chiot en sursaut et à s'attirer des aboiements féroces. Au centre de la pièce, les grands dressèrent l'oreille. L'un d'eux bâilla. Ce mouvement mit Jaws en joie ; il fonça vers le groupe comme un boulet. Alors qu'ils roulaient sur place, se débattaient et reniflaient, Simon se demandait s'il ne pourrait en louer un. Le louer. En guise de baby-sitter.

À travers les portes de verre du placard, il repéra des mugs bleu cobalt. Il dut ouvrir deux tiroirs avant de trouver des couverts, mais cela lui permit de s'émerveiller du rangement et de la propreté des lieux.

Comment faisait-elle ? Lui qui avait emménagé depuis si peu de temps trouvait à ses tiroirs une allure de marché aux puces. Comment pouvait-on être aussi organisé ? Ce n'était pas normal.

En plus, elle était agréable à regarder, avec ses cheveux pas vraiment roux ni tout à fait blonds, et des yeux d'un bleu clair et profond, un nez légèrement en trompette parsemé de quelques taches de rousseur, une lèvre inférieure particulièrement charnue et bien dessinée.

Long cou, pensa-t-il encore en versant le café, *grande et mince sans évoquer pour autant un échalas. Pas vraiment belle, ni jolie, ni mignonne. Mais… agréable ; et les quelques fois où elle souriait ? Là, elle devenait presque fascinante. Presque.*

Il versa une cuillerée à café de sucre dans l'un des mugs, prit l'autre et avala sa première gorgée en regardant par la fenêtre pour ne se retourner qu'en entendant des pas. Elle avait une démarche vive, efficace, athlétique. Elle était mince, mais aussi musclée, conclut-il.

D'une main, elle souleva le chiot de terre tout en attrapant la laisse de l'autre.

— Bon chien, Jaws, bon chien. On sort. Cagibi, deuxième étagère, boîte à minifriandises, prenez-en une poignée.

En même temps qu'elle donnait ses ordres à Simon, elle accrochait la laisse au collier et se hâtait vers la porte donnant sur l'arrière de la maison.

Les trois chiens se ruèrent derrière elle.

Simon ouvrit le minuscule cagibi, tout aussi redoutablement rangé que les tiroirs, prit une poignée de biscuits pour chien et, son mug dans l'autre main, sortit.

Fiona portait toujours le chien, ses longues jambes couvrant en hâte la distance qui séparait la maison de la rangée d'arbres marquant les limites de la propriété. Le temps qu'elle dépose Jaws, Simon avait compris.

— Non !

Elle empêcha le chiot d'attaquer la laisse, lui frotta la tête.

— Regarde les grands, Jaws. Qu'est-ce qu'ils font ?

Elle le retourna, franchit quelques pas.

À l'évidence, la laisse intéressait moins le chiot que les activités de ses aînés, reniflant, levant la patte. Il fonça derrière eux.

— Je vais le lâcher un peu. Merci.

Fiona prit le café, en but une longue rasade, soupira.

— Ouf, ça fait du bien ! Bon, vous allez devoir trouver un coin pour les commodités de ce petit monsieur si vous ne voulez pas voir votre jardin transformé en champ de mines. Vous devrez donc l'y déposer chaque fois, jusqu'à ce qu'il comprenne. Il va falloir vous montrer vigilant et persévérant. Ce n'est qu'un bébé, ça implique plusieurs expéditions par jour, dès son réveil, au matin, jusqu'à votre coucher, et chaque fois qu'il mange.

Mentalement, Simon voyait déjà sa vie cadencée au rythme haletant des besoins du chien.

— Tant qu'il aura l'impression de bien faire, continuait Fiona, il sera content. Montrez-lui toujours votre satisfaction. Il ne demande qu'à bien faire et à en être récompensé. Vous voyez, là, les grands y vont, et il ne sera pas en reste.

— Attendez, quand je le sors, il passe au moins une heure à renifler, à traîner, à folâtrer, et il se lâche cinq secondes après que je l'ai ramené à la maison.

— Montrez-lui. Vous êtes un mec. Donnez l'exemple.

— Là, tout de suite ?

Elle éclata de rire…

Oui, presque fascinante.

— Non, mais dès que vous serez seul avec lui. Tenez. Reprenez cette laisse et mettez-vous à sa hauteur. Appelez-le. Gentil, gentil ! Répétez son nom et dès qu'il vient cédez-lui, récompensez-le.

Il se sentait idiot, à émettre ainsi des cris de joie sous prétexte que son chien avait consenti à se soulager dans les bois, mais, en pensant aux innombrables crottes qu'il avait dû ramasser chez lui, il suivit les instructions de Fiona.

— Bravo ! commenta-t-elle. Commençons par un ordre élémentaire avant le retour des autres. Jaws !

Elle le tourna vers elle pour mieux capter son attention, le caressa jusqu'à ce qu'il se calme un peu, saisit de la main gauche une friandise tout en agitant l'index droit au-dessus de la tête du chiot.

— Jaws, assis. Assis !

En même temps, elle montait la main pour l'obliger à lever encore plus la tête, jusqu'à ce que son arrière-train se pose sur le sol.

— C'est bien, petit chien !

Elle lui donna le gâteau, le caressa, le félicita encore.

— À répéter sans arrêt, dit-elle à Simon. Il suit instinctivement vos mouvements et, à force de plier la nuque, il s'assoit. Aussitôt, félicitez-le, récompensez-le. Dès qu'il a compris, essayez de le faire recommencer juste à la voix ; si ça ne marche pas, reprenez depuis le début et répétez. Quand il y parvient, félicitez-le, récompensez-le.

Elle recula.

Comme le chiot voulait la suivre, Simon ne sut plus que faire.

— Attirez son attention. Vous êtes le patron. Là, il vous prend pour un pauvre type.

Il la toisa d'un regard irrité ; pourtant, force lui fut de reconnaître que, lorsque le chien se retrouva assis, il en eut un élan de fierté et de plaisir.

Fiona était devant lui, bien droite sur ses jambes, les bras croisés, comme si elle l'évaluait, notait ses progrès alors qu'il reprenait sans cesse l'exercice. Lorsque les grands chiens les rejoignirent et vinrent s'asseoir à côté d'elle tels trois sphinx, il se sentit ridicule.

— Essayez maintenant sans le mouvement de la main. Pointez l'index et donnez vos ordres vocalement. Ne le quittez pas des yeux. Pointez l'index et donnez vos ordres.

Comme si ça allait marcher ! pensa-t-il. Cependant, il pointa l'index.

— Assis !

Il n'en revint pas de voir Jaws se poser ingénument sur le sol.

— C'est bien. Bon chien !

Tandis que le chiot avalait un autre petit gâteau, Simon sourit à Fiona.

— Vous avez vu ça ?

— Oui. C'est un animal intelligent que vous avez là.

Les trois grands se mirent sur le qui-vive.

— Ah ! commenta-t-elle. Vos camarades arrivent. On va commencer le cours.

— Comment le savez-vous ?

— Pas moi, eux, dit-elle en désignant les chiens. Laissez donc Newman vous renifler.

— Pardon ?

Sans autre commentaire, elle vint lui prendre la main, la montra au labrador jaune.

— Tiens, Newman, je te présente Simon. Va avec lui. Va. J'ai deux, trois choses à vérifier encore ici. Newman va vous accompagner pendant que vous aurez Jaws en laisse. Il vous aidera.

Là-dessus, elle s'éloigna, suivie des deux autres chiens. Jaws voulut courir derrière eux, mais Newman le bloqua doucement de son corps.

— Tu ne voudrais pas venir chez moi quelque temps, mon gars ? J'aurais du boulot pour toi. Allez, viens. On y va.

Tout se passa à merveille grâce à l'assistance du grand labrador. Simon traversa plusieurs fois la pelouse avec Jaws en laisse.

Si cette femme mince, presque fascinante, réussissait dans son entreprise, il aurait bientôt un chien aussi magnifique que Newman. Pour peu qu'on croie aux miracles…

Une heure plus tard, épuisé, Simon se laissait tomber sur le canapé de son living. Jaws se tapit à ses pieds en gémissant.

— Bon sang, tu n'arrêtes donc jamais ? J'ai l'impression de sortir d'un entraînement de marines.

Il souleva le chiot, qui s'empressa de lui lécher le nez en frétillant.

— Oui, oui. Tu as bien travaillé. On a bien travaillé tous les deux.

Il lui gratta les oreilles. Quelques secondes plus tard, tous deux dormaient comme des souches.

3

Une longue journée de cours l'attendait. En prévision, Fiona avait besoin d'une solide mise en route. Hésitant entre céréales aux fruits et gâteaux à la confiture, elle buvait son café et regardait ses chiens s'ébattre dehors. Un spectacle dont elle ne se lassait pas. Quelle chance de pouvoir vivre en compagnie de ses animaux et d'accomplir d'importantes missions avec eux !

Elle repensait au petit garçon bien au chaud désormais, à ce père en larmes étreignant un brave toutou maintenant en pleine activité de cabrioles dans le jardin. À cet instant, les trois labradors s'immobilisèrent puis foncèrent vers l'avant de la maison. Quelqu'un venait de franchir le petit pont.

Flûte ! On était à une bonne heure du début des cours ; elle avait envie de prendre son petit déjeuner tranquille avant de communiquer avec d'autres humains. Cependant, en ouvrant la porte d'entrée, elle changea d'avis. Pour Sylvia, elle était toujours partante.

Nerveuse, racée et bien faite, avec ses beaux cheveux bruns ondulés, celle-ci sortait de son élégant hybride. Elle portait des cuissardes à petits talons et une large jupe assortie à un pull prune provenant sans doute de son propre entrepôt. D'énormes boucles d'oreilles en argent dansaient à chacun de ses mouvements alors qu'elle libérait son joyeux boston terrier, Oreo.

Ils furent accueillis par des manifestations exubérantes des trois labradors. Sylvia se faufila gracieusement parmi leurs sauts et leurs courses avant de décocher à Fiona ce sourire enchanteur dont elle avait le secret.

— Bonjour, ma belle ! On est en avance, je sais, mais j'avais envie de bavarder un peu. Tu as le temps ?

— Pour toi, toujours.

Fiona s'accroupit pour donner à Oreo la caresse qu'il réclamait avant de retourner batifoler avec ses collègues.

— Viens à la cuisine. Je vais te préparer du thé. Je n'ai pas encore pris mon petit déjeuner.

Sylvia commença par la serrer dans ses bras, comme chaque fois, puis la prit par la taille en l'accompagnant dans la maison.

— Tu sais que toute l'île est au courant, pour votre exploit d'hier avec Peck ? Vous avez sauvé la vie de ce petit garçon.

— Peck a été génial. Et ce qui l'a vraiment mis sur la piste, c'est le fait que Hugh ait dû faire pipi deux fois. Cela dit, je n'en reviens pas de la distance que peut parcourir un bambin de trois ans en pyjama.

— Il a dû avoir très peur.

— Je crois surtout qu'il avait froid et qu'il était fatigué.

Fiona brancha la bouilloire et présenta la boîte qu'elle garnissait régulièrement de toutes sortes de sachets d'infusions à l'intention de Sylvia.

— Pardon de ne pas t'avoir appelée immédiatement pour te l'annoncer.

— Ne t'en fais pas, dit sa belle-mère en choisissant une tisane pêche-cannelle. De toute façon, j'étais sortie choisir des poteries et, bien entendu, j'avais laissé mon portable dans la voiture. Il va vraiment falloir que je perde cette sale habitude.

Elle écarquilla les yeux en voyant Fiona sortir le paquet de Froot Loops.

— Tu ne vas pas te gaver de sucre comme ça !

— Euh… c'est plein de fruits.

— Assieds-toi, que je te prépare un petit déjeuner digne de ce nom !

— Je t'assure…

— Tu n'as plus dix ans, marmonna Sylvia en ouvrant le réfrigérateur. Hum… voyons. Tu vas goûter de bons toasts grillés aux blancs d'œufs.

— Tu crois ?

— Pendant ce temps, raconte-moi ce que tu penses de ton nouvel élève. Intéressant, pas vrai ?

— Avec un peu d'entraînement, on en fera un adorable compagnon.

Tout en sortant les ustensiles, Sylvia lui lança un coup d'œil en coin.

— Je parlais de Simon.

— Peut-être bien que moi aussi.

— Ha, ha ! Il est extrêmement doué, charmant quoique un peu mystérieux.

— Duquel parles-tu, là ?

— C'est malin !

D'une main experte, Sylvia séparait les blancs d'œufs des jaunes qu'elle déposait dans une boîte en plastique. Elle battit les blancs en neige avec un peu de fromage et d'herbes.

— Il possède une maison ravissante sur le détroit d'Eastsound, c'est un remarquable sculpteur ébéniste, il a de beaux yeux, de larges épaules, un joli chiot… et il est célibataire.

— Tout ce qu'il te faut. Qu'est-ce que tu attends, Sylvia ?

— Je ne me gênerais pas si j'avais vingt ans de moins, répondit celle-ci en déposant les blancs dans une poêle chaude. Vas-y, il est pour toi.

— Et que voudrais-tu que j'en fasse ? Sans compter que, comme pour les chiens, les hommes, ce n'est pas juste pour prendre du bon temps. Il faut pouvoir bâtir une relation pleine et entière avec eux.

— Commence par t'amuser, tu verras bien si tu as envie d'aller plus loin. Je ne sais pas, moi, si tu te lançais dans le concept fou d'un rendez-vous ?

— Écoute, je sais que j'ai une réputation de fêtarde. J'aime bien les soirées entre amis, il m'arrive de sortir avec des hommes et de prendre du bon temps, comme tu dis. Mais là, n'insiste pas, parce que c'est l'hôpital qui se moque de la charité.

— J'ai épousé l'homme que j'aimais et passé dix merveilleuses années avec lui. Parfois, je me sens flouée d'en avoir si peu profité.

— Je sais.

Fiona lui caressa l'épaule en songeant à son père.

— Tu l'as rendu tellement heureux !

— Et vice versa. Je ne peux que t'en souhaiter autant.

Elle glissa les blancs cuits sur les deux toasts qui venaient de dorer dans le grille-pain.

— Tiens, mange ton petit déjeuner.

— Oui, m'dame.

Elles s'assirent l'une en face de l'autre, et Fiona goûta une première bouchée.

— C'est délicieux

— Tu vois, il m'a fallu à peine plus de temps pour le préparer que toi pour te verser un bol de corn flakes ultrasucrés.

— Tu exagères leur nocivité, mais ces toasts sont trop bons pour que j'insiste.

— Bon, alors pendant que tu avales un repas bien sain, je vais te raconter ce que je sais de Simon Doyle. Et ne viens pas me dire que ça ne t'intéresse pas.

— Si, si... modérément.

— Il a trente-trois ans et vient de Spokane, mais il a vécu à Seattle ces sept dernières années.

— Spokane et Seattle, le jour et la nuit.

— Plutôt, oui. Son père est entrepreneur à Spokane, avec le frère aîné de Simon. Il a fini major des beaux-arts et d'architecture à l'université de Californie du Sud, puis a travaillé comme ébéniste avant de commencer à dessiner et à fabriquer ses propres meubles. Il s'en tirait très bien à Seattle, il y a même remporté des prix. Il a vécu une liaison torride avec Nina Abbott...

— La chanteuse ?

— Oui, la star pop, ou rock, je ne sais pas ce qui lui va le mieux.

— La peste de la pop, dit Fiona, la bouche pleine. Elle est un peu déjantée.

— Peut-être, mais ils ont vécu quelques mois ensemble après qu'elle lui a commandé des meubles pour sa maison sur l'île de Bambridge. Elle est originaire de l'État de Washington et tenait à y habiter.

— Je sais, je lis *People* et je regarde la télé de temps en temps. Je… Oh, attends, c'est donc lui ? Je me rappelle avoir lu des trucs sur elle et un menuisier. C'était ce que la presse disait de lui, qu'il était menuisier. Elle est sexy, a du talent, mais elle déraille de temps en temps.

— Il faut croire que les gens aiment ça. En tout cas, entre eux, ç'a été un flop. Cela dit, je ne crois pas que ça lui ait fait beaucoup de mal côté métier. Toujours est-il qu'il y a trois mois il est venu s'installer ici, et Island Arts est très fier et bien content d'être son revendeur exclusif dans les San Juan.

Sylvia leva sa tasse pour porter un toast.

— Tu as trouvé tout ça dans la bio qu'il t'a donnée pour la page Web d'Island Arts ?

— En fait il ne m'a pour ainsi dire rien donné, j'ai tout trouvé sur Google.

— Sylvia !

— Et alors ? Quand j'engage un artiste, je préfère savoir à qui j'ai affaire. Sans compter qu'au début je dois souvent faire le voyage jusque chez eux pour voir leurs œuvres. Tu ne voudrais pas que je tombe dans l'antre d'un meurtrier, quand même ?

— Je te parie que Google ne révèle rien du tout sur les meurtriers, sauf ceux qui sont déjà en prison ou morts et enterrés.

— Qui sait ? De toute façon, j'aime bien ce garçon et j'aime aussi son travail. Qu'en penses-tu ?

— Je l'ai trouvé un peu énervé sous prétexte que Jaws avait détruit son appuie-tête…

— Ouille !

— Oui, et il ne se sentait pas à l'aise avec ce chiot, ce qui peut fausser les choses. À première vue, et mis à part des qualités physiques…

— Qu'il possède indubitablement, la coupa Sylvia avec un clin d'œil.

— Je ne les conteste pas. Mais il me semble qu'il n'a l'habitude de s'occuper que de lui et qu'il doit surtout naviguer en solo. C'est un loup solitaire, en quelque sorte… sur lequel tu viens de m'apprendre quelques petites choses : qu'il vit seul sur le bras de mer d'une île, qu'il s'est éloigné de sa famille, qu'il a choisi cette carrière…

— Il arrive qu'un loup solitaire n'ait pas trouvé de compagne… ni de meute.

— Tu es une incorrigible romantique.

— Coupable, plaida Sylvia. Et fière de l'être.

— Bon, on peut mettre à son crédit que son chiot l'adore, qu'il n'a peur de rien. En ce moment, c'est cet animal qui me sert de référence et me donne l'impression que son maître a un bon fond. Même s'il ne le manifeste pas beaucoup. Ça se voit bien car, malgré son exaspération, il n'a pas cherché à se débarrasser du chien. Et quand on lui présente des solutions logiques il les accepte. Il a inscrit Jaws au jardin d'enfants et, sans se montrer follement ravi ni enthousiaste, il ne paraît pas le regretter. Alors, bien sûr, il n'a pas l'habitude de se sentir responsable d'un autre, mais il assumera quand il verra qu'il n'a pas le choix.

— Toi alors, tu aurais dû faire psycho ! Ou profileuse.

— Tout ce que je sais, ce sont les chiens qui me l'ont appris.

Fiona se leva pour aller déposer son assiette dans le lave-vaisselle puis revint vers Sylvia, qu'elle enlaça.

— Merci pour ce petit déjeuner.

— Je t'en prie.

— Prends un autre thé, je dois préparer mon cours.

— Je vais t'aider.

— Pas avec ces bottes. La pluie d'hier a rendu le sol boueux, il va falloir les échanger contre mes grosses galoches si tu veux m'accompagner. Tu les trouveras dans le vestiaire.

— Fee ?

— Oui ?

— Ça fait maintenant presque huit ans, pour toutes les deux.

— Je sais.

— Je m'en suis rendu compte ce matin. Parfois, j'y pense, à l'anniversaire de la mort de Will. C'est pour ça que j'ai voulu quitter la maison et, surtout, te voir. Je tiens à te dire combien je suis contente de t'avoir ici, de savoir que je peux passer te préparer un petit déjeuner ou emprunter tes galoches. Je suis si contente !

— Moi aussi.

— Il serait si fier de toi ! Il l'était, mais…

— Je sais et je suis heureuse de penser qu'il aurait été fier de ce que je fais. Greg aussi l'aurait été, je crois. Tout ce qui me restait de lui s'est envolé, sa voix, son odeur, même son visage. Je n'aurais jamais cru que je devrais un jour regarder une photo pour revoir son visage.

— C'est long, huit ans. Et puis tu étais si jeune ! Je sais que tu l'aimais, seulement, vous avez passé très peu de temps ensemble !

— Près de deux ans. Et il m'a enseigné tant de choses ! Si j'en suis là, aujourd'hui, c'est grâce à lui. Je l'aimais vraiment, Sylvia, mais je ne me rappelle même plus comment c'était.

— Nous aussi nous l'aimions, ton père et moi. C'était un homme bien.

— Le meilleur.

— Tu sais, si tu n'arrives plus vraiment à l'évoquer, c'est peut-être qu'il est temps pour toi de tourner la page.

— Je me demande, parfois… Enfin, il me semble que je ne pourrai jamais m'intéresser à quelqu'un d'autre.

— Les sentiments, ça peut vous tomber dessus sans crier gare.

— C'est vrai, je vais peut-être avoir une surprise. Mais, pour le moment, j'ai largement de quoi m'occuper. Mets des galoches.

Après son cours réservé aux chiens déjà bien entraînés, dont Oreo, Fiona se prépara pour un groupe de spécialisation, niveau débutant. La plupart de ses élèves venaient du continent et se préparaient à devenir des chiens de recherche et sauvetage. Certains y parviendraient, d'autres non. Mais elle les appréciait tous, et leurs propriétaires auraient eux aussi droit à quelques leçons d'entraînement.

À mesure qu'ils arrivaient, tous se congratulaient, humains et chiens... Fiona tenait beaucoup à ces moments chaleureux qui n'avaient à ses yeux rien d'une perte de temps, mais constituaient au contraire une étape vitale. Un chien qui n'aimait pas les contacts n'obtiendrait jamais de bons résultats. Si bien que ces dix minutes de rencontre permettaient de juger les progrès accomplis à la maison par les maîtres autant que par les chiens.

Elle les observa, les mains dans les poches de sa vieille veste à capuche.

— Très bien, allons-y. On va commencer par réviser les bases.

Elle les fit marcher, d'abord sagement, près de leurs maîtres, puis sans laisse... avec des résultats contrastés.

Faisant mine de s'adresser aux chiens, Fiona réprimandait plutôt les maîtres.

— On va devoir s'entraîner davantage sans laisse à la maison. On y est presque, mais on peut encore progresser. Maintenant, on essaie le rappel. Les maîtres reculent. Attendez que votre chien soit distrait pour lancer vos ordres. On reste bien ferme, et on n'oublie ni les récompenses ni les encouragements.

À dessein, elle détourna l'attention de quelques jeunes chiens en les caressant, en jouant avec eux. Si le pourcentage de réussite la surprenait agréablement jusque-là, il diminua notablement au rappel parce que les animaux ne pensaient plus qu'à jouer.

Elle élimina les plus dissipés et fit travailler aux autres les mouvements assis-debout tandis qu'elle s'entretenait en particulier avec quelques propriétaires.

— Il est essentiel que votre chien sache s'arrêter net quand on le lui demande. Par exemple, s'il court un risque qu'il n'a pas compris. En outre, s'il obtempère instantanément, cela prouve son absolue confiance en vous. Quand vous dites « halte ! », et quel que soit le mot que vous utilisez, il doit obéir sans la moindre hésitation. Il va falloir travailler ça au milieu d'autres gens et d'autres animaux. Marchez à côté de lui, laissez-le renifler, sans le tenir en laisse, et tout d'un coup lancez votre ordre.

Selon Fiona, ce n'était pas la partie canine de l'équipe qui avait besoin de se concentrer, mais la partie humaine. Certaines propriétaires se montraient trop hésitantes.

En quelques minutes, d'une voix claire et assurée, Fiona faisait courir puis arrêter les chiots à volonté, comme de petits soldats.

— Je ne sais pas pourquoi il refuse de se tenir comme ça avec moi, observa une jeune femme.

— Il sait qu'avec vous il peut n'en faire qu'à sa tête. Il ne croit pas que c'est vous qui commandez. Vous n'avez pas besoin de crier ni de vous mettre en colère, mais vous devez rester ferme, tout comme votre voix, votre expression, votre attitude. Qu'il sache que vous ne plaisantez pas.

— Je vais essayer.

Un peu mieux, se dit Fiona. Cependant, elle se doutait qu'il n'y avait là qu'une copie de ce qu'elle venait de démontrer. Si la jeune femme ne s'affirmait pas, son golden retriever aurait tôt fait de reprendre le dessus.

— Bon, on s'accorde une petite pause.

C'était le signal que ses propres chiens attendaient ; ils se mêlèrent au chaos général, les premiers à courir après les ballons et à faire mine d'attaquer.

— Je ne voudrais pas gâcher l'ambiance, mais…

Prenant son mal en patience, Fiona se tourna vers Earl Gainer, policier à la retraite et propriétaire d'un jeune berger allemand d'une intelligence remarquable, qui commençait toujours ainsi ses réflexions.

— Qu'est-ce qu'il y a, Earl ?

— Je sais que vous avez pour principe de jouer à fond la carte du jeu, mais il me semble qu'on passe dix fois trop de temps à laisser ces animaux s'amuser.

Et, comme chacun sait, le temps, c'est de l'argent.

— Je sais, ça peut sembler frivole, mais, à cet âge-là, leur capacité d'attention est très limitée. On a vite fait de trop les entraîner, de les lasser ; ensuite ils seront incapables de répondre à vos demandes et pourraient aller jusqu'à abandonner ou même à se révolter. Il faut leur laisser le temps de dépenser ce trop-plein d'énergie, de s'habituer à d'autres chiens, à d'autres humains. Nous allons essayer plusieurs nouveautés au cours de la dernière demi-heure, aujourd'hui.

Earl sembla aussitôt rasséréné.

— Par exemple ?

— Commençons par leur accorder encore deux ou trois minutes. Kojak possède un énorme potentiel, vous le savez. Il est intelligent et ne demande qu'à vous faire plaisir. Si vous vous en tenez à notre programme au cours des deux semaines qui viennent, nous intensifierons les séances de reniflage, mais, auparavant, il faut renforcer votre communication avec lui, sa sociabilité et sa discipline.

Earl émit un léger sifflement.

— J'ai entendu parler de ce que vous avez fait, hier, avec votre chien, pour retrouver ce gosse. C'est à ça que je voudrais arriver.

— Je sais, et avec votre entraînement et votre expérience vous devriez obtenir d'excellents résultats. Mais il faut donner à Kojak l'envie de s'y mettre. Il est sur la bonne voie, je vous assure.

— Tous les spécialistes disent que vous êtes une des meilleures de la région, peut-être même des États du Nord-Ouest. C'est bien pour ça que nous prenons le ferry deux fois par semaine. Enfin, en tout cas, Kojak s'amuse bien.

— Tout en apprenant…

Elle tapota le bras d'Earl puis appela ses propres chiens et les renvoya sur la véranda où ils s'étendirent pour regarder la suite du spectacle.

— Faites-les marcher à côté de vous ! lança-t-elle.

Lorsque les rangs furent formés, elle expliqua :

— Un chien de recherche et de sauvetage doit pouvoir intervenir sur différents terrains, en pleine campagne, sur de la terre gelée, sur des rochers, dans les bois, en pleine ville. Et puis il y a l'eau. Aujourd'hui, nous allons parler de l'eau.

Elle montra une piscine gonflable qu'elle avait déjà remplie puis ramassa une balle de caoutchouc.

— L'un après l'autre, chacun à son tour, vous allez lâcher votre chien sans laisse et lui lancer cette balle dans la piscine, puis lui ordonner d'aller la chercher. Ne vous inquiétez pas, j'ai prévu des serviettes. Earl, si vous passiez le premier avec Kojak ? Mettez-vous à trois mètres du bord.

Earl s'installa, détacha son chien, le caressa brièvement, lui montra la balle.

— Va chercher, Kojak !

Et il la lança. Le berger allemand démarra comme une fusée, sauta puis plongea, ressortit la balle entre les dents, l'air complètement ahuri, avec une expression que Fiona traduisit mentalement par « c'est quoi, ce merdier ? ». Ça ne l'empêcha pas de revenir vers son maître au premier signe de celui-ci.

Frimeur ! pensa Fiona, amusée, d'autant que le chien se secouait soudain avec une telle vigueur qu'il arrosa Earl des pieds à la tête.

— Vous avez vu ? s'écria celui-ci, ravi. Du premier coup !

— Il s'est débrouillé comme un chef.

Et toi aussi.

En règle générale, Fiona s'efforçait de prévoir une heure entre chaque cours, car elle savait que les propriétaires voulaient toujours lui parler, lui demander son avis.

Durant le peu de temps qui lui restait, elle parvenait à déjeuner en vitesse, à jouer avec ses propres chiens, à répondre au téléphone.

Comme elle disposait cette fois de trois quarts d'heure après le départ de la dernière voiture sur le petit pont, elle lança quelques balles à ses labradors, tira à la corde, avant de filer à la maison croquer des biscuits au fromage suivis d'une pomme pour ne pas se sentir trop coupable.

Elle mangea tout en écoutant les messages laissés sur son répondeur, enregistra quelques notes sur son blog qu'elle mettait à jour trois ou quatre fois par semaine. Il amenait des gens sur son site Web, ou vice versa, et parfois des élèves pour son école. Ensuite, elle prit encore le temps de vider la piscine avant d'aller préparer le cours suivant. Une voiture passa alors sur le petit pont. Fini la tranquillité. C'était d'autant plus surprenant qu'elle ne reconnaissait pas le véhicule. Mettant une main en visière, elle parvint à en identifier les passagers, Rosie et Devin Cauldwell ; elle aperçut aussi Hugh à l'arrière.

— Sages, les chiens !

Comme la voiture se garait, les trois labradors s'assirent en rang.

Devin sortit de leur côté.

— Salut, Peck !

Le chien lui tendit la patte, et il la serra en riant.

— Ravi de te revoir.

Fiona lui présenta les deux autres.

— Newman et Bogart.

— On dirait que vous aimez les stars du cinéma classique ! observa-t-il. J'espère que nous ne vous dérangeons pas.

— Pas du tout.

Elle se tourna vers Hugh, que sa mère tenait par la main et qui paraissait en pleine forme dans son sweat à capuche rouge et son jean.

— Ça va, Hugh ? Tu veux dire bonjour à Peck et à ses copains ?

— Toutou ! dit l'enfant en étreignant le cou de Peck. Y m'a trouvé pacque j'étais perdu.

Il embrassa aussi les deux autres chiens.

— Je ne vous ai même pas remerciée, hier, commença Rosie.

— Vous étiez un peu préoccupée.

Voyant son fils se jeter sur les animaux qui se roulaient par terre, leur tirer la queue et les oreilles, elle s'inquiéta.

— Ce… ça ne risque rien ?

— Ils sont ravis. Ils adorent les enfants.

— Voilà un moment que nous envisageons de prendre un chien. Nous pensions attendre encore une année, mais maintenant… Quelle race nous recommanderiez-vous pour un bambin remuant ?

— Comme vous le voyez, j'ai une préférence pour les labradors. Ils sont géniaux avec les enfants, avec toute la famille, mais ils aiment la compagnie et ont besoin d'espace.

— Nous avons un jardin et aussi un parc près de la maison. Vous savez ce que j'aimerais ? S'il existe un autre Peck, je le prends tout de suite. Pardon…

Elle étouffa un sanglot avant d'ajouter :

— Pardon, je ne suis pas encore tout à fait remise de mes émotions, madame Bristow…

— Fiona.

— Fiona, dit-elle en lui prenant les mains. Jamais je ne pourrai vous dire ma reconnaissance, vous l'exprimer. Je ne vois aucune récompense…

— Hugh s'amuse avec les chiens. La voilà, ma récompense.

Devin posa une main sur l'épaule de sa femme.

— Nous avons écrit à votre centre de recherche et de sauvetage pour féliciter votre équipe. Nous envoyons la lettre aujourd'hui, accompagnée d'un don. C'est toujours ça.

— C'est beaucoup. Je vous en remercie.

— Quand nous aurons notre chiot, nous l'inscrirons à vos cours, ajouta Rosie. Je tiens à ce que ce soit vous qui nous aidiez à le dresser. C'est le shérif Englewood qui nous a parlé de votre école.

— Et nous allons certainement vous soutenir. Mais, avant de partir… Hugh, tu n'as pas quelque chose pour Mme Bristow et Peck ?

Guidé par sa maman, l'enfant courut vers la voiture.

— On nous a dit que vous aviez trois chiens, continua Devin, alors on en a pris un pour chacun.

Hugh revint les bras chargés de trois énormes os de cuir qu'il laissa tomber devant les animaux.

— Veut pas ? demanda-t-il, comme ils restaient sagement assis.

— Ils ne les prendront pas tant que tu ne leur auras pas dit qu'ils peuvent le faire, expliqua Fiona.

— Prends l'os ! cria Hugh. Prends l'os !

Sur un signe de Fiona, les labradors bondirent joyeusement et parurent saluer l'enfant de la tête, ce qui le fit rire aux éclats.

— Y z'ont dit merci beaucoup !

— Hugh a choisi ceci pour vous, ajouta Rosie en tendant à Fiona un bouquet de tulipes rouges. Il trouvait qu'elles ressemblaient à des sucettes.

— C'est vrai, et elles sont magnifiques. Merci.

— J'ai fait un dessin, dit Hugh en prenant le papier à sa mère. C'est moi et Peck et toi.

— Ouah ! s'exclama Fiona devant l'image pleine de gribouillis multicolores. C'est magnifique !

— Là, le grand chien, c'est Peck, et puis moi sur tes épaules, et puis Wubby. On a écrit les noms.

— C'est un superbe dessin.

— Tu peux le mettre sur ton frigo.

— Certainement, c'est ce que je ferai, Hugh.

Elle l'embrassa, heureuse de serrer dans ses bras ce petit enfant turbulent, innocent et joyeux.

Après leur avoir adressé un dernier signe de la main, Fiona rentra placer le dessin sur son réfrigérateur et disposer les tulipes dans un vase bleu.

Il lui restait quelques minutes avant l'arrivée des élèves du cours suivant.

4

Le meilleur ami de l'homme, n'importe quoi !

Après une course effrénée suivie d'une bataille rangée, Simon parvint à arracher aux dents acérées de Jaws un maillet méchamment entaillé. Alors que le chiot bondissait autour de lui comme un ressort, il eut presque envie de lui en asséner un bon coup sur le crâne. Non qu'il le ferait, mais ce n'était pas un crime de l'imaginer. Il voyait déjà ses yeux en croix et les petits oiseaux voletant autour de sa tête.

— Je ne sais pas ce qui me retient…, marmonna-t-il.

Il rangea l'outil sur son établi puis jeta un nouveau regard circulaire sur le fouillis de jouets et d'os jonchant le sol.

— Pourquoi ça ne sert à rien ? Et ça ? Tiens, va bousiller ça.

Il lui tendit un morceau de corde que le chiot avait déjà bien attaqué. Quelques secondes plus tard, alors que Simon essuyait le maillet endommagé, Jaws venait jeter la corde sur ses pieds et s'asseyait en remuant la queue, la tête penchée sur le côté, les yeux brillants.

— Tu ne vois pas que je suis occupé ? Je n'ai pas le temps de jouer toutes les cinq minutes. Sinon, qui te nourrira ?

Il revint à l'armoire à vins en cours de fabrication, un confiturier d'ébène et de merisier sculpté ; une merveille, lui-même le reconnaissait. Il était en train d'ajuster la dernière moulure lorsque le chiot attaqua ses lacets. Concentré sur son travail, Simon prit une pince. Secousse, colle, secousse, pince. Les grondements et les jappements de Jaws se mêlaient aux échos du disque de U2.

Satisfait, Simon passa une dernière fois les doigts sur le bois soyeux. Après quoi, il se dirigea vers deux rocking-chairs dont il voulait vérifier l'assemblage, entraînant dans la sciure le chien qui ne voulait pas lâcher prise.

Finalement, Jaws était parvenu à le faire jouer malgré lui.

Simon travailla presque deux heures, non sans s'interrompre souvent pour envoyer promener le chiot, le ramasser, puis l'emmener faire ses besoins dans le coin du jardin qu'il avait baptisé Crotteville.

Après tout, il pouvait bien marcher un peu, profiter de l'air et de la lumière, cela lui changerait les idées. Il aimait tant contempler le soleil ou la lune dansant sur le détroit, s'arrêter sur sa petite colline pour écouter le chant de l'eau en contrebas, ou s'asseoir un moment sur la terrasse de son atelier pour contempler l'épaisse forêt qui fermait son monde au reste de l'île. Ce n'était pas pour rien qu'il s'était installé là. Il n'aspirait à rien tant qu'à la solitude, à la tranquillité, au milieu de beaux paysages.

Tout bien réfléchi, sans doute sa mère avait-elle eu raison de lui imposer ce chiot. Cela l'obligeait à sortir un peu, et c'était, après tout, le but de son déménagement. Profiter de la nature, se détendre, vivre en harmonie avec ce qui l'entourait, l'air, l'eau, les arbres, les collines, les rochers, autant de sources d'inspiration pour ses modèles.

Couleurs, formes, textures, courbes et angles. Et le chant des oiseaux à la place du bruit des voitures et des gens.

Simon décida de se fabriquer une large banquette rustique pour l'installer là ; en teck de récupération, s'il parvenait à en trouver, avec des bras assez larges pour pouvoir y poser sa bière.

Il regagna son atelier pour tracer les croquis qui lui venaient à l'esprit et se souvint soudain de l'existence de son chien. Contrarié de ne pas le trouver à ses pieds, au risque, une fois sur deux, de lui marcher dessus, il l'appela à plusieurs reprises, jura, sentit son cœur se serrer. Lancé à sa recherche, il commença par vérifier dans l'atelier si Jaws n'était pas retourné tout y casser, puis regarda autour de la maison, dans les buissons, sans cesser de l'appeler et de siffler. Il inspecta la colline dominant la mer, l'étroit sentier menant à la route.

Pas de Jaws, nulle part.

Après tout, il saurait bien revenir… Mais jusqu'où un petit chien pouvait-il aller ? Tout en essayant de se rassurer, Simon regagna son atelier et se remit au travail. Et si un faucon ou un renard l'avait attaqué ? D'ailleurs, n'avait-il pas aperçu un aigle, un jour ? Cependant…

De nouveau, il s'arrêta pour essayer de se raisonner. Au fond, il était furieux de perdre son temps à s'occuper de cette bestiole qui ne lui apportait que des ennuis. Néanmoins, il lança de nouveau son nom. Il entendit alors des glapissements et se rassura en s'avisant qu'ils n'étaient ni plaintifs ni penauds, mais bel et bien joyeux.

— Viens ici, Jaws, petite crapule !

Il se dirigea vers les cris montant des buissons et vit soudain jaillir le chiot, tout sale, essayant de transporter le cadavre en décomposition d'un énorme oiseau. Et lui qui s'inquiétait qu'un faucon ait pu l'attraper…

— Arrête ! Lâche ça tout de suite !

Les yeux brillants, Jaws émit un grondement de plaisir en tirant de nouveau sa proie.

— Ici ! Au pied !

Et Jaws de déposer triomphalement son trophée devant lui.

— Mais qu'est-ce que tu veux que j'en fasse ?

Simon souleva le chiot de terre avant d'envoyer les restes de l'oiseau dans le buisson. Jaws se débattit.

— En plus, tu empestes ! Où tu es allé traîner ?

Ce disant, il emporta vers la maison cette petite boule puante qui le léchait avec ardeur. Même un tuyau d'arrosage n'en viendrait pas à bout. Il fallait un shampooing, quitte à inonder la salle de bains. Au passage, Simon déposa son portefeuille sur une table puis entra lui-même dans la douche, se déshabilla tandis que Jaws attaquait son jean. Enfin, il ouvrit l'eau.

— Tiens, goûte-moi ça.

Le chiot tenta de s'enfuir, mais, les dents serrées, Simon attrapa le savon.

Ils étaient en retard. Fiona regarda encore l'heure, haussa les épaules et continua de planter pervenches et pensées dans une jarre. Simon allait devoir apprendre à respecter les horaires, mais pour le moment, elle appréciait ce luxe rare de disposer d'un peu de temps pour s'occuper de ses fleurs. Ses labradors sommeillaient non loin de là tandis qu'elle écoutait du rock sur son iPod.

Si ses nouveaux élèves ne se présentaient pas, elle attaquerait l'autre jarre puis emmènerait les chiens jouer à cache-cache dans les bois. Il faisait beau, avec juste un peu de vent, mais assez de ciel bleu pour se sentir bien. Elle défroissait les pétales lorsque le pick-up apparut.

— C'est Simon, annonça-t-elle aux chiens qui se levaient déjà. Simon et Jaws.

Comme ses élèves arrivaient dans sa direction, elle mit la touche finale à son œuvre, disposa le dernier pot de pensées dans la deuxième jarre.

Lorsque Simon lui tapota l'épaule, elle ôta ses écouteurs.

— Pardon, vous disiez ?

— On est sûrement en retard.

— Juste un peu…

— On a des excuses.

— Le monde en regorge.

— Certainement, et ce n'est pas la mort d'un oiseau qui y changera quelque chose.

— Ah ?

Tout en se débarrassant de ses gants, Fiona jeta un regard vers le chiot, qui faisait mine de se battre férocement avec Bogart.

— Il a attrapé un oiseau ?

— Je crois qu'il n'y est pour rien car, à l'odeur, je dirai que sa mort remonte à plusieurs jours.

— Ah ! Et il vous l'a rapporté ?

— Oui, mais pas avant de s'être bien roulé dedans.

— Et comment a-t-il réagi au bain ?

— On a pris une douche.

— C'est vrai ? dit-elle en ravalant un éclat de rire qu'il risquait de ne pas apprécier. Ça a marché ?

— Il a bien essayé d'échapper à l'eau puis au savon… mais, finalement, il a eu l'air d'y prendre goût. Somme toute, on a peut-être trouvé un terrain d'entente, tous les deux.

— C'est un début. Qu'avez-vous fait du cadavre ?

— L'oiseau ? Je l'ai renvoyé dans son buisson, pourquoi ?

— Il vaudrait mieux le mettre dans un sac-poubelle et le jeter. Sinon, Jaws le récupérera à la première occasion.

— Génial !

— Les chiens se shootent aux odeurs. Il n'a fait que suivre son instinct.

Et l'humain, pensa-t-elle, *a fait ce qu'il devait… Sauf me téléphoner pour me prévenir qu'il serait en retard.*

— Dans ces conditions, vous aurez droit à un cours complet. Vous avez fait vos exercices ?

— Oui, oui. Il s'assied sur commande. Et il vient sur commande, du moins quand ça lui chante. Depuis la dernière fois, il a attaqué et, parfois, dévoré une télécommande, un coussin, un rouleau de papier toilette, une marche d'escalier, un paquet de chips, deux chaises et un maillet. Et, oui, j'ai essayé de rectifier le tir. Il n'en a rien à fiche.

— Il faut apprendre à protéger sa maison contre un chiot.

Fiona frappa dans ses mains.

— Jaws ! Viens là ! Viens !

Il arriva en bondissant et atterrit à ses pieds.

— Bon chien ! dit-elle en sortant une récompense de sa poche. Tu es trop mignon !

— Arrêtez les violons !

— Il faut savoir positiver et encourager.

— On voit que vous ne vivez pas avec lui.

— Certes, dit-elle en déposant sa petite pelle sur les marches. Assis !

Jaws obéit et accepta une autre friandise, d'autres câlins, d'autres félicitations. Néanmoins, elle le voyait qui louchait déjà sur la pelle.

Dès qu'elle reposa les mains sur ses genoux, il fonça, rapide comme l'éclair, et s'enfuit en courant, l'outil entre les dents.

Saisissant Simon par la main, Fiona l'empêcha de se lancer à sa poursuite.

— Ne faites pas ça, il croira que c'est pour jouer. Bogart, apporte-moi la corde.

Sans bouger, elle appela Jaws. Il arriva à fond de train pour repartir aussitôt.

— Vous voyez, il veut nous entraîner. Si on y va, il aura gagné.

— S'il mange votre outil, il aura gagné encore plus.

— C’est une vieille pelle. Cela dit, il ne saura pas qu’il a gagné si on ne joue pas son jeu. On ne joue pas, Jaws ! Reviens !

Elle sortit une autre friandise de sa poche. Après une courte hésitation, le chiot fit demi-tour.

— Ce n’est pas à toi !

Elle lui ouvrit le museau, reprit l’outil en secouant la tête.

— Pas à toi. Ça, c’est à toi.

Et elle lui donna la corde.

De nouveau, elle déposa la pelle. De nouveau, il se jeta dessus. Cette fois, Fiona claqua la main dessus et secoua la tête.

— Pas à toi. Ça, c’est à toi.

Elle répéta le processus avec une patience infinie, tout en ajoutant ses commentaires à l’adresse de Simon.

— Essayez de ne pas dire trop souvent non. Il faut réserver ce mot pour les moments où le chien doit s’arrêter net. Quand c’est important. Là, vous voyez, il ne s’intéresse plus à la pelle parce qu’on ne veut pas jouer. En revanche, on va jouer avec la corde. Attrapez-en un bout, secouez-le un peu.

Simon s’assit à côté d’elle, attendit que le chien attrape la corde pour tirer l’autre extrémité.

— Je ne dois pas être fait pour les animaux.

Elle lui tapota le genou, comme pour le rassurer.

— Ça m’étonnerait ! Quand on prend une douche avec son chien…

— Je n’avais pas le choix.

— C’était très bien vu, efficace et original.

Ainsi, tous les deux sentaient le savon et la sciure de bois. Très agréable.

— Il apprendra. Vous apprendrez ensemble. Il commence à être propre ?

— Ça marche plutôt bien.

— Vous voyez ! Vous avez résolu le problème ; en plus, il s'assied sur commande.

— Et se promène dans les bois pour se rouler sur des oiseaux morts, dévore ma télécommande…

— Simon, vous ne voyez que le mauvais côté des choses !

Il lui jeta un tel regard qu'elle pouffa.

— Vous faites des progrès ! assura-t-elle. Apprenez-lui maintenant à venir chaque fois que vous l'appelez. C'est essentiel. On va l'entraîner un peu à la laisse et lui faire réviser tout ce qu'il sait déjà.

Alors qu'elle se levait, elle vit une voiture de police passer le pont.

— Profitons-en, ajouta-t-elle, pour lui enseigner à ne pas se jeter sur toutes les voitures qui arrivent… ni sur tous les visiteurs. Vous devez le contrôler, lui parler.

Elle adressa un signe au shérif adjoint Davey qui garait la voiture et attendit qu'il en sorte.

— Salut, Davey !

— Salut, Fee. Ça va ? Excusez-moi, je ne savais pas que vous étiez en plein cours.

Il se pencha pour caresser les trois labradors.

— Pas de souci. Tenez, je vous présente Simon Doyle et Jaws. Le shérif adjoint Englewood.

— Ah oui ! dit Davey en lui adressant un signe. C'est vous qui avez racheté la propriété Daub. Enchanté.

Puis il se pencha vers le chiot.

— Et toi, bonhomme, ça va ?

Il se releva en souriant.

— Je ne voudrais pas vous déranger. Continuez votre leçon.

— C'est bon, répondit Fiona. Simon, si vous repreniez un peu le travail à la laisse ? Je reste ici. Qu'est-ce qui se passe, Davey ?

Tandis que Simon se dirigeait vers son pick-up, le shérif adjoint dit à voix basse :

— Si on allait faire un tour de notre côté ?

— Holà ! Vous me faites peur. Qu'est-ce qui se passe ? C'est Sylvia ?

— Non, elle va bien, pour autant que je sache.

Il lui posa une main sur l'épaule et l'entraîna vers le côté de la maison.

— On a reçu des nouvelles, ce matin, et le shérif m'a demandé de venir vous prévenir.

— À quel sujet ?

— Une femme a disparu à la mi-janvier, en Californie, du côté de Sacramento. Un matin, elle est partie faire son jogging et n'est jamais revenue. On l'a retrouvée une semaine plus tard dans la forêt nationale d'Eldorado, dans une tombe superficielle, peu profonde. Un appel anonyme avait donné l'info à la police.

Le cœur battant, Fiona déglutit sans répondre.

— Il y a dix jours, une autre femme est sortie courir tôt le matin à Eureka, en Californie.

— Où l'a-t-on retrouvée ?

— Dans la forêt nationale de Trinity. La première avait dix-neuf ans, la seconde, vingt. Des étudiantes. Sociables, sportives, célibataires. Toutes les deux travaillaient à mi-temps, l'une dans un bar, l'autre dans une librairie. Toutes les deux ont été immobilisées à l'aide d'un pistolet paralysant, puis ligotées avec des cordes en Nylon, bâillonnées avec du ruban adhésif. Toutes les deux ont été étranglées à l'aide d'une écharpe rouge laissée sur leur corps.

Tenant tant bien que mal sur ses jambes flageolantes, Fiona eut l'impression que son cœur cessait de battre.

— Et attachée avec un nœud à boucle, balbutia-t-elle.

— Oui, attachée avec un nœud à boucle.

Fiona porta une main sur son cœur, le sentit palpiter.

— Perry est en prison. Encore maintenant.

— Il n'en sortira jamais, Fee. Il y est pour la vie.

— Alors c'est un imitateur.

— Pire que ça. Il y a des détails que l'enquête n'avait jamais révélés, par exemple, qu'il recueillait une mèche de cheveux sur ses victimes et inscrivait un numéro sur le dos de la main droite.

Le vertige s'éloignait pour laisser place à un début de nausée.

— Il l'aura dit à quelqu'un, ou c'était peut-être un enquêteur… quelqu'un du labo ou de l'équipe médicale.

— Sans doute, approuva Davey sans la quitter des yeux. En tout cas, c'est par là qu'on va commencer.

— Ne me prenez pas pour une idiote ! Des dizaines de gens peuvent avoir divulgué ces informations. Et ça remonte à près de huit ans...

— Je sais. Désolé, Fee. Sachez que la police fait son possible. Je voulais vous prévenir avant que la presse établisse la relation. Ils pourraient vouloir vous interroger.

— Les journalistes, je m'en charge. Et la famille de Greg ?

— On va les avertir eux aussi. Je sais que c'est dur pour vous, Fee, mais je ne voudrais pas vous inquiéter. Ils vont l'arrêter. Et puis ce connard imite Perry dans les moindres détails. De jeunes étudiantes. Vous n'avez plus vingt ans.

— Non, dit-elle avec effort. Mais je suis la seule à lui avoir échappé.

Simon n'avait pas besoin d'entendre la conversation pour se rendre compte que quelque chose n'allait pas. Mauvaise nouvelle, ou ennuis, ou les deux.

Il eut envie de remettre le chien dans le pick-up et de s'en aller. Ça paraîtrait grossier, mais il s'en moquait. En revanche, ce serait une preuve de totale indifférence, et, cela, il ne le voulait surtout pas. Mieux valait attendre le départ du shérif adjoint, laisser la femme lui présenter ses excuses si elle le souhaitait et puis s'éclipser.

En outre, merveille des merveilles, il parvenait à garder Jaws au pied au moins une fois sur trois, même si les autres chiens venaient le distraire. Il allait donc pouvoir rentrer fêter ça chez lui avec une bonne bière. Et il pourrait mettre l'oiseau dans un sac-poubelle.

Au départ de la voiture de patrouille, Simon s'attendait à voir Fiona venir dans sa direction pour lui présenter ses excuses. Ce ne fut pas le cas. Elle resta sur place, l'air pensif, à contempler la route. Puis elle alla s'asseoir sur les marches de la véranda.

Bon, décida Simon, *c'est moi qui vais présenter mes excuses, trouver un prétexte pour filer… j'avais oublié un rendez-vous, le chien vient avec moi, etc. À plus.*

Il se dirigea vers elle, content de constater qu'il lui fallait seulement deux petites saccades pour voir le chien lui emboîter sagement le pas. Plus il s'approchait d'elle, plus il était frappé par sa pâleur, par ses mains tellement crispées qu'elles en tremblaient. Impossible de garder une attitude décontractée. Il retint Jaws avant que celui-ci saute dans les bras de Fiona.

— Mauvaises nouvelles ? demanda-t-il.

— Pardon ?

— Le shérif adjoint vous a donné de mauvaises nouvelles. Sylvia va bien ?

— Oui. Ça ne la concerne pas.

Sentant son désarroi, ses chiens s'étaient silencieusement approchés d'elle, et le grand labrador jaune posa la tête sur ses genoux.

— Ah…, soupira-t-elle. Il faudrait…

Elle paraissait se débattre pour sortir du trou où elle venait de tomber.

— Il faudrait reprendre l'exercice…

— Pas aujourd'hui.

Elle leva sur lui des yeux noyés, il n'aurait su dire de quoi… Chagrin ? Peur ? Effroi ?

— Non, admit-elle. Pas aujourd'hui. Désolée.

— Pas de problème. On verra ça la prochaine fois.

Voyant qu'il hésitait, elle poussa un soupir.

— Simon. Est-ce que ça vous ennuierait… Pourriez-vous rester un instant ?

Il avait envie de dire non, regrettait son manque de fermeté. Peut-être aurait-il été plus ferme s'il n'avait senti à quel point elle prenait sur elle pour lui demander ça.

— Si vous voulez.

— Laissez-le donc courir un peu. Les grands vont le surveiller. Allez jouer avec Jaws ! Mais pas trop loin. Allez…

Les chiens gémirent un peu et s'éloignèrent, non sans lui jeter un regard interrogateur.

— Ils savent que je suis perturbée et préféreraient rester jusqu'à ce que ça aille mieux. Et vous, vous préféreriez partir.

Il s'assit près d'elle.

— Oui. Je ne suis pas très doué pour ce genre de chose.

— C'est mieux que pas doué du tout.

— D'accord. Je suppose que vous voulez me raconter ce qu'on vous a dit.

— Sans doute. De toute façon, ça va faire le tour de l'île.

Pourtant, elle resta silencieuse un moment, puis parut se reprendre.

— Il y a quelques années ont eu lieu plusieurs enlèvements suivis de meurtres. Des jeunes femmes entre dix-huit et vingt-trois ans, douze étudiantes en trois ans. Tuées et enterrées en Californie, au

Nevada, en Oregon, au Nouveau-Mexique, dans l'État de Washington.

Cela rappelait quelque chose à Simon, mais il ne fit aucun commentaire.

— Elles se ressemblaient, pas physiquement puisqu'il y en avait de toute origine, mais elles avaient à peu près la même éducation, étaient sportives, aimaient sortir, voir du monde. Il suivait sa proie des semaines durant quand il l'avait choisie, enregistrait méticuleusement tout ce qui concernait son emploi du temps, ses habitudes, sa garde-robe, ses amis, sa famille. Il utilisait un magnétophone et un carnet. Ses victimes faisaient chaque jour du jogging, de la marche ou du vélo.

Simon avait l'impression de voir un nageur s'apprêter à plonger dans un marécage.

— Il préférait les femmes qui sortaient seules, tôt le matin ou au crépuscule. Il venait à leur rencontre, comme n'importe quel joggeur ou cycliste, et, au moment où il les croisait, il les endormait à l'aide d'un pistolet paralysant puis les emportait dans sa voiture. Il tapissait le coffre de plastique afin de ne laisser aucune trace.

— Méthodique, laissa échapper Simon.

— Oui, très.

Aussitôt, elle reprit son récit d'un ton morne, comme si elle récitait par cœur un rapport.

— Il les ligotait avec des cordes en Nylon, les bâillonnait avec du ruban adhésif puis leur administrait un léger sédatif pour qu'elles se tiennent tranquilles. Il les emmenait dans un parc national. Il avait déjà choisi l'endroit. Alors que les recherches commençaient là où elles avaient disparu, il se trouvait à des kilomètres de là, forçant ces femmes sonnées à marcher sur un chemin dans la nuit.

Sa voix tremblait, et elle avait croisé les mains sur ses genoux, le regard dans le vague.

— Il commençait par creuser une tombe peu profonde. Il voulait qu'on les trouve. Il aimait qu'elles le regardent creuser, alors il les attachait à un arbre. Elles ne pouvaient pas le supplier d'arrêter, même pas lui demander pourquoi il faisait ça, parce qu'il ne leur ôtait jamais leur bâillon. Il ne les violait pas, ne les torturait pas physiquement, ne les battait pas, ne les mutilait pas. Il sortait juste une écharpe rouge et, sans les détacher, les étranglait. Quand il avait fini, il la leur nouait avec une boucle autour du cou et les enterrait.

— Le tueur à l'écharpe rouge. C'est comme ça que la presse l'appelait. Je m'en souviens. On l'a attrapé alors qu'il venait de tuer un flic.

— Greg Norwood. Le flic s'appelait Greg Norwood, et son chien, Kong.

Ces dernières paroles furent prononcées d'une voie vibrante.

— Vous le connaissiez ?

— Perry les avait guettés un bon moment. Greg avait un coin, un joli petit chalet de week-end près du lac Sammamish, où il aimait entraîner Kong une fois par mois. Rien que tous les deux, pour se retrouver entre mecs, comme il disait.

Les doigts de Fiona étaient si crispés sur ses genoux qu'ils en blanchissaient aux jointures.

— Il a d'abord tiré sur Greg, ce qui a sans doute été son erreur. Il a ensuite tiré deux balles sur Kong, mais le chien continuait de venir sur lui. On a ainsi pu reconstituer le déroulement des faits, et c'est ce que Perry a raconté ensuite quand il a échangé ces informations contre la commutation de sa peine de mort, après avoir perdu son procès. Kong l'a pas mal amoché avant de mourir. Perry était costaud, il a donc réussi à regagner sa voiture, et même à conduire sur quelques kilomètres avant de s'évanouir. En fin de compte, on a pu le capturer. Greg aussi était costaud. Il a survécu deux jours. C'était en septembre. Le 12 septembre. On devait se marier au mois de juin suivant.

Simon fit la réponse qui s'imposait :

— Désolé.

— Oui. Moi aussi. Perry a surveillé Greg des mois durant, peut-être plus. Méticuleusement, patiemment. Il l'a tué pour me rendre la monnaie de ma pièce. Parce que, voyez-vous, j'aurais dû être sa treizième victime, mais je lui avais échappé.

Elle ferma brièvement les yeux.

— Je voudrais boire quelque chose. Vous avez soif ?

— Oui…

Comme elle se levait, Simon se demanda s'il devait l'accompagner dans la maison et conclut qu'elle avait plutôt besoin d'un peu de temps pour se ressaisir.

Il se rappelait quelques détails de cette histoire, cette fille qui avait réussi à s'enfuir et avait donné au FBI une description précise de son ravisseur. Cela remontait à des années. Il avait du mal à se souvenir de ce qu'il faisait à cette époque-là. À vrai dire, il n'y avait pas trop prêté attention alors. Quel âge avait-il à l'époque ? Vingt-cinq ans ? Il venait d'arriver à Seattle, où il tentait de percer, et son père craignait d'avoir un cancer. Rien d'autre ne comptait alors à ses yeux.

Fiona ressortit avec deux verres de vin blanc.

— Un chardonnay australien. C'est tout ce que j'ai trouvé.

— Parfait...

Après lui en avoir tendu un, elle s'assit près de lui en silence, regardant les chiens qui avaient décidé de s'offrir une petite sieste.

— Racontez-moi comment vous lui avez échappé, lui demanda-t-il à brûle-pourpoint.

— Un peu de chance, et beaucoup d'inconscience. Je n'aurais jamais dû faire de jogging ce matin-là. J'aurais dû réfléchir. J'ai un oncle policier et je sortais déjà avec Greg. Ils m'avaient tous les deux prévenue de ne pas courir seule, mais je ne trouvais jamais personne pour me suivre. La star des pistes, quoi...

Elle avait ajouté cela avec un petit sourire désabusé.

— Vous en avez les jambes.

— Oui. Quelle veinarde ! Je n'ai rien écouté. À l'époque, Perry n'avait pas encore commis d'exploit dans l'État de Washington et on n'avait plus entendu parler d'enlèvements depuis plusieurs mois. Jamais on n'imagine qu'une chose pareille pourrait vous arriver. Surtout pas à vingt ans. Alors je suis allée courir. J'aimais partir tôt pour m'arrêter prendre un café. Il faisait un sale temps, ce jour-là, il pleuvait, mais j'aimais bien courir sous la pluie. C'était au début de novembre, l'année précédant la mort de Greg. J'ai vu Perry pendant une seconde, l'air ordinaire mais sympathique. Pourtant, il s'est produit un déclic en moi. J'avais un signal d'alarme sur mon porte-clefs et j'allais appuyer dessus, mais c'était déjà trop tard. J'ai ressenti une violente douleur, et tout a disparu.

Elle dut s'interrompre un instant pour reprendre son souffle.

— Disparu, répéta-t-elle. Le choc, la douleur, le vide. En me réveillant dans le coffre, j'étais malade. Il faisait noir, mais je sentais le mouvement, j'entendais le bruit des pneus sur la route. Impossible de crier, de remuer, presque de bouger.

De nouveau, il lui fallut s'interrompre, respirer, boire deux gorgées de vin.

— J'ai commencé par pleurer à l'idée qu'il allait me tuer et que je ne pouvais même pas me défendre. Il allait me tuer, tout ça parce que j'avais voulu courir seule. Je pensais à ma famille, à Greg, à mes amis, à ma vie. Ça m'a tellement énervée que j'ai cessé de pleurer. Qu'est-ce que j'avais fait pour mériter ça ?

La brise se leva dans les pins tandis qu'elle portait de nouveau le verre à ses lèvres.

— Et puis j'avais envie de faire pipi. C'était humiliant et, aussi bête que ça puisse paraître, à l'idée de mouiller ma culotte avant de mourir, je me suis révoltée. J'ai commencé à remuer dans tous les sens et là j'ai senti la bosse dans la poche secrète de mon pantalon de jogging. Greg m'avait donné ce petit canif.

Elle le sortit de son jean pour le montrer à Simon.

— Vous voyez, le couteau suisse, avec ses petits ciseaux, sa petite lime à ongles. Un truc pour filles, mais il m'a sauvé la vie. Perry m'avait évidemment pris mon argent et mon porte-clefs, mais il n'avait pas pensé à la poche intérieure arrière. Même avec les mains liées dans le dos, j'ai pu l'atteindre sans trop de difficulté. Je crois que c'est là que j'ai eu le plus peur, quand j'ai réussi à sortir le canif, quand je me suis rendu compte que, peut-être, tout n'était pas perdu.

— Je peux le voir ?

Fiona le lui tendit, il l'ouvrit et examina la lame au soleil. Pas plus longue que la moitié de son pouce.

— Et vous avez réussi à couper une corde en nylon avec ça ?

— Je l'ai cisaillée, tailladée. Ça m'a pris un temps fou rien que pour ouvrir le canif, et une éternité pour venir à bout de la corde, mais j'y suis arrivée..., ensuite, j'ai dû en faire autant pour mes chevilles, parce que je ne parvenais pas à défaire le nœud. Pendant ce temps, je redoutais que la voiture ne s'arrête avant que j'aie terminé ; après, je me suis demandé quand elle allait enfin s'arrêter. Mais ça a fini par arriver et Perry est sorti en sifflotant. Jamais je n'oublierai cet air.

La scène se dessinait dans l'esprit de Simon : cette jeune fille terrifiée, piégée, les mains certainement tachées de son propre sang, car elle avait dû les entailler en coupant la corde. Et armée d'un canif à peu près aussi dangereux qu'une punaise.

— J'ai replacé le ruban adhésif sur ma bouche.

Elle avait dit ça si calmement qu'il leva sur elle des yeux interloqués.

— Et j'ai replacé la corde sur mes chevilles, remis mes mains derrière le dos et puis j'ai fermé les yeux. En ouvrant le coffre, il continuait de siffler.

Il s'est penché, m'a tapoté les joues pour me faire revenir à moi. Et là, je lui ai donné un coup de couteau. Je visais l'œil, mais je l'ai raté, je lui ai entaillé le visage. Ça l'a quand même surpris, assez pour me donner le temps de lui balancer un coup de poing, puis de rassembler mes pieds pour les lui envoyer dans le menton. Pas aussi fort que je l'aurais voulu parce que la corde y est restée accrochée, mais assez pour l'étourdir, le temps que je sorte. La pelle était là où il l'avait lâchée quand je lui avais sauté dessus. Je l'ai attrapée et lui en ai asséné un coup sur la tête, puis un autre. J'ai pris ses clefs. Mes souvenirs sont encore un peu flous, il paraît que c'est dû au choc, à l'adrénaline... Toujours est-il que j'ai sauté dans la voiture et que je suis partie sur les chapeaux de roues.

— Vous l'avez assommé et vous vous êtes enfuie..., murmura Simon, impressionné.

— Je ne savais pas où j'étais ni où j'allais, et j'ai eu de la chance de ne pas me tuer, mais j'ai roulé comme une folle, jusqu'à ce que j'aperçoive l'enseigne d'un hôtel... Là, j'ai compris que ce dingue m'avait emmenée dans la forêt nationale d'Olympic. Les employés ont prévenu les rangers qui ont prévenu le FBI, etc. Il a réussi à s'enfuir, mais j'avais donné sa description. Et puis ils avaient sa voiture, son nom, son adresse. Du moins celle enregistrée sur ses papiers. Pourtant, il a encore réussi à leur échapper un an. Jusqu'au jour où il a tiré sur Greg et Kong.

Reprenant son canif, Fiona le replia, le remit dans sa poche.

— Vous m'avez l'air d'une sacrée bonne femme ! commenta Simon après un moment. Vous avez sauvé la vie d'autres femmes. Ce salaud est sous les verrous, je suppose ?

— Condamné plusieurs fois à perpétuité. Il a passé un marché en proposant de parler le jour où il a compris qu'il risquait la peine de mort.

— Pourquoi ont-ils accepté ?

— Pour obtenir ses notes, ses enregistrements, pour avoir ses aveux, pour que les familles puissent faire leur deuil. J'ai toujours estimé que c'était ce qu'il fallait faire. Curieusement, ça m'a soulagée de l'entendre revenir sur toutes ces histoires, dans leurs moindres détails, et de savoir qu'il allait payer, très, très longtemps. Je voulais tirer un trait là-dessus, fermer la porte. Mon père est mort exactement neuf semaines plus tard. Si brutalement que j'ai, une fois de plus, vu le monde s'effondrer autour de moi.

Elle se passa les mains sur le visage.

— C'était atroce. Je suis venue vivre quelque temps avec Sylvia, et là je me suis rendu compte que je n'avais aucune envie de rentrer chez moi. Je devais commencer autre chose, dans cette région. Et voilà. Désormais, la porte reste à peu près tout le temps fermée.

— Qu'est-ce qui l'a rouverte aujourd'hui ?

— Davey est venu m'annoncer que quelqu'un avait repris le *modus operandi* de Perry, y compris dans certains détails qui n'ont jamais été révélés au public. Il y a déjà deux victimes. En Californie. Ça recommence.

Des questions vinrent à l'esprit de Simon, mais il ne les posa pas. Fiona n'en pouvait plus. Elle avait dit ce qu'elle avait sur le cœur, il ne fallait pas lui en demander plus.

— C'est dur, pour vous. Ça fait tout remonter…

De nouveau, elle ferma les yeux, et tout son corps parut se détendre.

— Oui. Exactement. C'est bête, mais ça fait du bien de pouvoir raconter tout ça à quelqu'un. Merci.

Brièvement, elle lui effleura le genou.

— Je dois aller passer quelques coups de fil, maintenant.

— D'accord, dit-il en lui rendant son verre. Merci pour le vin.

— Je vous en prie…

Il alla chercher le chiot, qui entreprit aussitôt de lui lécher le visage comme s'ils ne s'étaient pas vus depuis dix ans.

En repartant, Simon jeta un regard dans le rétroviseur, pour voir Fiona rentrer dans la maison, suivie de près par ses chiens.

5

Au lieu de dîner, Fiona préféra s'offrir un autre verre de vin. En parlant aux parents de Greg, elle avait rouvert la plaie et savait que le mieux serait de se préparer un bon repas puis d'aller se promener longuement avec les chiens. Sortir de la maison, sortir d'elle-même.

En fait, elle mit les labradors dehors et sombra dans un tel abattement que l'arrivée d'un autre visiteur la fit sursauter. On ne pouvait donc pas la laisser broyer du noir en paix ?

Le chœur des aboiements d'allégresse laissait au moins entendre qu'il s'agissait d'un ami. Elle ne fut pas surprise de voir arriver James, un de ses équipiers préférés, avec son chien, Koby. Elle s'adossa à une colonne de la véranda en sirotant son vin. Dans les projecteurs qu'elle venait d'allumer, les cheveux de James brillaient, sa peau présentait une extraordinaire couleur caramel doré, héritage de ses origines multiples, dont témoignaient encore davantage ses iris d'un vert profond sous une forêt de cils, et qui scintillaient quand il éclatait de rire, ce qui lui arrivait souvent. Sortant un énorme sac de provisions, il adressa un clin d'œil à Fiona.

— J'ai apporté le dîner.

Elle but une autre gorgée de vin.

— Davey t'a parlé.

— Étant donné qu'il est marié avec ma sœur, ça lui arrive souvent.

Comme il se rapprochait, elle sentit les effluves appétissants qui montaient du sac ; la voyant tanguer un peu, il la prit par le bras.

— Ça va, affirma-t-elle. J'émerge tout juste de la première réunion du club Pauvre de moi.

— Je suis candidat à la présidence.

— Je m'y suis déjà élue. Mais comme tu apportes des provisions, tu seras membre d'honneur.

— On reçoit un badge ? On a des rituels secrets ? Allez, on va fêter ça autour d'un hamburger.

Après l'avoir embrassée sur le front, il la suivit dans la maison.

— J'ai parlé avec la mère de Greg, annonça-t-elle.

— Dur…

— Éprouvant. C'est pour ça qu'après je me suis assise dans le noir avec un verre.

— Ça se comprend, mais maintenant on passe à autre chose. Tu as du Coca ?

— Du Pepsi. Light.

— N'importe quoi ! Mais ça ira.

Aussi à l'aise que s'il était chez lui, James sortit les assiettes et y déposa les hamburgers et les frites tandis que Fiona vidait le reste de son verre de vin dans l'évier et sortait les sodas.

— On aurait dû coucher ensemble avant de devenir amis.

Il s'assit en souriant.

— On devait avoir entre onze et douze ans quand tu as commencé à venir voir ton père dans cette île.

Ça fait quand même un peu jeune pour penser à autre chose qu'à l'amitié.

— N'empêche..., soupira-t-elle en se laissant tomber dans son fauteuil. Si on avait couché ensemble à l'époque, on pourrait remettre ça maintenant. Ça nous changerait les idées. Tandis que là, c'est trop tard, parce que je me sentirais toute bête si je me mettais à poil devant toi.

— C'est ennuyeux, admit-il en prenant une première bouchée. On n'aurait qu'à faire ça dans le noir et utiliser des pseudonymes genre Rock Hard pour moi et Soie de lavande pour toi.

— On ne s'appelle pas Lavande quand on est encore dévoré par la peur. Moi, je serais Brumes de mars. J'aime bien l'allitération.

— Parfait, alors, Brumes, tu veux d'abord manger, ou te pieuter tout de suite ?

— Tu es d'un romantisme bouleversant, dit-elle en croquant une frite. Pour ta peine, on va commencer par manger. Écoute, je n'ai pas l'intention de ressasser, mais c'est bizarre... Pas plus tard qu'hier, je disais à Sylvia que j'avais du mal à me représenter encore le visage de Greg, qu'il était devenu flou. Tu vois ce que je veux dire ?

— Oui, je crois.

— Eh bien, à l'instant où Davey m'a raconté ce qui s'était passé, tout m'est revenu. Je le revois, parfaitement net. Il est là. Et... c'est terrible, non ?

Elle ravala ses larmes en baissant la voix.

— Tu te rends compte, quelque part, j'ai envie qu'il s'efface... Je ne m'en étais pas rendu compte jusqu'à son retour.

— Et alors ? Tu ne vas pas porter le deuil et lire des poèmes de mort pour le restant de tes jours. Tu l'as pleuré, Fee. Tu as souffert et puis tu as guéri. Tu as monté cette équipe par amour et par respect pour lui. Ce n'est pas rien !

— Comment veux-tu faire partie du club Pauvre de moi si tu gardes ce ton raisonnable ?

— On ne peut pas organiser de réunions autour de hamburgers. Il faudrait plutôt un mauvais vin et des biscuits desséchés.

— Ça va, James ! Tu me gâches mon cafard.

Dans un soupir, Fiona attaqua son hamburger.

Malgré le réconfort d'un ami, la présence affectueuse des chiens et les rituels reposants de cette soirée, elle n'échappa pas aux cauchemars, s'éveillant toutes les heures, n'émergeant de l'emprise visqueuse d'un mauvais rêve que pour plonger dans un autre. Chaque fois, les chiens, aussi énervés qu'elle, se levaient pour changer de position. Bogart vint au bord du lit lui offrir la corde comme si ce jeu allait la remettre d'aplomb.

À 4 heures, n'en pouvant plus, elle se leva, sortit les animaux, se prépara du café, puis se livra à quelques exercices de gymnastique. Après quoi, elle remit de l'ordre dans ses papiers, vérifia ses comptes, ébaucha quelques projets pour les cours à venir et pour les adhérents du Groupe de recherche et de sauvetage. Ensuite, elle mit à jour son site Web, surfa sur plusieurs blogs similaires.

À l'arrivée des premiers élèves, elle était debout depuis quatre heures et rêvait d'une petite sieste.

Elle aimait bien donner des cours, autant à cause des chiens que pour l'opportunité de voir des gens. Par-dessus tout, elle aimait passer ses journées au grand air. Pourtant, ce matin, elle regrettait de ne pas avoir annulé les deux cours restants. Pas pour se lamenter, mais pour se retrouver un peu seule, combler son manque de sommeil, peut-être lire un peu.

En attendant, elle devait se préparer pour le deuxième cours, répondre à Sylvia – apparemment, la nouvelle avait circulé.

À la fin de la dernière heure de travail, quand elle eut ramassé les jouets et les outils, Fiona se rendit compte qu'elle n'avait finalement aucune envie de rester seule. La maison était trop tranquille, les bois trop habités d'ombres.

Elle décida donc d'aller en ville faire quelques courses, peut-être passer chez Sylvia. Elle pourrait même pousser jusqu'à la plage. De l'air frais, de l'exercice, un changement de décor. Elle continuerait jusqu'à ce qu'elle soit trop épuisée pour faire quelque rêve que ce soit.

Ce fut Newman qui grimpa dans la voiture, tandis que Fiona expliquait à ses copains :

— Vous savez ce que c'est. Chacun son tour. On vous rapportera quelque chose. Soyez sages.

En s'installant au volant, elle jeta un regard dans le rétroviseur.

— Et toi, ne fais pas le malin.

À mesure qu'elle roulait, sa tension s'apaisait, comme emportée par le soleil qui baissait vers l'horizon. Sa fatigue la quitta et elle ouvrit grande la vitre, alluma la radio, offrit ses cheveux au vent.

— Allez, on chante !

Toujours prêt à lui faire plaisir, Newman se fit un devoir de glapir avec Beyoncé.

Elle avait l'intention de se rendre à Eastsound pour refaire un marché et aussi s'offrir quelque chose dont elle n'avait absolument pas besoin. Cependant, tandis qu'elle roulait entre collines et océan, prairies et forêts, elle suivit son impulsion en virant soudain devant la boîte aux lettres simplement marquée DOYLE.

Lui aussi aurait peut-être besoin de provisions. Pourquoi ne pas se montrer bonne voisine en lui évitant un déplacement ? Ça n'avait rien à voir avec l'idée de vérifier où il habitait ni comment. Enfin, à peine.

Elle aimait l'alignement des arbres, l'éclat du soleil sur les hautes herbes. Elle aima aussi la maison sur un double pic au sommet d'un terrain harmonieusement vallonné.

Elle se gara derrière le pick-up de Simon, remarqua qu'il avait fini par remplacer l'appuie-tête qu'il avait d'abord recollé avec du ruban adhésif. Alors, elle vit la grange à quelques mètres de là, presque entièrement cachée par les arbres. Longue et basse, la bâtisse devait offrir à peu près la même surface que la maison et présentait elle aussi une grande véranda garnie de quelques sièges et tables ainsi que d'autres meubles parfois appuyés au mur.

Fiona crut reconnaître un sifflement de scie à moitié couvert par des rythmes de rock'n roll.

Sortant de la voiture, elle fit signe à Newman de la suivre. Il huma l'atmosphère – nouveaux lieux, nouvelles odeurs – et lui emboîta le pas.

— C'est beau, hein ? murmura-t-elle en se tournant du côté de l'océan piqueté de taches vertes. Et, regarde, il a même sa plage privée et son embarcadère. Il lui faudrait un bateau, mais c'est magnifique. L'eau, les bois, un beau terrain pas trop près de la route. Tout ce qu'il faut pour rendre un chien heureux.

Après avoir gratté les oreilles de Newman, elle s'approcha de la grange et vit Simon par la fenêtre : jean, tee-shirt, lunettes de protection, ceinture à outils. En tout cas, elle ne s'était pas trompée, il était bel et bien occupé à scier une énorme souche. En voyant tomber les tronçons, elle ne put s'empêcher d'imaginer qu'il se coupe un doigt ; aussi préféra-t-elle rester dehors pour avancer dès que le bruit eut cessé. Alors elle frappa, fit des signes à travers la vitre. Voyant qu'il se contentait de regarder dans sa direction sans réagir, Fiona poussa la porte. Le chiot gisait sur le sol, les pattes en l'air, comme électrocuté.

— Salut ! cria-t-elle dans la musique tonitruante. J'allais faire des courses et je me suis dit…

Elle s'arrêta en le voyant ôter ses tampons auriculaires.

— Ah ! Je comprends maintenant pourquoi c'était si fort. Écoutez…

Elle s'interrompit de nouveau en le voyant tirer une télécommande de sa poche pour arrêter la musique. Le silence rugit comme un tsunami, réveillant le chiot.

Jaws bâilla, s'étira puis aperçut la visiteuse. Une joie féroce lui éclaira le regard et il sautilla sur place avant de se lancer à l'assaut. Fiona s'accroupit, tendit une main ouverte à laquelle il se heurta de plein fouet.

— Mais oui, moi aussi, je suis contente de te voir ! s'écria-t-elle en lui frottant la tête puis le ventre.

Après quoi, elle tendit un doigt vers le sol.

— Assis !

Le petit derrière vibra un instant puis se posa gauchement.

— Tu es futé, toi !

Elle le prit dans ses bras sous l'œil attentif de son labrador resté patiemment assis dehors.

— Il peut sortir ? demanda-t-elle. J'ai amené Newman, qui veillera sur lui.

Simon se contenta de hausser les épaules.

— Allez, va jouer !

Elle éclata de rire en voyant Jaws foncer si vite qu'il se prit les pattes dans l'herbe en sortant. En se retournant, elle put constater que Simon restait à côté de sa bûche, à la dévisager.

— Je vous ai interrompu.

— Ouais.

Quel ours ! pensa-t-elle. Au fond, ça ne la dérangeait pas.

— Comme je me rendais au village, j'ai pensé que vous auriez peut-être besoin de quelque chose. Un peu pour vous remercier de m'avoir écoutée.

— J'ai ce qu'il me faut.

— Très bien. Vous savez aussi bien que moi que ce n'était qu'une excuse pour venir vous voir, mais on peut en rester là. Je… Oh, mon Dieu, que c'est beau !

Elle fila vers un confiturier en se faufilant parmi les bancs et les sièges.

— On ne touche pas !

Elle s'arrêta net et il ajouta, d'un ton plus calme :

— C'est poisseux. Le vernis.

Docile, elle mit ses mains dans son dos et prit conscience de l'odeur, mêlée à celle de la sciure et du bois fraîchement scié. L'ensemble formait une délicieuse combinaison d'arômes.

— Ce sont les portes ? Ces ciselures sont ravissantes, et les couleurs du bois, vraiment exquises ! Je le veux. Je n'ai sans doute pas de quoi me l'offrir, mais il me le faut. Combien ?

— Ça n'ira pas du tout chez vous. C'est élégant, un peu précieux. Pas pour vous.

— Je peux être élégante et précieuse.

Secouant la tête, il se dirigea vers un vieux réfrigérateur dont il sortit deux Coca et lui en lança un qu'elle attrapa d'une main.

— Mais non, rétorqua-t-il. Pour vous, il faut quelque chose de plus simple, de plus net ou d'un autre genre. Quelque chose qui ressemble davantage au style Mission, un peu rustique.

— Parce que j'ai l'air rustique ?

— J'ai vu votre maison.

Elle avait une envie folle de passer un doigt sur les cœurs allongés sculptés dans le haut de la porte.

— Attention à ce que vous dites !

— Non.

Complètement déroutée, elle se retourna vers lui.

— Vous ne voulez pas me le vendre parce que je ne suis pas élégante ?

— Voilà.

— Et vous arrivez à faire du commerce ?

— Auprès de négociants ou en vente directe, en dessinant ce qui convient à mes clients.

Tout en buvant, il lui jeta un regard oblique.

— Mal dormi cette nuit ?

Elle avait glissé les mains dans ses poches.

— Vous êtes bien bon de le remarquer. Parfait, puisque je vous dérange et que je ne suis pas apte à acheter vos meubles à la noix, je vous laisse avec votre horrible scie.

— Je m'accorde une pause.

— Vous savez, maugréa-t-elle en buvant à son tour, avec le métier que j'exerce, ce ne sont pas vos manières grossières qui vont m'effaroucher.

— Si vous comptez me dresser comme un chien, je vous le dis tout de suite, je ne suis pas du genre docile.

Elle se contenta de sourire.

— Maintenant, si votre proposition de me faire des courses n'était qu'un prétexte, dois-je en conclure que vous me draguez ?

Elle sourit de nouveau et inspecta les lieux, jetant un coup d'œil sur les innombrables pinces, ciseaux, petites scies et autres mèches pas plus rassurants que la monstrueuse scie. Au milieu des clous et des canettes pleines de vis, tout cela n'avait rien de bien organisé.

— Moi, vous draguer ? Pas encore. Et quand je vois votre attitude, je commence à me poser des questions.

— Ça tombe bien, parce que, pour être honnête, vous n'êtes pas du tout mon type de femme.

Elle s'arrêta devant un grand rocking-chair, fusillant Simon du regard.

— Vraiment ?

— Vraiment. Je suis plutôt attiré par les femmes féminines, un peu artistes. Avec des formes, si possible.

— Comme Sylvia.

— Oui.

— Ou Nina Abbott.

Elle ne put retenir un sourire moqueur devant la lueur irritée qui passa dans l'œil de Simon.

— Voilà, rétorqua-t-il sèchement.

— Une chance que nous ayons pu mettre cela au clair avant que je ne vous ouvre mon cœur d'artichaut.

— Ça vaut mieux. Encore qu'il soit bon, parfois… d'explorer de nouveaux terrains.

— Génial ! Je vous dirai quand je me sentirai d'attaque pour une petite exploration. En attendant, nous allons débarrasser le plancher, moi et mon corps sans grâce ni aucun sens artistique.

— Vous n'êtes pas…

Elle ne put s'empêcher de pouffer.

— Non, mais quel enfoiré ! Je pars avant de me retrouver avec un ego complètement en miettes.

À peine dehors, elle appela Jaws, qui rappliqua aussitôt pour recevoir sa part de câlins et de compliments ; après quoi, elle le poussa doucement dans la grange et referma la porte. Un dernier regard à travers la fenêtre, et elle regagna son 4 x 4, le fidèle Newman à son côté.

Simon ne pouvait s'empêcher de contempler sa longue démarche de sportive, sa grâce naturelle. Elle lui avait paru un peu perdue en entrant dans l'atelier. Hésitante, incertaine. Fatiguée.

Mais plus maintenant, se dit-il en la voyant sauter au volant. Là, elle était vive, décontractée, peut-être un peu vexée. Tant mieux. Sans doute était-il un enfoiré, mais il s'inquiéterait moins pour elle, maintenant. Satisfait, il replaça ses tampons auriculaires, ses lunettes de protection, ralluma la musique et se remit au travail.

Les yeux brillants, Sylvia s'accouda au comptoir de sa petite boutique où Fiona choisissait des boucles d'oreilles.

— Il n'a quand même pas dit ça !

— Si, je te jure ! certifia celle-ci, un pendentif de perles à l'oreille droite, de billes colorées à la gauche. Je ne suis pas assez élégante pour son atelier surfait. Pourtant, regarde-moi avec des perles !

— Très joli, mais sur toi je préfère les billes de couleur.

— N'empêche que je pourrais porter des perles si je voulais.

Après les avoir remises à leur place, Fiona alla regarder un grand vase en raku.

Il y avait toujours du nouveau chez Sylvia, un tableau, une écharpe, un trésor de joaillerie, ou encore ce banc largement incurvé sur lequel elle promena une main charmée.

— C'est beau.

— C'est Simon.

La main faillit se faire griffe.

— Ça ne m'étonne pas. Pourtant, il dit que je ne suis pas son type. Alors que je ne lui avais rien demandé. Au fait, toi, tu l'es.

— Ah oui ?

— Il t'a même citée en exemple. Artiste, féminine et bien roulée.

— C'est vrai ?

— Vrai de vrai. Vas-y, fais ta fière !

D'un geste délibéré, Sylvia se gonfla les cheveux.

— Je ne vais pas dire que je m'en fiche !

— S'il te tente, il est à toi.

— Non, non, je vais me contenter de faire ma fière. Je suis sûre qu'il ne cherchait pas à t'insulter.

— Je ne sais pas ce qu'il te faut…

— Écoute, je ferme dans dix minutes. On n'a qu'à dîner ensemble, on en profitera pour dire du mal de lui, et des hommes en général.

— C'est tentant, mais je dois rentrer. J'étais juste venue râler un peu. Je viens de vivre deux journées horribles !

Sylvia contourna le comptoir pour venir embrasser Fiona.

— Et si je passais chez toi te préparer des pâtes pendant que tu prendrais un bon bain ?

— Pour tout te dire, je crois que je vais m'ouvrir une boîte de soupe et me coucher. Je n'ai pas beaucoup dormi la nuit dernière.

— Tu m'inquiètes, Fee. Tu devrais t'installer ici quelque temps, jusqu'à ce qu'on arrête ce malade.

— N'oublie pas que j'ai mes gardes du corps. En plus, ce type ne s'intéresse pas à moi.

— Mais…

Sylvia s'interrompit, car la porte s'ouvrait avec un bruit de clochette.

— Salut, Sylvia. Salut, Fiona.

— Jackie, comment ça va ?

Elle ouvrit les bras à la jolie blonde qui tenait une maison d'hôtes un peu plus loin.

— Très bien. Je voulais venir plus tôt, je sais que tu fermes dans cinq minutes.

— Pas de souci. Comment va Harry ?

— Au lit avec un rhume… C'est d'ailleurs une des raisons qui m'amènent ici. À le voir, tu jurerais qu'il a la peste. Il va me rendre folle. J'ai fait un peu de nettoyage de printemps au milieu de ses plaintes et de ses gémissements. J'ai envie de faire place nette chez moi, de revoir la décoration. Tu permets que je regarde un peu, pour glaner des idées ?

— Vas-y, regarde tant que tu veux.

— Bon, moi, je rentre. Enchantée, Jackie.

— Moi aussi. Oh, Fiona, mon fils et sa femme viennent d'adopter un chiot. Ils disent que c'est pour s'entraîner avant de me faire grand-mère.

Elle leva les yeux au ciel.

— C'est mignon, laissa tomber Fiona. Qu'est-ce qu'ils ont pris ?

— Je ne sais pas. Ils se sont adressés à un refuge. Brad a dit qu'ils commenceraient par sauver une vie avant de la donner.

— C'est vraiment sympathique.

— Ils l'ont appelée Sheba, comme la reine de Saba, et mon fils m'a demandé, la prochaine fois que je vous rencontrerais, de vous annoncer qu'ils s'inscriront à des cours de dressage.

— Je les attends quand ils veulent. J'y vais, maintenant.

— Je passerai demain te donner un coup de main, décréta Sylvia. Et puis ça fera du bien à Oreo.

— Alors, à demain. Au revoir, Jackie.

En sortant, Fiona entendit cette dernière pousser des cris d'admiration devant le banc.

— Oh, Sylvia ! C'est une pièce magnifique !

— N'est-ce pas ? Elle me vient du nouvel artiste dont je t'ai parlé. Simon Doyle.

Fiona regagna son 4 x 4 en marmonnant.

Dans sa cellule de la centrale de l'État de Washington, George Allen Perry lisait la Bible. Condamné au quartier de haute sécurité pour le restant de ses jours, il n'en était pas moins considéré comme un prisonnier modèle.

Il ne faisait partie d'aucune bande, ne se plaignait jamais. Il s'acquittait des tâches qu'on lui assignait, mangeait la nourriture qu'on lui servait. Toujours propre, il savait respecter les gardiens, faisait de l'exercice pour se maintenir en forme et passait le plus clair de son temps à lire. Tous les dimanches, il assistait à l'office.

Les visites étaient rares. Sans épouse, ni enfant, ni ami fidèle, il ne pouvait compter sur son père qui l'avait laissé tomber depuis longtemps. Quant à sa mère, sans doute la cause de ses troubles, selon les psychiatres, elle lui faisait peur. Sa sœur lui écrivait une fois par mois mais n'effectuait le long voyage depuis Emmitt, Idaho, qu'une fois par an, par pure charité chrétienne. C'est elle qui lui avait donné cette bible.

La première année, il avait enduré sa détresse en fuyant les regards et en dissimulant sa rage sous un calme apparent. La deuxième, il avait sombré dans la dépression, et, la troisième, il avait enfin admis qu'il ne connaîtrait jamais plus la liberté. Jamais plus il ne pourrait choisir ce qu'il voulait manger, ni quand ni comment, ni se lever ni se coucher à sa guise. Il ne pourrait jamais plus se promener dans une forêt, dans une clairière, ni conduire une voiture par des routes obscures en emportant un secret dans son coffre.

Jamais plus il n'éprouverait la puissance et l'apaisement offerts par un meurtre.

Cependant, il existait d'autres formes de liberté qu'il acquérait peu à peu. Méticuleusement. Il exprimait ses regrets pour ses crimes devant son avocat ou son psychiatre. Il pleurait et considérait ses larmes comme une humiliation subie à bon escient. Il avait dit à sa sœur qu'il voulait bien revenir à la religion et s'était vu octroyer l'autorisation de recevoir les visites d'un pasteur.

La quatrième année, il fut affecté à la bibliothèque de la prison, où son travail donnait toute satisfaction, et il sut se montrer reconnaissant de pouvoir accéder à toutes sortes de livres. Il entama des études. Il obtint l'autorisation de prendre des cours avec des professeurs et à l'aide de vidéos. Cela lui donna l'occasion de fréquenter quelques codétenus. Pour la plupart, il les trouva grossiers, brutaux, dénués de tout intellect. Ou simplement trop vieux ou trop jeunes, trop profondément enracinés dans le système carcéral. Cela ne l'empêcha pas de poursuivre ses études tout en se raccrochant à l'espoir que le destin finirait par lui offrir la liberté spirituelle à laquelle il aspirait.

La cinquième année à Walla Walla, le destin lui sourit. Non sous la forme d'un codétenu mais d'un professeur. Il le comprit aussitôt, de même qu'il savait instantanément quelle femme tuer au moment où il la voyait.

C'était un don.

Il commença lentement à l'évaluer, à le tester. Toujours patient, il révisait sans cesse et bonifiait ses méthodes, créant peu à peu son mandataire, celui qui irait au-dehors à sa place, chasser et tuer à sa place. Celui qui, le moment venu, corrigerait son unique erreur, la faute qui le hantait chaque nuit dans la cellule sombre où n'existaient ni silence ni apaisement. Celui qui, un beau jour, tuerait Fiona Bristow.

Un beau jour, pensa-t-il en lisant l'Apocalypse, un jour qui se rapprochait sans cesse.

— Perry, au parloir ! lança un gardien.

Étonné, il ferma la Bible, non sans avoir soigneusement marqué sa page.

— Ma sœur ? Je ne l'attendais pas avant au moins six semaines.

— Pas votre sœur. Le FBI.

— Oh, miséricorde !

Il se planta devant la porte, haute silhouette blême aux cheveux rares, et attendit les deux gardiens qui l'encadrèrent pour l'emmener.

En son absence, sa cellule serait fouillée, il le savait, mais peu importait. On n'y trouverait que ses livres, quelques articles religieux, et les lettres sèches et vertueuses de sa sœur.

La tête basse, il réprima un sourire. Le FBI allait lui annoncer ce qu'il savait déjà. Son élève avait réussi l'examen de passage.

Oui, il existait de nombreuses formes de liberté. À l'idée de jouer à nouveau au chat et à la souris avec le FBI, Perry se sentait tout ragaillardi.

6

Contente à l'idée de tout le travail qui l'attendait par cette belle matinée frisquette, Fiona observait ses élèves du cours supérieur. Aujourd'hui était un grand jour pour les chiens comme pour leurs maîtres. Ils allaient se lancer dans leur première recherche à l'aveugle.

— Bon, la victime est en place.

Elle pensait à Sylvia, à un kilomètre de là, tranquillement assise sous un tronc de cèdre fendu avec un livre, une Thermos de thé et sa radio.

— Vous allez travailler en groupes. Nous allons utiliser le système des secteurs. Vous pouvez constater que j'ai installé la base ici.

Elle désigna une table placée sous une bâche formant une tente, avec tout son équipement.

— Aujourd'hui, c'est moi qui resterai ici et dirigerai les opérations, mais, la semaine prochaine, vous élirez vous-mêmes vos chefs.

Devant le tableau blanc installé sous la bâche, elle expliqua :

— Alors, voilà, les autorités locales viennent d'appeler le chef des opérations, moi en l'occurrence, pour lui demander de les aider à rechercher une randonneuse adulte perdue depuis à peu près vingt-quatre heures. Vous pouvez voir sur le tableau que la température est tombée cette nuit à six degrés. Notre victime n'a qu'un sac à dos pour la journée, et très peu d'expérience. Elle s'appelle Sylvia Bristow.

Cela provoqua quelques sourires, car chacun savait que Sylvia prêtait parfois main-forte à Fiona.

— On ne précisera pas son âge parce que je ne veux pas avoir d'ennuis... Elle est blanche, cheveux bruns, yeux marron, un mètre soixante-huit pour environ soixante kilos. La dernière fois qu'on l'a vue, elle portait une veste rouge, un jean et une casquette de base-ball bleue. Bon, maintenant, de quoi avez-vous encore besoin avant que je distribue les secteurs ?

Fiona fit elle-même les réponses à partir du scénario qu'elle avait élaboré. Le sujet était en bonne santé, possédait un téléphone portable mais négligeait souvent de le recharger, devait marcher trois ou quatre heures, n'habitait pas la région et ne pratiquait pas ce sport depuis longtemps.

Elle présenta aux élèves le compte rendu qu'elle avait commencé à rédiger. Quand elle eut assigné les secteurs, elle donna le signal, et chacun chargea son paquetage.

— J'ai ici quelques vêtements portés récemment par le sujet. Prenez des sacs pour les y ranger et les faire sentir à vos chiens. N'oubliez pas de prononcer le nom du sujet. N'hésitez pas à rafraîchir la mémoire olfactive de votre animal dès qu'il semble s'égarer un peu ou se désintéresser de la question. N'oubliez pas les limites de votre secteur. Utilisez votre boussole, faites le point par radio. Faites confiance à vos chiens. Bonne chance.

Elle sentait leur enthousiasme, leur désir de remporter la compétition. Ils finiraient par former de véritables équipes fondées sur la confiance et la coopération.

— Quand vous reviendrez, tous les chiens qui n'auront pas retrouvé notre victime auront besoin d'une petite découverte pour garder le moral. N'oubliez pas que ce test vous concerne au moins autant qu'eux.

Elle les regarda se séparer, s'éparpiller et vérifia que chacun faisait bien sentir le vêtement à son animal.

Ses labradors gémirent, comme s'ils avaient envie de se joindre à la partie.

— On jouera plus tard, leur promit-elle. Il faut les laisser se débrouiller tout seuls.

Elle s'assit, nota l'heure de départ. Ces gens formaient un bon groupe ; ils avaient commencé à huit mais, depuis dix semaines qu'elle les entraînait, trois d'entre eux avaient abandonné. Un pourcentage finalement des plus honorables, d'autant que ceux qui restaient semblaient bien accrochés. S'ils tenaient bon encore cinq semaines, ils pourraient servir d'exemple pour sa méthode.

Elle ouvrit sa radio, vérifia la fréquence, appela Sylvia.

— Ils sont partis. À toi.

— Bon, j'espère qu'ils ne vont pas me trouver trop vite. J'adore ce livre. À toi.

— N'oublie pas, cheville foulée, déshydratation, état de choc. À toi.

— Compris. En attendant, je mange ma pomme et je lis. À plus tard. Terminé.

Pour distraire ses propres chiens, Fiona leur fit faire un peu d'exercice sur les agrès. Après une heure de travail, ils eurent droit à des récompenses, et elle se remit à son ordinateur. Quand sa radio grésilla, elle continua de taper sur le clavier d'une seule main.

— Allô, la base ? Ici Tracie. J'ai trouvé Sylvia. Elle est consciente et lucide. Elle a dû se fouler la cheville droite et semble un peu déshydratée et désorientée. À part ça, elle est saine et sauve. À vous.

— C'est bien, Tracie. Où vous trouvez-vous ? Avez-vous besoin d'assistance pour transporter Sylvia jusqu'ici ? À vous.

Exercice ou pas, Fiona nota l'emplacement indiqué, l'heure, la position et décida que, lorsque tous seraient de retour, elle leur servirait des brownies, des fruits et du thé glacé. Les chiens auraient droit à des biscuits. Quant au berger allemand de Tracie, il serait décoré d'une étoile dorée sur son collier.

Alors qu'elle sortait avec un plateau chargé de verres, elle aperçut le pick-up de Simon sur le pont. Cela l'ennuya d'en éprouver de l'agacement. Elle n'était pas du genre à faire la tête aux gens et ne détestait pas Simon, encore moins son petit Jaws. Néanmoins, elle eut un mouvement d'impatience. Sans doute cela venait-il de ce qu'elle le trouvait beau ; rude et artiste à la fois, dans son jean usé, avec ses lunettes de soleil griffées, l'air facile à aborder (grave erreur selon elle) grâce à son adorable chiot. Justement, il lâchait celui-ci, qui courut à sa rencontre puis sauta au cou des autres chiens avant de revenir tourner autour d'elle.

— En plein pique-nique ? demanda Simon.

— Si on veut. Je passe en revue un exercice de recherche pour les chiens déjà expérimentés. C'était la première fois qu'ils travaillaient en tandem avec leurs maîtres. Ça se fête.

— Avec des brownies.

— J'adore ça.

— Qui n'aime pas ça ?

Jaws exprima son opinion en essayant de monter sur la table pour en voler un. Fiona se contenta de ramener ses pattes avant sur le sol.

— Ouste !

— Là, je vous souhaite bonne chance. C'est un acrobate patenté. Hier, il a réussi à escalader un tabouret pour dévorer mon sandwich durant les cinq secondes où j'ai eu le dos tourné… On dirait qu'il aime les cornichons.

— Persévérance, commenta Fiona en écartant le chiot de la table pour la troisième fois. Et jeu.

Là-dessus, elle recula de quelques pas, appela Jaws. Il arriva à fond de train, s'assit quand elle le lui ordonna et fit son fier sous ses caresses et ses compliments.

— Bon chien. Tiens.

Elle sortit un biscuit de sa poche.

— Il y a deux jours, observa Simon, il a mangé ma clef USB. Il l'a avalée comme une pilule. Alors j'ai foncé chez la vétérinaire, qui l'a examiné puis m'a dit qu'il était inutile de l'opérer, que… que je n'avais qu'à surveiller… enfin, bref, j'ai fini par la récupérer. Elle fonctionne encore. Je ne sais pas si je dois m'en réjouir ou faire le dégoûté…

Apparemment pas trop marqué par l'expérience, il prit un brownie, le goûta.

— Excellent !

— Merci. C'est la seule recette que je réussisse à coup sûr.

Comme ces gâteaux étaient le résultat de sa crise de panique de l'aube, elle en avait mangé deux au petit déjeuner.

— Au fait, Simon, qu'est-ce qui vous amène ?

Il avait dû percevoir sa contrariété, car il posa sur elle un long regard appuyé avant de répondre :

— J'essaie d'apprendre la politesse à mon idiot de chien. Et vous nous devez encore une partie de leçon. Et de deux. Si on ajoute les brownies, ça fait trois.

— Le maître de votre chien aurait bien besoin de leçons de politesse lui aussi.

Il avala le reste du brownie, vida un verre de thé.

— Je n'ai plus l'âge.

— Contrairement au proverbe, on apprend à faire la grimace à tout âge.

— Peut-être.

Il regarda autour de lui.

— Zut, où est-il passé ?

— Dans le tunnel.

— Pardon ?

— Venez, on va voir comment il s'en tire.

Elle le guida vers l'aire de jeux.

— Si Jaws sort par où il est entré, on oublie. S'il arrive à trouver la sortie, vous devrez le féliciter et lui donner une récompense.

Elle lui tendit un biscuit.

— Tout ça pour passer à travers une succession de bidons ?

— Oui. Il faut de la curiosité, du courage et pas mal d'agilité non seulement pour y entrer, mais aussi pour arriver au bout.

— Et s'il ne sort plus du tout ?

— S'il ne sort pas tout seul, vous devrez l'appeler, l'amadouer, essayer de l'attirer. Sinon, vous êtes bon pour aller le chercher.

— Super ! Bon, au moins, là-dedans, il ne risque rien. Alors, comme ça, vous avez installé cette radio, cet ordinateur et toutes ces cartes juste pour une recherche fictive ?

— Elles ne seront pas toujours fictives. Ça va, vous arrivez à le faire asseoir et se lever sur commande ?

— Oui, du moins tant qu'il n'a pas envie de faire autre chose. Persévérance, ajouta-t-il sans la laisser intervenir. J'ai compris, boss.

Dans un couinement, Jaws sortit du tunnel.

— Et voilà, il a réussi ! C'est très bien.

Simon se pencha et le complimenta. Il avait l'air enchanté de l'exploit du chiot et le caressait de ses longues mains d'artiste ; elle comprenait pourquoi l'animal le trouvait si attachant.

— Il est intrépide, renchérit-elle en s'accroupissant à son tour. Quand un client veut entraîner son chiot dans l'agility, à cet âge, je lui conseille de commencer par un seul bidon. Jaws est passé directement dans la classe supérieure.

— Tu entends, bouffeur intrépide de clefs USB, de copeaux et de cornichons casher ?

Simon sourit à Fiona, les yeux dans les yeux, et elle vit briller des éclats cuivrés dans le bronze doré de ses iris. Comme elle soutenait son regard, il eut un soupir.

— C'est bon, dit-elle en se relevant. On va le faire asseoir sagement. Mes élèves devraient arriver d'une minute à l'autre.

— Vous êtes toujours en pétard, pour le confiturier ?

— Quel confiturier ? demanda-t-elle avec un charmant sourire.

— Euh… Bon, assis, Jaws, ou tu vas perdre ton statut de meilleur élève de la classe.

— Vous savez, les gens comme les chiens perçoivent très bien l'optimisme et la confiance de leurs interlocuteurs. À moins que vous n'ayez un goût particulier pour l'échec.

— J'appelle ça du réalisme.

Néanmoins, quand il ordonna à Jaws de s'asseoir, celui-ci posa obligeamment son arrière-train sur le sol.

— Bon, commenta Simon, ça, il le fait volontiers, mais ensuite ça se complique. Reste là. Reste.

Là-dessus, il fit mine de s'éloigner. Le chiot remua la queue mais ne bougea pas.

— Il obéit bien, remarqua Fiona.

— Il fait son intéressant devant la prof. À la maison, il serait déjà en train de courir après sa queue ou d'essayer de mordiller les baskets que je viens d'enfiler.

Il appela le petit chien, le récompensa.

— Recommencez. Augmentez la distance.

Cela fonctionna aussi bien une deuxième fois puis une troisième, à huit mètres de distance.

— Ne froncez pas les sourcils quand il fait bien ce qu'on lui dit.

— Je ne fronce pas les sourcils.

— Vous ne vous en rendez même pas compte, mais lui, ça le trouble. Faites-le venir.

Jaws obtempéra et termina son approche en se retournant pour présenter son ventre rond.

— C'est bien, espèce de frimeur ! marmonna Simon en le caressant.

— Il adopte cette attitude de soumission parce qu'il ne comprend pas trop ce que vous voulez. Vous lui avez demandé quelque chose, il l'a fait, pourtant, vous continuez à le regarder de travers. Je lui donne 20 sur 20. À vous, 5.

— Hé !

— Mes élèves arrivent. Retenez-le. Dites-lui de ne plus bouger pendant quelques secondes. Ensuite, vous pourrez le lâcher, le laisser venir les accueillir.

Comme elle s'éloignait, Simon prit le chiot dans ses bras.

— Tu n'es pas aussi bête que tu voudrais le faire croire. Tout ça pour impressionner les filles !

Quand il le laissa courir à la rencontre des élèves, Fiona écoutait ceux-ci décrire l'attitude de leurs propres chiens et notait les distances qu'ils avaient parcourues.

Simon sortit la laisse de sa poche.

— Laissez-le jouer un peu avec les autres, suggéra Fiona en levant la tête de son carnet. Il doit s'habituer à voir du monde autour de lui. D'ailleurs, ça vous ferait du bien à vous aussi. Prenez un autre brownie. Vous aurez peut-être une meilleure note à la fin de la journée.

— Je prends le brownie, mais…

Il s'interrompit comme Sylvia sortait du bois sur de fausses béquilles, soutenue d'un côté par une femme, de l'autre par un homme, leur trio précédé par deux chiens éclatant de fierté.

— Elle va bien, lui assura Fiona en interrompant son mouvement d'un geste. C'est juste pour habituer les chiens.

Dans un tonnerre d'applaudissements, Sylvia fit un salut de star puis désigna la femme qui l'accompagnait.

— Voici Tracie et son chien, expliqua Fiona. Ils l'ont trouvée en moins de soixante-quinze minutes. Pas mal. Pas mal du tout. C'est Mica qui l'a aidée. Ça tombe bien, parce qu'il l'adore.

— Sylvia ? C'est comme les brownies, tout le monde l'adore.

— Pas Sylvia, Tracie. Ils viennent tous les deux de Bellingham, ainsi que le reste de l'équipe. Excusez-moi.

Elle alla serrer la main de la jeune femme, caresser les chiens et rire avec Sylvia.

Décidément, se dit-il, elle avait un don en société ; elle vous tendait la main, vous embrassait sans hésiter, s'habillait simplement, en jean et sweat-shirt. C'était bien la première fois que ce genre de femme l'attirait. Cela venait sans doute de ses yeux si clairs, si calmes. Il se demanda si ce n'était pas cela qui en imposait aux animaux. On sentait qu'on pouvait se fier à ces yeux-là.

Elle passa un bras autour des épaules de Tracie – toujours ce besoin de toucher, de créer un lien – et la conduisit vers la table, sous la bâche. Là, le plus sérieusement du monde, elle discuta, prit des notes. Le moindre détail semblait avoir de l'importance. Efficacité, discipline.

En tout cas, Simon trouvait les brownies excellents, et cela lui permit de bavarder avec Sylvia.

— Vous vous remettez de vos émotions ?

Éclatant de rire, elle lui envoya un coup dans la poitrine.

— J'adore jouer les victimes. D'abord, ça me permet de prendre de l'exercice, et puis je m'installe où je veux dès qu'on a décidé avec Fee quel scénario adopter. J'avais l'intention de vous appeler une fois rentrée à la maison.

— Ah bon ? Pour me proposer un rendez-vous ?

— Vous êtes adorable. J'ai vendu deux de vos pièces hier. Le banc à haut dossier et la commode à cinq tiroirs. Je vous reprends ce que vous voulez quand vous voulez.

— Je viens d'en terminer deux ce matin. Un confiturier et un rocking-chair.

— Ah ! le fameux confiturier…

Haussant les épaules, il jeta un coup d'œil vers Fiona.

— Ce n'est pas son style, voilà tout.

Sylvia choisit une fraise en souriant.

— Elle a toutes sortes de styles. Vous devriez l'inviter à dîner.

— Pourquoi ?

— Simon, si je prenais cette question au pied de la lettre, je m'inquiéterais pour vous.

Elle l'entraîna bras dessus, bras dessous, tandis que Fiona adressait ses conclusions aux élèves.

— Tout le monde a fait du beau travail aujourd'hui, à titre individuel ou en équipe. La prochaine fois, nous aborderons un terrain différent, avec une victime inconsciente. Vous ferez travailler vos chiens entre trente et soixante minutes, en insérant dix minutes de vraie difficulté. Cette fois encore, on recherchera une personne qu'ils connaissent. Ensuite, on passera à une personne qu'ils n'auront jamais rencontrée. Ne négligez pas votre entraînement de secouristes, ni vos exercices d'orientation. Gardez vos animaux bien alertes. Si vous avez la moindre question avant la prochaine séance, envoyez-moi un courriel ou téléphonez. Une dernière chose : finissez-moi ces brownies pour m'éviter de les manger !

Sylvia embrassa Simon sur la joue.

— Je suis en retard. Ma boutique et mon Oreo m'attendent. Vous pouvez m'apporter vos meubles quand vous voulez. Et invitez ma fille à dîner.

Autant par curiosité que pour ménager son chien, qui s'amusait bien sous la table, il s'attarda après les derniers élèves.

— Il a assez mangé pour la journée, observa Fiona en rassemblant les assiettes quand ils se retrouvèrent seuls.

Il la suivit, emportant des verres dans la cuisine.

— Une question ! lança-t-il. Ces gens suivent vos cours…

— Évidemment.

— Qui durent quoi, deux heures ?

— Un peu plus. Entre la recherche et le sauvetage, le débriefing et… les congratulations.

— En outre, ils doivent entraîner leurs chiens une heure par-ci, une heure par-là, apprendre le secourisme…

— Oui, et aussi la réanimation cardio-vasculaire et les soins de première urgence. Ils doivent également savoir lire une carte topographique, avoir une bonne approche du climat, des vents, de la flore et de la faune. Sans compter qu'eux et leurs chiens doivent être en excellente forme.

Elle déposa son plateau sur la table de la cuisine.

— Et quand prennent-ils le temps de vivre ? l'interrogea encore Simon.

— Rassurez-vous, ils ont une vie, un métier, une famille. Mais ils y croient. Pour entrer dans un groupe de recherche et de sauvetage, il faut travailler des mois durant, accepter des sacrifices, car la récompense est là, sous la forme d'une intense satisfaction. Voilà des semaines que je travaille avec cette équipe. Ils ont un taux de réussite de presque quatre-vingt-dix pour cent sur chaque problème. Maintenant, nous travaillons sur la simultanéité et nous allons répéter ce genre d'exercice par tous les temps.

— Vous n'avez jamais viré personne ?

— Si, mais en tout dernier ressort. La plupart du temps, ceux qui ne s'adaptent pas s'en vont d'eux-mêmes. Ça vous intéresse ?

— Je ne crois pas.

— C'est sûr que ça ferait une coupure dans votre vie de tous les jours. Cela dit, j'aimerais au moins initier Jaws à ces techniques. Ça compléterait son éducation. Quand il saura se tenir au pied, s'asseoir et se lever, rapporter et donner, nous pourrions lui enseigner autre chose.

— Plus que la simple obéissance ? demanda-t-il, l'air dubitatif. Combien ça coûte ?

Elle pencha la tête de côté.

— Pour une fois, j'accepterais le troc. Disons que j'assurerais cet entraînement spécial de votre chien contre… un confiturier.

— Il ne vous ira pas.

Elle lui jeta un regard noir.

— Vous savez, plus vous dites ça, plus j'en ai envie. Je suis mieux placée que vous pour savoir ce qui me va ou non.

— Pas la peine de vous buter.

— C'est vous la tête de mule. Qu'est-ce que ça peut vous faire de savoir qui achète vos meubles du moment qu'on les achète ?

— Qu'est-ce que ça peut vous faire qu'un chien fasse ses crottes pendant une leçon ? Vous n'en serez pas moins payée.

— Ce n'est pas la même chose. D'autant qu'en l'espèce c'est souvent le maître qui vaut de la crotte, monsieur 5 sur 20.

— Je ne fronçais pas les sourcils.

— C'est ça. Ne bougez pas, ne changez pas d'expression. Je vais vous apporter un miroir.

Sans réprimer un petit rire, il l'attrapa par le bras.

— Laissez tomber.

— Au prochain cours, je prendrai un appareil photo. Une image vaut toutes les explications, n'est-ce pas ?

Elle le poussa pour se dégager. Il lui donna un coup de coude. Derrière lui, le chien grondait.

— Non ! ordonna Fiona pour l'arrêter. Newman, gentil. Gentil ! Il croyait que vous m'attaquiez. Non, ne reculez pas, Simon. Newman, on joue, Simon est un ami. Prouvez-le-lui en me prenant dans vos bras.

— Quoi ?

— Ça va ! Ne faites pas votre timoré.

Là-dessus, elle se serra contre lui, posa la tête sur son épaule.

— Je joue avec Simon, répéta-t-elle en souriant au chien.

Celui-ci s'approcha, leur donna un coup de truffe dans les jambes.

— Il ne vous aurait pas mordu, assura-t-elle.

— Content de l'apprendre.

— Sauf si je le lui avais demandé.

Reculant le visage, elle sourit de nouveau, repoussa doucement Simon.

— C'est bon, maintenant. Tout va bien. Si j'avais peur, il le sentirait, mais il voit que je me sens à l'aise avec vous. C'est ce que j'essaie de vous enfoncer dans le crâne à propos de Jaws. Votre humeur influence son comportement…

Elle s'interrompit face au regard fixe, à quelques centimètres d'elle, tandis qu'il marmonnait :

— Et là, d'après vous, quelle humeur perçoit-il ?

— Vous rigolez. Ce n'est qu'un exercice.

— D'accord, alors on passe au cours supérieur.

Là-dessus, il posa sur sa bouche des lèvres fermes, indiscrètes. Elle savait qu'il insisterait, impatient, direct, sans manières. Sans s'arrêter au stade léger du flirt. Elle ne résista pas. Il serait dommage de refuser un baiser aussi puissant et sincère. Alors elle glissa les bras dans le dos de Simon et s'abandonna à ses sensations, à cet arrière-goût de chocolat sur la langue qui caressait la sienne. Sentant qu'elle aurait du mal à s'en remettre, elle posa les paumes sur sa poitrine pour le repousser. Cela ne l'arrêta pas. Elle sentit son cœur s'emballer et en vint presque à regretter de le trouver aussi séduisant. Elle le repoussa davantage. Cette fois, il lâcha prise et leurs regards se croisèrent à nouveau.

— Et là, vous me mettez combien ?

— Oh, vous méritez 20 sur 20. Félicitations. Mais on arrête de jouer. Je dois préparer mes prochaines leçons… et j'ai des choses à faire. Alors…

— Alors, à plus.

— Oui. Et n'oubliez pas les exercices. Lancez des bâtons. Beaucoup de bâtons.

— Promis.

Dès qu'il fut sorti, Fiona laissa échapper un soupir en regardant Newman.

Simon s'en voulait. En faisant monter Jaws dans le pick-up, il ne savait plus s'il fallait s'accuser ou si ce n'était pas plutôt sa faute à elle. Qu'avait-elle eu besoin de l'étreindre ainsi, de se frotter contre lui avec ce sourire ? On ne faisait pas des choses pareilles à un homme. Il ne s'attendait pas non plus à la trouver aussi réceptive. À la voir s'abandonner ainsi, s'offrir avec une telle ardeur. Dévoiler une partie d'elle-même. Résultat, il avait envie d'aller plus loin. Il la désirait.

À côté de lui, le chiot respirait avec délice le vent qui entrait par la fenêtre entrouverte.

— J'aurais mieux fait de lui vendre ce fichu confiturier.

Il mit la radio à pleins tubes, mais cela ne détourna pas son esprit de Fiona. Alors il entreprit un rituel qui lui était propre, commençant à dessiner mentalement un confiturier correspondant, selon lui, à cette jeune femme.

Peut-être le fabriquerait-il. Ou pas. Mais il était tout à fait sûr de retourner la voir pour découvrir d'autres pans de sa personnalité.

7

Tout passage chez le vétérinaire impliquait invariablement une part de comédie et une part de drame, mais requérait aussi persévérance, endurance et une bonne dose d'humour. Afin de se simplifier la vie, Fiona programmait plutôt une seule visite pour ses trois chiens à la fois, en fin de journée. Cela leur permettait ensuite, à elle autant qu'à son amie, Mai Funaki, de se détendre ensemble après la triple épreuve.

Atteignant à peine le mètre soixante, Mai évoquait une fragile fleur de lotus, personnage manga romantique aux cheveux d'ébène qui rebiquaient sur ses pommettes saillantes et venaient caresser ses yeux d'onyx. Pendant le travail, sa voix mélodieuse calmait aussi bien les humains que les animaux. Ses mains douces aux longs doigts apaisaient et guérissaient, bien qu'elles soient aussi fortes que celles d'un bûcheron. Elle passait pour mieux tenir l'alcool qu'un homme de cent kilos et jurait en cinq langues comme un charretier.

Fiona l'adorait.

Dans la salle de consultation du cabinet contigu à sa maison, sur le détroit d'Eastsound, elles ne furent pas trop de deux pour soulever les trente-quatre kilos d'un Peck tout tremblant. Ce chien qui avait su, un jour, déblayer courageusement des gravats pour dégager des victimes en Oregon, ce chien qui s'obstinait sans cesse à chercher les personnes perdues, blessées ou mortes dans les vents les plus glacés, sous des trombes d'eau, par des chaleurs intenses, avait peur des piqûres.

L'arrière du joli bungalow de Mai donnait sur la mer ; ancien corps de ferme, il avait d'abord été transformé en maison d'hôtes. Lorsque Mai s'était installée à Orcas avec son mari, celui-ci avait voulu devenir agriculteur. Mai n'avait pas hésité à déménager son cabinet de Tacoma sur cette île, contente de rester travailler chez elle, à un rythme plus paisible, pendant que son mari élevait poules et chèvres, cultivait fruits rouges et légumes verts. Il ne fallut pas quatre ans à celui-ci pour changer d'aspirations et décider tout d'un coup de quitter Mai pour acheter un grill à la Jamaïque.

— Tim part maintenant pour le Maine, annonça Mai en apportant le vin dans la cour. Il veut devenir producteur d'écrevisses.

— Tu rigoles ?

— Non. Je dois avouer qu'il a gardé son bar plus longtemps que je ne l'avais prévu.

Alors qu'elles s'asseyaient, les chiens se précipitèrent, rivalisant de zèle pour se faire remarquer à coups de langue et jappements de joie.

— C'est ça ! On est redevenus copains, maintenant !

Mai leur présenta les biscuits qu'elle avait apportés.

— Désolée de ne pas avoir pu gérer le camp de base de ton groupe pour la recherche du petit garçon. J'avais une opération d'urgence, impossible de la reporter.

— Ce n'est pas grave. C'est pour ça qu'on a prévu des suppléants. Ces Cauldwell, ils forment une famille sympa. Ce bambin est un as, dans son genre.

— C'est vrai ? Tu sais, il vaut sans doute et même certainement mieux que Tim et moi n'ayons pas eu d'enfants. Tu te rends compte, avec la vie qu'il mène ? Sauf que mon horloge biologique avance deux fois plus vite. Je sais que je vais finir par adopter un autre chien, ou un chat, ou n'importe quel mammifère pour compenser.

— Tu pourrais aussi adopter un petit humain. Tu serais une mère extraordinaire.

— J'aimerais bien. Mais… j'ai encore un mince espoir de fonder une famille avec un homme, de donner de vrais parents à un enfant. Ça veut dire que je devrais sortir avec des mecs, me faire sauter ; quand j'y pense, ça me rappelle à quel point je suis en manque. J'envisage de baptiser mon vibromasseur Stanley.

— Stanley ?

— C'est un partenaire adorable qui ne pense qu'à mon plaisir. Résultat, je suis encore la gagnante de notre petit concours de saison sèche. Quatorze mois sans mec, qui dit mieux ?

— Neuf, mais je ne crois pas qu'une seule fois devrait compter. C'était nul.

— Nul ou pas, tu t'es envoyée en l'air. C'est peut-être le concours le plus imbécile de la décennie, n'empêche qu'il y a un règlement. Cela dit, malgré Stanley, j'envisage de nouvelles options.

— Quoi ? Les filles ? Les clubs spécialisés ? Les petites annonces ?

— Toutes options envisagées et rejetées. Ne ris pas.

— D'accord. Quoi ?

— J'ai épluché les sites de rencontres sur Internet. J'ai même un profil et une inscription prêts à partir. Il ne me reste qu'à appuyer sur *Valider*.

— Je ne ris pas, mais je ne suis pas convaincue. Tu es magnifique, intelligente, drôle, intéressante, une femme pleine de ressources. Si tu comptes vraiment rencontrer des hommes, il faudrait te mettre un peu plus en avant.

Mai avala une longue gorgée de vin avant de se pencher vers son amie.

— Tu n'as peut-être pas remarqué, mais on vit sur une petite île au large de l'État de Washington.

— J'ai entendu dire ça.

— La population de cette petite île est très réduite, et les mâles célibataires se font encore plus rares qu'ailleurs. Sinon, pourquoi deux femmes superbes et douées comme nous devraient-elles commencer leur soirée en buvant du vin en compagnie de leurs chiens ?

— Parce qu'on aime ça !

— Certes, certes ! Mais on aime aussi la compagnie des hommes. Du moins, c'était le cas il n'y a pas si longtemps. Et je ne crois pas me tromper en disant qu'on aime aussi toutes les deux faire l'amour pour le plaisir, sans prendre de risques.

— C'est vrai, et voilà pourquoi j'estime qu'une seule fois ne devrait pas compter dans le concours.

— Tu ne vas pas remettre ça ! Tiens, j'ai fait une étude non exhaustive de la population de cette île. Pour mon usage personnel, je dois éliminer les hommes de moins de vingt et un ans et de plus de soixante-cinq, ce qui laisse une certaine latitude compte tenu que j'en ai trente-quatre, mais nécessité fait loi. Eh bien, le coffre est plutôt vide, Fee, crois-moi.

— Je ne le conteste pas. Quoique, en ajoutant les touristes et les saisonniers, ça le remplit, non ?

— J'ai un peu plus d'espoir pour l'été, mais, en même temps, je me suis mise à regarder James de plus près.

— James ? Notre équipier, James ?

— Oui, notre James. Centres d'intérêt partagés, âge approprié. Bon, je reconnais que ce n'est pas non plus le coup de foudre, mais on prend ce qu'on trouve. L'ennui, c'est qu'il louche plutôt sur Lori et que ça ne se fait pas de marcher sur les plates-bandes des collègues. En même temps, j'ai repéré une autre possibilité intéressante sur l'île. Célibataire, âge adéquat, propriétaire de chien, très séduisant. Un créatif. Un peu taciturne pour mon goût, mais nécessité fait loi, encore une fois.

— Ah ! murmura Fiona en buvant une gorgée.

— Simon Doyle. Sylvia soutient son travail. C'est un ébéniste, un artiste.

— Hum…, fit Fiona en buvant une autre gorgée.

Mai écarquilla les yeux.

— Tu as des vues sur lui ? Punaise ! C'était sans doute le dernier obstacle entre moi et LigneCœur.com.

— Je n'ai pas de vues. Enfin, pas vraiment. C'est un client. Je fais travailler son chien.

— Très mignon, d'ailleurs.

— Très. Son maître aussi.

— Je veux ! Écoute, c'est toi la prems, alors vas-y, sinon, moi, je me lance. Je suis en état de manque.

— Je ne suis la prems de rien du tout. Enfin, Mai ! Ce n'est pas le genre de mec sur qui on peut faire des plans.

— Et puis quoi, alors ? Il est vivant, célibataire, de notre âge et, autant que je sache, il n'a rien d'un tueur en série.

— Il m'a embrassée.

— C'est le pompon ! Laisse-moi te haïr une minute.

La vétérinaire pianota un instant sur la table.

— Bon, conclut-elle. Minute passée. Amical, le baiser, ou bien sensuel, bien gras ?

— Ni l'un ni l'autre. Ce type est tout sauf amical. Je crois qu'il n'aime pas beaucoup les gens. Il est passé à la maison pour que je fasse travailler Jaws. J'étais en plein entraînement de sauvetage avec ma classe de Bellingham. Alors je l'ai invité à rester, à se mêler au groupe, à manger des brownies. Je ne crois pas qu'il ait adressé cinq mots aux autres. Sauf à Sylvia. Il l'aime bien.

— Il est peut-être timide. C'est gentil, un timide.

— Je ne crois pas. Et puis je n'utiliserais pas le mot « gentil » pour Simon. Cela dit, il embrasse très bien.

— Garce, ne me provoque pas !

Fiona sourit.

— En plus, je ne cherche pas de partenaire, mais j'ai besoin d'un minimum de conversation quand je couche avec un type.

— Tu as fait la conversation avec ta relation d'un soir, il y a neuf mois. Regarde ce que ça a donné.

— C'est vrai, soupira-t-elle. N'empêche que je ne ferai pas la course avec toi. Si l'occasion se présente, ne te gêne pas.

— Non, c'est trop tard. Il est hors d'atteinte. LigneCœur.com, me voilà !

— On a besoin de vacances.

— C'est bien vrai ! s'esclaffa Mai.

— Non, je ne plaisante pas. Toi et moi, avec Sylvia. Entre femmes. Une thalasso, tiens. Tout un week-end.

— Arrête de te moquer de moi, Fiona. Je suis au bord du gouffre.

— C'est bien pour ça qu'on a besoin d'une pause.

— Une question : depuis combien de temps tu n'as pas pris de vacances ? Ne serait-ce qu'un long week-end ?

— Quelque chose comme deux ans, peut-être même trois… ce qui ne fait que souligner mon propos.

— Et avec mon travail, le tien, celui de Sylvia, la responsabilité des animaux, comment veux-tu qu'on fasse ?

— On va s'arranger. On sait faire. Tu te rends compte ? Massages faciaux, bains de boue, service de chambre et vins pétillants. Pas de travail, ne penser à rien.

— Ça me paraît presque plus tentant que le sexe.

— C'est possible. Il suffit de vérifier nos emplois du temps et de trouver le meilleur moment pour libérer trois jours. On peut bien faire ça. On a chacune des amis qui se chargeront de nos animaux un week-end. On l'a souvent fait pour les autres, pas vrai ?

— Très souvent. Où ?

— Je ne sais pas. Assez près pour qu'on ne perde pas notre temps à voyager. Je vais commencer à chercher et j'avertis Sylvia. Qu'en penses-tu ?

Mai leva son verre.

— Je vous suis.

Sans perdre une minute, Fiona fit un détour chez Sylvia sur le chemin du retour.

Des bacs de pensées décoraient la façade de la tranquille maison au bord de la baie. Fiona savait que la serre devait regorger de fleurs, de légumes et d'herbes aromatiques, que sa belle-mère dorlotait comme des enfants et qu'elle replanterait bientôt dans son grand jardin.

Aussi à l'aise que chez elle, Fiona ouvrit la porte d'entrée rouge vif en appelant :

— Sylvia ?

— Par ici ! répondit celle-ci. Dans le living.

Oreo arriva au galop pour dire bonjour. Elle le caressa et traversa la maison où son père avait passé les dernières années de sa vie. Comme la boutique, chaque pièce était décorée avec soin, dans une débauche de couleurs.

— Je reviens de chez Mai.

Elle trouva Sylvia sur son tapis de yoga, tâchant de reproduire la posture tordue de l'instructeur sur l'écran de télévision.

— Je me détends après une journée de travail, expliqua-t-elle. J'ai presque fini. Tu nous as amené les gamins ?

— Ils sont dans la voiture. Je ne peux pas rester.

— Oh, mais pourquoi ? J'avais envie de préparer un couscous.

Fiona réprima un haut-le-cœur mais répondit poliment :

— C'est tentant. Seulement j'ai du travail. Mai est en chaleur et son horloge biologique avance. Elle voudrait s'inscrire sur un site de rencontres.

— C'est vrai ? Lequel ?

— Elle a parlé de quelque chose comme Ligne-Cœur.com.

— Il passe pour l'un des meilleurs.

— Je ne… tu es déjà allée sur ce genre de site ?

— Pas encore. Je ne le ferai sans doute jamais. Mais j'y songe parfois.

— Ah… bon. Et que dirais-tu d'un long week-end de thalasso à trois ?

— Aïe ! Il faut que j'y réfléchisse… Accorde-moi cinq minutes pour faire mes bagages.

— C'est vrai ?

— Quatre si tu es pressée. Où va-t-on ?

— Je ne sais pas encore. On doit vérifier nos plannings, les comparer avec celui de Mai et aussi trouver une destination.

— J'ai ce qu'il te faut. Un de mes artistes connaît le propriétaire d'une station thermale, fabuleuse paraît-il, du côté des chutes de Snoqualmie.

— Sérieux ?

Sylvia s'allongea en soupirant d'aise.

— Laisse-moi m'occuper des réservations. Station thermale de Tranquillity. Tu n'as qu'à aller sur leur site Web pour voir si ça correspond à ce que tu veux.

— Il y a des massages, un service de chambre et une piscine ?

— Ça, je peux te le garantir.

— Alors, ce sera parfait.

— Ça marche. Mais qu'est-ce qui vous a donné cette idée ?

— Je te l'ai dit, les hormones de Mai.

— Mais encore ?

Fiona alla à la fenêtre pour contempler l'océan.

— Je ne dors plus très bien depuis que Davey m'a parlé des meurtres. Ça ne veut plus partir de là… de mon esprit. Le meilleur moyen de ne plus y penser, c'est de travailler. Mais je suis sûre que cette cure me ferait le plus grand bien, surtout avec deux de mes meilleures amies. En plus, je ne sais plus quoi penser de Simon maintenant qu'il m'a embrassée.

— Quoi ?

Sylvia se redressa en écarquillant les yeux.

— Et tu as voulu me cacher ça ? Quand est-ce qu'il t'a embrassée ?

— Hier, quand vous êtes tous partis. C'était juste une impulsion, dictée par les circonstances. Et, oui, avant que tu me poses la question, c'était très, très bien.

— Je m'en serais doutée. Qu'est-ce qui s'est passé ensuite ?

— Il est rentré chez lui.

— Pourquoi ?

— Sans doute parce que je le lui ai conseillé.

— Oh, Fee, tu m'inquiètes, tu sais ?

— Je n'étais pas prête pour ce baiser, encore moins pour ce qui aurait pu suivre.

— Tu vois ? soupira Sylvia en prenant sa bouteille d'eau. Pas étonnant que je m'inquiète. Moins on est prête, plus ça devient excitant. En tout cas, ça devrait. La surprise et la passion.

— Je ne crois pas que la surprise fonctionne, avec moi. Du moins, pas en ce moment. Qui sait, ce sera peut-être le cas après notre week-end…

— Vérifie ton planning, et c'est parti. Je pourrai m'adapter au tien et à celui de Mai.

— Tu es la meilleure ! s'écria Fiona en la serrant dans ses bras. Je vais voir quels cours je peux déplacer. Je vous enverrai un courriel, à Mai et à toi.

— Attends, je vais au moins te donner du thé ; j'en ai un hypernaturel qui devrait te détendre, t'aider à dormir. Tu vas prendre un bon bain, boire du thé et te passer de la bonne musique, et aussi tâcher, pour une fois, de faire ces exercices de méditation que j'ai essayé de t'apprendre.

— D'accord. Promis. Rien qu'à l'idée de cette thalasso, je suis déjà plus détendue.

En fait, elle aurait dû y penser plus tôt. Une pause en compagnie de ses amies constituait le meilleur antidote contre le stress. Si elle n'y songeait pas trop, cela venait sans doute de ce qu'elle avait choisi de vivre dans le plus bel endroit du monde. Elle était indépendante, gagnait bien sa vie, au milieu de ses chiens, dans une demeure qu'elle aimait. Que rêver de plus ?

Peut-être quelque chose comme le rude baiser de Simon, ses mains possessives sur elle. Cela ne pouvait que faire du bien à une femme comme elle, en bonne santé, habitée de pulsions normales.

Il fallait admettre qu'elle avait envisagé la possibilité d'un tour ou deux avec Simon… du moins avant qu'il lui ait fermé la porte en termes sans équivoque. Jusqu'à ce qu'il la rouvre, ou plutôt qu'il dévoile ses arrière-pensées.

Finalement, tout cela prouvait que toute forme de relation avec lui risquait d'être particulièrement compliquée, décevante et incertaine.

— Autant laisser tomber, dit-elle à ses chiens. Pourquoi chercher les difficultés ? On est bien comme ça, non ? Vous et moi.

Ses phares perçaient l'obscurité quand elle s'engagea sur le chemin qui menait chez elle. Elle se rendit alors compte qu'elle avait oublié de laisser allumé devant l'entrée. D'ici à quelques semaines, le soleil se coucherait plus tard, l'atmosphère se réchaufferait. Alors commenceraient les longues soirées paisibles sur la véranda.

À mesure qu'ils approchaient, les chiens s'excitaient davantage. Tout contents de rentrer, ils en oubliaient le traumatisme de la consultation.

Elle se gara, sortit leur ouvrir.

— Allez, un petit tour dehors, les gars.

Elle se précipita pour allumer, vérifia que l'arrosage automatique s'était bien mis en route. Pendant que les chiens se soulageaient dehors, elle ouvrit le congélateur et saisit le premier plat qui lui tomba sous la main.

Pendant qu'il réchauffait au micro-ondes, elle alla vérifier son répondeur. Elle dînerait devant son ordinateur pour réorganiser son planning.

— C'est parti, murmura-t-elle.

Elle prit des notes sur son carnet, éliminant les messages qui lui semblaient inutiles.

« Madame Bristow, ici Kati Starr. Je suis journaliste à l'*US Report*. Je rédige un article sur les enlèvements et les meurtres de femmes qui ont eu lieu dernièrement en Californie et qui rappellent tant le mode opératoire de George Allen Perry. Comme vous êtes la seule victime connue à lui avoir échappé, je voudrais vous parler. Vous pouvez me joindre sur mon lieu de travail, sur mon téléphone portable ou par courriel. Vous pouvez me joindre au… »

Fiona effaça.

— Pas question.

Ni journalistes, ni interviews, ni micros, ni caméras de télévision. Fini.

Alors qu'elle reprenait son souffle, le message suivant commença :

« Madame Bristow, c'est encore Kati Starr, de l'*US Report*. Permettez-moi d'insister. Il me reste très peu de temps et il faut absolument que je vous parle dès que… »

Fiona effaça aussi ce message.

— Va te faire voir !

Elle fut contente de laisser entrer les chiens, leur présence la réconfortait. Le dîner, tel qu'il se présentait, ne la tentait guère. Cependant, elle se contraignit à s'asseoir, à manger, à faire exactement ce qu'elle avait prévu avant que les appels de cette journaliste lui envahissent l'esprit de souvenirs et d'angoisses.

Tout en attaquant sa tourte au poulet, elle alluma son ordinateur et, pour se mettre en train, commença par aller voir le site de la station thermale ; en quelques minutes, elle s'envola pour un monde de béatitude parfumée. Massages de pierres chaudes, enveloppements de paraffine, champagne et caviar faciaux. Elle voulait tout. Maintenant. Elle effectua la visite virtuelle, ronronnant de plaisir devant la piscine couverte, les salles de méditation post-traitement, les boutiques, les petits salons dans les « villas » à trois chambres sur deux étages. Fermant un œil, elle risqua aussi un regard en coin vers la rubrique des tarifs. Et frémit. Même en partageant en trois, ce serait encore cuisant.

Chaque villa comportait son jacuzzi et, oh, misère ! une cheminée dans chaque salle de bains. Et puis cette vue sur les cascades, les collines, les jardins…

Non, impossible. Peut-être quand j'aurai gagné à la loterie.

— C'est juste un rêve, annonça-t-elle aux chiens. Bon, maintenant qu'on sait où, voyons quand.

Elle consulta son emploi du temps, calcula, essaya quelques tours de passe-passe, recalcula, intercala. Quand elle eut dégagé ses deux meilleures possibilités, elle envoya un courriel à Mai et à Sylvia.

— Ça va marcher, décida-t-elle en allant lire ses propres mails.

Elle en trouva un de la journaliste.

« Madame Bristow,

N'ayant pu vous joindre par téléphone, j'ai trouvé cette adresse sur votre site Web. Comme je vous l'ai expliqué, je suis chargée d'une rubrique entre autres sur les enlèvements suivis de meurtres de femmes en Californie, qui rappellent tant les homicides de Perry. En tant que témoin clef de son procès, vous pouvez apporter un commentaire inestimable.

Je ne saurais donc me passer de vos déclarations sur ce qui vous est arrivé, à vous et à Gregory Norwood, et qui a abouti à la capture de Perry. Je préférerais m'entretenir directement avec vous avant de publier cet article. »

Fiona effaça ce courriel, ainsi que la liste de contacts. Après quoi, elle posa tout simplement la tête sur la table. Elle avait bien le droit de refuser, de tourner le dos à cette affreuse époque, de ne pas servir d'appât pour un nouvel épisode de mort et de chagrin.

Revivre ces horreurs ne ferait pas revenir Greg, pas plus que ça n'aiderait ces deux femmes ou leurs familles en deuil. Maintenant qu'elle avait surmonté l'épreuve, elle avait bien le droit de voir respecter sa vie privée. Se relevant lourdement, elle éteignit son ordinateur.

— Je vais m'offrir ce bon bain que m'a conseillé Sylvia, boire ce thé idiot. Et, vous savez quoi ? On va louer cette fichue villa. La vie est trop courte.

8

Si l'éducation des chiots la mettait invariablement de bonne humeur, Fiona restait tendue, l'esprit plus que jamais occupé par les souvenirs et le chagrin.

Toujours aussi collante, Kati Starr retéléphona peu après 8 heures. En voyant son nom s'afficher, Fiona laissa le répondeur prendre le message, qu'elle s'empressa d'effacer sans même l'avoir écouté. Mais cette intervention suffit à lui raidir la nuque comme si elle y avait reçu une brique.

Il lui fallut se rappeler elle-même à l'ordre. Seuls ses clients méritaient toute son attention.

Simon arriva en retard. Comme de juste. Il se garait encore alors que les autres en étaient déjà à revoir les grandes lignes de la leçon précédente.

— Prenez le train en marche, lui lança-t-elle fraîchement. En espérant ne pas trop déranger votre emploi du temps si serré.

Là-dessus, elle enchaîna le travail avec les autres, montrant d'un côté comment décourager un bébé dogue allemand, qui promettait de devenir énorme, de sauter au cou de ses maîtres, mais aussi un guilleret schnauzer de renifler l'entrejambe des gens.

Quand vint le moment de travailler sans laisse, Fiona poussa un soupir en voyant Jaws filer à la poursuite d'un écureuil, semant une indescriptible pagaille alors qu'il croyait pouvoir grimper à l'arbre où avait bondi sa proie.

— Ne courez pas derrière eux ! cria-t-elle aux maîtres. Rappelez-les. Utilisez la formule habituelle pour les faire revenir et ordonnez-leur de s'asseoir. Je veux voir tous vos chiens alignés ici.

Ses injonctions ne furent pas immédiatement suivies d'effet, elle dut y mettre du sien.

Elle reprit patiemment les rituels de l'assis-debout, en groupe et individuellement, s'efforçant de garder un ton détaché pour s'adresser à Simon. Puis elle fit remettre les laisses et les pria de travailler le départ et l'arrêt immédiat. Ce cours qui, habituellement, l'amusait et la détendait lui donnait aujourd'hui la migraine.

— Continuez à bien vous exercer, conseilla-t-elle à la cantonade avec un sourire forcé. Et n'oubliez pas : restez positifs, encouragez-les, jouez avec eux.

Comme chaque fois, il y eut des commentaires et des questions, quelques anecdotes que ses clients tenaient absolument à lui raconter. Elle les écouta, répondit, distribua caresses et compliments. Mais sans le moindre plaisir.

Voyant Simon s'attarder tandis que Jaws gambadait sans sa laisse, elle préféra ne rien dire. Elle réglerait la question plus tard. Mais ce fut lui qui prit la parole.

— Vous vous êtes levée du pied gauche, ou quoi ?

— Pardon ?

— Vous avez très bien entendu. Regardez-moi cette mine de déterrée !

— N'en jetez plus, la coupe est pleine.

— Quoi ? C'est le type de Californie qui a encore frappé ?

— Je n'en sais rien, maugréa-t-elle en fourrant les mains dans ses poches. Ce n'est plus mon affaire. Navrée pour ces femmes et pour leurs familles, mais ça ne me concerne plus.

— Qui vous dit le contraire ? Vous n'écoutiez rien quand Larry s'est extasié sur son corniaud qui sait ouvrir les portes tout seul, ni quand Diane vous a montré la photo de son bambin qui dessinait au crayon sur le bouledogue. J'ai l'impression que c'est votre façon de ronchonner. Alors, qu'est-ce qui se passe ?

— Écoutez, Simon, ce n'est pas parce que je vous ai embrassé en quelque sorte…

— En quelque sorte ?

— Que je suis pour autant, continua-t-elle, les dents serrées, obligée de partager avec vous tous les instants de ma vie, ni de vous expliquer les raisons de mes sautes d'humeur.

— N'empêche que votre « en quelque sorte » m'étonne. Il n'aurait pas mieux valu dire « vraiment » ?

— Étonnez-vous donc, et rappelez-vous : nous ne sommes que voisins, et je ne vois en vous qu'un client. C'est tout.

— Décidément mal lunée. Bon, si ça vous chante…

Il siffla son chien, qui rameuta aussitôt toute la bande. Comme Simon se penchait pour caresser et féliciter Jaws, Fiona soupira :

— Il sait bien rapporter. Il a encore des difficultés à rester en place, mais, en règle générale, il se débrouille bien.

— Il n'a pas raté un seul de ses exercices depuis deux jours. À plus !

Là-dessus, il entraîna le chien vers la voiture. Il arrivait à mi-chemin lorsqu'elle le rappela, sans trop savoir pourquoi.

— Vous voulez faire un tour avec moi ? J'ai envie de marcher.

— Où ça ?

Elle eut un geste vague.

— L'avantage de vivre près d'une forêt, c'est qu'on peut s'y promener.

Haussant les épaules, il revint sur ses pas.

— Remettez-lui sa laisse, conseilla-t-elle. Tant que vous ne serez pas certain de l'arrêter net à votre commandement, il est capable de filer à la poursuite d'un lapin et de se perdre. Allez, les gamins, on part en balade !

Ses chiens se rassemblèrent joyeusement autour d'elle et partirent devant. Jaws tira sur sa laisse.

— Doucement ! lança Fiona, compatissante.

Les chiens s'arrêtèrent puis reprirent d'un pas plus mesuré lorsque le petit les rejoignit.

— Il se prend pour un grand. C'est excellent, ça lui permet d'explorer de nouveaux territoires, de respecter la laisse, de vous obéir.

— C'est un nouvel exercice ?

— Histoire de vous faire la conversation.

— Vous ne parlez jamais de rien d'autre que des chiens ?

— Mais si ! s'emporta-t-elle. Seulement je n'arrive pas à me concentrer en ce moment. Si seulement le printemps arrivait plus vite ! Comme ça, je pourrais parler de la pluie et du beau temps, râler sur les giboulées. Tandis que là... Et puis j'ai hâte que la température se réchauffe un peu, que le soleil brille plus tard, le soir, pour pouvoir faire des plantations et virer les biches et les lapins qui viennent dans mon jardin.

— Vous n'avez qu'à poser une clôture.

— Mais je ne pourrais plus m'amuser à virer les biches et les lapins ! Ils n'ont pas peur des chiens, et c'est ma faute, parce que je les ai dressés à ne pas chasser... Oh, pardon ! j'en reviens encore aux chiens. Hmmm, ça sent bon, par ici...

Elle huma longuement l'odeur des pins et prit conscience que son mal de tête diminuait un peu.

— J'aime tellement ces bois, reprit-elle. Cette lumière, ces ombres. J'aurais voulu être photographe, je crois, même pour faire des portraits. J'aime observer le visage des gens, et aussi leur façon de se déplacer. Malheureusement, je ne suis pas très douée. Ensuite, j'ai voulu devenir écrivain, mais je m'ennuyais vite à me relire. Pourtant, j'aime bien écrire, par exemple sur mon blog ou dans le bulletin de mon site Web, ou quelques articles sur le sujet que nous ne devons plus mentionner. Et puis j'ai eu envie de devenir entraîneur sportif... mais bon, je ne possédais pas d'installations sportives ; à vingt ans, on n'a pas trop les moyens. Vous ne dites rien ?

— Je n'arrive pas à en placer une.

— C'est vrai. Je dis tout et n'importe quoi, parce que je n'ai aucune envie de réfléchir. Et je me rends compte que je vous ai demandé de m'accompagner pour ne pas ruminer toute seule dans mon coin. Ce n'est pas que je me sois levée du pied gauche, mais plutôt que je broie du noir, c'est très différent.

— Moi, ça me fait le même effet.

— Vous jouez les durs à cuire. Je ne vois pas en quoi ça devrait me séduire.

Ils traversèrent une clairière bordée de grands arbres aux cimes mouvantes.

— Pourquoi avoir choisi Orcas ? demanda-t-elle soudain.

— Parce que c'est un endroit tranquille. Et puis j'aime habiter au bord de l'eau. Tenez-moi ça.

Il lui tendit la laisse et se dirigea vers un imposant tronc tordu, à moitié enseveli sous le sol jonché d'aiguilles de pin.

Il en fit le tour, se pencha, donna un coup de pied dedans.

— On est encore chez vous, ici ?

— Oui. On n'a pas beaucoup marché.

— Il me le faut.

Ses yeux dorés, scintillants de lumière, se posèrent sur elle.

— Je peux ?

— Vous voulez… ce tronc ?

— Oui. Je suis prêt à payer si vous jouez les gourmandes.

— Combien ? demanda-t-elle en s'approchant. Je dois justement partir en cure de thalasso.

— Hé, tu vas faire pipi ailleurs ! s'écria-t-il en écartant Jaws. Dix dollars.

Elle poussa une exclamation méprisante.

— Attendez ! protesta Simon. Il ne vous sert à rien et je vais devoir l'arracher et le trimbaler jusque chez moi. Vingt, et c'est mon dernier prix.

— Remplacez-le. Plantez un arbre dans le trou que vous aurez laissé, et nous serons quittes.

— Vendu.

— Qu'allez-vous en faire ?

— Quelque chose.

À son tour, elle observa le tronc, le contourna, mais n'y discerna que les restes tourmentés d'un arbre sans doute abattu par une lointaine tempête.

— J'aimerais voir les choses avec vos yeux, reconnut-elle, déceler une œuvre d'art potentielle dans un bout de bois.

— C'est un peu ce qui s'est passé quand vous avez vu mon chien pour la première fois.

Elle sourit.

— Ça, c'est très gentil ! Il va donc falloir que je m'excuse d'avoir été méchante avec vous ?

— Vous avez une curieuse façon d'envisager les choses, Fiona. Vous m'avez « embrassé en quelque sorte » quand vous étiez bloquée comme un crampon, vous avez même fait la méchante en me disant de me mêler de mes affaires.

— Je vous ai crié après mentalement !

— Oui, et je m'en retrouve tout écrabouillé.

— C'est vrai que je peux être méchante, mais ça ne me dérange pas tant que c'est justifié. Vous pouvez revenir chercher ce tronc quand vous voudrez.

— Ce sera fait dans les deux jours. Alors, qu'est-ce qui ne va pas ?

— On est venus se balader, non ?

Elle reprit la laisse, amenant Jaws à s'asseoir, le laissant s'éloigner puis revenir alors qu'ils longeaient un paisible ruisseau.

— Une journaliste me harcèle, commença-t-elle. Des coups de téléphone, des courriels. Je ne lui ai pas répondu, j'efface tous ses messages.

— Que veut-elle ?

— Me faire parler de Perry, à propos de ces deux femmes en Californie. Elle écrit un article, bon, je comprends, elle ne fait que son travail, mais je ne suis pas obligée de lui répondre, même si, comme elle dit, je suis la seule victime à avoir échappé au tueur. Je ne suis pas une victime et ça m'énerve qu'on me traite comme telle. Je ne veux pas qu'on me rappelle sans cesse ce qui m'est arrivé.

— Alors, continuez d'effacer.

— Ça paraît tout simple, dit comme ça. Mais ce n'est pas si facile.

Fiona constata qu'elle n'avait plus mal à la tête, mais la colère et le désarroi qui en étaient la cause restaient intacts, comme de petites échardes piquées dans son esprit.

— À l'époque, le procureur et les flics m'ont tenue autant que possible à l'écart de la presse. Ils ne voulaient pas que je donne d'interview, et ça tombait bien parce que je n'y tenais pas non plus. Mais un article pareil, ça met l'eau à la bouche, j'imagine ? Alors on n'arrête pas de me téléphoner ou d'interroger les gens qui me connaissent et les gens qui connaissent des gens qui me connaissent. Pour en tirer les détails les plus juteux… Vous devez comprendre ça, vous qui avez fréquenté Nina Abbott.

— « Fréquenté »… comme vous dites.

— Maintenant, vous recherchez la tranquillité des îles.

— Ça n'a aucun rapport, et c'est vous qui broyez du noir, pas moi.

— D'accord, reprit-elle. Après Greg, ça a recommencé. Et puis il y a eu le procès. Je n'ai aucune envie d'être mêlée à ce qui se passe aujourd'hui. Alors ça me met en pétard, ça me soulève le cœur, parce que douze personnes sont mortes avant que cette histoire m'arrive, et ensuite Greg. Tandis que je m'en suis sortie à peu près sans une égratignure. Pourtant, on me traite encore de victime ou d'héroïne, au choix. Et c'est aussi faux dans un cas que dans l'autre.

— En effet. Vous êtes une survivante, et c'est encore plus difficile.

Elle s'immobilisa.

— Vous comprenez ça, vous ?

— Ça se voit, rien qu'en vous regardant, avec vos yeux si calmes, limpides. Peut-être parce qu'ils en ont déjà tellement vu… Vous êtes blessée et vous faites avec. Je ne vois pas en quoi ça devrait me séduire.

Sans doute aurait-elle dû sourire à cette citation de ses propres paroles, mais cela ne fit que lui serrer le cœur.

— À quoi on joue, là, Simon ?

— Ce doit être une question d'attirance physique.

— Sûrement. Je n'ai pas fait l'amour depuis près de dix mois.

— Ouille ! Ça se précise.

Elle éclata de rire.

— Ouf ! Je me sens déjà mieux. Mais, franchement, si je n'ai pas fait l'amour depuis près de dix mois, je peux patienter encore un peu. On vit tous les deux dans une île, on connaît tous les deux Sylvia. J'aime bien votre chien et, en ce moment, il a besoin de moi. Alors je dois peser le pour et le contre pour savoir si ça ne risque pas d'entraîner trop de complications. Mais comme je ne vais pas faire l'amour avec vous dans les bois, d'autant que le soleil va se coucher dans vingt minutes, on ne risque rien. Alors, si vous me donniez un petit aperçu des réjouissances à venir ?

Il attrapa une mèche de ses cheveux, l'enroula autour de son poignet.

— Vous aimez vivre dangereusement.

— Absolument pas. J'aime l'ordre et la stabilité, ceci n'est donc pas vraiment dans mes habitudes.

D'un coup, il tira sur ses cheveux pour lui relever le visage, l'amener à un souffle de sa bouche. Puis il posa les lèvres sur les siennes.

Elle l'avait bien cherché et se croyait prête. Elle s'attendait à une sensation forte, à une explosion de désir qui allait la secouer des pieds à la tête. Pourtant, il s'approcha en douceur, la désarmant d'un lent baiser chatoyant qui vint lui embrumer le cerveau. Elle émit un soupir étouffé, l'entoura de ses bras, l'invitant à lui offrir davantage, et le laissa l'étreindre, peu à peu envahie par le vertige qui les unissait. Si bien qu'elle prit l'explosion de plein fouet.

Le monde éclata, emportant la forêt, le ciel, les ombres qui s'étiraient, pour faire place au délicat contact de leurs bouches, de leurs corps, au désir qui montait en elle.

Alors qu'il commençait à se détacher, elle l'attira de plus belle, mettant à rude épreuve la retenue dont il avait tenté de faire preuve, parvenant à le faire douter du sens de son initiative. Lorsqu'il voulut de nouveau reculer, elle le retint. À son tour, il se laissa enivrer par ses lèvres douces, par son corps souple, au sein de ce décor rustique ; il ne pouvait plus résister à son odeur, à sa présence.

Il avait largement perdu du terrain lorsque le chiot se jeta dans leurs jambes en aboyant… de joie, pour se mêler à la fête. Cette fois, ils se séparèrent. Fiona posa une main sur la tête de Jaws.

— Assis ! ordonna-t-elle. Bon chien.

Pas aussi calme qu'elle en a l'air, pensa Simon.

— Je ne sais pas quoi dire, avoua-t-elle en lui tendant la laisse. On ferait mieux de repartir. En tout cas, il est plus docile, malgré toutes les distractions qui peuvent se présenter à lui.

Elle a vite fait de se réfugier dans son domaine en parlant chiens. Curieux de voir comment elle s'en sortirait, Simon resta silencieux.

— Je voudrais l'entraîner davantage, reprit-elle, lui montrer d'autres exercices. Disons encore une demi-heure en séances de dix à quinze minutes par semaine. Quinze jours, sans supplément. Si le résultat vous plaît, on pourra toujours discuter d'un tarif pour la suite.

— Genre petit aperçu des réjouissances à venir ?

Elle lui jeta un regard en coin avant de reprendre :

— On pourrait dire ça. Il apprend vite et son tempérament le pousse dans cette direction… Et puis c'est bête, c'est nul, je sais, mais je voulais vous embrasser encore pour voir si l'autre jour n'avait été qu'un heureux hasard. Apparemment non. Il existe entre nous une forte attraction physique, telle que je n'en ai pas éprouvée depuis longtemps.

— Dans les dix mois ?

Si elle s'empourpra légèrement, cela ne l'empêcha pas de lui décocher un sourire non pas embarrassé, mais amusé.

— Je parle trop et vous savez trop bien écouter. C'est un mélange explosif.

— Pour qui ?

— Pour celui qui parle. Vous voyez, vous donnez l'impression de ne pas prêter trop attention à ce que je dis, mais c'est tout le contraire. Vous n'intervenez pas beaucoup, mais vous enregistrez. C'est plutôt sournois. Je vous aime bien, il me semble. Je ne vous connais pas bien parce que vous ne parlez pas beaucoup de vous. Je sais que vous avez un chien, que c'est votre mère qui vous l'a donné, ce qui laisse entendre que vous aimez votre mère ou que, tout au moins, vous redoutez ses colères. En fait, ce doit être un mélange des deux.

Ils marchèrent en silence pendant près de trente secondes.

— Vous vous rendez compte, j'imagine, que moins vous en dites, plus vous aiguisez la curiosité.

— Tant mieux. C'est bon pour le commerce.

— Voilà qui confirme que vous faites bien du commerce.

— Quand on vous paie et que l'État récupère ses taxes, c'est bien du commerce.

Elle saisit la balle au bond pour essayer de le coincer.

— Sauf que si vous étiez vraiment commerçant, vous m'auriez vendu ce confiturier.

Les yeux fixés sur Jaws, qui avait attrapé un bout de bois et se pavanait tel un tambour-major, il marmonna :

— Vous ne lâchez jamais prise.

— C'était soit par souci artistique, soit à cause de votre tête de pioche. Cela dit, je suis toujours preneuse.

— Non... En revanche, vous feriez bien de remplacer le rocking-chair de votre véranda, il est affreux.

— Pas du tout, il est fonctionnel... et aurait besoin d'un coup de peinture.

— Le bras gauche est de travers.

— Peut-être, mais tout ça prouve seulement que vous êtes tatillon.

— Je n'aime pas le travail mal fait. Je vous échangerai un rocking-chair contre vos leçons et la promesse que vous jetterez l'autre au feu.

— Marché conclu.

Comme ils sortaient de la forêt, elle observa le ciel.

— Ça se rafraîchit. Je pourrais faire un bon feu, ce soir. Accompagné d'un verre de vin... même si je ne sors pas la bouteille d'un beau confiturier. De toute façon, vous n'êtes pas invité.

— Parce que vous croyez qu'il me faudrait une invitation si je voulais terminer ce que nous avons commencé ici ?

— Non, finit-elle par dire. En principe, je devrais trouver ça arrogant et répugnant, et je me demande bien pourquoi ce n'est pas le cas. Pourquoi ne voulez-vous pas terminer ce que nous avons commencé ?

Il sourit.

— Vous n'avez pas fini d'y réfléchir. J'aime bien votre maison, enchaîna-t-il sans transition.

Étonnée, elle se tourna vers lui.

— Ma maison ?

— Elle est petite, un peu fantaisiste et colle très bien avec le paysage. Vous devriez ajouter un solarium sur la façade sud. Ça donnerait une note originale à l'ensemble, vous permettrait d'agrandir la cuisine et apporterait beaucoup de lumière. Fiona, ce soir, faites-vous au moins la faveur de ne pas vérifier vos courriels et vos messages. Je reviendrai dans deux jours avec le chien et le rocking-chair.

Là-dessus, il se dirigea vers son pick-up et y fit monter le chien, qui n'avait pas lâché son bout de bois.

Simon avait largement de quoi s'occuper, son travail, son chien, la vague envie de planter un potager pour voir s'il en était capable. Tous les deux jours, en fonction du temps, il partait faire un tour avec Jaws sur les routes sinueuses de l'île.

Exactement la vie paisible à laquelle il aspirait sans en avoir eu vraiment conscience.

Il appréciait infiniment que son atelier se trouve à quelques pas seulement de sa maison, cela lui permettait de travailler très tôt ou très tard, aussi longtemps qu'il en avait envie. À sa grande surprise, il appréciait aussi de plus en plus la compagnie de son chien.

Il s'était fait plaisir en peignant en bleu vif un rocking-chair aux bras aplatis. Sans doute Fiona aimait-elle les couleurs douces et discrètes, mais sa personnalité brillait d'audace. Elle serait magnifique dans ce siège.

Elle était magnifique.

Il comptait lui rendre visite l'après-midi même. À moins qu'il ne s'attarde dans son travail. Fort heureusement, se dit-il en buvant son café du matin sur sa véranda, le travail ne manquait pas. Il avait ce grand buffet pour un client de Tacoma, une paire de rocking-chairs, sans compter le lit qu'il voulait se fabriquer, et puis le confiturier qu'il allait attaquer pour Fiona. Enfin, peut-être.

Il devait d'abord aller chercher cette souche, une affaire à régler dès cet après-midi. Pour cela, il devrait faire appel à Gary, un fermier voisin toujours disposé à l'aider avec son Bobcat.

Après avoir sifflé le chien, et bêtement ravi de le voir rappliquer à fond de train, Simon rentra boire un deuxième café en lisant les infos sur le site de l'*US Report*, comme il le faisait depuis deux jours. Il commençait à croire que la journaliste avait renoncé à son article, coincée par le refus de coopérer de Fiona. Mais, cette fois, il le trouva, surmonté d'un gros titre.

LE RETOUR DE LA PEUR

Les photos de deux femmes, encore presque des ados, se dit-il, apparaissaient au début du texte. À première vue, la journaliste semblait avoir fait son travail, fournissant de nombreux détails sur leurs vies, sur les heures précédant leur disparition, sur les recherches qui en avaient découlé puis sur la découverte des corps.

Il trouva la photo de Perry assez glaçante, un homme ordinaire d'âge moyen, genre prof d'histoire ou agent d'assurance qui cultivait des tomates dans son jardinet. N'importe qui.

Mais la photo de Fiona le figea. Souriante, comme les autres, ces douze ou treize filles qui n'en avaient pas réchappé. Jeune, fraîche, jolie. Très différente du cliché d'elle prise à la sortie du tribunal, la tête baissée, le regard vide, l'expression marquée.

L'article s'étendait sur les circonstances de sa fuite, mais aussi sur le meurtre de son fiancé, et précisait même qu'elle refusait de répondre à toute interview pour le moment.

— Ça ne t'a pas arrêtée, maugréa-t-il.

Au fond, cette journaliste n'avait fait que son travail. Le mieux pour Fiona serait de l'ignorer. Malgré son envie folle de lui téléphoner, il préféra la laisser tranquille et se rabattit sur Gary, à qui il fixa un rendez-vous pour aller chercher le tronc. Puis il se remit au travail sur le grand buffet qui lui avait été commandé. Il décida de ne plus toucher au confiturier pour le moment, du moins pas tant qu'il ne pourrait chasser de son esprit l'image de Fiona au visage marqué par la peur et le chagrin.

Au début de l'après-midi, il prit le temps d'une petite promenade sur la plage en compagnie de Jaws, qui trouva le moyen de lui dégoter un poisson mort.

Après la douche qui s'imposait – il allait vraiment devoir acheter un bassin pour ce satané chien –, il décida de charger son pick-up de quelques objets destinés à Sylvia, planches à découper, pots de fleurs, vases, saladiers. Cela lui donnerait un prétexte pour ne pas trop traîner chez Fiona. À sa grande surprise, et à la déception de Jaws, elle n'était pas chez elle. Pas plus que les chiens. Elle les avait peut-être emmenés au grand air pour se changer les idées.

Au moins Jaws put-il se ragaillardir en faisant la connaissance du joyeux border colley de Gary, Butch. Gary, une casquette sur ses cheveux gris, d'épaisses lunettes sur ses yeux vert pâle, regardait les chiens se faire fête.

— C'est ennuyeux, grommela-t-il.

— Pour le moins. J'avais bien dit à Fiona que je passerais chercher le tronc.

— Elle devait avoir un entraînement avec son équipe dans le parc, comme tous les mois. Pour ne pas perdre la main, vous savez. Ils rentreront pour le soir, c'est sûr. On n'a qu'à sortir le Bobcat et aller vous chercher ce tronc. C'est pour quoi faire ?

— Ça pourrait servir…

— Va savoir…

La pelleteuse en remorque, ils prirent la route de la forêt accompagnés des deux chiens.

Arrivé à hauteur du tronc, Gary le contourna en se grattant la tête.

— C'est ça que vous voulez emporter ?

— Oui.

— Alors allons-y ! J'ai connu quelqu'un qui tirait des statues de troncs, et il aurait bien aimé celui-ci.

Ils installèrent la chaîne tout en parlant de la stratégie à adopter mais aussi de base-ball et de chiens.

Simon attacha les animaux à un arbre pour ne pas risquer de les blesser tandis qu'ils manœuvreraient la machine. Cela coûta une bonne heure de travail aux deux hommes. Enfin, ils arrachèrent le tronc et ses racines à la terre.

— Et voilà ! s'exclama Gary, satisfait. Il faudra juste m'expliquer ce que vous en aurez fait, le moment venu.

— À vrai dire, je pense à une fontaine.

— Une fontaine ?

— Oui, enfin… à un pied de fontaine. Si j'arrive à le creuser comme prévu, j'y verrais assez bien une vasque. Avec des aménagements haut de gamme et du polyéthylène, on devrait en tirer quelque chose de très beau.

— Encore mieux qu'une statue ! Combien ça irait chercher, une fois terminé ?

— Ça dépend, mais si j'arrive à obtenir ce que je veux, disons huit…

— Huit cents dollars pour un pied de fontaine en bois ?

— Mille.

— Vous rigolez !

— Dans une galerie à Seattle ? Ça monterait facilement à dix mille.

— Dix mille dollars pour une fontaine ? C'est dingue !

Simon eut un sourire en coin.

— Certaines personnes y verront une œuvre d'art.

— Certaines personnes ont de la bouillie à la place du cerveau. Sans vouloir vous vexer.

— On peut dire ça... sans me vexer. Je vous préviendrai quand j'aurai fini, pour que vous veniez voir.

— Je brûle de curiosité ! Quand je vais dire ça à ma femme, elle ne voudra pas me croire !

9

Quand Gary l'eut aidé à décharger le tronc dans son atelier, Simon faillit laisser tomber son projet de passer en ville tant il avait envie de commencer à travailler sur son nouveau jouet. Des dizaines d'idées lui trottaient déjà dans la tête. Mais le pick-up était chargé, et, s'il n'y allait pas maintenant, il devrait y retourner plus tard. Aussi régala-t-il Jaws d'une nouvelle promenade à côté de la vitre à moitié ouverte, juste ce qu'il fallait pour sortir la truffe et offrir ses oreilles au vent.

— Ça te plaît de faire ça ?

Le chien parut lui répondre en remuant la queue, avec une telle conviction que son maître, à son tour, pencha la tête à l'extérieur.

— Ah ! c'est très agréable, en effet, dut-il constater. La prochaine fois, c'est toi qui conduis et moi qui profite de l'air.

Tout en imaginant divers croquis dans son bloc-notes mental, Simon pianotait sur son volant au rythme de la musique diffusée par la radio. Après les efforts physiques et le plaisir de la création artistique, la joie du petit chien ajoutait une touche innocente à ce mélange de satisfactions qui le faisait sourire à l'entrée du village. Il allait terminer ses courses et rentrer chez lui pour y étudier de plus près son matériel et ensuite, peut-être, s'offrir une dernière promenade sur la plage afin de laisser les idées prendre forme. Et puis la journée s'achèverait sur une bonne bière, peut-être une pizza.

Toutes choses qui fournissaient une réponse à la question de Fiona : « Pourquoi avoir choisi Orcas ? »

L'eau l'attirait, les vagues qui s'écrasaient sur le rivage, les rivières, les criques changeantes, les calanques paisibles. C'était même ce besoin qui l'avait entraîné de Spokane à Seattle, sans compter la beauté de la ville, son style, son ouverture aux arts, sa vie nocturne, son mouvement, qui ne pouvaient manquer d'attirer un jeune homme.

Et puis Nina, bien sûr, un certain temps…

Il y avait passé quelques belles années, intéressantes, créatives, fructueuses. Mais… trop de gens, trop de mouvement, pas assez d'espace.

Il aimait le concept d'une île autonome, un peu à l'écart, avec ses routes tortueuses offrant d'innombrables paysages baignés de bleu et de vert, souvent ornés de jolis bateaux, et cette terre sauvage, parsemée de verdure, qui semblait flotter au-dessus de l'eau. S'il voulait un peu d'animation, il pouvait toujours se rendre au village le plus proche pour y déjeuner et regarder les touristes. S'il cherchait au contraire la solitude, il pouvait rester chez lui, son île sur l'île. D'ailleurs, cela correspondait presque toujours à son choix primordial.

Voilà sans doute pourquoi sa mère lui avait donné ce chien. Au fond, elle avait raison. Comme chaque fois.

Il se gara derrière la boutique de Sylvia, remonta ses vitres afin de ne laisser qu'un étroit espace ouvert pour Jaws.

— Reste-là, toi. Et ne mange pas le camion.

La notion de distraction lui revint alors. Ouvrant la boîte à gants, il en sortit un jouet à mâcher.

— Tiens, rabats-toi là-dessus.

En s'approchant, il huma de bonnes odeurs de cuisine un rien épicée et vit une cocotte sur le plan de travail. Passant la tête à l'intérieur de la boutique, il repéra Sylvia, toujours élégante dans une de ses jupes aux couleurs rutilantes, parlant avec une cliente tandis que sa vendeuse enregistrait les achats d'une autre.

Les affaires marchent, se dit-il. Une autre raison de se réjouir de cette belle journée.

Il lui adressa un signe et s'apprêtait à s'éloigner lorsqu'elle s'exclama :

— Simon ! Vous tombez bien ! Madame vient de l'île de Bainbridge et elle est intéressée par votre confiturier.

Sylvia lui décocha un sourire éclatant en l'invitant à s'approcher. C'était le genre de situation qu'il détestait, mais là, pris au piège, il ne pouvait reculer.

— J'expliquais justement à Susan quelle chance nous avions que vous vous soyez installé à Orcas et nous laissiez exposer vos œuvres, continua-t-elle. Susan est venue passer la journée avec sa sœur. C'est aussi une chance pour nous.

— Enchantée, dit l'intéressée en lui tendant une main parfaitement manucurée et ornée d'un magnifique diamant canari. Vous faites du beau travail.

Il commença par frotter sa paume contre son jean.

— Merci. Excusez-moi, je travaillais. Je passais juste déposer quelques pièces.

— Aussi jolies que ce meuble ?

— Plus petites, en fait.

L'autre sœur s'approcha en brandissant deux paires de boucles d'oreilles.

— Susan, laquelle ?

Celle-ci pencha la tête de côté.

— Les deux. Dee, voici le créateur du saladier que j'achète pour l'anniversaire de Cherry, et de ce confiturier dont je suis tombée amoureuse.

— J'adore ce saladier, moi aussi ! s'écria Dee en lui accordant une poignée de main fuyante. Sylvia dit que vous pourriez en faire un autre pour moi.

— Simon vient d'en apporter d'autres.

— C'est vrai ? Je peux les voir ?

— Il y en a encore dans mon pick-up, je vais…

— Non, non, je m'en charge, intervint Sylvia. Si vous en profitiez pour parler un peu du confiturier à Susan ?

Là-dessus, elle s'esquiva sans lui laisser la moindre issue de secours. Il détestait faire l'article, se sentir mis en avant comme ses propres œuvres.

— J'adore ces harmonies de bois, dit Susan en passant la main sur l'armoire. Et puis ces détails. C'est ouvragé sans être chargé ni tapageur.

— Ce qui vous va très bien.

Le visage de la jeune femme s'illumina.

— Bien trouvé !

— Je ne vous dirais pas ça si c'était faux. Vous aimez l'élégance discrète, la rareté. Pour vous, l'important, ce n'est pas qu'un objet soit utile, mais tant mieux si vous pouvez aussi vous en servir.

— Là, vous avez tout compris ! s'esclaffa Dee. Un menuisier psychologue, dites-moi ! Tu devrais acheter ce meuble, Susan. C'est ton karma.

— On dirait, reconnut celle-ci en ouvrant un tiroir. C'est doux comme de la soie. J'aime le beau travail. Bon, je le prends.

— Mesdames, lança Sylvia depuis la porte d'entrée, venez donc voir dans ma réserve. Dee, je crois que vous allez trouver un saladier à votre goût. Simon, j'ai laissé entrer votre chiot, j'espère que ça ne vous ennuie pas. Je sais que vous ne comptiez pas rester longtemps, mais il était si content de me voir !

— Un chiot !

— Attention ! prévint Dee comme sa sœur se précipitait vers la réserve. Elle va vouloir l'acheter aussi. Elle est folle des chiens.

Il fallut une demi-heure supplémentaire, au cours de laquelle Sylvia s'employa à fermer toute issue et Jaws reçut caresses et compliments à en perdre la tête. Simon chargea la voiture des deux clientes de paquets et de sacs, en s'avisant qu'il était plus fatigant de se livrer à ce genre d'exercice que de déterrer un tronc d'arbre. Après quoi, Sylvia l'accompagna dans la réserve, où elle l'entraîna dans une danse triomphale, accompagnée d'un Jaws qui sautait et jappait de joie.

— Simon ! Avec ces deux femmes, on vient de gagner de quoi vivre toute une semaine ! Et elles vont revenir, je peux vous le garantir ! Chaque fois que Susan regardera son vase ou son confiturier, chaque fois que Dee se servira de son saladier, elles penseront à la boutique, et à vous. Elles vont revenir.

— On ne va pas leur dire non.

— Vous vous rendez compte, on a vendu des pièces sans avoir besoin de les exposer ! Et ce confiturier ? Moi qui croyais le garder toute la saison ! Il faut m'en fabriquer un autre.

Elle se laissa tomber sur le petit canapé où elle avait servi de la limonade à ses clientes.

— Alors, je dois vite me remettre au travail.

— Cachez votre joie ! Vous venez de gagner plein d'argent et ces deux dames sont enchantées de leurs achats. Moi qui avais besoin de me remonter un peu le moral, c'est fait.

Elle se pencha pour caresser Jaws.

— Je m'inquiétais pour Fee. Il y avait un article sur Perry et les derniers meurtres, ce matin, dans *US Report*. Je suis allée la voir, mais elle était partie. Son équipe s'entraînait, aujourd'hui.

— C'est ce qu'on m'a dit.

— J'ai téléphoné à sa mère, Laine. On est d'accord, toutes les deux, pour ne pas l'appeler pendant qu'elle s'entraîne.

— Vous voyez souvent sa mère ?

— Oui, on s'entend très bien. Fee doit être au courant de cet article, à l'heure qu'il est, et elle doit être dans tous ses états. Vous pourriez me rendre un grand service ?

Il sentit sa peau le picoter.

— C'est-à-dire ?

— Vous voyez cette cocotte ? Je lui ai préparé du minestrone et du pain au romarin. Elle ne devrait pas tarder à rentrer chez elle, si ce n'est déjà fait. Vous ne voudriez pas les lui apporter ? Je suis tellement bouleversée quand je pense à ce qui lui est arrivé. Mais moi je risque juste d'aggraver les choses. Franchement, je préférerais savoir qu'elle a pris un vrai repas, et pas toute seule.

Comment se faisait-il, se demandait Simon, que certaines femmes parviennent à vous faire faire exactement le contraire de ce que vous vouliez ? Sa mère possédait aussi ce don. Toute sa vie il l'avait guettée, écoutée, observée, dans l'espoir de comprendre et de manœuvrer pour échapper à ses tentatives, mais elle parvenait toujours à le pousser dans la direction opposée.

Il se retrouva donc chargé d'une cocotte et d'un pain à livrer. Il pouvait dire adieu à sa promenade sur la plage.

Allait-il falloir offrir une épaule compatissante à Fiona ? Il avait horreur de ça. Il ne savait jamais que dire ni que faire dans de tels moments. D'autant que, si elle possédait un peu de bon sens, et cela semblait être le cas, elle préférerait se retrouver seule plutôt que de faire la conversation.

— Si les gens vous laissaient un peu tranquille, dit-il à Jaws, on s'en porterait beaucoup mieux.

Il décida de lui remettre sa cargaison et de s'en aller aussitôt. Voilà, madame, et bon appétit. Cela lui laisserait le temps de réfléchir un peu à ses projets tout en mangeant sa pizza. D'ailleurs, Fiona n'était peut-être même pas rentrée. Ce serait parfait. Il pourrait ainsi déposer la cocotte et le plat devant la porte d'entrée et filer.

À peine eut-il franchi le pont que Jaws commença à frétiller en plantant ses pattes sur le tableau de bord – il avait diablement grandi depuis deux semaines. Il aurait sans doute bientôt besoin d'un nouveau collier.

Le chiot aboyait de joie et donnait de grands coups de queue entre le siège et la portière.

— Au moins, tu as l'air content.

Le 4 x 4 stationnait devant la maison, et les chiens bondirent à leur rencontre.

— On ne reste pas ! annonça Simon à Jaws. On ne fait que passer.

Il le laissa descendre le premier en se disant qu'après le coup du tronc d'arbre avec Gary et Butch, le passage au village, l'adoration des femmes et maintenant cette visite inopinée aux copains, le chiot venait de passer l'équivalent canin d'une journée à Disneyland.

Il prit la cocotte et le pain emballé dans du papier alu.

Fiona venait d'apparaître sur le seuil, tranquillement adossée au montant. À la grande surprise de Simon, elle souriait.

— Salut, voisin !

— Je suis passé chez Sylvia. Elle m'a demandé de vous remettre ceci.

Elle se redressa, huma l'odeur de la cocotte.

— Miam ! Du minestrone. Elle le fait très bien. Venez porter ça à la cuisine.

Elle s'effaça pour le laisser passer et laissa la porte ouverte, comme souvent.

Un bon feu crépitait dans la cheminée, les effluves de la soupe embaumaient l'air et Fiona dégageait un parfum sylvestre.

— Je me suis laissé dire que vous aviez récupéré votre tronc.

— Ça court déjà sur le Net ?

— Le téléphone arabe, ça va plus vite. Je suis tombée sur Gary et sa femme en arrivant. Ils allaient dîner chez leur fils. Posez ça sur la table de la cuisine. Merci. J'allais m'offrir une bière, mais le minestrone de Sylvia s'accompagne mieux de vin rouge. À moins que vous ne préfériez tout de même la bière.

Impossible de partir maintenant, d'autant qu'elle avait piqué sa curiosité. Si le téléphone arabe fonctionnait aussi bien, elle était forcément au courant pour l'article.

— Va pour le vin, dit-il.

Elle se dirigea vers un placard étroit – elle avait vraiment besoin d'une armoire à vins – pour y choisir une bouteille.

— Alors, ce sera une fontaine ?

— Quoi donc ?

— Ce tronc, poursuivit-elle en sortant un tire-bouchon d'un tiroir. Gary dit que vous voulez y creuser une fontaine. Un pied de fontaine sculpté. Toute l'île ne va bientôt plus parler que de ça.

— Parce qu'il ne s'y passe rien. Je vais vous faire replanter un arbre dans deux jours.

— Ça marche.

Apparemment, son attitude n'exprimait aucune détresse, ni larmes ni colère. Et si le téléphone arabe ne fonctionnait pas si bien que ça ?

Elle fit chauffer la cocotte, versa le vin dans des verres, lui en présenta un qu'il prit, y cogna le sien.

— Bon, alors un solarium.

— Pardon ?

— Vous m'avez suggéré d'installer un solarium sur la façade sud, d'ouvrir la cuisine. Comment voyez-vous ça ?

— Ah… ce mur porteur, là. Il faudrait peut-être le renforcer avec des poutres ou des colonnes pour pouvoir l'ouvrir, le surélever à trois mètres cinquante, peut-être jusqu'au toit. Prévoir une verrière assez large pour ouvrir sur les bois. Envisager un beau parquet. Vous auriez même la place de disposer une table pour ne plus avoir à prendre tous vos repas dans la cuisine.

— Avec vous, tout ça paraît si simple

— Ça représenterait du travail.

— Je vais déjà commencer par économiser, dit-elle en sortant un pot d'olives du réfrigérateur.

Son visage prit un air grave.

— Vous êtes au courant, pour l'article…

— Il semblerait que vous aussi.

Elle disposa les olives sur un plat.

— C'est James qui l'a vu juste avant notre rendez-vous, ce matin… et il en a parlé à toute l'équipe. Ils se demandaient tellement s'il fallait me prévenir ou non qu'ils n'arrivaient pas à se concentrer. Finalement, ils me l'ont dit et on s'est mis au travail.

— Vous l'avez lu ?

— Tenez, ça, c'est l'apéritif, dit-elle en lui offrant les olives. Non, je ne l'ai pas lu, mais qu'est-ce que ça change ? De toute façon, je ne peux pas effacer ce qui est arrivé autrefois ni ce qui arrive aujourd'hui. Je me doutais que ça se produirait, et voilà, nous y sommes. Demain, ce sera du passé.

— C'est une façon de voir les choses.

— Sylvia m'a fait apporter ma soupe préférée. Elle se doutait que j'allais flipper.

— J'imagine…

Fiona reprit son verre de vin.

— Vous le savez très bien, et elle a dû vous le dire… pour vous manœuvrer afin que je ne sois pas seule.

Les chiens entrèrent d'un coup, débordant de dynamisme.

— De toute façon, vous n'êtes pas seule.

— C'est sûr. Vous avez cru que je serais bouleversée et vous n'avez sans doute pas pu déjouer les plans de Sylvia.

— Vous connaissez quelqu'un qui y parviendrait ?

— Pas vraiment. Je suis bouleversée… mais j'arrive à faire face. J'ai déjà passé deux jours à broyer du noir ce mois-ci, ça suffit.

Il ne put s'empêcher de l'admirer.

— Il existe une limite ?

— Pour moi, oui. Et maintenant, avec cette soupe et ce délicieux pain au romarin… je n'ai vraiment pas le droit de me lamenter. Alors, on va dîner et bavarder, mais je ne coucherai pas avec vous après.

— Espèce d'allumeuse !

Elle faillit s'étrangler puis s'esclaffa.

— Ça vaut mieux que de se ronger ! À table !

Elle remplit deux bols de soupe, posa le pain sur une planche et versa une sorte de sauce dans une coupe.

— Quant aux bougies, je ne les allume pas pour vous allumer mais parce qu'elles donnent meilleur goût au repas.

— Je croyais que c'était pour me rendre plus joli.

— Vous êtes bien assez beau comme ça. À Sylvia !

Elle brandit sa cuillère.

— Bon.

Il goûta.

— C'est vraiment délicieux ! On se croirait en Toscane.

— Elle serait ravie de vous entendre. D'habitude, je trouve qu'elle se concentre trop sur le tofu et de drôles de graines exotiques. Mais quand elle fait du minestrone, elle devient géniale. Essayez ce pain.

Il en rompit un morceau et le trempa.

— Elle a téléphoné à votre mère.

Une lueur d'effroi traversa les grands yeux clairs.

— J'aurais dû y penser. Je vais les appeler toutes les deux pour leur dire que je vais bien.

— Vous avez raison, pour le pain. Ma mère en fabrique, c'est un de ses passe-temps.

— C'est facile, il suffit d'acheter une pâte toute préparée et de la mettre au four, non ?

— Moi, ma spécialité, ce serait plutôt la pizza congelée.

— Salut l'artiste !

Tout en se remettant à manger, il observa gravement :

— Tous les divorcés que je connais détestent ceux de la partie adverse. Ou les méprisent.

— Mon père était un homme très bon. Ma mère, une femme adorable. Seulement, un beau jour, ils se sont aperçus qu'ils n'étaient plus heureux ensemble. Je sais qu'ils se sont disputés, qu'ils ont connu des moments difficiles, mais, dans l'ensemble, ça s'est passé aussi bien que possible, et ils ont fini par retrouver le bonheur. Curieusement, ils sont même redevenus amis. Et puis papa a rencontré Sylvia et ce fut… un couple magnifique. Avec ma mère, elles ont fait l'effort de se rencontrer, pour moi, et elles se sont entendues. Elles s'aiment bien. Tous les ans, à la date anniversaire du décès de mon père, ma mère envoie des fleurs à Sylvia. Des tournesols, parce que c'étaient ses préférées. Enfin…

Elle se cacha brièvement le visage dans les mains.

— Bon, j'arrête là, parce que ça va me faire pleurer. Dites-moi plutôt ce que vous avez fait aujourd'hui, après avoir déterré ce tronc.

Sans lui laisser le temps de répondre, les chiens surgirent, Jaws guidé vers la table par sa truffe. Il posa les pattes sur la jambe de Fiona en gémissant.

— Descends ! ordonna-t-elle en claquant des doigts.

Il s'assit en remuant la queue, l'œil brillant de gourmandise. Elle se retourna ostensiblement vers Simon.

— Vous lui donnez des morceaux à manger pendant vos repas.

— Ça arrive. Il ne me lâche pas jusqu'à…

Simon s'interrompit comme elle se levait dans un soupir et se dirigeait vers le cagibi ; elle en rapporta de petits os à mâcher, un pour Jaws et un pour chacun de ses chiens, qui le regardaient avec envie.

— C'est pour vous ! s'écria-t-elle en les lançant à travers la pièce. Allez voir là-bas si j'y suis.

Elle se rassit face à Simon.

— Il va falloir réviser ça. Discipline avant tout. Tant que vous lui donnerez à manger depuis votre table, il continuera de réclamer. En outre, la nourriture qu'on mange n'est pas bonne pour lui. En récompensant ses bêtises, vous ne faites que lui donner de mauvaises habitudes.

— Oui, maman.

— Continuez comme ça et vous allez en faire un chapardeur. J'en connais qui ont attaqué la dinde de Noël avant le réveillon, ou qui ont chipé les steaks du barbecue du voisin, parce qu'on ne leur avait pas appris les bonnes manières.

— Si on leur avait appris à rapporter, ce serait un bon moyen de déjeuner à l'œil.

Elle le menaça de sa cuillère.

— N'oubliez pas ce que je vous dis là ! Bon, et à part ce tronc d'arbre ?

— Rien. J'ai un peu travaillé puis j'ai apporté des objets à Sylvia, voilà pourquoi je me retrouve ici à manger cette soupe.

Après tout, pensait-il, ce n'était pas une telle corvée : dîner aux chandelles, agréable conversation avec chiens s'acharnant sur des os.

— Elle est ravie, ajouta-t-il ; quand je suis arrivé, deux clientes achetaient la moitié du magasin. Elle va juste devoir leur expédier le confiturier parce qu'il était trop grand pour leur voiture.

— Le confiturier..., répéta Fiona en se figeant. Vous avez vendu mon confiturier !

— C'est une façon de voir les choses.

Un court instant, elle fit la moue puis haussa les épaules.

— Tant mieux pour vous. Félicitations.

— Il allait très bien avec cette personne. Une certaine Susan, de l'île de Bainbridge. Énorme diamant canari, belle veste en cuir, bottes à la mode. Une dame élégante et exigeante.

— Et moi, je suis quoi ? Vulgaire et facile ?

— Si vous étiez facile, on serait sans doute en train de faire l'amour.

— Même pas drôle !

— Et vous, vous faites souvent des sorties d'équipe comme aujourd'hui ? Vous devez en connaître à fond tous les membres.

— Il est essentiel de s'entraîner, aussi bien individuellement qu'en équipe. Nous abordons une situation différente, sur des terrains différents, au moins une fois par mois. Ça nous permet d'éviter les erreurs et les omissions. Aujourd'hui, nous sommes partis à la recherche d'un cadavre.

— Sympa, marmonna Simon.

— Je ne demande qu'à changer de sujet, si vous préférez.

— Où vous êtes-vous procuré ce cadavre ? Chez Corps R'Us ?

— C'était fermé, alors on s'est contentés de pièces détachées, os, cheveux, fluides corporels, dans une boîte. C'est Mai qui l'avait déposée un peu avant notre départ. Après quoi, nous nous sommes mis en route, comme pour une vraie battue.

— Comment le chien sait-il qu'il doit chercher un mort et non un vivant ?

— Bonne question. C'est à nous de lui présenter différemment la chose. En ce qui me concerne, je dis « Cherche ! » pour une personne vivante et « Va chercher ! » pour un cadavre.

— C'est tout ?

— Pas seulement, le plus important, c'est l'entraînement, le travail en amont.

— Jaws doit être doué. Il m'a trouvé un poisson mort, aujourd'hui.

— C'est bien possible. On peut lui apprendre à faire la différence entre l'odeur d'un poisson mort et des restes humains ou animaux.

— Et à ne pas se rouler dedans quand il les trouve ?

— Absolument.

— Ça pourrait en valoir la peine.

Du coin de l'œil, il vit le chiot qui revenait à pas feutrés vers la table. Fiona se retourna, et il lui suffit de pointer un doigt pour qu'il aille retrouver ses copains.

— Vous voyez ? Il obéit bien. Pas seulement à vous, mais aussi à d'autres maîtres. C'est une qualité essentielle.

— Je crois qu'il vous obéit mieux qu'à moi et je ne suis pas sûr de vous avoir servi à grand-chose.

Elle repoussa son bol.

— Ce soir, oui. Je n'aurais pas broyé du noir parce que ce n'est pas dans mes habitudes. Mais, si j'étais restée seule je n'en aurais pas été loin.

Il la dévisageait à la lumière des bougies.

— Vous n'avez pas mauvaise mine, ce soir.

— Oh, Seigneur ! s'exclama-t-elle en posant une main sur son cœur. Je ne suis pas toute rouge, là ?

— Vous auriez pu être marquée, continua-t-il imperturbable. Une journée entière dehors, plus les retombées de cet article ; mais, vous avez l'air en forme.

— Ouh là ! On passe directement de la mauvaise mine à la forme. Qu'est-ce que ce sera ensuite ?

— Votre sourire. Vous devez bien savoir que c'est votre plus bel atout, ce que vous avez de plus séduisant. C'est même pour ça que vous vous en servez si souvent.

— C'est vrai ?

Sans cesser de sourire, elle appuya son visage sur son poing.

— Ce n'est pas pour ça que je coucherai avec vous cette nuit. Il va falloir m'inviter quelque part avant. Je ne suis pas décidée.

— Vous n'êtes pas décidée…

— Exact. C'est l'un des privilèges des femmes de décider ce genre de chose. Je n'invente rien. Donc, je ne vais pas coucher avec vous pour l'instant.

— Qui vous dit que j'ai envie de coucher avec vous ?

— Parce que je ne suis pas votre type de femme ? Pourtant, je vous ai déjà séduit par mon sourire et amadoué grâce à la soupe de Sylvia. Vous êtes mûr à point.

— Vous m'insultez, là.

— Mais non, puisque je vous aime bien.

— Pas tant que ça.

— Si ! assura-t-elle en riant. Seulement je ne suis pas encore tout à fait décidée, alors ça pourrait gâcher un peu les choses. En attendant, je vais déjà prendre ça.

Elle se leva, contourna la table pour venir s'asseoir sur les genoux de Simon, lui saisit les lèvres du bout des dents, glissa la langue au milieu avant de sceller le tout par un baiser.

Consolation et ardeur, songea-t-elle, *promesse et menace. Ce corps solide et dense, ces cheveux soyeux, ces lèvres douces rendues piquantes par une barbe naissante.*

Après un grand soupir, elle se détacha de lui en fermant les yeux.

— Encore un peu, murmura-t-elle.

Et de lui prendre un nouveau baiser. Cette fois, il cala les mains sur sa taille, remonta jusqu'aux seins petits, fermes, avec ce cœur qui battait si fort dessous.

— Fiona.

Elle se redressa, posa une joue contre la sienne.

— Tu pourrais me convaincre, tu le sais aussi bien que moi. Mais n'en profite pas, même si c'est injuste. D'accord ?

Certaines femmes, se dit-il, *possèdent décidément le don de faire faire aux hommes le contraire de ce qu'ils veulent.* Apparemment, il tombait toujours dessus, à son corps défendant, et cela le contrariait.

— Il faut que j'y aille.

— Oui.

Elle lui prit le visage entre les mains.

— Je n'en doute pas, souffla-t-elle. Mais merci parce que si je n'arrive pas à dormir cette nuit ça ne sera pas dans les journaux demain.

— Je suis le Bon Samaritain.

— Je vais te donner un récipient pour emporter de la soupe. Et un collier plus grand pour Jaws. Celui-là devient trop serré.

Elle lui laissa le temps de répondre, mais il ne fit aucune objection. Pourtant, sur le chemin du retour, alors que le chiot ronflait à côté de lui, il avait encore l'impression de sentir le goût et le parfum de Fiona.

— C'est ta faute, maugréa-t-il à l'adresse de Jaws. Sans toi, je ne me retrouverais pas dans cette situation.

Alors qu'il s'engageait sur le chemin menant à sa maison, il se rappela qu'il devait aller acheter un arbre pour le replanter chez elle. Quand on a conclu un marché…

10

Elle avait tenu le coup, relevé le défi. La routine quotidienne faisait passer les heures et elle parvenait à canaliser son irritation, à noyer sa tension dans la sueur, jusqu'à ce qu'un article vienne déformer le récit de ses épreuves, au point de lui en faire oublier son chagrin.

Ses cours, son blog, la compagnie de ses chiens emplissaient ses journées et, depuis un simple dîner de soupe et de pain, elle rêvait d'avoir une liaison avec Simon pour pimenter sa vie… où que cela dût la mener.

Elle appréciait sa compagnie. Peut-être, se disait-elle, parce qu'il ne se montrait pas aussi protecteur et gentil que ses amis ou les deux femmes qui formaient sa famille. Il était un peu bourru, brut de décoffrage, et infiniment plus compliqué que la plupart des personnes qu'elle connaissait.

En bien des points, depuis le meurtre de Greg, l'île était devenue son sanctuaire, l'endroit où on ne la regardait pas d'un air apitoyé ni avec un intérêt particulier, le lieu où elle avait pu recommencer sa vie. Certes pas en repartant de zéro. Elle restait elle-même, mais comme cette île, elle s'était détachée de ses racines pour changer d'orientation, pour grandir et même se réformer.

Quelques années auparavant, elle se voyait encore mère de famille, élevant trois enfants dans une jolie banlieue. Elle comptait apprendre à bien faire la cuisine et occuper un emploi à mi-temps – sans trop savoir dans quelle branche. Il y aurait eu des chiens dans la maison, une balançoire dans le jardin, elle aurait conduit ses filles à la danse et ses garçons au foot.

Elle aurait été l'épouse d'un policier, une mère attentive, une femme comblée. Et cela lui aurait certainement réussi, songeait-elle, en cette paisible matinée, sur sa véranda. Sans doute était-elle alors encore trop jeune pour se marier et fonder une famille, mais elle comptait bien y arriver un jour. Jusqu'à ce que…

Jusqu'à ce qu'il ne lui reste rien de ce joli tableau qu'un verre brisé et un cadre cassé. Mais maintenant elle y revenait. Sa vie était bien remplie. Et elle comprenait qu'elle en était arrivée là, à ce métier, à cette réussite, parce que tous ses beaux rêves s'étaient écroulés.

Bogart vint lui donner un coup de truffe sous le bras. Machinalement, elle le caressa.

— Je ne crois pas qu'il faille chercher une raison à tout. C'est juste notre façon de réagir au pire qui puisse arriver. Mais je peux être contente de me retrouver ici.

Et de ne pas avoir l'impression de trahir Greg, ni ces beaux projets, ni la fille qui les avait conçus.

— Une nouvelle journée commence, Bogart. Je me demande ce qu'elle nous réserve.

Comme pour lui répondre, il se redressa soudain, sur le qui-vive. Et elle vit le pick-up de Simon qui arrivait.

Elle sourit en apercevant la tête joyeuse de Jaws penchée à la fenêtre et celle de Simon, impassible, derrière le volant. Comme le véhicule s'arrêtait, elle se leva, autorisant d'un signe ses chiens à se précipiter.

— Un peu tôt pour les cours ! lança-t-elle à Simon, qui mettait pied à terre.

— Je t'apporte ton arbre, et qu'on n'en parle plus.

— Trop aimable.

Elle regagna la véranda, où il la suivit tant bien que mal au milieu des chiens enthousiastes.

— Donne-moi du café, jeta-t-il d'un ton bourru.

Sans même attendre qu'elle lui en propose, il s'empara de sa tasse et la vida. Avec son air revêche et ses joues pas rasées, elle le trouvait trop craquant et battit des cils.

— Tu m'apportes un arbre, rien que pour moi !

— Je suis ici dès l'aube naissante parce que ce fichu chien a avalé deux kilos de croquettes chipées je ne sais où, avant de venir tout vomir, paquet compris, sur mon lit. Alors que j'étais dedans.

— Ouille !

Il parut indigné de voir que le chiot concentrait à nouveau l'attention sur lui.

— Hé ! C'est moi le plaignant !

Mais Fiona s'était penchée sur Jaws pour vérifier ses yeux, son museau, son ventre.

— Pauvre petit ! Ça va mieux, maintenant ?

— J'ai été obligé de jeter les draps.

— À qui la faute ?

— Ce n'est pas moi qui ai mangé ces cochonneries.

— Non, mais tu ne les avais pas rangées à leur place ou, mieux, dans un placard fermé. Tu devrais installer quelques barrières, comme pour les gamins.

Simon se renfrogna encore plus.

— Pas question.

— Alors, ne te plains pas s'il prend des initiatives quand tu dors ou es occupé ailleurs.

— Je veux bien que tu me fasses la morale si tu me donnes d'abord du café.

— À la cuisine.

Quand il fut hors de portée de voix, elle laissa éclater son fou rire.

— Il est furieux, on dirait ! s'exclama-t-elle en caressant Jaws. Il t'en veut à mort. Mais il s'en remettra, il est le seul coupable.

Là-dessus, elle se leva pour aller jeter un coup d'œil sur l'arbre à l'arrière du pick-up. Elle souriait encore lorsque Simon la rejoignit, armé d'un mug de café.

— Tu m'as trouvé un cornouiller, merci, il est magnifique

Et de poser une main sur son épaule en lui effleurant les lèvres.

— Bonjour !

— Un jour qui a mal commencé, grommela-t-il.

Elle l'embrassa de nouveau.

— C'est un peu mieux.

— Bon, alors, reprit-elle, on va le planter où, cet arbre ? Là ? Ou là ?

— Je pensais que tu voulais le mettre là où on avait déterré le tronc, non ?

— Oui, mais il est tellement beau ! Là-bas, personne ne le verra, ou presque. Tiens, là, au bord du pont… Je devrais en prendre un autre pour l'autre côté. Comme ça, ils formeraient une entrée autour du pont.

— À toi de décider, grogna Simon en ouvrant la portière du pick-up.

— Je viens avec toi te donner un coup de main.

Ce disant, elle sauta à l'arrière, s'assit sur un sac de terreau.

L'air faussement excédé, il manœuvra, prit la direction du pont et se gara. Il ouvrit le hayon, Fiona hissa le sac de terreau sur son épaule et sauta à terre.

— J'emporte ça.

Il la suivit des yeux comme elle allait le déposer à l'endroit qu'elle avait choisi.

Il sauta sur le plateau pour tirer l'arbre.

— Tiens, charge-toi des outils, madame Muscles. Tu trouveras des gants dans la cabine.

Les chiens étaient venus renifler aux alentours, mais ils se désintéressèrent vite de la question. Simon ne dit rien en voyant Fiona se charger d'un autre sac de terre, encore plus gros, qu'il allait mélanger avec le terreau, pas plus qu'il ne fit de commentaire en la voyant reprendre le chemin de la maison, suivie des chiens.

En revanche, il s'arrêta de creuser pour la regarder revenir armée de deux seaux, telle une gaillarde laitière.

— Mon tuyau n'ira pas si loin, expliqua-t-elle. Tu veux que je creuse un peu ?

Sans doute était-ce idiot de prendre la chose comme une atteinte à sa virilité, mais Simon ne put s'en empêcher.

— J'y arriverai.

— Bon, mais dis-moi.

Elle s'éloigna pour jouer avec les chiens.

Il n'avait jamais considéré la force physique comme un atout chez une femme. Pourtant, cette fille, malgré sa silhouette longiligne, son teint pâle, sa patience apparemment sans faille, semblait avoir une résistance d'acier. Elle vous emportait un sac de terre avec la vigueur d'un laboureur.

Et c'était d'un affriolant ! Il en vint à se demander à quoi pouvait ressembler ce corps dénudé. Il ferait peut-être bien de se donner un peu plus de mal s'il voulait le découvrir.

Quand elle revint, il en était à ouvrir les sacs et à verser du terreau dans le trou.

— Arrête un peu, je vais m'en charger, proposa-t-elle.

Elle alla chercher la pelle et commença à jeter du terreau dans le trou.

— Ça suffit. Il faut maintenant y installer la motte.

— Je n'y connais rien en arbres, avoua-t-elle. C'est la première fois que j'en plante un. Et toi ?

— Ça m'est déjà arrivé.

— Je croyais que tu habitais en ville, avant Orcas.

— Oui, mais je n'ai pas grandi en ville. J'étais d'une famille de constructeurs.

— Ah ! Et ils plantaient des immeubles ?

— Il y a de ça. Enfin, mon père avait pour habitude de planter un arbre ou un buisson avant d'entreprendre un chantier. Et je l'ai souvent aidé.

— C'est bien. Il avait de jolies idées, ton père.

— Oui, et il faisait de bonnes affaires.

Simon souleva le cornouiller, orienta les racines vers le trou puis s'accroupit et coupa le sac de toile pour les libérer. Fiona se joignit à lui afin de l'aider à répartir le mélange de terreau.

— Il ne faudrait pas couvrir un peu plus les racines ? demanda-t-elle.

— Non, pas plus haut que la motte. Mais il ne faut pas hésiter à arroser au moins une fois par semaine, sauf s'il pleut, évidemment.

Elle s'était bien amusée et respirait avec plaisir l'air frais du matin.

— Une fois par semaine. D'accord.

Elle recula.

— Et voilà ! J'ai un cornouiller. Merci, Simon !

— C'était le marché.

— Tu aurais pu te contenter de prendre un pin et de le planter dans le trou laissé par le tronc. Tandis que ça, c'est tellement joli !

Elle se tourna pour l'embrasser, amicalement, mais il répondit à son baiser et l'entraîna plus loin.

— On a un peu de temps avant le début des cours, remarqua-t-il.

— Euh… c'est vrai. Pas beaucoup. Il faudrait faire vite, être drôlement motivés…

— Et alors ? Tu es bien une championne de la piste. Tu sais aller vite. Et moi, je suis motivé.

Il sentait à la fois le savon et la sueur, un parfum un peu rude, comme un homme des bois civilisé par une douche. Et puis leur long baiser devant le cornouiller avait donné des palpitations à Fiona.

Pourquoi attendre ? se demanda-t-elle. *Pourquoi jouer la comédie ?*

— Ce serait peut-être une belle façon de fêter l'arrivée de cet arbre. Si on…

Elle s'interrompit en entendant le crissement de pneus sur le gravier.

— On dirait que quelqu'un d'autre s'est levé tôt, ce matin.

Quand elle vit la voiture de police, son enthousiasme fit place à de l'appréhension. Elle prit la main de Simon. Davey vint se garer derrière le pick-up et sortit.

— Très joli, cet arbre ! observa-t-il en ôtant ses lunettes de soleil. Bonjour, Simon.

Il posa une main sur le bras de Fiona.

— Fee, désolé d'avoir à vous annoncer ça, mais on en a trouvé une autre.

— Quand ? s'étrangla-t-elle.

— Hier. Dans la forêt nationale de Klamath, près de la frontière de l'Oregon. Elle avait disparu depuis deux jours. Une étudiante de Redding, en Californie. Ainsi, notre homme est un peu descendu vers le sud pour cet enlèvement, puis il est remonté sur cent cinquante kilomètres pour… l'enterrer. Dans les mêmes conditions que les autres.

— Deux jours, murmura-t-elle.

— On a envoyé deux agents interroger Perry, pour tâcher de lui tirer les vers du nez.

— L'assassin attend de moins en moins longtemps entre les meurtres, remarqua-t-elle en frissonnant. Et il va vers le nord.

— Il choisit toujours le même type de victime. Mais bon sang, Fiona, avec la parution de cet article, je commence à avoir des doutes !

— Il sait où me trouver, s'il me cherche.

Une bouffée de panique lui coupa le souffle. Elle dut se rappeler qu'il ne servait à rien de s'affoler.

— S'il veut terminer le travail de Perry, lui rendre une sorte d'hommage, il s'en prendra à moi. Je ne suis pas complètement idiote, Davey. J'y pensais au moment où j'ai refusé cette interview.

— Vous pourriez vous installer chez Sylvia ou chez Mai un certain temps. Ou même avec Rachel et moi.

— Je sais… mais, en fait, je suis aussi à l'abri ici que n'importe où ailleurs. Peut-être plus encore, avec les chiens.

Son sanctuaire. Elle devait se raccrocher à cette idée, sinon, la panique allait l'emporter.

— Personne ne peut s'approcher de la maison sans que j'en sois avertie.

Davey jeta un regard vers Simon.

— Je préférerais que vous ayez un peu plus que des chiens pour vous protéger.

— J'ai un pistolet, et vous savez que j'ai appris à m'en servir. Je ne vais pas non plus mettre ma vie en suspens alors que personne ne sait s'il va se décider à venir dans une semaine, dans un mois ou dans six !

Elle passa une main dans ses cheveux pour se donner une contenance.

— Il n'est pas aussi patient que Perry, ajouta-t-elle, et il suit les méthodes de quelqu'un d'autre. Il va finir par se faire prendre. Je dois y croire. En attendant, je ne suis pas désarmée.

— L'un d'entre nous va passer vous voir tous les jours. On doit s'occuper des nôtres, même quand ils ne sont pas désarmés.

— Ça me va.

Simon garda le silence jusqu'à ce qu'il se retrouve seul avec Fiona.

— Et si tu allais passer quelques jours chez ta mère ?

— Mais j'ai du boulot ! Il faut que je travaille. J'ai ma maison à rembourser, ma voiture, des factures à payer. J'ai dû jongler comme un clown rien que pour me ménager un long week-end de vacances.

Elle ramassa la pelle, la rangea dans le pick-up.

— Et puis, ajouta-t-elle, qu'est-ce qu'on fera s'il ne s'en prend pas à une malheureuse avant des semaines ? Il faut que je lâche tout, juste pour le cas où ? Je ferai attention, ça, je peux le promettre, mais c'est tout.

Comme cela lui donnait l'impression d'être forte et sûre d'elle, elle remonta le sac de terre dans le camion.

— Mais je ne vais pas le laisser me gâcher la vie. Ça, c'est fini. Et puis il ne pourra pas m'attraper. Ça aussi, c'est fini.

— Tu laisses ta porte ouverte à tous les vents.

— C'est vrai. Mais si quelqu'un qu'ils ne connaissent pas s'approche de la maison, les chiens l'arrêteront. Cela dit, tu peux me croire, à partir de ce soir, je vais fermer à double tour, et mon 9 mm restera dans ma table de nuit.

Il prit le temps de réfléchir.

— Tu as un 9 mm ?

— Exact. Greg m'a appris à tirer, à entretenir une arme. Et après... après, j'ai pris l'habitude de fréquenter régulièrement le stand de tir jusqu'à ce que je devienne compétente. Je suis peut-être un peu rouillée, maintenant, mais je vais y remédier.

Les mots se bousculaient, elle devait parler moins vite.

— Je vais faire attention. Mais je dois vivre ma vie, dans ma maison, avec mon travail et à mon rythme. J'en ai besoin.

— D'accord, d'accord.

À côté d'eux, les chiens semblaient tout contents. Cependant, il n'avait pas oublié le grondement de Newman quand il avait un peu bousculé Fiona dans la cuisine.

— Et si tu annulais tes cours d'aujourd'hui ?

— Non, non ! Mes clients sont déjà dans le ferry ou en route. Et puis ça va m'aider à me reprendre.

— C'est à ça que ça sert ?

— On dirait. Mais l'arbre est joli, cette journée a quand même bien commencé et j'ai toujours beaucoup de travail. D'ailleurs, ça ne vous ferait pas de mal, à Jaws et à toi, d'assister au cours de ce matin...

— Tu pourrais enseigner d'autres choses à Jaws, par exemple, comment m'apporter une bière bien fraîche ?

— Ce n'est pas impossible, mais pas avant qu'il ait appris l'essentiel.

La routine, ça aidait. Le contact avec les gens, avec leurs chiens. Comme toujours, Fiona écouta ses clients lui raconter leurs progrès ou leurs difficultés. Elle organisa sa journée en fonction de leurs doléances.

— Certains d'entre nous avons du mal avec les sauts de leurs chiots. C'est normal, ces petits s'expriment ainsi, ça les amuse, d'autant que ça attire notre attention ; ils sont tellement mignons qu'on ne peut s'empêcher de les regarder et même de les récompenser. Or, plus ils grandissent, moins ça nous fait rire. Je suis sûre que la plupart d'entre nous avons quelques frayeurs à raconter, sans parler des genoux égratignés, des pantalons déchirés, des tuyaux percés. Comme toujours, on y remédie à coups de logique, de fermeté et de compréhension. Ne récompensez pas votre chien quand il saute ; ne le regardez pas, ne lui souriez pas, ne le caressez pas. Le mieux, c'est de lui ordonner « halte ! ». Quand un chien va sauter, on recule instinctivement. Alors que, si on avance, il ne peut prendre son élan. En même temps, on donne un ordre, tout aussi ferme. Dès qu'il a repris son attitude normale, mais pas avant, on peut le récompenser. Cela dit, la discipline ne doit pas venir seulement de vous. Ne laissez pas vos enfants l'encourager à sauter, parce que ça les amuse eux aussi.

Tandis que le groupe s'entraînait, elle passa parmi eux en leur prodiguant des éloges. Les gens aussi aimaient les récompenses, aussi n'en était-elle jamais avare.

À la fin du cours, alors que ses clients commençaient à partir, elle vit arriver une voiture et se rapprocha de Simon.

— Ça m'aurait étonnée.

— Quoi ?

— Je me doutais que Davey allait parler à quelques personnes. Voilà Meg et Chuck Greene, des équipiers. Le cours est fini et le prochain n'a lieu que cet après-midi. Alors ils viennent voir si je ne me sens pas trop seule.

Elle semblait plus émue qu'agacée, d'où Simon conclut qu'il était de trop.

— Bon, je me tire.

— Oh, ne joue pas les mal élevés ! Attends deux minutes, que je te présente.

Et de crier aux nouveaux venus :

— Vous n'avez pas amené Quirk et Xena ?

— On a du monde, répondit Meg.

Dans un ensemble surprenant, ils sortirent chacun de son côté, se retrouvèrent devant le capot, se prirent par la main, s'arrêtèrent pour caresser les chiens.

— À qui est ce joli garçon ?

Simon considéra d'un air plus intéressé la pétulante Meg, qui se planta devant Jaws pour l'empêcher de sauter. Bon, il allait devoir apprendre, lui aussi.

— C'est Jaws. Meg et Chuck, voici Simon Doyle, l'humain de Jaws.

— Bonjour ! lança Meg en lui tendant la main. J'ai acheté chez Sylvia deux tables superposables que vous avez fabriquées. Je les aime beaucoup. Voilà un moment que j'espérais vous rencontrer.

— Meg et Chuck habitent ici, à Deer Harbor. Chuck est un policier à la retraite, et Meg fait partie de notre équipe d'avocats.

Se tournant vers eux, Fiona précisa :

— Simon était là quand Davey est passé. Mais je vais bien.

— Nous voulions vérifier le chalet, dit Meg. On a quelqu'un qui vient pour le week-end.

— Mais oui ! railla Fiona, qui n'en croyait pas un mot. Meg et Chuck possèdent dans le parc d'État Moran un joli chalet qu'ils louent.

— Comme nous étions tout près, nous voulions vous proposer de venir déjeuner avec nous à Rosario.

— Meg !

— Nous sommes chargés de veiller sur vous.

— Merci, mais je ne voudrais pas m'éloigner de la maison aujourd'hui. Vous pouvez le dire aux autres.

— Où est votre téléphone portable ? demanda Chuck.

— À l'intérieur.

— Il va falloir le garder sur vous, lui conseilla-t-il en lui tapotant le nez. Je ne crois pas que vous ayez à vous inquiéter de grand-chose, mais n'en perdez pas pour autant votre bon sens.

— Entendu.

— Vous passez la nuit ici ? demanda-t-il à Simon.

— Chuck !

— Ce n'est pas à vous que je parle, Fiona.

— Pas encore, rétorqua Simon.

— Ce serait pourtant une bonne idée. Vous travaillez sur commande, je crois ?

— Pour faire l'amour ou des meubles ?

Un ange passa avant que Chuck rugisse de rire en tapant dans le dos de Simon.

— Ça, on pourra en parler une autre fois devant une bière ! En ce qui concerne les meubles, Meg cherche une vitrine pour ses porcelaines. Jusqu'ici, elle n'a rien trouvé qui lui plaise. C'est toujours trop grand, trop petit, ou d'un bois inapproprié. Si elle pouvait vous dire ce qu'elle cherche, je serais trop content de ne plus en entendre parler.

— On peut en discuter. Si vous voulez me montrer l'endroit où vous comptez mettre le meuble.

— Si vous aviez le temps de passer cet après-midi, après 15 heures. Voici ma carte.

— D'accord, mais ce serait plutôt vers 16 heures.

— Ça marche. Allez, viens, Meg. Quant à vous, Fiona, le téléphone dans la poche !

— Oui, mon lieutenant !

— Faites attention à vous, Fee. Simon, à cet après-midi.

Meg et Chuck regagnèrent leur voiture main dans la main.

— Ils sont mariés depuis plus de trente ans, murmura Fiona, et ils se comportent encore comme des fiancés. Lui a été flic pendant vingt-cinq ans à San Francisco. Ils sont venus s'installer ici il y a dix ans et il a ouvert une boutique de matériel de pêche. Elle fait du conseil en droit immobilier et s'occupe aussi des familles.

— Elle avait douze ans quand elle s'est mariée ?

— Ha ! Elle serait ravie d'entendre ça ! Non, elle a la cinquantaine bien sonnée, lui a fêté ses soixante-trois ans en janvier. Mais c'est vrai qu'on leur en donnerait dix de moins. Ce doit être le bonheur qui les maintient jeunes. Ou alors ils ont de bons gènes.

Elle ramassa la balle qu'un des chiens venait de déposer à ses pieds, plein d'espoir.

— Je te raconte ça parce que j'aime bien savoir ce que font les gens, alors j'ai tendance à donner des détails. En même temps, ça pourrait t'aider, pour le meuble.

Elle pencha la tête de côté.

— Au fait, Chuck est persuadé que n'importe qui peut s'orienter sur cette île. Mais si tu veux, je peux t'indiquer comment te rendre chez eux.

— Je trouverai.

— Très bien. Il faut que je fasse un peu de ménage et de lessive avant mon cours de cet après-midi.

— Dans ce cas, on se verra plus tard.

Il appela son chien et tous deux repartirent vers le pick-up. Fiona se rendit compte qu'il ne l'avait pas embrassée pour lui dire au revoir. Et elle repensa non sans nostalgie aux Greene s'éloignant main dans la main.

Il fit monter le chien, hésita puis claqua la portière et revint à grands pas vers elle, la prit par les épaules pour déposer sur ses lèvres un baiser aussi bref que violent.

— Mets ton téléphone dans ta poche.

Comme il s'éloignait sans un mot de plus, elle le suivit des yeux en souriant.

DEUXIÈME PARTIE

« Le plus grand plaisir d'un chien consiste
à vous voir faire le fou avec lui ; non seulement
il ne vous en méprisera pas, mais il se
mettra à faire le fou avec vous. »

SAMUEL BUTLER

11

Deux jours plus tard, Fiona était réveillée par un appel lui annonçant la disparition d'un homme âgé qui avait quitté la maison de sa fille, sur l'île de San Juan.

Elle alerta son équipe, vérifia son équipement, y ajouta les cartes nécessaires et, après avoir choisi Newman, prit le chemin de Deer Harbor où elle rejoignit Chuck sur son bateau. Elle profita de la traversée pour donner ses instructions.

— Le sujet s'appelle Walter Deets, quatre-vingt-quatre ans. On vient de lui diagnostiquer un début d'Alzheimer et il habite chez sa fille, sur Trout Lake. Ils ne savent pas à quelle heure il a quitté la maison. La dernière fois qu'on l'a vu, c'était au moment de son coucher, à 22 heures.

— Le lac est entouré de forêts, observa James.

— On sait ce qu'il portait ? demanda Lori en caressant la tête de Pip. Il fait drôlement froid.

— Pas encore. On va voir ça avec sa famille en arrivant. Mai, tu travailleras avec le shérif Tyson.

— D'accord. On se connaît déjà. C'est la première fois que le vieux se fait la belle ?

— Je ne sais pas. On vérifiera tout ça. Les recherches ont commencé vers 6 heures du matin et la famille a alerté les autorités une demi-heure plus tard. Autrement dit, ça fait déjà une heure et demie qu'ils y sont.

— Oui, Tyson ne perd pas son temps. On s'en était déjà aperçus la dernière fois.

— Ils ont envoyé des volontaires nous chercher pour nous conduire sur les lieux.

Quand ils arrivèrent au lac, le soleil avait brûlé la brume. Tyson les accueillit, aussi brusque qu'efficace.

— Merci pour cette réaction rapide. Docteur Funaki, n'est-ce pas ? demanda-t-il en serrant la main de Mai. Vous allez occuper la base ?

— Oui.

— Sal, montrez au Dr Funaki où elle peut s'installer. Le gendre et son fils sont partis à la recherche du grand-père, et la fille est à l'intérieur. Notre homme s'est habillé : pantalon marron, chemise bleue, veste de coton rouge, tennis Adidas marine, taille quarante-trois. Elle dit qu'il est déjà parti comme ça une ou deux fois, mais sans beaucoup s'éloigner. Il se perd vite.

— Il prend des médicaments ? s'enquit Fiona.

— Elle vous a préparé une liste. Physiquement, il est en bonne forme. C'est un brave homme plutôt bourru. Il avait mon père comme élève au lycée, en histoire. Il mesure un mètre quatre-vingts pour soixante-quinze kilos, les cheveux blancs assez fournis, les yeux bleus.

Il la conduisit vers une vaste villa de plain-pied, avec une vue renversante sur le lac.

— Mary Ann, voici Fiona Bristow, du groupe de recherche et de sauvetage canin.

— Le shérif Tyson a dit que vous auriez besoin d'effets de mon père pour les faire sentir aux chiens. J'ai ses chaussettes et son pyjama de la nuit dernière.

— C'est parfait. Comment se sentait-il quand il est allé se coucher ?

— Bien, très bien.

La jeune femme porta brièvement une main à sa gorge, comme si elle avait du mal à contrôler les larmes qui lui noyaient la voix.

— Il avait passé une bonne journée, mais je ne sais pas à quelle heure il est parti. Il oublie les choses, parfois, il ne sait plus où il est. Il aime bien marcher. Il dit que ça le maintient en forme. Avant la mort de ma mère, l'année dernière, ils parcouraient ensemble des kilomètres chaque jour.

— Où aimaient-ils se promener ?

— Autour du lac… Ils faisaient un peu de jogging dans les bois, ou bien ils marchaient jusque chez nous pour nous rendre visite. Cette villa était la leur et, après la mort de maman, nous sommes venus nous installer ici parce que c'est plus grand que chez moi et que mon père l'aime trop pour pouvoir la quitter. Nous n'avons pas voulu l'en éloigner.

— Où était votre maison ?

— Oh ! à peu près à cinq kilomètres d'ici.

— Est-ce qu'il aurait pu se tromper ? Vouloir partir vous retrouver chez vous ?

— Je ne sais pas, balbutia-t-elle. Ça fait près d'un an, maintenant, qu'on vit ici.

— Nous avons vérifié l'ancienne maison de Mary Ann, intervint Tyson.

— Peut-être qu'avec votre mère ils avaient un coin ou un sentier préférés, entre vos deux propriétés ?

— Ils en avaient beaucoup. Il y a cinq ans, il aurait retrouvé son chemin dans la forêt même en pleine nuit, les yeux bandés. Il a enseigné à Jarret, notre fils, les secrets de la randonnée et du camping. Ils avaient leurs jours de pêche à la ligne après l'école et… mon Dieu, attendez !

Elle s'éclipsa.

— Il entend bien ? demanda Fiona à Tyson.

— Il est appareillé et… non, il n'a pas mis son appareil avant de partir. Il a pris ses lunettes, mais…

Il s'interrompit au retour de Mary Ann.

— Son matériel de pêche. Il l'a emporté, et même son chapeau ! Pourquoi je n'y ai pas pensé plus tôt ?

Fiona mit au point la stratégie avec son équipe.

— Il y a trois coins où il aimait pêcher.

Elle les nota sur la carte que Mai lui avait fournie.

— Attention, il en essayait parfois d'autres, selon son humeur. Il est assez actif physiquement ; alors, si son état mental l'amenait à se perdre, il tournerait en rond. Il suit un traitement contre l'hypertension et, d'après sa fille, il s'affole quand il ne se rappelle pas certaines choses ; en plus, il aurait tendance à perdre l'équilibre. Il a oublié de mettre son appareil auditif.

L'ennui était que, comme les jeunes enfants, Walter risquait de ne pas hésiter à emprunter les chemins les plus difficiles. Il s'obligerait à escalader une piste escarpée plutôt que de suivre une pente douce.

Sans doute était-il parti dans un but précis, se dit-elle en faisant sentir un vêtement à Newman. Et puis, vraisemblablement, il l'avait perdu en cours de route.

À quel point pouvait-il paraître terrible de s'égarer au milieu d'une forêt dont on avait autrefois connu chaque arbre, chaque sentier, chaque tournant ?

Newman s'était immédiatement mis en route le long d'une canalisation. Arrivée à proximité des premières futaies, Fiona se mit à chercher des indices : fragments de tissu dans la bruyère, branches pliées ou cassées.

Soudain en alerte, Newman s'engagea sur un chemin qui défiait les quadriceps ; aussi, dès que celui-ci s'aplanit quelque peu, Fiona le fit stopper pour lui donner à boire avant de se désaltérer elle aussi.

Elle vérifia sa carte, sa boussole.

Pourrait-il s'être écarté de son coin de pêche, s'en être détourné en voulant regagner la maison de sa fille ? En voulant finalement retrouver son petit-fils ?

Durant cette pause, elle s'efforça de considérer les arbres, les rochers, le ciel, les chemins avec les yeux de Walter. Pour lui, se perdre en ces lieux revenait à se perdre dans sa propre maison. Rien de plus effrayant. De quoi s'emporter contre soi-même, avoir très peur et se sentir de plus en plus égaré à force d'errer sans fin.

Fiona fit de nouveau sentir le vêtement à Newman.

— Là, c'est Walter. Cherche Walter !

Elle le suivit alors qu'il escaladait un amas de rochers en se dirigeant vers le secteur de Chuck, qu'elle appela pour lui signaler sa position. En redescendant, Newman s'arrêta encore, en alerte avant de foncer dans un buisson. Fiona sortit un ruban pour marquer les lieux.

— Qu'est-ce que tu as trouvé ? demanda-t-elle en allumant sa torche.

D'abord, elle vit le sol accidenté, les creux et les bosses, imaginant aussitôt le vieil homme dérapant, essayant de se rattraper sur les paumes et les genoux. Et la bruyère qui avait dû le griffer, l'agresser. Dans son rayon de lumière, elle aperçut quelques fils de coton rouge retenus par des épines.

— Bon chien, Newman. Allô, la base, c'est Fee. Je suis à peu près à cinquante mètres de ma limite ouest. Il y a des fils rouges et des traces de chute. À vous.

— Allô, la base, ici Chuck. On vient de trouver son chapeau. Fee, Quirk file dans votre direction, plein est. Il a quelque chose. Je vais… Attendez ! Je vois le bonhomme ! Il est tombé. Il a dévissé d'ici. On descend. Il ne bouge pas. À vous.

— Je me dirige vers vous, Chuck. On va vous aider. Terminé. Newman ! Cherche Walter. Cherche !

Sans plus écouter les grésillements de sa radio, Fiona poursuivit son chemin jusqu'à ce que Chuck reprenne la parole.

— On est avec lui. Il est inconscient. Le pouls est faible. Il a une blessure au front, des égratignures sur le visage et sur les mains, une entaille sur la jambe. Je demande de l'aide pour le tirer de là. À vous.

— Bien reçu, dit Mai. J'envoie des renforts.

Fatiguée mais réconfortée par le hot dog avalé à Deer Harbor, Fiona prit le chemin du retour. Ils avaient encore accompli leur mission. Il restait à espérer que la vigueur physique de Walter lui permette de se remettre de ses blessures.

— On a fait ce qu'on a pu, pas vrai ? dit-elle en caressant Newman. Tu t'en es bien tiré. Maintenant, tu as besoin d'un bon bain…

Arrivée devant le pont, elle s'arrêta net. Un second cornouiller se dressait en face du premier, tous deux bien paillés.

— Ouf, souffla-t-elle, émue. En plein dans le cœur !

Peck et Bogart arrivèrent au grand galop et suivirent la voiture jusque devant la maison, comme pour lui souhaiter la bienvenue. Cependant, elle se ravisa, sortit, ouvrit le hayon.

— Montez, on va se promener.

Elle n'eut pas à le dire deux fois. Alors que les trois copains se faisaient fête et reniflaient les odeurs du dehors apportées par Newman, Fiona fit demi-tour.

Sur le seuil de son atelier, Simon ponçait une table. La tiédeur de l'atmosphère l'avait attiré au-dehors. Avec le soin et la précision d'un chirurgien, il lissait les longs pieds en noyer dont il conserverait la teinte naturelle en la soulignant d'un vernis clair.

— Toi, tu vas voir ailleurs ! ordonna-t-il à Jaws, qui tentait d'attraper la pierre ponce réservée aux surfaces plus larges.

— Laisse ça !

Le chiot vint lui donner des coups de truffe.

— Pas maintenant !

Jaws alla choisir un bâton dans la pile de jouets, d'os et de balles qu'il avait amoncelée en une heure et demie, puis revint danser sur place en remuant la queue.

Simon interrompit son travail.

— Non, quand j'aurai fini !

Jaws s'assit, leva une patte, pencha la tête de côté.

— Ça ne marche pas, grommela Simon, malgré son attendrissement.

Il pourrait au moins s'arrêter, le temps de lancer ce fichu bâton, se dit-il. L'ennui étant que, s'il le lançait, le chien y reviendrait un million de fois. Cependant, il ne put y résister et, comme prévu, Jaws rapporta aussitôt en attendant la suite.

— Bon, ça va. Mais je t'accorde dix minutes... Allez !

Et pendant ce jeu la voiture de Fiona vint se garer devant la maison. En voyant celle-ci sortir, Jaws se tapit, prêt à sauter. Simon jura entre ses dents. Voilà deux jours qu'il l'entraînait à n'en rien faire. Fiona réagit instantanément, ordonnant au chiot de s'asseoir, puis accepta le bâton qu'il lui présentait, le lança tel un javelot.

Quand elle ouvrit l'arrière de la voiture, ce fut la ruée.

Simon reprit son ponçage. Fiona servirait au moins à occuper Jaws le temps qu'il finisse son travail. Quand elle arriva devant l'atelier, elle avait déjà lancé trois bâtons.

— Il en a accumulé, des trésors ! observa-t-elle.

— Oui, et il me casse les pieds pour que je l'aide à les déménager. Elle se pencha, choisit une balle de tennis jaune vif qu'elle envoya aussi loin que possible.

— Tu m'as apporté un autre arbre.

— Avec l'endroit que tu avais choisi pour le premier, il le fallait bien.

— Et tu as ajouté le paillis.

— Pas la peine de planter quelque chose si on ne le fait pas comme il faut.

— Merci, Simon !

Il lui jeta un regard en coin, vit qu'elle souriait.

— De rien, Fiona.

— Je t'aurais aidé si j'avais été à la maison.

— Tu es partie très tôt.

Elle attendit, mais il ne posa pas la question.

— On a été appelés à San Juan.

Cette fois, il s'arrêta, lui accorda toute son attention.

— Ça s'est bien passé ?

— On a retrouvé la victime, un vieillard atteint d'Alzheimer qui avait quitté la maison de sa fille. On l'a retrouvé en pleine nature, il avait fait une mauvaise chute.

— Très mauvaise ?

— Un léger traumatisme, une cheville fracturée, des plaies et des bosses, en état de choc et déshydraté.

— Il va s'en sortir ?

— Il est solide, alors ils ont bon espoir… mais le coup a quand même été rude. On est contents de l'avoir retrouvé à temps.

Elle lança un autre bâton.

— C'est joli, ce que tu fais. Tu veux que je te remercie pour l'arbre en jouant avec le chien pendant que tu termines ?

— Tu es venue jusqu'ici pour jouer avec mon chien ?

— Je voulais te remercier, et, comme Sylvia s'est chargée de mon cours du matin et que je n'en ai pas d'autre avant 17 h 30, j'ai préféré me déplacer en personne.

— Quelle heure est-il ?

Haussant un sourcil, elle consulta sa montre.

— 15 h 15.

— Bon, ça ira pour aujourd'hui. Viens.

Simon lâcha son papier de verre et vint la prendre par le bras pour la conduire vers la maison.

— Qu'est-ce que tu fais ?

— Tu vas voir.

— Tu pourrais au moins me prévenir avant de…

La faisant virevolter sur place, il planta sa bouche sur la sienne tout en lui palpant les fesses.

— Tu as raison, c'est bon, même si je ne suis pas une fille facile, en principe…

— Laisse-toi aller, pour une fois.

Il glissa les mains sous sa veste et son chemisier pour venir tâter son dos nu.

— C'est bon. Dehors !

— Je ne fais pas ça dehors, avec tous ces chiens autour.

— Non ! s'esclaffa-t-elle en s'agrippant pour ne pas tomber. Je dis aux chiens de rester dehors.

— Bien vu !

Il l'entraîna à l'intérieur, la débarrassa de sa veste tandis qu'elle s'occupait de sa chemise.

— Attends…

— Non.

— Non, je veux dire… je sais que tu es content de me voir, mais pas besoin de m'attaquer au marteau !

Il recula, jura et ôta sa ceinture d'outils qu'il jeta à terre.

— Attends, reprit-elle en le déboutonnant avec ardeur.

Après quoi Fiona lui ôta son tee-shirt, poussa un soupir de satisfaction en posant ses mains sur le torse de Simon.

— Dépêche-toi, souffla-t-elle alors qu'il tentait de l'embrasser encore. Je suis pressée.

— D'accord.

Là-dessus, il déchira son chemisier, faisant sauter les boutons. Au lieu de s'en offusquer – après tout, c'était un de ses plus beaux chemisiers –, elle accueillit avec fièvre les paumes brûlantes sur ses seins. Frémissante, elle se serra contre lui, la gorge rauque, tout en s'efforçant d'ouvrir la fermeture Éclair ; d'un geste fébrile, il vint l'aider, le regard fixé sur ses grands yeux bleus, brillants comme un lagon sous le soleil. Il s'empara encore de sa bouche, la soutenant car elle ne semblait plus capable de tenir debout.

— Reste là, murmura-t-il quand il la vit glisser le long du mur.

D'un mouvement vif, il la hissa sur son épaule, chercha brièvement une surface plane et l'étendit sur la table de la salle à manger en repoussant d'un bras les quelques objets qui s'y trouvaient, quitte à remplacer ce qui se casserait.

Comme il désirait la déshabiller complètement, il lui ôta ses bottes.

— Ta ceinture, défais-la.

— Quoi ? Oh !

L'air d'une victime expiatoire, elle s'exécuta en regardant le plafond.

— Je suis sur la table ?

Il tira son pantalon par les pieds.

— Je suis toute nue sur la table ?

— Pas encore.

Mais pas loin. Il voulait pouvoir poser les mains sur tout ce qui était nu et sur tout ce qui ne l'était pas. D'abord il s'attaqua à ses propres bottes, puis à son jean avant de grimper sur elle.

— Pratique, commenta-t-il en découvrant la fermeture du soutien-gorge entre les seins, ce qui lui permit de l'ouvrir pour les dévorer aussitôt. Gémissant de plaisir, elle se cambra, s'agrippa un instant à la table avant de lui planter ses ongles dans le dos.

— Aaaah ! Continue, surtout ne t'arrête pas.

Quand il y mit les dents, elle crut devenir folle de désir. Pourtant, son corps en réclamait davantage encore. Elle entendit encore du tissu se déchirer et comprit qu'il venait d'arracher sa culotte. Il profitait outrageusement de la situation et elle ne demandait que ça. Elle essaya d'articuler son nom, de ralentir un peu le mouvement, le temps de respirer, mais il lui avait déjà écarté les cuisses et entrait en elle. Dur comme l'acier, rapide comme l'éclair. Et elle ne pouvait que hurler en affrontant l'orage.

D'un seul coup, elle se crispa tel un poing rageur, ce qui ne fit que le fouetter. Il la convoitait depuis si longtemps que son ardeur en avait été vivifiée. Et maintenant, avec ce long corps ferme qui tremblait sous lui, ces muscles étonnamment durs sous ses mains, son désir n'en était que plus aigu.

Il continua jusqu'à ce qu'elle se ramollisse complètement, jusqu'à ce que lui-même n'en puisse plus.

Elle croyait entendre de la musique. Quel chœur céleste chantait derrière les murs ? Elle parvint à déglutir malgré sa gorge sèche.

— Musique…, murmura-t-elle.

— Mon téléphone. Dans mon jean. Oublie.

— Pas des anges ?

— Non. Def Leppard.

— Ah bon.

Elle parvint à retrouver assez d'énergie pour lui caresser le dos d'une main.

— Je dois encore te remercier, Simon.

— Pas de problème.

Elle laissa échapper un rire éraillé.

— Tant mieux, parce que je n'ai pas fait grand-chose.

— Je me plains ?

— Où est-on, au fait ?

— Dans la salle à manger-bar-bureau-du-rez-de-chaussée.

— Alors on a fait l'amour dans le bar de ta salle à manger… de travail.

— Ouais.

— C'est toi qui as fait la table ?

— Ouais.

— Elle est très douce. Et remarquablement solide.

— Je suis bon dans mon travail.

Il se pencha sur elle en souriant.

— C'est du merisier marqueté de bouleau. À pied central. Je voulais la vendre mais à présent… peut-être pas.

— Si tu changes d'avis, je proposerai une enchère.

— D'accord. C'est bien ton style.

Elle lui caressa la joue.

— Je pourrais avoir de l'eau ? J'ai l'impression d'avoir escaladé l'Himalaya sans bouteille.

— Bien sûr.

L'air un rien surpris, elle le suivit des yeux qui sautait à terre et sortait, nu, de la pièce. Elle-même se sentait très à l'aise, mais elle ne se voyait pas faire le tour de sa propre maison en tenue d'Ève.

Néanmoins, il était magnifique.

Elle s'assit, respira à fond, s'étira voluptueusement. Avant de s'arrêter net. Ils venaient de faire l'amour comme des malades sur la table de la salle à manger, les rideaux grands ouverts. Elle voyait les chiens qui s'ébattaient, le chemin, sa propre voiture…

Si quelqu'un était arrivé à ce moment-là, en voiture ou à pied, depuis la plage ou la forêt…

Quand il revint armé d'une bouteille d'eau à moitié vide, elle tendit le doigt.

— Fenêtre.

— Oui. Table, fenêtre, plafond, plancher. Tiens. Je me suis servi, tu peux tout boire.

— Mais la fenêtre. Ouverte à tous les vents.

— Un peu tard pour jouer les timides.

— Je ne m'en étais pas aperçue.

Elle but une longue rasade, une deuxième.

— Tant mieux s'il ne s'est rien passé, reprit-elle. Seulement la prochaine fois… si tu es amateur…

— Je ne te lâcherai pas de sitôt.

— Je te reconnais bien là. La prochaine fois, on essaiera d'être plus discrets.

— C'était toi la plus pressée.

— Je ne te reproche rien.

Il sourit de nouveau.

— En tout cas, tu fais très bien, là, au milieu de la table, le soleil dans tes cheveux en bataille, tes longues jambes et tes jolis seins. Je prends une photo, et cette table me rapportera une fortune.

— Pas question.

— Je te donnerai trente pour cent.

Elle éclata de rire, même si elle n'était pas prête à jurer qu'il plaisantait.

— Que nenni. Bon, c'est dommage, mais je dois me rhabiller et partir.

Lui prenant le poignet, il le tourna pour consulter sa montre.

— On a encore une heure.

— Durant laquelle je dois rentrer, me laver, me changer. Les chiens sont… très sensibles aux odeurs.

Malgré les rideaux ouverts, elle avait presque envie de danser sur la table.

— Tu vas devoir me prêter une de tes chemises en attendant.

— D'accord.

Le voyant ressortir toujours nu comme un ver, elle secoua la tête puis remit pied à terre, récupéra son soutien-gorge et son pantalon. Il revint et lui lança la chemise dont elle l'avait si vivement débarrassé.

— Merci.

Il enfila son jean pendant qu'elle enfilait ses bottes. Puis elle lui caressa le visage d'un petit air tranquille.

— La prochaine fois, on commencera par dîner, dit-elle en lui effleurant les lèvres. Merci encore pour l'arbre et… pour m'avoir permis d'utiliser cette table.

Là-dessus, elle sortit, appela ses chiens et gratta le poil de Jaws en lui disant au revoir. Tandis qu'elle démarrait, Simon resta torse nu sur la véranda, les mains dans les poches de son jean encore ouvert.

12

Francis X. Eckle acheva sa série quotidienne de cent pompes, cent abdos, cent flexions, qu'il effectuait comme toujours tranquillement dans sa chambre.

Il prit une douche en se savonnant avec son gel personnel, inodore, plutôt qu'avec l'échantillon trop parfumé du motel. Il se rasa à l'aide de son petit rasoir électrique qu'il nettoyait méticuleusement chaque matin. Il se lava les dents avec l'une des brosses de voyage contenues dans sa trousse, qu'il marquait ensuite d'un X pour ne pas oublier de la jeter. Il ne laissait jamais rien de personnel dans la corbeille d'un motel.

Il enfila son large short et un tee-shirt blanc trop grand, puis ses vieilles tennis blanches. Sous le tee-shirt, il portait une ceinture cache-billets où il conservait son argent et ses papiers.

Il se regarda dans la glace. Ces vêtements donnaient une allure ordinaire à ce corps qu'il avait si méticuleusement sculpté ; on ne remarquait même pas ses yeux marron, son long nez droit, sa bouche ferme et fine, ses joues imberbes. D'autant qu'il adoptait en permanence une expression neutre.

Il aurait bien voulu se raser les cheveux, mais son mentor craignait qu'un crâne nu passe moins inaperçu que sa courte chevelure brune.

Ce matin, comme tous les matins depuis quelques semaines, il eut envie d'ignorer cette directive et de faire ce qui lui plaisait.

Ce matin, comme tous les matins, il résista. Mais cela devenait de plus en plus difficile à mesure que son pouvoir grandissait. Plus il se sentait fort et puissant, moins il avait envie de suivre le programme des leçons.

— Il n'y en a plus pour longtemps, maugréa-t-il.

Là-dessus, il plaça une casquette anonyme sur sa tête.

Rien en lui ne pouvait attirer le regard. Il ne restait jamais plus de trois nuits dans le même hôtel ou motel, plutôt deux seulement. Il en cherchait un équipé d'une salle de gym au moins une fois sur deux, mais, en général, sélectionnait les établissements les plus modestes, aux services quasi inexistants.

Toute sa vie, il avait vécu frugalement, économisant soigneusement chaque sou. Avant d'entreprendre ce voyage, il avait peu à peu vendu tout ce qu'il possédait. Il allait pouvoir s'offrir bien d'autres chambres d'hôtels modestes avant la fin.

Glissant dans sa poche ses clefs de voiture, il prit une bouteille d'eau dans le pack acheté en grande surface. Avant de quitter la chambre, il mit en route la caméra cachée dans son réveil, sur la table de nuit, ainsi saurait-il si la femme de ménage avait fouillé dans ses affaires. Puis il enfila les écouteurs de son iPod pour décourager quiconque de lui adresser la parole.

Eckle avait besoin de la salle de gym, des poids et des machines, pour le soulagement mental et physique qu'ils lui apportaient. Depuis qu'il s'y était mis, il avait du mal à s'en passer, pour moins sentir monter en lui colère et tension. Il aurait préféré pouvoir s'entraîner dans la solitude, mais quand on voyageait on n'avait pas le choix.

Aussi, arborant son habituelle expression neutre, il sortit pour traverser l'étroit corridor menant au minuscule gymnase.

Un homme courait sur l'un des deux tapis de jogging, l'air visiblement excédé, et une femme d'âge mûr faisait du vélo couché tout en lisant un roman. Il choisissait soigneusement son heure d'entrée dans la salle : ne jamais être le premier ni le seul.

Eckle s'installa sur l'autre tapis de jogging, sélectionna un programme puis arrêta l'iPod pour regarder les informations sur l'écran de télé accroché à l'angle du mur. Sans doute allait-on parler de son affaire. Comme on en était encore aux nouvelles internationales, il commença à courir en pensant au dernier courrier de son mentor. Il en avait mémorisé chaque ligne avant de le détruire comme toutes ses autres lettres.

Cher ami, j'espère que vous allez bien. Je suis satisfait de vos récents progrès mais tiens à vous prévenir de ne pas confondre vitesse et précipitation.

Profitez donc de votre voyage, de vos réussites et sachez que vous avez toujours mon soutien et ma gratitude alors que vous vous apprêtez à réparer ma folle et décevante erreur.

Exercez votre corps, votre esprit, votre conscience. Entretenez votre discipline. C'est vous qui avez le pouvoir de tout contrôler. Usez-en avec sagesse et vous en tirerez plus de renom, plus de succès, vous ferez régner la peur plus que n'importe qui avant vous.

J'ai hâte de recevoir de vos nouvelles, n'oubliez pas que je vous suis à chaque pas de votre voyage.

Votre guide

C'était le destin qui l'avait mené à ce pénitencier où George Allen Perry l'avait délivré de la cage mentale qui l'emprisonnait depuis le début de sa vie. Il avait accompli ses premiers pas vers la liberté, maladroit comme un petit enfant, puis avait appris à marcher, et à courir. À présent, il avait un besoin maladif du goût enivrant de cette liberté, au point de commencer à se sentir à l'étroit dans le carcan des règles imposées par Perry.

Voilà longtemps qu'il n'était plus un débutant malléable, recherchant approbation et conseils. Voilà longtemps que le petit enfant d'autrefois n'était plus à la merci des brutes auxquelles l'avait abandonné sa pute de mère. Qu'il n'était plus l'adolescent boutonneux et grassouillet s'attirant immanquablement les moqueries des filles.

Toute sa vie, il avait vécu dans la cage des faux-semblants. Rester tranquille, se laisser faire, obéir aux règles, étudier et ne prendre que les restes laissés par les plus forts, les plus agressifs.

Combien de fois avait-il bouillonné de rage rentrée quand il s'était fait doubler pour une promotion, un prix, une fille ? Combien de fois avait-il rêvé, seul, dans le noir, de se venger de ses collègues, de ses voisins, quand ce n'était pas d'inconnus dans la rue ?

Perry lui avait expliqué qu'il emportait partout sa cage avec lui. Il avait dû apprendre à discipliner son corps, à vaincre douleur et privations. Il avait cherché et trouvé une maîtrise de soi des plus rigides et se sentait pourtant perdant sur bien des points. Car il restait encore enfermé dans cette cage, incapable de satisfaire une femme lorsqu'il s'en trouvait une pour coucher avec lui… contre espèces sonnantes et trébuchantes. Obligé de s'humilier avec des putains… comme sa mère.

Mais c'était fini. Perry lui avait appris que l'acte sexuel amoindrissait les forces de l'homme, donnait le pouvoir aux femmes, qui finissaient toujours par le retourner contre lui. On pouvait se soulager autrement, par des moyens auxquels seuls quelques-uns osaient recourir, pourtant dispensateurs de puissance et de plaisir.

Maintenant que sa cage était ouverte, il s'était découvert une aptitude et un goût pour cet accomplissement autant que pour la puissance qui en découlait.

Néanmoins, avec le pouvoir venaient les responsabilités, à travers lesquelles, il devait le reconnaître, il avait du mal à naviguer. Plus il en obtenait, plus il en voulait. Perry avait raison, bien sûr. Il lui fallait observer sa discipline, apprécier ce voyage sans se précipiter. Pourtant…

À mesure que sa vitesse augmentait sur le tapis, Eckle se promettait, à lui-même autant qu'à son lointain mentor, de s'interdire de chercher sa prochaine partenaire avant au moins deux semaines. À la place, il voyagerait un peu plus, flânerait, afin de reconstituer ses forces et de se nourrir l'esprit avec des livres.

En cette période de restauration, physique et mentale, il avait pu s'informer de la faute navrante de Perry sur le blog de la fille. Le moment venu, il réparerait cette erreur… unique contribution que Perry lui ait jamais demandée pour l'avoir aidé à se libérer de sa cage.

Il avait hâte d'obtenir son approbation, tel un enfant avide de bien faire devant ses parents, lorsqu'il aurait étranglé et enterré Fiona Bristow. À l'évocation de cette image, un sourire plissa son visage baigné de sueur. Sa récompense, il l'obtiendrait quand on annoncerait aux informations la découverte du corps d'une jeune femme dans la forêt nationale de Klamath.

Ce matin, Eckle souriait pour la première fois.

Le dimanche, Mai et ses chiens vinrent en visite. La pluie du samedi avait rafraîchi l'atmosphère et fait jaillir un flot de verdure autour des nouveaux cornouillers qui flanquaient le pont. Dans la prairie, les jeunes herbes se gavaient de rosée, foulées par les chiens qui folâtraient comme des gosses dans une cour de récréation.

Pour une fois qu'elle pouvait traîner, Fiona profitait allègrement de ce jour de repos. Mai et elle bavardèrent sur la véranda en dégustant les cappuccinos et les muffins à la canneberge que la véto avait achetés au village.

— C'est bon comme une récompense !

Étalée sur son transat, Mai n'ouvrit même pas les yeux sous ses lunettes noires.

— Des matinées comme ça, reprit Fiona, ça ressemble à une compensation pour le reste de la semaine, toutes ces matinées à se lever, à partir, à faire tant de choses… C'est la cerise sur le gâteau, le cadeau au fond de la boîte de céréales.

— Dans ma prochaine vie, j'aimerais revenir sous la forme d'un chien. Pour eux, c'est tous les jours dimanche.

— Oui, mais ils ne boivent pas de cappuccinos sur la véranda.

— C'est sûr, pour eux, autant boire l'eau des toilettes.

Fiona contempla son gobelet.

— Quelle race de chien ?

— Un montagne des Pyrénées, à cause de la taille, de la majesté. Après tout, j'y ai droit pour avoir été si petite dans ma vie actuelle.

— Joli choix.

— J'y ai réfléchi, ajouta Mai, bâillant et s'étirant. Tiens, le shérif Tyson m'a appelée ce matin pour m'annoncer que l'état de Walter s'était stabilisé. Il va passer encore quelques jours à l'hôpital, mais on pense le renvoyer bientôt chez lui. Sa fille envisage de faire venir une infirmière à domicile.

— C'est une bonne nouvelle. Tu veux que je l'annonce aux autres ?

— Je l'ai dit à Chuck, je suppose qu'il va s'en charger. C'est d'ailleurs en revenant de chez lui que j'ai pensé à passer ici. Au fait, j'adore tes arbres.

— Ils sont beaux, n'est-ce pas ? Je me demande pourquoi je n'y avais pas pensé. Maintenant, ça me donne envie d'installer quelque chose d'un peu tape-à-l'œil au début de l'allée. Comme un poste d'accueil… et puis ça pourrait servir de point de repère aux nouveaux arrivants. Vous prenez le chemin à l'angle du… Je vais voir ce que je vais trouver.

Mai regarda son amie par-dessus ses lunettes.

— Fini la discrétion ? Moi qui voulais te dire de mettre une barrière.

— À cause de Vikie Scala ? demanda Fiona en faisant allusion à la dernière victime. Je ne sais pas si une barrière changerait grand-chose au cas où…

Cependant, elle y avait pensé, autant que Mai à sa future vie de chien.

— Ça me rend malade pour ces pauvres filles et leurs familles. D'autant que je ne peux rien y faire. Strictement rien.

Mai lui prit la main.

— J'aurais mieux fait de la boucler.

— Non, c'est bon. De toute façon, je n'arrête pas d'y penser. Et j'ai peur. Tu es sans doute la seule à qui je puisse dire ça. J'ai peur de ce qui pourrait arriver, et là non plus je ne peux rien faire. J'ai peur parce qu'il leur a fallu dix ans pour choper Perry, et je ne sais pas comment je vais réagir si ça recommence. Je ne pourrai jamais dire ça à Sylvia ni à ma mère, parce qu'elles se rongeraient d'angoisse.

— D'accord.

Soudain sérieuse, Mai se leva.

— En fait, tu aurais tort de ne pas avoir peur. Et tu serais une belle garce de ne pas flipper pour ces pauvres gamines. Ce n'est pas toi, ça.

— Justement, c'est pour ça que je t'en parle.

— Mais pas besoin de paniquer non plus. Tu as tes chiens, et aussi des gens qui vont venir vérifier où tu en es avec une telle régularité que tu auras envie de les foutre dehors. Alors n'hésite pas si tu as envie de me dire ça, je te botterai les fesses. Petite, mais costaude.

— C'est sûr. Je sais aussi qu'on est en train de boire des cappuccinos et de regarder nos chiens s'amuser parce que tu venais vérifier où j'en étais. Et je t'en remercie.

— De rien. Tu peux installer ton tape-à-l'œil où ça te chante du moment que ça te fait plaisir. Promets-moi juste d'être prudente.

— Parfois, je me demande si j'ai jamais cessé d'être prudente depuis le jour où Perry m'a enlevée.

— Ça veut dire quoi ?

— Que j'ai arrêté le jogging, et Dieu sait, Mai, que j'adorais ça ! Maintenant, j'utilise un tapis roulant et ça ne fait pas le même effet du tout. Mais je me sens plus tranquille. Je ne suis plus allée seule nulle part depuis des années.

— Ce n'est pas… C'est vrai ?

— Oui. Tu sais, je ne m'en étais même pas rendu compte jusqu'à ce qu'on reparle de ce type. Mais je ne me déplace plus sans au moins un chien avec moi, et c'est en partie à cause de ce qui m'est arrivé. J'attends que les films sortent en DVD ou passent à la télévision au lieu d'aller au cinéma parce que je ne tiens pas à laisser aussi longtemps un chien seul dans la voiture. Et je ne les sors tous les trois à la fois, en laissant la maison déserte, que pour les entraîner ou quand je les amène à ton cabinet.

— Pas de mal à ça.

— Non, et ça me va... C'est juste que je ne me rendais pas compte de mes véritables raisons. Ou que je ne voulais pas le savoir. Je laisse souvent ma porte ouverte. Je la boucle rarement... du moins jusqu'à très récemment, parce que mes chiens m'apportent un authentique sentiment de sécurité. Je n'ai pas vraiment réfléchi à ce qui s'est passé, ces deux ou trois dernières années, mais je me suis toujours protégée, du moins, j'ai écouté mon instinct de survie.

— Ça prouve que tu possèdes un bel inconscient.

— Tant mieux. D'ailleurs, depuis quelque temps, j'ai envie de reprendre mes exercices de tir. Ça fait deux ans que j'ai arrêté, alors... Mais bon, il ne faut pas non plus en faire une obsession. Si on reparlait thalasso ?

Mai décida qu'il était en effet temps de se détendre, de changer de conversation.

— C'est sûr, on va le faire, mais d'abord je voudrais te parler de mon rendez-vous de ce soir autour d'un verre.

— Tu as rendez-vous ? Avec qui ?

— Avec Robert, un psychologue qui pratique à Seattle. Quarante et un ans, divorcé, une fille de neuf ans. En garde alternée. Il a un chien d'eau portugais nommé Cisco. Il aime le jazz, le ski et les voyages.

— Tu l'as trouvé sur LigneCœur.com ?

— Oui, et je vais prendre le ferry pour boire un verre avec lui.

— Tu n'aimes ni le jazz ni le ski.

— Non, mais j'aime les chiens. J'aime voyager quand c'est possible, j'aime les enfants, ça rétablit l'équilibre.

Étirant ses jambes, Mai contempla ses chaussures.

— J'aime les chalets où brûle un bon feu et où on vous sert des irish coffees, ça nous rapproche encore. En plus, c'est un rendez-vous, ça veut dire que je vais bien me saper, soigner mon maquillage et sortir faire la conversation à un homme que je ne connais pas. Si on ne se plaît pas, je reprends le ferry dans l'autre sens et j'essaie avec un autre.

— J'aurais le trac, à ta place.

— Je l'ai un peu, mais dans le bon sens. Je voudrais bien sortir avec un mec, Fee. Ce n'est pas que je sois en état de manque, grâce à Stanley. Mais j'ai envie de quelqu'un qui m'attire assez pour avoir envie de passer du temps avec lui, pour tomber amoureuse. Pour fonder une famille.

— J'espère qu'il est génial. J'espère que Robert le psychologue est à tomber. J'espère que vous allez vous plaire, que vos cœurs vont battre plus vite, que vous allez rire. Franchement, je te le souhaite !

— Merci. En plus, tu vois, je m'occupe de moi, comme ça. Je m'offre une chance que je n'ai pas eue depuis le divorce. Et même si c'est tout de suite le délire entre nous, j'irai mollo. Parce que je veux être sûre de ressentir quelque chose avant de me jeter à l'eau.

Par respect pour l'émotion de Mai, Fiona observa un court silence.

— À propos de délire, il faut que je te dise : j'ai perdu le concours.

— Le… Tu as fait l'amour ?

Mai fit le tour de son siège, ôta ses lunettes.

— Tu as fait l'amour et tu ne me le disais pas ?

— C'était juste il y a deux jours.

— Tu as fait l'amour il y a deux jours et tu ne m'as pas aussitôt téléphoné ? Qui… Fiona, je ne devrais même pas avoir à te poser la question. Il doit s'agir de Simon Doyle.

— Et si c'était un nouveau client qui m'avait tapé dans l'œil ?

— Non, c'était Simon… d'ailleurs un nouveau client qui t'a tapé dans l'œil.

— C'est lui qui m'a offert ces arbres.

— Oh !

Mai les admira en poussant un nouveau soupir.

— Je sais, dit Fiona. Le premier, c'était en échange d'un tronc qui lui plaisait.

— Le tronc pour la fontaine. J'en ai entendu parler.

— J'ai dit que j'en mettrais bien un autre en face et il est venu le planter… quand on était partis pour cette recherche… Et en rentrant, je l'ai trouvé, là, planté, paillé, arrosé. J'ai emmené les autres chiens et je suis allée le remercier. Et voilà, ça s'est terminé sur la table de la salle à manger.

— Attends, là, j'hallucine ! Sur la table ?

— C'est arrivé comme ça. On était en train de discuter et, tout d'un coup, il m'emporte dans la maison et on se retrouve l'un et l'autre à foncer vers la salle à manger.

— C'est ça, le problème, avec le système Stanley, on ne fonce pas dans les couloirs. Et ensuite ?

— Ensuite, je suis plaquée contre le mur, à lui dire de se dépêcher. Alors, il m'a jetée sur la table, a viré mes vêtements. Oh, là, là !

— Laisse-moi reprendre mon souffle...

Mai s'assit en s'éventant de la main.

— Bon, ça n'avait rien de crapoteux, en tout cas.

— C'est vrai que quand on le raconte, ça peut donner cette impression, mais je peux te dire que je n'ai jamais si bien fait l'amour de ma vie. Pourtant, j'aimais Greg, Mai. Mais alors là ! Je n'aurais même pas cru qu'on puisse s'entendre comme ça !

— Vous allez remettre ça ?

— Évidemment. Sans compter que, ou d'autant plus que je l'aime bien. J'aime sa façon de se comporter, son allure, son attitude avec son chien. Et tu sais ce qui m'amuse le plus ? C'est que je ne sois pas son type de femme, du moins à ce qu'il dit, et pourtant il a envie de moi. Ça me donne une impression... de puissance.

— On dirait que c'est sérieux.

— Ça pourrait le devenir. Finalement, je fais comme toi, je m'occupe de moi, je m'offre une chance...

— D'accord. Alors à nous !

Mai leva son gobelet de café à moitié vide.

— Aux femmes qui tentent le coup.

— Ça fait du bien, non ?

— Certainement plus pour toi, qui as fait l'amour sur une table, que pour moi en ce moment... mais, oui, ça fait du bien.

Toutes deux se tournèrent vers les chiens soudain en alerte.

— Tiens, qui voilà ? murmura Mai en voyant le pick-up de Simon passer le pont. Ta table est libre, au moins ?

— Chut ! s'esclaffa Fiona. De toute façon, mon premier cours du dimanche commence dans une vingtaine de minutes.

— Juste le temps de...

— La ferme !

Elle regarda Simon sortir, suivi de Jaws, qui sautait à terre, fonçait vers ses copains et s'arrêtait pour renifler les chiens de Mai.

— Pas d'attitude agressive, commenta celle-ci, ni timide. C'est un toutou heureux.

Simon arrivait, un collier à la main.

— Tiens, je te rends celui-ci. Bonjour, docteur Funaki.

— Mai. Ravie de vous voir, Simon. Vous tombez d'autant mieux que je dois m'en aller. Mais d'abord... Jaws, viens ici !

Tout content, le chiot arriva à fond de train. Il s'apprêtait à bondir lorsque Mai tendit la main, paume ouverte. Il frémit, mourant visiblement d'envie de sauter, mais n'en fit rien.

— Quel chien adorable ! commenta-t-elle en le caressant. Il réagit bien devant un groupe, il est amical et il apprend les bonnes manières. Vous avez trouvé un véritable petit trésor.

— Il me vole mes chaussures.

— À son âge, on ne pense qu'à mâchonner.

— Non, ce n'est pas pour les mâchonner... ça, il a fini. C'est pour les cacher. J'ai trouvé une basket dans la douche, ce matin.

— Il a inventé un nouveau jeu, commenta Mai, tandis que les autres chiens venaient réclamer leur part de câlins. Il retrouve votre odeur dans vos chaussures, ça l'attire et le rassure. Allez, Fiona, à plus. Au fait, décolleté ou jupe courte ?

— Montre d'abord tes jambes. Le décolleté, ce sera pour le deuxième round.

— C'est bien ce que je pensais. Salut, Simon. Venez, les enfants On va se promener.

Fiona adressa un signe à son amie, qui s'éloignait, suivie de ses chiens.

Comme Simon restait dans l'escalier de la véranda, elle lui posa les mains sur les épaules, se pencha pour l'embrasser.

— Bon, j'ai un cours dans quelques minutes. Tu avais prévu de venir pour y assister ?

— C'était pour te rendre le collier.

— Parfait. Si tu veux, tu peux rester. Ça pourrait faire du bien à Jaws de rencontrer d'autres chiens. C'est un petit groupe et on va travailler les bases de la recherche. J'aimerais savoir comment il s'en tire.

— On n'a rien de plus pressé. Apprends-lui quelque chose de nouveau.

— Maintenant ?

— J'ai besoin de me distraire. Je ne pense qu'à te déshabiller depuis que je t'ai déshabillée. Alors, apprends-lui encore quelque chose.

Elle remonta les mains vers ses joues, qu'elle caressa.

— Tu sais que c'est hyperromantique ?

— Ouh là ! La prochaine fois, je penserai à te cueillir quelques fleurs des champs. Mais où est-ce qu'il est passé ?

Simon inspecta la véranda, se retourna.

— Oh, mais ce n'est pas possible !

Alors qu'il allait se précipiter sur Jaws, qui escaladait l'échelle vers le toboggan à la suite de Bogart, Fiona lui saisit le bras.

— Attends, il va bien. Il veut juste jouer avec les grands. En courant ou en criant, tu ne feras que détourner son attention, au risque de le voir tomber.

Arrivé au sommet, le chiot s'arrêta un instant, la queue battant comme un drapeau en plein vent, mais, au contraire de Bogart, qui filait élégamment le long de la pente, il s'aplatit et se laissa glisser sur le ventre pour atterrir dans le sable.

— Pas mal, observa Fiona devant un Simon moqueur. Prépare tes friandises.

Elle descendit sur le terrain et lança, d'un ton encourageant :

— Allez, on recommence, tu veux ? Remonte.

À son commandement, Jaws remonta.

— Il se débrouille bien, commenta-t-elle à l'adresse de Simon, qui venait de la rejoindre. Or, c'est ce qu'il y a de plus difficile, vertical, ouvert... Il est agile et il a observé ce que faisaient les autres. Il a compris ce qu'il fallait faire pour monter. Alors... voilà ! C'est bien, mon garçon !

Elle prit une friandise à Simon et en récompensa le chiot arrivé au sommet.

— Il faut juste l'aider un peu en lui disant comment redescendre sur ses pattes. Marche. Voilà. C'est bien !...

— Tu n'es pas jolie.

— Toujours aussi galant !

— Non, c'est vrai, mais tu tiens le choc. Je me demandais pourquoi.

— Tu me diras ça quand tu auras trouvé. En attendant, aide-le à descendre.

— En quel honneur ?

— Ça va lui donner confiance en lui.

Elle recula, les regarda reprendre l'exercice plusieurs fois. *Pas jolie*, songeait-elle. Cette remarque aurait dû la vexer, même si c'était la pure vérité. Alors pourquoi s'en amusait-elle, du moins avant qu'il dise la suite ?

Tu tiens le choc. Ça, ça faisait mal.

Il avait le don de provoquer en elle les plus étranges réactions.

— Je le veux, dit-elle en voyant Jaws caracoler sur la pente du toboggan.

— Tu te trompes dans tes pronoms. Moi. C'est moi que tu veux.

— J'admire ton ego, mais je parlais de lui.

— Alors c'est non. Je m'habitue à lui, et puis ma mère serait plutôt furax si je le donnais.

— Je le veux pour mon programme. Pour l'entraîner au sauvetage.

Simon secoua la tête.

— J'ai lu ton site, ton blog. Quand tu parles de l'entraîner, c'est de nous que tu parles. Toujours ces erreurs de pronoms.

— Tu as lu mon blog ?

— Disons que je l'ai parcouru.

Elle sourit.

— Et tu vas prétendre que tu ne t'intéresses pas au sauvetage canin.

— Si on s'engage là-dedans, on doit lâcher tout ce qu'on fait dès que le téléphone sonne, c'est ça ?

— À peu près, oui.

— Je refuse de lâcher quoi que ce soit.

— Ça peut se comprendre.

Elle sortit un chouchou de sa poche, l'enroula autour de ses cheveux à plusieurs reprises.

— Je pourrais l'entraîner comme suppléant, reprit-elle. Il m'obéit bien, et c'est essentiel pour les chiens de sauvetage. Il peut arriver qu'un de nos chiens ne soit pas disponible à un moment donné, malade ou blessé…

— Tu en as trois.

— Oui, parce que j'en voulais trois, et oui, parce que l'un des miens peut servir de remplaçant. Voilà des années maintenant que je fais ça, et je peux t'assurer que le tien serait excellent. Je ne suis pas en train de te faire du gringue pour que tu te joignes à notre groupe, je voudrais juste entraîner ton chien. Sur mon temps libre. Au pire, tu te retrouveras avec un chien bien dressé et doué d'aptitudes exceptionnelles.

— Combien de temps ?

— Idéalement, j'aimerais l'exercer un peu tous les jours, disons, au moins cinq jours par semaine. Je pourrais le faire chez toi, sans te déranger, pendant que tu travailles. D'ailleurs, une partie de ce que je lui apprendrais pourrait bien te convenir.

— Peut-être. On n'a qu'à voir ce que ça donne.

Simon surveillait Jaws, qui se livrait à l'une de ses distractions favorites : courir après sa queue.

— C'est l'heure, ajouta-t-il.

— Oui, les clients vont arriver. Tu n'as qu'à rester, si tu veux. C'est moi qui m'occuperai de lui.

— De toute façon, je suis là.

C'était intéressant, constata Simon, et assez distrayant de voir tous ces chiens et leurs maîtres courir dans la prairie, sur le pont, seuls ou par deux.

— Je ne comprends pas, observa-t-il quand ce fut le tour de Jaws. Il va bien voir où je vais me cacher. Il serait idiot de ne pas me trouver.

— C'est pour lui apprendre à te trouver sur commande, en se servant de son flair. C'est pour ça qu'on court contre le vent, de façon que notre odeur aille vers le chien. De toute façon, il va me trouver, moi. Il faut que tu l'encourages.

— Il suffit de le regarder pour qu'il déborde déjà d'enthousiasme.

— Et c'est tant mieux. Dis-lui de me regarder quand je vais partir. Regarde Fee ! Et, au moment où je me planquerai derrière le buisson, dis-lui de me trouver et lâche-le. Répète-le. S'il s'embrouille, fais en sorte qu'il capte mon odeur. Si ça ne marche pas la première fois, je l'appellerai pour lui donner une indication. Il faut que tu le retiennes, que tu le gardes avec toi le temps que je capte son attention. Alors seulement tu t'en iras à ton tour. Prêt ?

Des doigts, Simon recoiffa les cheveux de Fiona dérangés par le vent.

— Ce n'est pas une chirurgie du cerveau.

Elle caressa Jaws, le laissa la renifler avant de se redresser.

— Hé, Jaws, hé ! lança-t-elle en tapant dans ses mains. Je vais m'en aller. Regarde-moi. Jaws, regarde-moi courir. Simon, dis-lui de me regarder. Dis mon nom.

Elle fila d'un coup. Elle n'avait pas exagéré, nota Simon. Elle courait vite. Tandis que lui avait tout faux : en mouvement, elle était magnifique.

— Regarde Fee. Où est-ce qu'elle va ? Hein ? Regarde-la, bon sang, gracieuse comme une antilope ! Regarde Fee !

Soudain, elle disparut derrière un buisson.

— Cherche-la ! Va chercher Fee.

Le chiot partit à travers la prairie en lançant deux jappements joyeux. Il ne courait pas aussi vite qu'elle, constata Simon, mais… D'un seul coup, il se sentit empli de fierté lorsque Jaws fonça droit sur elle.

D'autres chiens avaient eu besoin de petits rappels à l'ordre, de petits mouvements de leurs cibles. Mais pas Jaws.

À l'autre bout du champ, Simon entendit Fiona éclater de rire et les autres élèves applaudir.

Pas mal, se dit-il. *Pas mal du tout.*

Elle revint, le petit chien sur ses talons.

— On recommence tout de suite. Mais d'abord les félicitations et la récompense. Ensuite, on reprend.

— Il s'en est tiré comme un chef, murmura Simon lorsque la leçon fut terminée. Trois fois d'affilée, avec des cachettes différentes.

— Il est doué. Tu peux le faire travailler chez toi, avec des objets. Utilise quelque chose qu'il aime, dont il connaisse le nom, ou apprends-lui ce nom. Montre-le-lui, et puis fais-le asseoir, rester sur place pendant que tu vas le cacher. D'abord dans des endroits faciles. S'il ne le trouve pas, guide-le un peu. Il faut que ça marche.

— Je devrais peut-être lui demander de retrouver ma chaussure de tennis. Je ne sais pas où il l'a fourrée.

Il la dévisagea longuement, au point de lui faire lever un sourcil.

— Tu cours drôlement vite, Fiona.

— Tu m'aurais vue sur cinq cents mètres à la fac. Je les coiffais tous sur le poteau.

— Sans doute parce que tu as les jambes qui te montent jusqu'aux oreilles. Tu as déjà porté une tenue de pom pom girl ?

— Oui. C'est très flatteur.

— J'imagine. Dans combien de temps ton prochain cours ?

— Quarante-cinq minutes.

— C'est bon !

Là-dessus, il la poussa vers la maison.

Il vit une lueur amusée traverser ses grands yeux bleus.

— Dis plutôt : « Tu veux bien ? » ou « Je n'en peux plus ».

— Non.

L'attrapant par la taille, il l'emporta vers la véranda.

— Et si je n'étais pas d'humeur ?

— Je serais déçu et tu mentirais.

— Pour le mensonge, je le reconnais. Donc…

Elle ouvrit la porte, le fit entrer. Mais quand elle se dirigea vers l'escalier, il la fit changer de direction.

— Le canapé est plus près.

Et aussi plus confortable que la table de la salle à manger, du moins jusqu'au moment où ils roulèrent sur le côté et tombèrent sur le sol. *Mais au moins aussi excitant*, songea Fiona sous lui, essayant de reprendre son souffle.

— En fin de compte, on ferait mieux de gagner le lit.

Du bout des doigts, il traçait la courbe de ses seins.

— Annule ton cours et on y monte tout de suite.

— Sûrement pas ! Je suis une femme responsable, j'ai tout juste le temps de prendre une douche.

— Ah ouais, la douche obligatoire ! J'en aurais besoin, moi aussi.

— Si on la prend ensemble, on devra remettre ça.

— Tu as tout compris !

— Malheureusement, je n'ai pas le temps. Et puis Jaws et toi ne pouvez pas assister au cours suivant. Ça ferait trop pour lui. Cela dit, tu pourrais…

Elle s'interrompit, car les chiens annonçaient l'arrivée de visiteurs.

— Oh, zut !

En rampant, Fiona récupéra sa chemise et son pantalon qu'elle plaqua devant elle en se précipitant vers la fenêtre.

— C'est James et, oh, là, là ! Lori ! Et moi qui suis à poil au milieu du salon en plein dimanche après-midi. Et toi aussi, nu comme un ver !

Son affolement, ses yeux écarquillés par l'effroi, le rose de ses joues la rendaient plus attrayante que jamais. Délicieuse. À croquer.

— Je suis très bien ici ! objecta-t-il.

— Non ! Non ! Lève-toi ! Habille-toi. Vite ! Va... les prévenir. J'arrive dans cinq minutes.

— Je leur explique que tu prends une douche après l'amour ?

— Je... Mets ton jean !

Là-dessus, elle fila dans l'escalier sous l'œil égrillard de Simon, qui la trouvait encore plus ravissante à grimper ainsi les marches dans le plus simple appareil. Il enfila son jean, une chemise, prit ses chaussettes et ses bottes à la main et se dirigea vers la porte d'entrée.

Occupés à caresser les chiens, James et Lori se redressèrent. James le dévisagea avec des yeux ronds. Lori s'empourpra.

— Elle sera là dans deux minutes, affirma Simon en s'asseyant pour mettre ses chaussettes.

Déjà, Jaws essayait d'emporter une botte que Simon récupéra d'un geste.

— Laisse ça, toi !

— Il est mignon, ce petit chien. Son dressage se passe bien ?

— Ça rentre. On vient de lui donner un cours.

James parut encore plus perplexe.

— Ah bon ! C'était ce que vous faisiez, là ?

— Entre autres, dit Simon en souriant. Ça ne vous dérange pas, j'espère ?

Lori tapota le bras de son voisin.

— Nous passions juste pour savoir si Fiona ne voudrait pas venir dîner après ses cours. Vous pourriez vous joindre à nous.

— Merci, mais il faut que j'y aille. À plus.

Il rejoignit son pick-up. Manifestement hésitant, Jaws dansa un instant sur place puis courut vers son maître.

— Je n'étais pas au courant, marmonna James.

— Ça ne nous regarde pas vraiment.

— Quand même… en plein après-midi. Il fait encore jour.

— Monsieur joue les prudes !

— Pas du tout, mais…

— Il y a beaucoup de gens qui font l'amour en plein jour, James. Et puis je suis contente de savoir ce type dans les parages, auprès d'elle. Après tout, c'est pas toi qui disais qu'il faudrait passer la voir ?

— Oui, mais nous, nous sommes des amis.

— Je te parie que Fee et Simon sont très amis aussi. Enfin, ce que j'en dis… Désolée que ça te rende jaloux, mais…

— Pas du tout !

Visiblement surpris, il cessa de suivre Simon des yeux pour se tourner vers la jeune femme.

— Je sais que Fee et toi êtes assez proches, souffla Lori en baissant ses longs cils.

— Hé, attends ! Pas de cette manière !

Les cils se relevèrent.

— Pas du tout ?

— Jamais de la vie ! J'espère que personne ne raconte...

— Oh, ce qu'en disent les gens... Non, mais j'aurais cru que tu étais... ou que tu avais été... ou que tu espérais...

Elle acheva, dans un rire gêné :

— Je ferais mieux de me taire.

— Écoute, Fee et moi, c'est... on est comme frère et sœur. Je n'ai jamais envisagé autre chose avec elle. Pas avec Fee...

— Parce que tu y penses avec quelqu'un d'autre ?

— Tout le temps.

— Ah, ouf !

Elle éclata de rire.

James tendit la main vers elle, et elle le laissa faire. Ce fut le moment que choisit Fiona pour sortir de la maison.

— Hé, salut ! Décidément, c'est mon jour de visite ! Simon est parti ?

— Oui, soupira James. Il semblait pressé.

— Désolée, ajouta Lori. On est mal tombés.

— En fait, ç'aurait pu être pire ou, en tout cas, beaucoup plus gênant pour tout le monde. Enfin, passons. Et vous, où vous en êtes ?

13

— Du lait bio.

Fiona déballait les courses qu'elle avait faites pour Sylvia.

— Œufs de poules élevées en plein air, lait de chèvre, lentilles, riz brun et une belle aubergine bien brillante. Miam !

— Je frémis à l'idée de ce que tu dois avoir dans ta voiture.

— À part Bogart ? Je ne te conseille pas d'aller vérifier.

— Des articles gras, salés, des féculents et du sucre.

— Sans doute, mais aussi deux belles pommes. Et regarde ce que j'ai trouvé pour ton adorable Oreo.

Fiona sortit un jouet qu'elle fit couiner avant de l'envoyer au petit chien, qui partit comme une fusée.

— Sylvia, reprit-elle. J'ai une liaison.

Elle en effectua deux tourbillons de joie avant d'ajouter :

— Tu te rends compte ? J'arrive sur mes trente ans et je n'ai encore jamais pu dire ça : j'ai une liaison torride et folle !

— C'est sûr que ça te donne bonne mine !

— C'est vrai ? demanda-t-elle en portant les mains à ses joues. Tu sais, je me sens heureuse et détendue. Avec Greg, ça n'a jamais été une liaison. Ça a commencé par une amitié qui a viré à l'idylle et ça a continué ainsi, l'un après l'autre ou les deux à la fois, mais lentement. Tandis que là, boum ! Ça a explosé d'un coup.

S'appuyant sur le plan de travail, elle sourit.

— Je m'envoie en l'air comme une dingue et j'aime ça.

— Et tu ne veux pas que ça change ? Juste t'envoyer en l'air et c'est tout ?

— Je n'y réfléchis pas trop pour le moment, je n'en ai pas envie.

— C'est trop fabuleux, un peu dangereux, inattendu.

— Oui ! Et ça ne me ressemble pas. Aucun programme, pas de projet.

— Rien que de l'ardeur.

— Si ça continue, je vais devenir radioactive.

Dans son émoi, Fiona saisit une grappe de raisin dont elle engloutit plusieurs grains.

— Voilà une semaine que je donne des leçons particulières à Jaws ; soit c'est moi qui vais chez Simon, soit c'est lui qui me l'amène. Et on ne fait pas toujours… Enfin, ce n'est pas chaque fois… mais l'attirance est toujours là.

— Vous ne sortez jamais ? Je veux dire, tu n'aimerais pas aller au restaurant avec lui ou voir un film ?

— Je ne sais pas. On dirait… ce n'est pas urgent. Peut-être qu'on le fera, ou peut-être que tout sera fini avant. Mais, pour le moment, je me sens tellement impliquée, tellement ravie, tellement… vivante, même si c'est banal de dire ça. Ça t'est déjà arrivé ? Ce genre de liaison passionnée ?

— Oui, murmura Sylvia en rangeant les œufs dans le réfrigérateur. Avec ton père.

Manquant de s'étrangler avec un grain de raisin, Fiona porta une main à sa gorge.

— Non, sérieusement ?

— Au début, nous pensions juste à une aventure brève et intense… tant qu'on n'y réfléchissait pas.

— Attends, je ne te demande pas de détails. Ça devient gênant. Papa et toi…

— Oui, c'était torride. J'avais déjà pris ma boutique et je garde pas mal de bons souvenirs de la réserve.

— Alors là… papa dans la réserve !

— C'était trop fabuleux, un peu dangereux, inattendu.

— Ça te ressemble davantage… Lui, je ne le voyais pas trop comme ça.

— On était comme deux ados. Je t'assure, c'était l'impression que j'avais. Bien sûr, j'étais bien trop peu conformiste pour envisager le mariage, alors je pensais qu'on pourrait continuer ainsi jusqu'à ce que ça s'arrête tout seul. Et puis, je ne sais pas trop comment c'est arrivé, ni quand ni pourquoi, mais d'un seul coup je ne pouvais plus imaginer la vie sans lui. Heureusement, c'était réciproque.

— Il avait tellement le trac, au début, qu'il m'a emmenée avec lui faire sa demande. J'étais jeune encore, mais rien qu'à son inquiétude je savais qu'il était amoureux.

— Il nous aimait toutes les deux, chacune à sa façon. On avait beaucoup de chance. Pourtant, quand il m'a demandée en mariage, je me suis dit : Ah non, surtout pas ! Le mariage ? Signer un bout de papier, suivre ce rituel futile ? Pourtant, j'ai répondu oui, à mon grand étonnement. C'était mon cœur qui parlait.

Sur la route du retour, Fiona se répéta longuement ces paroles. *C'était mon cœur qui parlait*. Elle trouvait cela ravissant, en même temps elle était soulagée de ne pas entendre son cœur à ce moment-là. Un cœur qui parlait pouvait aussi se briser, elle ne le savait que trop. Tant que le sien ne se manifesterait pas, elle resterait détendue et heureuse.

Le printemps commençait à se manifester, peignant prés et collines d'un vert tendre parsemé du scintillement jaune des boutons-d'or. Sans doute restait-il encore des traces de neige sur le mont Constitution, mais le contraste des pics blanchis sur le ciel bleu n'en rendait que plus charmant l'éclat des fleurs des champs, plus poignant l'appel du moineau. À cet instant, Fiona se sentit en plein accord avec l'île, en plein épanouissement, tout occupée à vivre.

Entre les cours, les clients et le travail sur son blog, elle ne vit pas passer la journée. Ses trois chiens lui donnaient leur amour, la faisaient rire et la protégeaient. Son séduisant voisin la comblait… et possédait un Jaws qu'elle allait pouvoir former à devenir un extraordinaire chien de recherche.

La police n'avait aucune nouvelle au sujet des trois femmes assassinées, non pas qu'elle veuille beaucoup communiquer, mais… Il n'y avait pas eu d'autre enlèvement depuis quinze jours.

Alors qu'elle négociait un virage, Fiona aperçut la silhouette furtive d'un colibri scintillant qui voletait au-dessus des fleurs rouges d'un buisson.

Si ce n'est pas de bon augure, se demanda-t-elle, *qu'est-ce qui l'est ?*

— Tout va bien, Bogart, on a fait les courses, on est presque arrivés. Tiens, si je téléphonais au papa de Jaws pour l'inviter à dîner ? Il serait temps qu'on s'offre une soirée, une nuit ensemble. Qu'est-ce que tu en penses ? Tu veux que Jaws vienne jouer à la maison ? On va d'abord voir si on n'a pas de courrier.

Elle s'engagea dans l'allée, roula jusqu'à la boîte aux lettres, qu'elle vida dans un de ses sacs à provisions.

— Maintenant, je vais regarder si j'ai de quoi préparer un repas pour un invité.

En rentrant ses achats, Fiona regretta de ne pas y avoir pensé plus tôt. Elle aurait pu acheter quelque chose de correct au lieu de ces éternels plats congelés et en conserve. Elle jeta le courrier sur la table, mit de côté les sacs de vêtements que Sylvia lui avait confiés pour ses courses.

— Je n'ai qu'à commander une pizza, dit-elle en regardant chaque enveloppe. Facture, facture et… tiens, non, pas cette fois. Hé, les gamins, des photos de vos copains !

Ses clients lui envoyaient souvent des témoignages des exploits de ses anciens élèves. Elle se dépêcha d'ouvrir l'épaisse enveloppe.

La fine écharpe rouge tomba sur la table.

Fiona bondit en arrière, prise d'une nausée brûlante. Sur le coup, tout se mit à tourner autour de cette vision rougeoyante. Le souffle court, elle dut s'agripper au plan de travail car ses jambes se dérobaient sous elle.

Ne tourne pas de l'œil, ne tourne pas de l'œil.

Elle s'efforça d'inspirer, de respirer, de se tenir debout. Alors qu'elle se dirigeait vers le téléphone, les chiens se mirent en état d'alerte.

— Restez là, restez avec moi, balbutia-t-elle, au bord de la panique.

Attrapant le téléphone d'une main, elle saisit un couteau de l'autre.

— Bon sang, Fiona, tu as encore laissé la porte ouverte !

Simon entra, l'air préoccupé, avant de découvrir la jeune femme pâle comme une morte, étreignant une longue lame acérée, protégée par trois chiens qui se mirent à gronder. Il s'arrêta net.

— Tu peux leur dire de se calmer ?

— Là, les petits, ça va. Simon est un ami. Dites bonjour à Simon.

Jaws entra au galop, une corde entre les dents, ne pensant qu'à jouer. Simon ouvrit la porte du jardin.

— Allez, tout le monde dehors !

— Sortez, maintenant, allez jouer.

Il referma derrière la meute et s'approcha de Fiona.

— Pose-moi ce couteau.

— Je ne peux pas, soupira-t-elle. Je n'y arrive pas.

— Regarde-moi, ordonna-t-il. Regarde-moi !

Sans la quitter des yeux, il posa une main sur son poignet et se servit de l'autre pour desserrer ses doigts du manche du couteau qu'il laissa tomber sur la planche à découper.

— Qu'est-ce qui se passe ?

Elle désigna la table. Sans rien dire, il s'en approcha, jeta un coup d'œil sur l'écharpe, sur l'enveloppe.

— Appelle les flics, lui conseilla-t-il.

Comme elle ne réagissait pas, il s'en chargea.

— Pour le bureau du shérif, numéro abrégé, le 1, souffla-t-elle en se laissant glisser à terre. Pardon, mais je…

Elle se cacha la tête entre les genoux.

C'était à peine si elle percevait la voix de Simon tant les battements de son cœur résonnaient en elle. Au moins n'avait-elle pas perdu connaissance. Elle avait pris une arme. Elle s'était tenue prête. Mais, maintenant, elle partait à la dérive.

— Là, bois ça, Fiona.

Il lui mit un verre d'eau entre les mains et guida son geste jusqu'à sa bouche.

— Tu as les mains chaudes, balbutia-t-elle.

— Non, les tiennes sont froides. Bois cette eau.

— Peux pas avaler.

— Mais si ! Bois.

Il la regarda prendre lentement quelques gorgées.

— Davey arrive.

— Bon.

— Raconte.

— J'ai vu un colibri, ensuite je me suis arrêtée pour prendre mon courrier. Je l'ai rentré avec les courses et j'ai cru que la grande enveloppe contenait des photos de mes chiens… de mes élèves. On m'en envoie, parfois. Mais…

Il se releva, saisit l'enveloppe par un coin, la retourna.

— Elle a été postée à Lakeview, dans l'Oregon. Pas d'adresse au dos.

— Je n'ai pas regardé. Je l'ai juste ouverte, un peu avant ton arrivée.

— Je n'aurais pas pu entrer et encore moins te faire peur si tu n'avais pas laissé ta porte ouverte.

— Tu as raison.

La gorge trop serrée pour bien avaler, Fiona se concentra sur le regard d'ambre de Simon.

— J'ai été imprudente. Je me sentais si bien, si heureuse ! Quelle idiote !

Elle se leva, posa le verre sur le plan de travail.

— Mais j'avais les chiens. Et une arme. Si ça n'avait pas été toi…

— Il aurait sans doute eu du mal à se débarrasser des chiens. Seulement, en supposant qu'il y soit arrivé, Fiona, il t'aurait arraché ce couteau en deux secondes.

Rougissante, elle haussa le menton.

— Tu crois ?

— Écoute, tu es forte et rapide, mais si tu brandis une arme tu dois te dire qu'elle sera sans doute retournée contre toi. Ce n'est pas une bonne alternative à la fuite.

Piquée au vif, elle ouvrit un tiroir, en sortit une spatule.

— Tiens, arrache-la-moi, pour voir !

— Oh, arrête !

— Fais comme si c'était un couteau. Allez, prouve-moi ce que tu viens de dire.

— Très bien.

S'il tendit la main droite, ce fut avec la gauche qu'il lui saisit le bras.

Bien plantée sur ses jambes, Fiona suivit le mouvement pour se dérober, le détournant vers le mur, qu'il évita de justesse.

— Là, je t'ai déjà poignardé dans le dos ou, si je n'ai pas envie de te tuer, j'ai coincé un pied à l'intérieur de tes genoux pour te faire tomber. Je ne suis pas une proie sans défense.

Simon fit volte-face pour découvrir son visage encore rouge de fureur, ce qu'il trouvait infiniment préférable à la peur.

— Excellente réaction !

— C'est ça. Tu en veux encore ? Je peux toujours te balancer un coup de genou dans les parties, histoire de te voir te rouler par terre de douleur.

— Je te crois sur parole.

— Ce n'est pas parce que j'ai peur que je suis faible. Au contraire, je suis capable de n'importe quoi pour me défendre. Tu ne pourrais pas faire preuve d'un peu de compassion au lieu de me sauter à la gorge ?

— Tu n'es plus assise par terre en train de trembler. Et moi, j'ai moins envie d'envoyer mon poing dans le mur.

— C'est ça, ta méthode pour me remettre sur pied ?

— Je ne me suis jamais retrouvé dans une telle situation, mais on dirait que oui. Maintenant, si tu préfères me voir pleurnicher sur ton sort comme une femmelette, on peut toujours essayer.

— Oh, tu m'énerves !

Elle soupira avant d'ajouter :

— C'était ce que tu voulais, hein ? Tu as mis dans le mille.

— Ça me rend dingue.

— Quoi ? demanda-t-elle en se recoiffant du bout des doigts.

— De te voir comme ça. Tu t'es déjà vue triste et terrifiée ? Ton visage perd ses couleurs. Je n'aurais jamais cru qu'une personne aussi blême puisse respirer encore. Et ça me rend dingue.

— Tu te maîtrises bien, pour un dingue.

— Ouais, on pourra y revenir. Ne crois pas que je me fiche de ce qui t'arrive, mais là… tu vois ? Dès que je cesse de t'énerver, tu fonds en larmes.

— Je ne pleure pas.

Elle cligna vivement des paupières, comme si cela pouvait cacher ses larmes.

— Et qu'est-ce qu'il y a de mal à pleurer, d'abord ? J'ai le droit. J'ai le droit de piquer ma crise, tu ne crois pas ?

— Allez, viens là…

Il l'attira contre lui, l'entoura de ses bras.

D'un seul coup, elle put déglutir ; alors, il la relâcha, lui caressa la joue, posa les lèvres sur ses sourcils.

Cette tendresse sécha ses larmes, lui permit de ravaler ses sanglots, et elle laissa échapper un long soupir tremblant.

— Je ne sais pas m'occuper des autres, murmura-t-il. J'arrive à peine à m'occuper de mon chien.

Là, tu te trompes, pensa-t-elle. *Sur toute la ligne.*

— Tu t'y prends très bien, parvint-elle à murmurer. Ça va mieux.

Néanmoins, elle sursauta en entendant les chiens aboyer.

— Ce doit être Davey.

— Je vais le faire entrer, assieds-toi tranquillement.

Assieds-toi tranquillement, se répéta-t-elle en le regardant sortir. Elle suivit son conseil et s'installa à la table de la cuisine.

Arrivé à la porte d'entrée, Simon annonça :

— Elle est à l'intérieur, dans la cuisine.

— Que…

— Elle va vous raconter. Je dois m'absenter une vingtaine de minutes et je voudrais être certain que vous resterez auprès d'elle tout ce temps-là.

— D'accord.

En grimpant dans son pick-up, Simon donna l'ordre à Jaws de rester et s'éloigna.

Fiona se sentait déjà beaucoup plus calme lorsque Davey entra.

— Je ne l'ai plus touchée depuis que j'ai ouvert l'enveloppe, indiqua-t-elle. Je ne sais pas si c'est important. Où est Simon ?

— Il avait quelque chose à faire.

— Il… Ah !

Son cœur se serra de nouveau.

— Bon, dit-elle. C'était dans le courrier. Posté en Oregon.

Davey commença par s'asseoir en face d'elle, lui prit les mains.

— Oh, mon Dieu, Davey ! Je suis morte de peur.

— Nous allons nous occuper de vous, Fee. Si vous voulez, nous pouvons faire stationner une voiture devant chez vous vingt-quatre heures sur vingt-quatre, jusqu'à ce qu'on ait mis ce salaud hors d'état de nuire.

— Je ne sais pas… Je ne suis pas prête… mais ça pourrait bien devenir nécessaire.

— Avez-vous reçu des coups de fil inhabituels, des gens qui vous raccrochaient au nez ? Ou quelque chose de bizarre sur votre site ?

— Non, c'est la première fois. Et je sais que ça pourrait ne pas venir de lui. Je parierais même pour un malade qui aurait lu ce fichu article et trouvé mon adresse.

— C'est possible.

Il lui lâcha les mains, sortit deux sachets en plastique.

— Je vais les emporter, et nous ferons ce que nous pourrons. Une équipe du FBI enquête maintenant sur cette affaire et ils voudront sans doute récupérer ces éléments. Fee, ils enverront certainement quelqu'un vous interroger.

— Pas de problème.

Ce ne serait pas la première fois.

— Nous allons prendre contact avec la police de Lakeview. Je sais que c'est difficile pour vous, mais on tient peut-être là une possibilité de prélever des empreintes digitales ou d'ADN sur le timbre. Sans parler de ce que nous révéleront les analyses graphologiques ou l'écharpe elle-même, par exemple si on retrouve son fabricant.

Investigations, enquêtes, procédure. Fallait-il donc que tout ça recommence ?

— Et Perry ? Il pourrait avoir payé quelqu'un pour me l'envoyer.

— Je vais voir ce que je peux aussi découvrir de ce côté-là. Mais vous pouvez être sûre qu'ils lui auront déjà parlé, ils auront vérifié chacun de ses contacts, de ses visiteurs, et tout son courrier. Nous ne sommes pas vraiment tenus au courant, Fee, mais maintenant le shérif va pouvoir demander toutes les informations. Il ne s'agit peut-être que d'une mauvaise plaisanterie conçue par un crétin quelconque. En attendant, personne ne prendra la chose à la légère. Je suis prêt à camper sur votre canapé s'il le faut.

Elle n'en doutait pas.

— Vous avez une famille, moi, j'ai mes chiens.

Il parut se rasséréner.

— Vous auriez quelque chose de frais à boire ?

Elle pencha la tête de côté.

— Parce que vous avez soif ou parce que vous ne voulez pas me laisser seule ?

— Quoi ! Vous ne voulez pas offrir à boire à un fonctionnaire zélé ?

Elle se leva, ouvrit le réfrigérateur.

— Vous avez de la chance, je rentre du supermarché. J'ai du Coca, du jus d'orange, de l'eau minérale... Et aussi de la bière, mais dans l'exercice de vos fonctions...

— Je prends le Coca.

— Glaçons ? Citron ?

— Passez-moi juste la canette, Fee. Et puis si on allait en parler sur la véranda pour profiter du beau temps ?

Elle sortit une seconde canette et l'accompagna dehors.

— Je peux rester toute seule, Davey. J'ai peur, mais je me sens plus en sécurité chez moi que nulle part ailleurs. Je garde mon téléphone portable dans ma poche. Je me suis de nouveau entraînée au tir et je ne vais pas arrêter. Et je tiens à vous annoncer que, lorsque Simon est arrivé, alors que je piquais ma crise, les chiens l'ont empêché d'entrer jusqu'à ce que j'intervienne.

— Très bien. Mais je serais plus rassuré si quelqu'un restait auprès de vous. Si vous appeliez James ?

Précisément, Fiona y pensait… cela lui confirma qu'elle était plus fragile qu'elle ne l'aurait cru.

— Je ne sais pas. Peut-être…

Alors qu'ils atteignaient la porte, les chiens aboyèrent. Davey la plaqua sur le côté et ouvrit lui-même, hochant la tête en découvrant que c'était Simon qui se garait.

— Bon, conclut-il. Je vais pouvoir y aller.

Elle comprit qu'ils s'étaient juste relayés.

— Et le Coca, et le beau temps sur la véranda, alors ?

— J'emporte la canette, dit-il en lui touchant le bras.

Puis il alla à la rencontre de Simon.

Fiona attendit sur place la fin de leur petite conversation. Davey regagna sa voiture tandis que Simon hissait un petit sac à dos sur son épaule.

— Je croyais que tu rentrais chez toi.

— C'est ce que j'ai fait. J'ai réglé deux, trois trucs et j'ai pris quelques bricoles dont j'avais besoin pour passer la nuit ici.

— Tu restes toute la nuit ?

— Ouais.

Il lui prit sa canette de Coca, en but une gorgée.

— Et tant pis pour toi si ça t'embête.

Elle se sentit fondre, comme s'il venait de lui déclarer sa flamme.

— Tu t'attends à faire l'amour et à bien dîner ?

— Pas forcément dans cet ordre.

— Je suis nulle en cuisine.

— En tout cas tu es douée au lit... ou ailleurs. Bon, tu as bien une pizza surgelée ?

Si elle restait sous l'emprise de la peur, au moins, elle ne tremblait plus.

— Oui, mais j'ai aussi les menus de chez Mama Mia. On peut leur passer une commande.

— Ça marche.

Là-dessus, il passa devant elle pour entrer, mais elle le prit dans ses bras, l'étreignit.

— Simon, tu tombes à pic. Ce soir, je n'aurais voulu voir personne d'autre que toi.

— Je me demande bien pourquoi, marmonna-t-il en lui caressant le dos, tu n'es vraiment pas mon type de femme.

— C'est parce que je n'entre dans aucune catégorie.

Comme elle éclatait de rire, il la dévisagea.

— C'est sûrement ça.

— On n'a qu'à se balader un peu avant de commander le dîner. J'ai besoin de me libérer l'esprit.

— Dans ce cas, je prendrai une bière.

— Bonne idée, moi aussi. Deux bières à emporter !

Installés sur le canapé, ils attaquaient leur deuxième bière devant un bon feu de cheminée et une pizza aux poivrons dans sa boîte ouverte entre eux. Fiona croisa les jambes sur la table basse.

— Tu sais, je passe ma vie à me dire que je ferais mieux de commencer à me nourrir comme une adulte.

— On se nourrit comme des adultes, lui assura Simon en chassant Jaws, qui essayait de voler une part. Les enfants mangent quand on le leur dit, nous, c'est quand on veut, comme on veut. Parce qu'on est des adultes.

— C'est vrai. En plus, j'adore la pizza. À mon goût, c'est ce qu'il y a de meilleur au monde. Pourtant, j'avais l'intention avant… avant ton arrivée, de t'inviter à dîner.

— Alors comment se fait-il que j'aie dû payer cette pizza ?

— C'est toi qui t'es précipité sur ton portefeuille. Et moi je pensais te préparer un vrai dîner.

— Tu es nulle en cuisine.

Elle lui décocha un coup de coude.

— J'étais prête à faire un effort. Je sais quand même griller une viande. En fait, je suis très douée en grillades ; deux bons steaks, des brochettes de légumes, quoi de plus équilibré ?

— C'est de la cuisine de mec. J'adore ça.

— Bon, alors, puisque tu as payé la pizza et que tu vas me tenir compagnie cette nuit, je te dois un dîner. Raconte-moi comment tu as appris à le maîtriser, ce dingue qui est en toi.

— Pas intéressant. Tu n'as pas la télé ?

— Si, mais en haut. Je ne la regarde que dans mon lit. Le living, c'est pour recevoir les amis et discuter.

— La chambre, pour dormir et faire l'amour.

— Jusqu'à ces derniers temps, dit-elle en se léchant le pouce, l'amour ne faisait pas partie du décor et la télé m'aidait à m'endormir. Alors, ne change pas de sujet.

— C'est que j'ai un tempérament infernal et je dois le maîtriser.

— C'est quoi, un tempérament infernal ?

Terminant sa part de pizza, il but une gorgée de bière.

— Quand j'étais petit et qu'on m'embêtait, je répondais. J'ai toujours réagi en donnant des coups.

— Il t'est arrivé de blesser quelqu'un ?

— J'aurais pu, mais les profs m'en ont empêché. Je me suis retrouvé chez le directeur plus souvent qu'à mon tour.

— Moi, ça ne m'est jamais arrivé. Il y a des moments où je regretterais presque d'avoir été une si gentille fille.

— J'imagine.

— Les méchants garçons sont bien plus intéressants que les gentilles filles.

— Ça dépend de la fille et de ce qu'il faut faire pour empêcher le méchant de continuer.

Ce disant, il déboutonnait son chemisier et découvrit son soutien-gorge.

— Là, c'est comme ça que je vois les serveuses dans les pizzerias… J'ai eu des ennuis, mais ce n'était jamais moi qui commençais, et on le reconnaissait. Mes parents ont essayé plusieurs méthodes pour me canaliser, sport, sermons… j'ai même eu droit à quelques séances de psy. Mais j'étais plutôt bon élève, pas insolent avec les professeurs.

— Qu'est-ce qui s'est passé ?

— C'était ma première année au lycée. J'avais une réputation à tenir. Jusqu'au jour où est arrivé un nouveau, soi-disant un dur à cuire. Je devais lui montrer qui était le patron.

— Comme ça ?

— En fait, on était aussi mauvais l'un que l'autre. On s'est rentrés dedans, on s'est fait mal et j'ai dû y aller plus fort. Quinze jours plus tard, avec deux de ses potes, ils me sont tombés dessus. J'étais avec une fille, on s'envoyait en l'air dans le parc. Les deux potes m'ont tenu pour qu'il puisse prendre sa revanche. La fille a hurlé, appelé au secours, mais ils n'ont pas cessé de me taper dessus, jusqu'à ce que je ne sente plus rien et tombe dans les pommes.

— Oh, mon Dieu, Simon !

— Quand je suis revenu à moi, ils avaient immobilisé la fille au sol. Elle se débattait, suppliait. Je ne sais pas s'ils l'auraient violée, s'ils seraient allés jusque-là, mais ils n'en ont pas eu l'occasion. J'étais devenu fou et je ne me rappelle rien, je ne me vois pas me relever ni les attaquer, mais j'en ai envoyé deux au tapis. Le troisième s'est enfui. Je n'en ai gardé aucun souvenir. Tout ce que je sais, c'est que j'avais vu rouge et que, tout d'un coup, j'entendais cette fille, dont j'étais plus ou moins amoureux, qui pleurait et me criait d'arrêter. Alors j'ai vu l'expression de son visage. Je lui faisais au moins aussi peur que ceux qui venaient de lui sauter dessus.

Quelle mauviette ! pensa Fiona. *Au lieu de crier et de pleurer, elle aurait dû aller chercher des secours.*

— Ils t'ont salement amoché ?

— Assez pour que je passe deux jours à l'hôpital. Sur les trois types, deux y sont restés plus longtemps que moi. Mais quand je me suis réveillé, j'avais mal partout, et j'ai vu mes parents assis l'un à côté de l'autre dans ma chambre. Ma mère pleurait. Pourtant, ce n'était pas son genre, je te jure.

Voilà qui semblait le perturber beaucoup plus que la perte de ses souvenirs. Il en avait été marqué au point de changer radicalement d'attitude.

— Je me suis dit : *Ça suffit*. J'ai appris à maîtriser le dingue en moi.

— Du jour au lendemain ?

— Non. Mais j'ai fini par y arriver. Quand on a appris à ne pas relever les provocations, qu'on se rend compte que celui qui vous tape dessus n'est qu'un abruti, ça facilite les choses.

Voilà l'origine de son flegme.

— Et la fille ?

— On n'est jamais allés plus loin, finalement. Elle a rompu. Je ne pouvais pas lui en vouloir.

— Moi, si. Elle aurait pu trouver un grand bâton pour frapper tes agresseurs au lieu de pleurnicher. Elle aurait dû prendre des pierres pour les jeter sur eux. Elle aurait dû te baiser les pieds pour l'avoir sauvée des coups et du viol.

Il sourit.

— Ce n'était pas son genre.

— Tu as de drôles de goûts en matière de filles.

— On dirait. Jusqu'à présent, tout au moins.

Elle lui rendit son sourire, se pencha par-dessus la pizza pour l'embrasser et ouvrit un autre bouton de son chemisier.

— Puisque c'est moi la serveuse, ce soir, on va dire qu'on prend la suite en haut. Ce sera plus pratique si on veut revenir à la pizza.

— Je suis un fan de pizza froide.

— Je n'ai jamais compris qu'on ne puisse pas l'être.

Elle se leva, lui tendit la main.

14

Ce fut le soleil qui réveilla Simon. Chez lui, il avait transformé sa chambre en caverne à force de boucher toutes les fenêtres pour pouvoir se lever à n'importe quelle heure. Il estimait que cela faisait partie de ses prérogatives d'adulte travaillant à son compte.

Certes, le chien avait quelque peu changé la donne : il demandait à sortir dès l'aube en sautant sur le lit ou en lui léchant la main ou la figure.

Ils avaient fini par trouver un rituel : Simon sortait ouvrir la porte puis se recouchait jusqu'à ce que Jaws demande à rentrer.

Alors, maintenant, où était-il passé ? Et Fiona ?

Sans aucun doute ensemble, conclut Simon en se cachant la tête sous un oreiller. Mauvaise idée. L'oreiller en question portait l'odeur de Fiona et cette odeur le rendait fou. Il ne put s'empêcher de la humer un instant, le temps que se forme dans sa tête l'image de son corps long et athlétique, de ses taches de rousseur, de ses yeux clairs.

Un moment, il s'était persuadé que, s'il comprenait ce qui le séduisait tant en elle, cela lui passerait. Mais maintenant qu'il y était parvenu, du moins en partie, il ne s'en trouvait qu'un peu plus perplexe. Elle faisait preuve d'une telle force, tant morale que physique, d'une résistance, d'un humour et d'une patience quasi inaltérables qui n'avaient d'égal que sa gentillesse et sa confiance en elle. L'ensemble le fascinait.

Envoyant promener l'oreiller, il resta un moment allongé dans la lumière éblouissante. Cette chambre présentait une audacieuse combinaison de couleurs avec ses murs cuivrés que semblait souligner le lit de fer et de bronze, véritable œuvre d'art sans doute acquise chez Sylvia. Tout était impeccable, de la commode bien rangée, avec ses pots et ses bouteilles, jusqu'aux trois paniers à chien sagement alignés le long du mur d'en face.

À force de tout observer, Simon était bien réveillé. Il alla donc prendre une douche qu'il trouva poussive et mal chauffée – cette salle de bains avait besoin de sacrées réparations. Plomberie, carrelage, jusqu'aux rangements qui étaient mal conçus. Néanmoins, elle était impeccablement ordonnée et d'une propreté parfaite.

Il alla s'habiller dans la chambre et retourna chercher la serviette, qu'il étala sur la paroi de la douche. Il enfila ses chaussures en rêvant d'un bon café, sortit, revint sur ses pas pour remettre l'oreiller à sa place et ranger dans son sac ses habits bien pliés. Satisfait, il descendit l'escalier.

— Et zut !

Pris de remords, il remonta pour aller tirer les draps, leur donner un semblant de tenue, tapoter l'édredon et l'installer correctement… Bon, le lit était fait. Cette fois, il dévala les marches en se disant qu'il y avait intérêt à ce qu'il trouve du café.

Son café l'attendait, délicieusement parfumé... *Presque aussi attrayant qu'une femme*, se dit-il en remplissant une tasse. Il but, se resservit puis partit à la recherche de la femme et du chien.

Tous deux jouaient au soleil dans le jardin, sous l'œil attentif des trois autres chiens vautrés dans l'herbe. S'adossant à la porte, il regarda Fiona dans son sweat gris, bien fermé pour affronter la froidure matinale, qui faisait grimper le chiot sur un jeu de bascule. Au lieu de sauter, comme Simon l'aurait cru, Jaws descendit de l'autre côté.

— Bien !

Fiona lui donna une friandise, le caressa et l'envoya vers le tunnel, où il se faufila sans encombre pour en ressortir à l'autre extrémité. Après une autre récompense, elle se tourna vers un portique qu'il escalada sans se faire prier avant de le dévaler au trot le long de la rampe et de se diriger droit vers l'échelle du toboggan.

— Hop !

Sans hésitation, il grimpa puis se laissa glisser jusqu'au sol.

Stupéfait, Simon les vit ensuite attaquer un autre portique, plus petit. Au commandement de Fiona, Jaws le sauta pour atterrir sur une pile de bois.

— On se croirait au cirque, commenta-t-il.

Au son de sa voix, Jaws rompit les rangs et arriva à fond de train.

— Bonjour ! lança Fiona en faisant signe à ses chiens qu'ils pouvaient bouger.

— Bonjour.

Elle s'était fait une coiffure, des nattes sur les côtés qui se rejoignaient derrière pour ne plus en former qu'une. Où avait-elle trouvé le temps de faire ce truc ?

— Comment se fait-il que tu sois déjà levée et dehors à cette heure-ci ?

— Je donne des cours, ce matin, dont un cours particulier pour des problèmes de comportement.

Elle le rejoignit de sa démarche tranquille, l'embrassa de ses baisers tranquilles. Il aimait sa tranquillité mais… il l'attira vers lui pour lui montrer son empressement. Tout en caressant la tête de Simon, elle fit signe à Jaws de se calmer.

— Tu as les cheveux humides, observa-t-elle. Ainsi, tu as trouvé la serviette et le café.

— Ouais. J'aurais préféré te trouver, toi, au lit, mais bon.

Son corps tiède sentait le printemps.

— Il fallait sortir les chiens, et j'en ai profité pour faire un peu travailler Jaws. C'était sa troisième course d'obstacles aujourd'hui. Il s'amuse comme un petit fou et, en même temps, il développe ses aptitudes. Si tu veux le laisser ici aujourd'hui, il restera avec ses copains et je pourrai l'entraîner encore entre deux leçons.

— Ah…

— À moins que tu préfères le garder. Dans ce cas, tu me le ramènes plus tard et on lui donnera un cours.

Et Simon de constater qu'il s'était habitué à son chien au point d'hésiter à s'en séparer pour une journée entière.

— Garde-le si tu veux. À quelle heure veux-tu que je repasse le prendre ?

— Quand tu voudras. Profites-en, puisque je pourrai ensuite te préparer ce dîner de grillades que je t'ai promis. Si j'avais su ça hier soir… Au fait, qu'est-ce qui t'amenait ?

— Je devais avoir envie de faire l'amour.

— Mission accomplie.

Souriant, il passa la main sur une de ses nattes.

— Non, l'amour et la pizza, c'était cadeau. J'avais une bonne raison, mais ça s'est noyé dans le tas. Elle est dans le pick-up. Je vais la chercher. Tiens.

Il lui déposa le mug vide dans la main.

— Qu'est-ce qui est dans le pick-up ?

— La raison.

Attrapant un bâton, Jaws bondit pour le rejoindre.

— Attends ! lui dit son maître. On ne va pas se promener, là.

Pour l'empêcher de lui sauter dans les jambes, il lui prit le bâton.

— Va chercher !

Il le lui lança. Toute la troupe des chiens en profita…

Simon ouvrit le hayon, grimpa, écarta la bâche et sortit le rocking-chair.

— Ce n'est pas vrai ! s'exclama Fiona en le voyant arriver. C'est pour moi ? Mon rocking-chair ?

Elle paraissait aussi rayonnante que s'il lui avait offert des diamants.

— C'est pour moi, grommela-t-il. Je refuse de m'asseoir sur l'horreur que tu as installée sur ta véranda.

— Il est magnifique ! Quelle couleur ! Bleu Caraïbes, c'est ça ? Génial !

Simon ne pouvait réprimer son plaisir devant tant de joie.

— Il est assorti au reste de la maison. Il ira très bien ici.

— Il est tellement lisse ! s'extasia-t-elle en passant la main sur le bois.

Dès qu'il l'eut déposé sur la véranda, elle se laissa tomber dedans, se balança.

— Et tellement confortable ! Alors, il me va, celui-là ?

— Très bien.

Il souleva l'ancien rocking-chair.

— Qu'est-ce que tu vas faire de celui-ci... Oh, Simon !

Il venait d'en arracher un barreau et semblait y prendre un plaisir grotesque.

— Il aurait pu servir à quelqu'un d'autre !

— C'est de la camelote.

— Oui, mais je pourrais au moins le recycler...

— C'est ça, en petit bois pour faire du feu, ou en baguettes pour amuser les chiens. Quand commence ton premier cours ?

— J'ai d'abord la leçon particulière. Ils devraient arriver dans une demi-heure.

— Dans ce cas, je vais me resservir du café. Tu as quelque chose à manger pour le petit déjeuner ?

— Personne ne t'oblige à rester, Simon. Il faudra bien que je vive un peu seule ici.

— Je te fabrique un rocking-chair, tu pourrais m'offrir un bol de céréales.

Elle se leva et lui caressa la joue.

— J'ai des Froot Loops.

— Ce ne sont pas de vraies céréales. Tu n'as pas de corn flakes ?

— Non, mais des gaufres, si tu veux.

— Eh bien, voilà !

Il leur fallut plusieurs jours, mais, au milieu d'un cours, en fin d'après-midi, Fiona vit une voiture se garer devant sa maison et pensa aussitôt que c'était le FBI.

— Continuez à faire dresser vos chiens sur les pattes arrière. Astrid, vous hésitez trop. C'est à vous de montrer à Roofus qui est le patron.

Elle s'éloigna du groupe et se détendit en voyant sortir le chauffeur, un solide gaillard en costume sombre ; il avait pris pas mal de cheveux gris depuis leur dernière rencontre.

— Agent Tawney ! lança-t-elle en lui tendant les mains. Je suis contente que ce soit vous.

— Désolé de vous revoir dans ces circonstances. Voici mon équipier, l'agent Erin Mantz.

La jeune femme portait un tailleur-pantalon tout aussi sombre ; massive et blonde, elle arborait une queue-de-cheval et une expression des plus sérieuses.

— Madame Bristow…

— Pourriez-vous patienter un peu ? Il me reste un quart d'heure de travail et, sans vouloir vous vexer, je préférerais ne pas devoir annoncer à mes clients que le FBI m'attend.

— Certainement, répondit Tawney. Nous allons nous asseoir sur la véranda et vous regarder un peu.

— J'arrive dès que possible.

Mantz resta un instant plantée sur place.

— Elle avait l'air drôlement contente de te voir, lança-t-elle à son coéquipier. Ce n'est pas tous les jours qu'on nous reçoit comme ça.

— Parce que je me suis occupé d'elle quand elle a échappé à Perry. Elle se sentait en sécurité avec moi, alors je l'ai accompagnée jusqu'au procès.

Sans ôter ses lunettes noires, Mantz observa le terrain, la maison, les installations.

— Et te revoilà.

— Et me revoilà. Perry est mêlé à cette nouvelle affaire, tu peux me croire. Et s'il y a une personne au monde qu'il n'a pas oubliée, c'est bien Fiona Bristow.

— C'est ce que tu comptes lui dire ?

— Espérons qu'on n'en arrive pas là.

Ils allèrent sur la véranda, et, en parfait gentleman, il s'assit sur le coffre à jouets pour laisser le rocking-chair à sa collègue.

— Elle est drôlement isolée, ici, remarqua cette dernière en reculant devant Bogart, qui lui faisait la fête. Va-t'en, toi !

Tawney se tapota le genou pour le faire venir vers lui.

— Bon chien. Qu'est-ce qu'il y a, Erin ?

— Je n'aime pas les chiens.

Ils faisaient équipe depuis quelques semaines seulement et continuaient d'en apprendre chaque jour l'un sur l'autre.

— Ah bon, pourquoi ?

— Je n'aime pas leur gueule, leur haleine, leurs grandes dents acérées.

Sous les caresses de Tawney, Bogart remuait tellement la queue qu'il lui en heurtait les jambes. Au point que Mantz se leva pour s'éloigner un peu. Peck, qui venait d'arriver, parut comprendre aussitôt et se dirigea droit sur Tawney.

— Ce sont certainement ses chiens, dit-il à Mantz. Tu as lu son dossier, je suppose ? Ce sont des animaux de sauvetage. Elle en a trois et c'est elle qui les entraîne. Elle a monté son équipe ici.

— On dirait un papa tout fier de sa fifille.

L'air moqueur, il haussa les sourcils.

— Je trouve que c'est une jeune femme au courage admirable qui nous a permis de coffrer un monstre en témoignant contre lui et en tenant le coup même après le meurtre de son fiancé.

— Désolée ! Ces bestioles me crispent et ça me rend vache. Moi aussi, j'ai lu le dossier de Greg Norwood. C'était un bon flic, juste un peu âgé pour elle, tu ne trouves pas ?

— Ça, ça ne regardait qu'eux.

— Un papa tout fier et protecteur.

— C'est ça qui t'agace, au fond ?

— Mais non, j'observe. Oh non, en voilà un autre !

Elle recula pour laisser le passage à Newman.

Lorsque Fiona eut achevé son cours, elle trouva ses trois chiens étalés aux pieds de Tawney et la coéquipière, debout, au fond de la véranda.

— Désolée de vous avoir fait attendre. Vous avez fait connaissance avec les gamins ?

— Moi, oui. Mais l'agent Mantz n'aime pas les chiens.

— Oh, pardon ! J'aurais dû les empêcher de venir jusqu'ici. Si on allait à l'intérieur ? Les chiens, restez là.

— Vous n'avez pas mis de clôture, observa Mantz. Vous ne craignez pas qu'ils s'enfuient ?

— Ils savent qu'ils ne doivent pas dépasser certaines limites sans moi. Asseyez-vous donc. Voulez-vous du café ? J'ai le trac, même si je suis contente que ce soit vous. Ça me calmera de préparer du café.

— Très bien, pour moi, dit Tawney.

— On a le droit d'accepter du café ? demanda Mantz.

Il sourit.

— Tout à fait.

— Agent Mantz ?

— La même chose pour moi, merci.

— J'en ai pour une minute.

Fiona revint bientôt avec trois tasses sur un plateau.

— J'ai ajouté des gâteaux préparés par Sylvia, autrement dit, des trucs diététiques, donc je ne garantis rien…

— Comment va-t-elle ? s'enquit Tawney.

— Très bien, et son commerce marche à merveille. En plus, elle vient souvent m'aider ici, elle me relaie quand je suis appelée en mission. Elle est très douée pour le jardinage bio, elle tient une bibliothèque itinérante et elle compte commencer le yoga… enfin, donner des cours. Je radote. J'ai encore le trac.

— Vous avez une bien jolie maison. Vous êtes contente ?

— Oui. Il fallait que je déménage, que je change de vie… c'est ce que j'avais de mieux à faire. J'aime mon travail et je m'en tire bien. Au début, je n'y voyais qu'une évasion, l'obligation de me lever tous les matins. Et puis je me suis rendu compte qu'en fait je trouvais ma place.

— Vous êtes pourtant moins facile à joindre ici qu'à Seattle.

— Vous savez, j'ai commencé de façon plutôt modeste. C'est Internet qui m'a aidée à me développer, et le bouche-à-oreille. Ma réputation reste discrète, mais ça me convient très bien. Ça n'a pas été facile d'apprendre à vivre dans cet endroit relativement isolé, à passer beaucoup de temps seule ou en compagnie de gens que je connaissais peu.

— Vous pratiquez une quelconque sélection avant d'accepter un client ? demanda Mantz.

— Non. Une bonne partie d'entre eux me sont envoyés par des amis, des relations ou des collègues qui m'ont recommandée. Je traite aussi des problèmes de comportement dans des leçons particulières, mais ce n'est là qu'une toute petite partie de mon travail. La plupart du temps, je m'occupe de cinq ou six chiens à la fois, de douze au maximum.

— Et si un de vos clients vous causait des ennuis ou se plaignait, n'était pas satisfait des résultats ?

— Ça arrive, parfois. En général, je propose de les rembourser, c'est meilleur pour les affaires. Un client mécontent risque de vous débiner auprès des amis, des gens de la famille, des collègues, ce qui peut coûter beaucoup plus que de l'argent.

— Comment réagissez-vous quand un client vous drague ? continua Mantz. Vous êtes jeune et jolie. Ça a sûrement dû vous arriver.

Fiona détestait les questions qui touchaient à sa vie privée - elle n'était ni une victime ni une suspecte.

Alors, répondre autrement…

— S'il est célibataire et qu'il m'intéresse, j'envisage de le revoir en dehors des cours. Ça n'arrive pas souvent. S'il n'est pas célibataire ou s'il ne m'intéresse pas, il existe de nombreux moyens de le décourager sans provoquer de frictions.

Elle prit un gâteau, mais se contenta de le tourner entre ses doigts.

— Honnêtement, j'imagine mal un type que j'aurais découragé, ou mécontent de mon travail, m'envoyer une écharpe rouge. Ce serait trop cruel.

— Ou alors quelqu'un avec qui vous auriez rompu un peu brutalement, insista Mantz. Les ex en colère peuvent être très cruels.

— Je n'ai pas d'ex en colère, et il n'y a rien de naïf à dire ça. Après que j'ai perdu Greg puis mon père, je n'avais plus aucune envie de sortir avec qui que ce soit. Il a bien dû se passer deux ans avant que j'accepte un dîner avec quelqu'un qui ne soit pas un ami proche. Je n'ai entretenu aucune relation sérieuse avec qui que ce soit jusqu'à récemment.

— Et là, vous êtes avec quelqu'un ?

— Oui.

— Depuis combien de temps ?

Fiona en eut le cœur serré.

— En gros, deux mois. Il vit ici, sur l'île. Je fais travailler son chien. Il n'a rien à voir avec ça.

— Il va nous falloir son nom, Fiona, pour que nous puissions l'éliminer.

Elle jeta un regard hésitant sur Tawney avant de laisser tomber

— Simon Doyle. C'est un sculpteur ébéniste. C'est lui qui a fabriqué le rocking-chair de la véranda.

— Joli travail.

— L'écharpe a été expédiée d'Oregon. Simon n'a pas quitté l'île ces derniers temps. Agent Tawney, vous savez aussi bien que moi qu'il n'y a que deux possibilités… Premièrement, quelqu'un qui lit les articles des journaux sur les meurtres et qui a voulu me faire une farce de mauvais goût. Dans ce cas, vous n'avez à peu près aucune chance de le retrouver. Deuxièmement, celui qui suit le *modus operandi* de Perry aura voulu m'envoyer ça à titre d'avertissement. Si c'est le cas, j'espère que vous allez lui mettre la main dessus et l'empêcher de nuire au plus vite, parce qu'il a visiblement l'intention de s'en prendre à moi pour corriger l'erreur de Perry.

— Vous avez tenu bon malgré tout ce qui est arrivé, et il va falloir encore tenir. Cette écharpe ressemble en tous points à celle utilisée sur les trois victimes : même fabricant, même style, jusqu'au même bain pour la teinture.

Fiona sentit son sang se glacer.

— Ce n'est donc pas une coïncidence…

— Nous avons retrouvé les points de vente, nous savons donc que cette écharpe spécifique et tout le lot correspondant à ce bain de teinture ont été envoyés à la fin d'octobre de l'année dernière dans les magasins du quartier de Walla Walla.

— Près de la prison, murmura-t-elle en s'efforçant de ne pas laisser trembler sa voix. Pas loin de Perry. Pourquoi les aurait-il achetées là-bas s'il n'y vivait pas ou n'y travaillait pas ? Un gardien de prison, ou un codétenu, ou un membre de sa famille, ou…

— Fiona, croyez-moi, nous envisageons toutes les possibilités. L'agent Mantz et moi avons interrogé Perry. Il jure ne rien savoir de ces meurtres… Et comment aurait-il su ?

— Il ment.

— Certes, mais nous n'avons pas pu le déstabiliser. Pas encore. Nous avons fait fouiller sa cellule à plusieurs reprises et analyser toute sa correspondance. Nous avons interrogé les fonctionnaires de la prison et ses codétenus. Nous surveillons sa sœur et nous employons à identifier, localiser et prendre contact avec quiconque, ancien codétenu, personnel de prison, collaborateurs externes et instructeurs, susceptible de l'avoir rencontré depuis le début de son incarcération.

— Et ça fait longtemps, marmonna-t-elle en mettant le gâteau de côté. Vous croyez que c'est lui qui manipule ou, au moins, qui a lancé l'idée ?

— À ce stade, nous n'avons aucune preuve…

— Je ne vous demande pas de preuve, juste ce que vous pensez. Ça me suffira.

— Si ce n'est pas lui le manipulateur ni l'initiateur, il doit être furieux. J'aurais senti sa colère, même s'il l'avait masquée.

Elle hocha la tête ; en effet, Tawney et elle ne connaissaient que trop Perry.

— C'était sa création, sa réussite, continua Tawney. Si quelqu'un la lui avait piquée et s'en vantait alors qu'il croupit au fond de sa prison, il aurait pris ça comme l'insulte suprême, la pire des humiliations. Tandis que si c'est lui qui a choisi ou agréé la personne qui poursuit son œuvre, il ne peut éprouver que plaisir et fierté. Et c'est exactement ce que j'ai vu quand nous lui avons parlé. Il avait beau se maîtriser, feindre l'ignorance, il était fier.

— Oui, soupira-t-elle en allant regarder par la fenêtre ses chiens qui gambadaient. J'ai eu cette impression, moi aussi, parce que je l'ai étudié, j'en avais besoin. Je devais connaître l'homme qui voulait me tuer, qui a tué celui que j'aimais pour se venger de m'avoir manquée. J'ai lu les livres et regardé les émissions de télévision qui lui ont été consacrés, disséqué chaque article le concernant. Et puis j'ai arrêté. Je ne voulais plus en entendre parler. Tandis que lui a continué. C'est bien ça ? Il attendait son heure. Mais pourquoi ne m'a-t-il pas envoyé directement sa doublure, avant que j'aie le temps de me méfier ?

Elle secouait la tête comme pour évacuer la question, alors que la réponse semblait déjà s'imposer.

— Parce que je représente le gros lot, le principal objectif, la véritable raison. Et c'est à ça qu'il faut se préparer. Les autres victimes ? Des apéritifs.

— C'est une façon brutale de présenter les choses, commenta Mantz.

— Peut-être, mais c'est comme ça qu'il les voit. Il veut rejouer le match. J'ai gagné la première manche, il veut se rattraper. Il y mettra le temps qu'il faudra, au besoin en utilisant une doublure, mais c'est moi qui vais clore son score. Et les apéritifs lui ont déjà procuré des satisfactions malsaines avec, en prime, le plaisir de faire transpirer le gros lot. Il veut que j'aie peur. Ça fait partie de sa méthode et il y voit le début de sa revanche.

— Nous pouvons vous emmener, vous mettre à l'abri, vous protéger.

— Je suis déjà passée par là, et ça ne l'a pas empêché de m'attendre à la sortie, puis de tuer Greg. Je ne vais pas mettre de nouveau ma vie entre parenthèses, il serait trop content.

— Nous avons davantage de points de repère, cette fois-ci. Son remplaçant n'est pas aussi prudent ni aussi intelligent. C'était complètement idiot de vous envoyer cette écharpe, de vouloir ainsi se moquer de vous. Et puis il a commis une autre erreur en achetant plusieurs modèles au même endroit. Nous allons lui mettre le grappin dessus.

— Je n'en doute pas et j'espère que ce sera le plus vite possible, avant qu'il commette un autre meurtre. Mais je ne vais pas me cacher en attendant. Ce ne serait pas courageux, ni même réaliste. Et puis je possède un avantage, ici. Ça l'oblige à venir vers moi, à débarquer sur cette île.

— La police du coin ne peut pas surveiller tous ceux qui descendent du ferry, objecta Tawney.

— Non, mais s'il vient aussi loin, il ne s'en prendra pas à une fille de vingt ans.

— Vous pourriez au moins prendre davantage de précautions, conseilla Mantz, faire poser des serrures plus solides, un système d'alarme.

— J'en ai déjà trois. Les chiens ne me quittent pas, et, entre la police et mes amis, je reçois plusieurs visites par jour. Simon passe ses nuits ici. De plus, je vais partir quelques jours la semaine prochaine, avec une amie et ma belle-mère. Un de mes amis s'installera ici avec son chien pour surveiller les miens et la maison.

— Vous l'avez mentionné sur votre blog, maugréa Tawney.

— Parce que vous le lisez ? dit-elle avec un sourire.

— Je ne vous lâche plus, Fiona. Vous indiquez que vous allez suivre une cure avec des amies, vous détendre.

— En thalasso, intervint Mantz.

— Oui.

— Vous n'avez pas précisé où.

— Non, pour ne pas tenter le diable. Je l'indiquerai sans doute à mon retour. Mais en général je parle surtout des chiens. Je ne suis pas imprudente à ce point, agent Tawney.

— Non, je sais. Cela dit, j'aimerais que vous me transmettiez cette information : où vous serez, les dates exactes, comment vous comptez vous y rendre.

— D'accord.

Comme son téléphone vibrait, il leva un index.

— Tenez, donnez-les à l'agent Mantz.

Là-dessus, il sortit sur la véranda.

— Nous partons pour les chutes de Snoqualmie mardi, indiqua Fiona. Station thermale de Tranquillity. Nous rentrons vendredi.

— Sympa.

— Oui. Ça nous fera du bien. On fait ça en dehors du week-end pour ne pas avoir la foule. J'y vais avec Sylvia et une amie, Mai Funaki, notre vétérinaire.

Mantz nota les informations puis jeta un regard à Tawney, qui revenait.

— Il faut qu'on y aille.

Fiona se leva presque aussi vite que Mantz.

— Ils en ont trouvé une autre ?

— Non. Mais une étudiante de vingt et un ans est portée disparue. Elle a quitté sa résidence hors campus vers 6 heures ce matin, à pied, pour se rendre à la salle de gym. Elle n'y est jamais arrivée.

— Où ? demanda Fiona. Où est-ce que ça se passait ?

— À Medford, dans l'Oregon.

— Ça se rapproche, murmura-t-elle. J'espère qu'elle est forte et qu'elle trouvera le moyen de résister.

— On reste en contact, dit Tawney en sortant une carte. Vous pouvez me joindre à toute heure du jour et de la nuit. J'ai ajouté au dos le numéro de mon fixe à la maison.

— Merci.

Fiona les accompagna et les regarda partir, les bras croisés sur son cœur battant, les chiens assis à ses pieds.

— Bonne chance, murmura-t-elle.

Puis elle rentra chercher son arme.

15

Simon sculptait une dernière volute au sommet du buffet en écoutant The Fray à plein tube. Meg Greene savait exactement ce qu'elle voulait, sauf quand elle changeait d'avis. Et ça lui était déjà arrivé quatre fois depuis qu'elle avait commandé ce meuble.

Pour s'assurer qu'elle n'allait pas recommencer, il se consacrait entièrement à ce travail afin de le livrer le plus vite possible. Ce serait le joyau de la salle à manger des Greene. Simon allait bientôt pouvoir songer à son pied de fontaine et à quelques nouvelles pièces pour Sylvia avant son retour de la thalasso.

S'il effectuait une livraison en son absence, elle ne pourrait l'obliger à discuter avec ses clientes, raison de plus pour continuer.

En commençant tôt le matin, il prenait une longueur d'avance ; cela lui permettait de terminer relativement tôt dans la soirée, sans travailler jusqu'à tomber de fatigue.

Il s'arrêta au beau milieu de sa volute, car il savait que Fiona risquait de se retrouver bientôt seule, et cette idée l'empêchait de se concentrer davantage.

Leur accord comportait des atouts, et pas seulement au lit. Il aimait l'écouter parler, raconter comment s'était déroulée sa journée. Il ignorait comment elle parvenait ainsi à le détendre, mais le résultat était là. La plupart du temps.

Et puis il y avait le chiot, qui continuait de courir après sa queue, de voler ses chaussures et les outils qui lui tombaient sous la patte. Mais il était si content de vivre et tellement plus intelligent que Simon ne l'aurait cru ! Celui-ci s'était habitué à le voir dormir en boule sous son établi ; parfois il ronflait, parfois il galopait dans son sommeil.

Sans l'avoir vraiment désiré, il venait de se lier à une femme et à un chien, au point qu'il ne pouvait plus imaginer ses jours ni ses nuits sans eux.

Simon recula, examina son œuvre.

Il en avait fait davantage qu'il ne l'aurait imaginé ; d'un coup d'œil à la pendule, il put constater qu'à peine deux heures s'étaient écoulées depuis qu'il avait avalé un sandwich sur le pouce. Étonné, il sortit son portable pour vérifier et poussa un juron.

— Zut ! Tu ne pouvais pas me rappeler de changer les piles de cette saleté de pendule ? grommela-t-il à l'adresse de Jaws.

Le chiot lui répondit en remuant la queue et alla chercher un morceau de bois.

— Pas le temps ! Viens, on s'en va.

Habituellement, Simon s'arrangeait pour arriver longtemps après la dernière leçon, afin de ne pas avoir à faire des ronds de jambe aux inévitables traînards. Sinon, Fiona procédait aux présentations et la conversation repartait de plus belle. Néanmoins, il s'efforçait de ne pas la laisser seule plus d'un quart d'heure ou vingt minutes.

Subtile intermittence.

Là, il avait presque deux heures de retard.

Pourquoi n'avait-elle pas appelé ? N'importe quelle femme aurait dit : « Hé, qu'est-ce qui t'arrive ? » Non pas qu'ils aient des rendez-vous précis. Chaque fois qu'il s'en allait, Simon disait « À plus », et chaque fois il revenait.

À l'aise, sans façon.

Il estimait n'avoir aucune raison de s'inquiéter. Il avait son travail, elle avait le sien. Et puis, se dit-il en s'engageant sur le chemin de terre, si elle avait appelé, il serait arrivé à l'heure habituelle.

Et si elle n'avait pas pu appeler ? Son cœur se serra. S'il lui était arrivé quelque chose ?

Il entendit les coups de feu en traversant le pont entre les cornouillers en fleur, déboula devant la maison pied au plancher, s'arrêta en faisant crisser les pneus, alors que les chiens de Fiona galopaient vers l'arrière, sortit dans un fracas assourdissant, laissant la portière ouverte derrière lui pour se précipiter vers les détonations. Elles s'arrêtèrent soudain, et, dans le silence, il n'entendit plus que ses propres battements de cœur.

Il parvint à retenir son souffle pour crier le nom de Fiona, et l'aperçut enfin. Non pas allongée au sol dans une mare de sang mais debout, occupée à changer froidement le chargeur du pistolet qu'elle tenait à la main.

— C'est pas vrai…

Pris d'une rage subite, Simon la saisit par le bras pour la faire tournoyer.

— Mais qu'est-ce que tu fabriques ?

— Doucement, il est chargé.

Fiona pointa le canon vers le sol.

— Je le sais bien ! On entendait tes coups de feu à l'autre bout de l'île. Tu m'as fichu les jetons.

— Attends, j'enlève mes boules Quies, je ne comprends rien.

Il la relâcha et elle dégagea ses oreilles.

— Je t'ai dit que j'avais un pistolet, reprit-elle. Pas la peine de te mettre dans cet état.

— Je suis dans cet état parce que tu viens de me priver de cinq années de ma vie. J'aurais pourtant su quoi en faire.

— Désolée, mais je n'ai pas pensé à t'envoyer une invitation à mes exercices de tir.

Avec des gestes aussi calmes que son ton, elle rangea le pistolet dans son étui et alla relever les bouteilles et les boîtes de conserve qu'elle venait d'abattre.

— Tu savais pourtant que je viendrais ; d'après toi, comment je réagirais en entendant des coups de feu ?

— Je ne savais rien du tout, tu t'es juste pointé comme ça.

— Si ça t'ennuie, il faut le dire tout de suite.

— Pas du tout. Tu n'as qu'à emmener les chiens dans la maison, si tu veux bien. Je n'en ai plus pour longtemps.

— Qu'est-ce qui te prend ? Tu crois que je ne te connais pas ? Je vois bien que tu es furax.

— Ça n'a rien à voir avec toi. Je te conseille de faire rentrer Jaws dans la maison. Mes chiens ont l'habitude, pas le tien.

— Eh bien, on va voir comment il réagit.

— Bien.

Elle ressortit le pistolet, prit une position comme il en avait vu dans les films ou les séries policières. Tandis qu'elle tirait, Jaws se rapprocha de lui, s'appuya contre sa jambe mais resta, la tête sur le côté, et regarda… tout comme Simon.

Derrière elle resplendissaient les arbres en fleur. Curieux contraste entre poésie et violence.

— Tu veux tirer ? proposa-t-elle.

— Pour quoi faire ?

— Tu sais te servir d'une arme à feu ?

— Pour quoi faire ?

— Pour mille raisons : chasse, sport, curiosité, défense.

— Je ne chasse pas. Mon idée du sport tourne davantage autour du base-ball ou de la boxe. Je n'ai jamais été très curieux et je préfère utiliser mes poings. Fais voir.

Elle mit le cran de sécurité, déchargea le pistolet et le lui tendit.

— Pas aussi lourd que j'aurais cru.

— C'est un Beretta. Un semi-automatique plutôt léger et particulièrement dangereux. Il tire quinze balles.

— Montre-moi ça.

— Il est à double action, ça signifie qu'on peut tirer le premier coup sans actionner la culasse ni le chien. Le recul est léger mais pas nul. Il faut bien se tenir sur ses jambes écartées, répartir son poids, les deux bras tendus, les coudes bloqués, la main gauche soutenant la droite pour assurer la stabilité de l'arme ; puis on penche la partie supérieure du corps en direction de la cible.

Elle avait pris un ton d'instructeur, assez différent pourtant de celui qu'elle utilisait pour ses cours aux propriétaires de chiens. Cette fois, c'était une voix charmeuse, brillante, enthousiaste.

— Il faut se rappeler tout ça avant de lâcher une balle ?

— Mais non, d'autant que, parfois, il vaut mieux tirer d'une seule main ou plié en deux. Mais ça, c'est la posture idéale pour les champs de tir. Et c'est comme pour tout le reste, à force de t'entraîner, tu l'adopteras instinctivement. Baisse la tête pour aligner ta vue sur la cible. Vise la bouteille de deux litres.

Il fit feu. Raté.

— Un peu plus carré sur tes jambes, les pieds bien pointés en avant. Vise plus bas sur la bouteille.

Cette fois, il la toucha.

— Bon, j'ai blessé le Pepsi light vide. J'ai droit à des félicitations et à une croquette ?

Elle sourit un peu, cette fois, mais sans grand entrain.

— Tu apprends vite, et j'ai de la bière. Essaie encore deux fois.

Il pensait avoir saisi le mécanisme, mais cela ne l'enthousiasmait pas pour autant.

— Ça fait un sacré bruit.

Il remit le cran de sécurité et déchargea l'arme comme elle le lui avait montré.

— Et maintenant tu as toutes ces bouteilles et ces boîtes dans ton jardin. Je suis sûr que ce genre d'exercice n'a rien à voir avec une véritable escarmouche. Tu te sens capable de vraiment viser quelqu'un et d'appuyer sur la détente ?

— Oui. J'ai été immobilisée avec un pistolet paralysant, droguée, ligotée, bâillonnée, enfermée dans un coffre de voiture par un homme qui voulait me tuer pour le plaisir.

Ses yeux bleus, habituellement si calmes, étincelaient de rage.

— Si j'avais eu une arme, je m'en serais servie. Si quiconque devait m'attaquer aujourd'hui, je m'en servirais sans l'ombre d'une hésitation.

Il comprit qu'elle venait de lui donner exactement la réponse qu'il attendait. Il lui rendit le Beretta.

— Espérons que tu n'aies jamais à le vérifier.

Fiona rangea l'arme dans son étui et ramassa les douilles qu'elle déposa dans un sac.

— Je préférerais ne pas avoir à le découvrir. Mais je me sens mieux.

— C'est déjà quelque chose.

— Désolée de t'avoir fait peur. Je n'ai pas pensé que tu allais entendre ces coups de feu en arrivant.

Elle se pencha, gratta le ventre de Jaws.

— Tu t'es très bien tenu, mon grand. Tu n'as pas peur du bruit. Les chiens du groupe de recherche et de sauvetage canin doivent savoir supporter les explosions.

— Tu as du vin ? demanda Simon.

— Oui.

— Je finis de nettoyer ici. Si tu te servais de ta voix sensuelle pour nous commander à dîner ? Je prendrais bien des spaghettis.

— Je n'ai pas une voix sensuelle.

— Mais si.

Là-dessus, Simon prit le sac et entreprit de tout ranger.

Quand il eut terminé, il retrouva Fiona sur la véranda. Elle avait servi deux verres de vin rouge.

— Ils seront là dans trois quarts d'heure. Ils ont pris du retard.

— Je peux attendre, dit-il en s'asseyant. Tu aurais besoin de deux bons fauteuils, ici.

— Excuse-moi, je… une minute s'il te plaît.

D'un seul coup, elle prit dans ses bras le chien le plus proche d'elle et fondit en larmes.

Simon se releva, rentra chercher des mouchoirs.

— Ça allait mieux tant que j'avais quelque chose à faire, s'excusa-t-elle sans lâcher Peck. Je n'aurais pas dû m'arrêter.

— Dis-moi où tu as mis le pistolet et je te le rapporte pour que tu reprennes l'entraînement sur d'autres boîtes de soupe.

Secouant la tête, elle poussa un long soupir avant de se redresser en s'essuyant les yeux.

— Non, ça va. J'ai horreur de ça.

— Moi aussi. Qu'est-ce qui t'a mise dans cet état ?

— Le FBI est passé. L'agent Don Tawney, l'un de ceux qui ont enquêté sur l'affaire Perry… Il m'avait formidablement aidée à l'époque, alors ça m'a facilité les choses aujourd'hui. Il a une nouvelle coéquipière, assez étonnante, on dirait qu'elle sort tout droit d'une série télé. Et puis elle n'aime pas les chiens - elle ne sait pas ce qu'elle manque.

Elle reprit son verre, but une gorgée.

— Ça ravive un tas de souvenirs, mais je m'y attendais. Ils ont trouvé d'où provenait l'écharpe qu'il m'a envoyée, elle sort du même lot que celles utilisées sur les trois victimes, même teinture, même bain. Le type en a acheté une dizaine dans un magasin près de la prison. Là où est enfermé Perry. Moi qui espérais qu'il s'agissait seulement d'une farce de mauvais goût…

Simon se sentit bouillir.

— Qu'est-ce qu'ils te voulaient ?

— Voir où j'en étais, chercher des indices, comme toujours. Ils surveillent Perry, ses contacts, sa correspondance, au cas où il connaîtrait l'autre type. Ils vont sans doute prendre contact avec toi parce que je leur ai dit que tu passais tes nuits ici.

Elle croisa les jambes, laissa passer un moment avant de reprendre :

— Je me rends compte du tracas que ce doit être de me fréquenter en ce moment. D'habitude, ce n'est pas comme ça, enfin, je ne pense pas. Je n'embête pas mon monde, je sais m'occuper de moi et je préfère qu'il en soit ainsi. Mais là… Alors si tu veux qu'on fasse une pause, je comprendrai.

— Sûrement pas.

— Je t'assure.

Elle le regarda droit dans les yeux et, cette fois, il y vit briller une brève lueur.

— Je te prendrais pour un salopard égoïste et lâche, mais je comprendrais.

— Je suis un salopard égoïste, mais pas lâche.

— Tu n'es rien de tout ça. Enfin, peut-être un peu salopard, mais ça fait partie de ton charme… Simon, une autre femme a disparu. Elle correspond exactement au type des dernières victimes et les circonstances sont comparables.

— Où ça ?

— Au sud de l'Oregon, juste à la frontière nord de la Californie. Je sais ce qu'elle endure en ce moment, combien elle a peur, à quel point elle a parfois du mal à croire à ce qui lui arrive. Et je sais que si elle ne trouve pas une solution, si elle n'a pas un peu de chance, on va retrouver son corps d'ici à quelques jours, dans une tombe superficielle, une écharpe rouge autour du cou et un numéro sur la main.

— Pourquoi Perry choisissait-il des étudiantes athlétiques ?

— Pardon ?

— Vous y avez pensé, avec le FBI et les psy. Ils avaient sûrement un tas de choses à dire là-dessus.

— Oui. Que sa mère était comme ça, une sportive, une coureuse de fond ; elle aurait dû participer aux jeux Olympiques quand elle était à l'université. Mais elle est tombée enceinte et, au lieu de poursuivre sa carrière, elle s'est retrouvée avec deux gosses, insatisfaite, déçue, frustrée, mariée à un véritable bigot. Jusqu'au jour où elle les a tous abandonnés, l'époux, les enfants… Elle s'est fait la malle et adieu.

— Disparue ?

— Dans un sens, oui… sauf qu'elle est bel et bien vivante. Le FBI l'a retrouvée après avoir identifié Perry. Elle vit, ou vivait dans la banlieue de Chicago.

Elle enseignait l'éducation physique dans un institut privé pour filles.

— Pourquoi l'écharpe rouge ?

— Il lui en avait offert une pour Noël alors qu'il avait sept ans. Elle les a quittés deux mois plus tard.

— Ainsi, il tuait sa mère.

— Il tuait la fille qu'elle avait été avant de le mettre au monde, avant d'épouser l'homme qui, selon elle et ceux qui les connaissaient, la battait. Il tuait la fille dont elle ne cessait de parler, l'étudiante heureuse qui avait toute sa vie devant elle avant de commettre cette faute, s'encombrer d'un enfant. C'est ce qu'a dit le psy.

— Et toi, qu'en penses-tu ?

— Que c'est n'importe quoi, une excuse merdique comme doit s'en donner celui qui a voulu prendre sa suite.

— Tu dis ça à cause de ce qu'il t'a fait. Mais la motivation, ça compte.

Elle reposa son verre.

— Parce que tu crois…

— Si tu me laissais parler une seconde, je te dirais ce que j'en pense. La motivation explique pourquoi tu fais telle chose et comment tu l'accomplis. Ça peut aussi indiquer ce que tu vois au bout du chemin… si tu arrives à regarder aussi loin.

— Je ne veux pas savoir pourquoi il a tué toutes ces femmes, pourquoi il a tué Greg, et pourquoi il a voulu me tuer. Je m'en contrefiche.

— Tu as tort. Tu tiens pourtant compte des motivations de tes chiens, le jeu, le plaisir, la récompense, le souci de plaire à ceux qui les leur donnent. Ça permet de créer un lien avec eux, de bien faire ton travail.

— Je ne vois pas…

— Je n'ai pas terminé. Il était doué, ton bonhomme, il réussissait bien, jusqu'au moment où il a dévié de son domaine, et là il s'est fait prendre.

— Il a tué Greg et Kong de sang-froid, s'indigna Fiona en se levant. Tu appelles ça une déviation ?

Haussant les épaules, Simon reprit son verre de vin.

— Je ne vois pas où tu veux en venir, insista-t-elle.

— J'arrête là, tu es déjà folle de rage.

— Il y a de quoi, non ? Je suis humaine. J'ai des sentiments. Je l'aimais. Tu n'as jamais aimé personne ?

— Pas de cette façon.

— Nina Abbott ?

— Oh, là ! Pas du tout !

Il y avait mis tellement de véhémence qu'elle le crut sur parole.

— Ça ne m'avait pourtant pas l'air d'une question trop déplacée.

— Bon, d'accord, maugréa-t-il. Elle est magnifique, elle a du talent, elle est intelligente.

— Je la déteste.

Il partit d'un petit rire amusé.

— C'est toi qui l'as amenée sur le tapis. Je l'aimais bien, sauf quand elle était complètement défoncée, ce qui lui arrivait de plus en plus souvent. Ça n'arrêtait plus, et après j'avais droit à la grande scène du deux. Elle adorait les scènes. Pas moi. Voilà tout.

— Je croyais que c'était plus…

— Non. Mais je n'y suis pour rien, de toute façon.

— Et tu voudrais que je fasse preuve de mesure et de logique à propos de Greg, de Perry, de tout ça ! Que j'analyse froidement la situation quand…

— Réagis comme tu voudras, mais si tu ne réfléchis pas, si tu ne prends pas un peu de recul, tu pourras tirer au pistolet autant que tu voudras, ça ne servira à rien. Enfin, Fiona ! Tu vas le porter vingt-quatre heures sur vingt-quatre ? Tu vas le garder sur toi quand tu donneras tes cours ou en allant au supermarché pour t'acheter du lait ? C'est comme ça que tu comptes vivre ?

— Il faudra bien. Tu es furieux et c'est compliqué à voir chez toi parce que tu ne le montres pas toujours. En fait, tu es furieux depuis que tu es arrivé, même si tu ne l'as pas laissé paraître.

— Comme ça, on est deux.

— Tu viens ici tous les soirs. Peut-être que ça aussi ça te rend furieux. Ça t'oblige à t'arrêter en plein travail, à jeter deux, trois trucs dans un sac et à rappliquer. Tu ne laisses rien derrière toi, sauf ce que tu oublies, parce que tu es bordélique. Et tu n'as plus qu'à recommencer tous les jours un nouveau projet.

Il devait reconnaître qu'elle était douée. À force de tourner et retourner le sujet, elle en était arrivée à parler de lui.

— Je n'ai pas de projet.

— C'est vrai, marmonna-t-elle en buvant un peu de vin. Ici, tu as le lit et le couvert assurés, mais ce n'est pas pour ça que tu le fais, pas complètement. Quelque part, ça t'énerve. Je ne t'ai pas assez prouvé ma reconnaissance.

— Je ne réclame aucune reconnaissance.

— Non, tu ne marches pas aux notes. Tu n'en as rien à fiche. Tu fais ce que tu veux et si une obligation se présente, un chien, une femme, tu t'arranges pour la régler et tu retournes à tes occupations. Les problèmes sont faits pour être résolus. Mesurer, couper, assembler les pièces jusqu'à ce que ça marche comme tu l'as prévu. Ça te va, ça, comme genre de motivation ?

— Pas mal, dans la mesure où tu parles bien de moi.

— De toi et aussi de moi. Écoute, tant qu'il ne s'agissait que d'une aventure, ça allait. Je n'avais encore jamais vécu ça. Enfin, pas vraiment... Alors ça me paraissait tout beau, tout nouveau. Un mec séduisant qui me donnait la chair de poule. On avait assez de points communs et de différences pour que ça devienne excitant. Mais, petit à petit, les choses ont changé et je ne m'en rendais pas compte... ou plutôt je ne voulais pas m'en rendre compte. Cette aventure devient une liaison.

Elle but encore, poussa un petit soupir.

— Voilà où nous en sommes, Simon. On a une liaison, qu'on l'ait voulu ou non, qu'on y ait été préparés ou non. Aussi bête que ça paraisse, j'ai un peu l'impression de trahir Greg. Alors, je préférerais être en pétard et ne pas le reconnaître, juste me dire que c'est une simple passade dont je pourrais sortir d'une minute à l'autre.

Elle regarda les chiens passer en coup de vent devant la véranda.

— Ça tombe bien, tu ne vas pas être obligée de décider tout de suite, répondit Simon avec son flegme habituel. Je crois que notre dîner arrive. On devrait le prendre à l'intérieur, le temps refroidit.

Elle rentra dans la maison tandis qu'il allait payer en se demandant comment la conversation avait pu dévier sur lui.

Dans la cuisine, Fiona passa rapidement les pâtes au micro-ondes avant de les disposer dans un plat, et le pain à l'ail dans une assiette. Elle apportait la bouteille sur la table quand Simon la prit par les épaules.

— J'ai mon mot à dire, moi aussi.

— Vas-y.

— Laisse-moi le temps d'y réfléchir.

Elle attendit patiemment.

— Ça y est ? Tu trouves ?

— Non.

— Dans ce cas, on va dîner, sinon, je vais devoir encore tout réchauffer.

— Je ne peux pas rivaliser avec un fantôme.

— Non, comprends-moi, Simon ! Je sais que ce n'est pas juste. Pour moi, il a toujours occupé la première place, en bien des domaines. Et la façon dont je l'ai perdu m'a marquée à jamais. Depuis, personne n'a plus assez compté à mes yeux pour m'obliger à regarder mes cicatrices, et je ne savais pas que je finirais par le faire en me lançant dans une aventure avec toi. Je crois que je suis amoureuse de toi. Ce n'est pas la même chose qu'avec Greg. J'ai du mal à m'y retrouver, mais j'ai l'impression que c'est exactement ce qui m'arrive. Et ça va nous poser un problème à tous les deux.

Elle remplit leurs deux verres de vin en concluant :

— Alors j'apprécierais que tu m'avertisses quand tu te sentiras dépassé à ton tour.

— Et c'est tout ? Ouille, on a une liaison ! Au fait, je crois que je suis amoureux de toi. Dis-moi ce que tu en penses.

Elle s'assit en face de lui, le regarda dans les yeux.

— Tu as tout compris. Pour moi, l'amour a toujours été une sensation positive qui me stimule et m'ouvre toutes sortes de possibilités. Mais je ne suis pas idiote, je sais que si tu n'en éprouves pas pour moi, ça me fera souffrir. Voilà l'ennui. En plus, je sais aussi qu'on ne peut pas se forcer à aimer, ni l'exiger. Et j'ai déjà affronté le pire. Alors, si tu ne m'aimes pas, j'en souffrirai, mais je n'en mourrai pas. Sans compter que je me trompe peut-être.

Elle servit les pâtes.

— Je me suis trompée quand j'ai aimé Josh Clatterson.

— Qui est-ce ?

— Un coureur. Je me suis languie de lui pendant près de deux ans, en seconde et en première, et durant les vacances. Et puis j'ai compris que ce n'était pas de l'amour, j'aimais juste son allure quand il courait le soixante mètres. Peut-être que là aussi je n'aime que ton allure et ton parfum boisé.

— Tu ne m'as pas vu courir le soixante mètres.

— C'est vrai. Peut-être que ça me guérirait. Je vais essayer de me montrer plus objective, plus logique.

— J'ai l'impression que tu y parviens déjà très bien.

— Ce doit être un réflexe de défense. J'ai voulu faire appel à la logique et à l'objectivité en ce qui concernait Perry et ce qui se passe en ce moment, mais tu as raison. L'important, c'est de comprendre ses motivations. Il n'a pas voulu me tuer par hasard, mais parce que je représentais une chose possédée par un autre. Après m'avoir manquée, il est passé au stade de la punition. Est-ce que tu utiliserais ce mot, punition ?

— Ça me semble correspondre assez bien à la réalité.

— Il fallait qu'elle soit exemplaire, mortelle, encore que j'imagine assez bien que, s'il n'avait pas été capturé, il s'en serait de nouveau pris à moi. Parce qu'il éprouvait le besoin d'en finir une bonne fois, de tirer un trait. Tu me suis ?

— Continue.

— Il a compris combien il est difficile de vivre quand la personne qu'on aime est morte à cause de vous. Il le savait, le comprenait et s'en est servi pour mieux me faire souffrir… parce que je l'ai coupé dans son élan, empêché de réaliser son œuvre…

Simon secouait la tête.

— Parce que tu l'as quitté.

— C'est vrai. Je me suis enfuie, je ne suis pas restée où il m'avait rangée, je n'ai pas accepté son cadeau. L'écharpe.

— Il ne t'a jamais oubliée. Tu l'as quitté et, même s'il a réussi à te blesser, c'est lui qui a été puni. Il ne peut pas t'atteindre, ni refermer ce cercle, ni tirer un trait. Pas de ses propres mains. Il a besoin de quelqu'un pour le faire à sa place. D'une doublure. D'un ersatz. Comment l'a-t-il trouvé ?

— Quelqu'un qu'il connaissait, un codétenu.

— Pourquoi utiliser quelqu'un qui s'est déjà fait prendre ?

Elle sentit sa gorge se serrer.

— Non. Il a attendu jusqu'à trouver quelqu'un qu'il estimait assez malin et assez doué pour lui succéder. Les femmes qu'a tuées cet ersatz, ce n'étaient que des préparatifs. Ça, je le comprends. Rien que d'atroces répétitions.

— Qui ont l'air de proclamer : « Tu m'as fait boucler, mais tu ne pourras pas m'arrêter. »

— Tu me fais peur.

— Bien… au moins, ça t'oblige à réfléchir. Qu'est-ce qui motive l'ersatz ?

— Comment veux-tu que je le sache ?

— Enfin, Fee, sers-toi de ta cervelle ! Pourquoi en vient-on à suivre le chemin d'un autre ?

— L'admiration.

— Ouais. Et comment obtiens-tu de quelqu'un qu'il fasse ce que tu veux, comme tu le veux, quand tu veux ?

— Félicitations et récompense. Et ça suppose un contact entre ces deux-là. Pourtant, on a fouillé la cellule de Perry, on a surveillé ses visiteurs… et il ne reçoit de visites que de sa sœur.

— Et personne ne sort jamais rien en douce des prisons ? Personne n'y apporte jamais rien sous le manteau ? Est-ce que Perry a jamais envoyé une écharpe avant d'enlever une femme ?

— Non.

— Donc, ce type dévie. Parfois, on suit le chemin d'un autre pour l'impressionner, ou même le dépasser. Il doit s'agir de quelqu'un qu'il a rencontré à plusieurs reprises. De quelqu'un qu'il a pu évaluer, à qui il fait confiance, à qui il peut parler en privé. Un avocat, un psy, un gardien. Quelqu'un qui a accès à cette prison ou qui y travaille. Quelqu'un que Perry a pu écouter, regarder, observer, étudier. Quelqu'un qu'il pouvait comparer à lui-même.

— Alors, quelqu'un d'assez jeune pour qu'il puisse le manœuvrer, l'entraîner, d'assez mûr pour qu'il lui fasse confiance, d'assez intelligent pour ne pas se contenter de suivre ses instructions, mais savoir les adapter à chaque situation en particulier. Il doit pouvoir voyager sans qu'on lui pose de questions sur l'endroit d'où il vient, ni sur ce qu'il a fait. Il vit donc seul. Comme Perry autrefois. Le FBI a sûrement déjà établi un profil.

— Il doit posséder une certaine résistance physique, de la force, une voiture assez banale pour qu'on n'y prête pas attention. Il lui faut aussi de l'argent pour pouvoir se déplacer. Payer sa nourriture, son essence, l'hôtel.

— Il doit connaître les régions où il enlève ses victimes. Il étudie donc ses cartes, prend le temps de préparer ses actions. Quoi encore ? Pour quelle raison en est-il venu à admirer Perry ? Ça semble impossible, à moins de lui ressembler. Qu'est-ce qui a rendu ce personnage comme ça ?

— Ce doit être une femme, ou des femmes. Il ne tue pas la mère de Perry. En fait, elle-même n'est qu'un ersatz.

Cela semblait logique, bien qu'elle ne voie pas à quoi cela pourrait lui servir. Mais sans doute cela suffisait-il en soi. Elle avait maintenant une idée de ce qu'elle devait affronter… ou qui.

Finalement, Simon lui avait rendu service en l'aidant à réfléchir, sans ajouter les éternelles fausses promesses qu'elle ne risquait rien, qu'il la protégerait. D'ailleurs, elle n'en aurait pas cru un mot, pensa-t-elle en se prélassant dans son bain chaud. Sur le coup, elle aurait aimé les entendre, mais sans y croire une minute.

Il ne faisait pas de promesse… pas Simon. En fait, il s'en gardait bien. Tous ces « À plus » décontractés au lieu de dire quand il reviendrait. Au moins, quand on ne faisait pas de promesse, on ne risquait pas de les trahir.

Greg en avait fait beaucoup, et les avait tenues autant qu'il l'avait pu. Elle s'avisa qu'elle ne s'était jamais posé de question à son propos, qu'elle n'avait jamais douté de lui. Celui qu'elle avait tant chéri avant son enlèvement était ensuite devenu son roc.

Avant de disparaître. Il était grand temps de l'admettre.

Enveloppée dans une serviette, Fiona entra dans la chambre au moment où Simon ouvrait la porte.

— Les chiens voulaient sortir, l'informa-t-il.

Il s'approcha, effleura ses cheveux qu'elle avait relevés.

— Tiens, ça te change.

— Je ne voulais pas les mouiller.

Elle allait en retirer les épingles, mais il intervint.

— Laisse-moi faire. Tu as fini de broyer du noir ?

Elle esquissa un sourire.

— Disons de l'anthracite.

— Tu as eu une dure journée.

— C'est fini, maintenant.

— Pas tout à fait, dit-il en tirant une autre épingle. C'est le flair qui compte, n'est-ce pas ? Je suis tout imprégné de ton odeur. Je te retrouverais même si je n'en avais pas envie, même si tu n'en avais pas envie.

— Je ne suis pas perdue.

— N'empêche que je t'ai trouvée.

Il lâcha toutes ses mèches les unes après les autres.

— Comment font les femmes pour laisser leurs cheveux comme ça ? Comment fais-tu pour être toi ?

Sans lui laisser le temps de répondre, il posa délicatement ses lèvres sur les siennes en lui caressant la tête, le dos, et elle se sentit complètement partir dans cet élan de réconfort, d'affection auquel elle ne s'attendait pas.

Il détacha sa serviette pour étreindre son corps tiède.

— Comment fais-tu ? répéta-t-il. Il suffit que je t'effleure pour me sentir à la fois apaisé et excité. Qu'est-ce que tu me veux ? Parfois, je cherche où est le piège.

Le regard rivé au sien, il la poussait doucement vers le lit.

— Tu crois que ça m'intéresserait de te piéger sournoisement ?

— Non, souffla-t-il en l'allongeant sous lui. Pourtant, tu m'attires et tu m'entraînes, et, en fin de compte c'est moi qui suis perdu.

Elle lui prit le visage entre ses mains.

— Je te retrouverai.

Il n'avait pas l'habitude de se laisser envahir par la tendresse, ni de donner ce qu'on ne lui avait jamais demandé, tant il était plus facile de laisser l'orage venir pour le chevaucher à deux. Mais, cette nuit, il étreindrait le calme et s'efforcerait d'apaiser les angoisses qu'il percevait dans ces yeux bleu lagon.

Détends-toi, lâche tout. Comme si elle pouvait entendre ses pensées, elle se coula dans le baiser calme et tiède qu'il lui offrait.

Elle se rendit alors compte qu'elle s'était trompée. Elle était perdue, elle dérivait dans des brumes inconnues qui opacifiaient l'esprit et grisaient le corps.

Elle s'abandonna en offrant sa bouche à ces lèvres tendres, son corps à ces mains apaisantes. La pâle lumière qui éclairait la chambre s'évanouit dans les ombres crues du clair de lune, dans l'atmosphère immobile et suave. Fiona ne connaissait pas sa route, elle était contente de pouvoir flâner, de se laisser guider.

La bouche de Simon descendit sur sa gorge, sur ses épaules, et elle sentit sa peau frémir sous ces doux assauts. Il goûta ses seins, longuement, patiemment, jusqu'à ce qu'elle se cambre en gémissant.

Il festoyait sans se hâter.

Les mains et la bouche traçaient le même chemin de soupirs et de frissons qui montaient puis retombaient au rythme de sa respiration.

Il l'entraînait dans son monde magique, vibrait en elle dans l'embrasement de leurs mouvements, séducteur et séduit, captivé par le murmure répété de son nom, l'effleurement de ses mains, la saveur de sa peau.

Elle le gardait en elle, entre ses bras, et tous deux réfrénaient leur désir pour mieux se l'offrir mutuellement.

16

Dans le chalet miteux qu'il louait au cœur de la magnifique chaîne des Cascades, Francis Eckle lisait la lettre de Perry. De longs mois auparavant, ils avaient déterminé les trajets, les délais, les villes, les universités, les emplacements des tombes.

Du moins Perry.

Et ce planning permettait de récupérer régulièrement à la poste restante les lettres que Perry expédiait en douce de sa prison. Les réponses reprenaient le même chemin, via le pasteur, qui croyait en la repentance de son ouaille.

Au début, cette correspondance, cet échange de détails et d'idées l'avaient fasciné. Perry le comprenait, le guidait, l'approuvait.

Enfin, quelqu'un le voyait.

Quelqu'un avec qui il n'avait pas besoin de garder son masque, de faire comme si, quelqu'un qui savait quelles chaînes sous-tendaient cette comédie. Quelqu'un, enfin, qui l'aidait à rassembler le courage nécessaire pour se débarrasser de ces chaînes et libérer son être profond.

Un homme, un ami, un partenaire apte à partager le pouvoir issu de cette délivrance, à célébrer le prédateur.

Le professeur avait fait place à l'étudiant zélé, qui ne demandait qu'à apprendre, à explorer les connaissances et l'expérience qu'il s'était si longtemps refusées. Mais, maintenant, il estimait que son heure avait sonné.

Il était temps de franchir les frontières, d'aller au-delà des préceptes si patiemment enseignés. Ce n'étaient jamais que des lois, et ces lois ne s'appliquaient plus à lui.

Eckle songeait à tout cela en contemplant les deux doigts de whisky dans son verre. Perry avait banni drogue, alcool et tabac pendant le voyage. Corps et esprit devaient demeurer purs.

Mais Perry était en prison, il ne pouvait goûter que le plaisir de la rébellion. Ce n'était plus son voyage.

Il était temps pour Eckle de marquer son territoire. D'ailleurs, il avait déjà commencé en expédiant un petit cadeau à cette salope de Bristow. Dommage qu'il n'ait pu voir son visage au moment où elle avait ouvert le paquet ; il aurait aimé pouvoir humer sa peur.

Mais cela viendrait, en son temps.

Il s'était aussi écarté du chemin en louant ce chalet, dépense qui excédait ses habituelles chambres de motels minables, mais sa tranquillité en valait la peine.

Et il avait besoin de tranquillité pour accomplir le prochain détour sur la route tracée par son mentor.

Perry lui avait donné une vie nouvelle, une liberté nouvelle, et il mettrait un point d'honneur à parachever son œuvre en tuant Fiona Bristow. En attendant, le moment était venu d'effectuer quelques tâches annexes, de faire ses preuves.

Et de se faire plaisir.

Après avoir bu une autre gorgée de whisky, Eckle mit son verre de côté pour plus tard et se rendit dans la salle de bains où il ôta ses vêtements, admira son corps. La veille, il en avait rasé tous les poils et passait maintenant la main sur cette peau veloutée, tendue sur les muscles qu'il s'était forgés. Perry avait raison en ce qui concernait la force et la discipline.

Il se masturba, eut tôt fait de se raidir avant d'enfiler un préservatif. Il n'avait pas l'intention de violer, mais on n'était jamais trop prudent. Il passa des gants de cuir, enfin prêt à explorer de nouvelles voies.

Il revint dans la chambre, alluma une lampe de chevet puis regarda longuement la jolie fille attachée sur le lit. Si seulement il pouvait lui enlever son bâillon adhésif, entendre ses hurlements, ses supplications, ses sanglots de douleur. Mais de tels sons portaient trop loin, aussi devait-il se contenter de les imaginer.

De toute façon, elle avait déjà ce regard implorant, ce regard qui hurlait d'effroi. Il avait attendu que le narcotique cesse d'agir, afin qu'elle se rende bien compte de ce qui lui arrivait, qu'elle résiste et que sa peur parfume l'atmosphère.

Il sourit, content de remarquer qu'elle s'était écorché les poignets et les chevilles à force de tirer sur ses liens. La bâche de plastique crissait sous ses contorsions et ses convulsions.

— Je ne me suis pas présenté, commença-t-il. Je m'appelle Francis Xavier Eckle. Pendant des années, j'ai enseigné à des connes de ton espèce qui m'oubliaient à peine sorties de la salle de cours. Personne ne me voyait parce que je me cachais. Mais, comme tu peux le constater…

Il écarta les bras en voyant des larmes couler sur les joues de la fille.

— … je ne me cache plus. Tu me vois ? Hoche la tête pour montrer comme tu es obéissante.

Comme elle hochait la tête, il s'approcha du lit.

— Je vais te faire mal.

Une onde de chaleur lui traversa le ventre quand il la vit se tortiller et pousser des gémissements traversant le bâillon.

— Tu veux savoir pourquoi ? Tu te demandes : pourquoi moi ? Et pourquoi pas toi ? Qu'est-ce qui te rend si différente des autres ? Rien.

Il grimpa sur le lit, enfourcha la fille. Il n'avait décidément pas envie de la violer, malgré ses sursauts, ses spasmes, ses mouvements désordonnés.

— Mais tu vas devenir quelqu'un. Je vais te rendre célèbre. On te verra à la télé, dans les journaux et partout sur Internet. Tu me remercieras, plus tard.

Serrant ses poings gantés, il se mit à la frapper.

Fiona hésita et retourna sur ses pas. Son sac était rangé dans la voiture, elle avait tout organisé, laissé des listes bien longues, remplies de précisions. Elle avait prévu toutes sortes de plans B pour le cas où, et même quelques plans C.

Néanmoins, elle repassa une dernière fois son programme dans sa tête, à la recherche du détail qu'elle aurait pu oublier, mal calculer ou mieux renseigner.

— Va-t'en ! ordonna Simon.

— J'ai encore quelques minutes. Peut-être que je devrais…

— Fiche-moi le camp !

Pour appuyer son propos, il la prit par le bras et l'entraîna vers la sortie.

— Si un chien se blesse ou tombe malade…

— J'ai le nom et l'adresse du véto qui remplace Mai. J'ai ton numéro, celui de ton hôtel, celui du portable de Mai, celui du portable de Sylvia. Et James aussi. On a tout. En triple. À part un holocauste nucléaire ou une invasion d'extraterrestres, je ne vois pas…

— Je sais, mais…

— Boucle-la et va-t'en. Si je veux pouvoir travailler ce matin avec quatre chiens, je ferais mieux de me mettre en route.

— Je te remercie, Simon. Je sais que je t'en demande beaucoup. James viendra les chercher…

— Après le boulot. Il est sur la liste, avec l'heure, son téléphone portable, son fixe. Il ne me manque plus que de savoir comment il s'est habillé ce matin. Quand je pense que je vais enfin pouvoir passer trois jours sans avoir à t'entendre…

— Je te manquerai.

— Mais non.

Éclatant de rire, elle s'accroupit pour caresser puis étreindre chaque chien.

— Et vous, les gamins, je ne vais pas vous manquer ? Pauvres petits, obligés de passer la journée avec le père Lagrinche ! Courage, James viendra vous sauver plus tard. Soyez sages, mes bébés.

Elle se redressa.

— Bon, j'y vais.

— Dieu merci !

— Et merci à toi d'avoir accepté de les prendre avec Jaws pour la journée.

Elle l'embrassa brièvement sur la joue, ouvrit la portière de la voiture. Il la fit pivoter pour l'embrasser longuement, ardemment.

— Peut-être que tu me manqueras un peu, si par hasard je me mets à penser à toi une ou deux fois, lui murmura-t-il à l'oreille. Amuse-toi bien. Profites-en.

— Promis.

Elle entra dans la voiture, ressortit la tête par la fenêtre.

— N'oublie pas de…

De la paume, il la repoussa à l'intérieur.

— C'est bon, au revoir.

Comme elle mettait la marche arrière pour manœuvrer, il la suivit des yeux, les chiens affalés autour de lui.

— Allez, les gars, maintenant, on va partir entre mecs.

Il retourna dans la maison, qu'il inspecta rapidement.

— Ça ne sent jamais le chien, là-dedans, marmonna-t-il. Comment fait-elle ?

Après avoir tout bouclé, il rejoignit son pick-up.

— Tout le monde grimpe. On va faire un tour.

Ils se serrèrent à l'arrière, sauf Newman, qui parvint à se glisser dans l'étroit passage derrière la place du passager.

— Allez, c'est parti ! Elle reviendra dans deux jours. Viens là, Newman. Tu me crois, au moins ?

Le chien sauta sur le siège, l'air dubitatif.

Simon pensa à elle une ou deux fois, et un peu davantage, tout en travaillant dans son atelier. Il déjeuna assis sur sa véranda en jetant des morceaux de salami aux chiens, ce que Fiona n'aurait pas approuvé. Il passa encore vingt minutes à leur lancer des balles sur la plage, riant de bon cœur chaque fois que l'un d'eux plongeait dans l'eau.

Puis il retourna travailler, la radio hurlant à pleins tubes, ce qui n'empêcha pas les chiens de se sécher au soleil en ronflant.

Il ne les entendit pas aboyer mais leva la tête en apercevant une silhouette sur le seuil.

Posant son ciseau, il prit la télécommande pour couper la musique alors que Davey entrait.

— Vous avez une belle équipe, dehors !

— Fiona est partie quelques jours, comme vous le savez.

— Oui, je sais, avec ses copines Mai et Sylvia. Je voulais passer chez elle une ou deux fois par jour pour vérifier que tout va bien. Qu'est-ce que c'est que ça ?

Simon promena la main sur le tronc qu'il avait déjà débarrassé de son écorce et poncé puis laissé debout, les racines en l'air.

— Un pied de fontaine.

— On dirait un tronc dénudé posé à l'envers.

— En quelque sorte.

Davey allait et venait à travers l'atelier, les chaises, les tables, les tiroirs et les baldaquins.

— Vous en fabriquez, des choses ! J'ai vu la bibliothèque que vous avez faite pour les Munson. C'est magnifique. Oh ! quelle merveille.

Il désignait le confiturier que Simon destinait à Fiona.

— Ce n'est pas terminé. Mais vous n'êtes pas venu ici pour voir mon travail.

— Non, en effet, se rembrunit Davey. Seigneur…

— Quoi ? On a retrouvé la fille enlevée la semaine dernière ?

— Oui, tôt ce matin. Dans le parc national de Crater Lake. Il l'a gardée plus longtemps que les autres, c'est pourquoi le FBI a cru qu'elle avait pu s'échapper ou que ce n'était pas le même type. Bon sang ! Simon, il l'a battue comme plâtre avant de la tuer ! Perry ne les avait jamais réduites en bouillie comme ça. Et les trois autres n'ont pas été battues. Mais tout le reste correspond. L'écharpe, la posture du corps. Elle avait le numéro quatre écrit sur la main.

Pour se donner une contenance, Simon ouvrit le réfrigérateur, en sortit deux Coca, en lança un à Davey.

— Il trouve sa propre voie. On apprend, on imite, puis on crée son style. Il fait ses expériences.

— Bon Dieu, Simon ! souffla Davey en se passant la canette froide sur la joue. Si seulement vous vous trompiez ! J'aurais préféré que vous ne me disiez pas ça.

— Pourquoi êtes-vous venu m'en parler ?

— Parce que je voudrais votre avis. Est-ce qu'il faut avertir Fiona, la mettre au courant ?

— Non, elle a besoin de se changer les idées.

— Je suis d'accord avec vous, mais on va en parler partout aux infos.

— Appelez Sylvia. Racontez-lui tout ça et dites-lui de… je ne sais pas, de passer un pacte ! Pas d'infos, pas de télé, pas de journaux ni d'Internet. Rien qui… enfin vous voyez, qui puisse perturber leur nirvana ! Sylvia saura comment faire.

— Certainement. Bon. Parce que, vous voyez, cette fille, elle avait à peine vingt ans. Son père a été tué dans un accident il y a deux ans. Elle était fille unique. Sa mère est veuve et voilà qu'elle perd sa seule enfant. Ça me rend malade.

Il but un peu de Coca.

— Je suppose que vous allez appeler Fee tous les soirs.

Simon n'en avait pas l'intention. Ça faisait un peu… collégien.

— Oui, je vais l'appeler. Elle est en sécurité, là-bas.

Mais, en reprenant son travail, il savait déjà qu'il allait s'inquiéter jusqu'à son retour.

Ragaillardie par un massage des pieds, Fiona regagna son pavillon sur un petit nuage, entra et huma le parfum des fleurs, se laissa porter par le flot de musique New Age et traversa la salle de séjour meublée de fauteuils, de coussins et de canapés profonds qui lui tendaient les bras, puis sortit sur la terrasse fleurie où Sylvia se prélassait au soleil.

— Je suis amoureuse.

Encore tout à ses rêves, Fiona se laissa tomber sur une chaise longue.

— Je suis amoureuse d'une femme qui se nomme Carol et qui vient de m'emporter le cœur de ses mains de fée.

— Tu m'as l'air bien détendue.

— Tu veux dire avachie comme un plat de nouilles. La nouille la plus heureuse d'Amérique du Nord. Et toi ?

— J'ai eu droit à un nettoyage complet, gommage et massage compris. Maintenant, il me reste une terrible décision à prendre : que choisir au dîner ? Je me verrais bien passer ici le restant de mes jours.

— Tu veux une coloc ? Franchement, Sylvia, ce qu'on est bêtes de ne pas avoir fait ça avant.

Sa masse de cheveux attachée à la va-vite au sommet du crâne, ses lunettes roses sur les yeux, Sylvia reposa son magazine de mode sur ses genoux.

— Parce qu'on se prenait pour des-femmes-actives-qui-n'ont-pas-le-temps-de-s'occuper-d'elles. Mais maintenant, ça y est, on est sorties du moule. Et j'ai une déclaration à faire.

— À vos ordres !

— Pendant ce petit congé de luxe, on ne lit que des romans et des journaux people.

Elle désigna la pile qu'elle venait de poser sur la table.

— À la télé, on ne va regarder que des films d'amour ou des comédies légères. On ne pense plus au travail, on oublie les inquiétudes et les responsabilités. Et nos seules décisions auront pour objet les menus de nos repas et la couleur de notre vernis à ongles.

— Tout à fait d'accord. Mai n'est pas encore rentrée ?

— On a passé quelques moments de volupté dans la salle de repos. Elle voulait aller faire un petit plongeon à la piscine.

— À sa place, j'aurais trop peur de couler comme une pierre, marmonna Fiona, qui ne faisait même plus l'effort de s'étirer. Carol m'a équilibré mon qi ou aligné les chakras, je ne sais plus. Tout ce que je sais, c'est que je suis au-delà de l'extase.

Mai fit son apparition dans un peignoir de l'hôtel, s'allongea sur un transat.

— Les filles, on rêve, là, ou quoi ?

— On est en pleine réalité pour trois jours de rêve, rétorqua Sylvia en se levant.

— J'ai eu droit au renouveau de l'esprit, du corps et de l'âme. Je veux me faire renouveler tous les jours de ma vie, soupira Mai d'un ton rêveur.

— Sylvia et moi, on s'installe ici et j'épouse Carol.

— Parfait. Je serai votre invitée permanente. Qui c'est, Carol ?

— Celle qui a posé ses mains de déesse sur mon qi ou mes chakras… ou les deux… Je me la garde pour moi toute seule.

— Moi, c'est Richie qui m'a renouvelée. Tiens, si je l'épousais, je n'aurais plus besoin de recourir aux rencontres en ligne.

— Je croyais que le dentiste te plaisait.

— Le parodontiste. Oui, au point de le retrouver à un deuxième rendez-vous où il a passé une heure à parler de son ex-femme, une connasse qui ne le lâchait pas, dépensait trop, l'a scalpé avec le divorce, etc. Sam le parodontiste a été aussi décevant que Robert le psychologue, Michael le cadre d'assurances et Cedric l'avocat écrivain amateur.

— Tu seras mieux avec Richie.

— Tu m'étonnes.

Toutes deux se tournèrent vers l'entrée, et Fiona écarquilla les yeux en voyant Sylvia revenir armée d'un plateau.

— Du champagne ? C'est bien du champagne ?

— Du champagne et des fraises au chocolat. Il me semble que quand trois femmes d'affaires s'offrent quelques jours pour enfin s'occuper d'elles, elles peuvent bien fêter ça.

— On va prendre le champagne sur la terrasse de notre suite, s'extasia Fiona en frappant dans ses mains. Le septième ciel !

— On l'a mérité, au moins ?

— Je veux !

Mai applaudit lorsque Sylvia fit sauter le bouchon puis emplit leurs flûtes. Elles portèrent un toast.

— À nous et à personne d'autre.

— Parfaitement ! s'esclaffa Fiona avant de boire une première gorgée. Oooh ! Sylvia, tu as eu l'inspiration de l'année ! On scintille à la surface du soleil.

Mai leva de nouveau son verre.

— Il faut qu'on fasse un pacte : on recommence cette cure tous les printemps, entre filles.

— Je te suis, dit Fiona en trinquant de nouveau. Je ne sais même pas quelle heure il est. Jamais je n'ai vécu sans respecter un planning précis. D'ailleurs, je m'en étais fixé un pour ici. À quelle heure me lever, puis faire ma gym, quels cours suivre, combien de temps passer à la piscine ou au sauna avant un traitement…

Elle fit mine d'arracher une page et de la jeter.

— Pas de place pour Fee l'organisée ici. Fee thalasso fait ce qu'elle veut quand elle veut.

— Je parie que Fee thalasso est levée avant 7 heures et file tout droit à la gym.

— Peut-être, reconnut celle-ci en adressant un signe de tête à Mai. Mais Fee thalasso n'aura pas de planning. Tout ça grâce à l'étonnante Carol. Cinq minutes sur sa table, et j'ai cessé de me demander comment les choses se passaient entre Simon et les chiens, comment réagirait l'équipe en cas d'urgence, ce que la police pourrait… Non. Je préfère ne même pas en parler et me fondre dans l'extase en buvant encore du champagne.

Toutes trois se resservirent.

— Et ces rendez-vous, Mai ? demanda Sylvia.

— J'ai raconté à Fiona comment tout avait foiré avec le parodontiste. Obsédé par son ex-femme.

— Pas bon signe, ça.

— Déjà, le premier type m'avait semblé réciter une leçon et jouer la comédie ; dès que j'ai voulu le sortir un peu de son scénario, il est devenu ennuyeux, étroit d'esprit. Le numéro deux ne pensait qu'à lui et voulait juste baiser. Le suivant ? Un mélange indigeste du premier et du deuxième. Je vais encore essayer une ou deux fois, mais je n'y crois plus beaucoup.

— Dommage, commenta Sylvia. Même pas un éventuel compagnon pour quelques dîners ?

— Pas pour moi. À vrai dire, mes plus intéressantes conversations, je les ai eues, depuis quinze jours, avec Tyson.

— Le shérif Tyson ? coupa Fiona. De San Juan ?

— Oui. Il a l'intention de prendre un chien de sauvetage. Il m'a téléphoné pour me demander conseil.

— C'est vrai ? Et il n'y a pas un seul véto sur l'île de San Juan ?

— Si, mais moi je suis spécialisée en chiens de sauvetage. Ça aide, de discuter avec quelqu'un qui a de l'expérience.

— Tu as parlé de conversations au pluriel, remarqua Sylvia.

— Oui, on a remis ça plusieurs fois. Il pensait à un labrador à cause de ceux de Fiona, et puis il a décidé d'aller voir du côté des refuges ou des annonces en ligne pour récupérer un toutou dans le besoin. C'est mignon. Mais ça fait un bout de temps qu'il y réfléchit.

— Et qu'il se renseigne auprès de toi.

Fiona échangea un regard avec Sylvia.

— C'est ça. Je vais aller voir ça avec lui dès mon retour de thalasso.

— Il t'a demandé de l'accompagner au refuge ?

— Pour avoir une opinion professionnelle... Enfin, Fiona ! Ce n'est pas non plus une croisière au clair de lune !

— Un homme célibataire qui t'appelle à plusieurs reprises pour t'interroger sur ta spécialité... et s'arrange pour te faire sortir avec lui... Ça ne te dit rien, à toi ?

— Pourtant, c'est exactement ça ! commenta Sylvia.

— Mais…

— Ton radar est faussé. Tu te concentres sur des inconnus, alors que tu reçois plein d'appels du pied d'un homme que tu connais.

— Non, je… Attendez !

Mai ferma les yeux et leva un index en changeant soudain d'intonation.

— Mince, vous avez raison ! Ça ne m'avait même pas effleurée. Oh, là, là !

— Quoi, oh, là, là ? C'est bien ou c'est mal ?

— Je… Il est très bien ! Il est intéressant, drôle quand il ne prend pas ses airs professionnels, un peu timide, sur son quant-à-soi. Pas mal à regarder. Et aussi un peu rusé, ce que je ne déteste pas. Il a réussi à obtenir un rendez-vous avec moi, mine de rien. Je… je suis flattée. C'est vrai, bon Dieu ! Drôlement flattée ! Je viens de me faire renouveler, il y a un mec qui s'intéresse à moi et c'est réciproque ! Quelle magnifique journée !

— Dans ce cas, dit Sylvia en remplissant leurs verres, ça tombe bien parce que j'ai une autre bouteille au frais.

— Quelle sagesse ! apprécia Mai. Vous êtes d'accord pour qu'on se fasse servir le dîner ici, en pyjama, entièrement au champagne, et qu'on finisse sur un dessert effroyablement calorique ?

Elles levèrent toutes la main.

— Je suis amoureuse de Simon, laissa soudain tomber Fiona. Euh… pardon, j'empiète sur ton histoire avec le shérif Tyson…

— Tu rigoles ou quoi ? s'exclama Mai. Tyson… enfin, ce cher Ben peut bien attendre. Tu es amoureuse avec un grand A ou juste en passant, pour prendre du bon temps parce qu'il te plaît et qu'il est bien fait ?

— Avec un grand A et pas mal des autres raisons annexes. Au début, j'ai cru que ce n'était que ça, mais c'est tout à la fois. Pourquoi je ne peux pas avoir une aventure comme n'importe qui ? Maintenant, j'ai tout compliqué.

— C'est la vie qui est compliquée, s'extasia Sylvia, sinon, ce ne serait pas drôle. Je trouve ça merveilleux.

— Je ne sais pas si c'est merveilleux, mais c'est comme ça. Jamais je n'aurais cru m'intéresser à un type pareil.

— Il y a belle lurette que tu ne t'intéresses plus à aucun type.

— Peut-être, mais de là à voir en lui l'homme de ma vie…

— Pourquoi es-tu amoureuse de lui, d'abord ? interrogea Mai.

— Je n'en sais rien. Il est solitaire, pas moi, grincheux, pas moi, bordélique et brusque, souvent malpoli et ne parle de lui que par à-coups, quand on parvient à lui soutirer quelques mots ou alors quand ça lui prend.

— Le rêve, quoi ! souffla Sylvia.

— Pourquoi, ô Sagesse ? demanda Fiona.

— Parce qu'il n'a rien d'une statue parfaite. Il a ses défauts et tu les acceptes. Et ça signifie que tu es tombée amoureuse de lui, non pas de ce que tu voudrais voir en lui.

— Je l'aime tel qu'il est. En plus, il me fait rire et il est gentil, un peu malgré lui, ça n'en donne que plus d'impact à sa gentillesse. Il n'est pas du genre à dire le contraire de ce qu'il pense, et ça en fait quelqu'un d'honnête.

— Il t'aime ?

Fiona baissa la tête.

— Je ne sais pas… En revanche, s'il me l'avoue, je pourrai le croire sur parole. Pour l'instant, tout est bien comme ça. Il me faut du temps pour m'habituer à ce que j'éprouve… et pour m'assurer qu'il n'est pas avec moi juste parce que… j'ai des ennuis, qui sait ?

— Je suis sûre qu'il n'a pas pensé à ça quand vous avez fait l'amour sur la table de la salle à manger.

— Bien vu, Mai ! Ça mérite une autre flûte de champagne. Je vais chercher la deuxième bouteille.

Mai attendit que Fiona soit à l'intérieur.

— Alors, on a raison de ne pas lui parler du meurtre, tu crois ?

— Oui. Elle a besoin de cette détente. Nous aussi, d'ailleurs, mais surtout elle. Avec ce qui l'attend…

— Au fait, je crois qu'il l'aime vraiment.

Sylvia sourit.

— Qu'est-ce qui te fait dire ça ?

— Il a dit à Davey de t'appeler, toi et non Fee, en te proposant de la ménager. Nous aussi nous tenons à elle, c'est pour ça qu'on ne lui dit rien ; je crois que c'est ce qu'on aurait fait, de toute façon. Il n'empêche que Simon a eu cette idée, cet élan, et moi j'appelle ça de l'amour.

— Je suis de ton avis.

— Ce n'est peut-être pas celui de sa vie, mais…

— Ça suffit pour le moment et c'est ce dont elle a besoin. Franchement, Mai, je crois qu'ils ont besoin l'un de l'autre et qu'ils sauront se soutenir mutuellement. En tout cas, je le souhaite.

Mai jeta un coup d'œil vers la porte, baissa la voix.

— J'ai dit au concierge de ne pas déposer de journaux à notre porte le matin.

— Bien vu.

Elles entendirent sauter un bouchon, et Fiona pousser un cri de satisfaction.

— Sors-toi ça de la tête, murmura Sylvia, pour qu'on puisse donner le change.

17

Étant donné son métier et sa pratique assidue du jardinage, Fiona ne perdait habituellement pas son temps à se faire les ongles.

Mais elle était là pour se bichonner.

Et puis c'était leur dernier jour. Autant en profiter au maximum… et rentrer à la maison avec de jolies mains, même si cela risquait de ne pas durer plus de vingt-quatre heures. Et puis ça faisait du bien.

Du haut de son siège masseur, les pieds plongés dans un bain tiède, Fiona admira la couleur rose nacré de son vernis. Cindy, sa manucure, lui apporta une tasse d'eau où flottaient des rondelles de citron.

— Ça va ?

— Je suis dans les limbes, je vais bientôt entrer au paradis.

— C'est ce qu'on aime entendre, ici. Voulez-vous la même couleur pour vos orteils ?

— Soyons fous. Du rouge passion.

— Vous avez raison, c'est plus drôle.

Elle lui essuya les pieds et les enveloppa d'argile grise.

— On va laisser ce masque quelques minutes, le temps de bien vous détendre. Je peux vous apporter quelque chose ?

— J'ai tout ce qu'il me faut.

Pelotonnée dans son fauteuil, Fiona ouvrit son livre et se laissa couler dans la comédie romantique qui l'amusait autant que le vernis de ses doigts de pieds.

Quelques minutes plus tard, Cindy revint la nettoyer et la masser.

— Il est bien, ce bouquin ? demanda-t-elle.

— Oui, tout à fait ce qu'il me faut en ce moment. Je me sens bien, reposée et jolie.

— J'adore lire, surtout les trucs d'horreur avec plein de sang et de mystère. Je ne sais pas pourquoi, mais ça me détend.

— Peut-être parce que vous savez que, pendant ce temps, vous êtes bien à l'abri, au chaud. Dans ces conditions, c'est amusant d'avoir peur.

— C'est vrai, dit Cindy. En revanche, j'ai horreur d'écouter les informations parce que là, c'est vrai, et, la plupart du temps, affreux. Plein d'accidents, de catastrophes naturelles et de crimes.

— Ou de politique.

— Encore pire ! approuva-t-elle en riant. Tandis que dans un roman ou un film, on peut toujours espérer que les héros vont s'en sortir et que les méchants seront punis. Ça ne se passe pas souvent comme ça dans la vie. Tenez, j'ai peur qu'ils ne mettent jamais la main sur ce malade qui tue des femmes. Il en est à quatre, maintenant. Oh ! je vous ai fait mal ?

— Non, pas du tout… Quatre ?

— On a trouvé la dernière il y a deux jours. Vous ne devez pas être au courant. Aux Cascades, en Oregon. Je sais que c'est à des centaines de kilomètres d'ici, mais ça me fait vraiment peur. Quand j'ai des rendez-vous tard le soir, mon mari vient me chercher. C'est idiot parce que je ne suis pas une étudiante, mais ça me fait froid dans le dos.

— Je ne trouve pas ça idiot.

Fiona but un peu d'eau citronnée pour s'éclaircir la gorge.

— Qu'est-ce qu'il fait, votre mari ? demanda-t-elle, pour changer de sujet.

Elle savait que Cindy allait se lancer dans de longues explications, et pendant ce temps elle allait pouvoir réfléchir.

La déclaration de Sylvia… pas de journaux ni de télévision.

Elle devait savoir, ça signifiait que Mai aussi était dans la confidence. Et qu'elles l'avaient préservée. Pour la laisser profiter de sa cure. Une petite tranche d'oubli avant que la réalité lui saute de nouveau à la gorge.

Aussi jouerait-elle la même comédie. Si la mort revenait la hanter, au moins pourrait-elle garder les fantômes pour elle seule.

Ça ne me ressemble pas, pensait Simon en contemplant les fleurs sur la table. Il n'achetait jamais de fleurs.

Enfin, pour sa mère, de temps à autre. Il n'était pas borné, mais il n'offrait pas de fleurs aux femmes pour un oui ou pour un non.

Et un retour après quatre jours d'absence, ça n'avait rien d'extraordinaire.

À croire que Fiona lui avait vraiment manqué. Il avait passé le temps en travaillant comme un fou et cela lui avait permis de dessiner de nouveaux modèles, seul dans son atelier, à son propre rythme. Enfin, le sien et celui des chiens.

Mais il préférait les maisons tranquilles, où il ne se sentirait pas obligé de ramasser ses chaussettes, de suspendre les serviettes mouillées ou de ranger les assiettes dans le lave-vaisselle avant d'en avoir envie – autrement dit, pour lui comme pour la plupart des personnes de son espèce, quand il n'avait plus ni chaussettes, ni serviettes, ni assiettes de rechange. Encore que Fiona ne lui fasse jamais d'observation sur ce point : là, elle brillait par son exception. Elle ne disait rien, et il n'en sentait que davantage ses obligations.

En fait, il était remarquablement dressé. Elle s'y prenait aussi bien avec lui qu'avec ses chiens. L'important, c'était de lui plaire, de ne pas la décevoir, de prendre de bonnes habitudes.

Il fallait que ça cesse.

D'abord, jeter ces fleurs idiotes avant son arrivée.

Quand est-ce qu'elle rentrait, au fait ?

Il jeta de nouveau un coup d'œil à l'horloge du four puis sortit pour cesser de regarder l'heure toutes les minutes.

S'il ne portait pas de montre, c'est bien parce qu'il ne voulait pas être tenu par les horaires.

Il aurait mieux fait de rester travailler chez lui jusqu'à ce qu'elle téléphone… ou pas. Alors qu'il était allé en ville acheter de quoi remplir le réfrigérateur, puis ces fichues fleurs, ainsi que deux bouteilles du vin rouge qu'elle préférait, pour ensuite passer vérifier l'état de sa maison.

Et s'assurer, dut-il s'avouer, que James avait bien récupéré ses chaussettes, etc. Bien sûr, tout cela se révéla inutile. James était soit aussi maniaque que Fiona, soit bien dressé.

Pour se changer les idées, il prit plusieurs balles de tennis qu'il envoya aux chiens et ne cessa que quand il eut mal aux bras. Alors il décida de vérifier s'ils obéissaient à sa voix et leur donna des ordres, les fit stopper sur place pour aller cacher les balles en divers endroits avant de revenir s'asseoir sur les marches de la véranda.

— Allez chercher les balles, ordonna-t-il.

Il dut reconnaître que le seul fait de les voir filer dans toutes les directions était déjà amusant en soi, et en quelques minutes il se retrouva entouré de balles et de chiens. Il n'avait plus qu'à recommencer. Mais, cette fois, il rentra prendre une bière. Quand il revint, les balles étaient abandonnées devant l'escalier et les chiens étaient allés se poster comme des sentinelles à l'entrée du pont.

Il serait temps, se dit Simon en s'adossant à la colonne. Au moins n'avait-il pas trop l'air d'attendre Fiona, juste de boire une bière en s'amusant avec les gamins.

Mais ce n'était pas sa voiture qui arrivait. Simon se redressa, attendit que l'homme et la femme descendent du véhicule pour venir à leur rencontre.

— Agents Tawney et Mantz, se présentèrent-ils. Nous souhaitons nous entretenir avec Mme Bristow.

Simon jeta un coup d'œil aux cartes qu'ils lui présentaient.

— Elle n'est pas là.

Il vit que les chiens le regardaient, comme s'ils attendaient ses instructions.

— Gentils, leur dit-il.

— On nous a dit qu'elle rentrait aujourd'hui. Savez-vous à quelle heure elle doit arriver ?

— Non.

— Vous êtes… ?

— Simon Doyle, répondit-il à la femme.

— Le petit ami.

— C'est comme ça qu'on dit au FBI ?

Ça lui restait en travers de la gorge.

— Je m'occupe un peu des chiens en son absence.

— Je croyais qu'elle n'en avait que trois.

— Celui qui renifle vos chaussures est le mien.

— Ça vous ennuierait de lui dire d'arrêter ?

— Jaws, arrête ! Fiona m'a dit que vous étiez les agents chargés de l'affaire Perry. Je lui dirai que vous êtes passés.

— Vous n'avez aucune question à nous poser, monsieur Doyle ? s'enquit l'agent Mantz.

— Vous n'y répondriez pas, alors je ne vais pas vous faire perdre votre temps, ni le mien. Vous voulez parler à Fiona. Je la préviendrai et, si elle le souhaite, elle reprendra contact avec vous.

— Vous m'avez l'air bien anxieux.

— Anxieux n'est pas vraiment le mot, mais… oui ! À moins que vous n'ayez hâte d'annoncer que vous avez chopé l'enfoiré qui a repris les affaires de Perry là où il les avait laissées, je ne tiens pas à ce qu'elle tombe sur vous à peine rentrée.

— Alors, si on l'attendait à l'intérieur ? suggéra Mantz.

— Vous croyez que je l'ai ligotée dans son salon ? Bon sang, mais vous voyez sa voiture quelque part ? Regardez ses chiens.

Il désigna Jaws, qui essayait de jouer avec un Newman d'une patience angélique, tandis que Bogart et Peck se disputaient une corde.

— On ne vous apprend pas à observer les détails élémentaires, au FBI ? Et, non, je ne vous laisse pas entrer dans sa maison en son absence.

— Vous vous faites du souci pour elle, monsieur Doyle ? demanda Tawney.

— D'après vous ?

— Je pense que vous n'avez pas de casier judiciaire, que vous n'avez jamais été marié, que vous n'avez pas d'enfant et que vous gagnez bien votre vie, assez pour posséder votre propre maison, que vous avez achetée il y a six mois. Le Bureau nous enseigne aussi à lire quelques données élémentaires sur les gens qui nous intéressent. Je sais que Fiona vous fait confiance, et ses chiens aussi. Si je découvre que cette confiance est mal placée, vous découvrirez d'autres aspects de l'enseignement du Bureau.

— On verra. Au fait, elle n'est pas au courant, pour le dernier meurtre. Ses amies se sont arrangées pour qu'elle n'ait pas accès aux informations pendant son séjour. Il fallait qu'elle se repose. Je n'ai pas envie de lui balancer cette nouvelle à la figure dès son arrivée. C'est aussi pour ça que je voudrais vous voir partir.

— Soit. Dites-lui de nous appeler.

Tawney entraîna sa coéquipière vers la voiture.

— Au fait, on n'a pas attrapé cet enfoiré. Mais ça va venir.

— Alors, faites vite !

Simon attendit encore près d'une heure, soulagé à l'idée que Fiona ne les avait pas croisés sur sa route. Il eut presque envie de préparer un repas mais recula devant l'idée du type qui attendait une femme avec un dîner et des fleurs. Ça faisait un peu trop.

Les aboiements des chiens l'attirèrent au-dehors pour la voir aborder le pont. Il allait enfin pouvoir penser à autre chose.

Alors qu'il allait d'un pas nonchalant à sa rencontre, l'impensable se produisit. Comme elle sortait de sa voiture en le regardant, debout dans le soleil couchant éclairant les fragiles fleurs des cornouillers, il sentit son cœur battre la chamade.

Il avait toujours considéré cette situation comme la plus idiote qu'un romancier ou un poète puissent inventer. Et voilà que ça lui arrivait, un élan de plaisir et d'émotion lui étreignait la poitrine. Il dut se retenir de lui sauter au cou comme le firent les chiens, qui se heurtaient sans vergogne pour mieux lui prouver leur joie.

— Salut, les gamins ! Que je suis contente de vous voir, vous tous ! Vous avez été sages ? J'en suis certaine.

Elle les laissa lui lécher le visage et les mains avec ardeur tandis qu'elle les caressait l'un après l'autre.

— Regardez ce que je vous apporte.

Et de sortir de la voiture quatre os de cuir.

— Un pour chacun ! Assis. Allez ! Vous aurez tous le vôtre.

— Et le mien ? demanda Simon.

Elle sourit, et le soleil se refléta dans ses lunettes tandis qu'elle avançait dans sa direction en lui ouvrant les bras, l'étreignant sans plus de façon.

— J'espérais que tu serais là, souffla-t-elle. Oh ! tu m'as fabriqué un autre fauteuil !

— Celui-là est pour moi. Il n'y a pas que toi qui aimes t'asseoir. Tout ne tourne pas toujours autour de toi.

Riant aux éclats, elle le serra encore plus fort.

— Sans doute, mais je n'en suis que plus contente de te voir.

Il recula juste assez pour lui fermer la bouche d'un baiser.

— À moi, dit-il en se penchant pour caresser les chiens.

Le temps de se redresser, il vit ses yeux derrière les lunettes noires et les lui ôta.

— J'aurais dû me douter que les femmes ne pouvaient décidément pas tenir leur langue !

— Tu te trompes, et c'est sexiste de dire ça, d'abord ! Elles ne m'ont rien dit du tout, je leur ai rendu la pareille en leur cachant ce que j'avais appris. C'est toi qui leur as demandé de se taire ? Et de s'assurer que je ne regarderais pas la télé et que je ne lirais pas les journaux ?

— Et alors ?

Elle lui caressa le visage, l'embrassa sur la joue.

— Alors, merci.

— C'est bien toi, ça ! Au lieu de te mettre en pétard comme n'importe quelle personne normale et de me dire que je n'avais pas le droit de prendre une telle décision à ta place.

Il prit sa valise à l'arrière de la voiture.

— C'est quoi, ces trucs ?

— J'ai fait quelques achats. Tiens, je…

— Je m'en charge.

Il prit les deux sacs.

— Pourquoi faut-il toujours que les femmes rapportent plus de bagages qu'elles n'en ont emporté ? Et ça, ce n'est pas sexiste, c'est la vérité.

— Parce qu'on aime profiter de la vie. Continue comme ça, et tu n'auras pas ton cadeau.

Elle le précéda jusqu'à l'escalier, où il déposa ses sacs.

— Comment as-tu su la vérité ?

Elle ôta ses chaussures, lui montra ses orteils.

— Quoi, ce sont tes petits doigts rouges qui te l'ont dit ?

— Non, la pédicure qui me les a peints. Elle voulait juste faire la conversation.

Bon sang ! Il n'avait pas songé aux potins de base.

— Alors, c'est de ça que vous parlez en vous pomponnant ? De meurtres et de cadavres ?

— Disons qu'on échangeait des nouvelles. Allez, on va s'offrir un verre de vin, ça me fera du bien.

Voyant les fleurs dans la cuisine, elle s'arrêta net et lui jeta un regard aussi surpris que lui-même ne l'avait été.

— Tu m'as fabriqué un autre fauteuil et tu m'as acheté des fleurs.

— Je t'ai dit que ce fauteuil était pour moi. Quant aux fleurs, elles me sont tombées sous la main…

— Simon !

Elle se jeta dans ses bras. Mille sensations se heurtèrent en lui.

— Pas la peine d'en faire toute une histoire.

— Pardon, mais ça faisait tellement longtemps qu'un homme ne m'avait pas offert de fleurs. J'avais oublié ce que c'était. Je reviens.

Les chiens la suivirent dehors, comme s'ils craignaient de la voir partir à nouveau. Il déboucha une bouteille de vin. Elle revint avec un petit paquet alors qu'il remplissait deux verres.

— De ma part et de celle des chiens. Prends-le comme un remerciement pour t'être occupé d'eux.

— Merci.

Cela pesait bien lourd pour une si petite boîte, aussi l'ouvrit-il avec curiosité. Il y trouva un mince heurtoir en cuivre qui allait vite se couvrir de vert-de-gris à l'air libre et n'en aurait que plus de charme.

— C'est irlandais, comme ton nom, je crois ?

— Oui, Doyle signifie « bienvenue ».

— Voilà, j'ai pensé que tu pourrais mettre ça sur ta porte.

— Pourquoi pas ? C'est gentil.

— Et tu pourrais t'en faire faire un autre, demande à Sylvia, je crois qu'elle connaît quelqu'un, pour les jours où tu n'es pas d'humeur à recevoir. Ça dirait « Allez-vous-en » en gaélique.

— Excellente idée. Je sais d'ailleurs comment on dit « Foutez le camp » en irlandais, ça pourrait être plus intéressant.

— Oh, Simon, tu m'as tellement manqué !

Elle riait en disant cela et, quand elle prit son verre, il posa une main sur son bras.

— À moi aussi, tu m'as manqué, Fiona, bon sang !

Elle l'entoura de ses bras, posa la tête sur son épaule.

— Ça me semble plus équilibré comme ça, comme les deux fauteuils sur la véranda, non ?

— Sans doute.

— Bon, je vais devoir évacuer ça, je ne veux pas te mettre la pression. Mais quand j'ai déposé Sylvia et Mai, je ne pouvais plus penser à personne d'autre qu'à cette pauvre fille et à ce qu'elle a subi avant de mourir. Et voilà, quand je me suis garée ici, je t'ai vu et ça m'a tellement soulagée ! Simon, je n'aurais pas supporté de me retrouver seule avec tout ça dans la tête. J'étais tellement contente de te voir qui m'attendais sur la véranda !

Il faillit lui dire qu'il ne l'attendait pas. Pur réflexe. En fait, il l'attendait bel et bien, et cela lui plaisait de penser qu'elle en était contente.

— Tu es arrivée plus tard que je n'aurais cru, alors j'ai… et zut !

— À cause de mes courses de dernière minute et des embouteillages…

— Non, ce n'est pas ça.

Il avait complètement oublié les agents du FBI et décida d'en parler de but en blanc.

— Les fédéraux sont passés. Tawney et son équipière. Je ne crois pas qu'ils avaient du nouveau, mais…

— Ils me relancent. Je leur avais dit que je rentrerais aujourd'hui. Tant pis, je ne tiens pas à les voir ce soir. Je m'en occuperai demain.

— Très bien.

— Mais tu dois me raconter ce qu'ils t'ont dit. Je n'avais aucun moyen de connaître le moindre détail sur cette histoire, alors je veux savoir.

— D'accord. Assieds-toi. J'avais l'intention de préparer quelque chose pour le dîner. Je te dirai ça en le faisant.

— J'ai des plats tout préparés dans le congélateur.

Il sourit.

— Je ne mange pas de ces aliments diététiques pour femmes anorexiques. Et avant de me traiter de sexiste, regarde-moi dans les yeux et dis-moi que ces plats allégés ne sont pas seulement destinés aux femmes.

— Peut-être, pour la plupart, mais ça ne veut pas dire qu'ils ne sont pas bons ou que ceux qui vont les manger vont se voir pousser des seins.

— Je préfère ne pas courir le risque. Tu mangeras ce que je vais te cuisiner.

Aussi amusée qu'il l'avait prévu, elle s'assit à table.

— Et qu'est-ce que tu vas cuisiner, au juste ?

— Tu verras bien.

Il ouvrit le réfrigérateur, en inspecta le contenu, ouvrit divers compartiments.

— Le shérif adjoint Davey est passé me raconter l'histoire le jour où tu es partie.

Tout en lui rapportant leur conversation, il jetait des frites congelées sur une plaque de cuisson et les mettait au four. Le bacon alla cuire au micro-ondes. Il trouva une tomate coupée en rondelles que James devait avoir oubliée.

— Elle a été battue ? Mais…

— Oui. On dirait qu'il cherche encore son style.

— C'est horrible, murmura Fiona. Pourtant, ça paraît vrai. Elle a été… piégée, battue, étranglée. Et si par-dessus le marché il l'a violée…

— Non, pas de viol. Au moins pas ça, Davey était formel. Tu es certaine de vouloir en parler maintenant ?

— Oui, je veux savoir ce qui pourrait se passer encore.

S'efforçant de garder son calme, Simon lui tournait toujours le dos et disposait fromage, bacon et tomates entre des tranches de pain de mie.

— Il a dévié en la battant et en la gardant plus longtemps. Sinon, il semble avoir suivi le processus habituel.

— Qui était cette fille ? demanda Fiona. Tu as sûrement cherché à savoir, non ?

Simon déposa les sandwichs sur la poêle, faisant grésiller le beurre.

— C'était une étudiante qui préparait un diplôme de nutritionniste et de prof d'éducation physique. Elle enseignait le yoga et s'entraînait elle-même beaucoup. Elle avait vingt ans, elle aimait sortir et elle était fille unique. Sa mère est veuve.

— Mon Dieu !

Un long moment, Fiona se cacha le visage dans les mains, puis elle les frotta l'une contre l'autre et les reposa sur la table.

— On dirait qu'il trouve chaque fois pire.

— Elle correspondait au type physique des victimes habituelles. Grande, mince, musclée, longues jambes. S'il y a autre chose, la presse ne le sait pas.

— Il l'a marquée ?

— En chiffres romains. Tu te demandes quel numéro il veut appliquer sur toi. Écoute-moi bien, Fiona, et souviens-toi que je ne parle jamais pour ne rien dire.

— Je le sais.

Patiemment, elle le regarda disposer les sandwichs dans leurs assiettes, sortir les frites, ouvrir un pot de cornichons dont il ajouta quelques-uns aux sandwichs avant de les servir.

— Il ne te marquera pas, il ne pourra pas davantage que Perry t'attribuer un numéro. Si les flics ne l'arrêtent pas, alors ce sera nous. Point barre.

Fiona ne répondit pas tout de suite. Elle se leva pour prendre un couteau, mit la bouteille sur la table, remplit les verres, coupa son sandwich en deux triangles avant de proposer le couteau à Simon.

— Non, merci.

— Bon, d'accord, soupira-t-elle. Très bon, ton sandwich.

— Un dîner typiquement Doyle.

Tout en buvant un peu de vin, elle tendit le pied pour lui caresser la jambe sous la table.

— Je suis contente d'être rentrée. Parmi les choses que j'ai rapportées, il y a une extraordinaire crème de gommage au miel et aux amandes qu'ils utilisent pour la cure. Après le dîner, quand j'aurai un peu joué avec les chiens, on pourrait prendre une douche. Je t'exfolierais.

— C'est-à-dire ?

— Tu verras ! pouffa-t-elle.

— Tu sais pourquoi je ne coupe pas mes sandwichs en triangle ?

— Pourquoi ?

— Pour la raison même qui fait que je ne veux pas sentir le miel aux amandes.

Une frite au bout de sa fourchette, elle lui jeta un regard malicieux.

— Ni manger de la cuisine légère. Je parie que je pourrais te faire changer d'avis, avec ce gommage. Tiens, laisse-moi au moins commencer par ton dos, et on verra si tu veux continuer ou pas. Il y avait aussi une boutique de lingerie très intéressante. J'ai acheté un petit quelque chose que je suis prête à passer devant toi si tu veux bien essayer cette crème.

— Très petit, le quelque chose ?

— Minuscule.

— Juste le dos, alors.

Souriante, Fiona piqua une autre frite.

— Pour commencer.

Elle joua avec les chiens une bonne heure, leur jetant inlassablement des balles ou se laissant poursuivre à travers le parcours d'obstacles, ou bien les tirant l'un après l'autre au point que Simon se demanda comment elle n'était pas encore tombée de fatigue.

Cependant, il comprenait que l'exercice lui permettait d'évacuer le stress induit par leur conversation d'avant le dîner. *Elle va s'en sortir*, pensa-t-il. Parce qu'elle s'en sortait toujours. Pour le moment, elle concentrait son énergie sur les chiens pour ne plus en tirer que de la joie.

— Maintenant, j'ai besoin d'une bonne douche, annonça-t-elle en s'essuyant le visage du dos de la main.

— Tu les as épuisés.

— Exprès. Au fait, je ne t'ai pas demandé comment tu occupais tes journées en mon absence.

— J'ai travaillé. Et, le soir, on sortait avec James dans les boîtes de strip-tease.

— Ha, ha !

— On emmenait les chiens, ajouta-t-il en grimpant les marches derrière elle.

— Normal.

— Newman est un ivrogne invétéré.

— Oui, et ça me pose un problème.

Dans la chambre, elle sortit le pot de crème exfoliante de son sac.

— En fait, puisqu'on en est aux potins, je ne crois pas qu'on soit les seuls à se faire exfolier sous la douche, ces temps-ci.

— Pardon ?

— En revenant de courses, je suis passé ici, un matin, chercher les chiens pour éviter le déplacement à James. La voiture de Lori était garée devant la maison.

— C'est vrai ? Tiens, tiens. Elle a pu aussi arriver très tôt, comme toi. J'espère que non, mais…

— Il est sorti… tout rouge.

— C'est trop mignon !

Fiona alla placer le pot dans la salle de bains puis détacha ses longs cheveux mordorés.

— Déshabille-toi, ordonna-t-elle. On va voir si je peux te faire rougir.

— Je ne rougis pas et je ne suis pas mignon.

— C'est ce qu'on va voir.

Elle ôta sa chemise mais écarta la main qu'il tendait vers elle.

— Hé ! Tu as promis. On se mouille d'abord.

Sans doute était-ce un autre moyen de se changer les idées, mais il n'allait pas s'en plaindre. Il se déshabilla donc et alla sous la douche.

— Il faudrait refaire entièrement ta salle de bains.

— J'y réfléchirai.

De l'index, elle lui fit signe de se tourner vers le mur.

— Ça va te paraître un peu rêche, mais c'est normal.

Elle étala doucement la crème sur son dos en longs cercles.

— Tu te mettais toute nue sous la douche, pour ta cure ?

— Non, j'adapte. Tu sens déjà délicieusement bon.

Elle continua le mouvement avec ses seins.

— Ça va ?

— Ouais.

— Alors détends-toi. Je continuerai jusqu'à ce que tu me dises d'arrêter.

Les mains descendaient maintenant le long de ses jambes, toujours accompagnées de la texture rugueuse de la crème que le jet d'eau finissait par chasser, tandis que Fiona accompagnait maintenant ses gestes de baisers et de coups de langue gourmands.

Il en était tellement excité qu'il serra les poings contre le mur, enivré par les caresses autant que par l'odeur suave de la crème.

— Fiona...

— Encore un petit peu, murmura-t-elle. Je n'ai même pas attaqué le devant. Tu vas... succomber. Tourne-toi, Simon.

Elle s'agenouilla devant lui, les cheveux plaqués en arrière par l'eau chaude qui continuait de couler allègrement.

— Je commence par là et je remonte petit à petit.

— Fiona, j'ai envie de toi comme jamais.

— Tu auras tout ce que tu voudras, je veux juste voir si tu peux tenir jusqu'à ce que j'aie terminé.

— Bon sang, tu vas me rendre fou !

— C'est ce que je veux, ce soir. Mais pas tout de suite.

Essayant de lui attraper les mains, il éclata d'un rire éraillé.

— Si tu crois que tu vas me poser de ce truc sur...

— Pas de ce truc, comme tu dis, rassure-toi.

De la langue, elle lui confirma ses dires, et il laissa échapper un gémissement.

— Tu tiendras ? demanda-t-elle avant de continuer à le torturer tout en lui caressant les cuisses et le ventre. Tu tiendras jusqu'à ce que je t'accueille en moi ? C'est ce que j'attends dès que j'aurai fini. Je veux que tu me prennes jusqu'à ce que je n'en puisse plus, et que tu continues encore... Je ne te supplierai pas d'arrêter, tu continueras tant que tu pourras.

Elle se redressa lentement, sans cesser ses mouvements le long de sa poitrine.

— L'eau commence à refroidir, dit-elle contre sa bouche. On devrait...

Ce fut lui qui la plaqua contre le mur détrempé.

— Tant pis, tu supportes, et moi aussi.

— Compris.

Le souffle court, elle frissonna quand il lui passa une main entre les jambes.

— Écarte.

Agrippée à ses épaules, elle le laissa entrer en elle, criant de soulagement autant que de froid, et elle laissa retomber la tête dans son cou mais il continua sans merci.

Son propre délire finit par avoir raison de lui.

Il parvint à fermer l'eau et à entraîner Fiona hors de la douche, l'emporta vers le lit où ils tombèrent tous deux, essoufflés et trempés.

— Qu'est-ce que tu…

Elle s'interrompit, laissa échapper un long soupir, s'éclaircit la voix.

— Alors, qu'est-ce que tu penses du gommage miel-amandes, finalement ?

— Mettez-m'en une caisse.

Elle éclata de rire mais écarquilla les yeux lorsqu'il se jucha sur elle en lui caressant le bout des seins.

— Je n'ai pas fini.

— Mais…

— Pas fini.

Il se pencha, lui prit les mains, les leva en direction des barreaux de métal.

— Laisse-les là. Tu vas avoir besoin de quelque chose à quoi t'accrocher.

— Simon…

— Tu as dit que je pourrais faire ce que je voudrais ensuite, tout le temps que je voudrais.

Là-dessus, la respiration un peu tremblante au-dessus de sa bouche, il lui souleva les hanches.

— Oui, souffla-t-elle.

18

Pour revenir à une alimentation plus saine, Fiona jeta quelques fraises sur ses Froot Loops qu'elle mangea debout, appuyée contre le plan de travail, regardant Simon boire son café en face d'elle.

— Tu essaies de gagner du temps, observa-t-elle. Tu alignes les tasses de café en attendant que mes élèves arrivent pour la première leçon.

Il plongea la main dans la boîte de céréales, en prit une poignée.

— Et alors ?

— C'est gentil, et j'apprécie presque autant que d'avoir fait l'amour à en frôler le coma cette nuit. Mais ce n'est pas la peine.

— Laisse-moi finir mon café. Si tu as quelque chose à faire, vas-y, mais je ne te laisse pas seule. C'est comme ça.

Elle le fixa longuement en mâchant ses céréales.

— Tu vois, quelqu'un d'autre aurait dit : « Fee, je m'inquiète pour toi et je ne veux pas te laisser courir le moindre risque. Je reste là pour toi. »

— Quelqu'un d'autre n'est pas là.

— C'est vrai, et je dois être un peu perverse pour préférer ta méthode. Mais tu ne vas pas continuer à boire du café jusqu'à ce qu'on mette la main sur celui qui tue ces femmes et compte sans doute m'ajouter à son tableau de chasse.

— Si.

— Alors, cesse d'apporter ce fichu sac tous les soirs. Je vais te faire de la place dans le placard et libérer un tiroir. Puisque tu dors ici, c'est idiot de ne pas laisser tes affaires ici.

— Je ne vis pas ici.

— D'accord. Tu traînes juste un peu, histoire de boire du café et de faire l'amour sous la douche.

— Tu l'as bien voulu.

— Et j'en suis ravie, enchaîna-t-elle en riant. Mais que ça ne t'empêche pas de laisser ta brosse à dents dans la salle de bains ni de pendre tes chemises dans le placard.

— La dernière fois que j'en ai oublié une chez toi, tu as trouvé le moyen de la laver sous prétexte qu'elle traînait par terre.

— Eh oui ! Et chaque fois que tu abandonneras des vêtements par terre, tu les retrouveras lavés et repassés, que ça te plaise ou non. Je veux bien que tu boives des litres de café, mais tu n'es pas obligé de t'accrocher à ton sac de voyage comme à un doudou.

Le voyant se renfrogner, elle sourit.

— On dirait que j'ai touché un point sensible, là.

— Tu veux boxer ?

— Mais non, je veux juste qu'on partage. Je donne, tu donnes, chacun son tour. Réfléchis-y. Pendant ce temps, je vais me préparer pour mon cours.

Vingt minutes plus tard, alors que commençait la première leçon de la journée, Fiona vit Simon se diriger vers son pick-up. Il appela son chien et jeta un regard vers elle derrière ses lunettes de soleil.

Il démarra, sans emporter son sac… ce qu'elle considéra comme une petite victoire personnelle.

Durant cette journée, elle reçut les « visites » de Meg et Chuck, de Sylvia et Lori, sans compter la tournée quotidienne de Davey.

Apparemment, personne ne voulait la laisser seule. Autant elle appréciait leur souci, autant elle aimait la compagnie, autant elle commençait à s'impatienter de ne plus pouvoir profiter d'un seul moment de tranquillité.

— Davey, il faut que je rappelle l'agent Tawney, qui va sans doute en profiter pour revenir ici. J'ai mon téléphone dans ma poche, comme promis, et je dispose d'à peine une demi-heure entre chaque cours. Encore moins quand un client habite sur l'île, parce qu'il reste jusqu'à l'arrivée de l'équipe suivante des gardiens de Fee. Je n'arrive plus à m'occuper de mes tâches administratives.

— Eh bien, allez-y.

— Parce que vous croyez que ce type va rappliquer ici en plein jour pour tenter de m'enlever entre deux cours ?

— Probablement pas, mais si l'envie lui en prenait il ne vous trouverait pas seule.

Au-dessus d'eux, de lourds nuages s'amoncelaient.

— Vous avez peut-être soif.

— Oui, et je mangerais bien aussi quelques petits gâteaux.

— On verra la prochaine fois : regardez, un de mes élèves arrive.

Il attendit que la voiture se soit assez approchée pour constater qu'elle était conduite par une femme.

— Bon, alors, à demain, et n'oubliez pas les petits gâteaux.

Il adressa un signe de tête à la nouvelle venue et regagna son propre véhicule.

La conductrice était une jolie brune élancée aux cheveux mi-longs et aux élégantes bottes à talons sous un étroit pantalon gris.

— Fiona Bristow ?

— C'est moi.

— Oh, quels chiens magnifiques ! Je peux les caresser ?

— Allez-y.

Sur un signe de Fiona, les animaux vinrent s'aligner poliment devant la visiteuse.

— Ils sont adorables !

Elle rejeta son énorme sac dans son dos et s'accroupit.

— Les photos de votre site Web sont bonnes, mais ils sont encore plus beaux en vrai.

— Vous venez assister à un cours ? Il y en a un qui commence dans dix minutes.

— J'aimerais bien. J'espérais arriver entre deux cours pour pouvoir m'entretenir un peu avec vous avant. J'ai étudié votre planning sur le site et j'avais calculé mon coup, mais vous savez ce que c'est, avec les ferries.

— Oui. Vous voulez éduquer votre chien ?

— Par la suite, certainement, mais je n'en ai pas encore. J'en voudrais un grand, un peu comme les vôtres ou peut-être un golden retriever, seulement je suis en appartement. Ça ne me semble pas très sympa pour eux. Dès que j'aurai plus de place, un jardin…

Elle se releva, lui tendit la main.

— Je suis Kati Starr. Je travaille pour…

— *US Report*, acheva froidement Fiona. Madame, vous perdez votre temps, ici.

— Il ne me faudra que quelques minutes. J'entreprends une série de reportages sur TER II, et…

— C'est comme ça que vous l'appelez ? s'exclama Fiona, révoltée. Le tueur à l'écharpe rouge 2… comme la suite d'un film ?

Le sourire de Kati Starr disparut d'un coup, et elle considéra Fiona d'un air grave.

— Nous prenons la chose très au sérieux. Cet homme a déjà tué sauvagement quatre femmes dans deux États ; avec sa dernière victime, Annette Kellworth, sa brutalité n'a fait qu'augmenter. J'espère que vous-même prenez tout cela au sérieux.

— Je me fiche de ce que vous espérez. Ça ne vous regarde pas.

— Vous devriez comprendre que vos sentiments comptent beaucoup, insista la journaliste. Il reproduit les meurtres de Perry et, en tant que seule femme à lui avoir échappé, vous devez forcément avoir votre idée sur ce qui se passe maintenant, sur les victimes, sur Perry et sur TER II. Pouvez-vous confirmer que le FBI vous a interrogée sur ces derniers homicides ?

— Pas de commentaire. Je vous l'ai déjà dit.

— Je comprends qu'au début vous ayez pu atermoyer mais, maintenant qu'on en est à quatre victimes et que ces enlèvements remontent vers le nord, de Californie en Oregon, vous avez certainement quelque chose à dire, ne serait-ce qu'aux familles des victimes, au public aussi, et même au tueur. Je ne cherche qu'à vous en offrir le moyen.

— Vous cherchez surtout des gros titres.

— Ils sont là pour attirer l'attention. Les faits doivent être divulgués, les victimes entendues, et vous êtes la seule à pouvoir parler.

— Je n'ai rien à vous dire, sauf que vous violez une propriété privée.

— Franchement, Fiona, entre femmes… Cet homme s'en prend à des femmes, de jeunes et jolies femmes qui avaient toute la vie devant elles. Vous savez ce que c'est que d'être visée, d'être la victime de ce genre de violence. Moi, je ne cherche qu'à raconter votre histoire, à informer par exemple une éventuelle prochaine victime qui serait ainsi mieux renseignée et en aurait peut-être la vie sauve. À lui donner un détail qui pourrait tout changer pour elle.

— Vous êtes peut-être sincère, mais peut-être cherchez-vous seulement à écrire un article savoureux. Ou alors les deux. Mais vous ne faites qu'accorder à cet homme l'attention qu'il désire. Vous avez publié mon nom, mon adresse, vous avez indiqué mon métier, toutes sortes de détails qui n'intéressent personne, sauf l'émule de Perry. Alors je vous demande maintenant de sortir de ma propriété. Sinon, je rappelle le shérif adjoint qui vient de s'en aller pour qu'il vous raccompagne chez vous.

— Que faisait là le shérif adjoint ? Êtes-vous sous protection policière ? Les enquêteurs ont-ils la moindre raison de vous croire visée ?

Au temps pour moi, se dit Fiona, exaspérée. Cette bonne femme ne cherchait que les ragots.

— Je vous demande de quitter ma propriété, et c'est tout ce que je vous dirai.

— Je rédigerai mon article avec ou sans votre coopération, et il pourrait même s'ensuivre un livre. Je suis prête à vous rémunérer pour vos interviews.

— Vous me facilitez les choses, dit Fiona en tirant son téléphone de sa poche. Vous avez dix secondes pour reprendre votre voiture ou je porte plainte. Croyez-moi.

— À vous de voir.

Sans plus s'occuper des chiens, Kati Starr ouvrit la porte de son véhicule.

— Si on en croit son mode de fonctionnement, ajouta-t-elle, il a déjà choisi sa prochaine victime ou s'y apprête. Il inspecte les lieux où il va agir. Demandez-vous comment vous allez vous sentir quand il étripera la cinquième jeune femme. Vous avez mes coordonnées pour me joindre si vous changez d'avis.

Du calme, se dit Fiona.

Elle chassa l'incident de son esprit. Son travail, sa vie étaient plus importants qu'une journaliste entêtée qui rêvait de tirer un best-seller d'une tragédie.

Elle devait s'occuper de ses chiens, de son jardin… et un amoureux l'attendait.

La brosse à dents de Simon restait désormais dans la salle de bains et ses chaussettes s'entassaient dans un tiroir. Cela ne signifiait pas pour autant qu'ils vivaient ensemble, se rappela Fiona ; mais c'était le premier homme, depuis Greg, qui ait partagé plus d'une fois son lit et laissé quelques affaires chez elle. C'était le premier homme qu'elle voulait garder auprès d'elle la nuit, quand les fantômes du passé venaient hanter son sommeil.

Il était là, et elle lui en fut reconnaissante, lorsque Tawney et sa coéquipière revinrent.

— Tu devrais aller travailler, dit-elle à Simon en reconnaissant leur voiture. Je ne risque rien entre les mains du FBI.

— Je reste.

— Comme tu veux. Si tu les faisais entrer, alors ? Je vais préparer du café.

— Je m'en charge. Toi, tu t'occupes d'eux.

Elle ouvrit la porte et huma l'air matinal, qui sentait la pluie. Tant mieux, elle n'aurait pas besoin d'arroser ses pots de fleurs ni ses massifs… et cela ne ferait qu'ajouter un aspect réaliste aux exercices de l'après-midi.

Chiens et maîtres ne pouvaient espérer effectuer des recherches seulement par grand soleil.

— Bonjour ! lança-t-elle. Vous commencez tôt ! Simon nous prépare du café.

— J'en prendrais bien une tasse, dit Tawney. Si on s'installait à la cuisine ?

— Pourquoi pas ?

Pour ménager Mantz, Fiona fit signe aux chiens de rester dehors.

— Pardon de vous avoir manqués l'autre jour, dit-elle aux agents. Nous pensions rentrer plus tôt mais nous avons traîné. Si vous avez envie de vous reposer, c'est l'endroit idéal. Simon, tu connais les agents Tawney et Mantz.

— Ouais.

— Asseyez-vous. Je vais vous servir.

Simon s'installa avec eux et laissa Fiona servir le café.

— Il y a du nouveau ?

— Nous explorons toutes les pistes, dit Mantz.

— Vous n'avez pas fait tout ce voyage pour lui dire ça.

— Simon !

— Comment allez-vous, Fee ? demanda Tawney.

— Très bien. Jour après jour, je reçois le soutien des nombreuses personnes que je connais sur l'île. Il y a sans cesse quelqu'un pour passer me voir, enfin, voir si je suis encore vivante… Ça me rassure, et en même temps ça m'agace.

— Nous pouvons toujours vous trouver un endroit plus sûr, ou nous pouvons laisser un agent avec vous.

— Ce serait vous ?

Il eut un petit sourire.

— Pas cette fois.

Fiona regarda un instant par la fenêtre son joli jardin avec les fleurs qui commençaient tout juste à pousser et les arbres vert tendre qui tapissaient la colline, la prairie piquetée de couleurs.

Tout paraissait si calme, dans cet endroit qui était devenu le sien avec les saisons.

Cette île était l'endroit le plus sûr, à tous les points de vue.

— Franchement, je crois que je suis à l'abri, ici. L'île en elle-même me rend presque inaccessible, et puis je ne suis jamais seule… au sens propre du terme.

À cet instant, ses chiens passèrent tranquillement, comme s'ils patrouillaient eux aussi.

— Il a changé de mode opératoire avec Annette Kellworth. Qui sait s'il s'intéresse encore à moi ? S'il a toujours envie de reproduire les crimes de Perry ?

— Sa violence a augmenté, indiqua Mantz. Perry ne faisait que répéter le même meurtre jusqu'à l'obsession. Notre copieur n'est ni aussi prudent ni aussi discipliné. Il veut afficher sa puissance en vous envoyant cette écharpe, en augmentant la durée de séquestration de ses victimes, en y ajoutant de la violence. Pourtant, il continue à observer les méthodes de Perry, à sélectionner le même type de victimes, à les enlever et à les tuer, à les abandonner selon la même disposition.

— En fait, il adapte, intervint Simon. Il définit son propre style.

— Vous avez raison, répondit Tawney. Kellworth peut représenter une aberration, ou pas. Elle a peut-être fait ou dit une chose qui l'aurait poussé à la violence. À moins qu'il ne commence effectivement à y ajouter un peu de sa personnalité.

— Je n'entre plus dans ce schéma.

— Vous êtes toujours celle qui s'est enfuie, fit remarquer Mantz. Et si vous parlez à la presse, ça vous mettra encore plus en vedette et vous rendra plus intéressante que jamais.

Irritée, Fiona se détourna de la fenêtre.

— Je ne parle pas à la presse.

Mantz ouvrit son attaché-case.

— Tenez, l'édition de ce matin ! dit-elle en déposant un journal sur la table. Et l'article a été repris par bon nombre de sites Internet et de magazines d'informations sur le câble.

LA PISTE DE L'ÉCHARPE ROUGE

— Je n'y peux rien ! J'ai rejeté toutes les interviews, refusé de coopérer.

— Pourtant, on vous cite. Et votre photo apparaît à l'intérieur.

— Mais…

« Entourée par ses trois chiens, lut Mantz, devant sa minuscule maison au milieu des bois sur la charmante île d'Orcas où fleurissent des pensées mauves au pied d'une véranda aux rocking-chairs bleus, Fiona Bristow fait front fièrement. Cette grande et jolie rousse, toute mince dans son jean et sa veste gris ardoise, semble évoquer ces meurtres avec le calme et la tête froide qui lui permettent d'entraîner ses chiens de recherche et de sauvetage.

» Elle avait vingt ans, le même âge qu'Annette Kellworth, lorsqu'elle a été enlevée par Perry. Comme ses douze autres victimes, il l'avait immobilisée à l'aide d'un pistolet paralysant, droguée, ligotée, bâillonnée et enfermée dans le coffre de sa voiture où elle est restée plus de dix-huit heures. Mais, contrairement aux autres, elle est parvenue à s'échapper. Dans le noir, alors que Perry roulait au cœur de la nuit, elle s'est débarrassée de ses liens en les coupant avec un canif offert par son fiancé, l'agent Gregory Norwood. Après quoi, elle s'est battue contre Perry et lui a pris sa voiture pour aller se mettre à l'abri et alerter les autorités.

» À peu près un an plus tard, toujours en fuite, Perry a tué Norwood et son chien, Kong, qui a tout de même survécu assez longtemps pour attaquer et blesser son agresseur. Dans une ultime tentative de fuite, celui-ci a perdu le contrôle de sa voiture et a été arrêté. Malgré son deuil, Fiona Bristow a témoigné contre lui, témoignage qui a joué un grand rôle dans la condamnation de Perry.

» Aujourd'hui âgée de vingt-neuf ans, Fiona ne laisse rien paraître de ses épreuves passées. Toujours célibataire, elle vit seule dans sa maison isolée où elle exploite son école de dressage et consacre la majeure partie de son temps au groupe de recherche et de sauvetage canin qu'elle a formé à Orcas.

» Par cette belle matinée de printemps, les cornouillers en fleur encadrent le petit pont menant à sa maison et les groseilliers éclatent de couleurs. Dans les bois profonds où les rayons de lumière brillent entre les feuillages vert pâle et les conifères immenses, les oiseaux pépient gaiement. Pourtant, un shérif adjoint en uniforme roule sur le petit

chemin. Pas de doute, Fiona Bristow n'a pas oublié le noir ni la peur.
» Elle aurait dû porter le numéro XIII.
» Elle évoque cette "suite" du film donnée par l'imitateur de George Allen Perry et les gros titres qui ont suivi ses gestes sauvages. Selon elle, cet homme, qu'on nomme déjà TER II, ne cherche qu'à faire parler de lui. Tandis qu'elle, l'unique survivante échappée aux mains de celui qui l'a précédé, ne cherche que le calme et la tranquillité de cette vie nouvelle qu'elle s'est choisie. Une vie transformée à jamais. »

— Je n'ai donné aucune interview, protesta Fiona en écartant le journal. Ce n'est pas moi qui lui ai dit tout ça.
— Pourtant, vous lui avez parlé, insista Mantz.
Folle de rage, Fiona faillit déchirer le journal en petits morceaux.
— Évidemment, elle est arrivée chez moi ! Je croyais qu'elle voulait s'inscrire à un cours. Elle a commencé par parler chiens puis elle s'est présentée. Aussitôt, je lui ai demandé de s'en aller. Pas de commentaire, partez. Elle s'est incrustée. J'étais furieuse. Vous voyez comment ils l'appellent, TER II ! Ça lui donne déjà de l'importance. J'ai dit qu'elle ne faisait que lui accorder l'attention qu'il cherchait tant. J'aurais mieux fait de me taire.
— Elle a insisté et vous avez répondu, dit Tawney.
— Et elle a obtenu de quoi écrire son article et broder. Je lui ai ordonné de s'en aller, j'ai même menacé de rappeler Davey, le shérif adjoint Englewood. Il venait de partir parce qu'on pensait

tous les deux qu'elle venait pour le cours. Elle est restée au maximum cinq minutes.

— Quand ? demanda Simon.

D'un ton tellement sec qu'elle en frissonna.

— Il y a deux jours. Je n'y pensais plus. Je croyais m'être débarrassée d'elle. J'étais persuadée de n'avoir strictement rien lâché. Maintenant, grâce à elle, il saura exactement me situer, avec mes chiens et mes arbres. Et puis elle m'a aussi décrite en victime, enfermée dans un coffre. La seule chose que j'aie pu lui dire, sur l'attention recherchée par cet homme, elle la présente comme si je le renvoyais dans ses buts. Le meilleur moyen de l'aiguillonner contre moi.

Elle examina encore sa photo, debout devant sa maison, la main sur la tête de Newman, Peck et Bogart à côté d'elle.

— Elle a dû la prendre de sa voiture. On dirait que j'ai posé.

— Vous devriez pouvoir obtenir sans peine une ordonnance restrictive, dit Tawney.

Découragée, Fiona se frotta les yeux.

— Elle l'avalera tout rond. Je parie qu'elle prépare déjà la suite, qu'elle va dire combien j'ai de pensées dans mes massifs, d'où viennent mes rocking-chairs, tout ça parce que je n'ai pas voulu jouer le jeu. Si je la poursuis, elle n'en sera que plus déterminée. J'aurais peut-être mieux fait de la lui donner, sa fichue interview, un truc ennuyeux et sans aucun détail qui l'aurait empêchée de s'intéresser davantage à moi.

— Tu ne comprends pas, marmonna Simon. Que tu lui parles ou pas, ça ne changera rien. Tu es vivante. Tu feras toujours partie de cette affaire. Tu as fait plus que survivre. Personne n'est venu à la rescousse, c'est toi qui t'es battue et qui as échappé toute seule à un homme qui venait de tuer douze femmes et qui narguait la police depuis plus de deux ans. Tant que ce salaud étranglera des femmes avec une écharpe rouge, tu feras partie de l'actualité.

Il se tourna vers Mantz.

— Alors, cessez de jouer les dégoûtées comme si elle y était pour quelque chose. Tant que vous n'aurez pas attrapé ce connard, ces journalistes vont se servir d'elle pour remplir leurs torchons. Et vous le savez très bien.

— Parce que vous croyez qu'on reste assis à attendre la suite, peut-être ?

— Erin ! intervint Tawney. Vous avez raison, Simon, au sujet des médias. Toutefois, Fee, je vous conseille de vous en tenir à un strict « Sans commentaire », même si ces articles risquent avant tout de l'attirer droit sur vous. Il va falloir prendre plus de précautions que jamais. Et je vous demanderai de n'accepter aucun nouveau client.

— Mais enfin ! Je ne cherche à poser de problème à personne, seulement j'ai ma vie, moi ! J'ai…

— Quoi d'autre ? la coupa Simon.

Fiona se tourna vers lui.

— Écoute…

— Tais-toi. Quoi d'autre ? répéta-t-il.

— Je vous demande de prendre contact avec nous tous les jours, ajouta Tawney. De noter tout ce qui pourrait vous paraître inhabituel, genre faux numéro, personne qui raccroche et tout courriel ou correspondance suspects. Je veux les noms et les adresses de tous ceux qui demanderont des renseignements sur vos cours, sur votre programme.

— Et vous, qu'est-ce que vous ferez, pendant ce temps-là ?

Tawney jeta un coup d'œil à Fiona, qui écumait de fureur, avant de répondre :

— Tout ce que nous pourrons. Nous interrogeons sans cesse les membres de la famille, les collègues, les voisins, les professeurs, les camarades de cours de chaque victime. Il a passé beaucoup de temps à les observer et il doit se déplacer. Il n'est pas invisible. Certaines personnes l'ont vu et nous allons les retrouver. Nous retraçons également son passé et nous interrogeons tous ceux qui ont pu approcher Perry en prison au cours des dix-huit derniers mois. Une de nos équipes s'y consacre vingt-quatre heures sur vingt-quatre. Nos techniciens explorent le terrain qui entoure chaque tombe, à la recherche d'un indice, un cheveu, une fibre... Nous avons aussi interrogé Perry et nous allons recommencer. Parce qu'il sait. Je le connais, Fee, il n'a pas eu l'air d'apprécier quand je lui ai parlé de l'écharpe qu'on vous avait envoyée. Ce n'était pas son style, l'idée ne venait pas de lui. Et il était encore moins content quand j'ai laissé entendre qu'Annette Kellworth avait été battue au point de s'en retrouver défigurée. Il va le reprocher à ce type parce qu'il doit se sentir trahi et offensé, ce qu'il ne saurait tolérer.

— Je vous remercie de me tenir au courant, répondit-elle d'un ton aussi maîtrisé que possible, de venir jusqu'ici pour m'informer de la situation. J'ai un cours qui commence bientôt. Je dois me préparer.

— Très bien.

Tawney posa une paume toute paternelle sur sa main.

— Il faut m'appeler, Fee, tous les jours.

— Oui. Pourriez-vous me le laisser ? demanda-t-elle à l'agent Mantz, qui repliait le journal. Ça m'aidera à me souvenir de ne plus laisser échapper un seul battement de cils.

— Entendu. Vous pouvez être sûre que d'autres titres vont reprendre ce genre d'article dans les jours qui viennent. À votre place, je filtrerais tous mes appels, et je vous conseille de poser des panneaux « Défense d'entrer » tout autour de votre propriété. Vous pourrez toujours expliquer à vos clients que vous avez eu des accrochages avec quelques promeneurs qui s'étaient aventurés un peu trop près à votre goût et que vous vous inquiétez pour vos chiens.

— Oui, c'est une bonne idée. Je vais m'en occuper.

Elle les raccompagna et attendit que Simon vienne la rejoindre sur la véranda.

— Ne me fais pas la gueule sous prétexte que je ne t'ai pas parlé de cette journaliste.

— Tu t'en veux déjà assez comme ça.

— Non, j'ai un truc à te dire : tu m'as fichue en rogne tout à l'heure, mais tu t'es aussi interposé devant l'agent Mantz. Ce n'était pas nécessaire et assez mal élevé, mais ça m'a montré à quel point tu tenais à moi, ce dont je te suis reconnaissante. En même temps, je suis furax que tu te sois mêlé de mes affaires, que tu m'aies même écartée d'une conversation qui ne regardait que moi, en t'arrangeant pour que je me retrouve tenue d'obéir à ce qu'on allait me dire.

— Parce que ça me semblait important.

— Je ne te permets pas de…

— Et moi je te conseille de te taire, Fiona.

Ce disant, il s'approcha, l'œil étincelant. Non loin de là, Peck émit un léger avertissement, à quoi Simon répondit en se tournant brusquement vers lui, lui faisant signe de se taire.

Le chien se rassit aussitôt mais demeura attentif.

— Si tu as des reproches à me faire, tu vas attendre ton tour, parce que j'en ai soupé de tes je-suis-assez-grande-pour-m'occuper-de-moi. Je me fiche éperdument que ça te plaise ou non et, même si j'ai fait la connerie de laisser ma brosse à dents dans ton verre, je t'avertis ! Tu es complètement idiote si tu crois que je vais te laisser continuer toute seule. C'est fini, ça !

— Je n'ai jamais dit…

— La ferme ! Tu as fini par t'apercevoir toute seule de ta bourde quand tu ne m'as pas parlé de cette journaliste, alors maintenant ça suffit. Tu ne gardes plus rien pour toi.

— Mais je…

— Je n'ai pas terminé. Ce n'est pas toi qui mènes la danse. Je ne sais pas comment ça se passait avant avec ton flic, mais maintenant j'ai mon mot à dire dans l'histoire. Alors réfléchis-y et si tu n'y arrives pas, autant le dire tout de suite.

Elle se sentit envahie par une onde glaciale.

— Tu es vache, là, Simon.

— Peut-être. Maintenant, les clients arrivent et mon travail m'attend.

Il s'éloigna tandis que deux voitures traversaient le pont.

Apparemment, Jaws était de la même humeur que son maître, car il fila directement vers le pick-up.

— Je n'ai même pas pu dire ce que je voulais, marmonna Fiona.

Cependant, elle prit une longue inspiration pour se préparer à accueillir ses élèves aussi professionnellement que possible.

19

Fiona programma un cours particulier de comportement canin pour le dernier client de la journée. Elle considérait ce genre de session comme une mise au point nécessaire… et pas seulement pour le chien.

Chloe, le loulou de Poméranie orange, avait pris le dessus sur ses maîtres, et tout le voisinage se plaignait de ses aboiements incessants, de ses crises de fureur non seulement contre les autres chiens, mais aussi contre les chats, les oiseaux, les enfants, à croire qu'elle tâchait de mordre tout ce qui lui passait à portée de crocs.

Occupée à faire du crochet, son nouveau passe-temps, Sylvia s'était assise sur la véranda devant un pichet de citronnade et des galettes au beurre bio pendant que Fiona écoutait sa cliente résumer ce que lui avait dit le conseiller qu'elle avait eu au téléphone.

— Avec mon mari, nous avons dû annuler nos vacances d'hiver, dit-elle tout en caressant la boule de poils dans ses bras. Personne n'a voulu la prendre pour une semaine. Elle peut pourtant se montrer si adorable quand elle le veut, mais elle est incorrigible.

Lissy Childs embrassa sa petite chienne, qui répondit en lui léchant la joue. Elle portait un collier argenté serti de diamants fantaisie – du moins Fiona espérait-elle que ce n'étaient pas des vrais – et de petites bottines roses ouvertes au bout des pattes pour montrer ses griffes vernies d'un rose assorti. Sa maîtresse l'avait aspergée du même parfum qu'elle.

— Elle a un an, c'est ça ?

— Oui, elle vient de fêter son anniversaire, n'est-ce pas, ma chérie ?

— Vous souvenez-vous quand elle a commencé à montrer ce comportement agressif ?

— En fait, dit Lissy en la caressant de sa main endiamantée, elle n'a jamais beaucoup aimé les autres chiens, encore moins les chats. Elle se prend pour une personne parce que c'est mon bébé.

— Elle dort donc dans votre lit ?

— Euh… oui. Elle a le sien, mais elle préfère y entasser ses jouets. Elle adore les jouets qui couinent.

— Combien en a-t-elle ?

— Eh bien…

Cette fois, Lissy se montra quelque peu gênée en rejetant en arrière ses longues mèches blondes.

— Je n'arrête pas de lui en acheter. Je ne peux pas m'en empêcher. Et aussi de petits vêtements. Elle adore s'habiller. Je sais que je la gâte trop, et Harry en fait autant. On n'arrive pas à lui résister. Mais elle est tellement adorable ! Elle est juste un peu jalouse et elle s'emporte vite.

— Pourquoi ne la posez-vous pas par terre ?

— Elle n'aime pas que je la laisse par terre en dehors de la maison. Surtout quand…

D'un coup d'œil par-dessus son épaule, elle indiqua Oreo et les chiens de Fiona étalés dans l'herbe.

— Quand il y a d'autres c-h-i-e-n-s dans les parages.

— Lissy, vous me payez pour que je vous aide à faire de Chloe un animal plus heureux, mieux adapté. D'après ce que vous me dites et ce que je vois, Chloe ne se comporte pas seulement en chef de meute, mais comme un dictateur de deux kilos. Tout ce que vous m'avez raconté d'elle me confirme qu'elle présente un cas classique de syndrome du petit chien.

— Oh, mon Dieu ! Il va falloir la faire soigner ?

— Il va surtout falloir cesser de la laisser n'en faire qu'à sa tête, en entretenant l'idée que parce qu'elle est petite elle a tous les droits, alors que vous ne laisseriez jamais faire les mêmes choses à un grand chien.

— Oui, mais elle est petite.

— Le comportement n'est pas une question de taille.

Une fois de plus, comme le constatait souvent Fiona, c'étaient les maîtres qui représentaient l'obstacle le plus infranchissable.

— Écoutez, vous ne pouvez pas l'emmener en promenade ni recevoir des gens chez vous sans provoquer un stress. Vous m'avez dit qu'avec Harry vous aimiez bien recevoir et que, pourtant, vous ne donniez plus aucun dîner depuis des mois.

— C'est que, la dernière fois que nous avons essayé, le stress a été si grand, et Chloe tellement contrariée que nous avons dû la mettre dans la chambre.

— Où elle a, entre autres, déchiqueté votre nouvelle couette.

— C'était terrible.

— Vous ne pouvez pas sortir le soir sans qu'elle fasse une scène, si bien qu'avec votre mari vous avez aussi cessé de sortir, d'aller dîner chez des amis, ou au théâtre. Vous dites qu'elle a mordu votre mère.

— Oui, enfin, ce n'était qu'un petit coup de dents, elle…

— Lissy, j'ai une question à vous poser. Je suis sûre que vous avez déjà croisé dans un avion, un magasin, ou au restaurant un enfant insupportable qui dérangeait tout le monde, donnait des coups de pied dans son siège, rouspétait contre ses parents, pleurnichait, et tout.

— Seigneur, oui ! s'écria-t-elle en levant les yeux au ciel. Rien de plus énervant. Je ne comprends pas pourquoi… Oh ! vous voulez dire que je ne suis pas une maman responsable.

— Exactement. Maintenant, posez-la par terre.

À l'instant où les bottines roses de Chloe touchèrent le sol, la petite chienne se hissa sur ses pattes de derrière en geignant, en grattant le pantalon de lin de sa maîtresse.

— Allons, ma chérie, ne…

— Non ! intervint Fiona. Ne la plaignez pas quand elle se conduit mal. Il faut la dominer, lui montrer qui commande.

— Arrête immédiatement, Chloe, ou pas de miam-miam dans la voiture !

— Pas comme ça. D'abord, cessez de vous dire qu'elle est trop petite, trop mignonne. Dites-vous que c'est un chien qui se tient mal. Là.

Fiona prit la laisse.

— Reculez, dit-elle à Lissy.

Elle se plaça entre l'animal et sa maîtresse. Chloe geignit, grogna, montra les crocs.

— Halte !

La voix ferme, Fiona la fixait en tendant un doigt vers elle. Chloe émit un grondement plus sourd, les babines toujours chiffonnées.

— Elle boude, expliqua Lissy avec indulgence.

— Si c'était un labrador ou un berger allemand qui vous menaçait ainsi, vous le trouveriez mignon ?

Lissy s'éclaircit la gorge.

— Non. Vous avez raison.

— Ce n'est pas en la gâtant que vous ferez son bonheur. Vous n'obtiendrez qu'une petite brute agressive, et les brutes ne sont pas heureuses.

Là-dessus, Fiona entreprit de promener Chloe, qui se débattit, essayant de revenir vers Lissy, mais eut tôt fait de suivre, assise sur son derrière, face à la fermeté de la main qui la tenait.

— Quand elle aura compris qu'il n'y a pas de récompense à la clef, pas de câlins quand on se tient mal, et que c'est vous la patronne, elle arrêtera. Et sera beaucoup plus heureuse.

— Je ne veux pas qu'elle soit malheureuse ou brutale. D'ailleurs, c'est bien pour ça que je suis là. Je suis nulle en discipline.

— Alors il faut vous améliorer. Elle dépend de vous. Quand elle s'énerve et commence à devenir incontrôlable, il faut lui parler fermement, la corriger aussitôt, sans chercher à la calmer en lui parlant comme à un bébé. Ça ne fait qu'augmenter son niveau de stress. Elle souhaite que vous preniez le contrôle, et vous vous en porterez tous mieux quand ce sera fait.

Au cours de l'heure qui suivit, Fiona fit travailler la petite chienne, entre réprimandes et récompenses, jusqu'à obtenir des résultats satisfaisants.

Un verre de limonade à la main, Sylvia regardait la voiture de Lissy s'éloigner.

— Tu dois être fière de toi.

— Et assez fatiguée.

— Tu viens de leur accorder deux bonnes heures.

— Elles en avaient besoin, toutes les deux. Je crois que ça va aller... Maintenant, il faut que Lissy arrive à convaincre son mari, mais ça ne devrait pas être trop difficile. Nos gamins y ont bien contribué.

Ce disant, Fiona tapota la croupe de Peck.

— À présent qu'on a résolu les problèmes de Chloe, reprit Sylvia, où en est le tien ?

— J'ai peur que ça ne demande un peu plus qu'une voix ferme et des croquettes.

— Il est vraiment furieux ?

— Hors de lui.

— Et toi ?

— Je ne sais plus. J'essaie de rester calme, de me raisonner, pour ne pas hurler ; ça doit d'ailleurs être ça qui a rendu fou Simon. Mais je ne suis pas du genre « Oh, tu es tellement grand et fort, je t'en prie, protège-moi ! »…

Sylvia se balançait dans son fauteuil en sirotant sa limonade.

— Je n'en reviens toujours pas qu'une fille aussi perspicace et sensible que toi ne comprenne pas à quel point ça peut être douloureux pour nous autres.

— Oh, Sylvia, bien sûr que si ! Mais je voudrais…

— Non, ma chérie. Tu commences à nous cacher certains incidents, tu ne nous confies plus tes peurs, tu prends des décisions seule dans ton coin… Bien que je te comprenne, ça me pose un problème.

— Attends, je ne me calfeutre pas chez moi, non plus !

— Non, parce que tu es une femme intelligente, fière, à juste titre, de ton indépendance. Ce qui m'inquiète, c'est que tu finisses par ne plus compter sur personne pour t'aider. Tu as plutôt tendance à porter secours aux autres.

— Peut-être, mais, honnêtement, je ne me voyais pas raconter à Simon, ni à toi, d'ailleurs, mon entrevue avec cette fichue reporter. Je l'ai virée toute seule, et ni toi ni personne n'aurait pu l'empêcher d'écrire ce qu'elle a écrit.

— Non, mais on aurait pu s'y attendre si tu nous en avais parlé.

— D'accord, convint Fiona au bord de la défaite. D'accord.

— Je ne veux pas t'accabler non plus, tu as déjà bien assez d'ennuis comme ça. Tout ce que je te demande, c'est de réfléchir… d'accepter l'aide de ceux qui t'aiment.

— Bon, alors que dois-je faire, d'après toi ?

— Dans l'idéal, j'aimerais que tu plies bagage et files aux Fidji jusqu'à ce qu'on ait attrapé ce malade. Mais bon, c'est impossible, tu as ta maison, ton travail, ta vie à gérer.

— Eh oui ! Et ce qui m'énerve le plus, c'est que l'on n'ait pas l'air de le comprendre. Si je m'enterrais au fond d'une grotte, je perdrais mon boulot, ma maison, sans parler de ma confiance en moi. J'ai travaillé dur pour obtenir tout ça.

— Ne t'inquiète pas, ma chérie, tout le monde le comprend très bien, au contraire. Simplement, on préférerait que tu te caches. Je sais que tu fais ce que tu peux, à part supplier qu'on te vienne en aide. Il ne s'agit pas seulement de demander à James de veiller sur ta maison et tes chiens en ton absence ou d'avoir Simon la nuit auprès de toi, mais de te confier à quelqu'un, de dire ce que tu as sur le cœur.

Fiona laissa échapper un soupir.

— Quand je pense que j'ai failli me jeter aux pieds de Simon…

— C'est vrai ? dit Sylvia en souriant.

— Je lui ai dit que j'étais en train de tomber amoureuse de lui. J'ai même été très claire là-dessus.

— Et tu n'en avais pas l'intention ?

Irritée envers elle-même et le monde entier, Fiona se leva.

— Non, mais il n'est pas du genre à dire ce qu'il pense… sauf s'il est fou de rage, et encore.

— Je ne parlais pas de lui, et si un jour j'ai mon mot à dire là-dessus, tu m'entendras, Fiona. Mais c'est pour toi que je m'inquiète. C'est toi que je veux voir heureuse et en sécurité.

— Je ne prendrai aucun risque, tu peux en être sûre. Et je ne commettrai pas deux fois la même erreur avec cette journaliste. Promis, juré.

— Je ne me gênerai pas pour te le rappeler. Maintenant, dis-moi ce que tu attends de Simon.

— Aucune idée.

— Vraiment ? Ou tu n'y as pas encore réfléchi ?

— Les deux. En temps normal, s'il n'y avait pas toutes ces histoires, je me donnerais sans doute la peine de creuser. Ou la question ne se poserait peut-être même pas.

— Parce que sans toutes ces histoires vous n'en seriez pas là, Simon et toi.

— Ça joue certainement. On ne réagirait pas comme ça, ni si fort.

— Je déborde d'avis, aujourd'hui. Alors, en voici un autre. Je trouve que tu donnes trop d'importance à ce meurtrier et pas assez à Simon. La situation est compliquée et vous n'y pouvez rien. Le fait est que tu dois tenir compte des circonstances si tu veux régler ces problèmes.

Comme les chiens se mettaient en alerte, Sylvia haussa un sourcil.

— Tiens, je te parie que ton problème principal passe le pont en ce moment. Bon, je file.

Sylvia se leva, étreignit sa belle-fille.

— Allez, je t'embrasse.

— Moi aussi. Je ne sais pas ce que je ferais sans toi.

— Justement, ne fais rien sans moi. Et puis regarde : il est parti furieux, mais il revient.

Elle récupéra son énorme sac de paille, appela Oreo et marcha vers le pick-up de Simon. Fiona n'entendit pas ce qu'elle lui dit, mais elle le vit jeter un coup d'œil sur la véranda puis hausser les épaules. Typique.

Elle n'avait aucune envie de faire le premier pas.

— Si tu es là par obligation, je te mets tout de suite à l'aise. Je peux demander à James de passer la nuit ici ou aller camper chez Mai.

— Obligation de quoi ?

— Je ne nie pas que j'aie des ennuis, je sais que tu es furieux, mais, je te le répète, il ne faut pas te sentir obligé, je ne resterai pas ici toute seule.

Il ne répondit pas tout de suite.

— Je veux une bière.

Sans autre forme de procès, il entra dans la maison.

— Mais pour…

Elle courut derrière lui.

— C'est tout ? C'est comme ça que tu crois résoudre le problème ?

— Tout dépend du problème. Je veux une bière.

Là-dessus, il se servit directement dans le réfrigérateur.

— En voilà une. Problème résolu.

— Je ne te parle pas de bière.

— Bon.

Passant devant elle, il ouvrit la porte du jardin et sortit. Fiona faillit recevoir le battant de la moustiquaire dans la figure.

— Ne t'en va pas comme ça !

— Si tu as décidé de me pourrir la vie, autant que je m'asseye avec ma bière.

— De te… quoi ? C'est toi, ce matin, qui es parti après m'avoir crié dessus, interrompue toutes les trois secondes et priée de me taire.

— Oui, et je vais le répéter.

— Qui te donne le droit de me dicter ce qu'il faut faire ou ne pas faire, penser ou ne pas penser, dire ou ne pas dire ?

— Personne. Mais je te retourne le compliment, Fiona.

Et de tendre la bouteille comme pour porter un toast.

— Je ne te dis pas ce que tu dois faire. Je te donne le choix et j'ajoute que je ne tolérerai pas cette attitude.

Il lui jeta un regard glacial.

— Je ne suis pas un de tes chiens. Tu ne me dresseras pas.

Elle en resta un instant bouche bée.

— Je n'essaie pas de te dresser !

— Si. C'est une seconde nature, chez toi. Dommage, parce que je jurerais que tu as envie de me changer sur bien des points. Tu ne peux pas t'en empêcher. Si tu préfères que ce soit James qui passe la nuit ici, téléphone-lui. Je m'en irai quand il arrivera.

— Je ne sais même pas pourquoi on se dispute, pourquoi j'ai soudain l'air de quelqu'un de buté, trop imbécile pour demander de l'aide. Ce n'est pas mon genre.

Il la dévisagea longuement avant de laisser tomber :

— Tu es sortie toute seule du coffre.

— Pardon ?

— Tu t'en es sortie toute seule. Personne ne t'a aidée. Ta vie ne dépendait que de toi. Ça a dû être effroyable. On ne peut pas imaginer une chose pareille. J'ai essayé, mais je n'y arrive pas. Tu veux rester dans le coffre ?

Incapable de contenir ses larmes, Fiona ne s'en emporta que davantage.

— Mais qu'est-ce que tu racontes ?

— Tu peux continuer à te débrouiller toute seule. Je parie que tu y arriveras. Ou tu peux laisser quelqu'un te donner un coup de main si tu veux bien te convaincre que ça ne fait pas de toi une incapable, une débile. Tu es la femme la plus forte que je connaisse, et Dieu sait que j'ai connu de sacrés numéros. Mets-toi bien ça dans la tête et tiens-moi au courant.

Bouleversée, elle se détourna, la main sur le cœur.

— Je m'y étais fourrée toute seule, dans ce coffre.

— N'importe quoi !

— Qu'en sais-tu ? Tu n'étais pas là. J'étais idiote, imprudente, je l'ai laissé m'enlever.

— Enfin, bon Dieu, il avait déjà tué douze autres filles avant toi ! Tu crois qu'elles aussi étaient idiotes et imprudentes ? Qu'elles se sont laissé faire ?

— Je... non. Oui. Enfin, peut-être, je n'en sais rien. Tout ce que je sais, c'est que j'ai commis une faute, ce jour-là. Juste une petite faute, qui n'a duré que quelques secondes mais qui a tout changé. Tout.

— Tu t'en es sortie et Greg Norwood est mort.

— Je sais que ça, ce n'était pas ma faute. J'ai suivi une thérapie. Je sais que Perry est responsable. Je le sais.

— Ce n'est pas parce qu'on sait une chose qu'on y croit forcément.

— J'y crois. Presque toujours. Je ne m'appesantis pas là-dessus. Je n'en porte pas les chaînes.

— Sans doute pas, mais elles grincent derrière toi.

Fiona lui en voulait d'autant plus qu'il avait raison.

— J'ai refait ma vie ici et je suis heureuse. Il n'y aurait pas ce… Ça ne se passerait pas comme ça si cette horreur ne recommençait pas. Ce n'est pas possible !

Elle laissa échapper un long soupir tremblé.

— Quoi ? Tu veux que j'avoue que j'ai peur ? Je te l'ai déjà dit. Je suis terrifiée. C'est ça que tu voulais entendre ?

— Non. Et s'il le pouvait il paierait pour te faire dire ça, pour que tu le ressentes.

Elle essuya une larme. *Pour ça aussi, il paiera*, se dit Simon. Pour cette perle au parfum de chagrin. Cela suffit à balayer les dernières étincelles de colère qui l'avaient habité toute cette journée.

— Je ne sais pas trop ce que je cherche en toi, Fee. Mais je tiens à ce que tu me fasses confiance, que tu saches que je peux t'aider à sortir de ce fichu coffre. À partir de là, on verra ce qu'on peut faire.

— Ce n'est pas pour ça que j'aurai moins peur.

— Je m'en doute. Tu es dans de sales draps.

— Comme tu dis, souffla-t-elle dans un petit rire. Je n'ai plus eu de relation sérieuse avec un homme depuis Greg. Juste deux ou trois brèves aventures. Aujourd'hui, je comprends pourquoi j'avais tellement de mal à m'engager. J'ai été loyale, je ne leur ai rien laissé espérer. Avec toi non plus, je ne comptais pas aller trop loin. J'avais besoin d'une présence, de quelqu'un avec qui discuter et faire l'amour. Ça me plaisait d'avoir un copain, de faire comme tout le monde. Ce n'était peut-être pas très juste.

— Ça ne me dérangeait pas.

Elle sourit.

— Peut-être, mais voilà, maintenant, il semble qu'on soit tous les deux à la recherche d'autre chose de plus profond. Tu cherches la confiance. Moi, je cherche davantage d'engagement. J'ai l'impression qu'on se fait peur l'un à l'autre.

— Je n'en mourrai pas. Et toi ?

— Je voudrais essayer.

— Voyons comment on s'en tire.

Comme Fiona rentrait dans la maison, Simon l'y suivit en la tenant par la taille.

— Tu vois. C'est déjà mieux. Tiens, si on allait dîner dehors, ce soir ?

— Dehors ?

— Je t'emmène au restaurant. Tu pourrais mettre une robe…

— Tiens donc !

— Tu en as. J'en ai vu dans ton placard.

— D'accord. Je serai ravie de sortir dîner en robe.

— Bon, mais ne passe pas toute la soirée à te préparer. J'ai faim.

— Un quart d'heure, dit-elle en l'embrassant.

C'est alors que le téléphone sonna.

— C'est ma ligne professionnelle. Une petite minute. Allô ? Fiona Bristow.

Elle prit des notes, hochant la tête comme si elle recevait des réponses aux questions qu'elle n'avait pas encore posées

— Oui, sergent Kasper. Combien de temps ? J'avertis immédiatement l'équipe. Oui, cinq chiens et leurs maîtres. Mai Funaki tiendra la base, comme toujours. On se retrouve là-bas. Vous avez déjà mon numéro de portable ? Oui, c'est ça. On se met en route dans l'heure qui suit. Pas de problème.

Elle raccrocha.

— Désolée. Deux randonneurs ont disparu dans la forêt nationale d'Olympic. Il faut que j'appelle les autres. Je dois y aller.

— Entendu. Je t'accompagne.

— Tu n'as aucune expérience, commença-t-elle en composant un numéro préenregistré. Mai ? On est partis.

Elle transmit en hâte les informations à son amie, puis raccrocha et courut vers l'escalier.

— Voilà, elle se charge des autres.

— Je t'accompagne, répéta Simon. Premièrement, parce que tu n'iras pas toute seule. Et quand la recherche sera lancée, tu te retrouveras seule avec ton chien, pas vrai ?

— Oui, mais…

— Deuxièmement, si tu veux entraîner Jaws, c'est le moment ou jamais.

— On n'arrivera pas sur place avant le coucher du soleil. Si les randonneurs ne sont pas rentrés d'ici là, les recherches seront lancées de nuit. Ce sera très dur.

— Et alors ? Tu me prends pour un bébé ?

— Pas vraiment… Bon, d'accord ! J'ai un équipement de rechange, une liste de ce qu'il te faut. Tu devrais trouver à peu près tout ici. Vérifie. Et tu vas devoir appeler Sylvia pour lui demander de garder les chiens qu'on n'emmènera pas.

Elle lui lança la besace qu'elle avait en double.

— Sur place, je serai la chef de meute. Il faudra bien t'y faire.

— C'est toi qui commandes… Où est la liste ?

20

Une équipe, voilà ce qu'ils forment, constata Simon. Au cours de la traversée en bateau, les six membres parlaient par abréviations, acronymes et avec ce code souvent employé par les vieux amis et anciens collègues.

Se fiant à son instinct, il resta assis à sa place pour observer son entourage. Le changement dans les relations de James et Lori était assez patent pour qu'on les voie maintenant échanger de rapides coups d'œil. Il entendit aussi Chuck et Meg discuter de leurs projets de week-end, surtout des travaux dans le jardin, avec la tranquillité des couples constitués depuis longtemps.

Fiona faisait le point régulièrement avec le flic qu'elle appelait Kasper, vérifiait l'heure d'arrivée prévue et d'autres détails nécessaires. Une seule surprise les attendait, du moins à ce qu'il crut comprendre : la présence d'un autre flic, le shérif Tyson, de l'île de San Juan. Apparemment, il se passait quelque chose entre lui et la jolie véto. Quelque chose de plus récent qu'entre James et Lori, et de pas encore bien défini.

Un vent humide soufflait sur le bateau piloté par Chuck dans le détroit aux vagues agitées. Les chiens semblaient apprécier, étalés par terre ou assis, le regard brillant.

S'ils ne partaient pas à la recherche de deux personnes perdues, peut-être blessées, ils auraient pu avoir l'impression de faire une agréable promenade vespérale.

Si on écartait le facteur TER II de l'équation, Simon serait-il là en ce moment, mangeant un sandwich jambon-beurre-moutarde, sur un bateau surchargé qui sentait l'eau et le chien ? Il n'en jurerait pas. Il voyait Fiona en jean, veste légère et vieilles bottes, dont le corps suivait souplement les mouvements du bateau, son portable à l'oreille, son bloc-notes sur les genoux, sa natte ballottée par le vent.

Bien sûr qu'il serait là ! Même si elle n'était pas son type de femme. Il avait beau se le répéter mille fois, ça n'y changeait rien, il l'avait dans la peau, comme on dit. Elle l'éblouissait autant qu'elle l'irritait, étrange et dangereuse combinaison qu'il avait hâte de voir passer. En vain.

Peut-être, quand tout serait réglé, pourrait-il prendre une pause d'une semaine. Selon son expérience, la séparation ne renforçait pas les relations mais avait plutôt tendance à les distendre. Pourtant, durant la courte absence de Fiona, il ne semblait pas que les choses aient changé entre eux. Alors, c'était à lui de partir.

Mai se laissa tomber à côté de lui.

— Vous vous sentez d'attaque pour cette aventure ?

— On va voir.

— La première fois, je mourais de peur. Les exercices, la simulation, les manœuvres ? Essentiels, mais quand on passe aux travaux pratiques… c'est autre chose. Là, des gens dépendent vraiment de vous. De véritables personnes, avec des sentiments, une famille, des craintes. La première fois que Fee m'a parlé de l'équipe, je me suis dit que je pourrais le faire. Je ne me doutais pas de l'effort que ça demandait. Pas seulement en temps, mais aussi en tension physique et en émotion.

— Pourtant, vous le faites.

— Quand on a commencé, on reste. Je ne me vois vraiment pas arrêter.

— Vous tenez la base.

— C'est ça. Coordination des chiens et des maîtres, comptes rendus, liaisons avec les autres équipes de recherche, la police et les rangers. Je n'ai pas de chien de sauvetage dans la mesure où j'adopte des animaux en détresse, mais je peux travailler avec ceux des autres si nécessaire. Fee pense que votre Jaws est particulièrement doué pour ce genre d'activité.

— Oui, c'est ce qu'elle me dit, acquiesça-t-il en lui tendant son paquet de chips. Il pige vite et il a l'air d'aimer ces exercices. À mon avis, il se mettrait en quatre pour lui faire plaisir.

— Les chiens feraient n'importe quoi pour elle.

Tout d'un coup, elle se pencha vers lui, au point de lui heurter les genoux, pour murmurer :

— Comment va-t-elle ? J'essaie de ne pas trop mettre ses problèmes sur le tapis, parce qu'elle reste plutôt discrète.

— Elle a peur. Et ça semble la stimuler.

— Je dors, depuis que je sais que vous êtes avec elle.

Simon se rappela Sylvia lui disant à peu près la même chose, mais d'un ton presque menaçant. *Ne me laissez pas tomber.*

Arrivés à terre, ils furent accueillis par un groupe de volontaires qui les firent monter dans des 4 x 4 pour les conduire à la base. Tout se passait très vite, dans un grand souci d'efficacité. Chacun connaissait son rôle et le jouait au mieux.

Fiona se glissa entre lui et un certain Bob, tout en continuant à remplir son bloc-notes malgré les secousses de la route.

— Qu'est-ce que tu fais ?

— J'établis des listes d'opérations selon les secteurs à distribuer et le climat local. Le trajet a été long, heureusement, on a un beau clair de lune, mais la météo annonce un orage possible avant le matin. On va faire ce qu'on pourra d'ici là. Bob, comment va ton fils ?

— Il entre à l'université cet automne. Je me demande encore pourquoi. Avec ma femme, ils sont venus faire la popote.

— Je serai contente de les voir. Bob et sa famille tiennent un hôtel, dit-elle à l'adresse de Simon. Ils viennent toujours quand on a une recherche. Le sergent Kasper a dit que nos promeneurs perdus étaient descendus chez vous.

— C'est ça.

De ses grosses paluches, Bob saisit le volant de son véhicule et manœuvra pour sortir du port.

— Ils voyagent avec un autre couple. Ils sont sortis ce matin dès l'aube, en emportant un panier-repas. Le premier couple est rentré juste avant le dîner en nous expliquant qu'ils s'étaient séparés sur la piste pour prendre des directions différentes. Ils croyaient que leurs amis seraient rentrés avant eux.

— Ils ne répondent pas sur leurs portables ?

— Non. Parfois, on n'a plus de réseau, mais ils n'ont pas cherché à nous joindre depuis 17 heures, 17 h 30.

— Les recherches officielles ont été lancées à 19 heures.

— C'est ça.

— Ils sont en bonne forme ?

— Ils avaient l'air assez entraînés. La petite trentaine. La femme portait des chaussures neuves et un sac à dos. Ils venaient de New York et comptaient passer quinze jours dans la région à pêcher, marcher, visiter et faire un peu de thalasso.

— Je vois...

Simon voyait maintenant l'hôtel, une grande bâtisse informe, illuminée comme un arbre de Noël. On avait dressé sous une tente une grande table couverte de nourriture, de pichets de café et de caisses de bouteilles d'eau.

— Merci de nous avoir amenés, Bob ! lança Fiona en descendant. J'ai hâte de goûter le café de Jill.

Elle se tourna vers Simon.

— Tu pourrais veiller à faire boire les chiens ? Moi, je vais organiser la coordination avec le sergent Kasper pendant que Mai établit sa base.

— Entendu.

Elle s’approcha d’un policier en uniforme à la panse généreuse et à la face de bouledogue, et tous deux se serrèrent la main. Il en fit autant avec Mai, qui venait d’arriver, et celle-ci fila vite dans l’hôtel.

Fiona se servit un café tout en continuant de parler.

— Mai dit que c’est la première fois que vous venez, lança Tyson à Simon en lui tendant la main.

— Ouais. J’imagine que ce n’est pas votre cas, shérif.

— Appelez-moi Ben. Non, mais d’habitude je suis plutôt de ce côté-là.

Ce disant, il indiquait Fiona et Kasper du menton. Cela ne l’empêcha pas d’accompagner Simon avec les chiens vers un grand abreuvoir.

— Qu’est-ce qu’ils font, au juste ?

— Le sergent la met au courant des dernières informations qu’il a pu recueillir, lui indique les dernières zones couvertes par ses hommes, lui transmet les emplois du temps, l’endroit où on a vu les promeneurs pour la dernière fois. Fee s’assure qu’elle a les bonnes cartes et ils vont passer en revue la topographie du coin, les routes, les collines, les cours d’eau, les barrières, des canalisations, les panneaux indicateurs, enfin, tout ce qui peut aider à établir une stratégie de recherche. Elle va aussi interroger les amis avant de donner ses instructions à l’équipe.

— Ça fait beaucoup de temps consacré aux bavardages.

— C’est l’effet que ça peut produire à première vue. Mais si on se précipite sans se concerter, on peut manquer des éléments importants. Il vaut mieux commencer par prendre son temps, humer l'air.

— Humer l'air ?

Ben sourit en caressant Bogart.

— C'est ainsi que je vois les choses, pour tout vous dire. J'ai effectué quelques recherches avec son équipe, et je dirai qu'elle a un flair digne de ses chiens.

Pendant les vingt minutes suivantes, Simon resta au milieu de l'équipe, but un café effectivement exceptionnel, regarda rentrer les équipes de policiers et de volontaires.

— On est installés dans le hall d'entrée, indiqua James. Si vous voulez assister au débriefing…

— D'accord.

— Vous avez fait beaucoup de marche ?

— Ça m'est arrivé.

— De nuit ?

— Pas vraiment.

— Alors, vous allez faire des découvertes.

L'intérieur de l'hôtel était d'un style rustique de bon aloi : sièges de cuir, lourdes tables de chêne, lampes de fer et poteries. Fiona se tenait devant un bureau où on avait installé une énorme radio à l'ancienne, un ordinateur, des cartes. Derrière elle avait été dressé un grand relevé topographique de la région et Mai travaillait sur un tableau.

— Nous recherchons Ella et Kevin White, de race blanche, vingt-huit et trente ans. Ella mesure un mètre soixante-sept pour cinquante-six kilos, cheveux bruns, yeux marron. Elle porte un Levis, une chemise rouge sur un pull sans manches avec une capuche bleu marine. Kevin mesure un mètre quatre-vingt-huit pour soixante-dix-sept kilos. Il porte un Levis, une chemise marron et une veste blanc et marron. Ils sont tous les deux chaussés de baskets de randonnée, pointures trente-huit pour elle, quarante-quatre pour lui.

Fiona tourna une page de son bloc-notes, même si elle n'en avait pas besoin. Simon savait qu'elle connaissait déjà tout par cœur.

— Ils sont partis ce matin un peu après 7 heures avec un autre couple, Rachel et Tod Chapel. Ils ont commencé par longer la rivière, vers le sud.

Elle revint à la carte en s'aidant d'un pointeur laser.

— Ils suivaient des pistes balisées, s'arrêtaient souvent et ont fait une pause d'une heure pour déjeuner, là, vers 11 h 30. Ensuite, ils se sont séparés. Ella et Kevin voulaient continuer vers le sud. Leurs amis sont partis vers l'est. Tous quatre devaient se retrouver là vers 16 heures, 16 h 30, pour prendre un verre. À 17 heures, ne voyant personne arriver, et comme leurs appels téléphoniques restaient sans réponse, les Chapel ont commencé à s'inquiéter. Ils ont fouillé les alentours immédiats sans cesser d'appeler, et c'est à 18 heures que Bob a prévenu les autorités. Les recherches ont commencé à 18 h 55.

— S'ils ont continué vers le sud, ils se dirigeaient vers les collines sauvages de Bighorn, fit remarquer James.

— C'est ça.

— Le chemin n'est pas facile, par là.

— Et Ella ne pratique pas beaucoup le trekking, alors que Kevin est du genre perfectionniste, il veut toujours en faire davantage. Lui et Tod portaient des podomètres et avaient pris des paris. Celui qui parcourrait la plus longue distance aurait gagné, et le perdant devrait payer l'apéritif et le dîner. Il aime gagner. Il a dû vouloir en faire trop.

» Je sais qu'il est tard, mais nous avons actuellement un beau clair de lune et un temps favorable. C'est le moment de se répartir les secteurs. En tant que chef de groupe, je vais inspecter l'endroit où on a vu les promeneurs pour la dernière fois. Je suis persuadée qu'on l'a bien situé sur la carte, mais rien ne vaut un coup d'œil sur place.

Elle regarda sa montre.

— Voilà quatorze heures qu'ils sont partis et neuf heures qu'ils ont pris un vrai repas pour la dernière fois. Ils ont de l'eau, quelques barres énergétiques et des fruits secs, mais le tout en petite quantité, puisqu'ils comptaient rentrer en fin d'après-midi. On va vérifier nos radios, ensuite, je vous passerai des vêtements à faire flairer à vos chiens.

Dehors, Fiona souleva sa besace.

— Tu es sûr de vouloir m'accompagner ? demanda-t-elle à Simon.

— Je suis sûr de ne pas vouloir te laisser seule.

— Je n'ai rien contre un peu de compagnie, mais de là à croire qu'un tueur fou ait entendu parler de randonneurs perdus, capté nos appels radio et se soit arrangé pour arriver jusqu'ici afin de guetter le bon moment...

— Tu veux discuter ou retrouver ces gens ?

— Oh, je peux faire les deux ! dit-elle en présentant une chaussette à Bogart. Tiens, c'est Ella. C'est Ella. Et Kevin. Voilà Kevin. On va les chercher ! On cherche Ella et Kevin.

— Pourquoi fais-tu ça maintenant ? Je croyais que tu commençais par le coin d'où ils sont partis ?

— Oui, effectivement. Mais pour lui le jeu doit commencer maintenant, il a besoin d'être motivé. Nos deux promeneurs ont pu se perdre et vouloir revenir sur leurs pas. Il se peut que l'un des deux ou les deux se soient blessés et qu'ils aient du mal à rentrer en pleine nuit.

— Et c'est en reniflant des chaussettes qu'on va résoudre le problème ?

Elle alluma sa lampe torche en souriant.

— Tu aimes les corn flakes, n'est-ce pas ?

— Ouais.

— J'espère que ceci ne va pas t'en dégoûter. Chacun d'entre nous répand des cellules épidermiques en forme de corn flakes, des cellules mortes qui dégagent une odeur spécifique de leur propriétaire. Elles sont éparpillées par le vent, par l'air, et forment de véritables pistes qui remontent jusqu'à la source.

— La personne elle-même…

— Exactement. Ces pistes s'étirent en cône. Plus elles sont larges, plus on s'éloigne. Mais Bogart va retrouver la piste et la remonter, espérons qu'il n'y aura pas trop de vents contraires ni d'humidité. Mon boulot consiste à apprécier les possibilités, à définir le plan de recherche et à aider le chien à suivre la piste.

— Compliqué. Risqué.

— Ça peut se faire. Par une chaude journée d'été, sans aucun mouvement atmosphérique. Les odeurs ne se disperseront pas et ça va limiter l'éventail. Mais il faut tenir compte des cours d'eau, des canalisations qui peuvent changer l'émission des odeurs.

— Et comment sais-tu que le chien travaille et ne s'offre pas juste une petite balade ?

Les réflecteurs sur sa veste et ceux qu'elle lui avait remis émettaient des lueurs vertes au clair de lune. Dans le faisceau de la torche apparaissaient le chemin et quelques touffes de fleurs sauvages.

— Il connaît son boulot, il connaît le jeu. Tu vois, il se déplace très vite. En même temps, il vérifie derrière lui, pour s'assurer qu'on le suit bien. Il hume l'air et continue. C'est un bon chien.

Elle prit la main de Simon, la serra.

— Ce n'est pas vraiment une soirée restau.

— On est sortis, c'est déjà ça. Et puis le sandwich était bon. Qu'est-ce que tu cherches ?

— Des indices. Des traces, des buissons cassés, des papiers de bonbons, n'importe quoi. Je n'ai pas le flair de Bogart, alors je dois me fier à ma vue.

— Comme Gollum.

— Oui, mon précieux… mais je crois qu'il avait du flair, lui aussi. C'est beau, par ici, non ? C'est un des endroits que je préfère au monde, et avec la lune à travers les branches, toutes ces ombres et ces lumières, ça devient féerique.

Sa lampe éclairait des champignons dorés, d'exotiques arisèmes petit-prêcheur.

— Il faudra que je trouve un jour le temps de prendre des cours de botanique, pour savoir ce que je regarde au juste.

— Parce que tu as tout le temps pour ça.

— On peut toujours trouver du temps pour ce qu'on aime vraiment. Regarde, Sylvia apprend le crochet.

Il ne voyait pas trop le rapport.

— Bon, si tu le dis.

— Je sais à peu près quelles plantes sont nocives pour la santé, lesquelles il ne faut pas manger ni toucher. D'ailleurs, quand je ne sais pas, je n'y touche pas.

— Ça explique pourquoi tu emportes toujours d'infectes barres énergétiques.

— On ne les trouve pas infectes quand on a faim.

Chaque fois que Bogart donnait l'alerte, Fiona s'arrêtait, marquait le lieu avec une bande adhésive. Tout laissait entendre que les randonneurs étaient passés par là quelques heures auparavant, mais le chien continuait sa course.

— On a retrouvé un promeneur, il y a deux ans, pas loin d'ici, en plein été, pendant les grosses chaleurs. Il errait depuis deux jours, déshydraté, les pieds en sang, plein de sumac vénéneux là où tu as sûrement le moins envie d'en être infecté.

Simon avait l'impression de marcher depuis des heures. De temps à autre, Fiona s'arrêtait, faisait le point par radio avec ses coéquipiers, puis repartait derrière le chien. Ni l'un ni l'autre n'avaient l'air de se fatiguer ; en fait, ils paraissaient très pris par leur quête et en apprécier chaque instant.

Lorsque Bogart s'arrêta pour boire, Fiona en profita pour lui faire sentir encore la chaussette. Au-dessus d'eux, des hiboux et des oiseaux de nuit emplissaient le ciel de leurs appels.

Brusquement, Bogart renifla l'air puis le sol avec vigueur.

— Tiens ! s'exclama Fiona, c'est là qu'ils se sont arrêtés pour déjeuner, là que les deux couples se sont séparés. Regarde toutes ces traces.

Elle s'accroupit.

— Ils ont fait attention à l'environnement, je dois le reconnaître. Ils n'ont pas laissé de détritus. Bon, si on rentrait, maintenant ? On a bien travaillé. On reprendra demain, dès l'aube.

— C'est ce que tu ferais si je n'étais pas là ?

— Peut-être que je continuerais encore un peu.

— Alors on continue.

— Une petite pause d'abord, proposa-t-elle en s'asseyant sur le sol.

Elle sortit des fruits secs et un sachet de croquettes.

— Il est important de conserver son énergie et de s'hydrater régulièrement. Sinon, c'est pour nous qu'il faudra envoyer une équipe.

Elle tendit une barre à Simon puis nourrit le chien.

— Ça t'est arrivé de ne pas retrouver la personne que tu recherchais ?

— Oui. C'est horrible de revenir bredouille. Encore pire que d'arriver trop tard. Mais ces deux-là sont jeunes et vigoureux. J'imagine qu'ils ont un peu préjugé de leur résistance ou qu'ils se sont égarés, ou les deux. En fait, je suis plutôt ennuyée par le silence des téléphones.

— Batteries à plat ou absence de réseau. Ou ils les ont perdus.

— C'est possible. Il y a aussi les animaux sauvages, mais ils s'enfuiraient face à des humains. En revanche, une cheville foulée peut terriblement déconcerter, surtout si on manque d'expérience.

Égarés, fatigués, sans doute blessés en pleine nuit, pensa Simon.

— Il leur a fallu, quoi ? Quatre heures pour arriver ici ?

— Oui, mais ils flânaient, s'arrêtaient souvent pour prendre des photos. En revanche, une fois les couples séparés, Kevin aura voulu presser le pas pour gagner son pari. Il devait compter marcher une heure de plus, au maximum deux. Ça fait déjà beaucoup trop pour des gens qui ont plutôt l'habitude de se balader sur la Cinquième Avenue. Mais il était persuadé de pouvoir couper par des voies transversales et d'arriver à l'hôtel pour l'apéritif.

— C'est comme ça que tu vois les choses ?

— En fonction de ce qu'ont dit ses amis. C'est un brave type, juste un peu trop sûr de tout savoir, mais plein d'esprit. Il aime les paris et ne résiste pas à un défi. Elle aime la nouveauté, les endroits inconnus. Le froid devient vraiment sérieux, mais ils ont des vestes. Ils doivent être épuisés, angoissés, furieux.

Dans un sourire, elle ajouta :

— Tu crois que tu tiendrais encore une heure ?

— Il n'y a pas que Kevin qui ait l'esprit de compétition.

— Je suis contente que tu sois venu, dit-elle en se relevant. N'empêche qu'on se fera ce dîner en rentrant.

Ils prolongèrent d'une demi-heure le temps prévu, zigzaguant sur le chemin à la suite du chien. Fiona lança plusieurs appels qui restèrent sans réponse et, bientôt, les nuages vinrent couvrir la lune.

— Le vent change, flûte !

Elle leva la tête comme si elle humait l'air, à la manière de son chien.

— On va l'avoir, cet orage. On ferait mieux de dresser la tente.

— Juste comme ça ?

— On ne peut rien faire de plus cette nuit. Bogart est fatigué. On n'aura bientôt plus de lumière et il ne sentira plus rien.

Elle alluma sa radio.

— On va prendre deux heures de pause. Abritez-vous.

Puis elle expliqua à Simon :

— Ce n'est pas la peine de rentrer à la base, on arriverait trempés, épuisés, tout ça pour repartir à l'aube. Ça ne vaut pas un lit et une douche, tandis qu'on peut se reposer ici au sec.

— C'est toi le chef !

— Tu dis ça parce que tu es d'accord avec moi, ou quoi ?

— Ça arrange les choses, non ?

Elle discuta encore avec quelques membres de son équipe, sans bavardages inutiles, remarqua Simon.

Après quoi, elle ouvrit sa besace et se mit à dresser la tente. Il fut bien obligé de suivre à nouveau ses instructions, car il n'avait pas dû faire cela depuis l'âge de douze ans, et certainement pas avec ce matériel, qu'elle disait hyperléger.

— On sera un peu à l'étroit mais au sec, expliqua-t-elle. Entre le premier et tâche de te coller au maximum contre le fond. Bogart et moi, on manœuvrera ensuite.

Le refuge était des plus exigus, et Simon dut se plier pour laisser un peu de place à ses compagnons. Quand Bogart fut entré le dernier et se fut pelotonné contre Fiona, il ne restait plus un centimètre d'espace libre. Un bras coincé sous elle qu'il faudrait sans doute amputer le matin venu, Simon ne pouvait plus bouger.

Après un violent coup de tonnerre, les cieux s'ouvrirent pour une véritable pluie de mousson.

— Ce serait plus romantique si on avait une tente digne de ce nom et une bouteille de bon vin, commenta Fiona.

— Le chien ronfle.

— Oui, et on ne va pas l'en empêcher. Il a travaillé dur, ce soir.

Elle tourna un peu la tête pour l'embrasser.

— Toi aussi, ajouta-t-elle.

— Tu trembles. Tu as froid ?

— Non, je suis bien.

— Tu trembles.

— Il faut juste que je me détende. J'ai un léger souci de claustrophobie.

— Tu…

Il comprit enfin et se traita mentalement de tous les noms. Elle avait été ligotée, bâillonnée et enfermée dans un coffre, condamnée à mort.

— Bon sang, Fiona…

— Non.

Elle s'accrocha à lui quand il voulut bouger.

— Reste là. Je ferme les yeux et ça ira.

Il sentait son cœur battre contre le sien aussi violemment que la pluie.

— On aurait dû retourner à l'hôtel pour la nuit.

— Non, ça nous aurait fait perdre du temps et de l'énergie. De toute façon, je suis trop fatiguée pour faire une crise de panique.

Et comment appelait-elle ces tremblements, ce cœur affolé ? L'entourant de son bras libre, il lui caressa le dos.

— Ça va mieux ou c'est pire ?

— Ça va mieux. C'est bien. Il me faut juste une minute pour reprendre mon souffle.

À la lumière crue d'un éclair, il vit qu'elle avait le teint pâle et les yeux clos.

— Alors, comme ça, Tyson couche avec la véto ?

— Je ne crois pas qu'ils en soient déjà là, monsieur le romantique. À mon avis, ils font encore connaissance.

— On peut très bien faire connaissance en baisant.

— Ne t'inquiète pas, elle me le dira, le jour où ils auront baisé, comme tu dis.

— Parce que toi, tu lui as dit qu'on le faisait ?

— À mon avis, elle aurait très bien compris toute seule, mais oui, bien sûr que je le lui ai dit. Et avec tous les détails. Elle regrette que tu n'aies pas commencé par elle.

— Euh… là, j'ai raté le coche.

Il eut l'impression que le cœur de Fiona battait un peu moins fort.

— Rien n'est perdu, je pourrais peut-être encore essayer.

— Trop tard. Elle ne voudra plus coucher avec toi, maintenant. On respecte quelques conventions entre filles, figure-toi. Tu n'es plus au menu pour mes amies et relations.

— Ce n'est pas très juste, si on considère que tu es amie avec à peu près toute l'île.

— Sans doute, mais c'est comme ça.

Elle redressa la tête, lui effleura les lèvres des siennes.

— Merci de m'avoir détournée de ma névrose.

— Tu n'as aucune névrose, et c'est bien ça l'ennui. Tu as juste des caprices qui pourraient en tromper plus d'un. Sinon, tu es agaçante d'équilibre, trop normale pour être mon type de femme.

— Quel mauvais coucheur ! s'écria-t-elle. Mal embouché et cynique.

— Je veux que ça continue entre nous.

Il ne savait pas trop pourquoi il avait dit ça, peut-être à cause de l'intimité forcée de cette tente, sous cette pluie qui tambourinait, ou à cause de la peur qu'il venait d'éprouver pour cette jeune femme qui cessait enfin de trembler.

— Tu ne m'as jamais rien dit de plus gentil, murmura-t-elle. Surtout dans ces circonstances.

— On a chaud, on est au sec. Et pas eux…

— Non, pas eux. La nuit va être terrible pour eux.

Il lui embrassa les cheveux.

— Il va donc falloir les trouver ce matin.

TROISIÈME PARTIE

« Ton serviteur est-il un chien
pour accomplir de si grandes choses ? »

BIBLE 2 R 8 :13

21

Elle s'éveilla dans le noir complet, incapable de bouger, de voir quoi que ce soit ou de parler. Les élancements dans sa tête lui donnaient l'impression de souffrir d'une blessure ouverte, au point de soulever des vagues de nausée. Désorientée, terrifiée, elle se débattit, mais ses bras restaient bloqués derrière son dos, ses jambes paralysées.

Elle ne pouvait rien faire d'autre que se tortiller comme un asticot, ne serait-ce que pour tenter de mieux respirer.

Ses yeux grands ouverts roulèrent dans leurs orbites. Elle percevait un bourdonnement proche et puissant qui déclencha en elle un nouveau sursaut de panique. Elle devait se trouver dans l'antre de quelque animal sauvage.

Non, non. Un moteur. Une voiture. Elle était dans une voiture. Dans le coffre d'une voiture. L'homme. L'homme sur la piste de jogging.

Elle revoyait parfaitement la scène, le soleil éclatant du matin, le ciel d'un bleu profond derrière les feuillages rutilants de l'automne. Ses muscles s'étaient échauffés. Elle se sentait si leste, si souple ; elle adorait cette impression de puissance, cette excitation à l'idée de se retrouver seule au cœur d'un monde de couleurs et de parfums. Rien qu'elle et cette matinée, et cette liberté de courir.

Et puis l'homme qui arrivait dans sa direction, normal. Ils allaient se croiser et tout rentrerait dans l'ordre. Le monde serait de nouveau à elle.

Mais… n'avait-il pas trébuché, n'était-il pas tombé, ne s'arrêtait-elle pas une seconde pour lui venir en aide ? Elle ne se rappelait pas vraiment. Tout devenait flou.

Pourtant, elle voyait son visage. Son sourire, son regard… Il y avait quelque chose dans son regard… une seconde avant la douleur.

La douleur… elle était soudain frappée par la foudre.

La tête lui tournait et les vibrations changeaient sous elle. La route devenait plus abrupte, sans doute un chemin de terre.

Soudain lui revinrent à la mémoire les avertissements de son oncle et aussi ceux de Greg. *Ne cours jamais seule. Garde ton signal d'alarme à portée de main. Reste sur la défensive.* Si vite oubliés. Que pourrait-il bien lui arriver ? Pourquoi lui arriverait-il quelque chose ?

Et, pourtant, si. Elle venait de se faire enlever.

Toutes ces filles… aux informations. Mortes. Elle les plaignait mais les avait vite oubliées pour revenir à sa propre vie.

Allait-elle faire partie du lot ? Sa photo allait-elle paraître à la une des journaux, passer à la télévision ?

Mais pourquoi ? Pourquoi ?

Elle pleurait, se débattait, criait. Cependant, les sons s'étouffaient contre le ruban adhésif et ses mouvements ne faisaient que frotter davantage sa peau contre les liens serrés trop fort, si bien qu'elle finit par sentir l'odeur de son propre sang. De sa propre mort.

Elle se réveilla dans le noir. Piégée. Son cri lui brûla la gorge, mais elle parvint à le ravaler lorsqu'elle sentit le poids du bras de Simon posé sur elle, entendit sa respiration régulière… la sienne et celle du chien.

Pourtant, son affolement s'était insinué en elle comme une horde d'araignées et son cri ne retentit plus que dans sa tête.

Dehors ! Dehors ! Dehors !

Elle se tourna vers le battant, l'ouvrit et rampa au-dehors où l'air glacial lui frappa le visage.

— Attends. Hé ! Attends.

Quand Simon l'attrapa par les épaules, Fiona le repoussa.

— Non, non ! J'ai juste besoin de respirer un peu.

Elle était en pleine hyperventilation, un boulet dans la poitrine, la tête emportée par de hautes vagues d'écœurement.

— Peux pas respirer.

— Mais si !

Il la retint plus fort, la mit à genoux, la secoua un grand coup.

— Respire ! Regarde-moi, Fiona. Là. Allez, respire !

Elle inspira l'air par courtes goulées.

— Recrache-le maintenant. Fais ce que je te dis. Inspire, expire. Ralentis. Mais ralentis, bon sang !

Elle l'interrogeait du regard. Pour qui la prenait-il ? D'un geste brusque, elle le repoussa. Mais cela ne parut même pas l'ébranler et de nouveau il la secoua.

Là, elle respira.

— Continue. Assis, Bogart. Inspire, expire. C'est mieux. Continue.

À la fin, il la relâcha. Concentrée sur sa seule respiration, Fiona retomba sur ses talons tandis que Bogart fourrait le museau sur son bras.

— C'est bon. Je vais bien.

— Bois, dit Simon en lui tendant une bouteille d'eau. Lentement.

— Je sais. J'ai compris. Je vais bien.

Elle laissa échapper un long soupir puis but posément.

— Merci. Excuse-moi. Ouf ! Finalement, je n'étais pas trop fatiguée pour cette crise de panique. J'ai eu un flash-back. C'était… Oh ! ça faisait longtemps que ça ne m'était plus arrivé, mais je crois que les circonstances n'ont fait que le favoriser.

Apaisée, elle passa un bras autour du cou de Bogart.

— Tu as été dur, dit-elle à Simon. Exactement ce qu'il me fallait pour ne pas sombrer. Tu devrais donner des cours.

— Tu m'as fichu une sacrée trouille !

Sans lui laisser le temps de répondre, il leva une main pour la faire taire et fit les cent pas sur le sol détrempé.

— Je suis nul dans ce genre de situation.

— Permets-moi de ne pas être de cet avis.

Il fit volte-face.

— Je te préfère plus coriace.

— Moi aussi. Les crises de panique et d'hyperventilation au bord de l'évanouissement sont des moments un peu difficiles à vivre.

— Je ne rigole pas.

— Moi non plus. Je te dis les choses telles qu'elles sont pour moi. Heureusement, je n'y suis plus confrontée trop souvent.

Comme elle tentait de se lever, il l'arrêta.

— Attends, tu es encore blanche comme un linge. Tu ne tiendras pas debout.

Lui prenant les mains, il l'aida en insistant doucement.

— Ce n'est pas toi, ça. Tu es une fille brillante, audacieuse et forte. Ça me donne envie de le tuer, ce salaud.

— Tu ne devrais pas dire ça, mais ça me plaît quand même. D'ailleurs, je trouve la situation actuelle de Perry pire que la mort.

— Question de point de vue. Je me vois assez en train de le battre à mort ou presque.

Alors qu'il l'étreignait, Fiona se rendit compte que le cœur de Simon battait encore plus fort que le sien, ce qui eut pour effet de la rassurer.

— Si tu as envie de parler violence, sache que je lui ai cassé le nez d'un coup de pied en pleine figure quand il a ouvert le coffre.

— Laisse-moi imaginer ça. Ça fait du bien. Ça ne suffit pas, mais c'est déjà ça.

Elle recula un peu.

— C'est bon ?

La fixant d'un regard intense, il lui caressa la joue.

— Tu vas mieux ?

— Oui. Mais je suis contente que l'aube arrive parce que je ne me vois pas retourner sous cette tente. Si tu pouvais y prendre mon sac, j'ai des cubes de bouillon qu'on pourrait se réchauffer.

— Du bouillon à l'aube ?

— Un petit déjeuner aux champignons et barre de céréales, ça ne te dit pas ? Quand on aura mangé et levé le camp, j'appellerai la base pour faire le point et demander les prévisions météo.

— Bon, juste une chose : si jamais on recommence ce genre de randonnée, on prendra une tente plus grande.

— Tout à fait d'accord !

Le bouillon se révéla fade mais bien chaud. Quant aux barres énergétiques, Simon se promit de faire une provision de Snickers pour la prochaine fois.

Fiona leva le camp, toujours aussi méthodique, remarqua-t-il, rangeant chaque élément exactement comme elle l'avait apporté.

— Les prévisions sont bonnes, annonça-t-elle. Du soleil, une vingtaine de degrés dans l'après-midi, vent léger du sud. On se trouve au nord des collines, la piste n'est pas trop abrupte, mais le terrain est pierreux, un peu accidenté. Les sous-bois pourront paraître touffus à certains endroits, surtout en dehors des voies balisées. J'imagine qu'après la marche qu'ils avaient déjà faite le matin nos randonneurs n'auront pas choisi une petite balade montagnarde mais continué sud-sud-est vers les hauteurs et le terrain le plus escarpé.

— Je n'arrive pas à comprendre pourquoi ils voulaient parcourir une telle distance.

— Là encore, je ne fais que supposer, mais lui aime trop la compétition. Même s'il a commencé à fatiguer, il ne l'aura pas avoué. Et il n'allait pas forcément choisir un chemin trop facile, tout en descente.

— Parce qu'il a quelque chose à prouver…

— Plus ou moins. Quand j'ai interrogé leurs amis pour savoir s'il était du genre à demander son chemin, ça a fait rire la femme. D'un rire nerveux, mais quand même. Il préférerait rouler jusqu'en enfer. Dans ces conditions, il y a des chances pour qu'avant d'admettre que tous deux s'étaient trompés il ait été déjà trop tard.

— Ça en fait, des grands espaces pour se perdre !

Et lui-même, se demandait Simon, qu'aurait-il fait dans une telle situation ? Aurait-il escaladé les collines ou les aurait-il contournées ? Aurait-il demandé de l'aide ou poursuivi vaille que vaille ? Il n'était pas trop sûr, espérant seulement ne jamais être confronté à une situation pareille.

— Et quand on n'a pas l'habitude, précisa Fiona, un douglas ou un sapin-ciguë, c'est du pareil au même. De toute façon, on va étendre notre zone de recherche. Tu veux que je te montre la carte ?

— Pourquoi, tu as l'intention de m'abandonner au beau milieu des collines ?

— Oui, si tu m'énerves.

— Je tente ma chance.

— Alors, en selle !

Attrapant sa besace, elle fit sentir la chaussette à Bogart et le poussa à reprendre le jeu.

Un soleil délavé perçait sous la brume, illuminant les feuillages humides. Simon se demandait quelle piste Bogart pouvait encore suivre.

Le long du chemin abrupt bordé de fleurs sauvages multicolores, ils tombèrent sur un arbre abattu, en enjambèrent racines et branches.

— Tu vois quelque chose ?

— Une banquette, murmura-t-il. Il suffit d'y creuser un siège, là le dossier, là les bras ; je sculpterais bien un motif de champignons à hauteur des pieds.

En se redressant, il vit que Fiona et Bogart l'attendaient.

— Pardon.

— Je n'aurais rien contre une banquette.

— Pas celui-là. Trop lourd, trop dur. Ça ne…

— … m'irait pas. Compris.

Secouant la tête, elle reprit contact avec la base.

Malgré le soleil de plus en plus fort, Fiona continuait d'utiliser sa torche pour mieux suivre la progression du chien le long des buissons.

— Il a retrouvé sa piste. Ce repos lui a fait du bien.

— On dit bien que le monde est un festin d'odeurs pour les chiens. Ce qui m'étonne, c'est qu'il ne se laisse pas distraire par d'autres odeurs. Hé, un lapin ! Ou je ne sais quoi. Jaws chasserait une feuille poussée par le vent.

— C'est une question d'entraînement. En principe, le jeu consiste à trouver la source de l'odeur que je lui ai fait sentir.

— Le jeu s'éloigne de la piste, fit remarquer Simon.

— Ah oui !

Elle suivit le chien qui escaladait la pente en se faufilant parmi les broussailles.

— Là, ils ont commis une erreur. Bogart ne se laissera pas distraire, mais eux si. Ils se sont écartés de la piste balisée, sans doute parce qu'ils ont vu une biche ou une marmotte, ou qu'ils voulaient prendre une photo. Ou alors ils auront cherché à prendre un raccourci. On balise les pistes pour de bonnes raisons, mais ça n'empêche pas les randonneurs de s'en écarter.

— Si le chien a raison, toi aussi. Apparemment, notre fier Kevin a voulu monter plutôt que descendre.

Bogart ralentit pour attendre un peu les humains en train de grimper.

— Ils croyaient peut-être découvrir une belle vue de là-haut. Mais… attends. Bogart ! Halte !

Elle dirigea sa torche sur un buisson.

— Il s'est accroché là, dit-elle en désignant un bout de tissu marron. Bon chien ! Bravo, Bogart. Simon, tu veux marquer l'endroit pendant que j'appelle la base ?

Au début de la recherche, elle lui avait montré comment signaler une découverte. Quand il eut noué le ruban, Simon donna de l'eau à Bogart et but lui-même à la bouteille tandis que Fiona criait les noms de Kevin et d'Ella.

— Rien. Mais le sous-bois étouffe les bruits. La température se réchauffe, c'est bon pour nous. Tiens, Bogart veut repartir. On dirait qu'il tient une nouvelle piste. Va, cherche ! Cherche !

— Combien de temps a duré ta plus longue intervention ?

— Quatre jours. C'était terrible. Un garçon de dix-neuf ans qui en avait assez de sa famille ; il a quitté le terrain de camping en pleine nuit, s'est perdu, a tourné en rond puis a fait une mauvaise chute. C'était en plein été, il faisait chaud et humide, ça grouillait d'insectes. Ce sont Meg et Xenia qui l'ont trouvé. Inconscient, déshydraté, commotionné. Il a eu de la chance de s'en sortir.

À présent, Bogart zigzaguait dans tous les sens.

— Il ne sait plus où il en est.

— Non, corrigea Fiona. Ce sont eux qui ne savaient plus.

Dix minutes plus tard, Simon repéra le portable abandonné, ou plutôt ce qu'il en restait, au milieu d'un tas de pierres.

Il s'approcha de Bogart en arrêt.

— Bien vu, observa Fiona en s'accroupissant. Il est en miettes. Là, une enveloppe de pansement, et là on dirait une tache de sang. La pluie n'a donc pas tout effacé.

— Ainsi, l'un d'eux serait tombé ? Et aurait perdu son téléphone dans sa chute ?

— Possible. Deux bandages, ça devient clair.

Il balisa l'endroit avant qu'elle le lui demande. De nouveau, elle mit les mains en cornet.

— Zut, zut ! maugréa-t-elle. Où est-ce qu'ils ont encore pu aller après ça ? Je vais prévenir les autres.

— Et manger quelque chose, dit Simon en fouillant dans la besace. Hé, tu as des Milky Way !

— Bien sûr. Pour l'énergie.

— Et moi qui ai avalé cette barre pourrie. Assieds-toi cinq minutes. Mange. Bois.

— On n'est pas loin d'eux, je le sens. Et lui le sait aussi.

— Cinq minutes.

Elle acquiesça et finit par s'asseoir sur un rocher, mangea tout en discutant avec Mai.

— On réaligne la recherche. On a trouvé deux indices, et celui de Lori indique notre direction. Les hélicoptères vont nous aider. C'est un téléphone rouge, celui de la femme, je crois. Mai va vérifier, mais je ne vois pas Kevin avec un téléphone rouge vif.

— Donc, ce sang est sans doute celui de la femme.

— Probablement. D'après leurs amis, son mari est fou d'elle. S'il l'a vue blessée, il a pu s'affoler un peu, ou même beaucoup. Plus on s'affole, plus on gâche ses chances.

— Il aurait pu appeler des secours d'ici.

Fiona sortit son téléphone.

— Non. Pas de réseau. C'est sans doute pour ça qu'ils se sont égarés. Kevin a dû vouloir trouver un signal et ne s'en sera que davantage éloigné de toute piste balisée.

Ils repartirent. Bogart, tout à son « jeu », trottinait devant en jetant parfois des regards impatientés, l'air de lancer : « Vous allez vous dépêcher, oui ? »

— Perdus, murmura Fiona comme pour elle seule. Ils ont peur, maintenant, ce n'est plus une aventure. L'un d'eux est blessé, même si ce n'est pas grave. Ils sont fatigués. Chaussures neuves.

— Chaussures neuves ?

— Ella. Chaussures neuves. Elle doit avoir des ampoules, maintenant. Normalement, ils doivent chercher un chemin plus facile. Une descente ou une route plane en tout cas, et ils doivent s'arrêter souvent si elle est blessée. L'orage, cette nuit. Ils sont trempés, ils ont froid et faim. Ils… tu entends ?

— Quoi ?

— La rivière. Tu dois l'entendre, là.

— Maintenant que tu le dis.

— Quand on est perdu, quand on a peur, on essaie de grimper, pour voir et être vu. Mais quand on est blessé, ça devient plus compliqué. Alors, instinctivement, on est attiré par l'eau. C'est un bon point de repère, une route, un réconfort.

— Ils doivent pourtant savoir que le mieux, c'est de rester sur place pour qu'on vous retrouve.

— Personne n'applique ce principe.

— On dirait que non. Regarde Bogart, il a trouvé quelque chose. Tiens, une chaussette sur cette branche.

— Encore une fois, tu as l'œil. C'est un peu tard, mais Kevin a commencé à marquer son chemin. Bon chien, Bogart ! Cherche ! Allez, cherche Ella et Kevin !

À trois cents mètres de là, ils trouvèrent une autre chaussette.

— Bon, conclut Fiona, ils se dirigent bien vers la rivière et le mari doit se demander s'il ne pourrait pas utiliser son téléphone. Regarde, le mien fonctionne, maintenant. Mais Kevin cherche un terrain plus facile et descend vers la rivière.

— Encore du sang et des enveloppes de bandage.

— Sèches. Elles ont donc servi après l'orage. Ça date de ce matin.

Elle éleva la voix pour encourager le chien et de nouveau appeler. Cette fois, Simon entendit une voix faible qui répondait.

Bogart lança un jappement de joie puis fila en bondissant. Simon courut à sa suite et aperçut un homme sale, débraillé qui semblait boitiller.

— Oh, merci, mon Dieu ! s'exclama celui-ci. Oh, merci ! Ma femme… elle est blessée. Nous sommes perdus. Elle est blessée.

— On arrive ! cria Fiona en sortant sa bouteille d'eau. Nous sommes du groupe de recherche et de sauvetage canin. Vous n'êtes plus perdus. Buvez de l'eau. Ça va, maintenant.

— Ma femme, Ella…

— Ça va. Bogart. Bon chien ! Cherche Ella. Cherche ! Il va la rejoindre, rester près d'elle. Êtes-vous blessé, Kevin ?

— Non. Je ne sais pas.

Ses mains tremblaient sur la bouteille.

— Non. Ella est tombée. Une coupure sur la jambe et le genou douloureux. Elle a d'affreuses ampoules et de la fièvre, je crois. Je vous en prie !

— On va s'en occuper.

— Je vous aide, dit Simon en lui passant un bras sous l'aisselle. Allons-y.

— Ce n'est pas ma faute, commença celui-ci alors que Fiona se précipitait derrière le chien. C'est…

— Ne vous occupez pas de ça pour le moment. Elle est loin ?

— Juste en bas, près de l'eau. Je voulais qu'on soit un peu plus, en vue, après cette nuit… Il y a eu un orage.

— Ouais.

— Nous avons essayé de nous mettre à l'abri. Seigneur, où sommes-nous ?

Simon n'aurait trop su le dire, mais il aperçut Fiona et Bogart assis à côté d'une femme.

— On vous a retrouvés, Kevin, et c'est tout ce qui compte.

Il distribua barres énergétiques et bouillons chauds tandis que Fiona refaisait les bandages d'Ella puis nettoyait les ampoules ouvertes de ses pieds ainsi que celles de Kevin.

— Quel idiot je suis ! marmonna celui-ci.

— Ça, on peut le dire ! approuva sa femme, blottie dans une couverture. Il oublie de recharger son téléphone. Et moi, je suis tellement occupée à prendre des photos que je l'entraîne loin du chemin. Et là, il veut continuer… c'est tout lui, ça. Je ne regarde pas où je marche, je tombe. Nous sommes aussi idiots l'un que l'autre, et en plus j'ai massacré mes nouvelles baskets.

— Là, dit Simon en lui tendant un bol de bouillon. C'est moins bon qu'un Milky Way, mais ça devrait vous faire du bien.

— C'est délicieux ! assura Ella après une gorgée. Au milieu de cet orage, j'ai cru que nous allions mourir. Et puis, ce matin, j'ai compris que si nous nous en étions sortis, nous étions sauvés, qu'on finirait par nous retrouver.

Les yeux pleins de larmes, elle posa une main sur Bogart.

— C'est le plus beau chien du monde.

— Ils envoient un 4 x 4, annonça Fiona en replaçant sa radio sur sa ceinture. Vos amis disent que vous avez gagné votre pari, de loin, et ils ajoutent un magnum de champagne pour le dîner.

Alors que Kevin laissait retomber sa tête sur l'épaule de sa femme, Bogart lui lécha la main pour le réconforter.

— Elle ne lui en veut même pas, observa Simon dans le 4 x 4 qui suivait.

— Quand on se sort d'une telle aventure, quand on a partagé de telles peurs, quand on s'est sans doute pris la tête mutuellement pendant une partie de la nuit, c'est bon, on ne pense plus qu'au principal : on est vivants, tout ne peut qu'aller mieux maintenant. Et toi ? Comment ça va ?

— Moi ? J'ai passé un sacré moment. Même si ça ne ressemble pas du tout à ce que je croyais.

— Ah bon ?

— Je te voyais plutôt tramer un peu à droite et à gauche, suivre le chien, boire du café de cow-boy en mangeant des fruits secs.

— Tu n'es pas loin du compte.

— Enfin, j'ai apprécié le travail d'équipe avec le chien, mais aussi avec les autres chercheurs, les flics et tous ceux qui travaillaient sur l'affaire. Et puis, quand tu as trouvé ces gens, tu deviens tour à tour secouriste, confesseur, meilleure amie, maman et commandant.

— On porte plusieurs casquettes. Tu veux en essayer une ?

— Arrête ! Tu as déjà mon chien… Il s'en tirerait très bien, je suis d'accord avec toi, maintenant.

En vue de l'hôtel, il poussa un soupir de soulagement.

— Je ne rêve que d'une douche chaude, d'un repas chaud et de deux carafons de café. J'espère que c'est compris dans le contrat.

— Ici, oui.

Ce fut d'abord le chaos complet, entre rires et larmes, alors que des ambulanciers prenaient les rescapés en charge. Soudain, quelqu'un tapa dans le dos de Simon pour lui offrir une tasse de café chaud. Jamais il n'avait rien bu d'aussi délicieux.

— Beau travail, continua Chuck en lui tendant un beignet. Une chambre vous attend si vous voulez prendre une douche.

— J'en ai autant besoin que de continuer à respirer.

— Je vous comprends. Fichue nuit, pas vrai ? Mais super-matinée.

Alors qu'on emmenait Ella sur un brancard, Simon demanda :

— Comment va-t-elle ?

— Le genou claqué… Elle aura aussi besoin de quelques points de suture. Mais ils s'en tirent tous les deux beaucoup mieux qu'ils n'auraient pu le rêver. Je vous parie qu'ils ne sont pas près d'oublier ces vacances.

— Moi non plus.

— Rien ne vaut le plaisir de retrouver quelqu'un. Allez vite prendre cette douche. Jill a préparé ses spaghettis et ses boulettes, et je vous garantis que ce sera la découverte de votre vie. On fera le débriefing après le déjeuner.

Le temps de gagner la chambre qu'on lui avait attribuée, Simon croisa une dizaine de personnes qui, tour à tour, l'embrassèrent, ou lui serrèrent la main, ou lui tapèrent dans le dos. Un peu étourdi, il s'enferma dans la salle de bains et commença par écouter autour de lui.

Le silence, enfin, la solitude.

Il n'avait plus vu Fiona depuis que tous deux avaient sauté de la voiture. Le jet chaud de la douche se répandit sur sa peau, et tout son corps en frémit de gratitude. Sans doute n'était-il pas un citadin inconditionnel, mais ces systèmes de plomberie avaient parfois du bon !

Lorsqu'il entendit frapper à la porte donnant sur la chambre, un grognement sourd lui échappa, jusqu'au moment où il reconnut la voix de Fiona.

— C'est moi. Tu veux de la compagnie ou tu préfères continuer seul ?

— De la compagnie si elle est toute nue.

Il se mordit les lèvres en l'entendant éclater de rire. La porte s'ouvrit sur une mince silhouette dénudée. Finalement, il aimait bien ce type de femme.

— Entre. L'eau est géniale.

Elle ne se fit pas prier et ferma les yeux sous la douche.

— Le paradis, murmura-t-elle.

— Où étais-tu ?

— Il fallait que je m'occupe de Bogart, qu'on échange nos premiers constats avec le sergent. On va continuer après un fantastique déjeuner.

— J'ai entendu dire que ce serait le meilleur repas de ma vie.

— Vrai de vrai. J'ai appelé Sylvia pour la prévenir qu'on allait reprendre les chiens sur le chemin du retour.

— Tu en as fait des choses !

— Normal.

— Encore une, dit-il en l'embrassant.

22

Certes, les boulettes furent une découverte. Sur le moment, Simon eut l'impression de se retrouver chez ses parents quand il était petit, au milieu du bruit, des conversations et de cette masse impressionnante de nourriture.

On aurait dit un vrai repas de famille, où il se voyait traité comme le « compagnon » de Fiona - agaçant, mais compréhensible. On le dévisageait, on l'évaluait mais on l'accueillait à bras ouverts.

Il ne pouvait s'empêcher d'éprouver de la joie lui aussi, comme lorsqu'il avait vu Kevin arriver dans leur direction en claudiquant, marqué par son épreuve et les kilomètres qu'il venait de parcourir. Simon en avait éprouvé une impression indicible et profonde : plus que de la satisfaction, un véritable sentiment de renouveau.

Mai et Fiona prenaient des notes, et on parlait de documents, d'exposés, de rapports. Au moins Fiona semblait-elle loin, maintenant, de sa récente crise de panique.

— Simon, vous avez quelque chose à ajouter ?

— Non, répondit-il à James. Je crois que tout a été dit. Moi, je venais juste en observateur.

— Peut-être, intervint Fiona, mais tu as retroussé tes manches. Tu as assuré, pour un bleu. Tu as de l'endurance, un excellent sens de l'orientation. Tu sais lire une carte et utiliser une boussole, tu possèdes une excellente vue. Avec un peu d'entraînement, tu pourrais être prêt en même temps que Jaws.

— Vous êtes des nôtres, si vous voulez mon avis, dit Chuck.

Simon coupa une boulette en deux.

— Prenez déjà le chien.

— On vous mettrait au salaire maximum.

Il tourna un œil amusé vers Meg tout en enroulant des spaghettis sur sa fourchette.

— C'est-à-dire que dalle, j'imagine ?

— Exact.

— Tentant…

— Réfléchissez-y, suggéra Mai. Vous pourriez peut-être amener Jaws à l'un de nos exercices. Pour voir comment il se débrouille.

Pendant la traversée du retour, les chiens s'étaient endormis les uns à côté des autres, de même que Lori et James, tandis que Mai et Tyson se blottissaient à l'arrière, main dans la main.

Deux couples qui se forment, pensa Simon en jetant un regard de côté vers Fiona ; assise à côté de lui, elle relisait ses notes. Apparemment, ils allaient faire de même.

Arrivés à Orcas, tous s'étreignirent avec conviction. Il n'avait jamais vu personne s'embrasser autant.

Ce fut lui qui prit le volant pour rentrer.

— On a dîné dehors, en quelque sorte, observa Fiona. J'ai mangé tellement de pâtes que je ne vais plus rien pouvoir avaler pendant des jours. Et puis c'était assez spécial, comme sortie.

— On ne s'ennuie jamais avec toi.

— Ah bon ! merci.

— Il se passe trop de choses, dans ta vie comme dans ta tête.

Elle sourit, ouvrit son téléphone qui venait de vibrer.

— Fiona Bristow. Oui, Tod. Très bien. Ravie de l'entendre. Comme nous tous. Ce n'est pas la peine, nous avons été largement récompensés en ramenant Ella et Kevin sains et saufs. Oui, je vais le lui dire. Bonne nuit à vous aussi.

Elle referma son téléphone.

— Cinq points de suture et une attelle au genou pour Ella. On les a tous les deux réhydratés, on a désinfecté leurs ampoules et leurs égratignures. En gros, ils vont pouvoir rejoindre vite leurs amis à l'hôtel. Ils voulaient te remercier.

— Moi ?

— Tu faisais partie du groupe qui les a retrouvés. Quel effet ça te fait ?

Il ne répondit pas tout de suite, puis :

— C'est très agréable.

— Oui, comme tu dis.

— Si je comprends bien, il faut acheter tout son équipement, les radios, les tentes, les couvertures, la trousse de secours. J'ai vu que tu avais noté ce qu'on a utilisé, ajouta-t-il. Tu dois tout remplacer sur tes propres fonds ?

— Ça fait partie du jeu. En fait, la radio nous a été offerte par les parents d'une gosse qu'on avait retrouvée. Il y en a qui veulent nous payer, mais on ne s'aventure pas sur ce terrain-là. En revanche, on accepte volontiers qu'ils financent du matériel.

— Donne-moi la liste, je vais remplacer ce dont je me suis servi.

Comme elle fronçait les sourcils, il insista :

— Je faisais partie de la « meute », oui ou non ?

— Oui, mais tu ne dois pas te sentir obligé de…

— Je ne me porte pas volontaire par obligation.

— D'accord. Je te donnerai une liste.

Ils s'arrêtèrent chez Sylvia, récupérèrent les chiens, opération qui dura deux fois plus longtemps que prévu tant ceux-ci tenaient à manifester leur joie. Simon dut reconnaître que son balourd de Jaws lui avait manqué et il fut enchanté de garder le volant jusqu'à la maison, Fiona à côté de lui et les quatre labradors surexcités à l'arrière.

— Tu sais ce que je voudrais ? lui demanda-t-elle.

— Quoi ?

— Traîner une heure sur mon rocking-chair devant un grand verre de vin. Tu veux bien te joindre à moi ?

— On pourrait faire ça.

Il ne se fit pas prier pour serrer la main qu'elle lui tendait.

— Je me sens bien, reprit-elle. Fatiguée, contente. Et vous, les gamins ? Vous allez pouvoir jouer pendant que nous regarderons le soleil se coucher depuis la véranda.

— Fiona.

— Oui ?

Elle se retourna, vit le masque figé de Simon, qui venait de s'engager dans le chemin menant à la propriété.

— Quoi ? Qu'est-ce qu'il y a ?

Il ralentit en approchant de la boîte aux lettres au-dessus de laquelle flottait comme un drapeau une écharpe rouge agitée par la brise.

L'esprit subitement vide, Fiona se crut de retour dans l'étouffante obscurité du coffre.

— Où est ton pistolet ? Fiona !

Il avait asséné son nom comme un coup de fouet pour la réveiller.

— Dans ma besace.

Il la saisit à l'arrière, la lui jeta sur les genoux.

— Sors-le. Boucle les portières. Reste dans la voiture et appelle les flics.

— Non. Quoi ? Attends ! Où vas-tu ?

— Vérifier la maison. Il n'y sera pas, mais inutile de prendre le moindre risque.

— Et tu vas y aller comme ça, sans arme, sans protection ?

Comme Greg, pensa-t-elle. *Exactement comme Greg.*

— Si tu sors, je sors, déclara-t-elle avec fermeté. Les flics d'abord. Je t'en prie. Je ne le supporterais pas une seconde fois. Je ne pourrais pas.

Elle prit son téléphone, composa le numéro abrégé du bureau du shérif.

— Ici Fiona. Il y a une écharpe rouge accrochée à ma boîte aux lettres. Non, je suis avec Simon, au bout de l'allée. Non… non. Oui, d'accord. Entendu.

Elle poussa un soupir.

— Ils arrivent. Ils disent qu'on reste où on est. Je sais que ce n'est pas ce que tu voulais faire, que ça va à l'encontre de ton instinct, mais tant pis.

Elle sortit son pistolet, en vérifia sans trembler le chargement, le cran de sécurité.

— Mais s'il est là, ajouta-t-elle, s'il attend, il doit le savoir aussi. Et je serais alors obligée d'assister de nouveau à l'enterrement de l'homme que j'aime. En fait, il m'aurait tuée moi aussi, car je n'y survivrai pas une seconde fois.

— Tu dis ça pour m'enfermer dans une boîte.

— Je dis ça parce que c'est la stricte vérité. J'ai besoin de toi et je te demande de rester auprès de moi. Je t'en prie, ne me laisse pas toute seule !

Elle allait à l'encontre de ses désirs, mais s'il se sentait capable de contrer une femme en larmes, suppliante, il ne sut comment réagir face à son visage de marbre.

— Donne-moi tes jumelles.

Elle ouvrit une autre poche de son sac, les lui tendit.

— Je ne m'éloigne pas, mais je veux regarder.

— D'accord.

Il sortit de la voiture, sans toutefois s'en écarter. Il entendit Fiona calmer les chiens tandis qu'il inspectait l'allée, les arbres. Le printemps avait fait éclater les bourgeons, l'obligeant à se déplacer de temps à autre pour apercevoir quelque chose entre les branches verdoyantes. Petit à petit, il franchissait le virage menant au pont.

La jolie maison semblait paisible devant les arbres de la forêt. Des papillons dansaient dans l'air tiède, au-dessus des boutons-d'or de la prairie voisine.

Il revint, ouvrit la portière.

— Tout paraît calme.

— Il a lu l'article. Il veut juste me faire peur.

— Sans doute. Ce serait idiot de signaler sa présence par cet étendard s'il était encore dans les parages.

— Oui. À mon avis, il a atteint son but. J'ai peur. La police arrive. Tout ça me revient en pleine figure et je me remets à penser à lui. Comme nous tous. J'ai aussi appelé l'agent Tawney.

— Bien. Tiens, voilà les flics.

Simon referma la portière et regarda les deux véhicules approcher. Entendant Fiona sortir à son tour, il faillit lui dire de rentrer, mais elle n'obéirait pas, il le savait, et puis ça ne servirait sans doute plus à rien.

Le shérif descendit le premier. Simon l'avait croisé à plusieurs reprises dans le village, mais ils n'avaient jamais échangé un mot. Grand et fort, Patrick McMahon évoquait un ancien rugbyman et devait continuer à pratiquer des sports de combat. Les yeux cachés par des lunettes d'aviateur, il arborait un air soucieux et gardait une main posée sur la crosse de son pistolet.

— Fiona, je voudrais que vous rentriez dans cette voiture. Simon Doyle, c'est ça ? Bonjour. Je vais vous demander d'en faire autant. Davey et moi allons examiner les lieux. Matt restera ici pour prendre des photos et mettre l'écharpe sous scellés. Avez-vous verrouillé les portes en partant ?

— Oui.

— Les fenêtres ?

— Je… oui, je crois.

— Tout est fermé, intervint Simon. J'ai vérifié avant notre départ.

— Très bien. Fee, pourriez-vous me donner les clefs ? Quand on aura fait le point, on appellera Matt. Ça vous va ?

Elle fit le tour du 4 x 4, tandis que Simon coupait le contact et détachait du trousseau la clef de la maison.

— Elle ouvre la porte principale et aussi celle de derrière.

— Très bien, répéta McMahon. Ne bougez pas d'ici.

Matt, un jeune policier tout juste sorti de l'adolescence, vint les rejoindre lorsque son chef fut parti.

— Désolé, Fiona, il faut rentrer dans la voiture, et vous aussi, monsieur Doyle.

Il jeta un coup d'œil sur le pistolet qu'elle tenait à la main.

— Et veillez à bien laisser le cran de sécurité.

Tous deux obtempérèrent puis, remontée dans la voiture, Fiona observa en douce :

— C'est un gosse. J'ai dressé le jack russel de ses parents.

Elle suivit des yeux les deux voitures qui se garaient devant chez elle.

— Il n'y aura personne, murmura-t-elle, une main sur le cœur. Il ne va rien leur arriver.

— Tu as demandé à quelqu'un de passer ici en notre absence ?

— Non, c'était la nuit. Si ça avait duré plus longtemps, Sylvia serait passée pour arroser les plantes et ramasser le courrier. Mon Dieu, qu'est-ce qui serait arrivé…

— Elle n'est pas venue, la coupa Simon. Inutile d'en rajouter. Tous les habitants de l'île et des environs devaient savoir ce matin que tu étais partie sur une intervention. Il n'a pas eu le temps d'organiser ça.

À moins, se dit-il, *qu'il n'ait déjà été sur l'île.*

— Je crois que c'est à cause de l'article, soupira Fiona. Ça explique tout, pourquoi il a placé cette écharpe-là après m'en avoir envoyé une. Je crois qu'il veut me faire savoir qu'il s'approche. Qu'il arrive.

— C'est de l'arrogance. Et l'arrogance peut faire faire des erreurs.

— J'espère que tu as raison. Tu crois qu'il a plu ici, cette nuit ? En principe, oui. Pourtant, l'écharpe n'est pas mouillée, à moins que le vent ne l'ait séchée. Pourtant, il n'aura pas voulu la nouer là en plein jour, on aurait pu le surprendre depuis la route.

— Voilà vingt minutes qu'on est là et je n'ai pas encore vu passer une seule voiture.

— C'est vrai, mais le risque était trop grand. Tandis que s'il est passé dans la nuit, il aura eu besoin d'un abri où dormir, ne serait-ce qu'un bateau. Mais il lui aura quand même fallu un véhicule pour venir jusqu'ici.

— Donc, il se trouve dans les parages et quelqu'un peut l'avoir vu.

Une voiture ralentit à proximité.

— Des touristes, commenta paisiblement Fiona. La saison d'été commence. Le plus pratique, c'est de débarquer et de repartir en ferry. Mais il n'a peut-être pas tout fait dans la même journée. Il a pu louer une chambre ou une place de camping…

Elle sursauta. Matt frappait à la fenêtre.

— Pardon, commença-t-il quand elle abaissa la vitre. Le shérif vous fait dire que la voie est libre.

— Merci, Matt.

Alors que Simon redémarrait, elle étudia chaque détail autour d'eux. Pouvait-il être venu jusqu'ici ? Au risque de rencontrer les chiens ? Y tenait-il au point d'en oublier toute prudence ? Il pouvait s'être glissé au-delà du pont dans l'espoir de la surprendre sur sa véranda ou arrosant le jardin. Des activités quotidiennes, banales. Descendre chercher le courrier, faire les courses, donner une leçon ou jouer avec ses chiens. Le train-train.

L'idée qu'il ait ainsi pu prendre le temps de l'épier, de la suivre, comme l'avait fait Perry, l'emplit d'une peur oppressante et lui assécha la gorge.

Ce fut McMahon qui leur ouvrit quand Simon s'arrêta.

— Aucun signe d'effraction. À première vue, on n'a rien touché chez vous, j'espère que vous allez me le confirmer. Nous avons aussi inspecté les alentours, et je vais demander à Matt et Davey de recommencer, de pousser un peu plus loin pendant que nous discuterons à l'intérieur. Ça va ?

— Oui… Shérif, j'ai appelé l'agent Tawney. Ça m'a semblé nécessaire. Je ne voudrais pas marcher sur vos plates-bandes, mais…

— Fiona, depuis combien de temps me connaissez-vous ?

Elle laissa échapper un petit soupir de soulagement avant de répondre, d'une voix plus légère :

— Depuis que j'ai commencé à venir voir mon père en été.

— Ça devrait vous suffire pour savoir que je ne m'inquiète pas pour mes plates-bandes. Maintenant, entrez, regardez autour de vous et dites-moi si vous croyez que quelque chose a bougé, même si vous n'en êtes pas sûre.

L'avantage d'une petite maison, se dit Fiona. Au moins n'y passa-t-elle pas trop de temps, même si elle se donna la peine d'ouvrir quelques tiroirs.

— Tout est resté dans l'état où nous l'avons laissé.

— Très bien. Si on s'asseyait un peu pour en parler ?

— Voulez-vous boire quelque chose ? Je peux…

— Rien du tout, ne vous inquiétez pas.

Il prit un siège et poursuivit, de ce ton paternel destiné à calmer ses interlocuteurs :

— J'ai laissé Davey se charger de cette enquête, pas parce que ça ne m'intéressait pas, mais je me suis dit que vous vous sentiriez plus à l'aise avec lui. Cela dit, je ne veux pas que vous pensiez que j'ai passé la main.

— Depuis combien de temps me connaissez-vous ?

Il lui sourit et les rides autour de ses yeux se creusèrent profondément.

— Tout juste ! À quelle heure êtes-vous partis, hier ?

— J'ai reçu l'appel à 19 h 15. Je n'ai pas noté l'heure de notre départ, mais je dirai qu'il ne nous a pas fallu un quart d'heure, le temps de transmettre l'appel à Mai, de vérifier les sacs, de fermer et de charger la voiture. On a déposé les chiens, sauf Bogart, chez Sylvia et puis on a continué chez Chuck. Toute l'équipe était en route à 19 h 55.

— Belle coordination.

— On y travaille.

— Je le sais. Je sais aussi que vous avez retrouvé ces gens. C'est du bon boulot. À quelle heure êtes-vous rentrés, aujourd'hui ?

— On est arrivés chez Chuck vers 15 h 30 puis on a fait le détour pour récupérer les chiens. Je vous ai appelés, disons, une minute après avoir vu l'écharpe. Est-ce qu'elle était mouillée ou humide ? Je crois...

— Hé, n'essayez pas de me piquer mon job ! Elle est sèche. Il a plu cette nuit. Pas aussi fort que là où vous étiez, mais pas mal. Comme il a fait beau, elle a pu sécher quand même depuis. Mais elle n'était pas là quand Davey est passé ce matin vers 9 heures.

— Ah ?

— Même en votre absence, nous venons jeter un coup d'œil. Il y a beaucoup de gens qui débarquent du ferry par une belle journée comme celle-ci. Je dirai qu'il est passé aujourd'hui, quelque part entre 9 heures et 16 h 30, pour venir nouer cette écharpe. En voiture, parce que vous habitez plutôt loin de tout ; je ne le vois pas marcher jusqu'ici ni faire de l'auto-stop.

— Non, murmura-t-elle. Il a besoin d'une voiture. Une voiture avec un coffre.

— Quelques personnes me renseignent sur les mouvements autour du ferry et surveillent les départs. Si elles voient un homme seul au volant, elles relèveront le numéro de sa plaque. D'un autre côté, nous allons vérifier les hôtels, les gîtes, les campings et même les locations, mais ça prendra un certain temps. Nous contrôlerons tous ceux qui voyagent seuls.

— Je me sens un peu mieux, murmura-t-elle.

— Très bien. Mais je veux que vous ne couriez aucun risque, Fiona. Je ne dis pas ça en tant que shérif mais en tant qu'ami de votre père et de Sylvia. Ne restez pas seule. Si vous tenez à demeurer ici, il faut que quelqu'un soit avec vous et que vous fermiez vos portes à clef, de jour comme de nuit.

À son air sévère, Simon comprit que l'habitude de la jeune femme de laisser tout ouvert n'était pas ignorée de son entourage.

— J'y veillerai, promit-elle.

— Très bien. De même, quand vous roulez, laissez vos vitres levées et vos verrous bloqués. Gardez toujours votre téléphone avec vous et notez les noms de tous les clients à qui vous aurez affaire. Tous. Si vous recevez un nouvel appel pour une personne disparue, il faudra d'abord nous prévenir, moi ou mon bureau. Je veux savoir où vous allez et comment m'en assurer.

— Elle ne va pas rester ici, annonça Simon. Elle va venir chez moi. Dès aujourd'hui. Elle va faire ses bagages avant votre départ.

— Mais je ne peux pas…

— Excellente idée ! la coupa McMahon. Je vais changer mes dispositions. Je ne veux pas qu'elle reste seule là-bas non plus.

— Il n'en est pas question.

— Hé ! intervint Fiona en levant les deux mains. Excusez-moi, je ne veux pas enquiquiner tout le monde, mais je ne peux pas déménager comme ça, alors que je travaille ici, et…

— On va s'en occuper. Prépare ton sac.

— Et mes…

— Vous nous accordez une minute ? demanda Simon à McMahon.

— Pas de souci, dit celui-ci en faisant crisser sa chaise. Je serai dehors.

— Tu te rends compte à quel point tu m'énerves quand tu me coupes sans arrêt la parole ? demanda Fiona.

— Oui, sans doute autant que toi quand tu objectes constamment au simple bon sens.

— Pas du tout ! Et puis c'est très joli, le bon sens, mais il faudrait penser à l'aspect concret, à la vie de tous les jours. J'ai trois chiens, un métier qui me retient ici, et l'équipement nécessaire à l'exercice de ce métier.

Des excuses, pas des raisons, conclut-il à part lui. Il n'avait pas l'intention de s'en laisser conter.

— Tu veux du concret ? Je vais t'en donner, du concret. J'ai une maison plus grande que la tienne et davantage de place pour ces chiens. Tu n'y seras jamais seule puisque je travaille là-bas. S'il vient te chercher ici, il ne te trouvera pas. Si tu as besoin de ton équipement, on le déménagera aussi. Ou je t'en fabriquerai un autre. Tu ne me crois pas capable de fabriquer une balançoire à la noix ?

— Ce n'est pas ça. Ou peut-être que si.

Elle porta les mains à son visage.

— Tu ne m'as pas laissé cinq secondes pour réfléchir. Tu ne m'as même pas posé la question.

— Je ne te pose aucune question. Je te dis de préparer tes affaires. Disons que, maintenant, c'est moi le mâle dominant.

— Ce n'est pas drôle.

— Pas envie de rire. On va emporter le maximum de choses aujourd'hui. Le reste demain. Bon sang, Fiona, il s'est pointé à trois cents mètres de ta maison ! Tu m'as demandé d'aller contre mon instinct et d'ignorer ce que j'avais envie de faire pour rester avec toi. À toi, maintenant.

— Je m'accorde ces cinq secondes de réflexion.

Se détournant de lui, les poings sur les hanches, elle se dirigea vers la fenêtre.

Sa maison… la première habitation qu'elle se soit construite depuis sa nouvelle vie. Et voilà qu'au lieu de la défendre elle allait fuir.

Quelle folie allait-elle commettre là ?

— C'est l'heure.

— Oh, ça va ! s'exclama-t-elle. Je suis obligée d'abandonner ma propre maison, alors laisse-moi le temps de m'habituer.

— D'accord. Dans une minute, on démarre.

— Je sais que ça t'ennuie de devoir faire ça. Pour toi, c'est une chose de venir dormir ici, c'en est une autre pour moi d'aller vivre dans ta maison.

— Ce qui veut dire ?

— Rien de spécial. C'est juste une observation. Je dois passer quelques coups de fil. Je ne peux pas me contenter de plier bagage. Je dois avertir mes clients, du moins ceux qui viennent demain, pour leur faire savoir que j'ai déménagé l'école. Temporairement. Le numéro abrégé de James est le 4. Si tu l'appelles, il viendra nous aider.

— D'accord.

— Je dois aussi transférer mes appels sur ta ligne fixe. Pour les clients et aussi pour le cas où on aurait une autre disparition.

— Ça m'est égal.

— Pas du tout. Écoute, j'apprécie ce que tu fais, d'autant plus que tu n'en as aucune envie.

— Je préfère me sentir un peu envahi que d'apprendre qu'il t'est arrivé quelque chose.

Elle partit d'un petit rire.

— Tu ne te rends pas compte du plaisir que tu me fais en disant ça ! Je ferai mon possible pour ne pas t'envahir. Allez, vas-y, tu peux dire au shérif McMahon que tu as gagné. Je vais préparer mes bagages.

Il n'était pas certain d'avoir gagné, d'autant qu'à présent il allait se retrouver avec quatre chiens et une femme dans les jambes. Néanmoins, il sortit. McMahon s'interrompit en pleine conversation avec ses adjoints et traversa la véranda pour venir à sa rencontre.

— Elle se prépare, lui dit Simon.

— Très bien. Nous continuerons de passer ici deux fois par jour pour vérifier que tout va bien. Pendant ses allées et venues pour ses leçons…

— Il n'y en aura pas. Elle fera tout chez moi. J'appelle James pour qu'il m'aide à emporter ses installations.

Haussant les sourcils, McMahon jeta un coup d'œil vers le terrain d'entraînement.

— J'ai mieux… Tenez, Matt devrait avoir bientôt fini sa journée. Il est jeune et solide. Il va vous aider. Ça ne devrait pas prendre trop de temps. Ce sont vos rocking-chairs, ça, je crois ?

— Ils sont à elle, maintenant.

— Ah ! Je me demandais si vous fabriquiez des balancelles. Nous devons célébrer notre anniversaire de mariage, avec ma femme, le mois prochain. J'ai toujours du mal à trouver quoi offrir, mais c'est sur une balancelle que je lui ai fait ma demande, alors vous comprenez…

— Je pourrais m'en charger.

— Quelque chose avec des bras bien larges, et rouge si possible.

— Entendu.

— Très bien. On en reparlera. Allez chercher les outils qu'il vous faut pour démonter ces installations. Je vais prévenir Matt.

Il partit mais revint sur ses pas.

— C'est vrai que vous sculptez un pied de fontaine dans un tronc ?

— Oui.

— J'aimerais bien voir ça. Matt ! Venez aider à charger ces balançoires et ces obstacles dans le pick-up de Simon !

Il fallut tout de même appeler James, tant pour son aide que pour son camion. Avec lui arriva Lori, accompagnée de Koby.

Tout d'abord agacé de voir une telle foule débarquer chez lui, Simon eut tôt fait de s'apercevoir que lorsque humains et animaux y mettaient un peu de bonne volonté, l'encombrement devenait presque un agrément.

Et puis Fiona n'était pas femme à se contenter de deux valises de vêtements pour quelques jours. Il lui fallait aussi des paniers pour les chiens, de la nourriture pour les chiens, des jouets, des laisses, des médicaments, des écuelles, du matériel de toilette... Sans parler des installations pour le dressage, passerelles, balançoires, tunnel, ni de ses dossiers – elle en avait des tonnes –, de son ordinateur, de ses besaces, de ses cartes, des denrées périssables dans le réfrigérateur...

— Les massifs et le potager ont bien pris la pluie cette nuit, annonça-t-elle lorsque Simon refusa d'emporter les pots de fleurs. Mais il faudra revenir les arroser régulièrement. Et puis ces pots feraient très joli chez toi. En plus, tu l'as bien voulu.

Argument imparable.

Quand il s'agit de tout débarquer chez lui, il se demanda comment elle faisait pour ranger tellement de choses dans sa maison des Sept Nains.

— Tu n'as qu'à t'installer un bureau dans la chambre d'amis, annonça-t-il. Et ne dérange pas trop mes affaires.

Il retourna aider James dans le jardin, tandis que Lori apportait une boîte de dossiers.

— Montre-moi le chemin, demanda-t-elle à Fiona.

— Je ne sais pas trop, avoua celle-ci. On n'a qu'à tout monter à l'étage, on verra ensuite.

— C'est beau, ici ! Il y a plein de place et les meubles sont magnifiques. Ça manque juste d'un peu de rangement.

— Sa maison doit faire trois ou quatre fois la surface de la mienne.

Fiona ouvrit une porte, écarquilla les yeux devant l'équipement de gymnastique, les appareils, le tas de vêtements, les cartons encore fermés.

Elle en ouvrit une autre sur une pièce remplie de pots de peinture, de pinceaux, de brosses, d'outils, de chevalets.

— Bon, je crois qu'ici ça ira. Je vais avoir besoin d'un bureau et d'un fauteuil, je n'y avais pas pensé.

Elle recula un peu devant la poussière au sol, la saleté des vitres.

— Quel foutoir ! murmura-t-elle. Et je sais ce que tu penses. Le désordre me rend nerveuse.

Elle n'en déposa pas moins son matériel par terre.

— Je ferai avec, annonça-t-elle.

Et avec lui… pour le moment.

23

Avant tout, installer son bureau donc, nettoyer les lieux. Fiona pouvait supporter le désordre, ce n'était pas sa maison, mais pas la poussière ni la saleté.

Tandis que Lori et James sortaient lui chercher un bureau et un fauteuil, ainsi qu'une lampe et un réveil, elle partit à la recherche de produits ménagers. Constatant que Simon s'en tenait au strict nécessaire, elle appela Lori pour ajouter une liste de choses à récupérer chez elle.

En attendant, elle débarrassa carreaux, sol et étagères de plusieurs mois de poussière, avant de découvrir que ce qu'elle avait pris d'abord pour un placard ouvrait en fait sur des toilettes.

Apparemment, l'endroit n'avait jamais été nettoyé depuis l'installation de Simon. Elle était à genoux en train de laver le carrelage lorsqu'il entra.

— Qu'est-ce que tu fais ?

— Je prépare mon prochain voyage pour Rome. D'après toi ? Je lessive les toilettes.

— Pourquoi ?

— Le seul fait que tu poses la question est en soi une réponse.

Elle s'assit sur ses talons.

— Disons que je préfère faire pipi dans un endroit propre, c'est aussi bête que ça.

Les mains dans les poches, il s'adossa au chambranle.

— Je n'ai encore jamais utilisé cette pièce ni ces toilettes.

— C'est vrai ? Je n'aurais pas cru.

Il jeta un coup d'œil sur la pièce impeccable : elle avait entassé les pots de peinture dans un coin et rangé brosses et pinceaux sur une étagère.

— Tu vas t'installer ici ?

— Ça ne t'embête pas ?

— Non. Tu as lavé le sol ?

— Oui, avec une serpillière. Au fait, pour quelqu'un qui travaille le bois, tu devrais t'occuper davantage de tes parquets.

— Si tu crois que j'ai le temps !

— Je sais.

— Tu ne vas pas te mettre à nettoyer toute la maison, non plus ?

— Je te jure que non, assura-t-elle. Mais si je veux travailler ici je préfère que ce soit propre. Je laisserai la porte fermée pour ne pas choquer ta sensibilité.

— Pas la peine de faire ta désagréable.

Percevant un rien d'amusement dans sa voix, elle sourit.

— Si ! Écarte-toi de là, que je puisse terminer. Et merci de faire tout ça pour moi, Simon.

— Ouais…

— C'est vrai. Je sais que je t'envahis, que tu vas te sentir encombré.

— Tais-toi.

— Je veux juste te remercier…

— Tais-toi ! répéta-t-il. Tu comptes pour moi. C'est tout. Bon, j'ai des trucs à faire.

Interdite, elle le regarda s'éloigner de son pas nonchalant. *Tais-toi ! Tu comptes pour moi. C'est tout.* Franchement, venant de lui, cela valait presque un poème de Shelley.

Le temps qu'elle finisse d'installer son bureau face à la fenêtre et aux arbres, Fiona aurait tué pour un verre de vin et un fauteuil confortable. Mais elle aimait trop l'ordre pour laisser ses vêtements dans ses valises.

En jetant un coup d'œil dans la chambre de Simon, elle décida d'aller le trouver pour lui demander où elle pouvait ranger ses affaires. À son étonnement, elle remarqua que le lit était fait. Enfin, à peu près ; les paniers des chiens avaient été jetés dans un coin et il avait laissé la porte de la terrasse ouverte pour faire entrer l'air.

En ouvrant le placard, elle put constater qu'il lui avait fait de la place. Elle aurait aussi besoin d'un tiroir ou même de deux. Quant au dressing, il était carrément vide. Simon l'avait bel et bien devancée sur ce point. Soudain, elle renifla.

Du citron ?

Curieuse, elle entra dans la salle de bains et s'arrêta net sur le seuil : tout venait d'y être fraîchement nettoyé et le carrelage brillait dans une bonne odeur d'agrumes. Les serviettes avaient été changées et soigneusement pliées.

Simon avait dû préparer tout cela en râlant, mais il l'avait fait, ne serait-ce que pour lui prouver combien il tenait à elle.

Fiona rangea ses vêtements, disposa ses affaires de toilette puis descendit chercher Simon, le trouva dans la cuisine, devant la porte ouverte sur le jardin.

— Il faudrait refaire cette terrasse, marmonna-t-il sans se retourner. Elle est immonde.

— Sans doute. James et Lori sont partis ?

— Ouais. Elle a rempli le réfrigérateur et les placards, elle t'appelle demain. Je leur ai proposé une bière, mais ils devaient partir.

— Ils étaient sûrement fatigués.

— Ouais. Je veux une bière et la plage.

— Excellente idée. Vas-y, il me reste deux ou trois choses à régler et je te rejoins.

Il ouvrit le réfrigérateur, se servit.

— Tu ne nettoies rien ici ! ordonna-t-il.

— Juré !

— Bon. Je te laisse Newman et j'emmène les autres.

Elle hocha la tête. Elle ne devait pas rester seule ici non plus.

Elle attendit un peu, le temps de le voir sortir, dire à Newman de rester. Alors seulement elle s'assit devant le plan de travail, y posa la tête et attendit que coulent les larmes qui lui brûlaient les yeux depuis un moment. Mais elles ne vinrent pas. Sans doute les avait-elle retenues trop longtemps.

Poussant un grand soupir, elle se releva, se servit non pas une bière mais un verre d'eau et sortit. Dehors l'attendait le fidèle Newman.

— On va se promener.

D'un seul coup, il fonça sur elle, se frotta contre ses jambes.

— Je sais, tu n'es pas chez toi ici, mais ça te plaît quand même, non ? Il y a plus de place. Tu verras, on sera très bien. On va s'organiser.

Instinctivement, elle repéra les endroits où manquaient des fleurs et celui où elle pourrait planter un potager. Sauf qu'elle n'était pas chez elle, lui rappela une petite voix.

Le plaisir de la découverte n'en fut pas moins grand quand elle descendit les anciennes marches menant à la plage. Dans le soir tombant, elle aperçut au loin l'homme marchant tranquillement, entouré des trois chiens très occupés à renifler le sable, l'argile et le vent.

Simon en avait besoin, pensa-t-elle. Il lui fallait cette promenade vespérale, à l'instant où ciel et mer se rejoignent dans le murmure tranquille des vagues. Pourtant, il y avait renoncé, ces derniers temps, pour être avec elle.

Quoi qu'il puisse arriver entre eux, autour d'eux, elle ne l'oublierait jamais.

Sous ses yeux, il sortit des balles de tennis jaunes du sac qu'il avait accroché à sa ceinture et les lança l'une après l'autre dans l'eau, regardant les chiens foncer les chercher.

Ils allaient sentir… fort, se dit-elle en les regardant nager avec ardeur. Elle entendit alors retentir le rire de Simon, assez puissant pour chasser tous ses démons.

À côté d'elle, Newman frémit.

— Allez ! Quatre chiens odorants, ce n'est pas plus terrible que trois. Vas-y ! Va jouer.

Il dévala les marches en aboyant de joie. Simon jeta une quatrième balle en l'air, la rattrapa puis la lança dans l'eau. Sans ralentir, Newman galopa derrière.

Et Fiona de se précipiter pour se joindre au jeu.

Dans son motel, non loin de l'aéroport de Seattle, Francis X. Eckle lisait le dernier message de Perry en sirotant son whisky-glaçons du soir.

Peu lui importait le ton de la missive. Même si des mots tels que « déception », « maîtrise », « objectif », « inutile » lui sautaient aux yeux et blessaient sa fierté. Son ego.

Il m'emmerde, pensa-t-il en chiffonnant la lettre. *Il m'emmerde, il me sermonne, il m'énerve.* Perry ferait mieux de se rappeler qui était en prison et qui ne l'était pas.

C'était l'ennui, avec les professeurs… il aurait dû le savoir, car, avant son évolution, il avait été lui-même professeur. Emmerdeur, sermonneur, énervant.

Fini tout ça.

Il avait maintenant le pouvoir de vie et de mort entre ses mains. En les regardant, il sourit.

Il inspirait la terreur, infligeait la douleur, laissait naître une lueur d'espoir pour mieux l'anéantir ensuite. Il voyait tout cela dans leurs yeux, la peur, la douleur, l'espoir et, finalement, la capitulation.

Perry n'avait jamais éprouvé cette montée de puissance et de clairvoyance. Sinon, il n'aurait pas prêché sans cesse retenue et maîtrise ou, comme il aimait à l'appeler, le « meurtre propre ».

C'était Annette qui lui avait apporté le plus de satisfaction jusque-là. Pourquoi ? À cause du bruit qu'il avait créé en lui explosant les chairs de ses poings, en lui fracassant les os. Parce qu'il avait éprouvé la force de ses coups, aussi bien qu'elle.

Parce que le sang avait coulé… Cette vue, cette odeur… Il avait pu observer comment se formaient les hématomes, comment ils gonflaient, coloraient la peau, il avait apprécié la différence des teintes suscitées par une gifle ou par un poing.

Certes, c'était un moyen de faire connaissance. Quand on prenait son temps, quand on partageait la douleur, le crime n'en devenait que plus intime. Plus réel.

Plus il y pensait, plus il se rendait compte que l'œuvre de Perry était restée clinique, quasi détachée. Il ne pouvait y avoir d'authentique plaisir sans un minimum de passion. La seule fois où Perry avait dévié, s'était autorisé un authentique accès de violence, il n'avait pas su le gérer.

À présent, il vivait dans une cellule. L'accélération graduelle et créative de Francis se révélait donc supérieure.

Il était temps, largement temps de couper tout contact avec Perry, qui n'avait plus rien à lui apprendre, plus aucun désir d'enseigner.

Francis se leva pour récupérer la boule de papier qu'il déplia et lissa avant de la ranger dans le dossier avec toutes les autres.

Il avait déjà commencé à rédiger sa biographie, son accomplissement suprême, même s'il se doutait qu'elle ne serait publiée qu'à titre posthume. Il avait accepté sa fin inévitable et, depuis, n'en goûtait que davantage chaque moment qui passait.

Pas de prison. Jamais. Il avait déjà passé presque toute sa vie dans une cage mentale. Mais la gloire, oui. À la fin, inévitable, il trouverait la gloire.

Pour le moment, il restait une ombre sans nom qui se faufilait à l'abri de la lumière, connu exclusivement de celles qu'il choisissait, qui passaient de la vie à la mort en contemplant son visage.

Il avait déjà choisi la suivante. Encore un changement, encore une étape. Et, tandis qu'il l'étudiait, la traquait tel un loup guettant un lapin, il imaginait à quoi ressemblerait leur entrevue. Exquise ironie qui ne ferait qu'ajouter à sa fièvre.

Et puis, avant longtemps, ce serait le tour de Fiona. Il ouvrit le journal et passa la main sur la photo de la femme qui hantait Perry depuis tant d'années. Il tiendrait sa promesse et se libérerait ainsi de toute obligation envers lui.

Elle serait la dernière à porter l'écharpe rouge. En toute logique, elle serait le clou de ce chemin, le crescendo d'un hommage final à Perry.

Il savait déjà que ce serait elle qui lui apporterait le plus de plaisir. Elle éprouverait plus de douleur, plus de peur qu'aucune autre de ses victimes.

Que ne dirait-on pas de lui lorsqu'il la supprimerait enfin ? On ne parlerait plus d'autre chose. On tremblerait devant le meurtrier de celle qui avait survécu à Perry.

TER II. Cette dénomination lui arracha un petit rire. Il explosait de fierté.

Lorsque Fiona reposerait dans la tombe superficielle qu'il l'aurait forcée à creuser, TER II n'existerait plus. Il deviendrait quelqu'un d'autre, trouverait un autre symbole pour aborder l'étape suivante de son parcours. Dans un sens, se dit-il en buvant une autre gorgée de whisky, Fiona représenterait sa fin et un autre commencement.

Mantz raccrocha le téléphone en frappant le bureau de son poing.

— Je crois que j'ai quelque chose.

Tawney leva la tête de son ordinateur.

— Quoi ?

— Je viens de vérifier les adresses et les horaires du personnel employé à la prison et alentour. Il y a un Francis X. Eckle qui enseigne à College Place, la ville voisine. Littérature, rédaction. Il a assuré quatre sessions d'enseignement à la prison depuis deux ans et demi. Il n'est pas retourné travailler après les vacances d'hiver et a envoyé une lettre de démission pour obligations familiales.

— Tu as vérifié ?

— Oui, en fait, il n'a pas de famille… du moins pas au sens traditionnel. Il est passé de foyer d'accueil en foyer d'accueil depuis l'âge de quatre ans. Il n'a laissé aucune instruction de renvoi de courrier à son école. Ses deux lignes de téléphone, fixe et mobile, sont coupées.

— On va pousser les recherches. Retrouve-nous les assistantes sociales de son enfance, vois ce que tu peux apprendre sur ses foyers d'accueil. Pas de casier ?

— Rien. Pas de frères et sœurs, pas d'épouse, pas d'enfant.

Si elle s'exprimait d'un ton calme, dans ses yeux brillait une lueur prédatrice.

— Perry s'est inscrit à ses quatre sessions de cours. J'ai vérifié si Eckle avait utilisé ses cartes de crédit. Rien depuis janvier. Pas une dépense, mais il ne les a pas non plus annulées. C'est tout.

— Il pourrait aussi bien être mort.

— J'ai l'intuition que non, Tawney. Écoute, je sais que tu as envie de retourner voir Bristow dès aujourd'hui, mais je crois qu'on ferait mieux de commencer par vérifier tout ça et parler avec ceux qui le connaissent.

— D'accord. Voyons déjà ses comptes en banque, tâchons d'en apprendre un peu plus sur lui. Prof de littérature, c'est ça ?

— Non titularisé. Célibataire, vit seul, quarante-deux ans. Le proviseur avait l'impression qu'il suivait le mouvement, accomplissait son boulot sans faire de vagues. Il ne lui voyait pas d'amis, mais c'est une petite école.

Une même lueur illumina également le regard de Tawney.

— Vas-y, appelle. Je m'occupe du déplacement.

Simon couvrit d'une toile le confiturier qu'il avait quasi achevé. Il se sentait un peu bête mais ne voulait pas que Fiona le voie ni lui pose de questions à son sujet. Sans doute pour ne pas avoir à se dire ouvertement qu'il l'avait fabriqué pour elle juste parce qu'elle en désirait un.

Cela lui avait déjà fait assez drôle de s'éveiller en la sachant dans les parages. Pas dans le lit, bien sûr. Dès le soleil levé, Fiona l'était aussi. Mais elle était là, chez lui. D'ailleurs, son parfum emplissait la salle de bains, tout comme la cuisine sentait le café qu'elle avait préparé alors qu'il dormait encore.

Le plus étrange était qu'il n'y voyait pas d'inconvénient. Il ne s'était même pas emporté lorsqu'en ouvrant un tiroir pour y chercher une cuillère il avait vu qu'elle avait rangé les couverts par tailles. Toute la cuisine lui paraissait soudain d'une propreté impeccable.

Le temps qu'il se prépare avant de commencer le travail, elle avait nourri et promené les chiens, s'était douchée, habillée et avait arrosé ses fleurs en pot.

Quand il entendit arriver les voitures des élèves de la première leçon, il n'eut qu'à lever la tête pour les voir de son atelier, car il s'était installé dans l'angle de la porte. Il n'avait pas mis la musique trop fort pour le cas où elle l'appellerait, et ça, c'était un véritable sacrifice. Cependant, tout se passa bien et elle ne le dérangea pas de la matinée.

Même Jaws avait disparu.

Et c'était très bien ainsi. Plus besoin de vérifier si des poils de chien ne s'étaient pas collés au vernis d'une pièce ni de se sentir obligé d'envoyer des balles ou des morceaux de bois en plein travail.

Lorsque midi sonna, Simon appliquait une nouvelle couche à son pied de fontaine, faisant ainsi ressortir la couleur chaude du bois.

Il suspendit son geste pour regarder Fiona arriver, accompagnée du chiot.

— Ne le laisse pas entrer, s'il te plaît. Ce n'est pas sec.

— Assis ! ordonna-t-elle. Je voulais juste savoir si tu avais envie d'un sandwich ou…

Elle s'arrêta, regarda. Et il connut l'immense satisfaction de la voir rester un instant bouche bée.

— Oh, mon Dieu C'est le tronc ? C'est mon tronc ?

— Mon tronc.

— Extraordinaire !

Instinctivement, elle tendit la main pour le caresser, mais Simon lui donna une petite tape.

— Ouille ! D'accord, excuse-moi, ce n'est pas sec. Tu l'as retourné. Je comprends, maintenant. Bien sûr !

Glissant les mains dans les poches arrière de son jean pour ne pas être tentée de toucher, Fiona contourna la fontaine.

— Et la vasque, où est-elle ?

— Ça, je l'avais depuis des mois, il me manquait le pied.

— Quelle couleur magnifique ! On dirait du sirop de verre. Je savais que le résultat serait intéressant, mais pas si beau !

Toujours gêné quand on le complimentait sur son travail, Simon n'en éprouva pas moins une joie intense à la voir ainsi s'émerveiller.

— Ce n'est pas terminé.

— Qu'est-ce que tu vas en faire ?

— Je ne sais pas.

Il haussa les épaules, car il se surprenait à vouloir le lui donner. Cet objet lui allait à la perfection.

— Peut-être le vendre. Ou le garder.

— Tu dois te sentir un pouvoir magique chaque fois que tu te laves les mains. Jamais plus je ne regarderai un tronc du même œil. Eh bien, quand les gens verront ça !

Elle en rit de plaisir.

— Écoute, reprit-elle, j'ai deux heures avant ma prochaine leçon. Si tu as faim, je peux te préparer un sandwich.

— Tu ne vas pas commencer à me servir… parce que j'aurai vite fait d'en prendre l'habitude.

— Je comprends. Alors je te propose un marché.

— Lequel ?

— Je te prépare un sandwich et tu me fabriques quelques planches. Tiens j'ai noté les longueurs ici.

Elle sortit une liste et la lui tendit. Il se renfrogna.

— Pour quoi faire ? demanda-t-il.

— Pour moi.

— Bon, mais tu n'as pas indiqué de largeur.

— Oh ! Euh… comme ça, dit-elle en joignant le pouce et l'index.

— Sept millimètres. Quelle sorte de bois ?

— N'importe quoi, ce que tu as sous la main.

— Finition ?

— Ouf ! Tu m'en demandes, des choses ! Un truc clair, banal.

— Je m'y mettrai quand j'aurai fini ça.

— Super !

Finalement, Simon y trouva son compte. Il eut droit à un sandwich, mais ils ne se gênèrent pas l'un l'autre pendant les heures de travail. Malgré sa promesse, elle nettoya derrière lui. En douce. Il la vit balayer la véranda et, quand il s'aperçut qu'il avait oublié de remplir le réfrigérateur de son atelier, il alla se servir dans celui de la cuisine dont la propreté faillit l'éblouir.

Il entendit le bruit suspect de la machine à laver.

Ils allaient devoir passer d'autres marchés. Il lui préparerait de nouveaux agrès à la première occasion.

En sortant, il la trouva dans le jardin, son téléphone à l'oreille. Inquiet, il se précipita vers elle.

— Oui, bien sûr ! Tant mieux. Merci d'avoir appelé. D'accord. Au revoir.

Elle raccrocha.

— C'était l'agent Tawney. Il voulait passer aujourd'hui, mais ils ont eu un empêchement. Je crois qu'ils ont trouvé quelque chose. Il a bien essayé de ne rien laisser filtrer, seulement ça s'entendait à sa voix. Il paraissait trop calme.

— Trop calme ?

— Ostensiblement calme.

Elle se passa le poignet entre les seins, comme elle le faisait souvent quand elle s'efforçait de se maîtriser.

— Je ne fais peut-être qu'extrapoler, ajouta-t-elle, mais c'est l'impression que ça me donne. Et il ne m'a rien dit parce qu'il ne voulait pas que je réagisse comme ça.

Elle ferma les yeux, soupira.

— Heureusement, j'ai de quoi m'occuper cet après-midi. Ça me changera les idées.

Il lui tira sa natte.

— Tu me laves mes habits, maman ?

— Non, les miens. J'y ai peut-être ajouté un ou deux trucs à toi, mais c'était juste pour remplir la machine.

Il lui donna une petite tape sur l'épaule.

— Méfie-toi !

— J'ai déjà fait pire en changeant les draps !

Il s'éloigna sans la regarder, ce qui la fit rire.

Tawney et sa coéquipière commencèrent par la dernière résidence connue d'Eckle, un petit appartement dans un immeuble de trois étages, tout près du campus. Ils frappèrent au 202, et c'est la voisine qui arriva.

— Elle n'est pas là.

— Elle ?

— Elle a déménagé il y a quinze jours. C'était son premier appartement. Qu'est-ce que vous voulez ?

Les deux agents sortirent leur badge et la porte s'ouvrit en grand.

— Le FBI !

Elle paraissait ravie. C'était une femme d'environ soixante-dix ans, aux yeux d'oiseau de proie derrière ses grosses lunettes.

— J'adore les séries où il y a des agents du FBI. Qu'est-ce qu'elle a fait, cette petite ? Je l'ai trouvée aimable, et polie, et propre, même si elle s'habille comme toutes les jeunes d'aujourd'hui.

— En fait, nous voudrions parler à Francis Eckle.

— Oh ! lui, il est parti juste après Noël. Sa mère était tombée malade. Enfin, c'est ce qu'il a dit. J'ai l'impression que c'était un témoin protégé ou un tueur en série. Ce serait bien son genre.

Mantz haussa les sourcils.

— Votre nom, madame ?

— Madame Hawbaker. Stella Hawbaker.

— Madame Hawbaker, pourrions-nous entrer pour vous parler ?

— Je le trouvais bizarre, aussi. Entrez ! Vous pouvez vous asseoir.

Elle éteignit la télévision.

— Je ne bois pas de café, mais j'en ai pour mes enfants quand ils viennent me voir. Ça et des sodas.

— Ça ira, merci, dit Tawney. Vous dites que M. Eckle est parti après Noël ?

— C'est ça. Je l'ai vu sortir ses valises au beau milieu de la journée, quand je suis à peu près seule dans cet immeuble. Alors je lui ai demandé : « Vous partez en voyage ? » Et il a souri comme quand il ne vous regarde pas dans les yeux, et il a dit qu'il devait partir aider sa mère parce qu'elle était tombée et s'était cassé le col du fémur. C'était la première fois que je l'entendais parler de sa mère depuis des années qu'il habitait là. C'est bien ce qu'on dit quand on découvre que quelqu'un a tué plusieurs personnes à coups de hache : « Oh ! il paraissait pourtant si tranquille et si poli ! »

— Il a indiqué où sa mère habitait ?

— Oui, parce que je le lui ai demandé. Il a parlé de Columbus, dans l'Ohio. Seulement, expliquez-moi quelque chose : quand on a encore sa mère, comment se fait-il qu'on n'aille jamais la voir ou qu'elle ne soit jamais venue en plusieurs années ?

Elle se tapa le nez du bout de l'index.

— Moi, je trouvais que ça sentait mauvais. Et ça m'a fait encore plus drôle quand il n'est jamais revenu. Il avait laissé ses meubles, enfin, la plupart, à ce que j'ai cru voir, quand son propriétaire a fini par venir les emporter. Lui qui avait des tonnes de livres, je n'en ai plus vu beaucoup. Il a dû les vendre sur eBay ou quelque chose comme ça.

— Vous êtes très observatrice, madame Hawbaker.

Elle parut apprécier le compliment de Tawney.

— C'est vrai, et comme la plupart des gens ne font pas attention aux vieilles dames, ça passe tout seul. Tenez, quelques mois avant son départ, je l'ai vu trimbaler des colis postaux et revenir les mains vides. Alors j'ai compris qu'il vendait ses livres ou je ne sais quoi. Il devait avoir besoin d'argent. D'ailleurs, il n'a pas payé son loyer de janvier, c'est son propriétaire qui me l'a dit. Il paraîtrait qu'il a quitté son boulot et vidé son compte en banque.

— Vous en savez, des choses !

— Il avait des amis ? demanda Mantz. Des gens qui lui rendaient visite ? Des petites amies ?

— Je ne l'ai jamais vu avec une femme, ni avec un homme, d'ailleurs. Il n'était sans doute pas très normal. Poli, c'est sûr. Correct, mais il ne disait jamais bonjour le premier. Qu'est-ce qu'il a fait ?

— Nous voudrions juste lui parler.

Elle secoua la tête.

— Je vois, c'est ce que vous appelez un « témoin intéressant »… Ça veut presque toujours dire qu'on a affaire à un suspect. Il avait une petite voiture en forme de camionnette, vous savez. Il l'a remplie le jour où il est parti. Tenez, je vais vous dire autre chose, parce que je suis curieuse et que j'aime bien fourrer mon nez partout : il n'y avait plus une seule photo chez lui, à ce que m'a dit son propriétaire, pas une lettre, pas une carte postale. Il n'a jamais eu l'intention de revenir, voilà ce que j'en dis. Il n'est pas allé s'occuper de sa mère qui ne s'est sûrement pas cassé le col du fémur. S'il avait une mère, il l'a sans doute tuée dans son sommeil.

Une fois dehors, Mantz se dirigea droit vers la voiture.

— En voilà une femme perspicace ! observa-t-elle.

— Je ne crois pas qu'Eckle ait tué sa mère dans son sommeil, dans la mesure où les dossiers nous disent qu'elle est morte quand il avait huit ans.

— En tout cas, sa voisine l'a catalogué. Si ce n'est pas lui notre suspect, moi je suis danseuse nue à Las Vegas.

— Ça te fait une belle jambe, Erin ! Non, mais je crois que tu as raison. On va tâcher de retrouver ce propriétaire, et puis on interroge les gens à son école. Après, on pourra retourner à la prison.

24

Un jour, espérait Fiona, elle n'éprouverait plus d'anxiété en voyant la voiture de Davey arriver chez elle.

— Oh, là, là ! plaisanta un de ses élèves. On aurait des ennuis ?

Elle lui décocha un sourire pincé.

— Ne vous inquiétez pas, j'ai des relations. Jana, vous voyez les cercles que trace Lotus ? Qu'en concluez-vous ?

— Elle est dans une zone d'odeurs ?

— C'est possible. À moins qu'elle n'essaie d'identifier un nouveau signal, qu'elle n'ait perçu une autre odeur et n'essaie de la localiser. Travaillez avec elle. Aidez-la à se concentrer. Observez sa queue, ses poils, écoutez sa respiration. Chacune de ses réactions a un sens et les siennes pourraient être différentes de celles du chien de Mike, par exemple. Je reviens.

Le cœur battant, Fiona put enfin aller rejoindre Davey.

— Désolé d'interrompre votre cours… Rassurez-vous, je n'ai pas de mauvaises nouvelles à vous annoncer. Vous en avez pour longtemps ?

— Quinze, vingt minutes. Que…

— Pas de mauvaises nouvelles, répéta-t-il. Mais je préférerais vous parler seul à seule. Je peux attendre. C'est moi qui ai mal calculé mon heure d'arrivée.

— Non, on aurait dû terminer plus tôt, mais ce groupe a voulu essayer un exercice supplémentaire de recherche de cadavre. Comme ils étaient seulement quatre et que j'avais du temps devant moi…

— Retournez-y. Je peux regarder ?

— Bien sûr !

— Fee ? lança Jana avec un geste d'impuissance. Elle ne comprend rien ! Regardez, elle a plutôt l'air de s'ennuyer. Pourtant, elle s'en tire très bien à la maison quand on essaie cet exercice.

— Mais on n'est pas à la maison. N'oubliez pas : nouveau lieu, nouvel environnement, nouveaux problèmes.

— Oui, je sais, vous avez déjà dit ça. Mais si on va par là, chaque fois qu'elle suit une nouvelle piste, c'est dans un lieu différent.

— Exactement. Voilà pourquoi plus elle fera d'expériences, mieux ce sera. Chaque fois, elle en apprend davantage. Elle est intelligente, elle ne demande qu'à bien faire… et elle perçoit votre mécontentement. Alors, commencez par vous détendre.

Ces deux-là formaient une bonne équipe, se dit Fiona. Mais la partenaire humaine cherchait à obtenir des résultats trop rapides, alors que tout reposait sur une relation harmonieuse avec son chien.

Un jour, il se pourrait qu'on fasse appel à l'une de ces équipes-là pour une disparition, alors autant leur donner les meilleurs conseils possibles.

Et si l'un de ces chiens tombait sur les restes d'un corps, comme celui d'Annette Kellworth par exemple ? Cruellement déposée sous quelques centimètres de terre, abandonnée comme un jouet cassé tandis que son prédateur repartait déjà en chasse ailleurs ?

Allait-il faire d'autres victimes ? Encore plus près ? Son propre groupe ne risquait-il pas d'être appelé à son tour ? Fiona se demandait si elle serait alors capable de mener l'un de ses chers toutous à la recherche d'un cadavre qui aurait pu être le sien... Ce serait le sien si un homme qu'elle ne connaissait même pas parvenait à ses fins.

— Ça y est ! s'exclama Jana en caressant Lotus. Elle a réussi.

— Super !

Pas de mauvaises nouvelles, se rappela Fiona en rangeant son matériel. Elle sortit deux canettes de Coca et en offrit une à Davey.

— Bon, dit-elle, je vous écoute.

— Le FBI tient une piste assez sérieuse.

— Une piste !

Elle prit conscience de ses jambes flageolantes et se retint au plan de travail pour ne pas tomber.

— Quel genre de piste ?

— Ils recherchent un individu précis, qui entretenait un contact avec Perry en prison. Un enseignant de College Place qui venait donner des cours à la prison.

— Ils le recherchent ?

— Oui, il a lâché son emploi, fait ses bagages et quitté la ville entre Noël et le jour de l'an ; il a vidé son compte en banque, laissé des meubles, n'a pas payé son loyer. Il correspondrait bien au profil établi. L'ennui, c'est qu'il n'a plus aucun contact avec Perry depuis un an… du moins à ce qu'on a pu vérifier. Ça fait beaucoup.

— Il est patient, Perry. Il est patient.

— Les fédéraux lui mettent la pression pour tâcher de lui faire dire ce qu'il sait. Ils fouillent aussi le passé de l'autre. Un solitaire, à ce qu'on dirait. Pas de famille, pas d'amis. Sa mère était une droguée qui a fait une overdose quand il avait huit ans.

— Toujours la mère, murmura Fiona. Comme pour Perry.

En elle se mêlaient espoir et angoisse, le plus indigeste des mélanges.

— C'est leur point commun, admit Davey en sortant un fax de sa poche. Tenez, ça vous dit quelque chose ?

Elle observa la photo mal reproduite de ce visage des plus ordinaires, à la barbe taillée de près, aux cheveux un rien ébouriffés.

— Non. Non, je ne le connais pas. C'est vraiment lui ?

— Celui qu'ils recherchent. Ils ne le traitent pas encore de suspect, mais je peux vous affirmer qu'ils sont persuadés de ne pas se tromper. Dites-vous qu'ils sont tous sur le pont.

— Qui est-ce ?

— Francis Eckle. Francis Xavier Eckle. Son âge, sa taille, son poids, la couleur de ses cheveux sont cités dans le fax. Gardez cette photo. Il a pu changer d'apparence, par exemple en se coupant la barbe, en se teignant les cheveux. Alors si vous voyez quelqu'un qui ressemble plus ou moins à ce portrait, n'hésitez pas. Téléphonez.

— Ne vous inquiétez pas. Je le ferai.

Désormais, ce visage s'était imprimé dans son esprit.

— Vous avez dit qu'il était enseignant.

— Oui. Il a eu une enfance difficile mais ne s'est jamais fait remarquer, son casier est vierge. On interroge ses différentes familles d'accueil, les personnes qui ont étudié et travaillé avec lui, ses professeurs, ses voisins. Jusqu'ici, rien dans son passé n'a retenu l'attention, mais…

— On peut former les gens comme on dresse les chiens. On peut leur apprendre à bien se conduire, ou mal. Tout dépend des motivations, des méthodes employées.

— Ils vont l'attraper, Fee, lui assura Davey en lui étreignant l'épaule. Soyez-en sûre.

Fiona fila trouver Simon dans son atelier – elle en avait besoin.

La musique toujours à fond, il creusait et façonnait un bois clair.

Un saladier, devina-t-elle. Une de ces jolies pièces lisses qui paraissaient si simples à réaliser quand il fallait couper un bois des plus durs.

Il arrêta son tour.

— Je sais que tu es là.

— Pardon, il n'y a pas de saladier comme celui-là dans ta cuisine ? Il en faudrait un de deux fois cette taille pour les fruits.

Il ôta son casque et ses lunettes de protection.

— C'est pour me dire ça que tu es venue jusqu'ici ?

Jaws vint déposer un bout de bois à ses pieds.

— C'est malin, maintenant, il croit qu'on va jouer.

— Je vais les emmener jouer avant la prochaine leçon. Simon…

Elle lui tendit le fax. Instantanément, il changea d'attitude.

— Ça y est ? Ils le tiennent ?

— Non, mais ils cherchent et, d'après Davey, ils pensent… il faut que je m'asseye.

— Dehors, tu respireras mieux.

— Je ne sens plus mes jambes.

Avec un petit rire, elle sortit en titubant, se laissa tomber sur le banc de la terrasse.

Quelques secondes plus tard, Simon surgit, une bouteille d'eau à la main.

— Bois et montre-moi ça, dit-il en lui prenant le fax. Qui c'est, cet enfoiré ?

— Personne. M. Tout le monde. À première vue, du moins. Où est la corde ? Allez la chercher !

Les quatre chiens les entouraient en leur donnant des coups de truffe.

— Davey est venu me rapporter ce que le FBI leur a dit. Il s'appelle Francis Xavier Eckle.

Il l'avait écoutée sans quitter le portrait des yeux. Lorsque les chiens revinrent à la suite de Newman, qui avait réagi le premier et apportait triomphalement la corde, Simon s'en empara pour la lancer au loin.

— Allez jouer !

— Ils ne vérifient pas l'identité des gens avant de les laisser travailler dans une prison ?

— Si, je suppose. Sauf que ce type n'a pas de casier. Je crois qu'il a changé au contact de Perry. Du tout au tout. Ça a dû finir par se voir et le FBI doit en avoir une idée plus claire, maintenant. Mais ils ne l'ont pas dit au shérif. Ils ont juste expédié cette photo parce que Tawney voulait qu'on me la transmette.

— Enseignant dans une petite école universitaire. À force de voir de jolies étudiantes aux longues jambes tournicoter autour de lui toute la journée, ça a dû lui tourner la tête. Mais de là à se mettre à copier Perry…

— Peut-être qu'il avait ça en lui. Il lui manquait sans doute juste l'impulsion.

N'était-elle pas la première à prêcher comment découvrir les qualités qui pouvaient sommeiller chez un animal, à les susciter, à les canaliser pour ensuite mieux les exploiter ?

— Tu as toi-même parlé de l'importance de la motivation, fit-elle remarquer. Et tu avais raison. Il est possible que Perry ait trouvé la bonne motivation, le… jeu adéquat, la récompense adéquate.

— Il aurait formé son propre remplaçant.

— Ce prof a donné quatre sessions de cours et Perry n'en a manqué aucun. C'est un caméléon, il s'acclimate… il s'adapte à la prison, il fait son temps en serrant les dents. Il coopère. Pour redevenir quelqu'un d'ordinaire.

— Et on ne fait plus attention à lui.

— C'est un virtuose de l'observation. C'est comme ça qu'il a choisi ses victimes, qu'il s'est si bien fondu dans le paysage. Il a dû observer et recaler des dizaines de femmes avant celles qu'il a enlevées. Les regarder, jauger leur comportement, leur personnalité.

— En passant à une autre proie si l'objet de son étude ne lui convenait pas.

— Et en calculant tous les facteurs de risques. Celle-ci devait être trop passive ou pas assez inaccessible, celle-là trop désordonnée, trop difficile à cerner. Il sait quel profil il doit chercher. C'est comme ça qu'il a pu en tuer tellement, qu'il a pu voyager en toute impunité, et s'en prendre tranquillement à d'autres. Je suis capable de dire si un chien saura ou non répondre à un entraînement intensif, si avec son maître ils pourront former une équipe, ou s'il vaut mieux le cantonner au rôle de chien de compagnie. On voit le potentiel quand on sait comment et où regarder ; à partir de là, on peut développer ce potentiel. Perry sait comment et où regarder.

Sans doute tâchait-elle seulement de se convaincre, se dit Simon, pourtant, elle savait se montrer sacrément convaincante.

— Donc, tu crois que Perry a vu, disons, un potentiel chez ce type ?

— C'est possible. Comme il est possible que ce soit cet Eckle qui ait approché Perry. Aucun des deux n'est indifférent à la flatterie en ce qui concerne son œuvre, et le meurtre, c'était l'œuvre de Perry. Pour peu que ces deux-là se soient vraiment rencontrés, Perry a dû vite comprendre comment amorcer le développement. Maintenant, Simon, je crois que le prix fixé pour son éducation, c'est moi.

Ainsi, pensa Simon, le toutou de Perry allait vouloir plaire à son maître.

— Perry ne pourra jamais exiger le paiement de sa dette.

— L'autre aurait dû commencer par s'en prendre à moi. Là, ils ont tous les deux commis une erreur. Je ne m'en faisais pas, je me sentais en sécurité, j'aurais offert une cible facile. Au lieu de ça, ils ont voulu me faire vivre dans la terreur. C'était idiot.

Il voyait la fureur monter en elle, transformer son émoi en une confiance d'acier.

— Je sais déjà ce que c'est que de vivre avec la peur. Et je suis aujourd'hui plus mûre, plus maligne, plus forte. Ça devient un avantage de savoir qu'on n'est pas invincible et qu'il peut arriver des choses horribles. Sans compter que je vous ai, toi et eux.

Du menton, elle désigna les chiens qui jouaient à tirer la corde en tous sens.

— Tu es plus mûre, plus maligne, plus forte... tant mieux pour toi. Mais s'il tente de mettre la main sur toi, je le bousillerai.

Comme elle le regardait d'un air surpris, il lui décocha un clin d'œil.

— Et je ne parle jamais pour ne rien dire.

— J'en suis certaine. C'est rassurant, même si parfois je m'interroge. Ça fait du bien de t'entendre dire ça, de savoir que tu es sincère. J'espère seulement que tu n'auras jamais besoin de le prouver. Maintenant qu'ils ont son portrait et son nom, je commence à croire qu'ils vont lui mettre le grappin dessus avant longtemps.

Elle laissa échapper un soupir et vint poser un instant la tête sur son épaule.

— Je dois me préparer pour mon prochain cours. Je te conseille de garder Jaws avec toi pendant ce temps.

— Pourquoi ?

— Parce qu'il n'est pas aussi mûr et calme que mes gamins, et je vais donner une séance de perfectionnement comportemental à un rottweiler agressif.

— Un rottweiler agressif ? Où est ton armure ?

— Il s'améliore. On a déjà eu deux séances et il fait des progrès. J'ai demandé au client de venir ici avec Hulk.

— Hulk. Sympa ! Tu as ton pistolet ?

— Arrête ! C'est mon boulot.

— Et toi, arrête de dire ça si tu ne veux pas m'énerver. Au fait, j'ai quelque chose pour toi.

Il alla lui chercher une boîte.

— Les planches que tu voulais.

— Ah oui, super ! Merci.

La séance se passa sans anicroche, et Fiona décida de se changer les idées à la cuisine pendant l'heure suivante.

Il n'y avait pas que les chiens qui avaient besoin de s'entraîner. Contente de sa première initiative, elle vida un tiroir de la cuisine, le nettoya, y plaça un tissu spécial trouvé chez Sylvia puis, suivant le modèle qu'elle avait imaginé, y disposa les planches qu'elle avait commandées à Simon.

Elle achevait le troisième tiroir lorsque le téléphone sonna. Encore toute à ses installations, elle décrocha sans réfléchir.

— Allô ?

— Oh, j'ai dû me tromper… Je cherche Simon.

Fiona rangea les couteaux, cuillères et fourchettes aux places qu'elle leur avait attribuées.

— Il est là, mais dans son atelier. Voulez-vous que j'aille le chercher ?

— Non, c'est bon. Il doit faire hurler sa musique, c'est pour ça qu'il n'a pas répondu. Qui êtes-vous ?

— Fiona. Et vous ?

— Julie, Julie Doyle. La mère de Simon.

— Madame Doyle…

Dans un léger frémissement, Fiona ferma le tiroir.

— Je sais que Simon voudra vous parler. Accordez-moi une minute pour…

— Je préférerais vous parler à vous… si vous êtes la Fiona dont il m'a parlé.

— Il… c'est vrai ?

— Il n'est pas du genre bavard, mais j'ai des années d'expérience, je sais le pousser à la confidence. Vous êtes maître-chien.

— Oui.

— Et comment ça se passe avec son chiot ?

— Jaws est extraordinaire. J'espère que vos années d'expérience vous ont permis de faire avouer à Simon qu'il en était fou. Ils forment une très bonne équipe.

— Vous faites de la recherche et du sauvetage. Simon a dit à son frère que vous entraîniez le chiot dans ce but.

— Il a dit ça à son frère ?

— Oh ! nous échangeons beaucoup de courriels dans la famille. Mais nous nous téléphonons aussi une fois par semaine. C'est ce que je connais de mieux pour tirer des informations, et puis j'essaie aussi de le faire venir.

— C'est sûr… il doit faire ça de temps en temps.

— Il le fera quand tout sera rentré dans l'ordre. Je sais que vous traversez une période difficile. Comment allez-vous ?

— Madame…

— Julie, s'il vous plaît. Mais je comprends que vous n'ayez aucune envie d'en parler à une inconnue. Dites-moi seulement : vous habitez chez Simon, maintenant ?

— Oui. Il… il est tellement généreux, d'un tel soutien, si compréhensif et patient !

— Décidément, je crois que je me suis trompée de numéro.

Fiona éclata de rire.

— Vous savez, il me parle aussi de vous. De petites choses par-ci, par-là. Il est fou de vous aussi.

— Le mot fou me semble très bien correspondre à la famille Doyle.

Il était si facile de parler avec la mère de Simon ! Tout en continuant son bavardage, Fiona se remit à ranger les tiroirs.

Lorsque la porte s'ouvrit, elle jeta un regard par-dessus son épaule.

— Tenez, voilà Simon. Je vais vous le passer. J'ai été ravie de bavarder avec vous.

— Eh bien, nous recommencerons sans tarder.

— Ta maman, souffla Fiona en tendant l'appareil à Simon.

— Hé !

Il posa les yeux sur le tiroir, secoua la tête.

— J'ai déjà passé presque tout mon forfait à m'entretenir avec la délicieuse Fiona, dit sa mère. Il ne me reste presque rien pour toi.

— Tu aurais dû m'appeler sur mon portable. Il y en a qui doivent travailler pour vivre.

— Je t'ai appelé sur ton portable.

— Ouais, eh bien, j'étais en train de travailler pour vivre.

Il ouvrit le réfrigérateur, en sortit un Coca.

— Tout va bien ? reprit-il.

— Tout va bien. Simon, tu vis avec une femme.

— Tu ne vas pas nous envoyer un prêtre !

Le rire de Julie Doyle parut traverser l'écouteur.

— Au contraire, je suis enchantée

— C'est dû à la cause que tu sais.

— Elle te trouve formidable, généreux, gentil et patient.

Elle marqua une pause avant de reprendre :

— Oui, j'en suis restée sans voix moi aussi. Sais-tu ce que je vois, avec ma super-vision de mère ?

— Quoi ?

— Quelques angles qui s'émoussent.

— C'est toi qui le dis.

— Quand je le dis, ça arrive. On est doués pour ça, dans la famille, non ?

— Si, s'amusa-t-il en avalant une gorgée de Coca.

— J'aime le ton de ta voix quand tu parles d'elle. Et je n'en dirai pas plus. Pour le moment.

— C'est bien.

— En attendant, je vais te passer un savon si tu ne viens pas bientôt nous voir.

— Je vais essayer.

— Et sois prudent. Tu es mon seul deuxième fils. Occupe-toi bien de ta Fiona et fais attention.

— Promis. Ne t'inquiète pas, maman, s'il te plaît.

— Ça, c'est une chose absolument inutile à dire à sa mère. Bon, je dois y aller. J'ai des choses plus importantes à faire que de te parler.

— Et réciproquement.

— Tu as toujours été un enfant difficile. Je t'embrasse.

— Moi aussi. Et embrasse aussi papa. Au revoir.

Il raccrocha, but encore à sa canette.

— Tu as réorganisé mes tiroirs.

— Oui. Tu as le droit de tout démonter si ça te chante. Mais c'est le genre d'occupation qui me calme. Et puis c'est toi qui as fabriqué ces planches.

— Ouais.

— J'étais contente de faire la connaissance de ta mère. J'aime t'entendre lui parler. Bon, je te préviens, je vais aussi réorganiser tes placards. Ça m'aide à passer le temps.

— Ce n'est pas pour ça que je respecterai tes nouvelles dispositions.

— Tu vois comme on se comprend !

— Tu es sournoise, je connais. J'ai été élevé par une femme sournoise.

— C'était bien mon impression. Bon. J'aimerais m'entraîner un peu à la gym. Ça ne t'ennuie pas si j'utilise tes appareils ?

— Tu n'as même pas besoin de le demander.

— C'est que je ne sais pas encore trop où se situent les limites de ta patience, Simon. Alors je dois te poser la question ou…

Elle referma le tiroir qu'il avait laissé ouvert.

— Ou je risque de les dépasser, acheva-t-elle en lui prenant le visage entre les mains.

Il la regarda sortir sans bouger, les mains dans les poches, l'air sombre.

25

Il se demandait encore s'ils se disputaient ou non. Avec Fiona, rien ne semblait jamais noir ou blanc, et parfois ça l'agaçait. Tout en le fascinant.

S'il la savait furieuse, il n'aurait pas de mal à l'ignorer et à passer à autre chose. Mais, là, il se sentait désarçonné.

— C'est bien ce qu'elle veut, non ? demanda-t-il aux chiens en les emmenant se balader. Comme ça, je suis obligé de penser à elle. C'est vraiment tordu.

Il considérait d'un regard noir l'arrière de la maison, où elle n'avait pas encore lavé tous les carreaux, mais il savait que cela ne tarderait pas. Où donc trouvait-elle le temps ? Se levait-elle au milieu de la nuit ?

À présent que le soleil brillait sur les fenêtres immaculées, il ne pouvait plus ignorer la peinture quelque peu écaillée des encadrements. Et lui, quand trouverait-il le temps de tout refaire ? Et ça entraînerait fatalement de penser aussi aux portes, puis à toute la véranda, pendant qu'on y était.

Cependant, Jaws escaladait joyeusement l'échelle du toboggan au seul signal de sa main, tandis que les autres chiens s'exerçaient dans le tunnel ou au saut d'obstacles.

Soudain, Bogart aboya, tout fier de se promener sur un portique.

— Allez, fais ton prétentieux toi aussi, ordonna-t-il à Jaws en lui caressant la tête. Grimpe là-haut. Grimpe !

Jaws se tapit et sauta mais retomba sur son arrière-train. Il fallut plusieurs injonctions de Simon pour qu'il y arrive enfin.

— Allez ! l'encouragea Simon. Marche, maintenant ! Tout le monde te regarde.

Lorsque le petit chien parvint à se pavaner sur le portique, son maître fut le premier à se sentir ridiculement fier de lui.

— Hé, voilà ! Tu es beau comme un chien de cirque.

Il lui caressa le ventre et le dos avant de l'inviter à recommencer. Et cela dura encore dix minutes, jusqu'au moment où Simon s'avisa du fait qu'il jouait avec des chiens, les félicitait, les récompensait, se réjouissait de leurs succès.

Depuis quelque temps, il ne se baladait plus que les poches pleines de gâteaux, et ne pensait qu'à repeindre la façade de sa maison, s'efforçant de garder ses tiroirs rangés.

— C'est dingue ! dit-il tout haut.

Il rentra à grandes enjambées. Fiona avait peur de dépasser les limites ? Il allait lui montrer où elles se situaient. Il n'allait pas se laisser manipuler, entraîner vers ce qu'il ne voulait pas.

D'en bas, il l'entendait respirer lourdement. Pourvu qu'elle se soit bien épuisée en faisant de l'exercice, qu'elle n'ait plus le cœur à rouspéter après ce qu'il allait lui dire.

Il grimpa, franchit le seuil de la salle et s'arrêta net.

Il ne remarqua pas le sol impeccable, les fenêtres limpides, pas plus que la disparition de son tee-shirt plein de sueur, abandonné la veille au pied de l'escalier.

Comment l'aurait-il pu alors qu'il ne voyait qu'elle ?

Elle semblait exécuter des exercices d'arts martiaux, comme si elle cherchait à botter le train d'un adversaire fictif. Le visage luisant de transpiration, elle portait seulement un débardeur moulant sur un short qui mettait en valeur ses longues jambes musclées.

Dans une minute, il allait baver comme un vieux satyre, se dit-il en la voyant reprendre gracieusement son mouvement d'attaque.

Il dut émettre un son, car elle pivota, jetant sur lui un regard encore marqué de fureur et de détermination. Mais elle se reprit vite, éclata de rire.

— Je ne t'avais pas vu, dit-elle. Tu m'as fait peur.

Elle ne paraissait pourtant pas bien effrayée.

— Qu'est-ce que c'était ? demanda-t-il. Du taekwondo ?

Une bouteille à la main, elle fit non de la tête en buvant.

— Surtout du tai-chi.

— J'ai vu des gens s'entraîner au tai-chi. Ça fait très New Age au ralenti pour demoiselles.

— Je te jure que ça n'a rien de New Age, c'est très ancien, au contraire. Et le ralenti suppose un sacré contrôle des muscles, un long entraînement et une forme parfaite. Il s'agit de savoir concentrer sa propre puissance sur un seul point.

— Je n'ai pas eu l'impression de voir ça, il y a une minute.

— C'est pourtant naturel. D'ailleurs, la plupart des mouvements portent des noms magnifiques, genre « pousse la vague ».

Elle lui fit une démonstration avec une lenteur toute calculée, poussant gracieusement les mains vers l'extérieur, paumes tournées vers lui, pour les ramener ensuite, paumes levées.

— Mais si j'intensifie le même mouvement pour me défendre, ça donne…

Elle le poussa, le déséquilibrant, puis le tira et l'envoya derrière elle.

— Tu vois ?

— Je ne m'y attendais pas.

Souriante, elle écarta les jambes, plia les genoux et lui fit signe de venir.

— D'accord, tu as vu *Matrix*, grommela-t-il.

De nouveau, elle éclata de rire.

— Tu es plus fort que moi, plus grand, tu as une meilleure allonge. Tu es sans doute aussi plus rapide, mais tu n'as pas encore goûté à ça. Si je dois me défendre, il faut que je puisse recentrer mon énergie et utiliser la tienne. À une époque, je m'entraînais tous les jours. Au tai-chi, au power yoga, à la boxe…

— La boxe ?

— Oui, dit-elle en levant les poings. Tu veux essayer ?

— Une autre fois, peut-être.

— J'ai fait du kick-boxing, de l'entraînement en résistance, des heures de Pilates et tout ce que tu voudras, semaine après semaine. Ça m'a donné de l'assurance. Je me sentais capable de prendre des initiatives. Et puis j'ai laissé tomber, je me suis rouillée. J'ai cessé de me donner tout ce mal, jusqu'à ce que… enfin, voilà.

— Tu n'as pas l'air trop rouillée.

— Les muscles ont de la mémoire. Ça m'est revenu. Avec cette fameuse motivation.

— Montre-moi. Non, attends. Ce n'est pas pour ça que je suis venu. Tu as recommencé…

— Quoi ?

— À détourner mon attention avec ton corps sexy, tout en sueur. Pas besoin de tai-chi pour faire perdre la tête à un homme.

— Waouh !

Elle fit onduler ses épaules.

— Maintenant, je me sens toute-puissante.

— C'est ça, dit-il en tendant un index.

— Ça… la fenêtre ?

— C'est la fenêtre. Pourquoi as-tu lavé cette fenêtre ?

— Parce que j'adore laver les fenêtres, j'aime bien voir ce qui se passe dehors et c'est plus agréable quand on n'a pas la vue bouchée par une couche de poussière.

— Ce n'est qu'une partie de l'explication.

— Quelle est l'autre partie ?

— Tu m'obliges à remarquer celles que tu n'as pas encore nettoyées et je me sens coupable. En plus, je vois que je vais devoir donner un coup de peinture. Et je n'arrête pas de m'occuper de ces chiens. Je viens encore de passer une demi-heure à les entraîner…

— Tout ça parce que j'ai lavé un carreau ?

— Non, mais ça fait partie de l'ensemble. C'est comme quand la maison sent le jus de citron. Ça me fait penser que je devrais peut-être te rapporter des fleurs la prochaine fois que je passerai au village.

— Oh, Simon !

— Tais-toi. Et peu importe qu'on ait plus grave à penser parce que la base reste la même. Alors…

Il traversa la salle pour venir appliquer la main sur le carreau rutilant.

— Laisse ça là ! dit-il en désignant la trace qu'il venait d'y imprimer.

— Si tu veux. Pourquoi ?

— Je ne sais pas. Je ne veux pas le savoir mais si je veux que ça s'en aille je l'ôterai moi-même. Toi, tu le laisses.

Là, se dit-il. *Cette fois, on passe aux choses sérieuses.*

Et Fiona de se mettre à rire, d'un rire inextinguible qui la laissa un instant le souffle court. Au point qu'elle se pencha en avant pour se taper sur les cuisses.

— Écoute, ça paraît peut-être idiot, mais…

Elle lui fit signe d'arrêter.

— Pas complètement, dit-elle enfin, mais assez. Oh, c'est pas vrai ! Je me casse la tête à essayer de récupérer des forces, d'être capable de réagir à n'importe quelle attaque pour ne pas me cacher sous le lit en tremblant, et toi tu fais exactement la même chose en exactement cinq minutes.

— Qu'est-ce que tu racontes ?

— Tu me donnes l'impression d'être forte, adroite, douée, même, tout ça parce que tu me vois comme ça. Je ne te tiens pas dans le creux de la main, Simon, loin de là. Le fait est que je n'y tiens pas du tout. Mais à partir du moment où tu te demandes si ce n'est pas ce qui se passe, tu me donnes l'impression d'en être capable, de ça comme de n'importe quoi d'autre. Je me sens forte et séduisante. Il en faut moins que ça pour vous tourner la tête !

— Génial !

— Personne n'a jamais produit sur moi une telle impression. Il n'y a que toi. Tu vois cette marque ridicule que tu as laissée sur la fenêtre, aussi incompréhensible que ça puisse paraître, c'est pour ça que je t'aime.

Elle s'approcha de lui, l'entoura de ses bras, l'embrassa bruyamment sur les lèvres.

— C'est pour ça, ajouta-t-elle, que la marque de ta main restera là, peut-être même que j'ajouterai un cœur autour. Maintenant, si tu veux, je peux te montrer quelques mouvements de base avant d'aller prendre une douche et de nous servir un verre de vin. À moins que tu brûles d'envie de me crier à la figure.

— Ça suffit, marmonna-t-il en l'attrapant par le bras.

Et de l'entraîner à travers la salle.

— Quoi ? Tu me jettes de la maison ?

— Ne me tente pas. Je t'emmène au lit. Il faut bien que je prenne ma part.

— Comme c'est joliment dit ! Mais j'ai vraiment besoin d'une douche, aussi…

— Je te veux en sueur.

Il la poussa vers le lit à petits coups de paume.

— Je vais te montrer quelques mouvements, ajouta-t-il.

— J'en étais sûre, dit-elle en se redressant. Et si je n'étais pas d'humeur ?

Elle s'interrompit quand il lui ôta son débardeur.

— Tu le récupéreras plus tard, dit-il en s'emparant de ses seins. Tu as même fait le lit ?

— Oui.

— Tu vas voir à quoi ça va servir.

— Quoi ? Tu veux me montrer mes erreurs ?

— Tu as tout compris, maugréa-t-il en glissant les doigts dans son short pour l'en débarrasser.

Tout sourire, elle se caressa la peau, des épaules à son ventre nu, remonta.

— Alors viens me chercher.

Sans la quitter des yeux, il se déshabillait à son tour.

— Je devrais te garder nue toute la vie, murmura-t-il en l'enfourchant. Je sais très bien quoi faire quand tu es nue.

— J'aime ce que tu fais quand je suis nue.

— Alors tu vas adorer.

— Les chiens demandent à entrer, murmura-t-elle, encore étourdie de plaisir.

— Ouais. Ils attendront une minute.

— Je vais leur ouvrir.

Mais elle ne bougea pas.

— Je meurs de faim, reprit-elle. Les exercices de gym suivis de ta petite sauterie m'ont aiguisé l'appétit.

Pourtant, elle ne bougea pas davantage. *Encore une minute*, se dit-elle. Après quoi elle céderait aux lamentations des chiens, prendrait une douche et déciderait avec Simon quoi préparer pour le déjeuner. Comme elle s'étirait, ses yeux tombèrent sur le réveil.

— Hé ! Il est à l'heure ?

— Je n'en sais rien. On s'en fiche.

— Mais… je me suis endormie ? Une heure entière ? Comme si on avait fait la sieste ?

— C'était une sieste améliorée, Fee.

— Je ne fais jamais de sieste !

— Encore une chose que je vais t'apprendre.

Elle se redressa, se passa une main dans les cheveux, ramassa le premier tee-shirt qui lui tombait sous la main, celui de Simon, l'enfila. *Dommage*, pensa-t-il, *qu'il lui couvre les fesses.* Elle ouvrit la porte, laissant le passage à une troupe de chiens fiévreux.

— Pardon, les gamins. Allez voir Simon, je dois prendre ma douche.

En filant dans la salle de bains, elle eut le temps de voir les quatre chiens alignés autour du lit, donnant des coups de truffe à qui mieux mieux.

— Ouais ! s'écria Simon. C'est bon, les gars !

Comme Jaws faisait mine de sauter à côté de lui, il le repoussa.

— Tu ferais mieux d'aller me chercher une bière, tiens ! Au moins tu servirais à quelque chose.

Comme aucun d'eux n'obtempérait, Simon finit par se lever et aller la chercher lui-même. Mais, arrivé en bas, il changea d'avis et se servit du vin. Fiona n'avait-elle pas dit qu'elle en voulait ? Il remplit deux verres et en sirota un tout en ouvrant le réfrigérateur pour en étudier le contenu.

Ils allaient mourir de faim si l'un d'eux ne se décidait pas à faire des courses. Finalement, il opta pour un plat allégé congelé. Ce serait mieux que rien.

Reprenant les deux verres, il se dirigea vers l'escalier, les chiens dans les pattes. Devant lui, Newman laissa échapper un jappement, attirant son regard vers la femme qui arrivait sur la véranda.

Elle l'aperçut par la fenêtre et lui décocha un large sourire.

— Hello !

En lui ouvrant, il s'avisa qu'il avait bien fait d'enfiler son caleçon.

— Je peux vous aider ?

— J'espère. Je voudrais m'entretenir avec vous cinq minutes. Je suis Kati Starr, de l'*US Report*. C'est bien la voiture de Fiona Bristow que j'ai vue dehors ? Ce sont bien ses chiens ?

Tout sucre, tout miel, se dit-il.

— Vous tombez bien. Je ne vous le dirai pas deux fois : remontez dans votre voiture et barrez-vous.

— Monsieur Doyle, je ne fais que mon travail, du mieux que je peux. J'ai cru comprendre qu'il pourrait y avoir du nouveau dans cette enquête. On m'a dit que Mme Bristow vivait avec vous. J'espérais pouvoir recueillir ses pensées au sujet des nouveaux éléments de l'enquête. Et puis j'admire beaucoup votre œuvre et j'aimerais faire un article sur vous, un de ces jours. Depuis combien de temps êtes-vous ensemble, Mme Bristow et vous ?

Simon lui claqua la porte au nez et tira le verrou.

Il lui accordait trois minutes pour s'en aller, après quoi il appellerait le shérif et s'offrirait le plaisir de porter plainte pour violation de domicile. Mais, arrivé en haut, il trouva Fiona assise sur le lit, les cheveux enveloppés dans une serviette humide.

— Je l'ai vue par la fenêtre, souffla-t-elle. Alors, inutile de te demander comment me l'annoncer.

— Très bien.

Il lui tendit son verre.

— Je voulais te dire que je suis désolée de la voir insister jusque chez toi, mais au fond ce n'est pas ma faute.

— Effectivement. Elle prétend avoir appris qu'il y avait du nouveau dans l'enquête. Je ne sais pas si elle prêchait le faux pour savoir le vrai ou si elle a dégoté des informations.

Fiona laissa échapper un juron.

— On devrait peut-être avertir l'agent Tawney, au cas où. Qu'est-ce que tu lui as dit ?

— De s'en aller, et, comme elle ne bougeait pas, je lui ai claqué la porte au nez.

— Tu as mieux réagi que moi.

— Enfin, j'ai failli ajouter quelques paroles bien senties mais il ne me venait à l'esprit que des injures. Si tu broies du noir à cause de ça, je vais me fiche en pétard.

— Je ne broierai rien du tout, je vais appeler le FBI et le shérif, cafarder sur elle. Et je demanderai une ordonnance restrictive pour lui montrer de quel bois je me chauffe.

Il lui caressa les cheveux.

— Je préfère te voir broyer des journalistes.

— Moi aussi. Alors, qui va le préparer, ce déjeuner, en fin de compte ?

— Il va réchauffer tout seul au micro-ondes.

— Je pensais aux steaks dans le bac à viande.

— On a des steaks ? s'enthousiasma-t-il. On a un bac à viande ?

Elle se leva en souriant.

— Parfaitement.

— Bon, je suppose qu'il fait partie du réfrigérateur. D'où viennent ces steaks ? On a une vache magique ou quoi ?

— Non, j'ai une belle-mère fée qui fait ses livraisons. Je lui ai demandé de m'acheter deux ou trois choses dont j'avais besoin et elle est venue tout déposer ici ce matin, y compris des légumes frais, parce qu'elle estime qu'on en a besoin. C'est pour ça que le bac est plein. Parce qu'il y a même un bac à légumes dans ton réfrigérateur.

Il préféra ne pas rétorquer qu'il l'avait ouvert sans rien trouver de tout cela. Ce ne serait jamais qu'une nouvelle variation sur les observations de sa mère en matière de syndrome-de-l'aveuglement-des-hommes-devant-un-réfrigérateur.

— Tu passes les appels. Je chauffe le barbecue.

— Entendu. Tu sais que tu es en caleçon, je pense ?

— Je vais enfiler le pantalon que tu as déjà ramassé et plié sur le lit que tu as déjà fait. Mais si on doit manger des légumes, c'est toi qui les prépares. Je m'occupe des steaks.

— Ça marche. Je vais téléphoner d'en bas.

Il s'habilla puis, avant de descendre, passa dans la salle de gymnastique. Comme le reste de la maison, elle sentait le citron. Mais la trace de sa paume restait sur le carreau.

Étrange compromis.

Il descendit, jura, remonta, ouvrit un tiroir, en tira une chemise propre.

Elle avait fait venir des steaks. Steaks contre chemise. Après tout, il pouvait bien accepter cet arrangement.

26

Derrière la glace sans tain, Tawney observait Perry, assis à la table d'acier, menotté, les yeux clos, un léger sourire aux lèvres… l'air d'écouter une musique qui lui plaisait.

Son visage blême exprimait une paisible contemplation. Ses joues ridées, qui lui mettaient la bouche entre parenthèses, ses pattes-d'oie le faisaient ressembler davantage encore à un homme ordinaire et sans défense.

L'oncle indulgent, le voisin sans histoire qui soigne ses rosiers et tond son gazon. M. Tout le monde qu'on croise dans la rue sans lui accorder un regard.

— Il s'en sert comme Ted Bundy se servait de son charme pour envoûter ses victimes, murmura Tawney.

— Il se sert de quoi ?

— De son masque Je-suis-un-brave-grand-père. Il s'en sert encore aujourd'hui.

— Soit, maugréa Mantz. Mais il nous parle sans son avocat et je suis sûre que c'est encore une pirouette. Qu'est-ce qu'il a en tête ? Personne ne le connaît mieux que toi.

— Personne ne le connaît.

Il sait qu'on le regarde, pensa Tawney. *Et il aime ça.*

— Il sait très bien donner l'impression que si, reprit-il à haute voix. En disant ce qu'on a envie d'entendre, ou ce qu'on s'attend à entendre. À force d'endosser diverses personnalités, il vous entraîne dans son délire. Tu as lu les dossiers, Erin. Tu sais qu'on ne doit son arrestation qu'à sa malchance et à l'héroïsme d'un policier maître-chien.

— Vous y êtes tout de même pour quelque chose, les enquêteurs et toi. Vous l'auriez attrapé un jour ou l'autre.

— Il courait toujours un an après que nous l'avions identifié. C'est Fiona qui nous l'avait donné et, pourtant, il a encore fallu des mois et le meurtre d'un policier pour que nous lui mettions la main dessus.

Il ne se le pardonnerait jamais.

— Regarde-le, ajouta Tawney, ce gros bonhomme d'un certain âge, enchaîné, captif, qui trouve encore le moyen de trouver Eckle et de le mettre sur orbite.

— Tu ne t'accordes pas assez de sommeil.

— Je parie que cet enfoiré dort comme un bébé, toutes les nuits, avec ce putain de sourire béat comme en ce moment. Il a un objectif, il en a toujours eu un, qui oriente chacun de ses actes. Il n'a pas besoin de la présence de son avocat pour nous parler, il ne nous dira que ce qu'il a décidé de nous dire.

— Il ne sait pas qu'on a une piste, pour Eckle.

— Je me le demande.

— Comment le saurait-il ? Notre atout, c'est de pouvoir lui dire ce que nous voulons lui dire. Eckle lui bousille son plan, et ça va l'énerver.

— On va voir ça.

En entrant, Tawney adressa un signe de tête au gardien. Perry ne broncha pas, les yeux toujours fermés, son petit sourire aux lèvres, tandis que l'agent lui énonçait les noms et les dates notés sur son dossier.

— Vous avez renoncé à l'assistance d'un avocat pendant cette entrevue, n'est-ce pas ?

Perry leva les paupières.

— Bonjour, agent Tawney. On peut en effet se passer d'avocat entre vieilles connaissances. Agent Mantz, vous êtes ravissante, aujourd'hui. C'est tellement agréable d'avoir des visiteurs pour rompre la monotonie quotidienne ! Nous bavardons souvent, ces derniers temps. Chaque fois, j'attends ce moment avec impatience.

— C'est tout ? demanda Tawney. Vous ne voyez en nous qu'une distraction ?

— Ce n'est pas rien. Comment se passe la chasse ? Je suis assoiffé de nouvelles. Les autorités ont rétréci mon accès au monde extérieur. C'est compréhensible mais fâcheux.

— Vous recevez régulièrement des nouvelles, Perry. J'en suis persuadé.

Le prisonnier joignit les mains, se pencha légèrement en avant.

— Disons qu'avant l'amélioration de ma situation actuelle j'ai bien aimé l'article écrit par cette brillante jeune femme. Kati Starr ? J'imagine que c'est un pseudonyme, le destin ne peut pas avoir été aussi généreux. Toujours est-il que j'ai apprécié son point de vue, et que j'étais ravi d'avoir des nouvelles de Fiona. Dites-lui bien que je pense à elle.

— Ah ! difficile d'oublier la femme qui vous a botté les fesses.

— Le visage.

— Elle fera la même chose à votre apprenti, intervint Mantz. S'il est assez bête pour s'en prendre à elle.

Dans un geste d'impuissance, Perry fit cliqueter ses chaînes.

— Vous m'accordez trop de crédit. Je ne vois vraiment pas comment je pourrais entraîner qui que ce soit, même si j'en avais envie, et ce n'est pas le cas. Nous en avons déjà parlé, et, comme je l'ai dit alors, vous n'avez qu'à lire les rapports de cet établissement. J'ai accepté le châtiment qui m'a été infligé par les tribunaux et la société. Je respecte le règlement. Au lieu de chercher les ennuis, je les évite. Étant donné ma vie au temps où j'étais libre, je reçois très peu de visites, si ce n'est de ma sainte sœur, bien sûr. À moins que vous n'estimiez qu'elle a repris le flambeau.

Sans répondre, Tawney ouvrit un dossier, en sortit une photo qu'il déposa sur la table.

— Vous permettez ?

Perry la saisit, l'examina.

— Je le connais, celui-là ! Attendez. Je n'oublie jamais un visage. Oui, oui, bien sûr ! Il enseignait ici. La littérature et l'écriture. Vous savez combien je m'intéresse aux livres... mon travail à la bibliothèque me manque beaucoup. J'ai suivi ses cours. J'espère en suivre d'autres. L'incarcération ne doit pas faire obstacle à l'instruction. Ce n'était pas un professeur extraordinaire. Pas très brillant. Mais nécessité fait loi.

— Je parie qu'il a trouvé en vous un meilleur professeur que lui, rétorqua Mantz.

— C'est très gentil. Dois-je comprendre que vous me prenez pour son guide ? Ce serait intéressant, mais je ne peux pas être tenu pour responsable des actes des autres.

— Vous ne lui devez rien, insista-t-elle. Nous allons l'arrêter, le mettre en cellule, comme vous… C'est le moment pour vous de saisir l'occasion. Donnez-nous une information qui permette de l'arrêter et nous pourrons rendre votre vie un peu moins monotone.

Imperceptiblement, l'expression du prisonnier se durcit.

— Comment ? Vous allez me faire servir de la glace tous les dimanches et m'accorder une heure de promenade supplémentaire par semaine ? Vous ne pouvez rien faire pour moi ni contre moi, agent Mantz. Je vais finir mes jours ici, je l'ai accepté. Je n'en suis pas réduit à mendier une grâce.

— Quand nous le tiendrons, il parlera. Comme le pasteur que vous avez arnaqué. Il ne nous a pas fallu longtemps pour lui faire reconnaître qu'il vous avait servi de facteur pendant plus d'un an.

— Ma correspondance avec un groupe de prière, marmonna Perry en joignant pieusement les mains. Le révérend Garley comprenait mon besoin de spiritualité et ma pudeur, choses que ne reconnaît pas le système carcéral.

— Tout le monde sait que vous n'avez pas une once de spiritualité.

— Eckle va vous lâcher, dit Mantz, et vous le savez. À ce moment-là, votre vie ici sera encore un peu plus… rétrécie, comme vous dites. Vous serez accusé de multiples tentatives de meurtre. Les années ajoutées à votre condamnation n'y changeront rien, mais votre vie quotidienne va virer au cauchemar, je vous le garantis.

Cela ne parut pas altérer le sourire de Perry.

— Vous croyez que ce n'est pas déjà un cauchemar ?

— Ça peut encore empirer, promit Tawney. Croyez-moi quand je vous dis que je m'en assurerai personnellement. Et tout ça pour quoi, Perry ?

Il posa une main sur la photo.

— Pour ce mec détraqué, impatient, négligent ? Vous nous avez échappé des années durant. Nous sommes sur ses traces. Il ne vous arrive pas à la cheville.

— N'en jetez plus ! Je suis trop sensible à la flatterie, vous connaissez mon péché mignon.

— Il a accroché une écharpe rouge à la boîte aux lettres de Fiona Bristow.

De son regard acéré, Mantz avait repéré l'éclair de rage qui venait de luire un court instant dans l'œil de leur interlocuteur. Il ne savait pas encore maîtriser cela.

— Il ne pourra jamais vous l'offrir, désormais. C'est fini.

— C'était un geste… immature de sa part.

— Vous savez ce qu'il a fait à Annette Kellworth, il l'a rouée de coups avant de l'achever.

Ce disant, Tawney secouait la tête d'un air dégoûté, persuadé que Perry partagerait ce dégoût.

— Ce n'est pas votre style, George. Ça manque trop de classe. Il ne se contrôle plus, il en rajoute. Vous ne vous êtes jamais abaissé ainsi. Si nous l'attrapons sans votre aide, vous paierez cher ses erreurs.

— Vous connaissez mon péché mignon, répéta Perry après un instant de réflexion, vous connaissez aussi ma force. Je sais observer. J'ai observé M. Eckle. Je me suis intéressé à lui, alors qu'il n'avait rien de bien intéressant. Ces observations pourraient vous rendre service. Je pourrais avoir des théories, des hypothèses, ou même me rappeler certains commentaires, certaines conversations. Mais il me faut quelque chose en échange.

— Quel parfum pour votre glace ?

Perry décocha un sourire à Tawney.

— Quelque chose d'un peu plus doux. Je voudrais m'entretenir avec Fiona. En tête à tête.

— Oubliez ! rétorqua instantanément Mantz.

— Oh, je ne crois pas ! dit-il, sans quitter Tawney des yeux. Vous désirez sauver des vies ? Celle de la femme qu'il file en ce moment ? Vous allez la laisser mourir ? Elle et d'autres encore, tout ça pour une petite conversation ? Qu'en dirait Fiona ? C'est à elle de choisir, après tout.

— On devrait le bousculer un peu, insista Mantz. Creuser davantage. Il a réagi quand tu as dit qu'Eckle n'était pas digne de lui. Ça blesse son ego.

— Ça n'a fait que confirmer ce qu'il avait déjà compris.

— Exactement. C'est donc sur ce bouton qu'il faut appuyer. Laisse-moi m'en charger. Je vais l'interroger seule. Une femme qui le flatte et lui fait peur, ça devrait l'impressionner.

— Erin, il n'a pour ainsi dire pas fait attention à toi.

C'était son tour de conduire, aussi Tawney prit-il le volant.

— À ses yeux, continua-t-il, tu ne fais même pas partie du jeu. Tu n'étais pas là à l'époque de la première enquête, celle qui a mené à sa condamnation. Tout tourne autour de lui. Eckle n'est qu'un pion.

Mantz fit claquer la boucle de sa ceinture de sécurité.

— Je n'ai pas envie de jouer les faire-valoir.

— Moi non plus.

— Tu crois qu'elle acceptera ?

— À mon grand regret, je dois dire que oui.

Francis Eckle avait pris la file d'attente à quelques pas de sa proie. Elle avait fini tard, ce soir-là, mais il était content de tomber sur une personne qui travaillait dur ; comme d'habitude, elle s'arrêta chez Starbucks pour y prendre un café.

Un double express avec une lichette de lait.

Elle avait son cours de yoga et, si elle se dépêchait, elle pourrait commencer par vingt minutes sur le tapis de jogging dans la salle de gym huppée qu'elle fréquentait assidûment. Il avait remarqué, grâce à l'abonnement d'essai de trente jours qu'il s'était offert, qu'elle ne dépassait guère les vingt minutes et même les sautait souvent. Elle ne soulevait jamais un poids, ne s'exerçait jamais à aucune machine. Tout ce qui lui plaisait, c'était de s'afficher dans une tenue ultramoulante. Ni plus ni moins qu'une pute de carrefour.

Après quoi, elle retournerait sur son lieu de travail pour y récupérer sa voiture dans le parking et rentrer chez elle, à moins d'un kilomètre de là.

Elle ne sortait avec personne en ce moment. Elle ne pensait qu'à sa carrière, à elle-même. Rien ni personne ne comptait davantage à ses yeux. Salope égoïste. Pute de carrefour.

Il sentait la rage monter en lui et rien ne faisait autant de bien que cette chaude amertume.

Il s'imaginait en train de lui cogner la figure, le ventre, les seins. Il sentait déjà ses pommettes s'écraser, humait l'odeur du sang de ses lèvres qui éclateraient, observait l'horreur et la douleur dans ses yeux gonflés, mi-clos.

— Ça lui servira de leçon, murmura-t-il.

— Hé, mon vieux, tu te bouges ?

Serrant les poings, il fit volte-face vers l'homme qui le suivait dans la file, dans un mouvement empreint d'une telle rage que l'autre recula instinctivement.

Il fait attention, se dit-il. *Tout le monde fait attention, maintenant… « Fondez-vous dans la foule, Francis. Vous savez comment faire. Tant qu'ils ne vous verront pas, vous pourrez faire tout ce que vous voudrez. Tout. »*

La voix de Perry lui murmurait encore à l'oreille et il se détourna, baissa les yeux. Il en avait assez de passer inaperçu.

Seulement…

Il n'arrivait pas à réfléchir dans ce bruit. Tous ces gens qui parlaient de lui, dans son dos. Comme toujours. Il allait leur montrer. À tous.

Pas encore. Pas encore. D'abord, se calmer, ne pas oublier ses préparatifs. Se concentrer sur l'objectif.

En relevant la tête, il vit sa proie se diriger vers la porte, son gobelet à la main. Il s'empourpra. Il avait failli la laisser lui échapper.

Il sortit de la file, tête baissée. Finalement, ce ne serait peut-être pas pour ce soir. Discipline, contrôle, concentration. Il devait d'abord se calmer, garder son irritation pour plus tard.

Elle allait avoir encore une nuit de liberté, un jour de plus à vivre. Et il aurait le plaisir de savoir qu'elle ignorait encore être tombée dans le piège.

Fiona envisageait de pratiquer le rituel de la poupée vaudoue. Sylvia lui indiquerait sûrement un artiste capable de sculpter une statuette ressemblant à Kati Starr, et elle se ferait un plaisir d'y enfoncer des aiguilles ou de lui casser le crâne sur un coin de table ; c'était peut-être enfantin, mais ça devait soulager.

Simon ne paraissait pas beaucoup s'en faire et il avait sans doute raison. Sans doute. Mais l'idée que Kati Starr prétendait savoir de source sûre que le FBI cherchait un « témoin intéressant » dans l'enquête TER II l'exaspérait. Elle ne l'avait pas inventé.

Quelqu'un lâchait des informations, et la journaliste était assez sûre de sa source pour les publier, et même pour refaire le voyage à Orcas. Pour citer à nouveau le nom de Fiona, cette fois en la reliant à

Simon. *Le bel artiste qui a échangé la vie trépidante de Seattle contre une paisible retraite à Orcas.*

Le journal avait même ajouté un encadré sur lui, parlant de son travail du bois, de ses réalisations, de son style des plus créatifs, de son respect de la nature. Bla-bla-bla.

Fiona aurait bien quelques précisions à donner à Kati Starr, ce que la journaliste désirait plus que tout. Mais cette constante publicité la mettait dans une position délicate avec ses clients. Elle ne voulait pas répondre aux questions qu'ils ne pouvaient s'empêcher de lui poser. Et ces questions, mais aussi les suggestions les plus aberrantes, se succédaient maintenant sur son blog, au point qu'elle avait dû fermer le forum et réviser quelques paragraphes.

Désespérant de trouver de quoi s'occuper l'esprit, elle se concentrait sur un nouveau projet. Et harcelait Simon dans son atelier. De nouveau, elle était derrière lui alors qu'il travaillait à sa machine. Il se retourna.

— Quoi ?

— Qu'est-ce que c'est que ça ?

Elle désignait la bâche qui couvrait le confiturier.

— Rien qui te regarde, répondit-il sèchement.

— Bon, d'accord ! Ne t'en prends qu'à toi-même si je vais faire un peu de nettoyage.

— Fiona !

Elle s'arrêta devant la porte.

— On va se promener.

— Non, c'est bon. Tu es en plein travail. Le seul ennui, c'est que je n'ai rien à faire. Alors je vais m'occuper.

— Tant pis, j'irai me promener tout seul et tu pourras bouder dans ton coin.

Poussant un soupir, elle revint vers lui, le prit dans ses bras.

— J'irai bouder plus tard. C'est juste que je ne sais pas quoi faire… J'ai l'habitude de me déplacer à ma guise, de sauter dans la voiture, d'emmener les chiens, de passer chez Sylvia ou d'aller voir Mai. Mais, là, j'ai promis de n'aller nulle part seule et je ne me rendais pas compte à quel point ça me rendrait dingue. Alors je te casse les pieds et j'en suis la première embêtée.

— Ça m'étonnerait, bougonna-t-il.

Cela la fit rire.

— Remets-toi au travail. Je vais prendre des photos des gamins pour mettre à jour mon site Web.

— On sortira tout à l'heure. Pour dîner, si tu veux.

— J'ai retrouvé mon bon sens. On se verra quand tu auras fini.

Elle ouvrit la porte, s'arrêta.

— Simon ?

— Quoi encore ?

— Les agents Tawney et Mantz sont là.

En traversant la cour, elle s'efforça de se rassurer. Tawney caressait les chiens et finit par prendre la corde que lui offrait Jaws. Derrière lui, Mantz restait figée.

Tawney se redressa à l'approche de Fiona et de Simon.

— J'espère qu'on ne dérange pas…, commença-t-il.

— Non, en fait je me plaignais de ne pas savoir quoi faire aujourd'hui.

— Vous vous sentez coincée ?

— Un peu. Non, beaucoup.

— Quand on vous connaît... Nous progressons, Fee. Nous allons faire tout ce qui est en notre pouvoir pour conclure cette affaire et vous rendre une vie normale.

— Vous avez l'air fatigué.

— La journée a été longue. Simon, vous permettez qu'on s'entretienne à l'intérieur ?

— Bien sûr. Vous avez vu le dernier article de l'*US Report*, je suppose. Ça met Fiona dans tous ses états. Alors, pas la peine d'en rajouter. Il faut arrêter les dégâts.

— Croyez-moi, nous ne pensons qu'à ça.

— Ça nous travaille autant que vous, ajouta Mantz en les suivant dans la maison. Si Eckle apprend que nous le recherchons, il pourrait commettre un faux pas.

— Voilà qui répond à notre première question, dit Fiona. Vous ne le tenez toujours pas. Vous voulez boire quelque chose ? Du café ? Un soda ou un jus de fruits ?

— Asseyons-nous, déjà, proposa Tawney. Nous allons vous dire tout ce que nous pourrons. On sait qu'il était à Portland le 5 janvier parce qu'il y a vendu sa voiture. Il n'y a aucun autre véhicule enregistré à son nom, mais nous vérifions tous les achats effectués dans cette région aux alentours de cette date.

— Il peut avoir acheté un véhicule d'occasion à un particulier sans se donner la peine de l'enregistrer, objecta Simon. À moins qu'il n'ait utilisé de faux papiers. Il peut aussi s'être déplacé en car et avoir lu les petites annonces d'une autre ville.

— Vous avez raison, nous vérifions tout ça. Il voyage, il doit trouver un toit, s'acheter de l'essence et de la nourriture. Nous allons tout retourner, recourir à tous les moyens à notre disposition. Y compris Perry.

— Nous l'avons interrogé, cet après-midi, continua Mantz. Nous savons qu'il a communiqué avec Eckle en passant par une tierce personne pour transmettre son courrier.

— Qui ? demanda Simon.

— Le pasteur de la prison, que Perry a embobiné, expliqua Tawney. Il expédiait différentes lettres à différents noms et adresses en prétendant qu'il s'agissait des membres d'un groupe de prière auquel appartenait sa sœur, et l'autre l'a gobé. Il rapportait les réponses, expédiées de plusieurs localités.

— Tu parles d'une haute sécurité ! grommela Simon.

— Perry a réussi à expédier une lettre quelques jours après la découverte du corps de Kellworth, mais il n'a rien reçu depuis trois semaines.

Fiona les regarda l'un après l'autre.

— Eckle prendrait ses distances ? Vous croyez ?

— Ça se tient, répondit Tawney. Il s'écarte du scénario et ça ne plaît pas du tout à Perry. Maintenant qu'il sait qu'on a identifié Eckle, il commence à s'inquiéter vraiment…

— Vous le lui avez dit ? le coupa Simon. Alors il va pouvoir avertir son correspondant.

— Sans son postier habituel, dit Mantz, je ne vois pas comment il lui transmettrait encore un message. On a bloqué ses circuits. Il est bouclé en isolement et n'en sortira pas tant qu'on ne tiendra pas Eckle. Depuis que l'élève ne suit plus ses directives, Perry commence à se rendre compte qu'il risque de perdre les quelques privilèges acquis grâce à sa bonne conduite.

— Vous croyez qu'il va vous dire, s'il le sait, comment trouver Eckle ? demanda Fiona. J'en doute.

— Il veut couper le cordon. Il n'apprécie pas du tout que son protégé commette de telles erreurs, prenne de telles libertés. Perry sait très bien que ces erreurs vont empêcher Eckle de vous atteindre. Nous y avons veillé.

Tawney attendit un peu avant d'ajouter :

— Vous représentez toujours sa seule faute, celle qui l'a mené en prison. Il pense encore à vous.

— Je ne peux pas dire que ça m'enchante.

— Nous n'avons pas grand-chose à lui offrir. Il sait qu'il ne sortira jamais de prison. À la longue, seule sa fierté pourra le pousser à nous dire ce que nous voulons, de peur que nous finissions par capturer Eckle sans son aide.

— Ça se pourrait…

— Il nous a proposé des informations. Il a pris soin de les présenter comme des observations, des spéculations, des théories, mais, pour peu qu'on sache le motiver, il est prêt à nous donner Eckle.

— Qu'est-ce qu'il veut ?

Elle le savait déjà, instinctivement.

— Il veut vous parler. En tête à tête.

Comme Simon se levait d'un bond, Tawney lui lança :

— Tout ce que vous pourrez objecter, j'y ai déjà pensé, je me le suis déjà dit.

— Et vous voulez la jeter dans la gueule du loup ? Lui demander de s'asseoir face à l'homme qui a tenté de la tuer, tout ça pour qu'il vous donne éventuellement quelques miettes ?

— C'est à elle de voir. À vous de décider, Fiona. Je n'aime pas ça, je suis navré de vous demander une chose pareille. Ça m'ennuie de devoir lui donner quoi que ce soit.

— Alors, ne lui donnez rien ! rugit Simon.

— J'aurais mille raisons de ne pas le faire, en effet. Il pourrait mentir, obtenir ce qu'il veut pour clamer ensuite qu'il ne sait rien du tout, ou nous donner des informations qui ne mènent à rien. Mais je ne crois pas qu'il ferait ça.

— C'est votre boulot d'arrêter ce salaud, pas celui de Fiona.

Mantz lui lança un regard noir.

— Nous faisons notre boulot, monsieur Doyle.

— À ce que je vois, vous lui demandez de le faire à votre place.

— Fiona est la pièce maîtresse dans cette affaire. Voilà huit ans qu'elle obsède Perry. C'est la raison pour laquelle il a mobilisé Eckle, la raison pour laquelle il va le trahir.

— Arrêtez de parler de moi, murmura Fiona. Ça suffit ! Si je dis non, il se taira.

— Fiona !

— Attends, répondit-elle en prenant la main de Simon. Il est capable de la boucler des semaines, des mois entiers. Jusqu'à ce qu'une autre fille y passe. Pour que j'aie son meurtre sur la conscience.

— N'importe quoi !

— C'est pourtant l'effet que ça produirait sur moi. Il s'en est pris à Greg pour me faire souffrir. Il serait ravi de recommencer, même indirectement. Il s'attend à ce que je dise non. Il espère sans doute que je m'obstine jusqu'à la mort d'une autre fille.

— C'est bien ce que je me dis, confirma Tawney. Il n'est pas pressé. Pendant ce temps, il peut réfléchir. Il nous considère comme des êtres inférieurs. Sans un coup de malchance extraordinaire, on ne l'aurait jamais attrapé. Alors il estime qu'Eckle pourrait s'en prendre encore à une ou deux autres filles.

— Il n'aurait pas eu ce coup de malchance s'il n'avait pas tué Greg. Et il n'aurait pas tenté de tuer Greg si je ne lui avais pas échappé. On en revient toujours à moi. Prenez les dispositions nécessaires, autant que ça se passe le plus vite possible.

— Bon sang, Fiona ! protesta Simon.

— Accordez-nous une minute.

— Nous vous attendons dehors, dit Tawney en sortant.

— Je dois le faire, expliqua-t-elle à Simon lorsqu'ils se retrouvèrent seuls.

— Foutaise !

— Tu ne me connaissais pas quand Greg est mort. Tu ne m'as pas vue, les mois qui ont suivi, complètement anéantie. Tu dis qu'il m'arrive de broyer du noir, ça vient de là, en grande partie. Et ce n'est rien à côté de mon sentiment de culpabilité, de mon chagrin, de ma dépression, de mon désespoir d'alors.

Cette fois, elle lui prit les deux mains en espérant lui transmettre un peu de ses sentiments malgré la rage qu'elle percevait.

— J'étais suivie par un psy, mais ce sont surtout les amis et la famille qui m'ont aidée à m'en sortir. Et l'agent Tawney. Je pouvais l'appeler de jour comme de nuit, lui parler quand je n'arrivais plus à rien dire ni à mon père, ni à ma mère, ni à Sylvia, ni à personne. Parce qu'il savait. Il ne me demanderait pas ça s'il n'y croyait pas. Première raison.

Laissant échapper un soupir, elle se redressa.

— Si je ne le fais pas, si je n'essaie pas et qu'une autre fille meurt, je crois que ça me brisera. Perry aura fini par gagner. Il n'a pas gagné quand il m'a enlevée, pas plus que quand il a tué Greg. Mais là, Simon, je crois que je ne m'en remettrais pas. Deuxième raison. Enfin, je veux le regarder dans les yeux. Je veux le voir en prison en me disant qu'il s'y trouve grâce à moi. Il veut se servir de moi, me manœuvrer.

Elle secoua la tête d'un mouvement aussi sauvage que la soudaine fureur scintillant dans ses yeux.

— Qu'il aille au diable ! C'est moi qui vais le manœuvrer. J'espère bien qu'il leur dira quelque chose qui les mènera à Eckle. Et au bout du compte, je l'aurai manœuvré, j'aurai fait ce qu'il fallait pour pouvoir assumer la suite des événements.

Simon se détacha d'elle, alla à la fenêtre, y jeta un coup d'œil puis revint vers elle.

— Je t'aime.

Sidérée, elle s'appuya au bras du canapé.

— Oh, mon Dieu !

— Je suis en pétard contre toi en ce moment, comme je ne l'ai encore jamais été contre personne, et Dieu sait que ça m'est arrivé plus d'une fois !

— Attends, là, j'essaie de suivre mais la tête me tourne tellement que j'ai du mal à me concentrer. Tu es en pétard parce que tu m'aimes ?

— Il y a de ça, mais pas seulement. Je suis en pétard à cause de ce que tu vas faire, parce que, à moins de t'attacher au lit, je ne peux pas t'en empêcher.

— Tu as tort. Tu pourrais. Tu es même le seul qui pourrais m'en empêcher.

— Ne me tente pas. Je suis en pétard contre la femme la plus extraordinaire que j'aie jamais rencontrée, et ma mère m'a appris à ne pas me laisser éblouir à tort et à travers. Si tu pleures, je te jure…

— Quelle journée, mon Dieu ! Laisse-moi souffler.

Elle se leva.

— Simon, tout ce que tu viens de me dire, absolument tout… rien n'aurait pu me faire plus plaisir ni m'encourager davantage.

— Génial ! maugréa-t-il avec un rien d'amertume. Content de pouvoir t'aider.

— Tu me le répéterais ?

— Quel paragraphe ?

— Ne fais pas l'idiot !

— Je t'aime.

— Ça tombe bien, parce que moi aussi, je t'aime. Comme ça, on est deux.

Elle lui caressa la joue et l'embrassa longuement.

— Tâche de ne pas t'inquiéter. Il va faire son possible pour m'embrouiller. C'est le seul pouvoir qui lui reste. Mais il ne pourra rien contre moi parce que j'y vais armée de quelque chose qu'il n'aura pas et ne comprendra jamais. Quand j'aurai fait ce que j'ai à faire, que je m'en irai, je sais que je reviendrai ici. Je sais que tu seras là et que tu m'aimes.

— Tu veux me faire avaler ça ?

— Je ne te fais rien avaler, je te dis la vérité. Viens, qu'on en finisse une bonne fois pour toutes. Je veux que ce soit fait et bien fait, que je puisse revenir pour profiter de la suite.

Fiona sortit puis interpella les agents.

— Quand est-ce qu'on y va ?

Tawney la dévisagea un instant avant de répondre :

— Demain matin. L'agent Mantz et moi allons passer la nuit à l'hôtel et nous décollerons de l'aéroport de Sea-Tac à 9 h 30. Nous vous accompagnerons jusqu'au bout, Fee, aller et retour, et resterons avec vous pendant la rencontre avec Perry. Simon, nous vous la ramènerons dans l'après-midi.

— De mon côté, dit Fiona, je vais me faire remplacer pour les leçons de demain. Vous n'avez pas besoin d'hôtel, vous n'avez qu'à vous installer chez moi. Toute la maison est libre.

Voyant que Tawney allait refuser, elle insista.

— Ça nous fera gagner du temps à tous.

— Alors, merci, nous apprécions.

— Je vais vous chercher les clefs.

Simon attendit que Fiona soit rentrée pour laisser tomber :

— S'il la touche, vous me le paierez.

Tawney hocha la tête.

— Compris.

27

En temps normal, Fiona aimait prendre l'avion, ce qui ne lui arrivait pas souvent. Elle aimait bien le rituel, le plaisir de quitter un endroit et de fendre l'air pour en gagner un autre.

Pourtant, cette fois, le vol ne représentait qu'un moyen de parvenir à une fin, juste une étape.

Elle avait minutieusement choisi ce qu'elle allait porter, sans trop pouvoir dire pourquoi il lui semblait si important de soigner son apparence, sa présentation.

Elle avait opté pour un pantalon noir, une chemise blanche classique et une veste bleu vif. Simple, sérieux, responsable.

Ce fut seulement dans l'avion, entre Tawney et Mantz, qu'elle apprécia l'importance de sa tenue. Perry croyait mener le jeu : même au fond d'une prison de haute sécurité, il se prenait encore pour le mâle dominant. Il possédait un atout maître que tous cherchaient à capter et qui lui donnait son importance… importance qu'il revenait à Fiona de contrer. Ses vêtements allaient l'y aider et rappeler à son interlocuteur qu'elle s'en irait, à la fin de la journée, et retrouverait la liberté, une vie normale. Tandis que lui regagnerait sa cellule. Quoi qu'il puisse offrir, cela n'y changerait rien. En cela, elle le dominait complètement.

— Je voudrais revoir avec vous quelques points de procédure, dit Tawney. Vous allez passer des barrières de sécurité et vous aurez des papiers à remplir.

À la façon dont il la dévisageait, il semblait se demander si elle tiendrait le coup.

— Je sais, répondit-elle.

— On nous escortera jusqu'à une salle d'interrogatoire et non pas au parloir. Perry nous y attendra, les chevilles et les poignets menottés. Vous ne vous retrouverez jamais seule avec lui, pas une seconde. Il ne pourra pas vous toucher.

— Je n'ai pas peur de lui.

Cela, au moins, était vrai.

— Cette entrevue ne m'effraie pas, je crains plutôt qu'elle ne serve à rien. Il va obtenir ce qu'il veut, prendre son pied, et finir par ne rien dire. Je ne suis pas ravie de lui offrir le plaisir de se retrouver dans la même pièce que moi, de me regarder. En même temps, j'ai la satisfaction de faire la même chose, tout en sachant qu'ensuite je pourrai rentrer chez moi… ce qui n'est pas son cas.

— Très bien. Gardez ça en tête. Faites front et rappelez-vous qu'à tout moment vous pouvez arrêter. C'est vous qui voyez, Fee. Tout le temps.

Il lui tapota la main alors que l'avion vibrait dans une zone de turbulences.

— Il a refusé la présence de son avocat. Il estime qu'il s'en tirera très bien tout seul.

— Oui, c'est bien ce que je pensais. Qu'il croie ce qui lui chante. Qu'il me regarde tant qu'il voudra.

Consciente du défi, Fiona avait durci le ton.

— Il ne verra aucune peur, aucune soumission. Ce soir, je pourrai jouer avec mes chiens, je mangerai de la pizza, je boirai du vin et, cette nuit, je dormirai auprès de l'homme que j'aime. Lui sera dans sa cellule. Je me fiche de ce qu'il pense du moment qu'il vous dise ce que vous voulez.

— Ne lui donnez rien qu'il puisse retourner contre vous, ajouta Mantz. Ni nom, ni lieu, ni habitude. Autant que possible, restez imperturbable. Il va chercher à vous déstabiliser, à vous effrayer ou à vous mettre en colère, n'importe quoi pour vous taper sur les nerfs. Nous serons constamment auprès de vous et il y aura aussi un gardien. Toute la séance sera surveillée.

Ils avaient beau dire, toutes leurs paroles glissaient sur elle. Personne, pas même Tawney, ne pouvait savoir ce qu'elle ressentait. Personne ne savait qu'au fond son côté obscur se réjouissait à l'idée de revoir son tortionnaire attaché, comme elle l'avait été face à lui. Si elle acceptait cette rencontre, c'était aussi pour elle-même, pour Greg, pour toutes les femmes dont il avait pris la vie.

Il ne pouvait pas savoir qu'il avait donné à ce côté obscur une raison de jubiler.

La prison de brique rouge donnait l'impression d'une forteresse, particulièrement le quartier d'isolement, sombre et froid, où était incarcéré Perry. Et le côté obscur en Fiona de souhaiter qu'il y passe une vie tout aussi sombre et froide. Chaque barre de fer, chaque serrure d'acier ajoutait à sa satisfaction.

Perry croyait l'avoir mise en état de détresse en obtenant cette rencontre, alors qu'il lui avait fait une immense faveur. Chaque fois qu'elle penserait à lui, désormais, elle verrait ces murs gris, ces barreaux, ces gardiens, ces armes.

Elle subit sans broncher les contrôles de sécurité, les fouilles, la paperasse, en se disant que, sans le vouloir, Perry allait finalement l'aider à clore à jamais cette porte.

En entrant dans la salle où il l'attendait, Fiona était prête. Contente d'avoir choisi cette veste de couleur voyante, d'avoir noué ses cheveux en une tresse élaborée, de s'être maquillée avec soin. Parce qu'elle savait qu'il l'observerait attentivement et remarquerait forcément ces détails.

Huit années, déjà, qu'il l'avait enfermée dans le coffre de sa voiture. Sept, depuis qu'elle avait témoigné contre lui. Tous deux savaient que la femme qui s'asseyait face à lui n'était plus la même.

— Fiona. Ça fait longtemps. Vous voilà tout épanouie. Visiblement, votre nouvelle vie vous réussit.

— Je n'en dirais pas autant de vous.

Il sourit.

— Je me suis trouvé une existence potable. Je dois avouer que, jusqu'à la dernière minute, je n'étais pas sûr de votre venue. Vous avez fait bon voyage ?

Il cherche à mener la danse, se dit-elle. *C'est le moment d'opérer une petite rectification.*

— C'est pour bavarder que vous m'avez fait venir ici ?

— Je reçois si peu de visites. Ma sœur... vous vous souvenez d'elle au procès, j'en suis certain. Et il y a aussi, bien sûr, notre agent spécial préféré, ainsi que sa nouvelle et belle coéquipière. Pour moi, la conversation devient un plaisir.

— Si vous croyez que je suis venue vous faire plaisir, vous vous trompez. Mais j'ai fait bon voyage. Par cette belle journée de printemps, j'ai hâte de me retrouver dehors pour mieux en profiter. Surtout en sachant que je vous laisse à… comment dit-on, déjà ? À l'isolement.

— Je vois que vous êtes devenue méchante. Ce n'est pas bien.

Il posa sur elle un regard triste, tel un adulte gourmandant un enfant.

— Vous qui étiez une jeune femme si douce, si simple !

— Vous ne me connaissiez pas alors, vous ne me connaissez pas davantage aujourd'hui.

— Croyez-vous ? Vous vous êtes retirée sur votre île… Au fait, mes condoléances pour le décès de votre père. J'ai tendance à penser que les gens qui se retirent sur une île considèrent l'eau qui les entoure comme une sorte de douve autour d'un château fort qui les protège du monde extérieur. Vous y avez vos chiens, vous y donnez vos leçons. C'est intéressant de faire de l'entraînement, pas vrai ? De modeler d'autres êtres à sa main, en quelque sorte.

— C'est votre façon de voir les choses.

Précède-le, endors-le.

— Pour moi, ajouta-t-elle, il s'agit plutôt d'un moyen d'aider les êtres à développer leur potentiel.

— Développer son potentiel. Là, nous sommes d'accord.

— C'est ça que vous avez vu en Francis Eckle ? Son potentiel ?

— Allons, allons ! ricana-t-il en se redressant sur son siège. Ne détournez pas si maladroitement une agréable conversation.

— Je croyais que vous vouliez me parler de lui, puisque vous l'avez mis sur mon dos. C'est sûr qu'il a tout gâché, qu'il a dégradé votre patrimoine… George.

— Oh, là, là ! Vous essayez maintenant de me flatter tout en m'énervant. C'est le FBI qui vous a préparée ? Qui vous a dit quoi dire et comment ? Êtes-vous un bon petit chiot, Fiona ?

— Je ne suis pas là pour vous flatter ni pour vous énerver, répliqua-t-elle d'un ton mesuré. Ça ne m'intéresse pas. Et personne ne me dicte ma conduite. Au contraire de vous. Êtes-vous un bon petit chiot dans sa niche, George ?

— Combatif.

Il éclata de rire, mais elle ne voyait pas que de l'humour dans ses yeux. Elle avait touché un point sensible et augmenté la pression.

— J'ai toujours admiré ça en vous, Fiona. Ce cran classique, presque éculé, des rousses. Mais, pour autant que je me souvienne, vous n'étiez pas aussi combative lorsque votre amoureux et son chien sont tombés sous les balles.

Là, ça faisait mal, mais elle tint bon.

— Il vous a fallu un traitement, une « thérapie », ajouta-t-il en mimant les guillemets. Il vous a fallu votre substitut de père, en la personne d'un agent du FBI, pour vous protéger de moi ainsi que des radotages de la presse. Pauvre, pauvre Fiona ! D'abord héroïne par hasard, ensuite personnage tragique et fragile.

— Pauvre, pauvre George ! énonça-t-elle sur le même ton.

Elle perçut l'éclair de colère dans ses yeux.

— D'abord personnage redoutable, poursuivit-elle, maintenant reclus obligé d'enrôler un inférieur pour achever son œuvre. Honnêtement, je me fiche que vous racontiez quoi que ce soit sur Eckle au FBI... Je souhaiterais presque que vous n'en fassiez rien. Parce qu'il va tenter de finir votre travail. S'ils ne l'attrapent pas à temps, il viendra me trouver, et je l'attends.

Elle se pencha pour appuyer son propos, pour le laisser capter la lueur qui marquait sa volonté, le secret qui l'habitait.

— Je suis prête, George. Je ne l'étais pas pour vous et regardez où vous en êtes. Alors quand il s'attaquera à moi, il perdra... et vous aussi. Encore une fois. Je le désire plus que je ne saurais le dire. Il n'y a pas que vous qui considériez ce type comme un ersatz. Moi aussi.

— Vous n'avez pas pensé qu'il ne demande que ça ? Vous trouver aussi sûre de vous, pour pouvoir mieux vous manipuler ?

À elle d'éclater de rire.

— Qui est maladroit, maintenant ? Il n'est pas celui que vous croyiez. Tout bon entraîneur se doit de savoir jauger le caractère et les qualités de son élève. Il n'est pas là que pour enseigner, instruire, mais aussi pour identifier les limites et la pathologie de celui qu'il entraîne. Vous avez raté ça et vous le savez bien, sinon, je ne serais pas là.

— Vous êtes là parce que je l'ai exigé.

Elle espérait avoir bien affiché son expression d'amusement un peu excédé, parce que son cœur battait à tout rompre. Elle était en train de le vaincre.

— Vous ne pouvez rien exiger de moi. Vous ne pouvez pas m'effrayer, pas plus que le chien vicieux que vous avez lancé à mes trousses. La seule chose que vous puissiez faire, c'est tâcher d'obtenir un marché.

— Nul ne peut dire à qui un chien va s'attaquer, ni le sang de qui il va répandre sur son chemin.

Penchant la tête de côté, elle sourit.

— Vous croyez que cette idée m'empêche de dormir ? N'oubliez pas que je suis sur mon île, entourée de mes douves. Mon seul regret serait qu'il divague avant d'arriver jusqu'à moi. Ne vous gênez pas pour le lui faire savoir… si toutefois il vous écoute encore. Et je ne le crois pas. Je crois que votre chien a cassé sa laisse, George, et qu'il suit sa propre voie. Quant à moi…

Délibérément, elle regarda sa montre.

— Je n'ai plus de temps à vous consacrer, continua-t-elle en se levant. Ravie de vous avoir vu ici, George. Ce fut un plaisir.

— Je vous accompagne, dit Mantz.

— J'en trouverai un autre, maugréa-t-il. Tôt ou tard. J'en trouverai un autre.

Fiona se retourna pour le voir serrer ses poings enchaînés sur la table.

— Je pense toujours à vous, Fiona.

— Trop triste, George, sourit-elle.

Sur un signe de Mantz, le gardien ouvrit la porte. Au moment où celle-ci se ferma, la jeune femme secoua la tête.

— On va nous accompagner dans une salle où vous pourrez attendre.

Fiona parvint à garder son sang-froid en suivant l'exemple de Mantz, sans rien dire, le regard fixe. Le bruit des épaisses portes qui s'ouvraient et se refermaient lui donnait la chair de poule. Mantz et elle entrèrent dans une petite salle remplie d'équipements électroniques et d'écrans. Sans s'en occuper, pas plus que des gardiens, l'agent montra deux chaises, servit un verre d'eau à Fiona.

— Merci.

— Vous cherchez du travail ?

— Pardon ?

— Vous feriez un excellent agent. Je dois dire que je n'étais pas du tout pour cette rencontre, que je ne voulais pas vous faire venir ici. Je croyais qu'il allait vous embrouiller, vous entortiller, vous anéantir, et que nous en ressortirions les mains vides. Mais c'est vous qui l'avez embrouillé. Vous ne lui avez pas donné ce qu'il voulait.

— J'y avais beaucoup réfléchi. Quoi dire, comment le dire… Comment… Ouf, regardez !

Elle lui montra ses mains tremblantes.

— Je peux vous éloigner d'ici immédiatement, si vous le désirez. Il y a une cafétéria pas loin. Tawney nous y retrouvera.

— Non, je reste. Je veux rester et je sais que vous voulez y retourner.

— Ici, ça me va. Il ne supportera plus la vue d'une femme après ça. Tawney terminera très bien sans moi. Comment saviez-vous que dire, comment le dire ?

— Vous voulez la vérité ?

— Dites-moi tout.

— Je travaille avec des chiens, je traite des problèmes de comportement en tête à tête avec des propriétaires et leurs animaux, parfois assez violents. Impossible de montrer sa peur, ni même de la ressentir, ça se verrait trop. Pas question de leur laisser prendre le dessus une minute. Pas question de se mettre en colère, il faut garder une position dominante.

Mantz réfléchit un instant, puis :

— Si je comprends bien, vous avez traité Perry comme un chien méchant ?

— Plus ou moins, soupira Fiona. Vous croyez que ça a marché ?

— Je crois que vous avez fait votre boulot. À nous de faire le nôtre.

Perry se mit à table, lâchant information après information, s'arrêtant pour demander un repas, reprenant ensuite. Fiona commençait à souffrir de claustrophobie dans cette petite salle sans fenêtre, à regretter de ne pas avoir accepté l'offre de Mantz d'aller prendre un café ailleurs.

Mais non, elle n'allait pas partir au beau milieu de la séance que Mantz suivait avec des écouteurs. Alors elle attendit, attendit encore lorsque Tawney vint s'entretenir avec sa coéquipière, attendit encore quand on lui proposa de déjeuner, car elle n'était pas certaine de pouvoir avaler une seule bouchée.

Ils s'apprêtaient tout juste à quitter la prison alors qu'approchait l'heure à laquelle Tawney avait promis de la ramener chez elle. Fiona garda la vitre de la voiture baissée pour respirer.

— Je peux utiliser mon téléphone, maintenant ? Je dois avertir Simon et Sylvia que je serai en retard.

— Allez-y. J'ai pris contact avec votre belle-mère et laissé un message vocal à Simon. Il n'a pas répondu.

— Entre ses machines et sa musique, il n'entend jamais la sonnerie. Mais Sylvia l'avertira. Elle assure mes cours cet après-midi. J'attendrai qu'on soit prêts à embarquer.

— Erin dit que vous n'avez rien mangé.

— Je suis un peu barbouillée. Dites-moi plutôt si cette entrevue a servi à quelque chose.

— Vous allez être déçue.

— Oh !

— Déçue parce que Erin est encore là-bas, à vérifier par téléphone certaines des informations que Perry nous a transmises, à envoyer des agents vérifier les diverses postes restantes où il dit avoir donné rendez-vous à Eckle au cours des semaines à venir. Il nous a indiqué des adresses, des cybercafés et les deux identités utilisées par Eckle.

— Merci, mon Dieu !

— Il veut qu'Eckle disparaisse du paysage. D'abord parce qu'il n'est plus soumis, plus obéissant. Ensuite, et je crois que ç'a été déterminant, il ne veut pas vous voir gagner. Il ne veut pas courir le risque que vous l'emportiez sur Eckle. Vous l'avez convaincu que non seulement vous en étiez capable, mais aussi que vous le désiriez, que vous aviez hâte. Et, moi, vous m'avez convaincu.

— J'espère seulement ne pas avoir à le prouver bientôt.

Mantz les rejoignit enfin.

— Nous avons des agents en route pour les postes restantes qu'il nous a indiquées, particulièrement pour le prochain cybercafé que devrait visiter Eckle en fonction de sa position géographique. Nous en avons un autre qui part pour l'université de Kellworth où il se trouvait dernièrement. Il pourrait y retourner s'il décidait de reprendre le programme de Perry.

— Ça m'étonnerait, dit Tawney, mais autant ne rien négliger.

— Nous avons émis un bulletin interne de recherche sur Eckle et ses pseudonymes. Dans le mille, Tawney ! s'exclama Mantz avec un grand sourire. On a trouvé une Ford Taunus de 2005, immatriculée en Californie, au nom d'un de ses pseudonymes : John William Mitchell.

Tawney prit la main de Fiona.

— Vous n'aurez rien à prouver.

Dans l'après-midi, mon œil ! pensa Simon. Ils auraient de la chance si elle rentrait à 18 heures. Cela lui faisait du bien d'entendre sa voix dans la messagerie, mais il ne se détendrait qu'en la voyant de ses propres yeux.

Il parvint néanmoins à s'occuper, et la présence de Sylvia lui évita un passage en ville dans la mesure où elle emporta les modèles qu'il venait de terminer ; en outre, elle lui avait préparé son déjeuner. Excellente opération.

Il plaça la dernière des quatre jardinières qu'il avait passé le plus clair de sa journée à fabriquer. Après quoi il regagna la cour d'entrée, entouré par la troupe des chiens qui ne l'avaient pour ainsi dire pas quitté, afin de voir l'effet produit sur la façade.

— Pas mal..., murmura-t-il.

Les chiens filèrent d'un coup et lui-même se retourna, tout réjoui de voir la voiture arriver. Il dut se faire violence pour ne pas courir à sa rencontre, en extraire Fiona afin de vérifier sur-le-champ qu'elle n'avait rien. Au lieu de quoi il attendit, bouillant d'impatience, alors qu'elle restait assise à discuter avec les deux agents.

Ils t'ont eue toute la journée, dis-leur au revoir une bonne fois et rentre à la maison.

Elle sortit enfin, vint vers lui. Ce fut à peine s'il vit que la voiture repartait.

Le rire de Fiona s'éleva tandis que les chiens lui faisaient fête, ses joues reprirent des couleurs alors qu'elle les caressait, les ébouriffait. À mon tour, se dit-il en les rejoignant.

— Ça suffit, les chiens !

Il se planta devant Fiona.

— Tu en as mis du temps.

— Ça m'a paru encore plus long ! Serre-moi dans tes bras, très fort. À m'en casser les côtes, tu veux, Simon ?

Il ne se fit pas prier, sans toutefois aller jusqu'à lui briser les côtes. Puis il l'embrassa sur le front, sur les tempes, sur la bouche.

— Ça va mieux, souffla-t-elle. Beaucoup mieux. Tu sens bon. La sciure, le chien, la forêt. Le parfum de la maison. Je suis contente d'être là !

— Ça va ?

— Ça va. Je te raconterai. Je voudrais d'abord prendre une douche. Je sais que tout est dans ma tête, mais je sens… j'ai besoin d'une douche. Après, on pourra se réchauffer une pizza, ouvrir une bouteille et… Oh ! tu as fait des jardinières !

— J'avais un peu de temps devant moi puisque tu n'es pas venue sans cesse m'interrompre.

— Tu as fait des jardinières, répéta-t-elle. Elles sont… magnifiques. Merci.

— C'est pour moi. C'est ma maison.

— Tout à fait. Merci quand même.

Il la reprit dans ses bras.

— Ça m'a empêché de devenir fou. Avec Sylvia, on a réussi à se soutenir l'un l'autre. Tu devrais lui téléphoner.

— C'est fait. J'ai aussi appelé ma mère et Mai depuis le ferry.

— Bon, alors on se retrouve tranquilles tous les deux, avec eux, ajouta-t-il en désignant les chiens assis à leurs pieds. Prends ta douche, je m'occupe de la pizza.

Mais il lui prit le menton pour contempler son visage.

— Il ne t'a pas touchée ?

— Pas comme il l'espérait.

— Alors j'attendrai la suite. Mais j'ai faim.

Ils dînèrent sur la véranda en regardant le soleil se coucher derrière les arbres, accompagnés par les chants de milliers d'oiseaux.

D'une voix tranquille, elle lui rapporta toute sa journée en détail.

— Je ne sais pas comment ça m'est venu, mais j'ai senti que j'avais le bon discours, le ton juste. En lui disant que si Eckle tuait d'autres femmes ça n'avait rien à voir avec moi. En général, je mens plutôt mal, ça ne me vient pas facilement. Mais là, ça me semblait tout naturel, sans que j'aie à faire le moindre effort.

— Et il l'a gobé ?

— On dirait. Il leur a donné ce qu'ils voulaient : adresses, postes restantes, pseudonymes. Ils ont repéré une voiture grâce à l'un de ces pseudonymes et ont envoyé des agents sur place.

— Et te voilà...

— Mon Dieu, Simon, on dirait bien que c'est fini !

Elle se cacha un instant le visage dans les mains.

— Je crois que ça va. En plus, tout s'est passé d'une façon tellement différente de ce à quoi je m'étais préparée

— Comment ça ?

— Il était furieux. Perry. Je m'attendais à le trouver plein de suffisance, trop fier d'avoir réussi à m'attirer jusque dans sa prison. En un sens, c'était bien ça, mais il cachait mal sa colère, sa contrariété. Et là, en le voyant, j'ai eu l'impression... je me suis sentie sûre de moi.

Les grands yeux bleus revinrent se poser sur Simon, apaisés.

— C'est fini, enfin. Ce qu'il y avait entre lui et moi, au fond de moi, c'est parti. Fini.

— Bon, alors ça valait le coup. Mais tant qu'Eckle est dans la nature, on ne changera rien ici. Pas question, Fiona.

— Je n'en mourrai pas. J'ai des jardinières et de la pizza. Et puis toi. Alors… raconte-moi quelque chose. Qu'est-ce que tu as fait, à part les jardinières ?

— Pas mal de choses. On va se promener ?

— Sur la plage ou dans les bois ?

— D'abord dans les bois, ensuite à la plage. Je dois trouver un autre tronc.

— Simon ! Tu as vendu la fontaine.

— Non, je la garde, mais en la voyant Sylvia m'a assuré qu'un de ses clients en voudrait une comme ça.

— Tu la gardes ?

— Elle fera bien dans le cabinet de toilette, au rez-de-chaussée.

— Ce sera fantastique !

Fiona jeta un regard aux chiens, revint à Simon. Son homme.

— Allez, les gamins. On va aider Simon à trouver un tronc.

Eckle aussi humait un parfum de liberté.

Son programme avait changé. Sa proie aussi.

Il se rendait compte qu'ainsi il coupait les derniers liens le rattachant à Perry. Désormais, il ne se sentait plus sa marionnette. Il était fort, autonome. Jamais il n'avait eu une telle perception de son être profond, pas même lorsque Perry l'avait aidé à trouver sa personnalité enfouie au fond de lui depuis tant d'années.

Ne serait-ce que pour cette raison, il lui devait beaucoup et comptait bien payer sa dette – mais en tant qu'étudiant envers son professeur. Or, tout professeur avisé savait qu'un étudiant devait avant tout apprendre à poursuivre seul sa route.

Il avait lu, non sans intérêt, non sans fierté, l'article de l'*US Report*. Il en appréciait le style, le ton général, le contenu et donnait une excellente note à Kati Starr.

Comme il l'aurait fait dans sa vie précédente, il le recomposa, le corrigea au stylo rouge. Indubitablement, il pouvait aider cette femme à s'améliorer. Il avait songé un moment à lui écrire pour lui suggérer comment donner plus de profondeur à ses articles.

Jamais il n'aurait cru qu'on pouvait tant s'enivrer de sa célébrité, à quel point c'était bon, piquant. Désormais, il voulait y goûter davantage avant la fin, s'en régaler, s'en gaver.

Lui aussi voulait léguer une œuvre à la postérité.

Alors qu'il étudiait les habitudes de son élève en puissance, lisait ses autres articles, examinait ses réalisations personnelles et professionnelles, il repéra en elle ce qu'il avait déjà vu à plusieurs reprises chez ses étudiants. Surtout les femmes.

Des putes. Toutes les femmes sont à la base des putes pourries.

La brillante, l'intelligente Kati était, à son avis, trop têtue, trop imprudente, trop sûre d'elle. Elle se servait des autres et risquait de mal prendre les critiques, constructives ou non. Mais cela ne signifiait pas qu'elle ne lui servirait pas.

Plus il l'observait, plus il en apprenait, plus il avait envie de continuer. Elle serait donc la suivante et, en un sens, la première, même si elle risquait d'être aussi la dernière. Autant suivre ses penchants plutôt que les souhaits de Perry.

Elle était plus âgée que les autres, pas vraiment athlétique ; elle préférait le travail de bureau, l'ordinateur et le téléphone aux exercices physiques.

Se pavaner dans son club de gym perso pour mieux montrer son corps.

Oui, elle le montrait mais ne cherchait pas à le discipliner. Si elle vivait plus longtemps, elle allait bientôt se ramollir et grossir. À vrai dire, il lui rendait service en la supprimant tant qu'elle était encore jeune et belle.

Il n'avait cessé de s'occuper depuis qu'il était à Seattle, changeant deux fois les plaques d'immatriculation, repeignant la voiture. Lorsqu'il reviendrait à Orcas, aucun flic ne pourrait le repérer... Il se donnait presque trop de mal pour ces ballots. Néanmoins, il avait appris à se montrer prudent.

Il avait déterminé le moment et l'endroit les plus favorables pour s'emparer d'elle ; maintenant, il lui suffisait d'attendre que le climat de Seattle lui en donne l'occasion.

Kati ouvrit son parapluie et sortit dans la rue noyée de pluie. Elle avait travaillé tard, fignolant son article. Elle ne regrettait pas d'occuper en ce moment un minuscule bureau dans un petit immeuble à l'extrémité nord-ouest des États-Unis.

Ce n'était qu'un marchepied.

Sa série d'articles commençait à lui apporter l'attention qu'elle recherchait, non seulement de la part des lecteurs mais aussi des rédacteurs en chef. Si elle réussissait à maintenir le rythme un peu plus longtemps, elle ne doutait pas que bientôt elle pourrait embarquer son ordinateur portable et se chercher un appartement à New York.

Fiona Bristow, George Perry et TER II étaient en train de lui assurer son billet d'avion pour la Grosse Pomme. Et, là-bas, elle écrirait son bouquin.

Il lui fallait encore traquer Fiona, se dit-elle en sortant ses clefs. Et ça ne lui ferait pas de mal si TER II s'offrait une autre étudiante, ne serait-ce que pour l'aider, elle, à garder sa place en première page.

Bien sûr, si les fédéraux le capturaient, elle pourrait aussi en tirer bénéfice. Elle avait ses sources, à commencer par celle qui lui avait confié que l'équipe Tawney-Mantz avait encore interrogé Perry le jour même… ainsi que le scoop selon lequel Fiona les avait accompagnés.

Un face-à-face avec l'homme qui l'avait enlevée puis avait tué son amant. Si seulement Kati avait pu se faire petite souris pour assister à l'entretien ! Mais même sans cela, elle tenait déjà de quoi remplir un solide article, à la une du prochain numéro.

Elle actionna son porte-clefs et, dans la lumière qui l'accueillit, vit un pneu à plat à l'arrière.

— Merde ! jura-t-elle à haute voix.

Elle s'approcha pour vérifier. À l'instant où elle se redressait en cherchant son téléphone, l'homme jaillit de l'ombre. Elle l'entendit lancer :

— Salut, Kati ! J'ai une exclusivité.

La douleur la renversa, boule d'électricité qui traversa toutes les cellules de son corps. La pluie explosa en une éblouissante brume blanche tandis qu'un hurlement se bloquait dans sa gorge. Quelque part dans son cerveau paralysé, elle se crut frappée par la foudre.

Et la blancheur s'ouvrit sur le noir complet.

Il ne lui fallut pas une minute pour la ligoter et l'enfermer dans le coffre. Il embarqua le sac, l'ordinateur et le parapluie à l'arrière, éteignit son téléphone.

Ivre de puissance et de fierté, il démarra dans la nuit pluvieuse. Il avait encore beaucoup à faire avant de pouvoir dormir.

28

Le téléphone de Kati fournit un monceau d'informations. Eckle en copia soigneusement tous les noms et numéros, étudia les appels entrants, ceux qu'elle avait émis, ses mails, son agenda. Étonnant comme à peu près toutes les communications, tous les rendez-vous, à part avec son dentiste, ne concernaient que sa profession.

En fait, se dit-il en nettoyant les traces de son passage, Kati et lui avaient beaucoup en commun : pas vraiment de relations familiales, pas d'amis intimes, juste une folle ardeur à poursuivre leurs objectifs. Tous deux n'aspiraient qu'à se faire un nom, à laisser leur marque. Cela ne promettait-il pas de donner une importance toute particulière à leur brève relation ?

Il jeta le téléphone à la poubelle dans l'aire de repos où il s'était arrêté puis reprit son chemin, quittant bientôt l'autoroute pour parcourir tranquillement les trente kilomètres qui le séparaient encore du motel qu'il avait choisi pour cette étape de son travail.

Il paya en liquide pour une nuit, se gara loin des lumières. Sans doute n'était-ce pas nécessaire, cependant, il se cacha sous le parapluie pour sortir de la voiture. Les gens qui fréquentaient ce genre de motel ne s'installaient pas à la fenêtre de leur chambre miteuse pour regarder le parking mouillé, mais sait-on jamais…

Il ouvrit le coffre.

Elle avait les yeux grands ouverts, emplis d'effroi et de douleur, ce regard vitreux, meurtri qu'il trouvait si excitant. Elle se débattit, mais l'expérience avait appris à Eckle comment lier poignets et chevilles par-derrière, entravant sa victime de façon qu'elle ne puisse guère que se tortiller comme un ver. Néanmoins, il valait mieux la garder totalement immobile et silencieuse toute la nuit.

— On discutera demain, dit-il en sortant une seringue de sa poche. Ses cris ne portaient guère au-delà du coffre, étouffés tant par le bâillon que par la pluie, tandis qu'il lui prenait le bras, en remontait la manche.

— Dors bien, dit-il en y enfonçant l'aiguille.

Il remit le bouchon. Pas plus que les autres, elle ne vivrait assez longtemps pour souffrir d'une quelconque infection consécutive à l'utilisation d'une seule et même aiguille. Il regarda ses yeux s'éteindre alors qu'elle sombrait dans le sommeil.

Après avoir soigneusement refermé le coffre, il prit sa valise ainsi que les affaires de Kati et marcha sur le trottoir craquelé menant à sa chambre. Cela sentait le vieux sperme, la fumée aigre et le détergent, mais il avait appris à ne pas tenir compte de ces inconvénients, à ne pas entendre les râles ni les coups frappés aux murs des chambres adjacentes.

Il alluma la télévision, chercha les nouvelles locales.

En même temps, il se changea, examina le contenu du portefeuille de Kati. Elle avait sur elle près de deux cents dollars en espèces… pour des pourboires, des pots-de-vin ? Il saurait utiliser cet argent, nouvel avantage à ce changement de proie. Les étudiantes avaient rarement plus de cinq ou dix dollars sur elles.

Il trouva le mot de passe de son ordinateur, caché derrière le permis de conduire, et le mit de côté pour plus tard.

De son sac, il fit deux tas, d'un côté ce qu'il pouvait garder, de l'autre ce qu'il devait jeter, tout en avalant les M&M'S qu'elle gardait dans une poche intérieure et en s'amusant avec ses produits de maquillage.

Elle n'avait aucune photo de personne, mais un plan des rues de Seattle et un autre d'Orcas, tous deux bien pliés. Sur la carte d'Orcas, elle avait dessiné plusieurs routes à partir du ferry ; il reconnut ainsi la maison de Fiona, se demanda à quoi correspondaient les autres adresses. S'il en trouvait le temps, il irait y faire un tour.

En bonne journaliste, elle emportait aussi des stylos et des crayons bien taillés, un petit paquet de Post-it, une bouteille d'eau.

Il garda ses pastilles à la menthe, ses lingettes, ses mouchoirs, ôta ses papiers d'identité et ses cartes de crédit qu'il découperait et disperserait le long de sa route. Il utilisa la petite monnaie pour aller se chercher un Sprite et un paquet de chips à l'oignon dans le distributeur voisin.

Après quoi, il put ouvrir l'ordinateur. Comme sur le téléphone de Kati, la plupart des messages et des courriels lui parurent plutôt sibyllins, mais il put suivre.

Tenace, la fille. À force de creuser, de s'informer ici et là, elle avait accumulé une impressionnante documentation sur le passé de Perry et Fiona. Elle connaissait mille choses sur le groupe de recherche de Fiona, sur son métier et ses clients, sur sa mère, sa belle-mère, son père décédé, son amant décédé. Sur son amant actuel. Soigneuse, la fille. Respect.

— Dis-moi, murmura-t-il, tu ne serais pas en train d'écrire un livre, par hasard ?

Il brancha les deux clefs USB trouvées dans une poche. Plutôt qu'un roman policier, il y lut le texte de son prochain article.

À paraître le lendemain matin.

Il le lut attentivement, deux fois.

La trahison de Perry le prit à la gorge, et il fit les cent pas à travers la petite chambre, les poings serrés. Son professeur, son mentor, le père de celui qu'il était devenu en arrivait à précipiter sa chute.

Il eut presque envie de s'enfuir. De tout lâcher, d'abandonner là son plan méticuleux pour filer en voiture à travers le pays. Il tuerait la journaliste en route, loin de ce que la police allait bientôt appeler son terrain de chasse.

Changer encore d'apparence, d'identité. Tout changer… la voiture, les plaques, et puis… Et puis quoi ? Redevenir un être ordinaire, rien du tout ? Retrouver un autre masque derrière lequel se cacher ? Non, non, il ne pouvait plus reculer. Apaisé par cette évidence, il ferma les yeux, tant il était juste et vrai que le père finit par détruire son enfant, que le cercle se referme et l'amène à la triste fin de son voyage.

Il l'avait toujours su. Cette nouvelle vie, cette âpreté n'étaient qu'éphémères. Il avait juste espéré disposer d'un peu plus de temps. Avec un peu plus de temps, il pourrait surpasser Perry, sa vie, son œuvre.

Non, il ne reviendrait pas en arrière, il ne se cacherait pas tel un rat dans son trou. Il irait de l'avant, comme prévu.

Vivre pleinement ou mourir. Ne plus jamais se contenter de vivoter.

Il se rassit, relut l'article. Cette fois, il en tira comme une notion de son destin. Voilà donc pourquoi il avait enlevé cette journaliste. Tout ce qui arrivait était écrit.

Eckle trouva ensuite le livre. Il en lut le résumé, en conclut qu'elle naviguait à travers des pièces de bric et de broc, mêlant scènes et chapitres dans le désordre pour en tirer un nouveau brouillon.

Il considéra non sans regret les clefs de son appartement. Comme il aurait aimé pouvoir entrer chez elle, fouiller dans ses dossiers, parmi ses notes et sa documentation.

En attendant, il se remit à sa lecture, opérant cette fois les corrections qui s'imposaient. Il allait garder cet ordinateur avec les disques durs et remettre ce travail à jour le temps de sa propre survie.

Pour la première fois depuis des mois, il éprouva une certaine excitation étrangère au meurtre proprement dit. Il allait inclure les parties de son propre livre, le brouillon qu'il avait commencé à la première personne dans le point de vue à la troisième personne de la journaliste. Juxtaposer sa propre histoire au récit de sa victime.

Son évolution à lui, ses observations à elle.

Avec l'aide de Kati, il allait créer sa propre légende. La mort, y compris la sienne, serait son legs à la postérité.

Dans la salle de conférences où elle travaillait avec Tawney, Mantz tenait son téléphone d'une main tout en tapant sur son clavier de l'autre.

— Oui, compris. Merci.

Elle raccrocha, adressa un signe à Tawney.

— Je viens d'apprendre que l'*US Report* faisait du battage autour du prochain article de Kati Starr. Ils en ont publié un avant-goût sur leur site. Tu devrais voir ça.

Il s'approcha de son bureau, lut par-dessus son épaule.

Le gros titre annonçait :

CONFRONTATION

FIONA BRISTOW RENCONTRE PERRY EN PRISON

EXCLUSIF. KATI STARR

— L'enfoirée, marmonna Tawney d'un ton d'autant plus menaçant qu'il était bas. Le criminel va lire ça, et Fiona va se retrouver automatiquement dans le collimateur.

— Tandis que Starr grimpe un peu plus haut sur l'affiche. Elle se prépare une sacrée carrière avec ça ! Je ne sais pas combien ça lui a coûté pour dénicher ça, mais ça paye.

— On doit trouver d'où viennent les fuites, et aussi voir son article. Je vais aller chercher son rédacteur en chef. Elle gêne notre enquête en publiant des informations qu'elle ne peut avoir obtenues par des voies légales.

— On peut essayer cette piste et avertir le procureur par la même occasion. Je vais m'en occuper et tâcher aussi de la trouver pour lui tirer les vers du nez.

— Elle ne révélera certainement pas ses sources, dit Tawney en se saisissant de la cafetière.

— N'empêche, je vais aller la trouver immédiatement. Après, ce sera trop tard. Je pourrai peut-être obtenir quelque chose.

Mantz consulta sa montre tout en établissant son programme dans sa tête.

— De toute façon, je l'amène ici ce soir. Entrave à la justice, ingérence dans une enquête fédérale, harcèlement de témoins. Je lui colle tout ça pendant qu'elle invoquera le quatrième pouvoir et la liberté de la presse.

Tawney buvait son café.

— Très bien, et ensuite ?

— On la fait un peu transpirer. Elle demande un avocat, appelle son patron, mais on pourrait bien la retenir un certain temps. Elle veut attirer l'attention, cherche des informations. Si on lui laisse entendre qu'on en a un paquet, elle pourrait essayer de nous les soutirer. Ça nous fera gagner du temps.

— Pour quoi faire ?

— Pour laisser croire qu'elle parle.

Pensif, Tawney s'assit sur le bord du bureau de Mantz.

— Comme ça, sa source commencera à s'inquiéter et finira peut-être par se trahir. Ça vaut le coup.

Moi, je vais opérer d'ici, appeler son patron. Toi, tu y vas. Avertis-moi quand tu me l'amènes, je préparerai la place.

Il se massa la nuque.

— Qui sait ? Il ne verra peut-être pas l'article. Il se manifestera peut-être demain, à une poste restante, ou bien on repérera sa voiture sur un campus.

Mantz enfila sa veste.

— S'il suit l'actualité, comme nous le supposons, Starr lui révèle purement et simplement tous nos indices. Les postes restantes ne donneront rien. Je suis certaine qu'il en a fini avec Perry, et, si ce n'était pas le cas jusque-là, ça le sera maintenant qu'il va savoir que Bristow est allée le voir en prison.

Elle s'arrêta devant la porte.

— Tu vas lui raconter ce qui se passe ?

— Comme tu dis, il est un peu tard. On va se coucher. Demain, il sera toujours temps de voir venir. Questionne bien Starr, Erin. Ensuite, amène-la ici, et on la cuisinera davantage.

— J'ai hâte de voir ça.

Cela faisait du bien de se retrouver dehors, de faire quelque chose loin de tout écran, de tout téléphone. Mantz se fichait de la pluie. En fait, le climat de Seattle lui convenait. Elle aimait entrevoir le mont Rainier par les jours de soleil, tout comme elle appréciait la plaisante intimité offerte par la pluie.

Ce soir-là, elle y trouvait même un avantage supplémentaire. Le plaisir d'arracher Kati Starr à son bureau ou à son appartement bien sec, c'était la cerise sur le gâteau.

Mantz avait un compte personnel à régler avec la journaliste, d'autant qu'elle n'était pas du genre à protéger plus particulièrement les femmes, à commencer par celles qui marchent sur les cadavres des autres.

Elle-même avait peiné pour arriver là où elle en était, sans toutefois prendre de raccourcis, sans frapper quiconque dans le dos. Et celles qui l'avaient fait n'en méritaient que davantage d'entendre parler du pays.

Dans le chuintement de ses essuie-glaces, à la lumière noyée des phares venant en sens inverse, Mantz roula d'abord vers le siège du journal. Vraisemblablement, Kati Starr avait envoyé son article de chez elle par un temps pareil. Mais, comme l'immeuble se trouvait sur sa route, autant commencer par son bureau.

Mantz décida d'y aller doucement, d'en appeler à la complicité possible entre deux femmes. Mais Kati Starr risquait d'y voir un signe de faiblesse.

Elle entra dans le parking et haussa les sourcils en y découvrant la Toyota rouge, dont elle reconnut la plaque.

Ainsi, la journaliste était bien là. Tant mieux, on allait gagner du temps. En se garant à côté, elle vit que la Toyota avait un pneu à plat.

— Pas de bol, murmura Mantz en souriant.

Alors qu'elle prenait son parapluie, Erin sentit son cœur se serrer et resta un instant assise derrière son volant à observer le parking désert, la lugubre bâtisse. Seules brillaient les lumières de sécurité. Aucun bureau ne semblait occupé.

Elle laissa finalement le parapluie dans sa voiture, remonta son col en gardant son arme à portée de main.

Pas un bruit, si ce n'était le chant monotone de la pluie et quelques glissements de roues dans la rue voisine. Erin fit le tour de la Toyota, examina le pneu aplati et, saisie d'une impulsion, essaya la portière avant.

Ouverte. Son cœur battit plus vite.

Elle se dirigea vers le bâtiment, frappa aux portes de verre. Un gardien venait dans sa direction ; à sa seule attitude, elle se dit que c'était un flic à la retraite. Dans les soixante ans, l'œil vif. Elle lui montra son badge à travers la vitre. Il parla dans l'Interphone.

— Il y a un ennui ?

— Je suis l'agent Erin Mantz. Je cherche Kati Starr. Sa voiture est garée dans le parking, un pneu crevé, portières ouvertes. Je voudrais savoir si elle ne se trouverait pas dans son bureau, ou à quelle heure elle est partie.

— Attendez.

Mantz prit son téléphone et demanda au central qu'on lui communique les numéros des fixes personnel et professionnel ainsi que du portable de Kati Starr.

Une voix d'homme lui répondit alors que le gardien revenait.

— Elle est partie à 20 h 45. Il n'y a personne ici. Même les femmes de ménage ont fini.

Après une hésitation, il ouvrit la porte.

— J'ai essayé d'appeler chez elle et sur son portable. Je suis tombé sur sa messagerie.

— Elle est partie seule ?

— D'après le gardien de jour, oui.

— Vous avez des caméras de sécurité donnant sur le parking ?

— Non. Elles filment seulement l'entrée. Mais Kati Starr est partie seule, comme toujours. Elle ne se lie pas beaucoup, elle travaille en solo. Si elle avait eu des ennuis avec sa voiture, elle serait revenue pour demander de l'aide. Personne d'autre n'est passé dans les vingt minutes qui ont suivi son départ.

Mantz hocha la tête puis appela son coéquipier.

— Tawney ? On a un souci.

Dans l'heure qui suivit, les agents du FBI avaient convaincu le concierge de l'immeuble d'ouvrir l'appartement de Kati Starr, réveillé son rédacteur en chef et recueilli les déclarations du gardien et de l'équipe de ménage du journal.

Le rédacteur en chef s'opposa à ce qu'on consulte le contenu de son ordinateur de bureau.

— Pas sans mandat. Vraisemblablement, elle est sur une enquête, ou tout bêtement en train de coucher avec son petit ami.

— Parce qu'elle a un petit ami ? demanda Mantz.

— Qu'est-ce que j'en sais ? Elle est très discrète sur sa vie privée. Elle a un pneu crevé, et alors ? Elle a dû prendre un taxi.

— Aucune compagnie n'a envoyé de voiture à cette adresse.

— Et vous voulez que je vous laisse fouiner ? Pour soutirer des informations dans ses dossiers ? Pas sans mandat.

Mantz sortit son téléphone qui vibrait et se détourna pour répondre en cachant son dégoût.

— Où ? Continue. On est dessus. On a repéré son portable dans une aire de repos, déclara-t-il à son équipier.

— Là, vous voyez ? dit le rédacteur en chef. Elle doit être avec un ami ou en train de prendre un verre. Elle l'a bien gagné.

— Sortie prendre un verre…, articula Mantz sur le parking de l'aire de repos. Il a laissé le téléphone allumé pour qu'on capte un signal et qu'on vienne ici.

Mantz attendait impatiemment que les techniciens finissent de relever les indices sur place. En attendant, elle prit l'iPhone de la journaliste, regarda Tawney.

— Ce doit être Eckle. Ce n'est pas une coïncidence si on ne l'a pas vue depuis le parking de son bureau. C'est lui qui l'a. Il l'a enlevée sous notre nez. Elle ne correspond pas à son profil de victime, mais elle lui va. Comme un gant. On n'a rien vu venir.

— Rien, approuva Tawney en lui tendant un sac en plastique. Il a deux heures d'avance sur nous, mais il devait compter sur bien plus. Personne n'aurait dû s'apercevoir avant demain matin de sa disparition, et encore… Même si son rédacteur en chef s'énervait de ne pas la voir arriver, il n'allait pas appeler la police pour autant. Pas avant plusieurs heures au moins, jusqu'à ce que quelqu'un repère et signale sa voiture dans le parking.

» Il croit disposer de douze ou quinze heures, mais il n'en a que deux. On doit ratisser le terrain, en profiter. Je conduis, tu prends le téléphone. Envoie des agents visiter tous les hôtels, motels et locations de vacances du coin, en commençant par les plus isolés, les moins chers. Il vit frugalement. Il n'a pas besoin de luxe et recherche plutôt un endroit où personne n'y regarde de trop près.

Tawney démarra et partit en trombe.

— Il lui faut des provisions, de la nourriture, continua-t-il, tandis que Mantz relayait ses ordres. Voyez les restaus express, les supérettes de stations-service, au trot !

— Il a l'ordinateur de Starr ; elle l'a emporté, donc, il l'a. Il va peut-être s'en servir. On pourrait le tracer. Comme il se croit à l'abri, on pourrait essayer d'envoyer un courriel à Starr, mine de rien, comme si ça venait d'un collègue, genre : « J'ai un tuyau sur TER II, ça t'intéresse ? »

Mantz jeta un regard à son coéquipier.

— Ça pourrait prendre, assura celui-ci. S'il répond, on pourra le localiser.

— On marchande, on l'occupe. Pourquoi pas ? Mettez les techniciens dessus.

Eckle dormit tout habillé sur le mince dessus-de-lit ; malgré tout, son esprit ne cessa de travailler. Il avait tant à faire, tant à penser, tant à recréer. Jamais sa vie n'avait été aussi remplie, et son sommeil s'en teinta de couleurs, de sons et de mouvements.

Il rêva de ce qu'il allait faire avec Kati, la brillante, la fine Kati. Il connaissait un endroit parfait pour cela, tranquille, isolé. Et cette idée avait un goût de miel.

Quand il en aurait fini avec elle – ou pas encore tout à fait –, il s'en prendrait à Fiona. Pendant que tout le monde chercherait l'une des deux femmes, il remporterait le prix loupé par Perry.

Il obligerait sans doute Bristow à regarder pendant qu'il ferait des choses à Kati, pendant qu'il la ferait passer de vie à trépas. Il disposerait de si peu de temps avec Fiona que ça en vaudrait la peine.

Ainsi rêva-t-il de deux femmes battues, ensanglantées, de leurs yeux suppliants, de leurs prières, de leurs propositions. Prêtes à faire et à dire tout ce qu'il leur ordonnerait, à l'écouter comme personne encore ne l'avait jamais écouté.

Il deviendrait l'unique préoccupation de leur vie. Jusqu'au moment où il les tuerait.

Il rêva d'une pièce fermée à toute lumière de l'extérieur, une pièce baignée d'écarlate, comme s'il regardait à travers la soie légère d'une écharpe rouge. Il rêva de gémissements étouffés et de petits cris aigus. Et s'éveilla en sursaut, la poitrine bloquée, les yeux révulsés.

Quelqu'un à sa porte ? Sa main chercha le pistolet sous l'oreiller, l'arme qu'il utiliserait pour se mettre une balle dans la tête s'il se retrouvait acculé. Jamais il n'irait en prison.

Retenant son souffle, il écouta. Rien que la pluie. Mais non… ce cliquetis, comme si on activait la poignée… Il respira de nouveau. Un courriel. Il avait laissé l'ordinateur allumé pendant son temps de recharge. Il le posa sur le lit, examina l'adressage du courriel non ouvert. Le sujet indiquait TER II, ce qui lui donna des palpitations.

Prudent, il vérifia l'adresse de l'expéditeur dans la liste des contacts de Kati. Une nouvelle adresse. Pris dans une tempête d'impressions contradictoires, il ouvrit quand même le message.

« J'ai lu vos articles sur TER II. Je vous trouve douée. Mais moi aussi je le suis. J'ai des informations sur notre sujet préféré. Des informations qui devraient vous intéresser pour votre prochain article. Je pourrais les donner à la police, mais ça ne me rapporterait rien. Je veux dix mille dollars et n'être cité que comme source anonyme. La fille est déjà morte, alors je ne peux rien pour elle. Je peux quelque chose pour vous et pour mon porte-monnaie. Si ça vous intéresse, faites-le-moi savoir avant demain midi. Après quoi, j'enverrai cette proposition à quelqu'un d'autre.

TV (témoin visuel)

— Non, non!

Secouant la tête, Eckle tapa deux fois sur l'écran de l'index.

— Tu mens, tu mens ! Tu n'as rien vu du tout ! Personne ne me voit. Personne.

À part elles, bien sûr, les femmes qu'il tuait. Elles le voyaient.

Ce n'était qu'un piège. Il se leva, fit les cent pas. Les gens mentaient, racontaient n'importe quoi. Tandis que lui ne lâchait que la vérité. Quand il leur enroulait l'écharpe autour du cou, il les regardait dans les yeux et leur disait tout. Il leur donnait son nom, révélait qui les tuait et pourquoi. La pure vérité.

— Je m'appelle Francis Eckle et je vais te tuer maintenant. Parce que je peux le faire. Parce que j'aime ça.

Et elles mouraient en emportant cette vérité, comme un cadeau.

Tandis que ce « TV » ? Un ou une mythomane qui voulait vendre son œuvre pour de l'argent.

Personne ne le voyait.

Et puis il pensa à l'homme qui faisait la queue derrière lui au Starbucks, au vendeur boutonneux de la supérette qui paraissait s'ennuyer à mourir… au réceptionniste grisonnant du motel qui sentait la dope et lui avait tendu sa clef en le regardant de travers. Possible.

Il se rassit, relut le courriel. Il pouvait y répondre, demander davantage d'informations avant de parler argent. Il se versa un petit verre de whisky, réfléchit. Il composa sa réponse et la corrigea avec le plus grand soin. Le doigt sur Envoyer, il hésita. Ce pouvait être un piège. Et si le FBI tentait de surprendre Kati ? Ou lui ? Tout ça n'était pas clair, aussi se releva-t-il et recommença-t-il à faire les cent pas ; il but encore, réfléchit encore. Attention. La sécurité d'abord.

Il prit une douche, se brossa les dents, rasa le début d'ombre sur son crâne et sur son menton, rangea toutes ses affaires dans son sac.

Peu après avoir appuyé sur Envoyer, il quittait la chambre. Il prit une bouteille de Coca à la machine pour la caféine puis s'avisa qu'il n'en avait pas besoin.

L'idée d'être vu, peut-être surveillé, l'excitait. En un sens, il espérait avoir été vu. Ça n'en rendrait ses actions que plus dignes d'intérêt.

Il frappa sur le coffre en passant près de la voiture.

— On va faire un tour, d'accord, Kati ?

— Bon Dieu, il a répondu ! s'exclama Mantz en bondissant sur le technicien. Il a mordu à l'hameçon ! Tu peux le tracer ?

— Une minute.

Elle lut à Tawney :

« Je suis toujours intéressée par une bonne information. Toutefois, je ne négocie rien sans davantage de précisions. Dix mille dollars, c'est beaucoup d'argent et le journal va vous demander des preuves de votre bonne foi. Vous prétendez être un témoin visuel. De quoi ? Il va falloir me donner des détails, à vous de choisir lesquels, avant de passer à l'étape suivante.

Je peux vous rencontrer dans un endroit public, encore à vous de le choisir, si vous ne désirez pas laisser de traces écrites de ces détails.

Au plaisir d'en discuter bientôt avec vous.

Kati Starr

— Il est assez futé pour se douter qu'elle n'aurait pas sauté aveuglément sur l'occasion, commenta Tawney. Mais assez curieux pour ne pas laisser tomber.

— Et il n'est pas mobile, ajouta Mantz. Il doit être coincé quelque part pour avoir accès à Internet. Réveillé mais fixe. Il lui a fallu moins d'une heure pour répondre et il a dû bien réfléchir avant d'envoyer sa réponse.

— On le tient ! lança le technicien. Un motel à quelques kilomètres d'ici.

Tous se mirent en mouvement. Agents, snipers, négociateurs, priés d'encercler les lieux et d'agir en silence.

— L'agent qui a réveillé le réceptionniste de nuit a dit que quatre hommes seuls s'étaient présentés ce soir, rapporta Mantz alors qu'ils filaient dans la nuit. Deux ont payé en liquide. Personne n'a retenu pour plus d'une nuit. Il n'a pas reconnu Eckle sur la photo, n'a vu aucune voiture correspondant à notre description et ne peut pas dire si l'un de ces quatre hommes est resté seul dans sa chambre. Il est trop défoncé, il n'en a rien à faire.

— On envoie une équipe visiter les chambres de ces quatre types. Gardez vos positions. On a toujours une chance qu'il ait amené la fille avec lui.

Ils se garèrent dans le parking du restaurant 7x7 voisin du motel et ôtèrent leurs vestes.

Tawney voulait tâter le terrain. Il fit signe à un agent non loin d'eux.

— Cage, on en est où ?

— On a vérifié deux chambres, les autres ont pris une double. Dans l'une on a un couple qui s'éclate comme à la fête nationale, dans l'autre une femme qui fait une scène à un type pour qu'il quitte sa « salope de femme ». Paraît qu'on entend tout avec ces murs en papier.

— Et les deux autres ?

— Dans l'une, ça ronfle sec…

Il posa un doigt sur son oreillette.

— On vient d'entendre la voix d'une femme qui disait : « Ta gueule, Harry ! » Ça veut dire qu'il reste une seule chambre, Numéro 414. En angle, à l'arrière, côté est. L'équipe présente dit que c'est le calme plat. Pas un bruit.

— Vérifiez toutes les autres et bloquez le parking. Qu'il ne puisse pas s'éclipser.

— Affirmatif.

— Le réceptionniste s'oppose à ce qu'on enfonce la porte ?

— Il est stone de chez stone. Il a dit qu'on fasse ce qu'on a à faire avant de se remettre à son porno.

En descendant de voiture, Tawney reprit :

— Il faut faire vite, tout éteindre en entrant pour le rendre aveugle. Les équipes lui foncent dans le lard. Et la voiture ?

— Aucune qui corresponde à la description ni aux plaques sur le parking du motel ou du restau.

— Il a pu en changer, suggéra Mantz. Kati pourrait se trouver dans n'importe laquelle de celles-ci.

— Elle n'y restera pas longtemps.

Il devait se tenir derrière, laisser les équipes intervenir. Pourtant, il mourait d'envie d'ouvrir cette porte. Mais mieux valait agir proprement, sûrement.

Tout se passa exactement comme il l'avait ordonné. Son arme baissée, il s'avança alors que retentissaient déjà les « Rien à signaler » des agents qui en sortaient. Il en eut le cœur retourné. Ce n'était pas la phrase qu'il avait espéré entendre. Ainsi, Eckle s'était déjà évaporé.

29

Fiona étalait de la crème sur sa peau humide en chantonnant l'air qu'elle avait dans la tête depuis qu'elle avait pris sa douche. Elle n'arrivait pas à identifier cette chanson, ni ses paroles, mais la mélodie correspondait bien à son état d'esprit.

Elle avait franchi un pas décisif, refermé une porte. Sans doute cela allait-il lui permettre d'en ouvrir une autre, si ce n'était déjà fait…

Peut-être se montrait-elle naïve en plaçant ainsi toute sa confiance dans le FBI, mais n'avait-elle pas concouru à leur fournir des informations capitales sur Francis Xavier Eckle ?

Une fois encore, elle s'était sortie du coffre.

Sans cesser de fredonner, elle entra dans la chambre, écarquilla les yeux en voyant le lit vide. D'habitude, elle y trouvait Simon étalé, l'oreiller sur la tête pour préserver ses dernières minutes de sommeil jusqu'à ce qu'elle descende préparer le café.

Elle aimait ce rituel, songea-t-elle en s'habillant. Elle le savait, les chiens étaient dehors pour leurs ébats du matin et Simon allait dévaler l'escalier dès que le café serait prêt, puis ils le boiraient tous deux sur la véranda pour bien profiter du temps radieux.

Apparemment, il en avait aujourd'hui encore plus envie que d'habitude, au point de descendre le préparer. À moins qu'elle n'ait passé trop de temps sous la douche.

Elle enfila ses baskets kaki puis passa quelques minutes à se coiffer et à se maquiller pour se préparer en vue des leçons à venir. Dans l'après-midi, elle disposerait d'un peu de temps pour aller à la pépinière.

Puisqu'elle ne pouvait s'y rendre seule, pas encore, Simon devrait l'accompagner. Elle voulait trouver des fleurs pour ses jardinières.

Fiona descendit l'escalier à petites foulées, la chanson dans sa tête courant autour des géraniums et des pétunias.

— Ça sent le café ! lança-t-elle gaiement. Et je prendrais bien des strudels. Si on…

À l'instant où elle vit son visage, elle comprit.

— Oh non ! Dis-moi tout. Vite !

— Il a enlevé la journaliste. Kati Starr.

— Mais…

— Je t'ai tout dit. Vite. Tiens, prends ce café. On va s'asseoir et je vais tout te raconter.

Elle se laissa tomber sur une chaise.

— Elle est morte ?

— Je n'en sais rien. Eux non plus. Tawney a appelé pendant que tu étais sous la douche. Il voulait venir te le dire en personne, mais il ne peut pas s'éloigner.

— Je comprends. Ils en sont sûrs ? Bon, la question est idiote, sinon, il n'aurait pas appelé. Elle ne correspond pourtant pas à son type de fille… Elle a au moins cinq ans de trop. Elle n'est plus étudiante, pas sportive…

Secouant de nouveau la tête, elle baissa la voix.

— Non. Je me trompe. Elle ne correspond pas au type de Perry. L'autre nous a déjà montré qu'il veut maintenant laisser ses propres marques. Il en a marre de suivre le modèle de Perry. C'est un grand garçon qui veut agir à sa manière. Et elle, la journaliste, elle a fait de lui une star, elle lui a donné de l'importance, l'a baptisé. Elle le connaît, selon lui. Ça rend la situation un peu plus intime. Un peu plus excitante. Pardon…

— C'est toi la spécialiste du comportement. Mais je te suis là-dessus. Il l'a enlevée hier soir, dans le parking du journal.

Elle s'était mordu les lèvres pour ne pas l'interrompre.

— Ils ont failli l'avoir, murmura-t-elle. Jamais ils n'ont approché Perry à ce point, si peu de temps après un enlèvement. Elle est toujours vivante. Forcément. Le FBI croit qu'il sait ?

— Ils partent du principe qu'il a juste joué la prudence. À moins qu'il n'ait prévu dès le début de quitter le motel avant l'aube. Ils ont envoyé un autre courriel prétendant qu'au cours d'un camping sauvage dans le parc on l'avait vu enterrer sa dernière victime. Il n'a pas encore répondu.

— Elle est toujours vivante. Les chiens sont à la porte, ils se demandent ce qui nous arrive. Viens, on va sortir un peu. J'ai besoin d'air.

Elle se leva, abandonnant son café auquel elle n'avait pas touché. Percevant son état d'esprit, les chiens gémirent, lui donnèrent des coups de tête dans les jambes et sur les mains.

— Je la déteste toujours autant, dit Fiona, mais j'en suis malade rien qu'à imaginer ce qu'elle traverse en ce moment. Elle ne mérite pas ça, même si elle l'a un peu cherché…

— C'est normal. Même si elle en bave, elle reste la même.

— Oh ! je t'assure que ça va la transformer. Si elle s'en sort. Elle ne sera plus jamais la même. Il va lui faire plus de mal qu'aux autres parce qu'il y prend goût. Comme le chien qui mord et s'en tire. S'il répond au courriel, on pourra le repérer, même s'il se déplace encore ; ils feront comme d'habitude. Analyses, triangulations, calculs. Elle a donc un peu plus de chances que les autres. Elle en aura besoin.

— Figure-toi que parmi tous les gens interrogés au motel il y en a un qui l'a vu. Il guettait l'arrivée d'une femme quand la voiture est venue se garer loin de l'entrée alors qu'il pleuvait des cordes.

— Il a vu Eckle ? Son visage ?

— Il n'a pas vraiment réussi à le distinguer parce que Eckle se cachait sous un parapluie. Mais il est certain que la voiture était de couleur sombre, noire, bleu marine ou anthracite, difficile à dire sous la pluie.

— Il a changé de voiture, ou l'a repeinte. Et ça, il ignore que le FBI le sait.

— Le témoin accepte de faire une description à un dessinateur, éventuellement sous hypnose. Ils interrogent aussi le réceptionniste. Ils savent déjà que la barbe a disparu.

— C'est toujours bon à prendre.

Elle essayait de ne pas penser aux kilomètres de routes secondaires que pouvait parcourir un homme sans barbe dans une voiture sombre, aux hectares de parking qu'il pouvait traverser.

— Qu'est-ce que tu veux faire ?

— Tirer les couvertures sur ma tête et broyer du noir. Je vais donner mes leçons du matin puis t'entraîner à la pépinière cet après-midi pour acheter des fleurs à planter dans les jardinières.

— Zut. Dans ce cas, je vais en profiter pour acheter du bois et déposer quelques meubles à l'hôtel Inlet.

— Parfait. Je dois être rentrée pour 16 heures.

— Alors on sera rentrés pour 16 heures.

Elle parvint à lui décocher un sourire.

— Si on en profitait pour se louer un film ? Quelque chose de drôle ?

— Du porno, on peut ?

— Non. Si ça t'intéresse, tu te les achètes sur Internet pour qu'ils arrivent discrètement par la poste afin que personne sur l'île ne soit au courant. C'est comme ça.

— Alors on en prend un interdit aux moins de dix-huit ans.

— D'accord.

Elle lui caressa la joue.

— Il faut que je me prépare.

Sans lui laisser le temps de reculer, il lui prit la main.

Eckle acheta le journal pour y lire tranquillement son article dans le ferry. Il avait administré une nouvelle dose à Kati ce matin, avant qu'elle ait eu le temps d'émerger complètement de la précédente.

Il ne commettrait pas l'erreur de Perry, qui désirait que ses victimes ressentent autant que possible l'oppression de leur enfermement, c'était ainsi que Fiona l'avait vaincu.

Eckle, lui, aimait à imaginer une Kati impuissante et inconsciente dans son coffre, mais aussi la pure terreur qu'elle pourrait éprouver en s'éveillant dans un lieu inconnu. Comme par magie.

Pour le moment, il se contentait d'apprécier la traversée en ferry, parmi les touristes. Il aurait préféré l'effectuer à l'intérieur de sa voiture mais craignait d'éveiller les soupçons. Et puis, en se mêlant à tout ce monde, il s'entraînait à mieux passer inaperçu.

Il s'efforça de bavarder avec deux jeunes randonneurs qui avaient embarqué à pied. En préparant son séjour à Orcas, il avait étudié les pistes et les sentiers à l'intérieur des parcs et des campings. Aussi pouvait-il en parler sans se ridiculiser. Il gagna aussi leur confiance en leur offrant un café.

— J'ai un fils de votre âge, leur expliqua-t-il. Il vient me rejoindre avec sa mère la semaine prochaine.

— Et vous allez passer tout ce temps en célibataire ?

Il sourit. Le nom du randonneur lui avait échappé. En fait, tous deux allaient lui rendre service.

— Exact. Rien que moi, tranquille avec ma bière.

— Je comprends ça. Si vous décidez de prendre la piste aujourd'hui, nous, on va commencer à Cascade Lake.

— Pourquoi pas ? Mais j'aurais plutôt tendance à…

Il connaissait l'expression. Qu'est-ce que c'était, déjà ? Qu'est-ce que c'était ? Il sentit sa nuque le brûler alors que l'autre le regardait d'un air surpris.

— … taquiner le goujon, s'empressa-t-il d'ajouter. Écoutez, si vous allez vers le lac, je pourrai vous déposer à Rosario. Ça vous fera gagner du temps.

— C'est vrai ? Cool.

Les deux garçons se regardèrent.

— Merci, Frank.

— Pas de problème. On est presque arrivés. On n'a qu'à monter en voiture maintenant, si vous voulez.

Il s'appelait Frank Blinckenstaff, d'Olympia. Prof de lycée, époux de Sharon, père de Marcus. Bien entendu, ils ne lui avaient pas demandé son nom, tout occupés qu'ils étaient de leurs petites personnes. Il allait juste leur rendre service… et se payer en retour.

— Le coffre est plein, annonça-t-il avec un large sourire. Mais il y a beaucoup de place à l'arrière.

Les garçons hésitèrent, haussèrent les épaules.

En fin de compte, Eckle quitta le ferry sous le regard du shérif adjoint chargé de surveiller chaque voiture, l'air d'un père de famille emmenant ses deux garçons en vacances.

Personne ne l'avait vu, se dit-il encore. Et c'était très bien comme ça.

Il déposa ses passagers et les oublia. Des fantômes, comme les élèves qui peuplaient ses classes. Incolores, inodores et sans saveur.

Sa passagère la plus importante allait bientôt se réveiller ; il ferait mieux de passer à l'étape suivante.

D'autant que nul ne le verrait, il serait juste Frank Blinckenstaff, d'Olympia. Il traversa le village affairé, suivit la route sinueuse jusqu'à l'entrée du parc. Quand il pensait à Fiona, il en avait les paumes tellement moites qu'il devait les essuyer sur son pantalon. Si proche, maintenant, presque à portée de main.

Il aurait pu dire au shérif adjoint à la sortie du ferry qu'elle avait encore quelques jours devant elle. Quelques jours pour manger, dormir et enseigner. Pour bien en profiter avant qu'il rembourse son mentor puis les envoie tous deux rejoindre les fantômes qui avaient traversé sa vie.

Quand tout serait fini, il pourrait devenir son propre maître, enfin.

À la vie, à la mort.

Souriant aux arbres verts et feuillus qui le cacheraient mieux que des rideaux aux yeux de tous, il s'engagea sur l'étroit chemin et sentit grandir son émoi, trembler ses membres.

Il aperçut la voiture garée devant le pittoresque chalet au milieu des pins. Sa propriétaire l'attendait, comme prévu.

Les fenêtres étaient ouvertes. On aérait pour lui. Des fleurs en pot ornaient l'entrée. Il allait devoir se souvenir de les arroser, pour le cas où elle passerait vérifier.

Alors qu'il stoppait la voiture, il la vit sortir.

— Madame Greene, bonjour !

— Meg, lui rappela-t-elle. Vous avez fait bon voyage ?

— Excellent, merci. Je suis tellement content d'être ici !

Il garda le sourire lorsque le chien vint à son tour l'accueillir.

— Avec Xena, nous vous avons bien nettoyé la maison.

— Oh ! il ne fallait pas. Je ne serai là que pour quelques jours. Sharon et Marcus vont adorer.

— Je l'espère. Nous vous avons laissé quelques aliments de base. Ne dites rien, ça fait partie du prix. Si vous voulez, je vais vous aider à décharger votre voiture. Xena ! Viens ici.

— Elle doit sentir mon matériel de pêche, dit Eckle en voyant la chienne renifler le coffre.

Sur le coup, il eut presque envie de lui balancer un coup de pied dans le ventre, d'étrangler sa maîtresse.

— Je rangerai tout plus tard. Là, j'ai envie de marcher pour me dégourdir les jambes.

— C'est vous qui voyez. J'ai laissé les clefs sur la table de la cuisine, ainsi qu'une liste des numéros dont vous pourriez avoir besoin. Dans le salon, il y a le livre des recommandations avec les publicités des restaurants de la région et les brochures des parcs alentour. Vous êtes certain de ne pas avoir besoin d'une femme de ménage ?

— Ça ira très bien comme ça.

Il allait la tuer si elle ne disparaissait pas immédiatement.

— Bon, si vous changez d'avis, ou si vous avez besoin de quoi que ce soit, n'hésitez pas à téléphoner.

Profitez bien de votre séjour et bonne chance pour écrire votre livre.

— Pardon ?

— Votre livre. Le guide de voyage que vous préparez.

— Oui, oui… Je pensais à autre chose. Pas bu assez de café, ce matin.

Il laissa échapper un semblant de rire.

— Merci.

— Bon, je vous laisse à votre promenade. Viens, Xena.

Il attendit, et, comme ses mains tremblaient, il les glissa dans ses poches tandis que la chienne suivait sa maîtresse en direction de la voiture. De nouveau, la truffe frémit en passant à proximité du coffre.

Je vais t'étriper vivante et t'enterrer à côté de ta salope de maîtresse.

Il leur adressa un dernier sourire, un petit signe de la main.

Et puis il respira, respira tandis qu'elle démarrait, descendait le chemin et disparaissait dans les arbres. *Au diable les salopes !*

Il lui fallut un certain temps pour s'installer. Fermer toutes les fenêtres, tirer les rideaux. Dans la grande chambre coquette, que sa bavarde de propriétaire lui avait soigneusement préparée, il couvrit le lit de plastique.

Puis il défit sa valise, rangeant tout dans l'armoire, dans la penderie, dans la salle de bains, content tout de même de trouver un confort sans comparaison avec celui des minuscules chambres de motels malodorantes.

Là, il se faisait plaisir.

Satisfait de ses préparatifs, il ressortit et resta quelques instants à regarder autour de lui, profitant de la tranquillité ambiante. Puis il ouvrit le coffre.

— On est arrivés, Kati ! Je vais te montrer ta chambre.

Frémissante, elle reprenait peu à peu conscience. Elle avait mal partout et ne comprenait rien, comme si elle flottait à la surface d'une rivière gelée parmi des plaques de glace qui lui égratignaient la peau. Des taches rouges et noires vibraient devant ses yeux à lui en donner la nausée. Comme le sang se remettait à circuler dans ses veines, elle entendit quelqu'un fredonner, et une soudaine brûlure dans le bras la fit tousser, mais elle n'en respira pas mieux pour autant.

Alors qu'elle commençait à se débattre en roulant des yeux pour tenter d'y voir clair, la chanson s'arrêta.

— Ça y est, on se réveille ? Tu n'as fait que dormir pendant ton bain. Crois-moi, tu en avais besoin. Tu avais fait sous toi et tu puais. Pas étonnant que cet imbécile de chien ait reniflé comme ça.

Elle essaya de distinguer le visage penché sur elle, mais, encore éblouie par la lumière, par ce regard, par ce sourire, elle se détourna.

— Je n'ai pas encore eu le temps de me présenter. Je suis Francis Eckle. Mais tu peux m'appeler TER II.

Saisie d'épouvante, elle commença par secouer la tête, comme si elle refusait cette révélation, mais ne put échapper au rictus cruel qui la dominait.

— Je suis un fidèle admirateur. Et je vais te donner une interview exclusive. Ce sera l'article de ta vie, Kati. Imagine. Tu vas tout savoir, connaître chacune de mes expériences, tout.

Il lui tapota la joue.

— Je sens venir le prix Pulitzer ! Bien sûr, il faudra payer pour ça, mais on en parlera plus tard. Je te laisse une minute, je dois me préparer.

Penché sur elle, il lui murmura à l'oreille

— Je vais te faire mal et me régaler. Songes-y.

Et toujours ce sourire.

— Tous ces projets m'ouvrent l'appétit. Je vais commencer par m'offrir un bon déjeuner. Tu as faim ? Non ?

S'esclaffant à sa propre plaisanterie, il la vit verser des larmes.

— À bientôt.

Cela faisait du bien de s'occuper normalement, de s'amuser un peu. Mieux encore, pensa Fiona, de se balader dans cette pépinière et de tomber sur des voisins. Elle n'en prit que davantage conscience de son isolement depuis une semaine, confinée dans la maison de Simon. Les sorties lui avaient manqué, les courses, les bavardages.

Aussi fut-elle heureuse de croiser des camarades du groupe de recherche devant un massif de lobélies.

— Hé, salut, Meg et Chuck !

Ses amis se retournèrent, les bras chargés d'œillets.

— Bonjour ! Oh, que c'est joli ! Simon, je parie que vous avez fabriqué des jardinières.

— Exact, confirma-t-il.

Par-dessus la tête des deux femmes, les deux hommes échangèrent un regard de martyrs.

— Vous allez planter d'autres massifs ? interrogea Fiona.

— Oui, comme je viens d'ouvrir mon chalet à un locataire, Chuck m'accompagne pour choisir des fleurs à ajouter au jardin.

— Ah, vous avez un locataire ? s'enquit Fiona en soulevant une lobélie.

— Oui, pour quinze jours. Il sera seul cette semaine, sa femme et son fils viendront le rejoindre la semaine prochaine. Le gosse a un concours de natation ou je ne sais quoi qu'il ne voulait pas manquer. Le père est prof, il écrit des articles pour le tourisme. Espérons qu'il en préparera un sur le chalet et sur Orcas. Ça ne ferait pas de mal.

Comme ils reprenaient leur balade dans les allées odorantes, Meg poursuivit son bavardage.

— Il est un peu bizarre. Il est passé il y a deux mois en demandant à voir le chalet. Il cherchait un endroit tranquille pour pouvoir écrire.

— Ça m'a l'air tout ce qu'il y a de normal.

— Il doit quand même adorer la solitude parce que ce matin il m'a quasiment jetée dehors, en refusant qu'on vienne faire son ménage. Je plains sa femme. Mais il a réglé en espèces et tout à la fois, ce qui va me payer plein de bacs pour mes fleurs.

— Comment sélectionnez-vous vos locataires ?

La question de Simon parut surprendre Meg.

— Oh ! il n'y a pas grand-chose à faire. La plupart des gens viennent pour une semaine ou deux, ou même un week-end en dehors de la saison. On prend un dépôt de garantie en espérant que tout se passera bien. Jusqu'ici, nous n'avons jamais eu de problème sérieux. Pourquoi ? Vous voulez acheter quelque chose à louer ?

— Non. On vous règle souvent en espèces ?

— Pas vraiment, mais ça arrive. Il y a des gens qui n'aiment pas communiquer leur numéro de carte bancaire.

— À quoi est-ce qu'il ressemble ?

Meg jeta un regard interrogateur à Fiona, qui s'était figée.

— Euh… Il… Oh mon Dieu Vous croyez que c'est… Seigneur, Simon, vous me faites peur Il… Bon, il doit avoir la quarantaine. J'ai pris son permis de conduire, parce qu'on demande des papiers, mais je ne me rappelle pas sa date de naissance. Il est rasé de près, le crâne chauve comme un œuf. Il s'exprime bien, il est aimable. Il a parlé de sa femme et a dit que son fils allait adorer cet endroit. Il a même demandé s'il pouvait accueillir un ami quelques jours.

— On est tous un peu nerveux, lui assura Fiona en lui caressant le bras.

— Vous voulez qu'on aille jeter un coup d'œil ? proposa Chuck.

— On ne va pas surveiller tous les gens qui louent une maison sur l'île, ni les campeurs ou les clients des hôtels, objecta Fiona. La police contrôle déjà les passagers du ferry.

Cela devait suffire. Elle attendit d'avoir regagné leur pick-up et démarré.

— J'avais oublié à quel point tu pouvais être inquiet, soupira-t-elle. Ne dis pas non, cette histoire nous poursuit à peu près depuis qu'on se connaît et nous fait constamment de l'ombre. Je n'arrête pas d'y penser tout en me disant d'arrêter, au point d'oublier parfois qu'elle pèse aussi sur toi.

Il resta silencieux pendant plus d'un kilomètre.

— Les flics, le FBI, tout me va. Ils font ce qu'ils ont à faire, mais personne ne t'atteindra à travers moi. Personne.

Cette fois, Fiona se tut et ne dit plus rien jusqu'à leur arrivée.

— Tu sais que je suis parfaitement capable de me protéger. Attends… tu le sais bien ! Alors quand je t'entends dire ça, sachant que tu es sincère, ça me donne l'impression de compter pour quelqu'un comme ça ne m'était plus arrivé depuis très, très longtemps.

Elle laissa échapper un soupir.

— Je vais planter ces jardinières et donner ma leçon du soir. En espérant de tout mon cœur qu'ils vont retrouver Kati Starr vivante et qu'on sera vite débarrassés de l'ombre qui plane sur nous. Pour nous retrouver enfin tous les deux.

— Avec plein de chiens.

Elle sourit.

— Oui.

Eckle sortit de la salle de bains après une bonne douche, en caleçon propre et tee-shirt. Sur le lit, Kati gémit derrière son bâillon, et son œil gauche gonflé, à moitié fermé, se tourna dans sa direction.

— Ça va mieux ! Je ne savais pas ce que ça me ferait de violer quelqu'un parce que je n'avais jamais accordé beaucoup d'importance au sexe. Mais j'ai aimé. Une expérience nouvelle, et toute expérience a son importance en soi. Avec un viol, on évacue ses tensions, on n'a plus besoin de se demander si on va plaire à la pute qui écarte les jambes devant vous.

Tirant une chaise, il s'assit à côté du lit.

— J'aime faire mal. Je l'ai toujours su, mais comme les lois l'interdisent, j'ai dû me cacher. Et ça ne m'a pas rendu heureux, Kati. Je faisais semblant et je menais une vie grisâtre. Jusqu'à Perry. Je lui dois beaucoup. Je lui ai promis Fiona et il l'aura. Mais tout le reste, toi, c'est à moi, maintenant.

Il tapota le petit magnétophone qu'il avait sorti du sac de Kati, le posa sur la table de nuit.

— Je vais le mettre en route et on va avoir une petite conversation. Tu vas me dire tout ce que tu sais, tout ce que ta source ou tes sources t'ont révélé. Si tu cries une seule fois, j'efface et je te casse les doigts. Il n'y a personne pour t'entendre, mais tu ne crieras pas, n'est-ce pas, Kati ?

En même temps, il se penchait vers ses mains liées dans le dos, lui prenait un petit doigt, le retournant jusqu'à ce qu'elle devienne blême.

— N'est-ce pas, Kati ?

Elle secoua la tête en se cambrant comme si cela pouvait l'aider à fuir la douleur.

— Bien. Ça va faire mal.

Brutalement, il lui arracha son bâillon, approuva d'un air satisfait en la voyant ravaler son hurlement.

— Très bien. Dis merci.

La respiration vibrante, la poitrine secouée de soubresauts, elle parvint à émettre un murmure à peine audible et s'humecta les lèvres.

— S'il vous plaît. De l'eau. S'il vous plaît !

— Ça ?

Il brandit une bouteille.

— Je parie que tu meurs de soif.

Il lui souleva la tête en la tirant par les cheveux, versa de l'eau dans sa bouche à l'en faire étouffer et susurra:

— Ça va mieux ? Qu'est-ce qu'on dit ?

Et elle dit merci.

30

Ils en savaient davantage qu'il ne l'aurait cru, mais pas plus qu'il ne le redoutait. Tawney et sa coéquipière s'étaient rendus à College Place bien que Kati n'ait pu confirmer s'ils étaient passés à son école ou à son appartement. Même après qu'il lui eut cassé deux doigts, elle ne sut indiquer l'endroit exact. Sa source ne lui avait pas fourni ce détail.

Pourtant, lui aurait juré qu'ils y étaient passés. Ils avaient fouillé ses affaires, la vie de celui qu'il avait été naguère. Quoique ça n'ait plus guère d'importance pour lui. Ces affaires ne lui appartenaient plus. Elles relevaient d'une autre vie, grisâtre.

Kati précisa aussi qu'ils surveillaient le ferry. Et que Fiona vivait maintenant chez son amant. Qu'elle n'était jamais seule.

Il avait réglé cette première complication et voyait déjà comment résoudre la seconde. La pièce maîtresse de cette nouvelle solution gisait en ce moment sur le plastique recouvrant le lit.

En repensant au courriel, il conclut que c'était bien un piège. Ils croyaient ainsi pouvoir le situer, le piéger, mais il était beaucoup trop malin pour eux.

Un court instant, il avait eu l'intention de balancer la journaliste dans son coffre, de reprendre le ferry pour l'emporter sur le continent ou sur une autre île. Mais ce serait renoncer à Fiona ; or une dette était une dette.

Sans compter que l'élève allait surpasser le maître en tuant Fiona, ce qui faisait partie de son legs. De son œuvre.

Mais il n'avait plus le temps de s'occuper de Kati, de lui consacrer deux ou trois jours supplémentaires, comme il l'avait espéré. Il n'avait plus de temps à consacrer à leur collaboration sur le livre.

Il allait devoir s'en attribuer la part du lion et s'y mettre plus tôt que prévu. En la regardant de nouveau, il s'avisa qu'au fond il n'avait plus grand-chose à tirer d'elle.

Mieux valait étudier à nouveau ses cartes, s'accorder quelques heures de sommeil et se préparer un bon petit déjeuner. Il voulait commencer avant l'aube.

En sortant, il se dit qu'il avait bien fait de lui casser les doigts de la main au lieu des orteils, car il ne tenait pas à la transporter sur son dos tout le long du chemin.

Simon ne mit pas de musique et préféra travailler sur la terrasse de l'atelier. Ainsi pourrait-il voir et entendre qui pouvait arriver ou partir.

Encore une chose qu'Eckle allait devoir lui payer : l'empêcher de se consacrer à son travail, de faire hurler sa musique.

Il avait pris la décision de continuer une semaine. Ensuite, quel que soit le planning de Fiona, il l'emmènerait quelque temps. Non négociable. Ils iraient voir ses parents à Spokane, ce qui lui permettrait de faire d'une pierre deux coups : chaque fois qu'il lui en parlait au téléphone ou dans ses courriels, sa mère se plaignait de ne pas connaître Fiona.

Il avait déjà choisi le prétexte : faire stériliser le chien. Fiona ne répétait-elle pas qu'il fallait le castrer ? Il lui rendrait ce service et elle ferait connaissance avec sa famille.

Désolé, mon pote. Jaws allait en avoir pour ses frais.

Après quoi ils partiraient tous, si Fiona y tenait, à Spokane. Il louerait une camionnette si nécessaire. Ils y passeraient le temps qu'il faudrait.

Si Tawney et Mantz ne parvenaient toujours pas à neutraliser Eckle pendant ce temps, ils ne méritaient pas leurs badges.

Un bruit de moteur attira son attention et il posa son pinceau en voyant le véhicule de police. Pourvu qu'ils apportent de bonnes nouvelles.

Fiona sortit de la maison.

— Davey, vous tombez à pic ! Mon dernier client vient de partir. Les prochains ne doivent pas arriver avant vingt minutes.

Les mains sur la poitrine pour mieux respirer, elle demanda :

— Elle est vivante ?

— On ne l'a pas encore retrouvée, Fee.

Elle s'assit là où elle se trouvait, sur l'escalier de la véranda, prit dans ses bras les chiens qui venaient l'entourer.

— Ils nous ont envoyé un portrait-robot, ce qu'ils ont pu tirer des deux témoins du motel. Je vous en apporte une copie.

Il le sortit de son dossier, le leur tendit.

— Ça ne lui ressemble pas, murmura-t-elle. Ou si peu… Les yeux, peut-être. Oui, les yeux.

— Là-dessus, les témoins n'étaient pas d'accord, on a dû faire un compromis.

— Son visage semble… plus large, et il paraît plus jeune sans barbe. Mais… la capuche le couvre beaucoup, non ?

— Le réceptionniste a été nul, à ce qu'on nous a dit. L'autre type a fait de son mieux, malheureusement, il a à peine vu Eckle. En revanche, nous avons comparé les empreintes laissées dans sa chambre avec celles de son appartement, elles concordaient. Il ne mord plus au courriel, du moins, pas pour le moment.

Il adressa un signe à Simon, qui arrivait.

— Ils ne pensent pas qu'il enverra quoi que ce soit maintenant, alors ils vont transmettre son nom et ce portrait-robot aux médias dès cet après-midi. On ne verra plus que lui à la télévision et sur Internet. Il y aura bien quelqu'un pour le reconnaître, Fee.

Sans un mot, Simon prit le portrait des mains de Fiona pour l'étudier.

— On va l'afficher sur les ferries et sur les quais, continua Davey. Le journal de Kati Starr offre deux cent cinquante mille dollars de récompense pour une information qui permettrait de la retrouver ou de mettre la main sur Eckle. Ça va lui sauter à la figure, Fee.

— Oui, je pense. J'espère seulement que ce sera assez rapide pour qu'elle soit sauvée.

Il la fit marcher. Même en allant vite et en la forçant à avaler des boissons protéinées, il leur fallut plus de trois heures. Elle tomba souvent, mais peu importait. Il voulait laisser une bonne trace. Quand il le fallait, il la traînait, et cela l'amusait plus encore. Il savait où aller et comment s'y rendre.

L'endroit idéal. Brillante trouvaille.

Quand ils s'arrêtèrent, elle était sale, avait le visage bleui par les coups, rouge du sang coulant de ses plaies. Il avait lavé ses vêtements avant de les lui remettre, mais ce n'étaient plus maintenant que des loques.

Elle ne pleura pas, ne se débattit pas quand il l'attacha à l'arbre. Sa tête tomba en avant et ses mains liées restèrent flasques devant elle.

Il dut la gifler à plusieurs reprises pour la faire revenir à elle.

— Je dois te laisser ici un petit moment. Je vais revenir, ne t'inquiète pas. Tu pourrais mourir de déshydratation, de froid ou d'infection.

Il haussa les épaules en signe d'impuissance.

— J'espère que non, parce que je tiens à te tuer de mes mains. Mais après Fiona. L'une pour Perry, l'autre pour moi. Putain, tu empestes, Kati ! Enfin, c'est ton problème. Et quand tout sera terminé j'écrirai ton bouquin et l'enverrai sous ton nom. Tu recevras le prix Pulitzer à titre posthume. C'est gagné d'avance. Allez, à bientôt.

Il avala une pilule. Il avait besoin de se stimuler, lui aussi, et partit à petite foulée. Sans ce poids mort pour le ralentir, il ne mettrait guère plus d'une heure et demie pour retourner sur ses pas. Il serait de retour au chalet à l'aube.

Une masse de travail l'attendait avant de pouvoir revenir.

Simon vit Fiona se rendre au cours suivant en traînant les pieds et il décida que ça suffisait. Quand il eut terminé ce qu'il avait à faire, il attendit le départ de la dernière voiture et la regarda rentrer dans la maison.

Il la trouva à la cuisine passant une canette glacée sur son front.

— Il fait chaud, aujourd'hui, murmura-t-elle en ouvrant la canette.

— Va prendre une douche, rafraîchis-toi. Tu as tout le temps. Sylvia va se charger de tes deux dernières leçons.

— Quoi ? Pourquoi ?

— Parce que tu as une mine de déterrée et que tu dois te sentir encore plus mal que tu n'en as l'air. Tu n'as pour ainsi dire pas dormi cette nuit, je le sais parce que j'essayais de trouver le sommeil à côté de toi. Tu n'arrêtais pas de te retourner dans tous les sens. Alors prends une douche, fais la sieste. Broie du noir s'il le faut, tant que je ne suis pas dans les parages. Je vais nous commander à dîner dans deux heures.

— Attends ! lâcha-t-elle en reposant sa canette d'un geste ferme. Ce sont mes cours, c'est mon boulot, c'est moi qui décide. Tu n'as pas à prendre ce genre d'initiative ni à m'envoyer faire la sieste. Ce n'est pas ton problème.

— Tu crois que ça m'amuse ? Tu crois que j'ai envie de m'occuper de toi ?

— Personne ne t'a demandé de t'occuper de moi.

Il l'attrapa par le bras, l'entraîna hors de la cuisine.

— Si tu ne me lâches pas tout de suite, menaça-t-elle, je te flanque par terre.

— Essaie voir.

L'entraînant vers le cabinet de toilette, il la planta devant la glace.

— Regarde-toi. Tu ne pourrais pas renverser un bébé. Alors, tu peux bouder tant que tu veux, je ne te lâcherai pas. Je suis plus grand et plus fort que toi, et plus méchant.

— Pardon de ne pas paraître en forme et merci d'insister lourdement en me montrant ma tête de déterrée.

— Je me fiche de ce que tu penses.

— C'est nouveau, ça ! Occupe-toi de ton boulot, je m'occupe du mien ! Promis, dès que j'ai terminé, je m'installe dans ta sinistre chambre d'amis pour ne plus déranger monsieur dans son sommeil.

Il la sentait au bord des larmes mais ne recula pas pour autant.

— Si tu donnes ton prochain cours, je viendrai faire un tel scandale que tu perdras tous tes clients.

— Tu te prends pour qui ? lança-t-elle en le repoussant avec une force inattendue. C'est quoi, ces ultimatums, ces menaces, ce chantage ?

— Je me prends pour celui qui t'aime, bon sang !

— Pas de ce baratin avec moi.

— C'est tout ce que j'ai.

Là, il se sentit un peu idiot. Il s'y était pris comme un manche. Ce n'était pas avec ce genre d'argument qu'il pourrait la convaincre.

— Je ne supporte pas de te voir dans cet état, ajouta-t-il avec franchise. Tu as besoin d'une pause. Je t'en prie !

— Tu ne me priais pas, tout à l'heure.

— D'accord. Maintenant, si.

— J'ai une tête de rat mort, soupira-t-elle.

— C'est bien vrai.

— Ça ne veut pas dire que je ne peux pas assurer mon travail ni que tu doives appeler l'équipe de réserve sans me demander mon avis.

— On va passer un marché.

— Ah oui ? Quoi donc ?

— Tu fais cette pause, Mai opère Jaws.

Heureusement qu'il avait cet atout en réserve.

— Oh, tu es dingue ? Ça ne va pas ? C'est lamentable… de te servir comme ça de mon sens des responsabilités vis-à-vis d'un chiot.

— Deux heures de sommeil pour toi, une vie entière sans connaître les joies du sexe pour lui. Tu y gagnes.

Elle le bouscula, sortit dans le couloir, se retourna, l'œil accusateur, alors qu'il s'était adossé à l'embrasure de la porte.

— De toute façon, tu vas le faire !

— Peut-être que oui, peut-être que non. J'ai un peu envie de lui présenter d'abord quelques femelles en chaleur. Ce petit mec a droit aux souvenirs, lui aussi.

— Tu te fiches de moi.

Comme il ne répondait pas, elle finit par laisser tomber :

— Bon ça va, flûte ! Appelle Mai immédiatement pour prendre rendez-vous.

— Ah non ! C'est toi qui t'en charges.

— Bon, mais tu ne recules plus.

— Quoi ? Tu veux que je le jure sur ses testicules ? J'ai promis. Alors maintenant, va prendre ta douche.

— Dès que j'aurai appelé Mai… et présenté à Sylvia le programme des cours de ce soir.

— Entendu. Tiens, la voilà. Meg est avec elle.

— Ah bon ?

Fiona sortit accueillir sa belle-mère.

— Bonjour, excuse-moi de te déranger et merci d'être venue.

— Tu n'as pas à t'excuser et merci de rien. De toute façon, je ne travaillais pas, cet après-midi. Avec Meg, on fait un échange de plantes. Je suis submergée de dahlias et elle a trop d'échinacées pourpres.

— Alors j'ai suivi le mouvement, ajouta Meg d'un ton trop enjoué. Ça vous fait deux entraîneurs pour le prix d'un.

— Et Simon a raison, ma belle. Tu as l'air fatiguée.

— C'est ce qu'il m'a dit sans prendre autant de gants, marmonna Fiona en le fusillant du regard. Entrez, je vais vous parler du déroulement prévu pour les prochaines leçons autour d'un thé glacé.

— Parfait, dit Sylvia.

Elle monta sur la véranda et se mit sur la pointe des pieds pour embrasser Simon sur la joue.

— Bien joué !

Il en profita pour décocher un sourire narquois à Fiona.

— Ne l'encourage pas ! protesta celle-ci.

Tout en gagnant la cuisine, elle leur expliqua ce que les clients attendaient d'elles. Sylvia finit par poser la seule question qui la tourmentait :

— Il y a des chiens qui mordent parmi tous ces petits chéris ?

— Non. Ils ont entre trois et six mois. Il faut surtout retenir leur attention, les empêcher de se dissiper. Mais ils sont plutôt mignons… Meg ?

Fiona s'interrompit en voyant le visage décomposé de son amie.

— Qu'est-ce qu'il y a ?

— C'est lui ! dit celle-ci en désignant le papier posé sur le plan de travail. Le type qui a loué notre chalet.

Fiona serrait tellement fort son verre qu'elle le posa lentement de peur de le voir éclater dans sa main.

— Vous êtes sûre, Meg ? Vous en êtes certaine ?

— C'est lui. Ce n'est pas une représentation parfaite, mais c'est lui. Les yeux, la forme du visage. Je sais que c'est lui. Il s'agit d'un portrait-robot, non ? Oh, mon Dieu !

— Ça vient de la police ? demanda Sylvia d'une voix si calme qu'elle en devenait lugubre. Un de leurs dessinateurs a fait ce croquis approximatif d'Eckle en ce moment ? Fee !

— Oui, oui ! Davey nous l'a apporté tout à l'heure. Tawney l'avait envoyé au shérif.

— Meg, va chercher Simon. Allez, vite ! Fee, appelle l'agent Tawney. Je me charge du shérif.

Mais, avant de téléphoner au FBI, Fiona monta chercher son pistolet.

En descendant, elle avait retrouvé son calme et ne releva pas l'air affolé de sa belle-mère lorsque celle-ci la vit armée.

— Le shérif arrive.

— Le FBI aussi. Ils échangent leurs données en route. Tout va bien.

Fiona posa une main sur l'épaule de Meg, effondrée devant le plan de travail.

— J'étais seule avec lui dans le chalet, souffla-t-elle. Je le lui avais déjà fait visiter au début du printemps. Et hier… Oh, Seigneur ! Cette pauvre femme était dans le coffre pendant que moi je bavardais avec lui. C'est pour ça que Xena n'arrêtait pas de le renifler. J'aurais dû me douter…

— Pourquoi ? Comment ? demanda Fiona. Réjouissons-nous que vous soyez saine et sauve ! En plus, vous êtes là et vous avez reconnu ce portrait.

— Dire que je lui ai serré la main… Ça me donne l'impression… Mon Dieu ! Il faut que j'appelle Chuck !

— C'est fait, dit Sylvia en lui massant les épaules. Il arrive.

— Vous avez peut-être sauvé la vie de cette journaliste, reprit Fiona. Et aussi la mienne. Pensez-y… Simon !

Elle sortit de la cuisine pour le retrouver dans le salon et dit à voix basse :

— Je sais ce que tu as en tête. Ça se voit. Tu as envie d'aller le cueillir dans ce chalet pour le frapper.

— Je dois avouer que j'y ai pensé, mais je ne suis pas si bête. Pas question de lui donner la moindre chance de m'échapper. Je sais patienter.

— Il n'a aucune chance, ce n'est pas Perry. Il fallait être complètement idiot pour venir ici, pour y amener cette fille. Parce que c'est sûrement ce qu'il a fait.

— Ouais, n'empêche que s'il s'en sort, si on ne retrouve que le cadavre de cette fille éparpillé en morceaux dans ton jardin ? Perry se contentait de tuer. Eckle rêve de devenir quelqu'un.

— Il ne s'en tirera jamais.

Néanmoins, Fiona se frottait les bras, comme si elle avait froid, en regardant par la fenêtre.

— Il ne pourra pas quitter l'île, continua-t-elle. Mais ça fait deux jours qu'il la tient. Elle est sans doute morte.

— S'il reste la moindre chance, ce sera grâce à toi.

— Moi ?

— Tu sais très bien qu'il l'a amenée ici pour te déstabiliser, pour te faire mal, quitte à y rester coincé. Il t'a sans doute fait du mal, mais il ne t'a pas déstabilisée.

— Je suis contente que tu restes près de moi.

— C'est ma maison, tu restes près de moi.

Elle ne s'en serait pas crue capable, mais il était parvenu à la faire rire. Il la prit dans ses bras et la serra jusqu'à ce que la voiture de police vienne se garer devant la maison.

Lorsque Fiona sortit pour les accueillir, le shérif McMahon ne perdit pas de temps.

— On a fait bloquer la route qui mène au chalet. Davey a pu s'en approcher pour observer les lieux à la jumelle. La voiture est là, toutes les fenêtres sont fermées, les rideaux tirés.

— Il est à l'intérieur. Avec elle.

— On dirait. Les fédéraux arrivent en hélicoptère et j'ai demandé des renforts. Ben Tyson débarque de San Juan avec deux de ses adjoints. Le FBI ne veut pas qu'on investisse les lieux, mais j'ai l'intention de discuter là-dessus. Simon, vous nous aideriez beaucoup en nous laissant installer notre base ici.

— Ça va de soi.

— Merci. Je dois parler avec Meg et rester en contact avec Davey et Matt. Ils surveillent le chalet.

Fiona sentait les minutes s'écouler lentement, poisseuses comme du sirop. Pas un mouvement, annonçaient sans cesse les adjoints. Chaque fois, elle imaginait ce qui pouvait se passer à l'intérieur, derrière ces fenêtres closes.

— L'ennui, c'est que nous ne sommes pas assez nombreux, soupirait McMahon en se grattant le crâne, et Matt manque sacrément d'expérience. On peut continuer à surveiller les lieux, mais les fédéraux ont raison : je ne peux pas garantir que notre homme ne s'enfuira pas si on attaque. Ça ne me plaît pas, je vous jure, mais je suis obligé d'attendre. Au moins l'arrivée de Tyson.

— J'ai un fusil, annonça Chuck, sans lâcher sa femme collée contre lui. On pourrait rassembler en dix minutes cinq ou six hommes prêts à en découdre.

— Surtout pas de civils, Chuck. Je ne tiens pas à annoncer ce soir à une épouse qu'elle est veuve. Il a tué ses victimes là où il les a enterrées, donc, on a une chance que celle-ci soit encore vivante, et on va la sortir de là.

Son téléphone sonna, et il sortit.

— Il doit la garder là-haut, non ? dit Fiona en montrant le plan du chalet sur son site Web. Dans une des chambres. Sûrement pas en bas, au cas où quelqu'un entrerait, mais dans un endroit qu'il peut fermer à clef. Ça veut dire que la police devra non seulement pénétrer dans la maison mais aussi grimper l'escalier… s'il est toujours là avec elle.

Elle s'efforçait de considérer la chose d'un œil professionnel, en appliquant au sujet les habituelles analyses comportementales.

— La chambre principale comporte un balcon, ça m'étonnerait qu'il la garde là. Il en aura choisi une plus petite, plus difficile d'accès. Cela dit, la police pourrait gagner l'étage par ce balcon, se faufiler par là et…

Elle s'interrompit à l'entrée de McMahon.

— L'hélico vient d'atterrir. Ils sont en route. Et Tyson aussi. Je vais aller à leur rencontre. Vous autres, restez ici. Je reprendrai contact dès que possible.

De son perchoir, dans les arbres de la colline donnant sur la maison de Simon, Eckle observait le shérif avec ses jumelles. La troisième fois qu'il le vit faire les cent pas, un téléphone à l'oreille, il comprit que c'était pour lui.

Bizarre, pourtant : en principe, sa réponse au courriel n'était programmée pour partir que dans deux heures. Quelque chose avait dû clocher.

Au fond, peu importait. Il fallait bien que la suite se produise à un moment ou un autre. Il repéra même le ronflement lointain d'un hélicoptère.

Ils sont tous là, se dit-il. Ses chances de leur échapper, de vivre dans la clandestinité assez longtemps pour pouvoir rédiger l'article, écrire le livre, diminuaient de façon spectaculaire.

Il allait sans aucun doute mourir sur l'île de Fiona.

Là aussi, peu importait. Si la naguère jolie Kati n'était pas déjà morte, ce serait le cas avant qu'ils la trouvent. Ainsi aurait-il gagné sur ce point.

Et, pendant qu'ils continueraient de la chercher, lui trouverait Fiona et accomplirait la tâche que son professeur n'avait jamais réussi à mener à son terme.

Ils pénétrèrent dans le chalet comme elle l'avait imaginé, rapidement, en silence, couvrant chaque porte et chaque fenêtre. Tandis qu'une unité ouvrait la première porte du chalet, une autre enfonçait la deuxième.

Tawney se glissa dans la petite chambre à la suite de ses hommes. Il n'eut pas besoin d'entendre « Rien à signaler » pour comprendre qu'Eckle était parti en emmenant Kati Starr.

— Il suit désormais son propre plan. Il a tourné le dos à Perry.

— Le coffre de la voiture est vide, annonça Mantz, légèrement essoufflée. Il l'a transportée dedans. Il y a encore une doublure de plastique et des taches de sang. Mon Dieu !

Elle venait de voir le lit, également tapissé de plastique et maculé de taches.

— Il nous a laissé tous les indices du monde.

Tawney se demandait bien pourquoi.

Fiona se posa la même question lorsque son groupe de recherche se présenta au chalet. Elle suivit la théorie selon laquelle il comptait revenir, tout nettoyer et emporter les habits qu'il avait laissés, après qu'il aurait tué et enterré Kati Starr.

Elle ne discuta pas. Son groupe avait une mission : trouver la journaliste.

— On va travailler par équipes, expliqua-t-elle. Personne n'y va seul. Meg et Chuck, équipe numéro un ; James et Lori, deux ; Simon et moi, équipe numéro trois. Deux personnes, deux chiens par équipe.

» Méfiance, ça grouillera partout de policiers armés et d'agents fédéraux. Vous resterez en contact permanent avec Mai et l'agent Tawney qui tiennent la base. On a à peu près trois heures avant le coucher du soleil. Il risque fort d'y avoir un orage avant la tombée de la nuit. Si on ne la trouve pas avant, on arrête jusqu'à l'aube. Tout le monde à la base dès que le jour baisse. Inutile de risquer nos vies ou celles de nos chiens.

Elle désigna Tawney du regard.

— Nous savons tous ce que l'agent Tawney nous a rappelé : Francis Eckle est un tueur. Il peut être armé, il est en tout cas dangereux. Si l'un d'entre vous veut se retirer de cette intervention, cela ne portera pas atteinte à son honneur ni à celui du groupe. Avertissez Mai et elle se réorganisera.

Cette dernière vint alors prendre la parole.

— Je n'aime pas trop que tu partes dans la nature, Fee. Tu es sa cible. Il t'a déjà visée et il saisira la première occasion…

— Il n'en aura pas.

— Vous ne pouvez pas la convaincre de rester ici, à la base ? demanda-t-elle à Simon. Je prendrais Newman et j'irais avec vous et Peck.

— Vous savez bien que ce n'est même pas la peine d'essayer. Demandez à Tawney. Mais Fiona a raison, il n'a aucune chance.

Jurant entre ses dents, la jeune vétérinaire étreignit Fiona.

— S'il t'arrive quoi que ce soit, n'importe quoi, je te botterai les fesses.

— Rien qu'à cause de ça, je ferai encore plus attention. Allez, on y va !

Après un signe aux chiens, Fiona partit rejoindre son secteur.

— Tu ne dois pas leur faire sentir un habit ? demanda Simon.

— Pas encore. Suis-moi. Je vais t'expliquer.

Lorsqu'elle jugea la distance suffisante, elle ouvrit sa besace.

— On a quatre personnes expérimentées et leurs chiens sur la piste de Kati Starr… sans compter les flics et le FBI. Ils la trouveront, ou pas… Nous, nous n'allons pas la chercher. C'est lui qui nous intéresse.

— Ça me va très bien.

Elle poussa un soupir.

— Tant mieux. Voilà, cette chaussette d'homme n'a pas été lavée. Même moi, j'y sens son odeur.

Elle la fit renifler par les deux chiens.

— C'est Eckle. Voilà Eckle. On cherche Eckle. Cherchez !

La truffe en l'air, les animaux partirent en humant l'atmosphère. Fiona et Simon les suivirent.

31

Durant les trois cents premiers mètres, Simon eut l'impression que les chiens se consultaient. Les oreilles dressées, remuant la queue, ils communiquaient sans cesser de renifler. Sous les grands arbres, la température avait diminué et ils marchaient sur un tapis d'aiguilles pour rejoindre les clairières ensoleillées où s'étalaient herbes et rochers.

— S'il l'a emmenée par ce chemin, supputait Simon, pourquoi ne pas avoir pris la voiture pour la garder dans le coffre jusqu'à ce qu'il trouve l'endroit idéal ? Pourquoi la voiture est restée là-bas, pourquoi le chalet est-il vide ?

— Parce qu'il ne l'a pas emmenée par ce chemin. En tout cas, je n'en vois pas la moindre trace.

Fiona promenait le faisceau de sa torche sur le sol, sur les buissons et les branches.

— Il n'a pris aucune précaution, il a laissé des traces. Mais je n'en vois aucune qui se rapporte à elle. Ça ne tient pas debout. Pourtant, je suis persuadée qu'on suit sa route. Celle qu'il a suivie tout seul.

— Il a pu voir les flics ou s'est douté de leur présence, et il aura compris. Ça pourrait expliquer pourquoi il a tout planté là.

— Il se sera enfui, affolé. Il nous est arrivé, une ou deux fois, de rechercher des personnes qui ne voulaient pas être retrouvées. Un couple d'amants adolescents, un type qui avait poignardé sa femme au cours d'une dispute en plein camping. Les ados avaient prévu leur fuite et couvert leurs traces, tandis que l'homme s'était juste enfui, il a été plus facile de le retrouver. Je me demande dans quelle catégorie on pourrait classer Eckle. Il faut que je vérifie avec Mai.

Simon la regarda allumer sa radio.

— Tu sais au moins ce que tu vas lui dire ?

— On est toujours dans notre secteur, donc, je vais lui dire la vérité… pas toute la vérité, voilà. Quelque part, j'ai l'impression que je devrais la tenir au courant, et aussi l'agent Tawney, au moins le shérif. Je devrais demander à Meg d'avertir le shérif Tyson. Il faudrait mettre deux shérifs adjoints sur cette piste.

— Tu peux toujours essayer et perdre du temps à discuter avec eux quand ils te diront de retourner à la base.

Ce qui n'était pas forcément une mauvaise idée, se dit Simon.

— Est-ce que l'un d'entre eux, Davey, McMahon ou Tyson, sait s'y prendre avec les chiens ? demanda-t-il.

— Peut-être Davey. Mais je n'en suis pas certaine. À vrai dire, il n'a pas beaucoup plus d'entraînement que toi, et ça ne suffit pas s'il n'a pas un chercheur expérimenté à son côté. Je sais percevoir les signaux de mes chiens. Je ne pourrais le garantir pour aucun de ces trois-là.

— C'est donc non.

Fiona appela, indiqua sa position.

— J'ai trouvé des traces, dit-elle à Mai, et les chiens ont une bonne piste.

— Tawney veut savoir si vous avez repéré une marque de sang ou des signes de lutte.

— Non, rien de tout ça.

— James et Lori ont trouvé du sang et d'importantes traces de chute d'un corps qui aurait été traîné. Leurs chiens ont marqué de multiples alertes. Je suis en train de resserrer les secteurs.

— Je préférerais suivre la piste que j'ai ici. Je ne voudrais pas déconcerter les chiens.

— Compris, mais… attends. Ne bouge pas.

— Je leur ai indiqué Eckle et ils ont repéré sa piste, souffla-t-elle à Simon. Elle doit être plus fraîche que celle suivie par James et Lori. Je ne veux pas mentir à Mai ni aux autres. Notre groupe est basé sur la confiance.

— Alors dis-lui tout, discute.

Alors qu'elle hochait la tête, la radio grésilla.

— À toutes les équipes, l'agent Tawney vient de nous informer qu'Eckle a expédié un courriel décalé depuis l'ordinateur de Kati Starr. Ils estiment qu'il voulait se signaler ainsi, afin que les autorités trouvent le chalet. Fee, tu dois revenir immédiatement. Ils ont peur que ce soit un leurre pour t'attirer là-bas.

— Je suis sur sa piste, c'est lui qu'on suit. Eckle, pas Kati.

— Fee…

— Les chiens donnent l'alerte, Mai, et je ne reviens pas tant que le reste de mon groupe est en intervention. Je garde le contact, mais il me faut une minute pour réfléchir un peu.

Elle fixa sa radio à sa ceinture, baissa le volume.

— J'ai besoin d'y voir un peu plus clair.

— Je suis là, rétorqua Simon. Alors parle de nous au pluriel, tu veux ? Où est-ce qu'on retrouve le secteur de James et Lori ?

— Une minute, dit-elle en sortant sa carte. Là, regarde, à l'est. Plein d'endroits hors pistes ou sur des propriétés privées. Mais s'ils ont repéré une odeur et trouvé du sang, c'est qu'il a dû passer par là.

— Alors ce devait être de nuit. Il ne pouvait se déplacer ainsi qu'en pleine obscurité, pour ne pas être vu.

— Bon, mais nous, on est là. À l'ouest. En fait, il a fini par virer plein ouest, ça indique qu'il s'est affolé, comme s'il cherchait à mettre la plus grande distance possible entre lui et l'endroit où il a emmené Kati Starr. Mais…

— Élément nouveau, insista Simon. S'il a envoyé le courriel pour attirer les flics dans une direction et toi dans une autre, où va-t-il ? Il croit que tu vas suivre la piste de Kati Starr, pas la sienne. S'il a voulu t'attirer dans un piège, ce n'est pas ici.

— Tu crois qu'elle sert d'appât…, souffla Fiona. Il l'a amenée ici, dans mon île, il a même utilisé le chalet d'une amie. Bon sang, c'est vrai qu'elle sert d'appât ! Il l'a traînée pour laisser des traces de sang parce qu'il voulait nous faire venir, ou plutôt moi, là où elle se trouve. Sauf qu'il n'était pas certain que ce serait moi qui la découvrirais.

— Il doit se cacher dans un endroit d'où il peut tout surveiller. Si c'est toi qui la découvres, il t'enlève ou te tue sur place. Sinon, il va se rapprocher lui-même de toi, pour agir dans la foulée.

— Mais… Attends, je vois ! Il n'a pas besoin de m'enlever, de tout disperser. Il lui suffit de me tuer, je reviens à Perry, à titre de paiement.

Les yeux dans le vague, elle ajouta :

— Il faut faire boire les chiens.

Simon s'accroupit à côté d'elle pour remplir le bol.

— Fiona, pas besoin d'être flic ou psy pour comprendre que ce type a pété un câble. À partir du moment où il a dérapé, dévié du programme de Perry, changé ses méthodes, ses critères, pour suivre sa propre idée, il a coulé.

— Oui.

— Kati Starr avait des informations, parfois publiées, parfois à confirmer. Il doit savoir que la police a son nom, son portrait, tout, et même que Perry l'a donné.

— Oui. D'autant que Kati Starr lui aura raconté absolument tout ce qu'il voulait savoir s'il lui a promis la vie sauve en échange. Il n'a peut-être même pas eu besoin de le lui demander. Il avait son ordinateur, son téléphone. Il savait que le FBI était sur l'affaire.

— Où ira-t-il, Fiona ? Quand il aura payé sa dette à Perry, où ira-t-il ? Comment va-t-il quitter l'île ? En volant un bateau ? une voiture ? Comment pense-t-il échapper à toutes les recherches pour y parvenir ? Va savoir. Même s'il réussit, comment compte-t-il passer inaperçu devant les flics qui surveillent les ferries et tous les bateaux qui quittent l'île ?

— Il n'y compte pas, dit-elle en essuyant le bol. En fait, il n'a jamais cédé à la panique. Peut-être en avril, quand il a loué le chalet en espérant m'atteindre, s'occuper de moi et filer aussitôt. Mais tout a changé à partir du moment où il a enlevé Kati Starr, où il l'a amenée ici en sachant que je serais partie voir Perry, où il a lu cet article. Ça aboutit toujours à moi, d'une façon ou d'une autre. Il compte peut-être tuer les chiens, et toi, et tout ce qu'il pourra. Mais il sait que ça se terminera par moi.

— L'apothéose, quoi !

— Il vivait dans l'ombre et voilà qu'il goûte à la gloire. C'est Kati Starr qui la lui a donnée, alors il l'y a associée.

Elle refit sentir la chaussette aux chiens.

— C'est Eckle. Cherchez Eckle !

Comme ils repartaient, Simon lui demanda sa radio, qu'il fixa à sa propre ceinture.

— Laisse-moi m'en occuper. Toi, tu te concentres sur les chiens.

Il a raison, se dit Fiona. Il n'y avait pas une seule vie en jeu mais plusieurs. Que Kati Starr soit vivante ou morte, cela dépendait des caprices d'Eckle. Son groupe, ses amis pouvaient eux aussi en dépendre, comme Greg de ceux de Perry. Mais, s'avisa-t-elle soudain, aux yeux d'Eckle, rien n'avait vraiment tourné autour d'elle. Malgré les menaces, les intimidations. Elle n'était jamais qu'une dette et, avec son sens tordu de l'honneur, il estimait devoir la régler avant de renoncer à l'immonde vie nouvelle que lui avait donnée Perry.

— Il a viré plein est, observa-t-elle. S'il garde cette direction, il va traverser le secteur de James. Il faut que…

— Je m'en charge. Tu as raté ça.

D'un ruban, il marqua une enveloppe de bonbon jetée à terre.

— Ne te laisse pas distraire, attention.

Simon avait raison. Fiona marqua une pause, ferma les yeux pour mieux écouter, entendre et sentir.

Orcas était une petite île offrant beaucoup de terrain sauvage mais des surfaces limitées. Si Eckle avait l'intention de lui tendre un piège, il allait devoir se cacher dans un lieu stratégique.

— Son chemin a bien dû croiser quelque part celui qu'il a pris avec Kati Starr, ou le suivre en parallèle, mais si on le croise dans cette direction…

Elle avait la topographie en tête, cependant, elle dut reprendre la carte qu'elle gardait dans sa besace pour l'étudier à nouveau. Ne rien laisser au hasard.

— Perry se trouvait sur une hauteur quand il a tué Greg…

Par-dessus l'épaule de Fiona, Simon consultait la carte, repérant les pistes, les directions.

— Perry s'est fait prendre, jeter en prison, dit-il. Je ne crois pas qu'Eckle envisage d'aller en prison. Et Tawney l'a compris.

— Il a quelque chose à faire avant. Il s'est déplacé en arc de cercle, une belle courbe partie d'abord vers l'ouest pour revenir vers l'est. Il a commencé par s'éloigner de Kati Starr puis est revenu vers elle ou plutôt dans sa direction, assez près pour la voir. Il a peut-être même entendu les chiens, les radios quand elles se sont rapprochées. Et, dans cette direction, il va bientôt tomber sur des maisons. La ferme de Gary et Sue.

— Je n'ai pas ton sens de l'orientation, mais ta maison se trouve devant cette ferme. On en est loin ?

— Ma..., articula-t-elle, la gorge serrée. Ma maison. C'est vrai, tu l'avais déjà dit. Mon propre jardin. Il a arraché toutes ces filles, même Kati Starr, à leur maison, à leur université, aux endroits qu'elles aimaient fréquenter, à leur lieu de travail. Il n'a jamais changé d'habitude.

Soudain prise d'effroi, elle saisit la main de Simon.

— Pas seulement mon île, mais ma maison. Ma maison vide, puisque je suis ici, partie à sa recherche. À moins qu'il sache que j'habite chez toi. De toute façon, il peut se cacher dans les bois.

— Et s'il pouvait te séquestrer à l'intérieur de ta propre maison, y jouer son dernier acte... On est loin, Fiona ?

— À peu près à huit cents mètres, un peu moins. Ça dépend de l'endroit où il se sera caché.

Elle scrutait la pénombre gris et vert.

— Le vent se lève, ça va jouer sur le cône des odeurs. On va traverser le secteur de James et Lori si on poursuit plein est. Il faut s'arranger pour que les chiens demeurent sous les arbres, même si la piste débouche sur un espace dégagé. Ils doivent rester calmes. Et quand on aura pris contact avec la base, on devra éteindre la radio.

Il faillit lui dire de s'arrêter là, mais il savait qu'elle refuserait. Au moins pouvait-il proposer de la garder près de lui, après avoir transmis à Tawney leurs conclusions sur la position d'Eckle. Là aussi, il connaissait la réponse mais tenta le coup.

— On ne bouge plus. Je leur dis de transmettre l'information à Tawney.

— Et si Eckle change de direction ? On ne peut pas leur annoncer où il va si on n'en est pas sûrs. Ce n'est qu'une théorie.

— C'est bien ce que je pensais. Sors ton arme et garde-la désormais à la main.

Il ouvrit la radio.

— Mai, passez-nous Tawney.

— Ils donnent encore l'alerte, dit Fiona en signalant les chiens.

Elle alla planter un ruban près des deux labradors.

— Il veut te parler, dit Simon en lui passant la radio.

— Ici Fee. À vous.

— Fiona, écoutez-moi. Restez où vous êtes. Nous avons triangulé votre itinéraire avec les deux autres équipes de recherche. Nous pensons qu'il est sur votre propriété, ou à proximité. Nous envoyons une unité chez vous et vous expédions des agents. Bien reçu ?

— Bien reçu, agent Tawney. Est-ce qu'un seul de vos hommes connaît la région, suit des chiens qui donnent des alertes de plus en plus fortes ? Nous sommes en train de traverser le secteur de l'équipe numéro un. Je vois un de leurs rubans de signalisation.

On approche, pensa-t-elle, le cœur battant.

— Il est passé par là, lui aussi, continua-t-elle. Il a croisé l'espace où il a emmené Kati Starr. James et Lori pourraient... il pourrait les tuer. Simon et moi approchons de ce qui semble former son angle mort. Envoyez la cavalerie, je vous en prie, nous, on suit les chiens et je dois éteindre la radio. Inutile de risquer qu'il nous entende.

Elle la rendit à Simon.

— James ne voudra jamais rester en arrière, reprit-elle. Il pourrait convaincre Lori de l'attendre, mais lui continuera tant qu'il restera une chance de retrouver Kati Starr vivante. Moi non plus, je ne resterais pas les mains dans les poches alors qu'une personne de mon entourage pourrait se faire tuer à cause d'une vengeance contre moi.

— On ne te dit pas le contraire.

Elle n'en avait pas moins repéré une légère irritation dans sa voix.

— Il faut tenir les chiens en laisse et les garder près de nous, au calme.

Un coup de tonnerre attira son regard vers le ciel.

— La lumière va vite baisser, maintenant, d'autant que la nuit tombera bientôt. Le vent offre une bonne couverture, la pluie encore plus. Malheureusement, tous deux dégradent les odeurs. On n'aura bientôt plus que notre instinct pour nous guider.

— Tu vas te placer derrière moi. C'est mon instinct qui parle, je te demande de le respecter.

— C'est moi qui porte l'arme.

— Exact, dit-il en l'embrassant brièvement. Et c'est moi qui compte sur toi pour l'utiliser en cas de besoin.

Ils continuèrent en silence dans une atmosphère de plus en plus froide. Si le vent pouvait les couvrir, il étouffait aussi les bruits, si bien que Fiona sursautait chaque fois qu'elle apercevait quelque chose de nouveau.

Ils ne communiquaient plus qu'avec les mains.

Arrivée au bord de la clairière où Simon avait trouvé le tronc, elle vit le jeune arbre qu'il y avait planté sans le lui dire. Cela apaisa quelque peu son angoisse.

Du bout des doigts, Fiona caressa la main de Simon.

Elle repéra un autre ruban, retint les chiens qui voulaient s'élancer en avant. Son cœur se figea quand elle entendit la radio grésiller, mais, en jetant un coup d'œil vers la ceinture de Simon, elle put constater que ça ne provenait pas de la sienne.

James, se dit-elle. Ils se trouvaient plus près qu'elle ne l'aurait cru. Elle ne comprit pas ce qui se disait, mais les intonations excitées suffirent à tout expliquer. De même que l'aboiement joyeux.

— Ils l'ont retrouvée, murmura-t-elle.

Une silhouette se détachait dans l'ombre.

Le souffle court, Fiona reconnut l'homme assis derrière un arbre, de l'autre côté de la clairière. Lui-même utilisait le vent, l'obscurité, les premiers crépitements de la pluie pour masquer ses propres mouvements.

Un index sur la bouche, Simon se pencha pour écouter.

— Reste ici, souffla-t-il. Garde les chiens avec toi. Je vais m'approcher, lui couper le chemin. Reste ici. Il ne m'échappera pas. Les flics arrivent dans quelques minutes.

Comme elle ne pouvait se permettre de discuter, Fiona fit asseoir les chiens d'un geste ferme de la main. La partie n'était pas terminée, le pion manquant se trouvait devant eux, tapi dans l'ombre. Aux chiens, qui se risquèrent à gémir, elle jeta un regard si furieux, agita un doigt si autoritaire qu'ils se turent aussitôt.

Satisfaite, elle se détendit un peu pour regarder et vit alors le pistolet dans la main d'Eckle. La tête penchée, il se tournait lentement dans la direction qu'avait prise Simon.

Une seule pensée la traversa : *Non !* Elle s'élança dans la clairière, leva son arme, visa, grinça des dents en la voyant trembler dans sa main alors que son adversaire continuait son mouvement pour la regarder dans les yeux.

— Jette ton arme, Francis, ou je te jure sur toutes les vies que vous avez prises, Perry et toi, que je t'abats.

Elle devrait en supporter le poids toute son existence, voilà tout.

— Il m'avait bien dit de ne pas te sous-estimer.

Tout comme elle, il la visa. Mais sa main à lui ne tremblait pas et il souriait, comme devant l'apparition inattendue d'un ami.

— Tu sais que quand je te tuerai, ton compagnon va se ruer dans cette direction alors je le tuerai lui aussi. Et son chien, et le tien. Où est ton chien, Fiona ?

— Baisse ton arme. Tu sais que la police et le FBI arrivent. Ils vont se répartir sur tout le terrain. Tu ne pourras pas leur échapper.

— Oui, mais j'ai enfin vécu. En quelques mois, j'ai connu plus d'expériences que depuis le début de mon existence. J'espère bien que c'est Tawney qui arrive. Si j'ai une chance de l'abattre, ce sera mon cadeau d'adieu à Perry.

— Il t'a trahi.

— Mais il m'a d'abord libéré. Je regrette qu'on n'ait pas eu plus de temps ensemble, Fiona. Ta main tremble.

— Ça ne m'arrêtera pas.

Prête à tuer, elle laissa échapper un soupir.

Ce fut le moment que choisit Simon pour jaillir des arbres ; courbé en deux, il chargea Eckle avec la violence d'un train lancé à pleine vitesse.

Le coup de feu partit, creusant une tranchée dans la terre meuble au moment où le pistolet d'Eckle lui échappait.

Fiona se rua en avant pour le récupérer. Comme elle brandissait les deux pistolets, elle entendit l'appel de James qui traversait un buisson. Exactement d'où Eckle l'avait prédit. À l'instant où il surgissait, elle lui tendit les deux armes.

— Tiens, prends ça.

— Fee, bon Dieu !

Déjà, elle atterrissait à côté de Simon, qui frappait avec acharnement le visage d'Eckle.

— Arrête ! Ça suffit, s'écria-t-elle du même ton autoritaire qu'elle utilisait avec les chiens. Simon, arrête ! Il a son compte.

Il leva sur elle un regard furieux.

— Je t'avais dit de rester à couvert. Je t'avais dit que je ne le laisserais pas m'échapper.

— C'est le cas.

Elle lui saisit le poignet et, malgré le sang qui le marquait, le porta à sa joue alors que les chiens arrivaient pour leur donner des coups de museau.

— Je leur ai dit de ne pas bouger, mais ils n'ont pas obéi. On se protège tous les uns les autres. C'est comme ça.

Ce fut à peine si elle posa les yeux sur Eckle.

— Kati ? demanda-t-elle à James. Elle est vivante ?

— Oui, mais je ne sais pas si ça va durer. Elle en a pris plein la tête. Bon, je retourne voir Lori, vous nous avez fichu une sacrée trouille.

Cela ne l'empêcha pas de contempler un long moment le visage meurtri d'Eckle.

— Vous avez fait du bon boulot, Simon. Tiens, Fiona, reprends tes armes. J'entends les flics ou les fédéraux. On doit évacuer la victime vers l'hôpital. Je ne te dis pas le débriefing, tout à l'heure

Là-dessus, il repartit en courant à travers les buissons.

— Je ne savais pas si tu avais vu qu'il était armé, expliqua-t-elle à Simon. Je n'ai pas voulu tenter le diable.

— Tu as eu de la chance qu'il n'ait pas vidé son pistolet sur toi. Suppose qu'il n'ait pas voulu bavarder ?

— C'est moi qui aurais tiré, dit-elle en rangeant le sien dans son étui et celui d'Eckle dans sa ceinture. Une fraction de seconde… je suis contente de ne pas avoir eu à le faire. Contente que tu lui aies cassé la gueule.

Enfin, elle s'accroupit auprès des chiens.

— C'est bien, les gamins. Vous nous avez mis sur la piste d'Eckle. C'est vous qui l'avez trouvé.

La tête posée contre la poitrine de Simon, Fiona les entourait de ses bras lorsque les policiers arrivèrent.

Ils passèrent plusieurs heures à répondre aux questions, à remplir des rapports, des heures qui leur parurent interminables. Mantz vint en personne serrer la main de Fiona.

— Je persiste à dire que vous feriez un excellent agent.

— Sans doute, mais je ne rêve que d'une vie calme, maintenant.

— Alors, bonne chance.

Elle se pencha pour tapoter le crâne de Newman.

— Bon chien, dit-elle.

Voyant l'air surpris de Fiona, elle se mit à rire.

— On dirait qu'ils m'ont fait changer d'avis. À un de ces jours

Quant à Tawney, il serra Fiona dans ses bras.

— Ce n'est pas parce que mes ennuis sont terminés qu'il ne faut plus venir me voir, dit-elle.

— À cause de vous, j'ai les cheveux encore plus gris, ce soir ! Je vous dirais bien de faire attention à vous, mais vous le faites déjà. Il va falloir qu'on se rappelle.

— Quand vous voudrez.

— Rentrez chez vous, dit-il en l'embrassant sur le front. Et dormez un peu.

Effectivement, elle faillit s'endormir dans la voiture, sur le chemin du retour.

— Je vais prendre une douche, manger n'importe quoi, ce qu'il y a dans le frigo, et dormir douze heures d'affilée.

— J'ai deux, trois choses à faire, ensuite on mangera ensemble ce qu'il y a dans le frigo.

Fiona allait sortir de la voiture quand elle s'arrêta.

— Tu ne pourrais pas te renseigner sur l'état de Kati Starr ? Je sais que le pronostic n'est pas bon pour elle, mais… Elle ne va pas mourir, quand même !

— Je me renseigne. Prends ta douche.

Elle se précipita dans la salle de bains, prit tout son temps avant de sortir, de se frotter les cheveux, d'enfiler un pantalon de coton et un vieux tee-shirt bien confortable. Elle ne rêvait que de tranquillité.

Pour toute la vie.

Devant sa commode, elle prit en main le petit canif qui lui avait sauvé la vie autrefois, l'appuya contre sa joue.

— Sois content pour moi, murmura-t-elle.

Après l'avoir remis à sa place, elle se regarda dans le miroir, se trouva l'air un peu fatiguée, mais pas épouvantable.

En fait, se dit-elle avec un sourire, elle respirait la liberté.

En descendant l'escalier, elle fronça les sourcils au son d'un coup de Klaxon. Elle aimait ses amis, mais ils tombaient mal. Elle n'aspirait qu'à manger et dormir. Pas à discuter.

Cependant, elle trouva Simon seul à la cuisine, avec les chiens.

— Il y avait quelqu'un, ici ?

— Quand ? Ah oui, James ! J'avais besoin d'un petit coup de main. Tiens.

Il lui glissa dans la bouche un petit biscuit recouvert d'une mince tranche de fromage.

— C'est bon, dit-elle après l'avoir croqué. Encore.

Il lui en donna un deuxième.

— Maintenant, tu te prépares toi-même les tiens, conclut-il en lui tendant un verre de vin.

— Tu as appelé l'hôpital ?

— Elle est dans un état critique. Refroidissement, déshydratation, choc. Elle a plusieurs doigts cassés, la mâchoire brisée. Et il l'a battue pendant des heures. Elle est sous calmants.

— Bon.

— Eckle a quelques ennuis, lui aussi.

Il montra ses mains bandées.

— Bien fait pour lui, dit-elle en les embrassant.

— Il écrivait un bouquin.

— Pardon ?

— Ta douche a duré très longtemps. Pendant ce temps, Davey m'a donné quelques informations. Kati Starr aussi écrivait un livre. Il semblerait qu'Eckle ait commencé à le corriger, à y ajouter des pages.

— Mon Dieu ! soupira-t-elle en fermant les yeux. Tu avais raison, il voulait faire parler de lui.

— Et ce n'est pas fini. Toujours selon Davey, il a demandé un avocat par signes. Il veut parler, donner des détails. Il est très fier de lui.

— Fier, répéta-t-elle en haussant les épaules.

— Mais hors d'état de nuire, maintenant. Comme Perry.

— Oui.

Fiona rouvrit les yeux, tendit son verre à Simon en pensant à la prison, aux murs gris, aux barreaux, aux gardiens, aux armes.

— Ce ne doit pas être exactement le genre de gloire dont il rêvait. Si on allait s'asseoir dehors pour regarder un peu les chiens en buvant notre vin ? Ensuite, on bâfrerait comme des malades. On peut.

— Pas encore. Apporte le vin, je veux te montrer quelque chose.

— Quelque chose à manger ?

Il la prit par le bras et l'entraîna dans la salle à manger, où elle remarqua immédiatement que la table ne présentait aucune sorte de nourriture.

— Euh…

Elle s'interrompit en voyant le confiturier.

— Oh !

En trois enjambées, elle contourna la table.

— Oh, mais c'est magnifique ! Ce bois, c'est comme une soie de chocolat, de la crème fouettée. Et ces portes ? Du cornouiller ! C'est absolument, oh…

Elle ouvrit les portes, dansa sur place.

— C'est absolument fabuleux ! Chaque détail. C'est ravissant, amusant, et beau.

— Ça te va.

Elle fit volte-face.

— C'est pour moi ? Oh, là, là, Simon…

Elle allait se jeter dans ses bras, mais il l'arrêta d'un geste de la main.

— Ça dépend. Je te propose un marché : il est pour toi, mais, comme il va rester ici, ça veut dire que toi aussi.

Elle ouvrit la bouche, la referma, prit son verre de vin posé sur la table, en but une gorgée.

— Je n'aurai droit à ce confiturier que si je viens vivre ici, avec toi ?

— C'est moi qui vis ici, alors oui, avec moi. Cette maison est plus grande que la tienne. Tu as les bois, moi, j'ai les bois et la plage. Les chiens auront plus de place. Et je tiens à mon atelier.

— Eh bien…

— Tu pourras continuer à donner tes leçons ici, ou alors tu installes chez toi ton affaire. Ou tu vends ta maison. Ou tu la loues. Mais si tu veux ce meuble, tu restes.

— Un chantage intéressant.

— C'est toi qui as commencé, dit-il en glissant les pouces dans les poches de son jean. J'ai l'impression qu'on vient de traverser une des pires épreuves qui puissent arriver dans une vie. Et on s'en est sortis. Alors pas la peine de perdre du temps. Si tu veux ce confiturier, tu vis ici. On ferait peut-être mieux de se marier.

Elle faillit s'étrangler.

— Comment ça, peut-être ?

— Je ne suis pas doué en demandes alambiquées.

— Mais tu ne vois rien entre peut-être et alambiqué ?

— Tu veux qu'on se marie ?

Elle éclata de rire.

— Bon, disons que tu as trouvé le juste milieu. Alors oui, je le veux, ce confiturier. Et je te veux, toi. Donc oui, je veux qu'on se marie.

— Affaire conclue, dit-il en se rapprochant.

— Excellente affaire !

Elle lui caressa la joue.

— Simon.

Il lui baisa la paume droite, puis la gauche.

— Je t'aime.

— Je sais, dit-elle en se pelotonnant dans ses bras. Et savoir, c'est la plus agréable sensation du monde. Chaque fois que je regarderai ce confiturier, que j'y déposerai un verre, que j'en sortirai une bouteille, je saurai. Quel cadeau extraordinaire !

— C'était juste un marché.

— Bien sûr.

Fiona posa longuement ses lèvres sur celles de Simon. Elle se sentait libre, aimée. Chez elle.

— Viens, souffla-t-elle, on va annoncer ça aux gamins.

— C'est ça. Je suis sûr qu'ils réclameront du champagne et des cigares.

Cependant, il lui prit la main pour sortir avec elle.

— Vite. Je meurs de faim.

Simon savait la faire rire, et pour Fiona c'était aussi une bonne chose.

Composition et mise en pages réalisées
par IND - 39100 Brevans

Achevé d'imprimer par N.I.I.A.G.
en mars 2012
pour le compte de France Loisirs, Paris

N° d'éditeur : 67506
Dépôt légal : décembre 2011